이성과 감성

SENSE *and* SENSIBILITY

이성과 감성 · 제인 오스틴 장편소설 · 김선형 옮김

엘리

일러두기

1. 번역 대본으로는 Jane Austen, *Sense and Sensibility*(Penguin Classics, 2008); Jane Austen, *Sense and Sensibility: An Annotated Edition*(Belknap Press: An Imprint of Harvard University Press, 2013); Jane Austen, *The Annotated Sense and Sensibility*, Annotated and Edited, with an Introduction by David M. Shapard(Anchor Books, 2011)를 사용했다.
2. 본 번역은 제인 오스틴 초기 소설의 화자가 하나의 여성 인물이며 자기가 잘 아는 사람들의 이야기를 입말로 들려주고 있다는 전제로 문체를 정했다.
3 원서에 나오는 줄표(—)와 감정이나 순간적 단절을 극적으로 드러내는 이중 줄표(——)는 그대로 살렸고, 이탤릭으로 표기한 부분은 고딕으로 옮겼다.
4. 본문 중의 주석은 모두 옮긴이 주다.
5. 원문의 어조를 살리기 위해 야드파운드법에 의한 거리의 단위를 그대로 썼으며, 1마일은 약 1.6킬로미터다.

차례

1부
7

2부
215

3부
391

제인 오스틴 연보
577

디어 제인 오스틴 에디션을 펴내며 · 김선형
581

1부

1

대시우드 가족은 오래도록 서식스에 자리 잡고 살아왔습니다. 영지[1]는 드넓었고 생활의 터전은 사유지 한가운데 자리한 놀랜드 파크 저택이었어요. 가족은 수 세대에 걸쳐 품위 있는 매너[2]로 삶을 영위했기에 주변 지인들의 평판도 대체로 좋았지요. 이 영지의 마지막 소유주는 장수를 누린 독신 남자였는데, 누이가 오랜 세월 함께 살면서 집안 살림을 맡아주었더랍니

---

1 영지ground는 영주의 저택을 둘러싼 부속 토지 중에서 생활과 직접 연결된 일상 관리 공간으로 정식 정원, 연못, 텃밭, 산책길, 마구간, 부속 건물이 포함된다. 파크park는 영지를 포괄하는 개념으로 전통적으로는 사냥터나 목장이라는 의미였지만, 18세기 영국에서는 영주의 부를 과시하는 공간을 뜻했으며, 조경으로 가꾼 언덕, 숲, 초원 등을 모두 포괄하는 말이었다.

2 manner. 오스틴 소설에서 중요한 단어다. 언어와 행동, 표정을 아울러 사회적으로 자신을 표현하는 모든 방식을 말한다. 사회적 규범과 도덕적 윤리, 개인적 매력과 모두 연결되어 있다.

다.[3] 그러나 누이는 영주보다 십 년 일찍 세상을 떠났고, 집안에는 큰 변화가 찾아왔지요. 누이의 빈자리를 메꾸기 위해 영주가 놀랜드 영지의 법적 상속자인 조카 헨리 대시우드와 그 가족을 집으로 불러들였기 때문이지요. 조카와 질부, 아이들과 함께 노신사의 말년은 편안히 흘러갔답니다. 가족 한 사람 한 사람에 대한 정도 점점 깊어졌지요. 노신사가 이것저것 원하는 게 있을 때는 헨리 대시우드 부부가 늘 귀담아듣고 보살펴주었고요. 이 꾸준한 돌봄과 배려는 이득을 바라서가 아니라 선한 본성에서 우러나온 행동이었기에, 영주는 그 나이에 누릴 수 있는 한 최고로 안락한 삶을 만끽했습니다. 명랑하고 활기찬 아이들도 삶에 재미를 더해주었고요.

헨리 대시우드에게는 전 부인과의 결혼에서 얻은 아들 하나와 현 부인 슬하의 세 딸이 있었습니다. 아들은 성실하고 점잖은[4] 청년으로, 엄청난 자산가였던 어머니에게서 이미 현금을 넉넉히 물려받아 가지고 있었습니다. 성년이 되었을 때 어머니 자산의 절반이 그의 명의로 이전되었거든요. 곧이어 결혼을 통해 부는 한층 더 증가했고요. 따라서 여동생들만큼 놀

---

3 housekeeper. 대개는 하인들을 총괄하는 하녀장을 의미한다. 다만 여기서는 영주의 누이가 아내 대신 영지의 살림을 모두 관장했다는 의미다. 하인들에게 지시를 내리고 식사 메뉴를 결정하고 생필품을 주문하고 소작농의 가족 같은 영지에 딸린 사람들의 필요에 귀 기울이는 등 관리 경영자 역할을 해야 했다.

4 아일랜드 역사학자 올리버 맥도나는 성실하고 점잖은 성품을 뜻하는 형용사 respectable이 오스틴의 소설에서 든든한 자산의 암호로 일관되게 쓰인다고 주장했다.

랜드 영지를 상속받는 일이 절실하지는 않았어요. 여동생들은 아버지 영지를 상속받아 거기서 얻게 될 수입을 빼면 재산이 별로 없었거든요. 자매의 어머니는 무일푼이었고 아버지가 마음대로 쓸 수 있는 현금 재산은 단돈 칠천 파운드뿐이었으니까요. 첫 번째 아내의 재산 중 나머지 절반 역시 친자식인 아들의 몫으로 묶여 있었고, 남편 대시우드 씨는 평생에 걸쳐 이자만 받게 되어 있었어요.

노신사는 세상을 떠납니다. 그런데 유언장이 공개되자, 유언장이라는 것이 대체로 그렇듯 기쁨만큼이나 크나큰 낙심을 안겼답니다. 물론 조카로부터 영지를 빼앗을 정도로 노신사가 부당하거나 배은망덕했던 건 아니에요―다만 영지의 상속에 따르는 여러 조건들이 있었고, 그 때문에 상속분의 가치가 절반은 뚝 잘려 나갔을 따름이에요. 헨리 대시우드 씨는 본인이나 아들보다도 아내와 딸들을 위해서 영지를 물려받기를 바랐었거든요―하지만 영지는 그의 아들과, 지금 네 살인 그 아들의 아들 몫이라고 명시되어 있었습니다. 그래서 가장 사랑하는 사람들, 생계 수단이 절실하게 필요한 가족들에게 그는 아무것도 해줄 수가 없었어요. 영지를 분할해 나눠 줄 수도 없고, 귀한 숲을 처분할 수도 없었지요. 영지 전체가 통째로, 부모와 함께 놀랜드에 간혹 놀러 올 때마다 귀염을 떨어 할아버지의 사랑을 독차지한 어린아이의 몫으로 단단히 묶여 있었거든요. 두세 살짜리치고는 별로 대단치도 않은 매력, 말하자면 혀 짧은 소리 내기, 제 맘대로 하겠다고 생떼 쓰기, 온갖 교활한 잔꾀 부리기, 엄청나게 시끄럽게 울어대기 등등의 애교가, 수년에 걸쳐 질부와 조카손녀들이 바친 세심한 보살핌과 배려의 가치를 훌쩍 상회해버린 거예요. 하지만 노신사도 매정하게 굴기는 싫었는지, 세 조카손녀들에 대한 애정의 표시로 인당 천 파운드씩을 남기긴 했답니다.

처음엔 헨리 대시우드 씨도 혹독한 실망감에 시달렸지요. 그러나 천성이 명랑하고 낙천적인 사람이었고, 앞으로 여러 해 살 날이 남았다 여길 나이였기에, 지금도 상당한 액수지만 더 증가할 여지가 있는 영지의 수입을 아껴 알뜰히 생활하면 상당한 자산을 저축할 수 있으리라 기대했어요. 하지만 그토록 오래 기다려 상속받은 영지에서 막상 받은 수입은 단 일년 치뿐이었어요. 헨리 대시우드 씨가 삼촌을 뒤따라 곧바로 세상을 떠났기 때문이에요. 그러니 최근 상속분을 포함해 단돈 만 파운드가 홀로 남은 아내와 아이들에게 남은 전부였습니다.

병세가 위중해지자 아들이 불려 왔습니다. 헨리 대시우드 씨는 남은 힘을 쥐어짜 병세가 허락하는 한 가장 절박하고 애절하게 새어머니와 누이들을 보살펴달라고 아들에게 신신당부했어요.

아들인 존 대시우드 씨는 나머지 가족에게 그다지 크게 애틋한 마음이 없었습니다. 하지만 때가 때이니만큼 그런 부탁을 듣자 그만 마음이 움직여, 힘닿는 한 자기가 할 수 있는 모든 조치를 해서 그들이 편안히 살 수 있게 해주겠다고 약속했지요. 아버지는 이런 확언에 마음을 놓았고, 존 대시우드 씨는 이제야 여유를 두고 신중한 선에서 자기가 할 수 있는 일이 뭘까 생각하게 되었답니다.

존 대시우드 씨가 성격이 나쁜 젊은이는 아니었어요. 물론 마음이 조금 차갑고 조금 이기적인 것이 나쁜 성격이라고 하면 또 모르지만요. 그래도 전반적으로는 꽤 점잖은 사람이었답니다. 일상의 의무를 예를 갖춰 행하며 몸가짐을 반듯이 했으니까요. 좀 더 호감 가는 여자와 결혼했다면 지금보다 더 점잖은 사람이 되었을 수도 있어요—심지어 호감 가는 사람까지 되었을지도 모르죠. 그는 아주 젊은 나이에 결혼한 데다 아내를 끔찍하게 아꼈거든요. 하지만 존 대시우드 부인은 남편의 성격을 한층 과장한 캐리커처였어요—그러니까 한 술 더 떠 편협하고 이기적이었단 말씀이에요.

아버지에게 약속을 하고 나서 존 대시우드 씨는 마음속으로 누이들에게 천 파운드씩 더 선물해 재산을 늘려줘야겠다고 진지하게 생각했어요. 그때는 정말로 자기가 그럴 수 있는 사람이라고 생각하기까지 했다니까요. 현재 소득에 연간 사천 파운드의 수입이 더해지고 어머니의 남은 재산 절반까지 차지하게 된다고 생각하니 마음이 절로 따뜻해져서 관용마저 베풀 수 있을 것 같았던 거지요—"그래, 삼천 파운드를 줘야겠어! 그러면 넉넉하고 큰 재산이 되겠지 뭐야! 그 정도면 충분히 아주 편안하게 살 수 있겠지. 삼천 파운드라니! 내가 또 큰 불편 없이 그런 거액을 줄 수 있는 사람이라 이거야."—하루 온종일 생각하고 이어진 여러 날을 또 생각했지만, 그런 결정이 후회가 되지는 않았어요.

시아버지의 장례식이 끝나자마자 존 대시우드 부인은 미리 온다는 연락도 없이 아이와 시중드는 하인들까지 모두 데리고 남편의 새어머니 집에 쳐들어왔어요. 대체 무슨 자격으로 남의 집에 불시에 찾아오느냐고 따질 권리는 아무에게도 없었어요. 아버지가 세상을 떠난 순간 집은 그 여자 남편의 소유가 되었으니까요. 하지만 홀로 된 헨리 대시우드 부인 같은 처지에서 그처럼 무례한 처우를 당한다면 성격이 어지간한 사람이라도 심히 기분이 상했을 거예요—그런데 이 부인은 남달리 명예를 중시하고 타인에게 낭만적인 관용을 베푸는 것을 당연하게 여겨서, 남이 심한 결례를 범하면 상대가 누구든 철통처럼 완강한 경멸로 응대하는 사람이었어요. 그전에도 존 대시우드 부인이 남편 가족에게 사랑받았던 사람은 아니지만요. 하지만 지금까지는, 필요한 상황이 오면 실제로 얼마나 타인의 불편 따위 아랑곳하지 않고 행동할 수 있는 인간인지 제대로 보여줄 기회가 없었달까요.

헨리 대시우드 부인이 이 배은망덕한 짓거리를 얼마나 뼈아프게 느끼고 얼마나 진심으로 며느리를 멸시했는지, 그가 찾아오자마자 영영 집을 버리고 떠나지 않은 게 천만다행일 정도였습니다. 그리 가버리는 것도 예가 아니라고 큰딸이 어머니를 간절히 설득했으니 망정이지요. 그래서 부인도 세 딸을 지극히 사랑하는 마음에서 계속 머물기로 마음을 먹었고, 오로지 딸들을 위해 의붓아들과 불화를 피하기로 했습니다.

이토록 큰 힘이 되는 조언을 한 첫째 딸은 엘리너였어요. 엘리너는 심지 굳은 이해력과 냉정한 판단력을 갖추고 있어 열아홉 살밖에 안 된 나이에도 어머니의 조언자로 모자람이 없었고, 헨리 대시우드 부인이 열띤 마음에 신중하지 못한 판단을 내릴 때마다 나서서 말려서 가족 모두에게 도움을 주는 일이 자주 있었어요. 엘리너는 마음씨도 빼어났지요—천성이 정이 많고 감정을 풍부하게 보듬어 느꼈어요. 하지만 그러면서도 감정을 조절할 줄 알았고요. 어머니도 미처 터득하지 못했고 동생 중 하나는 아예 배우기를 거부한 귀한 미덕, 바로 지혜를 지니고 있었거든요.

둘째 메리앤의 재능은 여러모로 엘리너에 못지않았습니다. 분별 있고sensible⁵ 영특하기도 했어요. 하지만 만사에 의욕부터 앞섰답니다. 슬픔도 기쁨도, 도무지 절제를 모르고 철철 흘러넘쳤지요. 메리앤은 너그럽고 사랑스럽고 사람들의 흥미를 끌었지만, 신중한 성품은 결코 아니었어요. 어머니와 깜짝 놀랄 만큼 닮은꼴이었죠.

엘리너는 동생의 감수성을 근심스러운 눈길로 지켜보았지만 헨리 대시우드 부인은 그런 면을 지닌 둘째 딸을 편애하고 끔찍이 사랑했어요. 그렇게 대시우드 부인과 메리앤은 폭력적으로 몰아친 불행 속에서 서로의 감정을 북돋우며 부추겨 키웠답니다. 처음에 압도적으로 밀어닥쳤던 비통한 애도가 가라앉는다 싶으면 자처해서 되살리고 스러질 만하면 또 찾아

---

5 sense와 sensibility는 sensible이라는 형용사를 공유한다. 이 작품 전체에 이 단어들이 중요한 핵심어로 심겨 있기에, 이 번역본에서는 sense, sensible, sensibility를 표기해 독자의 이해를 돕고자 한다. 메리앤의 소개에 sensible이 먼저 등장하는 것만 보아도, sense와 sensibility는 이항 대립적으로 쓰이지 않는다.

나서서, 거듭거듭 슬픔을 새로이 발명했던 거죠. 슬픔에 온몸을 던져 침잠했다가 행여 반추와 회상을 할 짬이 생기면 또 불행을 한껏 부풀렸고, 언젠가는 마음의 위로를 찾으리라는 생각이 스쳐도 결연히 물리쳤어요. 하지만 엘리너는, 사별의 슬픔이 못지않게 깊었음에도 어떻게든 기운을 차리고 움직이며 일을 했습니다. 오빠와 의논하고 새언니를 맞아 마땅한 예의를 갖추어 대접했으며, 어머니가 정신 차리고 노력 비슷한 것, 절제 비슷한 것이라도 하도록 독려할 줄도 알았죠.

막내 마거릿은 쾌활하고 성격이 둥글둥글한 아이였지만, 벌써 메리앤의 낭만적인 성품을 상당히 많이 흡수해버렸답니다. 열세 살밖에 되지 않았으니, 나이가 훨씬 많은 언니들에 비하면 이성적인 판단력도 채 갖추지 못했을 텐데요.

2

존 대시우드 부인은 오자마자 놀랜드의 안주인으로 눌러앉
았습니다. 남편의 어머니와 누이들은 졸지에 손님 처지로 전
락했지요. 그래도 존 대시우드 부인은 조용하고 깍듯이 그들
을 대했고, 존 대시우드 씨는 자신과 자기 아내와 자기 자식
이라는 범위를 넘어서는 사람에게 베풀 수 있는 최대의 친절
을 마음에서 끌어내어 그들을 환대했습니다. 실제로, 어느 정
도는 진심을 담아 놀랜드를 집처럼 생각하시라고 권유하기까
지 했어요. 헨리 대시우드 부인 입장에서는 살 집을 근처에
구할 때까지 거기 머무는 것보다 나은 계획이 없었기에 이를
수락했지요.

모든 것이 옛날의 기쁨을 되살려주는 그 장소에서 계속 이
어지는 삶이 부인의 성정에는 꼭 맞았을 거예요. 명랑할 때 부
인은 세상 누구보다 명랑했거니와 어쩌면 그 자체로 행복이
라 부를 수 있을, 행복을 기대하는 발랄한 마음을 세상 누구보

다 커다랗게 품는 사람이었으니까요. 다만 슬픔에 빠지면 즐거울 때와 똑같이 상상의 나래에 휩쓸려서, 그만 어떤 위로도 통하지 않는 지경까지 멀리멀리 떠내려가버리는 게 문제였어요.

한편 존 대시우드 부인은 남편이 동생들에게 베풀고자 하는 친절을 전혀 탐탁하게 생각하지 않았어요. 소중한 아들 몫에서 삼천 파운드나 빼내버린다면 아이가 얼마나 끔찍할 정도로 궁핍해지겠어요. 부인은 남편에게 제발 다시 생각해보라고 졸랐습니다. 친자식, 그것도 외동아들에게서 그런 거액을 빼앗고는 나중에 어떻게 책임질 생각이냐고요. 대시우드 자매들이 그 재산을 누릴 권리가 대체 어디 있느냐고요. 겨우 이복동생들일 뿐인데, 그건 부인의 기준에서는 친척도 아닌데 어떻게 그런 거액을 너그럽게 베풀 수가 있느냐고요. 잘 알려진 바대로, 엄마가 다른 아이들끼리는 아무 정도 없는 사이가 아니냐고요. 그런데 이복동생들한테 돈을 다 줘버리고 자기 신세도, 우리 불쌍한 아가 해리의 신세도 망치려 하는 거냐고요.[1]

"아버지가 내게 마지막으로 남기신 말씀이에요." 남편이 대답했지요. "혼자 남을 당신의 부인과 딸들을 도와주라고 하셨어요."

"감히 말하지만, 아버님은 당신이 무슨 말씀을 하는지도 모

---

[1] '우리' 불쌍한 아가를 눈여겨볼 것. 제인 오스틴의 소설에서 아주 중요한 문체가 발명된 순간으로, 화자가 캐릭터에게 순간 빙의하는 자유 간접화법이 문학사에 탄생한 문단이다.

르셨을 거예요. 십중팔구 그때는 제정신이 아니셨다고요. 맑은 정신이었다면 자기 자식한테 재산 절반을 뚝 잘라서 나눠주라는 그딴 생각을 하셨을 리가 없잖아요.”

“얼마라고 구체적인 액수를 거론하신 건 아니에요, 패니, 우리 여보. 다만 일반적으로 그들을 도와달라고, 당신 능력으로 못 해준 편안한 삶을 누리게 해달라고 말씀하셨을 뿐이지요. 내게 전적으로 맡겼다 해도 과언은 아니에요. 아버지가 날 가족을 홀대할 사람으로 보셨을 리가 없잖아요. 하지만 약속을 해달라 하셨으니 당연히 약속을 한 거고요. 적어도 그때는 그리 생각했어요. 그러니까 약속을 했고, 약속을 했으니 지켜야지요. 그네들이 놀랜드를 떠나 새집에 자리 잡을 때쯤 뭐라도 해줘야 해요.”

“뭐 그렇다면야, 뭔가 해주기는 합시다. 하지만 그 뭔가가 삼천 파운드일 필요는 없지 않나요. 생각해보세요.” 패니는 덧붙여 말했습니다. “일단 한번 헤어진 돈은 다시는 돌아오지 않아요. 당신 동생들은 결혼할 테고, 그럼 그 돈과는 영영 이별이에요. 만에 하나 우리 가엾은 아들이 그 돈을 되찾을 길이 있다 해도—”

“하긴, 확실히 그렇군요.” 패니의 남편이 말했어요, 몹시 심각한 말투였지요. “그때는 차이가 크게 느껴질 수도 있겠어요. 혹시라도 그런 큰돈을 줘버렸다고 우리 해리가 아쉬워할 때가 올 수도 있으니. 예컨대 해리가 자식들을 많이 낳아 기른다 치면, 그 돈이 퍽 쏠쏠하게 도움이 되겠네요.”

“당연하죠. 그렇고말고요.”

"그럼 어쩌면 액수를 절반으로 줄이는 게 모두를 위해 좋을 수도 있겠군요─오백 파운드만 해도 엄청나게 자산이 늘어나는 셈이니까요!"

"아! 더할 나위 없이 훌륭하죠. 세상에 동생들한테 그만큼 해주는 오빠가 어디 또 있겠어요. 심지어 진짜 동생도 아닌데! 솔직히 그렇잖아요─피가 반밖에 섞이지 않았으니까요─그나저나 당신은 심성이 참으로 너그럽군요!"

"인색한 짓거리는 정말이지 하고 싶지 않아요." 존 대시우드가 대답했어요. "이런 경우에는, 너무 적다 싶은 것보다는 많다 싶게 해주는 편이 좋아요. 이만하면 누가 봐도 내가 할 만큼 했다 하겠지요. 본인들도 더 바랄 염치는 없을 거고요."

"그 사람들이야 뭘 바랄지 어떻게 알아요." 고고하신 마님이 말했지요. "하지만 그 사람들이 뭘 바라건 우리가 알 바는 아니고요. 문제는, 당신이 얼마나 여유가 되나 그거예요."

"확실히 당신 말이 옳아요─내 생각엔 인당 오백 파운드는 줄 수 있을 것 같아요. 사실, 내가 더 보태주지 않아도 동생들 어머니가 돌아가시면 각자 삼천 파운드 이상 받게 될 테니까요─젊은 아가씨들한테 그 정도면 누가 봐도 완벽하게 편안한 살림이고요."

"물론이에요. 솔직히, 굳이 재산이 더 필요할 리가 있나 하는 생각이 나는 퍼뜩 드네요. 셋이 나눠 쓸 수 있는 재산이 만 파운드나 있잖아요. 당연히 좋은 혼처 구해서 결혼도 잘할 테고,² 결혼을 안 해도 만 파운드에 붙는 이자면 다 같이 편안히 살 수 있지 않겠어요."

"그야 정말 그렇고말고요. 그러니까 전체적으로 보면, 동생들한테 해주는 것보다 어머님 생전에 좀 드리는 게 낫지 않나 싶기도 하네요—연 지급하는 위로금처럼요. 그럼 동생들도 덕을 볼 테니까. 일 년에 백 파운드씩 드리면 다들 더할 나위 없이 편하게 살 수 있겠죠."

하지만 아내는 이 계획에 동의하는 게 좀 망설여지네요.

"확실히, 천오백 파운드를 한번에 내놓는 것보다야 낫지요. 하지만 그랬다가 대시우드 부인이 십오 년보다 더 살면, 우리는 완전히 뜯어먹히는 거예요."

"십오 년이라니! 여보, 패니! 설마요, 그 절반만 해도 많이 사시는 걸 텐데."

"그야 당연하죠. 하지만 잘 보면 매년 위로금을 받아야 되는 사람은 항상 끝도 없이 오래 살더라고요. 게다가 그분은 아주 튼튼하고 건강하고, 마흔도 안 됐잖아요. 매년 지급하는 위로금은 아주 심각한 문제예요. 해마다 또 오고 또 오고 또 오고, 어떻게 없애버릴 길도 없고요. 당신이 지금 자기가 무슨 짓을 하는지 몰라서 그래요. 나는 연 지급금이 얼마나 골칫덩이인지 하도 많이 봐서 잘 알거든요. 아버지 유언대로 나이 들어 은퇴한 하인들한테 어머니가 꼼짝없이 삼 파운드씩 지급하셨는데 답답하고 성가신 일이었죠.[3] 어머니 기분이 얼마나

---

2 당시 상황에서는 좋은 혼처를 구할 수 없는 재산이기에 아이러니하기 이를 데 없는 발언이다.
3 하인의 퇴직연금은 당시 영주가 베풀어야 할 당연한 자선의 의무였다. 이 불평은 패니의 가족이 모두 인색하고 몰인정한 구두쇠라는 걸 보여준다.

상했는지 말도 못해요. 연금을 매년 두 번씩 지급해야 한단 말이에요. 게다가 귀찮게 또 갖다줘야 되고. 그러다 한 사람이 죽었다는 얘기가 돌았는데, 나중에 보니 헛소문이었어요. 어머니는 지긋지긋해하셨죠. 끝도 없이 계속 내놓으라는 사람들이 이렇게 많으니, 돈이 들어와도 자기 돈이 아니라면서요. 그러니 아버지도 참 매정하셨던 거죠. 안 그러셨음, 아무 제약 없이 그 돈을 전부 어머니가 맘대로 쓰셨을 거 아니에요. 나도 그걸 보고 나니 연 지급금이 끔찍하게 싫어졌어요. 온 세상을 다 준대도 연금 지급에 묶이는 처지만은 피해야겠다 결심했다니까요.”

“확실히 기분이 나쁘겠군요.” 대시우드 씨가 대답했습니다. “소득이 해마다 그렇게 술술 새나가는데. 장모님의 지당하신 말씀대로 재산이 있어도 자기 돈이 아닌 셈이니까요. 일 년에 네 번 세를 받는 날마다 정기적으로 그런 큰돈을 지불할 의무에 묶이다니, 결코 바람직하지 않네요. 자유가 없어지는 거잖아요.”

“말해 뭐 해요. 게다가 그래봤자 고맙다는 소리도 못 들어요. 원래 받을 돈 받은 거라고 당당해한다니까요. 그러면 감사의 마음이 우러날 리도 없고요. 내가 당신이면, 뭘 어떻게 하든 전적으로 저의 분별 있는 조언을 믿고 따라서 적당히 하겠어요. 자처해서 해마다 생활비를 줄 의무에 구속되지도 않을 거고요. 수년간 우리 쓸 돈에서 백 파운드, 아니, 오십 파운드를 아껴서 줘야 하면 아주 불편할 수도 있어요.”

“사랑하는 우리 여보, 그야 당신 말이 당연히 옳겠지요. 그렇다면 연 지급금은 없는 걸로 합시다. 해마다 생활비를 주는 것보다 간간이 내가 좀 챙겨주는 게 훨씬 큰 도움이 될 거예요. 꼬박꼬박 받는 소득 금액이 커져봤자 생활 방식만 거해질 테고 연말이 되면 예전과 비교해도 남는 돈은 몇 푼 차이도 없을 거예요. 확실히 그게 최선인 것 같네요. 내가 가끔 생각날 때마다 오십 파운드씩 선물로 주면, 다들 돈 걱정에 쪼들릴 일은 없을 테고, 나는 아버지에게 한 약속을 후하게 지키고도 남을 테니까요."

"암요, 그럴 거예요. 솔직히 내 의견을 털어놓자면, 아버님은 당신이 돈을 한 푼이라도 줄 거라고는 생각도 하지 않으셨을 것 같아요. 감히 짐작해보자면, 아버님이 생각하신 도움은 그냥 합리적으로 당신에게 기대할 법한 정도가 아니었을까요. 이를테면 편히 살 만한 아담한 집을 찾아준다든가, 짐을 옮기는 걸 도와준다든가, 철 따라 잡히는 생선이나 고기 같은 선물을 보낸다거나, 뭐 그런 거 말이에요. 아버님 생각은 기껏해야 그 선을 넘지 않았다는 데 내 목숨이라도 걸겠어요. 아니, 그 이상 생각하셨다면 그야말로 아주 이상하고 비합리적이잖아요. 부디 이거 하나만 생각해요, 사랑하는 우리 남편 대시우드 씨. 당신 새어머니와 그 딸들이 칠천 파운드에서 나오는 이자로 얼마나 안락하게 살 수 있을지 말이에요. 게다가 세 딸들 앞으로 각자 천 파운드 재산이 있으니까 일 년에 오십 파운드씩은 들어올 테고, 당연히 어머니한테 숙식비로 거기서 좀 떼어드려야겠죠. 다 합쳐보면 연 수입이 오백 파운드는 되는데, 여자 넷이 대체 그 이상 얼마나 더 필요하겠

어요? 생활비도 아주 싸게 들 거예요! 살림도 할 게 없을 테고
요. 마차도 안 끌고, 말도 안 쓰고, 하인도 거의 안 부려도 되
고. 사교 생활도 안 할 테고, 무슨 비용이랄 게 들 리가 없네
요! 신세가 얼마나 편안할지 생각 한번 해보세요! 일 년에 오
백 파운드라니! 난 그 절반도 도무지 어떻게 쓸지 상상이 안
가네요. 당신은 돈을 더 준다는데, 생각해보면 아주 터무니없
다니까요. 차라리 그쪽에서 돈이 남아서 당신한테 줄 여유가
있겠어요."

"그러네요, 당신 말이 한마디도 틀림없이 옳아요." 대시우
드 씨가 말했어요. "확실히 아버지가 지금 당신이 말한 것 이
상을 뜻하셨을 리가 없지요. 이제야 또렷하게 이해가 되네요.
방금 당신이 말한 친절과 도움을 베풀고 내 의무를 엄격히 이
행하도록 하겠어요. 어머니가 다른 집으로 이사를 나가시면
최대한 힘닿는 대로 편히 사실 수 있게 이것저것 도와드리면
되겠지요. 그때는 소소하게 가구를 좀 선물하는 것도 괜찮겠
고요."

"당연하지요." 존 대시우드 부인이 덧붙였어요. "하지만요,
한 가지 생각해봐야 할 일이 있답니다. 당신 아버님과 어머님
이 놀랜드로 이사 가셨을 때, 스탠힐의 가구는 다 팔았지만
고급 자기류, 금은 식기 세트,[4] 리넨은 다 갖고 가셨잖아요.
지금은 당신 새어머니가 물려받으셨고요. 그러니 그분은 집

---

4 plate. 금은 식기 세트란 금과 은으로 만든 그릇과 주방 도구는 물론 우묵
   한 볼, 단지, 촛대, 나이프, 포크, 스푼 등을 통칭한다. 가문의 값진 자산
   이라서 잘 보이는 곳에 전시해두곤 했다.

을 사기만 하면 살림살이는 완전히 갖추신 거나 마찬가지일 걸요."

"거참 굉장히 중요한 고려 사항이 틀림없네요. 값진 유산이고말고요! 게다가 금은 식기 중에는 여기 우리 집에 갖춰놓으면 아주 잘 어울릴 만한 것들도 있을 텐데."

"그래요. 아침 식사용 자기 세트도 이 집에 있는 것보다 두 배는 더 아름답고요. 내 의견을 말해보자면, 솔직히 그 식구 형편에 들어가 살 만한 집을 생각하면 과하게 훌륭하다니까요. 하지만 뭐 어쩌겠어요. 당신 아버지야 일편단심 그 식구 생각뿐이었는걸. 그리고 이 말은 꼭 드려야겠어요. 당신은 특별히 아버지께 감사할 일도 없고, 아버지 소원을 들어드릴 의무도 없어요. 우리가 아주 잘 알다시피, 아버님은 그럴 수만 있다면 그 식구한테 온 세상을 다 물려주고 싶으셨을걸요."[5] 이 논점은 도저히 반박할 수 없었죠. 대시우드 씨에게 의도는 있었으나 결단력이 부족했다면, 딱 그 모자란 부분을 바로 이 논리가 채워주고도 남았거든요. 그래서 대시우드 씨는 드디어 결정을 내렸답니다. 방금 아내가 조목조목 짚어준 대로 돌아가신 아버지의 부인과 자식들에게 이웃의 친절 이상 도를 넘는 후의를 행할 필요는 일절 없거니와, 오히려 그랬다간 사회적 범

---

5 비평가 마틴 프라이스는 "이 대목에서 드러나는 존 대시우드 부부의 막강한 이기심도 대단하지만, 이들이 얼마나 효율적이고 수월하게 자기 논리를 정당화하는지가 눈부시다 못해 어질어질하게 잘 그려져 있다"라고 평한 바 있다.

절에 어긋나는 일이 될 거라고 말이지요.[6]

6 오스틴은 이 작품에서 당대의 중요한 정치·사회적 이슈를 반영하고 있
  다. 실제로 영국 정치인 에드먼드 버크와 미국 작가 토머스 페인은 상속
  문제를 사회의 중요한 사안으로 거론하며 장자상속과 정의의 문제를 파
  고들었다. 『이성과 감성』에서 오스틴이 묘사하는 개인적 부도덕과 이기
  주의는 정치·사회적 불의와 직결된다. 가족의 역사가 정치의 역사가 되
  는 셈이다. 제인 오스틴은 날카로운 사회적 문제의식을 꾸준히 드러내므
  로, 그의 소설을 가정과 연애라는 좁은 영역에 가둬두려고 시도하는 해
  석은 그 한계가 거듭 드러난다.

3

헨리 대시우드 부인은 놀랜드에 몇 달 더 머물렀는데, 정든 곳을 떠나기 싫어서 그랬던 건 아니에요. 처음 한동안은 집 안 곳곳을 보기만 해도 주체 못 할 감정이 복받쳐 올랐지만 이제는 잠잠해졌거든요. 오히려 다시 기운을 차리기 시작하고 병적으로 우울한 회상 말고 다른 데에도 좀 정신을 쏟을 수 있게 되자, 한시라도 빨리 떠나고 싶다고 조바심을 냈고 놀랜드 인근 지역에서 적당한 거처를 수배하느라 지칠 줄 모르고 돌아다녔어요. 정든 그곳으로부터 멀리 떨어져 산다니 있을 수도 없는 일이었지요. 하지만 부인이 생각하는 안락한 생활의 기준에 맞고 현실적인 큰딸이 내세운 신중한 조건에 부합하는 거처의 소식은 영 들려오지 않았어요. 마음에 드는 집은 몇 채 있었지만, 차분하고 판단이 바른 큰딸이 소득에 비해 너무 크다고 일찌감치 퇴짜놓았고요.

남겨진 식구가 편안히 살 수 있게 해달라고 아들에게 단단히 당부했다고, 남편은 세상을 뜨기 전 부인에게 말했어요. 이 승에서의 마지막 시간에 그 생각을 큰 위로로 삼았거든요. 부인 또한 그 확언의 진정성을 한 치도 의심하지 않았고요. 딸들을 생각하면 가슴이 뿌듯하게 차올랐어요. 물론, 부인 당신 몫만 생각하면 칠천 파운드씩이나 되는 거액이 아니라도 풍족하게 살림을 꾸릴 수 있겠지만요. 딸들의 오빠 입장에서도 양심적으로 선행을 베푸는 셈이니 참 잘된 일이라고 여겼죠. 이런 장점을 보지 못하고 의붓아들을 두고 관용이라곤 모르는 위인이라고 야박하게 생각했던 과거의 자신을 못내 꾸짖으면서요. 자신과 딸들을 세심히 배려하는 언행을 지켜보며 그가 식구의 안위를 진심으로 중히 여긴다고 믿게 되었고, 한참 동안 그의 너그러운 호의를 단단히 믿고 의지했어요.

다만 부인에겐 처음 안면을 텄을 때부터 며느리를 멸시하는 마음이 있었어요. 반년을 함께 생활하며 며느리의 성격을 더 잘 알게 되자 그 마음이 훨씬 커져버리고 말았고요. 부인이 아무리 예를 갖추고 모성애를 발휘해도, 어떤 특수한 정황이 아니었다면 그토록 오래 함께 살 수는 없었을 거예요. 헨리 대시우드 부인은 딸들이 놀랜드에서 계속 삶을 영위할 가능성이 그 특수한 정황 탓에 크게 높아졌다고 생각했답니다.

그건 바로 큰딸과 존 대시우드 부인의 남동생 사이에 차츰 깊어지고 있는 애정이었어요. 그는 신사답고 호감 가는 청년이었는데, 놀랜드에 누나가 자리를 잡고 얼마 되지 않아 소개를 통해 그들과 인사를 나누었고 그 후로 상당 시간을 그곳에서 보내고 있었지요.

다른 어머니였다면 이해관계를 고려해 관계를 부추겼을 거예요. 에드워드 페라스는 상당한 재산을 남기고 세상을 떠난 남자의 맏아들이었기 때문이지요. 또 다른 어머니라면 조건을 따지며 둘의 사이를 말렸을 테고요. 푼돈에 불과한 일부를 제외하면, 그의 재산은 전적으로 모친의 유언에 달려 있었으니까요. 그러나 헨리 대시우드 부인에겐 둘 다 중요한 고려 사항이 아니었어요. 겉보기에 싹싹하고 딸을 사랑하며 엘리너도 그 애정에 화답한다면 그걸로 충분했거든요. 성정[1]이 비슷한 사람들끼리 마음이 끌린다는데 재산이 좀 차이 난다고 둘 사이를 갈라놓다니, 그건 부인의 원칙을 모조리 어기는 짓이었고요. 더구나 엘리너를 안다는 사람이 어떻게 그 아이의 덕성을 몰라볼 수 있겠어요. 부인의 상식으로는 있을 수도 없는 일이었지요.

에드워드 페라스가 그들의 호감을 산 건 외모나 말씨가 특출해서가 아니었어요. 미남도 아니었거니와, 먼저 상당히 친해지지 않으면 말투나 몸가짐에서 풍기는 매력도 알아보기 어려웠거든요. 에드워드 페라스는 자신감이 없는 나머지 본연의 매력을 발산하지 못하는 남자였어요. 하지만 타고난 수줍음을 극복하고 나면 행동마다 꾸밈없고 다정한 품성이 묻어나곤 했지요. 뛰어난 지성도 교육을 통해 탄탄하게 성장을 이루었고요. 다만 능력으로 보나 성정으로 보나 모친과 누나의

---

1 당시에는 심리나 정신의 전반적 경향을 뜻하는 단어 disposition이 성격이나 성정이라는 뜻을 지니고 있었다. 사회와 무관한 개인으로서 지니는 고유한 특징을 의미하는 personality는 아직 널리 쓰이지 않았다.

기대에는 부응할 수 없었답니다. 그들은 에드워드가 뭔가 고명하고도 저명한 존재가 되어주길 간절히 바랐거든요. 뭐가 되어야 할지는 자기들도 모르면서 무작정 어떤 식으로든 에드워드가 크게 출세하기를 바란 거예요. 어머니는 정치 쪽으로 아들의 관심을 돌려보려 했어요. 국회에 입성하거나 당대의 저명인사와 인맥을 쌓기를 바라서였죠. 누나인 존 대시우드 부인의 바람도 같았고요. 그래도 동생이 이런 고상한 축복을 먼 미래에 받기 전 일단 바루슈[2]라도 한 대 몰아주었다면 누나의 야심은 금세 달랠 수 있었을걸요. 그러나 에드워드는 위인이 되거나 바루슈를 모는 데에는 관심도 재주도 없는 사람이었답니다. 그가 바라는 모든 것의 중심에는, 안온한 가정과 고요하고 사적인 생활이 있었어요.[3] 다행이라 해야 할지, 그에겐 훨씬 전도유망한 남동생이 하나 있었지요.

2 사인승 개폐식 마차. 현대의 컨버터블 자동차에 상응한다. 유행을 타는 고가의 사치품이어서 부의 상징이었다. 제인 오스틴은 바루슈를 타보고 나서 언니에게 보낸 편지에서 "마차 뚜껑을 열고 이곳저곳 달리는 게 아주 기분 좋았어. 혼자서 우아하게 다니는 게 좋았고, 내가 여기 있다는 게 내내 우스워서 언제든 비웃을 수 있을 것 같기도 했어. 나는, 바루슈를 타고 뻐기면서 런던을 돌아다닐 자격이 태생적으로 별로 없다는 실감을 하지 않을 수가 없었거든"이라고 썼다. (1813년 5월 24일)

3 에드워드를 소개하는 이 두 단락은 오스틴의 작품 중 남자 주인공을 처음 소개하는 묘사 중에서도 가장 길고 친절하다. 에드워드는 이야기 밖에 머무는 시간이 길어 캐릭터를 설명할 기회가 적기 때문이다. 한편 『이성과 감성』에는 '낭만적 남자 주인공'이 두 명 나오지만 에드워드는 어떤 범주에도 속하지 않는다. 모어랜드 퍼킨스는 "지배적 젠더 관념을 공격적으로 재형성하려는 기획"을 오스틴이 수행하는 증거라고 주장했다. 에드워드는 가정적이고 개인적이고 수줍은 남자 주인공으로 대체로 '여성적' 특징으로 여겨지는 속성을 지닌 남자 주인공이다.

헨리 대시우드 부인의 관심을 한몸에 받게 되었을 때, 에드워드는 이미 그 집에 몇 주일째 머물러 지내고 있었어요. 하지만 처음엔 부인이 슬픔에 너무 깊이 빠진 나머지 주변을 유심히 살피지 않았었지요. 그러다 조용하고 나대지 않는다는 한 가지 이유만으로 에드워드를 마음에 들어하게 되었답니다. 에드워드는 눈치 없이 아무 때나 말을 걸어 불행에 젖은 마음을 방해하는 사람이 아니었거든요. 어느 날 우연찮게 엘리너가 에드워드는 누나와 참 다르다고 말하는 바람에, 부인은 처음으로 그를 눈여겨보았고 큰 호감을 갖게 되었지요. 제 누나와 대조적인 사람이라니 부인에게 그보다 호소력 강한 장점이 어디 있겠어요.

"그럼 충분해." 부인은 말했지요. "패니와 다르다니 그 말 하나로 충분하구나. 그 말에 다정한 장점이 다 담기고도 남아. 벌써 그 사람이 사랑스러운걸."

"어머니가 좋아하실 거라고 생각해요." 엘리너가 말했어요. "더 잘 알게 되시면요."

"좋아한다니!" 부인은 웃음을 머금고 대답했답니다. "나는 원래도 사랑보다 못한 호의의 감정은 느낄 수도 없는걸."

"좋은 사람이라고 존중하실 수도 있잖아요."

"존중과 사랑을 따로 구분하는 마음이라니, 난 아직도 전혀 모르겠더라."

헨리 대시우드 부인은 이제 에드워드와 친해지려는 노력을 아끼지 않았어요. 정을 담뿍 주는 부인의 태도에 수줍은 에드워드의 마음도 금세 열렸고요. 부인은 빠르게 그의 장점을 낱

낯이 파악하고 숙지했답니다. 엘리너를 좇는 에드워드의 눈길이 아마 큰 도움이 되었겠지만요. 어찌 되었든 이제 부인은 진심으로, 그의 값어치를 확신해도 좋다 느꼈어요. 조용조용한 에드워드의 언행은 부인이 생각하는 훌륭한 청년의 화법과 퍽 큰 차이가 있었지만, 마음이 따뜻하고 성정이 다사롭다는 걸 알고 보니 재미가 없지만은 않았어요.

엘리너를 대하는 에드워드의 행동에서 미미하나마 사랑의 증후를 감지한 부인은 곧바로 그 둘의 진지한 관계를 당연시했고, 둘의 결혼이 빠른 시일 내로 성사되리라는 기대감에 부풀었답니다.[4]

"메리앤, 아무리 봐도 몇 달 후에는 엘리너가 결혼해서 자리를 잡을 것 같구나. 우리야 허전하고 그립겠지만 네 언니는 행복하게 살 거야."

"아, 엄마, 언니가 없으면 우린 어떡해요?"

"헤어져 산다고 할 수도 없을 거란다. 몇 마일도 채 안 되는 거리에 살 테고 살아가면서 모든 날에 서로 만날 테니까. 너한테는 오빠가 생기겠지. 진짜 오빠, 다정한 오빠. 엄마는 에드워드만 한 심성을 가진 사람은 세상에 아무도 없다고 생각해. 하지만 메리앤, 너는 표정이 심각해 보이는구나. 언니의 선택이 마음에 들지 않니?"

4 성급하게 결혼을 예측하는 것은 낭만적이고 철없는 부인의 성정 탓이기도 하지만, 어느 정도는 당대의 사회 분위기를 보여주기도 한다. 혼기가 찬 청년들이 이성과 접촉할 기회는 극히 제한되어 있어서, 아무리 사심 없는 호의라 해도 얼마든지 결혼과 관련된 억측을 불러올 수 있었다.

"좀 많이 놀랐나봐요." 메리앤이 대답했다. "에드워드는 정말 사람이 좋고 나도 그 사람을 참 좋아해요. 하지만 그래도 —그럴 만한 남자는 아니잖아요—뭔가 부족한 구석이 있다고요—외모가 눈에 띄게 잘생긴 것도 아니고, 언니와 진정한 사랑을 나눌 남자라면 우아한 기품이 있어야 하는데 그것도 전혀 아니고요. 눈빛에도 총기가 없죠, 미덕과 지성을 발산하는 불같은 총기요. 이런 걸 다 제치더라도 엄마, 안타깝지만 에드워드에겐 제대로 된 취향조차 없어요. 음악에 매료되는 것 같지도 않고. 엘리너 언니의 스케치는 아주 좋아했지만, 정말 가치를 알고 감상하는 사람 같아 보이지는 않았거든요. 언니가 그림 그릴 때 종종 관심을 보이지만 누가 봐도 미술은 전혀 모르는 게 분명했어요. 감상자가 아니라 사랑하는 사람의 눈으로 보는 거죠. 내 마음에 들려면 그런 자질들을 한몸에 다 갖춰야 한다고요. 난 모든 면에서 취향이 일치하지 않는 남자와는 행복하게 살 수가 없어요. 내 연인은 내 모든 감정에 낱낱이 공감해야 해요. 우리 둘은 똑같은 책을 읽고 똑같은 음악을 듣고 매혹당해야 하죠.[5] 아! 엄마, 어젯밤 우리에게 책을 읽어줄 때 에드워드가 얼마나 활기가 없었어요? 그저 순하기만 했잖아요! 난 정말 언니가 너무 안됐더라고요. 막상 언니는 차분하게 잘 참다못해 아예 눈치를 못 채는 사람 같았지만요. 난 자리에 가만히 앉아 있기도 힘들던데. 시시때때로 나를 미

---

5 퍼트리샤 마이어 스팩스는 메리앤이 자신의 취향을 세계와 타인을 재는 유일한 척도로 내세우며, 자기 자신의 확장/분신으로서 연인을 꿈꾼다고 지적한다.

칠 듯 흥분하게 만든 그 아름다운 시구들을, 그렇게 꽉 막히고 무심한 어투로, 그렇게 끔찍하게 관심 없는 어투로 읽다니!"
—

"소박하고 우아한 산문이었다면 훨씬 잘 읽긴 했겠지. 그때는 그렇게 생각하긴 했어, 하지만 쿠퍼[6]를 읽어주면 좋겠다고 한 건 너잖니."

"아니, 엄마, 쿠퍼를 읽고도 감동하지 않으면 어떡해요—그래도 취향 차이는 우리가 인정해야겠죠. 엘리너 언니는 나만큼 감수성이 예민하지는 않으니까 크게 마음 쓰지 않고 행복하게 잘 살 거예요. 하지만 나라면요, 사랑하는 남자가 그렇게 무덤덤하게 시를 읽으면 마음이 아파서 견딜 수가 없을 거라고요. 엄마, 세상을 알면 알수록 내가 사랑할 수 있는 남자는 영영 만날 수 없을 거라는 생각이 들어요. 내가 바라는 게 너무나 많아서요! 에드워드의 덕성을 모두 갖춰야 하는 건 물론이고, 외모나 매너에서도 매력이 흘러넘쳐서 선한 마음을 예쁘게 꾸며줘야 하거든요."

"우리 딸, 기억하렴. 너는 열일곱 살도 채 되지 않았어. 앞으로 살아갈 날이 창창한데 벌써부터 절망하고 행복을 포기해선 안 되고말고. 네가 엄마보다 운이 못하다는 법이 어디 있니? 우리 메리앤의 운명은, 딱 한 군데에서만 엄마와 달라지면 돼."

6 영국 시인 윌리엄 쿠퍼를 말한다. 낭만주의 시의 선구자로, 18세기에 무척 인기 있는 시인 중 하나였다.

4

"안타까워서 어떡해, 엘리너 언니." 메리앤이 말했습니다. "에드워드한테 그림 보는 눈이 그렇게 없어서야."

"그림 보는 눈이 없다니, 왜 그렇게 생각하니?" 엘리너가 대꾸했어요. "물론 그이가 직접 그림을 그리지는 않지. 하지만 다른 사람들이 그림을 그리는 걸 보면서 얼마나 즐거워한다고. 더욱이 타고난 안목도 모자람이 없는걸. 갈고닦을 기회가 없었을 뿐이지. 배울 기회가 있었다면 그이도 아주 잘 그렸을 거야. 그런 면으로 자기 판단을 워낙 믿지 못하니까 늘 그림을 봐도 자기 생각을 말하기를 꺼리는 거고. 하지만 올바르고 소박한 안목을 타고난 사람이라서, 대체로는 흠 없이 훌륭한 판단을 내리는걸."

메리앤은 언니의 기분을 상하게 할까 두려워 이 이야기는 더 이상 하지 않았지요. 하지만 엘리너 말대로 에드워드가 남의 그림을 보고 기쁨을 느낀대도 메리앤의 기준에서 취향이라 할 수는 없었어요. 오로지 황홀한 희열감만이 취향이라는 이름을 붙일 값어치가 있단 말이지요. 메리앤은 언니의 착각에 내심 웃음을 머금었지만 무작정 에드워드를 편드는 언니의 눈먼 애정만큼은 높이 사기로 했어요.[1]

"메리앤, 에드워드가 안목 없는 사람이라고 생각하지는 않않았으면 좋겠어." 엘리너가 덧붙여 말했습니다. "그럴 리 없다고는 믿어. 넌 늘 에드워드한테 상냥하고 다정하니까. 정말 그이를 그렇게 생각했다면 네가 그리 예의 바르게 대할 리도 없잖니."

메리앤은 차마 뭐라 말해야 할지 알 수 없었어요. 절대로 언니 감정을 다치게 하고 싶진 않았지만, 그렇다고 마음에 없는 소리를 할 수도 없었거든요. 그래서 결국 이렇게 대답했지요.

"기분 나빠하지 마, 엘리너 언니. 내가 에드워드를 칭찬하더라도 언니가 보는 장점과 일일이 부합하지는 않을 거야. 난 언니처럼 그 사람의 성향, 호불호, 취향을 아주 작은 것까지 낱낱이 가늠해볼 기회가 없었잖아. 하지만 착한 마음과 차분한 분별만큼은 세상 누구보다 높이 평가해. 훌륭하고 사랑스러운 덕목들도 빠짐없이 갖췄다고 믿고."

"세상에." 엘리너가 웃음 지으며 말했어요. "에드워드의 절친한 친구가 들어도 그런 칭찬에 전혀 불만이 없겠는걸. 이보

---

1 인간을 사회적 맥락에서 바라보는 제인 오스틴의 소설에서 타인의 품평은 중요한 언술 행위지만, 남을 겨냥하는 말의 화살은 종종 부메랑처럼 화자에게 돌아온다. 이를테면 여기서 독자가 에드워드나 엘리너보다 메리앤을 한층 더 잘 알게 되듯 말이다.

다 더 뜨겁게 네 진심을 전할 말은 없을 거야.”

메리앤은 언니 기분이 금세 좋아지자 기뻤습니다.

엘리너가 말을 이었다. “사리 판단sense 반듯하고 심성이 착하다는 거야 그이와 마음을 터놓고 대화를 나눠본 사람이라면 누구나 알고도 남지. 훌륭한 지성과 반듯한 원칙이 눈에 덜 띄는 건, 순전히 그이가 수줍은 탓에 종종 입을 다물고 말을 아끼기 때문이고. 너도 그만큼 보아왔으니 됨됨이가 알찬 사람인 건 알 거야. 그래도 네가 말하는 소상한 취향이라면, 사정이 사정이니만큼 네가 나보다 더 잘 알 리 없잖니. 나는 그이와 종종 함께 있었고 꽤 오랜 시간을 같이 보냈지만, 너야 내내 다정이 병이신 엄마 일에 온통 정신이 쏠려 있었으니까. 나는 그이를 오래 지켜보면서 감정을 찬찬히 살피고 문학과 예술적 취향에 관한 의견을 경청했어. 그래서 감히 말하는데, 그이는 박학다식하고 책을 굉장히 좋아하고, 활발한 상상력과 정확하고 적확한 관찰력을 지닌 데다 취향도 섬세하고 순수한 사람이야. 매너도 외모도 다 그렇지만, 깊이 알면 알수록 모든 면에서 점점 더 뛰어난 능력을 드러내는 그런 사람. 물론 첫인상만 보면야, 언변이 눈에 확 띄게 뛰어나지는 않지. 외모도 미남이라고 하긴 어렵고. 하지만 표정 풍부한 그 눈빛은 범상치 않게 선하고, 대체로 다정하고 호감 가는 얼굴이잖아. 내겐 이제 너무 익숙해져서 심지어 정말 잘생겨 보여. 흡사 미남 같다니까. 어떻게 생각하니, 메리앤?”

“엘리너 언니, 지금은 아니더라도, 금세 내 눈에도 잘생겨 보일 거야. 인연을 맺고 형제처럼 사랑해달라고 언니가 말하면, 그때는 내 눈에도 심성뿐 아니라 외모까지 완벽해 보이겠지."

엘리너는 동생의 섣부른 선언에 놀라버렸고, 메리앤이 에드워드 이야기를 하며 저도 모르게 내비친 속마음이 지나치게 감정적이라 걱정스러워졌습니다. 엘리너의 마음도 에드워드를 아주 높이 평가하고 있었어요. 그 마음이 일방적이라고 생각지도 않았고요. 하지만 메리앤이 둘 관계를 다 정해진 것처럼 믿어버리니 썩 유쾌하지가 않았습니다. 아직 그만큼의 확신은 없었거든요. 메리앤과 어머니는 삽시간에 추측에서 확신으로 넘어가고—소망을 희망으로, 희망을 예측으로 부풀리기 일쑤였지요.[2] 그래서 엘리너는 현재 두 사람의 상황을 있는 그대로 설명해주려 해보았습니다.

"굳이 부정하려 하진 않겠어." 엘리너가 말했지요. "난 그이가 대단히 훌륭하다고 생각해—굉장히 존중하고 있고. 마음에도 들지."

메리앤은 이 말을 듣자 갑자기 버럭 화를 냈어요—

"존중한다고! 마음에 든다고! 엘리너 언니는 냉정해! 아! 냉정한 것보다 더해! 감정이 부끄러운 거잖아. 또 그런 말을 쓰기만 해봐. 그럼 당장 이 방에서 박차고 나가버릴 거야."

2 이 대목은 『오만과 편견』에서 다아시가 엘리자베스의 근사한 눈을 칭찬하자 언제 결혼을 축하해줄까 비아냥거리는 캐럴라인 빙리에게 대꾸하는 내용과 매우 유사하다. "굳이 부정하려 하지는 않겠어"라고 시작되는 엘리너의 말투 또한 다아시를 연상시킨다. 엘리너와 다아시는 차분한 냉정함 안에 뜨거운 열정을 품은 인물로, 제인 오스틴이 그리는 영웅상이다.

엘리너는 웃음을 참을 수 없었습니다. "미안한데, 네 화를 돋우려고 이렇게 잔잔한 말로 감정을 표현한 건 아니야. 말보다는 훨씬 깊은 감정이라는 걸 믿어줘. 딱 그이의 장점에 걸맞은 마음, 어리석지도 않고 경솔하지도 않게 애정을 미루어 짐작하고 소망하는 마음—정확히 그만큼의 감정이라고만 생각해주면 돼. 하지만 그 이상이라고 생각하진 마. 난 아직 그 사람의 마음에 어떤 확신도 없거든. 어느 정도의 호감일까 알쏭달쏭할 때도 많고. 분명히 말해두는데, 난 먼저 그이 감정을 온전히 알아내기 전까지는 내 마음도 섣불리 부풀려 오해하거나 믿어버리지 않을 거야. 괜히 내 쪽에서 특별한 감정을 부추겨 키우기는 싫으니까. 심장의 육감만 믿는다면 그이가 날 좋아한다는 사실을 그리—아니, 거의 의심할 수 없지. 하나 본인의 의사 말고도 다른 문제들이 있잖니. 경제적으로 독립하려면 아직 멀었으니까. 에드워드의 모친이 실제로 어떤 분인지 우리가 알 길도 없고. 하지만 패니 언니가 가끔 하는 말을 들으면, 행동으로 보나 의견으로 보나 그분이 상냥한 사람처럼 느껴지진 않았잖니. 내 짐작으론 에드워드 본인도 잘 모르는 것 같아. 만에 하나 큰 재산도 높은 신분도 없는 여자와 결혼하고 싶어졌을 때 앞날에 얼마나 무수한 난관이 기다리고 있을지를."

메리앤은 어머니와 자신의 상상이 현실에 비해 얼마나 앞서 나아가버렸는지 깨닫고 깜짝 놀랐어요.

"그럼 정말 에드워드와 약혼한 사이가 아니구나!" 메리앤이 말했죠. "그래도 분명히 머지않아 그렇게 되겠지. 하지만 약혼이 늦어지면 두 가지 좋은 점이 있긴 하겠다. 나는 언니와 빨리 헤어지지 않아도 되고, 에드워드는 언니의 취미를 감상하는 안목을 더 갈고닦을 기회가 생길 테고. 둘이 장래에 행복하게 살려면 꼭 필요한 자질이니까. 아, 에드워드가 언니의 천재성에 자극을 받은 나머지 직접 그림을 배우게 된다면 얼마나 즐겁겠어!"

엘리너가 동생에게 털어놓은 말은 진심에서 나온 자기 의견이었습니다. 에드워드에게 마음이 끌렸지만 메리앤이 멋대로 믿어버린 것처럼 활짝 꽃핀 사랑이라고 믿을 수는 없었어요. 에드워드는 이따금 기운 없이 시들해 보였는데, 무관심은 아니라도 못지않게 불길한 징조 같았거든요. 엘리너의 감정을 잘 몰라 애가 타는 거라면 기껏해야 불안해하는 정도에 그칠 테지, 에드워드가 자주 그러듯 아예 맥을 탁 놓고 울적해하지는 않을 거예요. 좀 더 그럴싸한 이유를 찾자면 경제적으로 독립하지 못한 까닭에 마음껏 사랑할 수 없기 때문이 아닐까요. 엘리너는 에드워드의 어머니가 어떤 사람인지도 잘 알았어요. 제 고집대로 아들이 대단하게 출세하지 못한다면, 지금 집에서 편히 살지도 못하게 들볶고 자기 가정을 꾸리게 두고 볼 리도 없는 위인이었지요. 그걸 알면서 엘리너가 어떻게 이 문제를 편히 생각할 수 있겠어요. 엘리너는 어머니와 동생처럼 에드워드의 애정이 현실적 결과로 이어지리라고 무작정 믿어버릴 수는 없었습니다. 아니, 오히려 함께 보내는 시간이 길어질수록 에드워드가 보이는 관심이 대체 어떤 성격인지 의문만 커져갔지요. 이따금, 마음 아픈 몇 분쯤은, 한낱 우정에 불과

하다 믿게 될 때도 있었어요.

하지만 현실적 한계야 어떻든, 에드워드의 마음은 누나의 심기가 불편해져서 (훨씬 더 자주) 매정하고 무례하게 굴게 만들 만큼은 충분히 컸답니다. 패니는 이 문제로 이야기를 나눌 기회가 처음 생기자마자 시어머니에게 얼마나 당돌하게 따지고 들었는지 몰라요. 우리 동생은 앞으로 크게 출세할 재목이다, 우리 어머니 페라스 부인은 두 아들을 모두 좋은 혼처에 장가보내고 싶어한다, 감히 꼬시려고 덤비는 젊은 여자가 있으면 크게 조심해야 할 거다, 하며 어찌나 열불을 내는지 헨리 대시우드 부인도 모르는 척하기는커녕 냉정을 유지할 수조차 없었어요. 그래서 경멸이 도드라지는 대꾸를 쏘아붙이고 방에서 나가버렸지요. 갑작스레 이사를 나가는 불편이 아무리 크더라도, 사랑하는 엘리너한테 이런 허튼소리를 일주일이라도 더 듣게 할 수는 없다고 굳게 마음먹게 된 거예요.

이처럼 격앙된 상태에서 편지 한 통이 부인에게 배달되었는데 때를 기막히게 맞춰서 살 집을 소개하는 내용이었지 뭐예요. 아담한 주택인데 조건이 아주 좋았고, 집주인도 부인의 친척이었어요. 명망도 있고 재산도 있는 데번셔의 한 신사였지요. 당사자가 직접 써서 부친 편지에는, 우정 어린 배려의 참된 정신이 담겨 있었습니다. 신사는 거처가 필요한 부인의 사정을 잘 알고 있다면서, 소박한 코티지[3]긴 해도 조건이 마

---

3 주로 시골 지역에서 쉽게 구할 수 있는 재료로 지은 평범한 단독주택. 소유한 영주들이 해당 영지에 거주하는 사람들에게 세를 받고 빌려주는 식으로 운영되었다. 가문의 별장처럼 사용하는 경우도 많았다.

음에 든다고 하면 부인이 필요하다고 생각하는 조치를 모두 다 해주겠다고 장담했지요. 신사는 주택과 정원의 상세한 면모를 설명한 후, 같은 교구에 있으니 부디 딸들과 함께 자신의 거처인 바턴 파크로 와서 머물면서 바턴 코티지를 살펴보고 수리를 좀 하면 편안히 살 만한 집인지를 직접 판단하시라고 부드럽게 권했습니다. 거처를 마련해주고 싶은 열의가 다급해 보일 정도였고, 전반적으로 편지의 글투가 친척의 마음에 쏙 들 수밖에 없이 싹싹하고 다정했답니다. 가까운 가족의 차갑고 매정한 냉대에 마음앓이를 하고 있던 차였기에 특히 위로가 되었겠지요. 시간을 두고 깊이 생각하거나 자세히 알아볼 필요도 없었어요. 편지를 읽어 내려가는 사이 결심이 절로 굳어졌거든요. 바턴이 데번셔 카운티처럼 서식스 카운티에서 먼 곳에 있다는 사실만 해도, 불과 몇 시간 전이었다면 모든 장점을 덮고도 남았겠지만 지금은 최고의 매력이었어요. 놀랜드 근교를 떠나는 건 이제 최악의 불행이 아니라 오히려 바라는 바였어요. 며느리의 손님으로 눌러사는 비참한 삶에 비하면 축복이었어요. 이런 여자가 주인 노릇을 하는 한, 이토록 사랑하는 장소로부터 영원히 떠나버리는 편이 객식구로 사는 처지보다는 차라리 덜 고통스러울 테니까요. 부인은 즉시 존 미들턴 경에게 친절에 감사하며 제의를 받아들이겠다는 답장을 썼고, 서둘러 편지 두 장을 모두 딸들에게 보여주었답니다. 회신하기 전에 딸들의 동의를 구해야 했으니까요.

엘리너는 처음부터, 예전의 지인들과 어울려 사는 것보다는 놀랜드에서 좀 먼 데 집을 구하는 게 현명하다고 생각했었어요. 그러니 머리로 생각하면, 데번셔로 이사하겠다는 어머니의 뜻에 반대할 입장이 아니었지요. 존 경의 설명대로라면 집 역시 규모도 소박하고 비용도 무척 적게 들어서 반대할 명분이 없었고요. 그래서 마음은 전혀 끌리지 않는 계획인데도, 바라던 것보다 훨씬 더 놀랜드에서 먼 곳으로 떠나게 되어버렸는데도, 수락의 회신을 보내겠다는 어머니를 말리려고 한번 애써보지도 않았습니다.

5

답장을 보낸 즉시 헨리 대시우드 부인은 남편의 아들과 며느리 앞에서 선언하는 쾌감을 만끽했습니다. 집을 구했으니 이제 더는 폐를 끼치지 않아도 되겠다고, 이사 갈 준비를 다 마칠 때까지만 머물겠다고 당당히 밝힌 거예요. 소식을 듣고 다들 놀랐지요. 존 대시우드 부인은 아무 말도 하지 않았지만 남편은 그래도 놀랜드에서 멀리 가지는 않기를 바란다고 예의를 차렸습니다. 데번셔로 간다고 답하면서 부인은 기분이 몹시 좋아졌답니다. 그런데 에드워드가 이 말을 듣고는 다급하게 돌아보더니, 굳이 설명이 필요 없는, 놀람과 걱정이 가득한 목소리로 재차 물었습니다. "데번셔라니! 정말로, 거기로 가십니까? 여기서 너무 먼데요! 데번셔 어느 지역으로 가십니까?" 부인은 상세한 내용을 설명했어요. 엑서터에서 북쪽으로 사 마일이 못 되는 곳이라고요.

"소박한 코티지이지만, 그래도 친구들을 거기서 많이 만나

볼 수 있기를 바란다네. 방 한두 개는 쉽게 증축할 수 있을 테고. 친구들이 나를 보러 그 정도 여행을 해주는 수고를 해준다면 숙식 제공도 수고롭진 않을 거야."

부인은 존 대시우드 부부를 바턴으로 매우 친절하게 초대하며 말을 맺었습니다. 그리고 훨씬 더 애정을 담뿍 담아서 에드워드도 초대했지요. 며느리와 최근 나눈 대화 탓에 더는 놀랜드에 눌러살 수 없다는 결단을 내리게 되었지만, 대화의 주제를 대하는 마음은 전혀 바뀐 바가 없었으니까요. 에드워드와 엘리너를 갈라놓는 건 결코 부인의 목적이 아니었어요. 더구나 존 대시우드 부인에게 시위하고 싶은 마음도 있었죠. 보란듯 동생을 초대해서, 네 결혼 반대 따위는 아랑곳하지 않는다고 알려주고 싶었던 거예요.

존 대시우드 씨는 놀랜드에서 그리 멀리 이사 가시면 자기가 가구를 옮기는 데 전혀 도움을 드릴 수 없어서 어떡하냐고 거듭 또 거듭 안타까워했어요. 특히 그 한 가지가 영 양심에 걸려서 정말로 심란했답니다. 아버지에게 한 약속을 줄이고 줄여 가구 옮기는 일 하나로 정했는데, 배편으로[1] 가구를 보내게 됐으니 현실적으로 지킬 수가 없지 않겠어요. 살림살이라고 해봤자 리넨, 금은 식기, 도자기, 책 들과 메리앤의 아름다운 피아노포르테[2]가 다였습니다. 존 대시우드 부인은 짐을

---

[1] 이 당시에는 배로 운송하는 비용이 육로를 이용하는 것보다 훨씬 저렴했다. 서식스 카운티와 데번셔 카운티가 모두 영국의 남쪽 해안에 있으므로 거리도 크게 차이 나지 않았다.
[2] pianoforte. 피아노의 원래 이름.

싸서 보내며 깊은 한숨을 내쉬지 않을 수 없었어요. 자기네와 비교하면 보잘것없는 형편인데 헨리 대시우드 부인이 저 훌륭한 가재도구를 가져다 대체 어디 쓴단 말인지, 새삼 생각하니 절로 울분이 차올랐거든요.

헨리 대시우드 부인은 십이 개월간 임대하는 조건으로 집을 계약했어요. 가재도구도 다 갖춰져 있어서 이제 입주만 하면 되었지요. 계약 과정에서는 양쪽 모두 아무 문제를 일으키지 않았어요. 그래서 서부로 떠나기 전에 남아 기다릴 일이라고는 놀랜드에서 처분할 것을 처분하고 데리고 갈 하인을 결정하는 일뿐이었지요. 관심이 동하는 일이라면 늘 그랬듯, 부인은 이 문제를 놀랄 만큼 신속하게 처리했답니다. 남편이 남긴 말들은 사후에 즉시 처분했고, 마차도 팔 기회가 생겼을 때 팔자는 큰딸의 조언에 따랐습니다. 부인 마음 같아서는 딸들이 편하게 다닐 수 있게 마차는 유지하고 싶었지만 현실적인 큰딸의 조심성에 져준 거지요.[3] 엘리너의 지혜로 하인의 숫자도 셋으로 줄였어요. 놀랜드에 들어와서 두고 있던 하인들 중에서 여자 둘, 남자 하나를 추렸지요.

그중 남녀 하인을 하나씩 이사 전 집 청소와 정돈을 하도록 즉시 데번셔로 보냈답니다. 레이디 미들턴과는 전혀 안면

---

[3] 마차를 팔면 현금도 확보하고 유지비도 아낄 수 있다. 도로 사정이 좋지 않아 파손되는 일이 잦다보니 수리도 해야 했고, 여자는 마차를 몰 수 없었기에 마차를 모는 하인도 따로 필요했다. 그러나 마차가 없으면 집 근처를 벗어나 이동할 수단이 마땅치 않았고, 결정적으로 마차는 신사 계급의 신분을 표상하는 물건이었다.

이 없었던지라 바턴 파크에 객으로 머무는 것보다 곧장 코티지로 가는 쪽이 낫다고 판단했기 때문이에요. 존 경의 설명을 아무 의심 없이 믿었기에 굳이 직접 가서 살필 필요 없이 집주인으로 들어가 보면 된다고 생각했고요. 놀랜드에서 한시라도 빨리 떠나고 싶은 마음은 흔들림 없이 굳건했어요. 떠난다고 하니 며느리가 좋아서 들뜬 기색이 누가 봐도 역력했거든요. 서둘러 떠나지 말라고 싸늘하게 한마디한다고 가려질 기쁨이 아니었어요. 그리고 이제야말로 아들이 아버지에게 했던 약속을 마땅히 지킬 때가 왔습니다. 처음 놀랜드 파크로 들어올 때 지키지 않았으니, 떠나는 지금이야말로 약속을 이행할 적기가 아니겠어요. 그러나 헨리 대시우드 부인은 머지않아 그런 희망을 버리기 시작했어요. 그가 하는 말의 전체적인 흐름으로 보아, 놀랜드 파크에서 여섯 달 머물게 해준 것보다 더 큰 도움을 줄 생각은 일절 없다는 걸 확실히 알 수 있었기 때문이지요. 생활비가 점점 늘어난다는 둥, 지갑을 열 일이 끝도 없이 생긴다는 둥, 사회에서 체면을 유지하려면 써야 할 돈이 계산이 안 된다는 둥, 자기도 쓸 돈이 모자라는데 남한테 줄 돈이 있을 리 없다는 듯 굴었거든요.

존 미들턴 경의 첫 번째 편지가 놀랜드에 도착한 날로부터 채 몇 주도 못 되어 앞으로 그들이 살 집의 모든 준비가 끝났고, 이제는 헨리 대시우드 부인과 딸들이 여행길에 오르기만 하면 되었습니다.

그토록 사랑했던 집에 마지막으로 작별을 고하려니 눈물이 하염없이 흘러내렸어요. "사랑하는, 내 사랑하는 놀랜드!" 메리앤은 그곳에서 보내는 마지막 밤에 집 앞을 홀로 거닐며 읊조렸지요. "언제쯤 되어야 널 그리워하지 않을 수 있을까!—언제쯤 되어야 다른 곳을 집으로 느끼게 될까!—아! 행복했던 집, 이곳에 서서 너를 보는 내 마음이 얼마나 아픈지 너는 알고 있니. 어쩌면 다시는 이렇게 너를 보지 못할 텐데!—아, 그리고 너희, 내가 너무도 잘 아는 나무들아!—그래도 너희는 변함없이 계속 살아가겠지! 우리가 떠났다고 잎사귀 하나 썩을 리 없고, 우리가 너희를 보지 못한다 한들 나뭇가지 하나 가만히 멈춰 서지 않을 테고!—그래, 너희는 변함없이 이 모습 이대로일 거야. 너희가 내 마음에 어떤 기쁨과 아쉬움을 자아내는지 알지 못하고, 너희 그늘 아래 걷던 이들에게 어떤 변화가 닥쳤는지도 전혀 모르는 채로!—하지만 이제 누가 여기 남아 너희를 향유해줄까?"[4]

4 복받치는 감정을 담아 자연을 이상적으로 묘사하는 것은 낭만주의적 글쓰기의 특징이다. 메리앤은 여기서 당대의 인기 작가였던 앤 래드클리프의 소설 주인공처럼 과장되고 연극적인 말투를 쓰고 있다.

6

여행의 초반부는 우울에 젖어 다들 따분하고 불쾌하기만 했을 뿐 다른 감정을 느낄 기분이 아니었어요. 하지만 여행이 끝나갈 때가 되자 앞으로 살게 될 전원이 궁금한 나머지 슬픔을 잊었고, 바턴 밸리에 들어서며 펼쳐진 전망을 보고는 명랑한 활기를 되찾았지요. 쾌적하고 비옥한 땅에 숲이 울창하게 우거져 있었고 목초지도 풍부했답니다. 일 마일도 넘게 꼬불꼬불 산길을 지난 후에야 집에 도착했어요. 집 앞의 땅이라곤 아담한 초록색 안뜰이 다였지요. 소박하지만 정갈한 울타리 문을 지나면 뜰로 들어갈 수 있었어요.

주택이라고 보면 바턴 코티지는 작아도 편안하고 오밀조밀했어요. 하지만 코티지라고 한다면 흠을 잡을 수 있었지요. 건물도 평범하고 지붕도 타일인 데다 창호도 초록색으로 칠해져 있지 않고 벽을 가득 뒤덮은 인동덩굴도 없었거든요.[1] 좁은 통로를 지나면 곧장 집을 통과해 뒤쪽 정원으로 들어갈 수 있었어요. 입구 양옆에 거실이 있었는데[2] 넓이가 각각 육 제곱피트쯤 되었죠. 그 뒤에 주방과 세탁실 등 일하는 공간[3]과 계단이 있었어요. 그 외에는 침실 네 개와 다락방 두 개가 있었고요. 지어진 지 오래되지 않았고 보수도 잘되어 있었습니다. 놀랜드와 비교하면 당연히 초라하고 좁긴 했어요! ㅡ하지만 추억의 눈물은 집 안에 들어가자마자 금세 말라버렸답니다. 반색하며 기쁘게 맞아주는 하인들을 보니 기운이 났고, 모두가 서로를 생각해서 행복한 얼굴을 해야겠다고 마음먹었기 때문이지요. 9월이 막 시작되었을 무렵이었습니다. 계절이 아름다워 청명한 날씨의 이점을 업고 본 덕에 집의 첫인상은 참 좋았고, 이는 앞으로 이 집을 오래오래 아끼며 살아가는 데에도 실질적으로 큰 도움이 되었답니다.[4]

집의 위치도 훌륭했어요. 높은 언덕들이 바로 집 뒤로 우뚝 솟아 있고, 좌우로 그리 멀지 않은 곳에도 있었어요. 탁 트인

1 초창기의 낭만주의는 자연을 감상적으로 이상화하고 감정을 과장하는 경향이 있었는데, 제인 오스틴은 이 유행하는 담론이 현실을 살아가는 여성의 삶에 도움이 되지 않는다고 여겼던 것 같다. 여기서도 독특하고 투박한 코티지를 찬양하는 낭만적 감수성을 살짝 비틀어 풍자 대상으로 삼고 있다.
2 품격 있는 사교 생활을 위해서는 거실 두 개가 반드시 필요한 최소 조건이었다. 좋은 거실은 손님을 맞아 대접하는 응접실로 쓰고 다른 거실은 가족이 일상적으로 사용했다.
3 offices. 당시에는 주방, 세탁실, 식료품 저장실 등 실용적인 용도로 쓰는 공간을 통칭하는 단어였다.
4 데번셔는 영국에서도 비가 많이 내리는 지역이기에, 청명하고 건조한 날씨가 드물게 계속되는 9월 초라는 시기가 매우 중요하다. 이들은 앞으로 흐리고 습하고 비바람 부는 날들을 수없이 겪게 될 것이다.

구릉도 있고 경작지와 숲도 있었죠. 바턴 마을이 이런 언덕 중 하나에 자리 잡고 있었는데, 코티지 창으로 바라보면 기분이 좋아지는 풍경을 이루었어요. 앞쪽 전망은 훨씬 광활해서, 계곡 전체가 한눈에 들어왔고 저 멀리 전원까지 쭉 이어졌어요. 그 방향으로 코티지를 에워싼 언덕들이 계곡의 끝을 이루었고요. 또 다른 이름, 또 다른 궤적으로 갈라진 강물은 제일 가파른 절벽 사이로 다시 흘러갔습니다.

집의 크기와 살림살이가 헨리 대시우드 부인은 그럭저럭 마음에 들었답니다. 예전 같은 방식의 삶을 누리려면 물론 여러 가지 덧붙이고 증축할 것들이 많지만, 보태고 개선하는 일은 부인의 낙이었으니까요. 마침 부인의 수중에는 방들을 우아하게 가꾸는 데 쓸 현금이 넉넉히 있었고요. 부인은 말했습니다. "집 자체만 보면야, 우리 가족이 살기에 너무 비좁긴 하지. 하지만 일단은 그럭저럭 편하게 지낼 수 있을 거야. 겨울이 곧 닥쳐오니 집을 수리하기엔 철이 좀 늦었지. 돈만 넉넉하면, 당연히 그럴 테지만 말이야, 봄에는 증축도 생각해볼 수 있겠다. 거실이 둘 다 작아서 엄마가 바라는 만큼 친구들을 많이 초대해 대접하기는 어렵겠어. 한쪽 거실을 좀 줄여서 다른 쪽 거실로 들어가는 통로를 넓히고 그 나머지는 출입구로 두어도 괜찮겠는데. 여기, 새 거실을 증축하는 건 쉽게 할 수 있겠어. 저 위에 침실과 다락방만 하나씩 더 만들면 아주 아늑하고 소박한 코티지가 될 것 같구나. 층계가 좀 더 근사하면 좋았겠지만. 그래도 원하는 걸 다 가질 수야 없잖니. 층계를 넓히는 건 그리 어려울 것 같지 않다만. 봄쯤에 여윳돈이 얼마나 될지 봐서 보수공사를 계획하도록 하자꾸나."

그동안에는, 그러니까 저축이라고는 한 번도 해본 적 없는 여자가 일 년에 오백 파운드의 수입에서 저축한 돈으로 이 모든 보수공사를 다 할 때까지는 말이죠, 지금 집 상태에 그대로 만족하고 사는 수밖에 없는데, 이들은 그럴 줄 아는 현명한 사람들이었어요. 각자 자기 관심사에 몰입해서 여기저기 자기 책이며 소지품을 놓을 자리를 찾으며 집을 가꾸기에 바쁘기도 했고요. 메리앤의 피아노포르테도 포장을 벗겨 제자리에 놓고, 엘리너의 그림들도 거실 벽에 걸었습니다.

다음 날 아침 식사를 마치고 이런저런 일에 몰두하던 가족은 집주인이 찾아오는 바람에 잠시 일손을 놓았지요. 그는 바턴에 온 것을 환영한다면서, 혹시라도 현재 이 집에 모자란 점이 있다면 언제든 자기 집과 정원에 와서 맘껏 누리라고 말했어요. 존 미들턴 경은 마흔 살쯤 되어 보이는 준수한 남자였어요. 예전에 스탠힐에 방문한 적이 있지만 너무 오래전 일이라 젊은 친척들은 자기를 기억 못 할 거라고 했죠. 서글서글한 성격이 만면에 드러나는 얼굴이었고, 매너 또한 편지의 문체만큼이나 우호적이었어요. 그들이 여기 와주어서 정말로 뿌듯하고 기쁜 기색이었고, 편히 지낼 수 있도록 모든 배려를 아끼지 않겠다는 의욕이 역력했답니다. 경은 가족들끼리도 허물없이 친하게 지내길 바란다고 진심 어린 바람을 거듭 드러냈고, 이 집이 더 살기 좋아질 때까지는 바턴 파크에서 날마다 함께 식사하면 좋겠다고 상냥하게 졸라댔습니다. 그래서 경의 호의가 예의의 선을 살짝 넘어 고집이 될 지경이었는데도, 도통 기분 나쁘게 느껴지지가 않았어요. 경의 친절은 말에 그치지 않았습니다. 그가 떠난 지 한 시간도 못 되어 정원에서 딴 꽃과 과일이 한 바구니 가득 배달되었고, 곧바로 당일에 정육 선물이 도착했거든요. 경은 가족들 편지도 자기가 집배소[5]에 가져다주고 가지고 오겠다고 고집했으며, 날마다 자기가 보는 신문도 보내줄 테니 절대 사양하지 말라고 했습니다.

레이디 미들턴은 남편을 통해 매우 예의 바른 인사를 전해 왔고, 방문이 불편하지 않은 상황이 갖춰지면 곧바로 대시우드 부인에게 직접 찾아와 인사하고 싶다는 뜻을 밝혔어요. 이에 못지않게 정중한 화답이 곧 전달되었기에 레이디 미들턴은 바로 다음 날 가족들과 인사를 나누게 되었지요.

바턴에서 편안한 삶을 영위할 수 있는지는 상당 부분 레이디 미들턴에게 달려 있었기에, 당연히 이 만남은 초조하고 불안할 수밖에 없었어요. 다행히도 레이디는 우아한 모습이었고, 이는 가족의 바람에 비추어 볼 때 좋은 징조였지요. 레이디 미들턴은 나이가 많아봤자 스물여섯 내지 일곱 살쯤으로 보였어요. 아름다운 얼굴에 키도 훤칠하고 몸의 자태도 두드러지게 눈에 띄는 데다 말씨도 우아했답니다. 매너도 남편에게 부족한 기품을 채우고도 남았고요. 남편의 솔직함과 다정한 온기를 좀 나눠 가졌더라면 물론 훨씬 좋았겠지만요. 더구나 방문이 길어지다보니, 훌륭한 첫인상이 조금 빛바래기도

---

5 시골에서는 우편물을 지정된 집배소에서 취급했다. 집배소는 보통 여인숙이었고 편지도 이곳에서 부칠 수 있었다.

했답니다. 완벽한 교양을 갖췄지만, 쉽게 곁을 주지 않고 차가운 사람인 데다 지극히 일상적인 질문이나 상투적인 말들 말고는 할 말이 별로 없다는 사실이 드러났기 때문이지요.

그러나 대화는 끊이지 않고 잘 흘러갔어요. 존 경이 워낙 수다스러웠고, 레이디 미들턴이 현명하게도 이럴 때를 대비해 큰아들을 데려왔거든요. 이 여섯 살짜리 남자아이 덕에 여자들이 궁지에 몰릴 때면 언제나 의지할 수 있는 주제가 하나 생겨났답니다. 아이 이름과 나이도 물어보고, 예쁘게 생겼다고 감탄도 하고, 아이에게 이런저런 질문을 던지면 엄마가 대신 대답하고요. 그러는 내내 아이는 엄마 주위를 맴돌며 고개를 푹 숙이고 있었고, 레이디 미들턴은 매우 놀라워하며 집에서 그렇게 소란을 피우는 아이가 왜 사람들 앞에서는 이렇게 수줍어하는지 모르겠다고 말했어요. 격식을 갖춘 방문을 할 때는 할 말이 떨어질 때를 대비해서 반드시 아이를 하나 데려와야 하는 법이지요. 이 경우에는 남자아이가 아버지를 닮았는지 어머니를 닮았는지, 구체적으로 어디가 누구를 어떻게 닮았는지를 결정하는 데만 꼬박 십 분이 걸렸거든요. 당연히 모두의 의견이 달랐거니와, 다들 다른 사람 생각을 듣고 놀라워했어요.

대시우드 가족이 나머지 아이들을 놓고 논쟁을 벌일 기회도 금세 주어졌지요. 존 경은 바로 다음 날 파크에서 함께 식사하겠다는 약속을 받아내기 전에는 집에 갈 생각이 없어 보였거든요.

7

바턴 파크는 코티지에서 반 마일쯤 되는 거리에 있었어요. 숙녀들도 계곡을 따라오던 길에 근처를 지나치긴 했었지만 돌출된 언덕에 시야가 가려 보지 못했지요. 저택은 크고 아름다웠으며 미들턴 가족의 생활양식도 환대와 기품이 서로 모자람이 없었답니다. 환대는 존 경 덕분이었고 기품은 레이디 덕분이었고요. 사시사철 놀러 와 머무는 친구들이 없을 때가 드물었고 각계각층을 망라한 손님들도 이웃 어느 가족보다 더 많이 초대하고 대접했어요. 사교는 부부의 행복에 꼭 필요한 일이었거든요. 성격이나 바깥으로 드러나는 행동은 딴판으로 달랐어도 알고 보면 부부는 서로 꼭 닮은 점이 있었어요. 둘 다 재능도 안목도 전혀 없어서, 이처럼 사람들과 꾸준히 교류하며 어울리지 않는다면 지극히 편협한 생활의 반경 속에 매몰되기 십상이었거든요. 존 경의 적성은 스포츠맨이었고 레이디 미들턴의 적성은 어머니였답니다. 경은 사냥과 사격을 즐겼고 레이디는 아이들 기분을 맞춰주었지요. 삶의 낙이라고는 이것이 전부였어요. 그나마 레이디 미들턴은 일 년 내내 오냐오냐하면서 아이들 버릇을 망칠 수 있다는 이점이라도 있었죠. 일 년 중 절반쯤 되는 시기에[1] 존 경이 혼자 즐길 만한 취미라고는 숨 쉬고 살아 있기뿐이었단 말이에요. 그러나 집 안팎으로 꾸준히 이어지는 교류는 부부가 타고난 천성과 교육으로도 채우지 못한 부족한 점들을 메꿔주었어요. 덕분에 존 경의 선한 품성은 더 고무되었고, 레이디는 바른 예의범절을 갈고닦을 수 있었답니다.

레이디 미들턴은 식탁을 품위 있게 차릴 수 있고 살림 솜씨가 뛰어나다는 데 자부심이 있었어요. 파티를 열 때마다 이런 유의 허영을 부리며 크게 즐거워했고요. 반면 존 경이 사교 생활에서 느끼는 기쁨은 좀 더 진정성이 있었답니다. 그는 집 안에 다 들일 수도 없을 만큼 많은 젊은이들을 불러 모아 거느리길 즐겼고 그들이 소란스럽게 떠들수록 더 좋아했거든요. 이웃의 모든 청년에게는 그야말로 축복이나 다름없었죠. 여름이면 허구한 날 야외에서 차가운 햄과 치킨을 먹는 파티를 주최하고 겨울에는 개인적으로 무도회를 열어주었으니까요. 무도회도 얼마나 자주 열렸는지, 갓 데뷔해 아무리 춤을 춰도 성에 찰 리 없는 열다섯 살 아가씨들 말고는 누구나 이제 그만 충분하다고 했어요.

---

1 당시 영국에서는 총기 사용이 9월 1일에서 1월 31일까지만 법적으로 허가되었고 이에 따라 관습적으로 사냥철은 늦은 가을에서 겨울까지로 제한되었다.

이 지역에 새로운 가족이 오면 존 경은 늘 기뻐하며 반겼지만, 그가 이번에 바턴 코티지에 데려온 입주자들은 어느 모로보나 마음에 꼭 들었답니다. 대시우드 가문의 딸들은 젊고 예쁘고 꾸밈없이 소탈했거든요. 이 하나만으로도 존 경의 호감을 확실히 사고도 남았어요. 어여쁜 아가씨가 외모는 물론 심성까지 매혹적으로 아름다우려면, 딱 하나 없어서는 안 될 자질이 가식 없는 품행이었죠. 천성이 다정한 존 경은 과거보다 불우한 처지가 되었다 할 그런 이들에게 필요한 도움을 주는 것을 행복이라 여겼어요. 그래서 친척 가족에게 친절을 베풀고 나서 선한 심장을 뿌듯하게 채우는 진짜 보람을 느꼈답니다. 더욱이 스포츠맨의 입장에서 보면, 코티지에 살게 된 가족이 모두 여자라는 사실도 만족스러웠지요. 자기처럼 사냥을 즐기는 남자가 아니면 좋게 보지도 않으면서, 그런 남자를 굳이 자기 영지에 들여 취미를 즐기라고 부추기고 싶지도 않았기 때문이에요.

대시우드 부인과 딸들이 찾아오자 존 경은 친히 바턴 파크 문간까지 나와서 가식 없고 소탈하게 진심으로 환영해주었어요. 아가씨들을 응접실로 안내하며 경은 어제부터 하던 걱정을 또 되풀이했지요. 이들과 어울릴 젊고 매력적인 신사들을 구하지 못했다면서요. 그러면서 말했어요. 저를 제외하면 여러분이 만나게 될 신사가 한 사람뿐이에요. 바턴 파크에 머물고 있는 친구인데, 젊지도 않고 명랑하지도 않은 사람이죠. 작은 모임이지만 여러분 모두 너그러이 용서해주시길 바라고, 앞으로는 결코 이런 일이 없도록 하겠습니다. 그날 아침 손님을 더 모셔올 수 있을까 해서 몇 가족 찾아가봤는데, 달빛이 휘영청 밝은 날이라 밤 약속이 많이들 잡혔더라고요.[2] 다행히 레이디 미들턴의 모친께서 도착하신 지 한 시간도 안 되는데, 워낙 활기차고 싹싹한 분이라 젊은 아가씨들도 생각만큼 그리 재미없지는 않을 겁니다, 그러면 좋겠군요. 그래서 젊은 아가씨들은 물론이고 그들의 어머니도, 처음 뵙는 분이 둘이나 된다니 정말 좋다면서, 더할 나위가 없네요, 하고 화답했어요.

레이디 미들턴의 모친인 제닝스 부인은 성격 좋고 명랑하고 뚱뚱하고 나이가 지긋한 부인이었어요. 말이 아주 많았고 아주 행복해 보였고 다소 천박했지요. 농담과 폭소가 끊이질 않았는데, 저녁 식사를 다 마치기도 전에 벌써 '연인과 남편'이라는 주제로 재치를 부린답시고 별별 말을 얼마나 많이 했는지 몰라요. 아가씨들이 서식스에 마음을 두고 온 건 아니길 빌어요, 어디 그런지 아닌지 봐야지, 하며 얼굴이 빨개지는지 보는 시늉을 하기도 했지요. 메리앤은 언니 때문에 속상해서, 이런 공격을 언니가 잘 버티고 있나 자꾸 쳐다보며 눈치를 살폈어요. 하지만 엘리너에겐 메리앤의 진지한 관심이 제닝스 부인의 상투적인 놀림보다 훨씬 견디기 힘든 고통으로 느껴졌어요.

---

2 가로등이 없던 시절이라 해가 지고 나면 집집마다 밝힌 불빛 말고는 이렇다 할 광원이 없었다. 마차는 등불과 횃불을 갖췄으나 조도에 한계가 있었다. 따라서 달이 차올라 밝은 날에는 밤 약속이 더 많을 수밖에 없었다. 1804년 9월 14일 제인 오스틴이 쓴 편지에는 "달이 높이 떠올라" 무도회에서 돌아오는 길에 등잔불이 필요 없었다는 내용이 있다.

존 경의 친구라는 브랜던 대령은 외양도 품행도 자기 친구와는 전혀 어울리지 않았어요. 레이디 미들턴이 존 경의 아내고 제닝스 부인이 레이디 미들턴의 어머니라는 것 못지않게 이상했다니까요. 브랜던 대령은 말이 없고 진중한 사람이었거든요. 하지만 보기 안 좋은 외모는 아니었답니다. 서른다섯이라는 자기 나이보다 중후해 보이는 외모 탓에 메리앤과 마거릿은 완전히 늙어빠진 노총각이라고 생각해버렸지만 말이에요. 그러나 눈 코 입이 잘생기진 않아도 얼굴 인상이 괜찮았고, 말씨는 남달리 신사다웠어요.

그날 모인 사람 중에 대시우드 가족이 곁을 주고 벗 삼을 만한 좋은 이는 아무도 없었어요. 하지만 시들하고 싸늘한 레이디 미들턴이 너무 보기 싫어서 상대적으로 진중한 브랜던 대령이, 아니, 심지어 요란 벅적하게 신이 나서 떠들어대는 존 경과 장모가 차라리 흥미로웠어요. 레이디 미들턴은 저녁 식사가 끝나고 시끄러운 애들 넷이 들어오자 비로소 정신이 번쩍 드는지 즐거운 낯빛을 되찾았어요. 아이들은 사방에서 엄마를 잡아당기고 옷자락을 마구 찢다가 기어이 모든 대화를 끝장내고 자기네와 관련된 대화만 남겨두고 말았답니다.

밤이 되자 메리앤이 음악에 재주가 있다는 사실이 알려졌고 연주해달라는 요청이 이어졌습니다. 잠겨 있던 악기의 뚜껑이 열리고 모두가 음악에 매료될 마음의 준비를 했어요. 노래를 아주 잘 부르는 메리앤은 레이디 미들턴이 결혼하면서 가져 온 악보들에 있는 노래를 거의 다 불렀답니다. 이 악보들은 아마 피아노포르테에 처음부터 이대로 놓여 있었을 거예요. 레이디 미들턴은 음악을 그만두는 것으로 결혼 축하를 대신했거든요. 모친의 말로는 연주 실력이 굉장히 뛰어났다고 하고 본인 말로는 음악을 아주 좋아했다고 했지만 어쨌든요.[3]

메리앤의 연주는 큰 박수갈채를 받았어요. 존 경은 노래가 끝나면 어김없이 시끄럽게 감탄했고 노래가 이어지는 사이에도 계속 시끄럽게 사람들과 수다를 떨었어요. 레이디 미들턴은 몇 번이고 남편에게 조용히 하라며 핀잔을 주고, 어떻게 음악을 듣다가 한순간이라도 딴 데 정신을 팔 수 있느냐고 하더니, 자기는 하필 메리앤이 방금 끝낸 노래를 불러달라고 청했고요. 기쁨에 그만 넋을 잃었다고 요란을 떨지 않은 건 단 한 사람, 브랜던 대령뿐이었습니다. 대령은 오로지 집중이라는 찬사만을 바쳤거든요. 메리앤은 대령의 그런 면을 존중했습니다. 뻔뻔스레 악취미를 드러내는 이들에겐 도저히 그런 마음이 생길 수 없어요. 대령의 음악 감상은 메리앤이 동조할 수 있는 유일한 방식, 즉 치열한 황홀경과는 거리가 멀었지만 다른 이들의 끔찍한 둔감함과 대조되니 준수할 따름이었습니다. 서른다섯 살의 남자라면 폐부를 찌르는 강렬한 감정과 치열하고 뜨거운 향유는 이미 예전에 다 겪어보고 지나갔을 테니, 메리앤도 그 정도는 이해해줄 만큼의 분별이 있었어요. 대령

3 음악 연주는 젊은 여자의 교육에 필수적인 기술이었으며, 레이디 미들턴이 다녔을 법한 여학교에서 특히 중시했다. 그 자체로도 좋은 교양이지만 남자에게 매력을 발산하는 데도 유리했기 때문이다. 제인 오스틴은 초창기 습작 단편에서 젊고 세련된 숙녀를 묘사하며 "십이 년을 바쳐 갈고닦은 (음악을 포함한) 교양을 이제 좀 뽐내다가 몇 년도 채 안 되어 아예 손을 놓아버릴 테지"라고 날카롭게 비판했다.

처럼 나이가 많고 인생을 살 만큼 산 분들은 사람된 도리로 너
그러이 양해해드려야 한다고, 기꺼이 그래줄 수 있다고 생각
했지요.

처럼 나이가 많고 인생을 살 만큼 산 분들은 사람된 도리로 너
그러이 양해해드려야 한다고, 기꺼이 그래줄 수 있다고 생각
했지요.

8

제닝스 부인은 남편과 사별한 과부였는데 자기 몫으로 물려받은 자산[1]이 풍족했어요. 자식이 딸 둘뿐이고 다 적당한 혼처에 잘 결혼시켰으니 이제 남은 할 일이라곤 나머지 온 세상 사람들의 짝을 찾아주는 것뿐이었지요. 부인은 목적 달성을 위해 힘닿는 한 열성적으로 활동했답니다. 그리고 알고 지내는 젊은이들 인맥을 총동원해 결혼을 성사시킬 기회가 보이면 결코 놓치지 않았어요. 누가 누굴 좋아하는지 기막히게 재빨리 눈치채고는, 이런저런 청년이 반해서 어쩔 줄 모른다고 넌지시 귀띔해주면서 아가씨들의 얼굴을 붉히고 허영심을 자극하며 몹시 즐거워했죠. 이런 쪽으로 눈치가 빠른 제닝스 부

1 jointure. 남편이 아내보다 일찍 세상을 떠날 경우를 대비해 미리 지정해 둔 유산을 의미한다. 결혼한 여자는 사유재산을 가질 권리가 없었기 때문에, 이는 유산 상속자가 될 남자 친척이나 아들의 부당한 홀대를 대비해 마련해둔 재정적 안전망이었다.

인은 바턴에 오자마자 브랜던 대령이 메리앤 대시우드를 몹시 사랑하게 되었다고 단정했답니다. 둘이 한자리에 있던 첫날 메리앤이 노래할 때 귀담아듣던 대령을 보고 알아봤다나요. 그리고 미들턴 부부가 화답으로 코티지에 방문해 식사할 때 대령이 또다시 열심히 경청하기에 사실이라는 확신을 굳혔고요. 그래야만 마땅한 일이었지요. 부인의 믿음에는 한 치의 의심도 없었거든요. 두 사람은 서로 멋지게 어울리는 부부가 될 터였어요. 대령은 부자고 메리앤은 아름다웠으니까요. 제닝스 부인은 처음 존 경의 소개로 브랜던 대령을 알게 된 이래로 하루라도 빨리 좋은 혼처를 구해주고 싶어 안달이 나 있던 참인 데다, 어여쁜 아가씨한테 좋은 남편감을 구해주고 싶은 마음이야 뭐 항상 앞서나갔죠.

제닝스 부인에게 당장 돌아오는 이득도 상당했어요. 양쪽 다 놀려댈 거리가 끝도 없이 생겨났거든요. 파크에서는 대령을 놀려대고 코티지에서는 메리앤을 놀려댔죠. 농을 쳐도 대령은 본인만 놀림감으로 삼는 한 완벽한 무관심으로 일관했답니다. 메리앤은 처음에는 놀림을 알아듣지도 못했어요. 하지만 의도를 이해하고 나서는 너무 터무니없다며 웃어넘겨야 할지 선을 넘은 오지랖을 책망해야 할지 도무지 알 수가 없었죠. 메리앤의 눈에는 대령의 지긋한 나이며 노총각의 쓸쓸한 처지를 배려하지도 않고 그저 매정하게 놀림감으로 삼는다고만 보였으니까요.

헨리 대시우드 부인은 자기보다 다섯 살 연하인 남자를 젊은 딸 생각만큼 늙은이라고 여길 수는 없었기에, 제닝스 부인이 나이를 놀림감으로 삼았을 리 없다고 말했답니다.

"하지만 엄마, 못된 의도는 아니었을지 몰라도 최소한 말도 안 되는 억측이잖아요. 브랜던 대령님은 제닝스 부인보다야 젊겠지만 나한테는 아버지뻘이고요. 설사 기운이 나서 사랑에 빠지더라도 연애의 감각 같은 건 이미 다 오래전에 없어졌을 거예요. 기가 차서 우습지도 않네요! 나이 들고 병들어도 짓궂은 놀려대기에 휘둘려야 한다니, 사람이 몇 살이나 되어야 이 신세를 면할는지."

"병들었다고!" 엘리너가 말했지요. "브랜던 대령이 병자라고 하는 거니? 엄마보다는 너한테 대령님의 나이가 훨씬 많게 느껴질 수야 있겠지. 하지만 설마 그분 사지가 멀쩡하다는 것까지 모른 체하려는 건 아니지?"

"류머티즘 때문에 불편하다는 얘기 못 들었어? 나이 든 사람이 제일 흔하게 걸리는 질병 아니야?"

"우리 딸 어쩌지." 어머니가 소리 내어 웃으며 말했어요. "이렇게 따지면 엄마가 늙을까 두려워 날마다 걱정이겠네. 엄마가 마흔 살이나 될 때까지 죽지 않고 산 게 기적이다 싶겠어."

"엄마, 내 말을 괜히 곡해하지 마세요. 천수를 다할까 친구들이 걱정할 만큼 대령님이 늙지는 않았다는 정도는 나도 잘 알고 있어요. 이십 년은 더 사실지도 모르죠. 하지만 서른다섯 살은 결혼과는 아무 인연이 없는 나이라고요."

"그야, 서른다섯과 열일곱을 같이 놓고 결혼과 엮지는 않는 편이 좋긴 하지." 엘리너가 말했어요. "하지만 만에 하나 스물일곱이 되었는데도 여전히 독신으로 사는 여자가 있다면, 브랜던 대령이 그이와 결혼하는 데 서른다섯이라는 나이가 문제될 일은 전혀 없을 것 같아.”

메리앤이 한숨을 쉬더니 말을 이어갔어요. “스물일곱 살 된 여자는 두 번 다시 애정을 느끼거나 받게 될 가망이 없으니까, 자기 집에서 사는 게 불편하거나 재산이 적으면 아내로서 안정된 입지와 재물을 얻는 대신 간병인 노릇을 하겠다고 마음먹을 수도 있겠지. 그러니까 그런 여자와는 결혼해도 문제 될 일은 없을 거야. 편의로 맺어진 결혼이니 세상 사람들도 못마땅해하지 않을 테고. 내 눈에는 결혼으로 보이지도 않지만 내 생각이 뭐가 중요하겠어. 내가 보기에 그런 결혼은 고작해야 상업적 거래일 뿐이야. 각자가 상대를 팔아서 득을 보려는 거래 말이야.”

“나도 알아, 널 어떻게 설득하겠니.” 엘리너가 대답했어요. “스물일곱 살 여자도 충분히 서른다섯 살 남자에게 감정을 느낄 수 있다고, 그 남자를 사랑할 수도 있고 또 훌륭한 반려로 생각하는 마음이 들 수도 있다고, 아무리 너한테 말해봤자 소용없겠지. 하지만 브랜던 대령과 부인을 영원히 병실에 가둬 두려는 네 저주에는 이의를 제기하고 싶구나. 대령님은 그저 어쩌다 어제 (아주 습하고 추운 날이었지) 한쪽 어깨에 살짝 류머티즘 같은 느낌이 있다고 말씀하셨을 뿐인데 말이야.”

“하지만 플란넬 웨이스트코트 얘기도 했잖아.” 메리앤이 말했어요. “나한테 플란넬 웨이스트코트란 예외 없이 쑤시고 담 들고, 쇠약한 노인들이 걸리는 류머티즘을 비롯한 온갖 질병을 연상시킨다고."

"그분이 차라리 지독한 감기에 걸렸더라면 네가 느끼는 경멸이 지금의 반도 안 되었을걸. 솔직히 말해봐, 메리앤. 열병에 걸려 달아오른 붉은 뺨, 퀭한 눈, 빨라진 맥박은 너한테 흥미로운 구석이 있지?"[2]

이윽고 엘리너가 방에서 나가자 메리앤은 "엄마" 하고 불렀어요. "나는 병 이야기를 하는 게 조심스럽고 겁나요. 엄마한테까지 마음을 숨길 수가 없네요. 에드워드 페라스가 몸이 아픈 게 분명하니까요. 우리가 여기 온 지 이 주일이 다 되어가는데 아직도 안 오잖아요. 정말로 어디 아픈 게 아니면 이렇게 이상하게 늦을 리가 없는데. 그게 아니면 무슨 일로 에드워드가 놀랜드에 붙잡혀 있겠어요?"

"그렇게 빨리 올 거라고 생각했니?" 대시우드 부인이 말했지요. "나는 전혀 기대가 없었단다. 그 일에는 초조한 마음도 전혀 들지 않아. 돌이켜 생각해보면, 바턴에 놀러 오라는 얘기를 건넸을 때 초대에 응하면서도 기쁘거나 반가운 기색이 별로 없었지. 엘리너가 벌써 기다리고 있는 거니?"

"언니한테는 얘기를 꺼낸 적이 없지만, 당연히 기다리겠죠."

"내 생각에는 네가 좀 잘못 알고 있는 것 같구나. 어제 내가 남는 손님방에 새로 철창을 달아야겠다고 했더니, 한동안 그 방을 쓸 사람도 없을 텐데 그렇게 급하게 할 필요는 없다고 했

---

2 당시 크게 유행한 감수성의 컬트는 종종 급성질환을 매혹적으로 미화하곤 했다. 위독한 중병은 공감과 연민을 자아낼 뿐 아니라 특별한 영적 능력을 지닌 증후로 여겨지기도 했다.

거든."

"그건 정말 이상하네요! 대체 무슨 뜻일까요? 하지만 둘이 서로 하는 행동이 처음부터 끝까지 이해가 되지 않아요! 헤어질 때 마지막으로 나눈 인사도 너무나 냉정하고 차분하더라고요! 함께 보낸 마지막 저녁 둘이 나누던 대화는 또 얼마나 시들시들했는데요! 에드워드의 작별 인사는 언니한테나 나한테나 다를 게 없었어요. 우리 둘 다에게 다정한 오빠처럼 행운을 빌어줬거든요. 마지막 날 아침에는 내가 두 번이나 단둘이 있게 자리를 비켜줬는데도, 에드워드는 그때마다 정말 이상하게 곧바로 날 뒤따라 나왔어요. 게다가 엘리너 언니는, 놀랜드와 에드워드를 떠나면서 나처럼 울지도 않았잖아요. 지금까지도 빈틈없이 절제하고 있고요. 언니는 대체 언제 좌절하거나 우울해지는 거예요? 사교를 피한다거나 모임에서 초조하고 불편한 내색을 하는 때가 있긴 할까요?"

9

대시우드 가족은 이제 바턴에 그럭저럭 편안하게 정착했습니다. 집과 정원, 주변을 둘러싼 만물이 이제 친숙해졌고, 놀랜드의 매력에서 절반을 차지했던 평범한 일상을 아버지 별세후 처음으로 훨씬 더 즐겁게 누릴 수 있게 되었지요. 존 미들턴 경은 처음 이 주일 동안 날마다 찾아왔는데, 원래 집에서 그리 많은 일을 하는 모습을 본 적이 없다보니 항상 뭔가 일을 하고 있는 가족의 모습에 놀라움을 감추지 못했어요.

바턴 파크 사람들 말고는 찾아오는 손님도 많지 않았어요. 존 경은 이웃 사람들과 좀 더 자주 어울리라고 재촉하며 언제라도 마차를 대기시켜놓겠다고 했지만, 대시우드 부인의 기운찬 독립심은 딸들을 위한 사교 생활을 바라는 마음보다 더 컸습니다. 그래서 걸어서 갈 수 있는 거리 이상의 방문은 일절사양했지요. 그 조건에 맞는 가족은 몇 되지 않았어요. 원한다고 어울릴 수 있는 사람들만 있는 것도 아니었고요. 앞서 묘사한 것처럼 바턴 밸리에서 갈라져 나간 앨러넘의 좁고 구불거리는 계곡을 따라 코티지에서 일 마일 반쯤 떨어진 곳에, 고풍스럽고 점잖은 맨션이 있었어요. 자매가 처음 나섰던 산책에서 발견했지요. 어쩐지 놀랜드가 떠오르는 저택의 외관이 자매의 상상력을 자극해 좀 더 알고 싶다는 마음이 생기게 했어요. 하지만 알아보니 이 저택의 주인은 나이 많은 부인으로, 성품이 매우 훌륭했으나 불행히도 깊은 병이 들어 사람들과 어울릴 수 없었고 아예 집 안에 틀어박혀 꼼짝도 하지 않는다더군요.

그들을 에워싼 산천은 아름다운 산책길로 가득했어요. 코티지에서 아무 창밖이나 내다봐도 높은 구릉들이 어서 정상에 올라와서 맑은 공기를 한껏 마시라고 손짓해 불렀지요. 풍경이야 골짜기가 훨씬 더 아름다웠지만, 바닥에 흙먼지가 일어 경관을 막아버리면 구릉지로 올라가는 쪽이 더 기분 좋은 선택지였거든요. 그래서 어느 잊지 못할 아침에 메리앤과 마거릿은 그쪽으로 걸어가보기로 했어요. 소나기 흩뿌리는 하늘 한편으로 비치는 햇살에 마음이 끌리기도 했고, 지난 이틀 내리 비가 내려 집에 갇혀 있다보니 답답함을 더는 견딜 수 없었던 거예요. 하지만 연필과 책을 붙잡고 있던 나머지 두 사람의 마음까지 사로잡을 만큼 좋은 날씨는 아니었어요. 메리앤이 이제는 맑은 날씨가 주욱 이어질 거고 언덕에 걸쳐 있는 험상궂은 비구름도 전부 물러날 거라고 확신에 차서 말했는데도 두 사람은 꿈쩍도 하지 않았죠. 그래서 두 소녀만 함께 출발했습니다.

둘은 명랑하게 산을 오르다가 파란 하늘이 언뜻 비칠 때면 역시 우리가 옳았다며 기뻐했어요. 드디어 시원한 고지의 산뜻한 남서풍이 얼굴에 불어오자 기운이 샘솟았고, 괜한 두려움 탓에 함께 나와서 이 신선한 기분을 함께 즐기지 못한 언니와 엄마를 안타까워했죠.

"세상에 이보다 더한 행복이 있을까?" 메리앤이 말했어요 —"마거릿, 우리 여기서 적어도 두 시간은 걷고 가야 해."

마거릿도 좋다고 해서 둘은 바람에 맞서 걸었고, 이십 분쯤 깔깔 웃어대며 맞바람과 싸웠어요. 하지만 그때 갑자기 머리 위로 구름들이 하나로 합쳐지더니 거센 비가 얼굴 정면으로 몰아치기 시작했습니다. 속도 상하고 놀라기도 해서, 둘은 하는 수 없이 내키지 않는 발걸음을 돌렸어요. 집보다 가까운 거리 안에는 비를 피할 데가 없었거든요. 한 가지 위안이 되는 점이라면, 워낙 다급한 순간이라 보통 때보다 예의를 덜 차려도 된다는 점이었죠. 그래서 정원 문으로 곧바로 이어지는 가파른 언덕길을 온 힘을 다해 최대한 빨리 달려 내려갈 수 있었어요.

둘은 달리기를 시작했어요. 처음에는 메리앤이 유리했지만 한 발 잘못 내딛는 바람에 갑자기 넘어져 땅바닥에 쓰러져버렸죠. 하지만 마거릿은 속도가 늦춰지지 않아 언니를 돕지 못하고, 어쩔 수 없이 서둘러 바닥까지 치달려 내려가버렸답니다.

총을 든 한 신사와 주변에서 뛰어놀던 포인터 사냥개 두 마리가 사고 당시에 때마침 메리앤과 몇 야드 떨어지지 않은 언덕을 오르고 있었습니다. 신사는 총을 내려놓고 메리앤을 도우러 달려갔어요. 메리앤은 몸을 일으키긴 했지만, 넘어질 때 발목이 뒤틀리는 바람에 제대로 서 있지 못했습니다. 신사가 부축하려 했지만 수줍은 마음에 메리앤은 꼭 필요한 도움마저 거절했지요. 그러자 신사는 지체없이 메리앤을 두 팔로 안아 들었고 그대로 언덕을 내려갔어요. 그리고 마거릿이 열어 놓은 대문으로 들어가서는 곧바로 정원을 지나쳐 마거릿이 막 들어간 집 안으로 거침없이 들어가더니, 거실 소파에 메리앤을 앉혀준 후에야 그녀를 단단히 붙들고 있던 손을 떼었습니다.

엘리너와 어머니는 그들이 들어오자 놀라서 벌떡 일어났어요. 신사의 외모에서 눈을 떼지 못하는 둘의 눈빛에는 뚜렷한 찬탄과 은밀한 선망이 담겨 있었지요. 무례하게 쳐들어와서 죄송하다면서 사연을 설명하는 신사의 매너는 솔직하고도 우아했고, 비범하게 잘생긴 신사의 외모는 목소리와 표정 덕에 한층 근사해 보였습니다. 딸을 도와준 사람인데 혹여 늙고 못생기고 천박하다 한들 대시우드 부인이 감사를 표하고 친절을 베풀지 않을 리 없지요. 하지만 젊음과 아름다움과 우아한 기품이 더해지자 그 행동은 더욱 흥미로워졌고, 부인의 감정을 정통으로 꿰뚫었어요.

부인은 감사의 말을 거듭거듭 되풀이했죠. 그리고 언제나처럼 다정한 말씨로 신사에게 좀 앉으시라 권했어요. 하지만 몸이 더러워진 데다 비에 젖어 어렵겠다고 신사는 거절했지요. 그러자 대시우드 부인은 은인의 이름을 알고 싶다고 간청했어요. 제 이름은 윌러비입니다, 라고 신사는 말했죠. 현재 거처는 앨러넘인데, 괜찮다면 내일 다시 방문해서 미스 대시우드의 안부를 살피는 영예를 허락해주십시오. 기꺼이 영예를 허락받은 신사는 곧 폭우 한가운데로 떠나가버림으로써 한층 더 흥미로운 사람이 되었답니다.

남자다운 미모와 범상치 않은 기품에 탄복해 곧바로 다들 그 얘기만 하기 시작했어요. 메리앤에게 보여준 신사다운 행동을 다 같이 놀려댔지만, 그렇게 신이 난 건 역시 그 매력적인 외모 탓이었지요. 정작 메리앤은 오히려 그의 모습을 제대로 보지 못했는데, 번쩍 들려 안기는 순간 당황한 나머지 얼굴이 새빨갛게 달아올라 집 안에 들어오고 나서도 그를 똑바로 쳐다볼 힘을 빼앗긴 것만 같았거든요. 하지만 얼핏 본 모습만으로도 가족의 칭찬에 발맞추기에는 충분했고, 그래서 좋아하는 것을 말할 때면 늘 그렇듯 한껏 열을 올렸답니다. 외모로 보나 분위기로 보나 그 사람은 메리앤이 좋아하던 이야기 속 주인공으로 상상하던 그 모습 그대로였어요. 더구나 격식 따위 무시하고 집 안으로 안고 들어오다니, 그 행동에 내포된 재빠른 사고 판단이 왠지 메리앤에게는 특히 매력적으로 느껴졌어요. 그 이름도 좋고 살고 있는 마을도 좋았으며, 또 머지않아 남자에게는 복식 중에서 슈팅 재킷[1]이 제일 멋있어 보인다는 사실도 깨달았지요. 상상력은 바쁘고 회상은 행복했기에

---

1 사냥 중 총을 쏠 때 움직임이 편하도록 보통 정장보다 부드러운 재질로 만든 스포츠 재킷.

삔 발목의 통증은 잊혔어요.

존 경은 그날 아침 잠시 날씨가 개어 야외로 나올 틈이 생기자 즉시 코티지를 찾아왔답니다. 거기서 메리앤의 사고 소식을 들었고, 곧바로 앨러넘의 윌러비라는 이름을 지닌 신사를 아느냐는 열렬한 질문 공세에 맞닥뜨렸습니다.

"윌러비라니!" 존 경이 외쳤어요. "아니, 그 친구가 내려와 있단 말인가요? 그나마 좋은 소식이군요. 내일 말을 타고 가서 목요일 저녁 식사에 오라고 해야겠어요."

"그럼 아시는 분이군요." 대시우드 부인이 말했어요.

"알다마다요! 당연히 잘 알지요. 해마다 이 지역으로 내려온답니다."

"그런데 그 청년은 어떤가요?"

"세상에 그만한 젊은이가 없어요, 내 장담하지만요. 사격 실력도 준수하고, 잉글랜드를 통틀어 그보다 대담하게 말을 타는 기수가 없다니까요."

"그분을 두고 하실 칭찬이 그것밖에 없으세요?" 메리앤이 벌컥 화를 내며 언성을 높였어요. "친한 사람들 사이에서 매너는 어떤가요? 추구하는 목표나 재능, 타고난 적성은요?"

존 경은 좀 당황했지요.

"솔직히 말해서 그런 것까지는 잘 몰라요. 그래도 유쾌하고 서글서글한 친구고, 그 친구가 데리고 다니는 새까만 포인터 암컷은 정말이지 내가 평생 본 중 제일 잘생겼다니까요. 오늘도 그 친구를 데리고 나왔던가요?"

하지만 존 경이 윌러비의 미묘한 정신세계를 흡족하게 설명해줄 수 없듯이, 메리앤 역시 사냥개의 색을 만족스럽게 설명할 수는 없었지요.

"그런데 그분은 누구세요?" 엘리너가 물었어요. "어디 출신이세요? 앨러넘에 집을 소유하고 계신가요?"

이런 면으로는 훨씬 더 확실한 정보를 알려줄 수 있었기에, 존 경은 윌러비 씨가 이 지역에 소유한 토지는 없고 앨러넘 코트에 사는 친척 노부인의 손님으로 와서 머물고 있을 뿐이라고 말해주었어요. 노부인의 재산을 물려받을 상속자라면서, 존 경은 이렇게 덧붙여 말했지요. "그래요, 암요, 낚아챌 가치가 있는 남편감이고 말고요, 미스 대시우드.[2] 게다가 서머싯셔에도 자기 소유의 멋진 영지가 있답니다. 나라면 아무리 언덕을 굴러 내려오고 했대도 쉽사리 포기하고 동생한테 내주지는 않을 겁니다. 미스 메리앤이 온 세상 남자들을 독차지하려 들면 어디 되겠어요. 조심하지 않으면 브랜던이 질투할걸요."

"제가 생각하기에는요" 하고 대시우드 부인이 호인답게 웃으며 말했어요. "우리 딸들은 둘 다 말씀처럼 남편감을 낚아챌 생각으로 윌러비 씨에게 폐를 끼치지는 않을 것 같아요. 그렇게 키우지 않았거든요. 남자들은 우리와 함께 있을 때는 안심하고 얼마든지 부자로 살아도 돼요. 하지만 경의 말씀을 들으니, 반듯한 청년인 것 같아 기쁘네요. 감히 친하게 지낼 수 없

---

2 자매가 여럿일 때 미스 대시우드라는 호칭은 큰딸에게 쓴다. 동생들은 미스 메리앤, 미스 마거릿이라고 불린다. 큰언니가 자리에 없을 경우 미스 대시우드라는 호칭은 그다음 차례인 둘째를 가리키게 된다.

는 사람도 아니고요.”

“제가 보기에는, 세상 최고로 좋은 청년이랍니다.” 존 경이
되풀이해 말했어요. “작년 크리스마스 때는, 파크에서 약식으
로 무도회를 열었는데 그 친구가 8시에서 4시까지 한 번도 자
리에 앉지 않고 춤을 추었지 뭡니까.”

“정말 그랬어요?” 메리앤이 눈을 반짝이며 물었습니다. “우
아하게요, 또 활기차게요?”

“그럼요. 8시에 일어나서 또 여우 사냥을 나갔으니까요.”[3]

“정말 마음에 드네요. 청년이라면 그래야죠. 무슨 일을 하든
열정을 불태우면서 어중간한 타협은 몰라야만 하고, 피로감도
느껴서는 안 돼요.”

“그래요, 그렇군요, 그래야 하는군요.” 존 경이 말했어요.
“일이 어떻게 돌아갈지 알겠네요. 이제 미스 메리앤은 그 친
구를 노리고 레이스 캡을 쓸 테니 불쌍한 브랜던은 까맣게 잊
어버리겠어요.”

“존 경, 그렇게 말씀하시면 저는 정말 싫어요.” 메리앤이 열
을 올렸어요.[4] “농담이랍시고 진부한 상투어를 쓰는 건 하나
같이 다 싫다고요. 특히 ‘남자를 노리고 레이스 캡을 쓴다’든
가 ‘정복한다’ 같은 표현은 그중에서도 제일 기괴하지 뭐예요.

3 ride to coverts. coverts는 야생동물의 은신처, 특히 여우 굴을 말하며 ride
  to coverts는 여우 사냥을 나간다는 뜻으로 쓰이는 숙어다.
4 warmly. 18세기에 이 단어는 감정이 따뜻하거나 미지근한 게 아니라 뜨
  겁고 벅차다는 뜻으로 쓰였다. 감정적 온도에 대한 묘사도 현대로 올수
  록 강도가 높아졌다.

함의가 지저분하고 추레하니까요. 처음 생겨날 때는 기발했을 지 몰라도, 이젠 시간이 흘러서 기발한 구석이 다 없어졌단 말 이에요.”

존 경은 이 비난을 그리 잘 알아듣지 못했지만 일단 호탕하 게 웃고 나서 대답했답니다.

“그래요, 이쪽이든 저쪽이든 정복이야 얼마든지 하겠지요. 불쌍한 브랜던! 벌써 홀딱 반해서 어쩔 줄 모르던데. 하지만 브랜던 그 친구는 미스 메리앤이 노리고 레이스 캡을 쓸[5] 가 치가 분명히 있어요. 내 그거 하나 장담한다니까요. 제아무리 굴러 넘어지고 발을 삐고 이 난리가 났어도 말이에요.”

5 setting a cap at. 남자를 꼬시기 위해서 여자가 레이스 캡을 예쁘게 고쳐 쓰는 것을 의미했다. 메리앤은 그 함의에 불쾌감을 드러내지만 세속적 가치에 물든 존 경은 전혀 눈치채지 못한다.

10

마거릿은 윌러비를 메리앤 언니를 구해준 생명의 은인이라 불렀는데, 정확하진 않아도 듣기 좋은 별명이었죠. 아무튼 윌러비는 다음 날 일찍 찾아와 친히 안부를 물었어요. 대시우드 부인은 상례를 넘는 친절로 그를 반가이 맞았는데, 존 경이 한 말이 생각난 것도 있고 또 자연스레 감사의 마음이 우러나기도 했으니까요. 그 방문에서 나눈 대화를 통해 신사는 우연히 알게 된 가족의 참한 분별, 우아한 기품, 서로에 대한 호감, 안락한 생활을 확실히 알게 된 듯했지요. 개개인의 매력이야 굳이 두 번 만날 필요도 없이 알 수 있었고요.

미스 대시우드는 여리여리한 피부와 단정한 생김새, 뛰어나게 어여쁜 몸의 소유자였어요. 메리앤은 훨씬 더 아름다웠고요. 언니처럼 균형이 잘 잡힌 몸은 아니었지만 훤칠한 키 덕분에 훨씬 강렬한 인상을 남겼죠. 게다가 얼굴이 얼마나 사랑스러운지, 미녀라는 상투적 찬사를 받더라도 흔하게 그러듯 진실을 터무니없이 무시했다는 느낌은 아니었어요. 피부는 진한 갈색이었지만 맑고 투명해서 보기 드물게 환했어요. 눈 코 입도 다 예쁜 데다 미소는 달콤하고 매력적이었지요. 눈은 짙은 검은색이었는데, 그 눈빛에 담긴 생명력, 활력, 의욕을 보면 누구나 어쩐지 기분이 좋아지는 걸 느낄 수밖에 없었답니다. 처음에는 윌러비에게 그 표정을 거침없이 드러내 보여주지 못했지만요. 자기를 부축해 도와주었던 그때를 생각하면 부끄러워졌거든요. 하지만 시간이 지나고 정신을 좀 차린 메리앤은 이 신사가 완벽한 교양은 물론 솔직함과 생기까지 갖추고 있다는 걸 알았지요. 그 무엇보다도 음악과 춤을 열렬하게 사랑한다는 말을 듣자마자 메리앤이 어찌나 탄복스러운 눈길을 보냈는지, 남은 시간 동안 그와의 대화를 거의 독차지하다시피 하게 되었죠.

사실 메리앤을 대화에 끌어들이려면 좋아하는 오락거리 이야기만 하면 되었어요. 그런 얘기들이 나오기만 하면 메리앤은 조용히 있지 못하고 수줍어하거나 조심스러워하지도 않고는 덥석 대화에 끼어들었거든요. 두 사람은 금세 춤과 음악이라는 공통의 취미를 발견했고, 관련된 모든 것을 판단하는 기준 또한 모든 면에서 일치한다는 걸 알게 되었어요. 신이 난 메리앤은 윌러비의 견해를 더 깊이 알고 싶어져서 다음엔 책 이야기를 꺼내보았답니다. 제일 좋아하는 작가들의 이름을 거론하며 뜨거운 애정에 달떠 열변을 토했고요. 메리앤의 그런 모습은 세상 어느 스물다섯 살 청년이든 당장 입장을 바꾸고 그 위대한 작품들의 신봉자로 돌아설 수밖에 없을 정도였지 뭐예요. 아무리 예전에는 거들떠도 보지 않았을 책이라도요. 두 사람의 취향은 놀랍게 똑같았답니다. 똑같은 책들, 똑같은 구절들을 우상처럼 우러러 받들었고요—행여 차이가 드러나거나 이견이 생기더라도 메리앤이 강력한 논거를 휘두르며 눈을 반짝거리기만 하면 금세 사라지곤 했지요. 윌러비는 메리앤의 모든 결정에 승복하고 모든 열정에 감염되었으며, 만남이 끝나기 한참 전부터 이미 오랫동안 친하게 지내온 사이처럼 가까워졌어요.

"그런데 말이야, 메리앤." 윌러비가 가자마자 엘리너가 말했어요. "하루 아침으로만 두고 보면, 나도 네가 상당히 잘했다고 생각해. 벌써 거의 모든 중요한 논점들을 짚고 윌러비 씨의 의견을 확인했으니까 말이야. 쿠퍼와 스콧[1]을 어떻게 생각하는지도 알았고, 응당 찬양해 마땅한 그 시들의 아름다움을 높이 평가한다는 것도 알게 됐잖아. 포프[2]를 사랑하는 마음도 적당한 선을 넘지 않는다는 것까지 확실히 알아냈고. 하지만 화두마다 그렇게 곧장 결론부터 내서야 어떻게 친분을 오래 유지할 수 있겠니? 좋아하는 것에 대한 이야깃거리는 금세 떨어질 텐데. 한 번 더 만났다간 그 사람이 그림 같은 풍경[3]이나 재혼에 대한 생각도 다 설명해줄 테고, 그럼 이제

---

1 윌리엄 쿠퍼는 앞에서 이미 메리앤이 좋아하는 시인으로 언급되었다. 월터 스콧 경은 쿠퍼보다 조금 후대의 시인이며, 당대 최고의 베스트셀러 작가였다. 조국 스코틀랜드를 낭만주의적 심상으로 묘사한 작품이 많다.
2 18세기 영국 고전주의의 대표적인 시인 알렉산더 포프를 말한다. 고전주의는 정형화된 형식미가 특징이고 조화와 균형을 중시하는 예술 사조로, 낭만주의와는 대비된다.

너는 더 물어볼 것도 없을 거 아니니."—

"엘리너 언니." 메리앤이 외쳤어요. "이게 공평하다고 생각
해? 이게 정당한 거냐고? 내 생각이 그렇게 얄팍하다는 거야?
그래, 언니 말뜻은 알겠어. 내가 너무 편하게 대하고, 너무 행
복해하고 너무 솔직했다는 거지. 상식적인 예의범절을 모조리
깨뜨리고 잘못 행동했다는 거잖아. 마음을 숨긴 채로 생기 없
고 따분하고 기만적으로 굴어야 하는데 마음을 터놓고 속내
를 보였다는 소리지—내가 날씨랑 도로 사정 얘기만 하고 십
분에 한 번씩만 입을 열었으면, 이런 비난은 듣지 않아도 됐을
텐데."—

"아가." 어머니가 말했습니다. "엘리너 언니 말에 기분 나
빠하진 마렴—언니는 그냥 농담으로 하는 말이란다. 네가 새
친구와 대화하며 그렇게 즐거워하는데 언니가 나서서 말리려
들 사람이면 엄마가 직접 혼을 냈지."—메리앤의 마음도 순식
간에 누그러졌지요.

월러비는 월러비대로 그들과 친하게 지내게 되어 기쁘다
는 내색을 감추지 않았고, 앞으로 더욱 가까워지고 싶다는 의
사를 분명히 표했답니다. 그는 날마다 가족을 찾아왔어요. 처
음엔 메리앤의 안부를 묻는다는 핑계였지만, 매번 뜨겁게 환

---

3 픽처레스크the Picturesque는 당시 크게 유행하던 개념으로 회화적 요소를
  갖춘 풍경, 혹은 회화 주제로 알맞은 풍경이라는 의미다. 거칠고 불규칙한
  대상물로 이루어진 다채로운 풍경을 지향하며, 자연의 풍광이 이런 풍경
  화에 가까울수록 '픽처레스크하다'라고 표현했다. 18세기 후반 숭고함the
  Sublime, 아름다움the Beautiful과 함께 자연미의 3요소를 구성했고, 낭만주
  의와 감수성 컬트의 중심 개념이었다.

영받고 갈수록 친절한 대우를 받다보니 메리앤이 완전히 회복되어 핑곗거리 자체가 없어지기 전부터 이미 이유를 댈 필요가 없어졌어요. 메리앤은 며칠은 집 안에서 요양해야 했지만, 이처럼 신경에 거슬리지 않는 감금은 처음이었죠. 윌러비는 재주도 많고 상상력도 활발하고, 기운차고 활달한 성격에 허물없고 다정한 매너를 갖춘 청년이었어요. 안 그래도 정확히 메리앤의 마음을 사로잡기 위해 빚어진 사람 같았는데 이에 매력적인 외모가 더해진 데다, 먼저 시범을 보이는 메리앤에게 자극을 받아 정신의 타고난 열정마저 깨어나 증폭되었지요. 그리고 다른 무엇보다도 바로 이 점이, 메리앤이 윌러비에게 호감을 느낀 이유였답니다.

윌러비와 어울리는 시간은 서서히 메리앤에게 그 무엇과도 비할 수 없는 즐거움으로 자리 잡았어요. 둘은 함께 책을 읽고 이야기를 나누고 노래를 불렀습니다. 윌러비는 음악적 재능도 상당했고, 낭독할 때도 에드워드에게서는 아쉬웠던 감수성과 의욕을 한껏 담아 글을 읽었어요.

대시우드 부인이 보기에도 윌러비는 메리앤의 평가처럼 흠 하나 없는 청년이었어요. 엘리너 역시 비난할 점을 찾지 못했지만 단 한 가지, 사람들도 상황도 크게 신경 쓰지 않고 사사건건 자기 생각을 너무 많이 말하는 경향이 마음에 걸렸어요. 바로 이 점에서 윌러비는 동생을 꼭 빼닮았고, 그래서 동생이 유달리 더 좋아했지요. 성급하게 남을 판단하고는 의견을 말하고, 마음을 끄는 게 있으면 일반적인 예의는 신경 쓰지 않고서 오로지 거기에만 온 신경을 집중하고, 세간 예법의 양식을 너무나 쉽사리 무시하는 윌러비는 어떤 부주의한 면모를 드러냈거든요. 메리앤과 윌러비가 무슨 말로 합리화하더라도, 엘리너는 그런 점을 도저히 좋게 볼 수는 없었어요.

메리앤은 이제, 겨우 열여섯 반 나이에 완벽한 이상형의 남자는 영영 만날 수 없으리라는 절망감에 빠졌던 게 얼마나 성급하고 말도 안 되는 일이었는지 깨닫기 시작했습니다. 불행으로 얼룩졌던 그 시간, 그리고 그보다는 더 행복했던 다른 시간에 메리앤의 상상력이 꿈꾸었던 모든 것을 윌러비가 채워주었거든요. 게다가 행동거지를 보면 결혼이나 애정과 관련된 윌러비의 소망이 그 뛰어난 재능만큼이나 진지한 것임이 역력하게 드러났습니다.

윌러비가 물려받을 엄청난 재산을 알게 된 후에도 돈을 생각하고 둘을 결혼시킨다는 생각은 한 번도 해본 적 없는 메리앤의 어머니 역시, 주말이 오기 전 이미 결혼을 바라고 기대하게 되었습니다. 그리고 에드워드와 윌러비 같은 사위를 둘이나 얻은 자기가 얼마나 복 많은 사람이냐고 남몰래 자축하기도 했지요.

브랜던 대령이 메리앤에게 품은 특별한 마음은 금방 친구들에게 들켜버렸지만, 엘리너의 눈에는 모두의 관심이 떠난 지금에야 처음으로 보이기 시작했어요. 그 친구들의 흥미와 놀림은 훨씬 더 행운아인 경쟁자에게로 흘러가버렸고, 별 대단한 애착도 아니었는데도 쏟아졌던 조롱은 진짜로 놀려대야 마땅할 감정이 실제로 생겨난 지금에 와서는 모두가 싹 거둬가버린 거죠. 엘리너는 내키진 않았지만, 제닝스 부인이 자기

만족을 위해 브랜던 대령에게 할당했던 그 감정을 실제로 동생이 대령의 마음에 지피고 있음을 인정하지 않을 수 없었어요. 윌러비는 서로 꼭 빼닮은 성정에 애정을 느끼는 반면, 성정이 완전히 정반대라 해도 브랜던 대령이 관심을 품는 데는 아무 걸림돌이 되지 못했답니다. 엘리너는 걱정스러운 마음으로 지켜보았어요. 서른다섯 살의 말 없는 남자가 스물다섯 살의 생기발랄한 청년과 대결해 이길 가망이 얼마나 되겠어요? 엘리너 본인도 대령의 승리를 바랄 수는 없었기에 차라리 대령의 마음이 식기를 진심으로 바라게 되었지요. 진중하고 속을 터놓지 않는 대령이지만—엘리너에게는 흥미롭고 매력적인 면모가 보였어요. 매너는 진지하면서도 온유했고, 곁을 주지 않는 태도는 타고난 천성이 침울하고 어두워서가 아니라 생기를 억누르고 우울을 유발하는 상황 탓인 것 같았지요. 존 경은 브랜던 대령이 과거에 상처를 많이 받고 여러 번 낙심했다는 이야기를 무심결에 흘렸는데, 엘리너는 그 말을 듣고 대령이 불행한 사람이라는 짐작이 옳았음을 깨달았고 그 후로 존중과 공감의 눈길로 그를 바라보게 되었어요.

엘리너가 브랜던 대령을 한층 더 안쓰럽게 여기고 좋은 사람이라 평가하게 된 데는, 활기차지도 젊지도 않다는 이유로 브랜던 대령에게 편견을 가지고 장점을 낮잡아 보려 작정한 듯한 윌러비와 메리앤의 홀대 탓도 컸어요.

"브랜던이 딱 그런 남자지요." 어느 날 다 같이 대령 이야기를 하고 있는데 윌러비가 말했어요. "모두가 좋은 말만 하지만 아무도 신경 쓰지 않는 사람, 모두가 만나면 기뻐하지만 아무도 말을 걸어야 한다는 생각을 떠올리지 못하는 사람 말이에요.”

“나도 그 사람을 정확히 그렇게 생각해요.” 메리앤이 외쳤어요.

“그래도 자랑스레 떠들 말은 아니잖아.” 엘리너가 말했지요. “둘 다 대령님께 너무해요. 파크의 가족 모두가 귀하게 여기는 분이고, 저도 그분을 보면 항상 대화를 나누려는 노력을 아끼지 않는걸요.”

“미스 대시우드가 안쓰럽게 여기고 잘 봐주시는 거야 대령에게도 장점이 될 수 있겠지요.” 윌러비가 대꾸했어요. “하지만 나머지 다른 사람들이 좋게 본다는 건 그 자체가 비난이나 마찬가지예요. 다른 사람은 아무도 거들떠보지 않는데 레이디 미들턴이나 제닝스 부인 같은 여자들만 좋아해준다면, 그런 굴욕을 대체 누가 좋아하겠어요?”

“하지만 여기 윌러비 씨나 메리앤 같은 사람들이 떠드는 욕이 레이디 미들턴과 그 어머님의 관심을 상쇄할 수도 있지요. 그분들의 칭찬이 비난이라면 두 사람의 비난도 칭찬일걸요. 그분들한테 보는 눈이 없다고 한다면 두 사람은 편견에 차 있고 부당하다고 할 수 있으니까.”

“언니는 대령을 싸고도느라 무례한 언사까지 서슴지 않네.”

“내가 싸고돈다는 그 사람은, 정도를 아는sensible 사람이야. 그리고 분별력sense은 언제나 내겐 매력적이지. 그래, 메리앤, 심지어 서른에서 마흔 사이의 남자라도 마찬가지야. 그분은 세상을 아주 많이 봤고 잘 아는 분이야. 해외에 나가본 적도 있고. 책도 많이 읽고 사유하는 정신의 소유자이시지. 여러 다양한 주제에서 내게 많은 정보를 제공해주실 수 있는 분이기도 해. 내가 뭔가 물어보면 항상 훌륭하게 교육받고 타고난 천성도 선한 사람답게 흔쾌히 대답해주신단 말이야.”

“그 말은 그러니까, 동인도의 기후는 뜨겁고 모기들 때문에 짜증 난다는 말을 해줬다는 거구나.” 메리앤이 경멸조로 말했지요.

“내가 그걸 물어봤다면, 당연히 그런 대답도 해주셨겠지. 하지만 그런 건 내가 이미 알고 있던 바라서.”

“그렇다면 아마 인도에는 대부호들이 있고, 금화도 많고, 다들 팰런킨을 타고 다닌다는 고견을 피력하셨을지도요.”[4] 윌러비가 끼어들었어요.

“그분의 고견은 당신의 거침없는 판단보다는 훨씬 더 깊고 넓었다고 감히 말하고 싶네요. 대체 왜 그리 그분을 싫어하는 거죠?”

“싫어하지 않습니다. 오히려 모두가 좋은 말만 하지만 아무도 관심을 갖지 않는 아주 점잖은 사람이라고 생각하지요. 돈은 많은데 쓸 줄 모르고 시간은 많은데 놀 줄 모르고, 해마다 새 코트를 두 벌씩 사는 사람요.”[5]

---

4 대부호nabob는 인도 등 동쪽 나라에서 큰 부를 얻은 사람, 금화gold mohr는 인도를 포함한 영국령 국가에서 발행한 금화, 팰런킨palanquin은 우리나라의 가마처럼 하인들이 지고 옮겨주는 이동 수단을 말한다.
5 이 또한 브랜던의 부에 대한 언급이다. 코트는 당시 상당히 값비싼 사치품이었다.

“거기 덧붙여서,” 메리앤이 외쳤어요. “천재성도 취미도 활력도 없는 사람. 지성은 반짝거리지 않고 감정은 열렬하지 않고 목소리에는 표정이 없는 사람.”

“두 사람은 그분의 결함을 그렇게 뭉뚱그려 정해버리고 상상으로 단정하는데, 제가 할 수 있는 칭찬이야 상대적으로 차갑고 시들시들하게 느껴지겠네요.” 엘리너가 대꾸했어요. “저는 그저 그분이 정도를 알고, 잘 교육받고 박학다식하며, 말씨도 온유하고 다정한 마음을 가진 분이라고밖에 말할 수 없으니까.”

“미스 대시우드,” 윌러비가 언성을 높였습니다. “이제는 저한테 매정하게 구시는 거 아닙니까. 이성으로 저를 무장해제시키고 제 뜻과 무관하게 설득하려 드시다니요. 하지만 안 될 겁니다. 저는 미스 대시우드의 능란한 화술에 맞설 만큼 고집이 세거든요. 제가 브랜던 대령을 싫어하는 데는 반박 불가한 이유가 셋 있습니다. 좋은 날씨를 바라는 날 비가 올 거라 악담했고요. 제 마차의 높이를 트집 잡았고요. 아무리 내 암말을 사시라고 말해도 꿈쩍도 않으시더군요. 하지만 미스 대시우드의 기분이 조금이라도 좋아지실까 해서 드리는 말씀인데, 솔직히 그 밖에는 그 사람 인격에 비난의 여지가 없다고 생각합니다. 그 정도는 기꺼이 고백하지요. 이걸 인정하는 게 저한테는 상당히 괴로운 일이니, 그 보답으로 미스 대시우드께서도 제가 맘껏 그 사람을 싫어하게 허락해주시면 좋겠습니다.”

11

대시우드 부인도 딸들도 처음 데번셔에 올 때는 상상도 못 했
었지요. 시간을 보낼 약속들이 금세 이렇게 많이 잡히고 잦
은 초대와 끊이지 않는 방문 탓에 진지한 일에 몰두할 여가조
차 없을 줄이야. 하지만 그게 그렇게 되어버렸지 뭡니까. 메리
앤이 건강을 되찾자마자 존 경이 미리 준비해둔 오락 일정이
집 안팎에서 실행에 옮겨졌거든요. 파크에서 개인적으로 여
는 무도회도 때맞춰 시작된 데다, 수상 파티 또한 소나기 잦
은 10월의 날씨가 허락하는 한 최대한 자주 마련되었지요. 이
런 유의 모임에는 어김없이 윌러비가 끼어 있었는데, 파티에
서 자연스레 조성되는 편안하고 친밀한 분위기는 계산이라도
한 듯 윌러비에게 꼭 들어맞았어요. 덕분에 윌러비는 대시우
드 가족과 점점 내밀한 친분을 쌓고, 메리앤의 비범한 면모를
지켜볼 기회를 잡았으며, 메리앤에 대한 열렬한 사모의 마음
을 표 나게 드러내고 그 보답으로 메리앤의 행동에서 뾰족하

고 선명하게 자신을 겨냥하는 애정을 확인할 수 있었거든요.

엘리너는 두 사람의 호감이 전혀 놀랍지 않았어요. 다만 그렇게 공공연히 과시하지 않기만을 바랐을 뿐이에요. 한두 번은 마음먹고 메리앤에게 좀 자제하는 게 좋겠다고 말해보기도 했지요. 하지만 메리앤은 진짜 수치는 마음을 터놓는 게 아니라면서, 가리고 숨기는 거라면 무조건 질색했어요. 비난받을 만한 감정도 아닌데 애써 억누르려고 노력하는 건 의미도 없고 세간의 잘못된 생각에 굴욕적으로 굴복하는 일일 뿐이라고 했지요. 윌러비도 같은 생각이었어요. 두 사람은 언제나 의견을 말과 행동으로 드러냈답니다.

그 자리에 윌러비가 있으면 메리앤은 다른 이에게로 눈길 한번 돌리지 못했어요. 윌러비가 하는 일은 무엇이든 옳았어요. 윌러비가 하는 말은 무엇이든 영특했어요. 파크에서 함께 보내는 저녁이 카드놀이로 마무리되면 윌러비는 자기 패에 손을 대는 건 물론 다른 이들을 다 속여서라도 메리앤에게 좋은 패를 쥐여주었지요. 그 밤의 주된 여흥이 무도회라면 서로의 파트너가 되어 시간의 절반을 보냈고요. 부득이 한두 번쯤 따로 춤을 추어야만 했더라도, 기어이 조심스레 같이 앉아서는 다른 이들과는 별말을 섞지 않았답니다. 당연히 그런 행동은 엄청난 놀림감이 되었지만, 조롱은 두 사람에게 수치를 줄 수도 없고 두 사람을 발끈하게 만들 수도 없었어요.

대시우드 부인은 그들의 연애 감정에 열렬히 동참한 나머지 지나친 애정 행각을 말릴 의향이 전혀 없었어요. 부인이 보기에는 피 끓는 젊은 마음에 강렬한 애정이 깃들어 나온 자연스러운 결과일 뿐이었으니까요.

메리앤에게는 행복의 계절이었답니다. 메리앤은 온 마음을 윌러비에게 바쳤고, 지금 이 집에서 그와 함께하는 시간이 황홀한 나머지 서식스에서 고이 품고 온 놀랜드에 대한 애틋한 그리움마저 누그러지는 듯했어요. 그럴 수 있을 거라고는 생각도 못 했는데.

하나 엘리너의 행복은 그만큼 크지 않았답니다. 마음도 그리 편치 않고 오락과 여흥에서 느끼는 만족감도 그리 순수하지 않았어요. 두고 온 우애를 잊게 해줄 벗도, 놀랜드를 그리워하지 않는 법을 가르쳐줄 친구도 찾을 수 없었고요. 레이디 미들턴도 제닝스 부인도 엘리너가 그리워하는 대화를 선사해줄 수는 없었지요. 물론 제닝스 부인은 끝도 없이 수다를 떨었고, 또 처음부터 엘리너에게 친절을 베푼답시고 말 상대로 붙들어두기 일쑤였지만, 그래도요. 제닝스 부인은 살아온 이야기를 엘리너에게 벌써 세 번인가 네 번 들려주었는데, 엘리너가 교양에 필적하는 기억력을 갖췄더라면, 안면을 튼 지 얼마 되지도 않아서 돌아가신 제닝스 씨의 마지막 질병과 관련된 시시콜콜한 사실들은 물론 세상을 떠나기 몇 분 전 아내에게 무슨 말을 했는지까지 알게 되었을 거예요. 레이디 미들턴이 모친보다 대하기 편했지만, 그건 오로지 말이 없기 때문이었어요. 쉽게 곁을 내주지 않는 태도는 매너가 좀 더 차분한 탓이지 이성적인 분별력sense과는 무관하다는 걸 엘리너가 인지하는 데엔 별다른 관찰력을 동원할 필요도 없었지요. 남편과 모친에게도 남들과 다름없이 대하는 걸 보면, 친밀한 관계는 찾지도 바라지도 않는 모양이었고요. 전날 이미 했던 얘기 말고는 아무 할 말이 없는 날도 있었답니다. 매일매일 기분이 그리 변함없어서 시들시들한 태도마저 한결같았지요. 유행에 따라 만사 세련되게 진행하고 큰 아이 둘을 대동할 수만 있다면 남편이 아무리 파티를 열어도 반대하지 않았지만, 거실에 앉아 있는 것보다 파티에서 더 즐거워하는 것 같지도 않았어요 ─한마디라도 대화에 보태서 남을 즐겁게 해주는 경우가 없다보니, 말썽 부리는 애들 응석을 받아줄 때나 새삼 부인이 거기 있었구나 다들 깨달을 정도였지요.

새로 사귄 지인들을 통틀어, 엘리너가 존경할 만한 능력을 갖추고 친구가 되고 싶을 만큼 흥미로워서 함께 있을 때 기쁨을 주는 사람은 브랜던 대령 하나뿐이었습니다. 윌러비에게는 도저히 그런 걸 바랄 수 없었어요. 엘리너도 윌러비를 좋아했고 언니로서도 호감을 가졌지만, 윌러비는 철두철미하게 사랑에 빠진 남자였거든요. 관심이 온통 메리앤에게 쏠린 나머지 여타 사람들에게는 차라리 훨씬 덜 싹싹한 사람이 낫다 싶게 행동했지 뭐예요. 브랜던 대령은 안타깝게도 메리앤 하나만을 생각해도 좋다는 격려나 허락을 전혀 받지 못했기에 동생의 무관심에 다친 마음을 언니 엘리너와의 대화로 가장 크게 위로받았답니다.

엘리너는 브랜던 대령이 점점 더 안쓰럽게 느껴졌어요. 아무래도 실연의 슬픔을 이미 잘 아는 사람 같았기에 더욱 그랬지요. 그런 짐작을 하게 된 계기는, 언젠가 파크에서 모두가 춤을 추고 있을 때 둘이 같이 앉아 있기로 하면서 나눴던 몇 마디 말이었어요. 대령은 메리앤에게서 눈을 떼지 못하고 몇 분인가 말없이 있다가 희미한 미소를 띠고 말했지요. "동생분 께서는, 두 번째 사랑을 인정하지 않으시나 봅니다."

"네." 엘리너가 대답했어요. "그 애의 의견은 전부 다 낭만 적이죠."

"아니, 아예 존재 자체가 불가능하다 여기시는 듯 보여서 요."

"그럴 거예요. 하지만 자기 아버지가 두 아내를 두셨는데, 그 인품을 반추해보지도 않고 어떻게 저런 생각을 하게 됐는 지, 저는 모르겠네요. 그래도 몇 년 지나면 상식과 관찰이라는 합리적 근거를 바탕으로 생각을 정리하게 될 거예요. 그럼 그 애 자신 말고 다른 누가 보더라도, 지금보다는 그 애 생각을 한결 파악하기도 쉽고 옹호하기도 편하다 하겠죠."

"아마도 그럴지 모르지요" 하고 브랜던 대령이 대답했어요. "하지만 그렇더라도 청년의 마음이 편견에 치우치는 건 정말 사랑스러운 데가 있지 않습니까. 그 마음이 꺾여 대중적 의견 에 승복하는 모습은 보기 안타까워요."

"그 말씀에는 동의할 수 없네요." 엘리너가 말했어요. "메리 앤이 품는 저런 감정에는 여러 불편이 따라요. 온 세상의 의욕 과 무지를 다 합친 매력으로도 상쇄할 수 없는 불편이지요. 불 행히도 저 애는 기질적으로 예법을 전혀 중시하지 않는 경향 이 있어요. 세상[1]을 좀 더 잘 알게 된다면 더할 나위 없는 장 점을 갖출 수 있을 텐데, 그런 날이 빨리 오길 바라요."

잠시 조용하던 대령이 다시 대화를 이으려 말머리를 꺼냈습니다―

"동생분은 사정을 참작해가면서 두 번째 사랑을 반대하시는 겁니까? 아니면 누구라도 똑같이 용서 못 할 죄라고 여기시나요? 상대의 마음이 변해서, 혹은 상황이 어그러지는 바람에, 첫 선택에 낙심한 사람들도 다 똑같이 남은 평생 무심하게 살아야 하는 걸까요?"

"솔직히 동생의 원칙을 상세한 내용까지 잘 알지는 못해요. 다만 두 번째 사랑이 용서되는 사례를 한 번도 인정한 적 없다는 것만 알아요."

"그 생각은 오래가지 못할 테지요. 하지만 변화는, 철저한 심경의 변화는―아니, 그런 건 바랄 게 못 됩니다―젊은 마음에 품은 낭만적 감성이 마지못해 꺾이게 되면, 지나치게 범속하고 지나치게 위험한 생각들이 그 자리를 대신 차지하게 되는 일이 얼마나 많은지 아십니까! 제가 겪어봐서 잘 압니다. 예전에 잘 알고 지내던 아가씨가 동생분과 성격도 마음도 꼭 닮았더랬지요. 꼭 저렇게 생각하고 판단하던 사람이었어요. 그런데 여러 불행한 사건이 겹쳐서―강제로 심경의 변화를 겪게 되었는데."―여기서 대령은 말을 뚝 끊어버렸습니다. 그만 너무 많이 말해버렸다고 후회하는 얼굴이었어요. 그 표정이 없었다면 떠오를 리 없는 여러 짐작이 그만 엘리너의 뇌리에 떠올라버렸고요. 미스 대시우드와 상관없는 일이니 부

---

1 18세기 소설에서 세상the world은 대체로 사교계the social world를 지칭한다. 젊은이가 세상의 이치를 터득하면 사교계에서 어른다운 행동에 필요한 언변과 매너, 처세술 등 사회적 기술을 갖추게 된다.

디 발설하지 말아달라 대령이 간곡히 부탁하지 않았다면, 아마 그 아가씨 생각은 스쳐 잊혔겠죠. 하지만 이젠 상상의 나래를 아주 살짝 펴기만 해도, 대령의 감정을 애틋한 옛사랑의 추억과 연결 지을 수 있었어요. 엘리너는 굳이 그러지 않았지만요. 그러나 엘리너가 아니라 메리앤이었다면, 그쯤에서 그치지는 않았을 거예요. 왕성한 상상력으로 삽시간에 이야기 전체를 재구성하고, 모든 사건을 우울하기 짝이 없는 순서로 배치해 재앙이나 다름없는 사랑을 그려냈겠지요.

12

이튿날 아침 엘리너와 메리앤이 함께 산책하던 중에 메리앤이 엘리너에게 한 가지 새로운 소식을 말해주었어요. 메리앤이 경솔하고 생각이 없다는 건 잘 알고 있었지만 설마 이 정도인 줄은 몰랐던 엘리너는 놀라고 말았어요. 메리앤은 잔뜩 신이 나서 윌러비가 말 한 마리를 선물로 주었다고 했거든요. 서머싯셔에서 직접 사육한 말인데, 여자를 태우는 용도로 정확히 맞게 다듬었다나요. 하지만 말을 키우지 않는 게 어머니의 계획이었잖아요. 그런데 선물을 받으려고 계획을 변경한다면 하인이 탈 말을 한 마리 더 사야 하고, 그 말을 탈 하인도 한 사람 더 써야 하고,[1] 말들이 살려면 어쨌거나 마구간도 지어야 하는데, 그런 생각은 하나도 하지 않고 덜컥 선물부터 받

---

1 점잖은 가문의 여자가 혼자 말을 타는 것은 사회 통념이 허락지 않아 함께 말을 타고 동행할 남자 하인이 필요했다.

겠다 하고는 그저 기쁨에 들떠서 언니에게 자랑하고 있다니요.

"당장 서머싯셔에 말구종을 보내서 데리고 올 생각이래." 메리앤이 덧붙여 말했어요. "말이 오면 우리는 날마다 승마를 할 거야. 언니도 나랑 같이 말을 타자. 상상해봐, 엘리너 언니. 이 구릉을 말 타고 달리면 얼마나 신나겠어!"

메리앤은 한없이 행복한 꿈에서 깨어나 이 사태에 수반되는 온갖 불행한 진실을 이해하기가 싫은 나머지, 한참 고집을 부렸지요. 하인 한 사람 더 쓰는 비용이야 푼돈이잖아, 엄마는 절대 반대하지 않으실 거야, 하인이야 아무 말이나 쓰면 되지, 파크에서 언제든 빌려 타도 되고, 마구간은 그냥 아무 헛간이나 쓰면 되잖아. 그래서 엘리너는 마음을 단단히 먹은 다음, 잘 알지도 못하고 안 지 얼마 되지도 않는 남자한테 그런 선물을 받는 건 예에 어긋난다고, 너무 과한 선물이라고 말해버렸어요.

"언니는 잘못 알고 있어." 메리앤은 발끈 화를 냈어요. "내가 윌러비를 잘 모른다니. 그래, 오래 알고 지낸 사이는 아니지. 하지만 난 언니와 엄마를 제외하면 이 세상 그 어떤 생명보다 윌러비를 더 잘 안단 말이야. 시간이나 기회가 있다고 친한 사이가 되는 건 아냐. 성정만 맞으면 되거든. 친해지는 데에 칠 년 세월도 모자란 사람들도 있고, 칠 일이면 충분한 사람들도 있는 법이라고. 윌러비가 아니라 존 오빠가 말을 준다고 했으면, 그걸 받는 게 훨씬 예에 어긋나는 일일걸. 수년을 같이 살았지만 난 존 오빠를 잘 모르니까. 하지만 윌러비에 대해서는 오래전에 판단을 굳혔어."

엘리너는 이 문제는 더 건드리지 않는 게 현명하겠다고 생각했어요. 동생의 성질을 잘 알았거든요. 이런 예민한 주제를 반대하고 나서면 동생이 오히려 자기 의견에 악착같이 매달릴 테니까요. 그 대신 이렇게 살림을 늘리기로 하면(어머니는 아마 그러겠다고 하실 테니까) 너그러운 어머니가 이런저런 불편을 떠안아야 한다고 설명하면서, 메리앤이 어머니를 사랑하는 마음에 호소했지요. 메리앤은 금세 풀이 죽었고, 엄마가 분명 무모한 친절을 베풀려고 하실 테니 이 제안은 말도 꺼내지 않겠다고 약속했어요. 다음에 윌러비를 만나면 부득불 거절하겠노라 말하겠다고도 했고요.

메리앤은 충실하게 약속을 지켰어요. 윌러비가 바로 그날 코티지를 찾아왔을 때, 아무래도 선물을 거절할 수밖에 없다고 메리앤이 나직하게 실망을 토로하는 말소리를 엿들었거든요. 심경의 변화를 가져온 이유들도 함께 말해주자, 윌러비도 이해할 수밖에 없었기에 더는 조르지 않았지요. 그러나 윌러비는 낯빛에 걱정을 담은 속내를 아주 또렷이 드러냈어요. 그런 마음을 진심 어린 말로 열렬히 표현하고 나더니, 그는 메리앤과 똑같이 나직한 목소리로 말했답니다—"하지만 메리앤, 그 말은 여전히 당신 것이에요. 지금은 당신이 탈 수 없지만요. 당신이 말을 가지러 올 때까지만 내가 보관하고 있을게요. 당신이 바턴을 떠나 더 오래 살 집을 갖게 되면, 그때는 퀸맵[2]이 당신을 맞아줄 거예요."

그런데 하필 이런 이야기를 미스 대시우드가 모두 들어버린 거예요. 이 문장 전체가, 이 말을 하는 윌러비의 태도가, 성을 빼고 동생의 이름만 부른다는 사실까지도 너무나 내밀한 관계를 확정하고 너무나도 직접적인 의미를 지녔기에, 엘리너는 곧바로 두 사람이 완벽한 합의에 도달했다는 표시로 받아들였어요. 그 순간부터 엘리너는 둘이 약혼했다고 한 치의 의심 없이 믿어버렸지요. 놀랄 일은 아니었지만 단 한 가지, 성격이 저렇게 솔직한 사람들이 엘리너 자신은 물론 다른 가족에게도 함구해서 이렇게 우연히 알게 했다는 점이 의아했지요.

그런데 마거릿이 다음 날 엘리너에게 귀띔해준 일이, 이 문제를 더 선명한 조도로 파악할 수 있게 해줬답니다. 윌러비는 전날 밤 그 집에서 함께 묵었고, 거실에서 한참 동안 윌러비와 메리앤 두 사람하고 같이 남겨졌던 마거릿은 둘을 잘 살펴볼 기회를 놓치지 않았던 거예요. 다음에 큰언니와 단둘이 있게 되자, 대단히 중요한 사람이 된 듯한 표정으로 자기가 알아낸 바를 전했지요.

"아! 엘리너 언니." 마거릿이 벅찬 목소리로 말했어요. "메리앤 언니에 대해서 해줄 진짜 중요한 비밀 얘기가 있어. 언니가 아주 빨리 윌러비 씨와 결혼할 게 분명해."

"너는 그 말을 허구한 날 하고 있잖니." 엘리너가 대꾸했지요. "하이처치 구릉에서 둘이 처음 만난 이후로 거의 하루도

---

2 퀸 맵이라는 말의 이름은 에로틱한 함의를 띠고 있다. 요정 여왕 맵은 『로미오와 줄리엣』에서 머큐시오의 꿈에 나타나 성적 판타지와 몽정을 자극한다.

빠짐없이 말이야. 게다가 둘이 만난 지 일주일도 채 안 되었을 때 이미 너는 메리앤이 그 사람 초상화를 목에 걸고 다닌다고 장담했고. 알고 보니 그냥 우리 고조부님 초상화였던 그거 말이야.”

“하지만 이건 정말로 완전히 다른 문제란 말야. 둘은 틀림없이 아주 금방 결혼하게 될 거야. 윌러비가 메리앤 언니의 머리카락을 로켓에 넣어서 갖고 있으니까.”

“말조심해, 마거릿. 그것도 그냥 그 사람 고조부님 머리카락일지 누가 아니.”

“하지만 정말이야, 엘리너 언니. 메리앤 언니 거야. 내가 보기에는 거의 확실해. 윌러비가 직접 자르는 걸 봤으니까. 어젯밤에 차 마시고 언니랑 엄마랑 방에서 나갔을 때, 둘이 속삭이면서 엄청 빨리 뭐라 뭐라 말하더라고. 윌러비가 간곡히 뭔가를 애원하는 눈치였는데, 그러다 언니 가위를 집어 들고는 긴 머리칼을 싹둑 자르지 뭐야. 언니 등을 타고 그 머리칼이 흘러 떨어졌는데, 그 머리카락에 키스하더니 하얀 종이에 싸서 잘 접고는 자기 지갑³에 넣었어.”

그렇게 자세한 내용을, 그것도 이렇게 확실한 목격자한테서 전해 듣다니, 엘리너는 믿지 않을 수가 없었어요. 굳이 의심할 마음도 없었고요. 자기가 직접 보고 들은 바와도 완벽하게 일치했으니까요.

3 pocket-book. 작은 지갑이나 책자 형태의 가죽 수첩을 말한다. 지폐를 보관하고 개인의 재정 상태를 기록하는 용도로 많이 썼다. 신사의 필수 소지품이었다.

마거릿의 조숙한 오지랖이 늘 엘리너의 마음에 드는 방식으로 발휘되는 건 아니었어요. 언젠가 제닝스 부인이 파크에서 급습을 시도해, 엘리너가 특별히 아끼는 청년의 이름을 말해달라고 했던 적이 있단 말이에요. 제닝스 부인은 그게 늘 궁금해 안달했거든요. 그런데 마거릿이 대답 대신 언니를 쳐다보더니, "말하면 안 되지? 해도 돼, 언니?"라고 물었던 거예요.

물론 모두가 폭소를 터뜨렸고, 엘리너도 웃어넘기려 했지요. 하지만 애쓰는 것 자체가 괴로웠어요. 마거릿이 지목하려는 사람의 이름을 제닝스 부인이 버릇처럼 놀림감으로 삼게 되면 차마 평정심을 유지하며 견뎌낼 수 없을 것 같았거든요.

메리앤은 엘리너의 처지를 진심으로 생각해주었지만, 사실 도움은커녕 더 난처한 궁지로 몰아넣고 말았고요. 괜히 자기가 얼굴을 아주 새빨갛게 물들이더니 몹시 화난 말투로 마거릿을 몰아붙였거든요.

"네가 무슨 지레짐작을 하는지는 몰라도 넌 말을 옮길 자격이 없다는 것만 기억해."

"지레짐작 같은 거 한 적 없어." 마거릿이 대꾸했어요. "그 얘기는 언니가 나한테 해준 거잖아."

이 말에 일행의 즐거움만 한층 커져버렸고, 다들 좀 더 얘기해달라고 마거릿을 졸라대기 시작했어요.

"오! 부탁해요, 미스 마거릿, 우리한테도 다 알려줘요." 제닝스 부인이 말했어요. "그 신사분의 이름이 뭐예요?"

"저는 말할 수 없어요, 부인. 하지만 그 이름이 무엇인지는 잘 안답니다. 어디 있는지도 알고요."

"그래요, 그래, 우리도 어디 사는 사람인지는 짐작할 수 있죠. 틀림없이 놀랜드의 자택일 테니까요. 어디 내 생각을 말해 보자면, 교구 목사님 아닐까 하는데."

"아니, 그건 아니에요. 전문직은 아니거든요."

"마거릿." 메리앤이 버럭 열을 올리며 말했어요. "그건 다 네가 머릿속에서 꾸며낸 일이잖아. 세상에 그런 사람은 존재하지도 않아."

"글쎄, 그렇다면 최근에 세상을 떠났나보지, 메리앤 언니. 내가 알기론 그런 사람이 분명히 있었고, 그 사람 성은 F로 시작했으니까."

바로 이 순간 레이디 미들턴이 "그런데 비가 굉장히 많이 내렸네요"라고 말했는데, 엘리너는 그게 그렇게 고마울 수가 없었어요. 엘리너를 배려해서가 아니라, 그저 남편과 모친이 즐기는 저속한 농담거리가 끔찍이도 싫어서 그렇게 대화를 불쑥 끊었다는 건 잘 알지만요. 어쨌든 레이디 미들턴이 떠올린 생각을 곧바로 브랜던 대령이 이어받았어요. 그야말로 언제 어디서나 타인의 감정을 찬찬히 헤아리는 사람이었으니까요. 대령은 엘리너와 둘이서 비라는 화제를 두고 많은 말을 나누었어요. 윌러비는 피아노포르테의 뚜껑을 열고 메리앤에게 와서 앉으라고 부탁했고요. 그렇게 화제를 바꾸려고 여러 다른 사람이 여러 다른 노력을 한 끝에 드디어 그 이야기가 간신히 묻혔답니다. 하지만 불쑥 그런 상황에 내처져 놀라고 불안해진 엘리너는 마음을 쉬이 달랠 수가 없었어요.

그날 저녁 바턴에서 십이 마일 거리에 있는 아주 멋진 장소로 함께 나들이할 사람들이 정해졌답니다. 브랜던 대령의 처남이 소유한 영지인데, 주인은 현재 외지에 있었고 방문객 관련으로는 엄중한 지시를 내린 터라 대령이 주선하지 않으면 구경할 수 없는 곳이었습니다. 영지가 빼어나게 아름답다고들 모두가 입 모아 말했고, 특히 열변을 토하며 칭찬한 존 경으로 말하자면 상당히 여러 번, 그러니까 지난 십 년에 걸쳐 여름마다 최소 두 번 이상 이 나들이를 주선해본 경험자니 그럭저럭 평가를 믿어줘도 되지 않을까요. 거기 가면 우아한 호수도 있어서 뱃놀이를 오전의 오락거리로 삼으면 된다고 했는데요. 찬 음식을 준비하고 뚜껑 없는 마차로만 가면, 늘 그랬듯 기쁨과 즐거움만 가득한 스타일로 만사가 진행될 거예요.

그래도 일행 가운데 몇 사람은, 계절을 생각하면 여행이 좀 힘에 부친다고 느꼈어요. 지난 이 주일 내내 하루도 빠짐없이 비가 내렸거든요—그래서 벌써 감기에 걸린 대시우드 부인은 큰딸 엘리너의 설득에 따라 집에 남아 있기로 했습니다.

13

횟웰로 예정된 나들이는 엘리너의 예상과 전혀 다르게 흘러 갔습니다. 엘리너는 흠뻑 비에 젖고 피로에 찌들고 겁에 질릴 각오를 단단히 하고 있었지만, 실제로 발생한 사태는 그보다 훨씬 더 나빴거든요. 아예 떠나지도 못했기 때문이지요.

10시쯤 일행 전원이 파크에 모여 아침 식사를 함께하기로 되어 있었는데요. 밤새 비가 내렸지만 그날 아침 날씨는 꽤 좋았어요. 아침 시간 내내 하늘에서 구름이 흩어지고 해가 자주 났으니까요. 다들 들떠서 좋은 기분으로 재미있게 즐길 태세를 갖췄고, 아무리 불편하고 힘들어도 참아내겠다고 마음먹고 있었단 말이죠.

아침 식사를 하던 중에 편지 몇 통이 도착해 들어왔어요. 그 중 한 통은 브랜던 대령 앞으로 온 편지였어요―대령은 편지를 들고 주소를 살펴더니 낯빛이 싹 바뀌었고, 그 즉시 방에서 나가버렸답니다.

"브랜던에게 무슨 문제가 있나?" 존 경이 말했어요.

아무도 알 리가 없지요.

"나쁜 소식이 아니면 좋겠는데요." 레이디 미들턴이 말했어요. "대령님이 내가 차린 식탁을 저렇게 불쑥 박차고 나가다니 보통 일이 아닌 것 같아요."

오 분쯤 지난 후에야 대령이 돌아왔습니다.

"나쁜 소식이 아니길 바라요, 대령님." 대령이 방에 들어오기 무섭게 제닝스 부인이 말했어요.

"전혀 아닙니다, 부인. 감사합니다."

"아비뇽에서 온 소식인가요? 동생분의 병세가 나빠졌다는 전언은 설마 아니겠죠."

"아닙니다, 부인. 런던에서 온 건데, 그저 업무상 서한일 뿐입니다."

"하지만 단순히 업무 서한인데 왜 필체만 보고 그렇게 당황하신 거예요? 그러지 말고, 어서, 말해봐요. 이래서야 어디 되겠어요, 대령님. 우리한테 사실대로 다 털어놓아보시라고요."

"어머니." 레이디 미들턴이 말했죠. "말씀을 좀 생각해서 하세요."

"친척 패니가 결혼한다는 소식이었나요?" 제닝스 부인이 딸의 질책은 아랑곳 않고 말했답니다.

"아니, 정말로 아닙니다."

"어머, 그러면 누가 보낸 편지인지 전 알겠네요, 대령님. 잘 지내고 있는 거지요?"

"대체 누구 말씀입니까, 부인?" 대령이 살짝 얼굴을 붉히며 물었습니다.

"아! 아시잖아요."

"특별히 죄송하다는 말씀을 드려야겠습니다." 대령은 레이디 미들턴을 보고 말했습니다. "이 편지를 하필 오늘 받게 되어서 유감이네요. 사업상 당장 런던에 가서 처리해야 할 일이 생겼거든요."

"런던이라니!" 제닝스 부인이 외쳤어요. "이 계절에 런던에 가서 하실 일이 뭐가 있다고요?"

"저야말로 아쉽기 그지없습니다." 대령이 말을 이었습니다. "이렇게 좋은 분들을 떠나야 한다니 유감이에요. 하지만 그보다 제가 있어야 휫웰에 들어가실 수 있는데, 그 점이 더 마음이 쓰이네요."

이 말이 모든 이에게 얼마나 큰 충격을 안겼는지요!

"하지만 저택 관리인에게 쪽지라도 써주시면 되잖아요, 브랜던 대령님?" 메리앤이 열심히 간청했어요. "그걸로는 안 될까요?"

대령은 고개를 저었지요.

"우리는 가야 해." 존 경이 우겼습니다─"여기까지 와서 미룰 수는 없어. 내일까지는 자네를 못 보내. 브랜던, 내일 가면 되잖나."

"그렇게 쉽게 해결될 일이면 나도 좋겠군. 하지만 내 힘으로는 안 되는 일이야. 출발은 하루도 미룰 수는 없어."

"무슨 일로 가시는지 말해주면, 미뤄도 될지 안 될지 우리가 결정해줄게요." 제닝스 부인이 말했지요.

"우리가 돌아올 때까지만 출발을 미룬대도 겨우 여섯 시간 늦어지는 거 아닙니까." 윌러비도 말을 보탰습니다.

"단 한 시간도 허비할 수 없습니다만."—

그 순간 엘리너는 윌러비가 나직하게 메리앤에게 하는 말을 들었습니다.

"사람들이 재밌게 노는 꼴을 못 보는 사람들이 있다니까요. 브랜던 같은 사람들 말이에요. 감기에 걸릴까 겁이 나서 꽁무니를 빼려고 이런 잔꾀를 부리는 겁니다. 편지는 자기가 직접 썼다는 데 내 돈 오십 기니를 걸겠어요."

"말해 뭐해요." 메리앤도 수긍했어요.

"내가 설득한다고 자네가 마음을 바꿀 사람이 아니지, 브랜던. 그야 오래전부터 알고 있던 거고." 존 경이 말했지요. "일단 뭐든 마음을 먹으면 기어코 하니까. 하지만 사정을 좀 봐주면 좋겠네. 여기 캐리 집안 아가씨 두 분께서는 뉴턴에서 여기까지 와주셨고, 대시우드 집안 아가씨 세 분도 코티지에서부터 걸어오셨잖나. 윌러비 씨도 휫웰에 가려고 보통 때보다 두 시간이나 일찍 일어났단 말이야."

브랜던 대령은 일행에게 실망을 안겨드려 죄송하다고 다시금 사과하면서도 불가피한 사정이라고 강조해 말했습니다.

"뭐 그렇다면, 자네는 언제 다시 돌아오는 건가?"

"바턴에서 뵙길 바라요." 레이디 미들턴이 덧붙여 말했어요. "편할 때 런던에서 내려오시면요. 휫웰 나들이야 오실 때까지 연기하면 되지요."

"너그러이 이해해주셔서 감사합니다. 하지만 언제 돌아오게 될지 제 뜻대로 결정할 수 없으니, 아무것도 확실하지 않아 약속을 드릴 수가 없네요.”

“아! 저 친구는 반드시 돌아올 거고 그래야 해요.” 존 경이 외쳤습니다. “이번 주말까지 내려오지 않으면, 내가 쫓아가 잡아올 테니까.”

“아, 꼭 그래줘요, 존 경.” 제닝스 부인이 외쳤어요. “그럼 무슨 볼일이었는지도 알아낼 수 있겠네요.”

“다른 사람 일에 오지랖 넓게 끼어들고 싶진 않아요. 아무래도 뭔가 좀 부끄러운 일이 있는 모양인데.”

브랜던 대령의 말들이 호출되었습니다.

“설마 말을 타고 런던까지 가는 건 아니지?” 존 경이 물었지요.

“아니야. 호니턴까지만. 다음엔 우편 마차[1]를 타고 갈 걸세.”

“그래, 이왕 갈 결심을 했으니 무탈한 여행을 비네. 하지만 그래도 마음을 돌리면 좋겠는데.”

“내가 어쩔 수 있는 일이 아니라니까.”

그렇게 대령은 일행 모두와 인사를 나누었습니다.

“올겨울에 런던에서 동생분들과 함께 뵐 기회가 있을까요, 미스 대시우드?”

“안타깝게도, 어려울 것 같네요.”

“그렇다면 제 바람보다 훨씬 오래 작별을 고해야겠군요.”

1 당시 우편 마차는 일반 마차보다 빨랐고 배차도 규칙적이었다.

메리앤에게는 그저 고개만 숙였을 뿐 아무 말도 건네지 않았습니다.

"어서요, 대령님." 제닝스 부인이 말했어요. "가시기 전에 무슨 일인지 우리한테 좀 알려주세요."

대령은 안녕히 계시라고 인사하고 존 경과 함께 방에서 나갔습니다.

이때까지 예의를 차리느라 참고 있던 불평과 한탄이 이제 한꺼번에 터져 나왔어요. 사람을 이렇게 실망시키는 법이 어디 있느냐고, 정말 짜증 나고 화난다고, 한두 번도 아니고 거듭거듭 입을 모아 투덜거렸지요.

"하지만 무슨 볼일로 가는지 난 좀 짐작이 가요." 제닝스 부인은 득의양양했습니다.

"그래요, 부인?" 거의 모두가 되물었지요.

"그래요. 미스 윌리엄스 일일 거예요. 확실해요."

"그런데 미스 윌리엄스가 누구예요?" 메리앤이 물었지요.

"이럴 수가! 미스 윌리엄스가 누군지 몰라요? 틀림없이 전에 얘기를 들어본 적이 있을 텐데. 대령님의 친척이에요. 아주 가까운 친척. 젊은 아가씨들이 충격을 받을까봐 얼마나 가까운지는 차마 말해주지 못하겠지만." 그러더니 언성을 약간 낮추고 엘리너에게 말했어요. "대령이 밖에서 낳아온 친딸이랍니다."

"설마요!"

"아니! 정말이라니까요. 대령을 닮아서 노려보는 눈빛이 어찌나 매서운지. 감히 말해보자면 대령은 아마 전 재산을 그쪽으로 남길 거예요.”

신경이 섬세한 레이디 미들턴은 충격을 받은 나머지, 혼외 자식을 거론하는 이 부적절한 화제를 어서 치워버리려고 본인이 직접 날씨 얘기를 꺼내기까지 했답니다.

배웅하러 갔던 존 경이 돌아왔고, 그 또한 이런 불행한 사태에 아쉬움을 표하는 사람들의 원성에 흔쾌히 동조했답니다. 하지만 마지막에는 어차피 이렇게 다 모였으니 이 참에 재미있는 일을 벌여보자고 말을 맺었어요. 잠시 의논을 거친 뒤, 어차피 행복은 오로지 횟웰에서만 누릴 수 있겠지만 그래도 마차를 타고서 전원을 한번 돌고 오면 그럭저럭 마음을 차분히 가라앉힐 수 있겠다는 데 모두가 마음을 모았지요. 마차들을 대령하라는 명령이 하달되었어요. 윌러비의 마차가 제일 먼저 왔는데, 마차에 올라타는 메리앤은 한 번도 본 적 없는 행복한 얼굴을 하고 있었답니다. 윌러비는 아주 빠른 속도로 파크를 돌았고, 둘은 금세 시야에서 사라졌어요. 그리고 다시 돌아올 때까지는 아무도 그들을 보지 못했답니다. 그것도 다른 사람들이 남김없이 돌아온 후에야 제일 늦게 돌아왔고요. 둘 다 마차를 탄 시간이 즐거웠던 눈치였지만, 다른 사람들이 구릉을 내려갈 때 도로에 머물러 있었다면서 애매한 말만 둘러댔어요.

저녁엔 춤이 있어야 하고 하루 온종일 모두가 한껏 신나게 즐겨야 하는 날, 그날은 그런 날이었어요. 캐리 집안 사람들 몇 명이 더 저녁 식사에 왔고, 식탁에 무려 스무 명 가까운 사람들이 함께 앉게 되었어요. 존 경은 몹시 흐뭇하게 이 광경을 바라보았지요. 윌러비는 여느 때처럼 대시우드 자매 중 첫째와 둘째 사이에 자리를 잡았고요. 제닝스 부인은 엘리너 오른편에 앉았어요. 다들 자리에 앉기가 무섭게 부인은 엘리너와 윌러비 등 뒤로 몸을 젖히더니 두 사람한테 다 들리는 목소리로 메리앤에게 말을 걸었어요. "온갖 잔꾀를 부려봤자 어차피 나한테 들킬 것을. 두 사람이 어디서 아침을 보냈는지 나는 알고 있어요."

메리앤이 얼굴을 붉히더니 아주 쌀쌀하게 쏘아붙였어요. "어딜까요. 어디 아시면 말씀해주시죠?"—

"모르셨습니까." 윌러비가 말했지요. "저희는 제 커리클[2]을 타고 나갔었는데요."

"알죠, 알고말고. 신사 양반이 당돌하시기는. 그야 잘 알고 있어요. 그래서 대체 둘이 어딜 다녀왔는지 알아내려고 작심하고 있었다니까—장래의 집이 마음에 들었길 바라요, 미스 메리앤. 아주 큰 집이라는 거야 나도 아는 바고, 내가 놀러 갈 때쯤엔 가구도 새로 맞춰 꾸며뒀으면 좋겠네요. 육 년 전 가봤을 때 보니까 새 단장이 정말 꼭 필요하더라고."

메리앤은 크게 당황해서 고개를 돌렸어요. 제닝스 부인은 호탕하게 웃어젖혔지요. 그래서 엘리너는 제닝스 부인이 그들의 행방을 알아내겠다고 단단히 마음먹고는 자기가 부리는 하녀를 시켜 윌러비 씨의 말구종에게 물어보게 했다는 사실

---

2 두 마리의 말이 나란히 끄는 경쾌한 이륜마차로 현대의 스포츠카처럼 젊은 신사들이 선호했다.

을 알게 되었어요. 부인은 그런 수를 써서 두 사람이 앨러넘에 갔고, 정원을 거닐고 집 안을 돌아보며 상당한 시간을 함께 보냈다는 걸 알아냈던 거예요.

엘리너는 도저히 믿을 수가 없었어요. 메리앤과는 면식이 전혀 없는 스미스 부인이 집에 계시는데, 윌러비가 그 집에 가자고 권하고 또 메리앤이 거기 동의했다니 설마 그럴 리가 없잖아요.

식사 자리를 떠나자마자 엘리너는 메리앤에게 그 일을 물어보았어요. 제닝스 부인이 말해준 정황이 하나도 빠짐없이 사실이라는 걸 알고, 엘리너는 아연실색하고 말았습니다. 메리앤은 믿지 못하는 언니에게 몹시 화를 냈어요.

"엘리너 언니는 대체 왜, 우리가 거기 간 적도 없고 그 집을 본 적도 없을 거라고 생각하는 거야? 언니도 늘 거기 가보고 싶어하지 않았어?"

"그래, 메리앤, 하지만 스미스 부인이 엄연히 계시는데, 다른 동행 없이 윌러비 씨와 단둘이 가지는 않을 거야."

"하지만 그 집을 보여줄 자격이 있는 사람은 윌러비 씨 혼자뿐인걸. 더구나 우리는 뚜껑 없는 마차[3]를 타고 들어갔으니까, 다른 일행은 데리고 가고 싶어도 그럴 수 없었어. 난 일평생 오늘처럼 즐거워본 적이 없단 말이야."

"미안하지만, 즐거운 일이라고 해서 전부 적절한 행동은 아

3 윌러비의 커리클처럼 뚜껑 없는 이륜마차에는 보통 성인 두 사람이 탈 공간밖에 없었다.

니야." 엘리너가 대꾸했지요.

"반대로, 이보다 더 적절한 처신은 찾아볼 수 없을걸, 엘리너 언니. 내가 한 일에 진짜로 부적절한 구석이 있었다면 당시에 이미 내가 알아차렸을sensible 거야. 잘못을 저지를 때는 언제나 스스로 아는 법이니까. 잘못이라 확신했다면 어떻게 기쁨을 느낄 수 있겠어."

"하지만 메리앤, 그러다가 벌써부터 저런 무례하기 짝이 없는 소리를 듣게 됐는데, 너 스스로 행동거지를 바르게 단속했는지 이제 좀 돌아볼 때도 된 거 아니니?"

"제닝스 부인의 무례한 언사가 내 행동의 잘못을 입증한다면, 우리는 살아가는 평생 일분일초마다 잘못을 저질러야지 어쩌겠어. 부인의 칭찬이 그렇듯 비난 또한 내겐 일고의 가치도 없어. 스미스 부인의 영지를 산책하거나 그 집을 구경했다고 해서 그게 어디가 잘못인지 모르겠단not sensible 말이야. 그집은 언젠가 윌러비 씨의 소유가 될 테고, 그러면……"

"메리앤, 언젠가 네 차지가 될 집이라고 해서 그런 행동이 정당화되진 않아."

이 암시에 메리앤은 얼굴을 붉히고 말았지요. 하지만 내심 흐뭇해하는 마음이 눈에 다 보였어요. 십 분쯤 사이를 두고 깊은 생각에 잠겨 있던 메리앤은 언니에게 다시 와서 짐짓 아주 소탈하게 말했습니다. "그래, 어쩌면 엘리너 언니 말대로, 내가 앨러넘에 갔던 건 그릇된 판단이었을지도 몰라. 하지만 윌러비 씨가 유달리 그 집을 내게 보여주고 싶어했어. 게다가 정말로 아름다운 집이란 말이야—이 층에 특히 어여쁜 거실이 하나 있거든. 일상적으로 쓰기 좋은 편안한 크기에, 현대적인 가구를 들여놓으면 정말 좋을 것 같았어. 구석방도 하나 있는데 양쪽으로 창이 나 있더라고. 한쪽 창밖으로는 집 뒤의 잔디 구기장이 보이고 언덕 위로 아름다운 숲이 펼쳐져 있어. 다른 쪽 창에서는 교회와 마을이 보이고. 그 너머로 우리가 시시때때로 찬탄을 금치 못하는 바로 그 훌륭하고 기개 높은 산세가 보이지 뭐야. 전망을 제대로 즐기지는 못했어. 방 안이, 세상에 그렇게 추레하고 쓸쓸한 가구는 다시 없을 것 같긴 하더라―하지만 전부 새로 맞춰서 단장하고 나면――윌러비 말로는 이삼백 파운드만 들이면 영국에서 제일 상쾌한 여름 거실이 될 거래.”

엘리너가 다른 사람한테 방해받지 않고 계속 얘기를 들어줄 수 있을 상황이었다면, 메리앤은 그 집의 방 하나하나를 전부 다 한결같은 기쁨에 들떠서 묘사했을 거예요.

14

브랜던 대령이 파크 체류를 돌연 끝내더니 그 이유를 끈질기게 비밀에 부친 일은 이삼일 내내 제닝스 부인의 뇌리에서 떠나지 않은 채 지독한 궁금증을 유발했어요. 모든 지인이 어딜 갔다 언제 오는지 시시콜콜 지대한 관심을 품는 사람이 다 그러듯, 제닝스 부인 역시 궁금한 게 굉장히 많았거든요. 그래서 대체 이유가 뭘지 쉬지도 않고서 줄곧 궁리하고 또 궁리했어요. 뭔가 나쁜 소식이라는 건 분명했기에 대령에게 닥쳐올 수 있는 온갖 불행을 낱낱이 헤아려 짚어보았지요. 대령이 처한 상황이 자기 짐작을 벗어나는 사태는 결코 용납할 수 없다는 양 작정하고 집요한 오기로 매달렸어요.

"심히 침울한 사태가 분명한데" 하고 제닝스 부인이 입을 열었어요. "그 표정에서 다 드러나더라고요. 불쌍한 사람! 안 된 일이지만 재정 상태[1]가 나빠졌을 수도 있어요. 델라퍼드의 영지에서 나오는 연 소득은 이천을 넘은 적이 없고, 형님이 워낙 형편없는 상태로 물려주셨으니. 그래, 아무래도 돈 문제로 불려 간 거 같네, 아니면 또 뭐겠어요? 그런데 정말 그런 건지 궁금하네요. 진실만 알 수 있다면 뭐든 다 줄 텐데. 어쩜 미스 윌리엄스 때문일지도 모르겠고—그래, 그러고 보니, 정말 그 건가봐. 내가 그 말을 꺼냈을 때 심히 의미심장한 얼굴을 하더라니. 아파서 런던에 있는 건가. 아무리 생각해봐도 세상에 그보다 그럴싸한 이유가 없겠는데. 왠지 내 머릿속에서 그 애는 늘 좀 병색이 있는 느낌이거든요. 내기를 하자면 난 미스 윌리엄스 쪽에 걸어야겠다. 대령이 이제 와서 돈 문제로 고생한다니, 그건 또 아닌 것 같단 말이지요. 원체 주도면밀한 사람이니 지금쯤은 영지의 재정도 말끔히 정리하고도 남지. 대체 무슨 일인지 궁금해 죽겠네! 아비뇽에 있는 누이가 안 좋아져서 대령을 불렀을 수도 있을 것 같고. 그리 다급히 떠난 걸 보면 그럴 가능성이 농후한데. 아무튼, 나는 대령이 이 모든 난관을 다 헤쳐 나와서 덤으로 좋은 아내까지 얻기를 진심으로 바란답니다.”

제닝스 부인은 그토록 궁금한 것도 많고 그토록 말도 많았어요. 새로운 추정이 떠오를 때마다 생각도 달라졌지만, 매번 하나같이 다 그럴싸해 보였거든요. 엘리너도 물론 브랜던 대령의 안위를 깊이 염려했지만, 대령이 갑작스럽게 떠나버린 일에 궁금증을 모조리 쏟아부을 수는 없었어요. 제닝스 부인은 엘리너가 공감해주길 바랐지만 어쩔 수 없었지요. 엘리너

1 circumstances. 돈 문제를 우회적으로 표현한 말이다.

가 생각하기에 이게 이렇게 오래 신기해하고 별별 추측을 다 해야 할 만한 일인가 의심스러웠던 데다, 또 진짜로 궁금한 일은 따로 있기도 했고요. 오히려 엘리너는 예의 그 주제에 관해 이상하리만큼 침묵으로 일관하는 동생과 윌러비한테 정신이 온통 쏠려 있었어요. 모두가 비상한 관심을 갖고 있다는 걸 둘 다 잘 알고 있을 텐데 말이지요. 침묵은 계속 이어졌는데, 그건 하루하루 시간이 갈수록 점점 더 이상하고 두 사람의 성정과 전혀 맞지 않게 느껴졌어요. 대체 왜 어머니와 엘리너에게 터놓고 인정하지 않는 걸까요? 항시 서로를 대하는 행동만 보면 이미 다 결정된 일인 양 노골적이었는데, 엘리너는 이해가 되지 않았어요.

둘이 지금 당장 결혼할 여력이 안 된다는 사실은 쉽게 이해할 수 있었지요. 윌러비는 경제적으로 자립한 신사였지만 부자라고 믿을 근거는 없었어요. 존 경의 추산으로는 윌러비의 영지에서 나오는 수입이 일 년에 육백 내지 칠백 파운드였는데, 그 소득으로는 씀씀이를 충당할 길이 없어 보였고 본인도 가난한 신세를 한탄하기 일쑤였거든요. 그렇다 해도 사실상 숨기는 게 없는 사람이 약혼 문제를 이렇게 이상하게 비밀로 두는 사정을 엘리너는 헤아릴 수가 없었어요. 평소 두 사람의 사고방식이나 언행과는 완전히 반대였기에 정말 약혼한 사이가 아닐지도 모른다는 의심이 이따금 엘리너의 뇌리를 스치곤 했는데, 이 의심 하나만 해도 메리앤에게 아무것도 캐묻지 못할 이유로는 충분했거든요.

윌러비의 행동은 가족에 대한 애정이 배어나기로는 세상

무엇에도 비길 데 없이 극진했어요. 메리앤에게는 연인의 심장에서 나오는 그 특유의 다정함으로 대했고, 나머지 가족에게는 아들이자 형제처럼 상냥하게 마음을 썼거든요. 코티지는 제집처럼 생각하고 아끼는 것 같았습니다. 앨러넘에서보다 훨씬 오랜 시간을 코티지에서 보낸 건 물론이고요. 파크에서 다 같이 모이는 약속이 없을 때면 아침에 그를 집 밖으로 불러낼 볼일은 대체로 어김없이 코티지에서 끝났으며, 하루의 남은 시간은 메리앤 곁에서 제일 아끼는 사냥개를 발치에 두고 보내곤 했지요.

그런데 브랜던 대령이 떠난 지 일주일쯤 지난 어느 날 저녁에, 윌러비의 마음이 유달리 주위의 모든 물건에 애틋한 애착을 느낀 모양이에요. 대시우드 부인이 어쩌다가 봄에 코티지를 새로 단장할 계획이라는 말을 했더니, 정이 깊이 들어서 이젠 완벽해 보인다면서 어느 한 군데도 고치지 말아달라고 열띤 항의를 하지 뭐예요.

"뭐라고요!" 윌러비는 이렇게 외쳤어요─"이 정든 코티지를 개조한다니요! 안 됩니다. 그건 제가 결코 동의할 수 없어요. 제 마음을 생각해주신다면, 이 벽에 돌 하나 덧붙이지 마시고, 단 일 인치도 확장하지 말아주세요."

"너무 걱정 마세요." 엘리너가 말했어요. "그런 일은 없을 테니까. 어머니는 돈을 마련 못 해서 수리는 시작도 못 하실 거예요."

"진심으로 기쁩니다." 윌러비가 말했어요. "재산을 더 나은 일에 쓰지 않으실 거라면 차라리 어머님이 언제까지나 가난하셨으면 좋겠군요."

"고마워요, 윌러비.[2] 하지만 윌러비는 물론이고 내가 사랑하는 사람이 이 집에 붙인 정을 한 조각이라도 희생해야 한다면, 난 온 세상의 집수리를 다 해준다 해도 싫다고 할 거예요. 봄에 예산을 짤 때쯤 여윳돈이 얼마나 남을지는 몰라도, 윌러비의 마음을 그리 아프게 하느니 차라리 쓸 곳 없이 그냥 두는 게 훨씬 나으니 걱정 말아요. 하지만 정말로 이 집의 흠결이 하나도 눈에 들어오지 않을 만큼 정이 든 건가요?"

"그렇습니다." 윌러비가 대답했어요. "제게는 무결점이에요. 아니, 오히려, 오직 이런 형태의 건물에서만 행복을 찾을 수 있다고 생각해요. 제가 부자라면 지금 당장 쿰[3]을 허물고 이 코티지의 설계도를 정확히 따라 다시 짓고 싶네요."

"어둡고 좁아터진 계단에 연기 자욱한 주방까지도 똑같이 따라 지으신단 말씀이시죠." 엘리너가 말했어요.

"그래요." 여전히 열의에 달뜬 목소리로 윌러비는 외쳤어요. "이 집에 속한 모든 걸 하나도 빠짐없이 말입니다—편리한 점은 물론이고 또 불편한 점까지도, 미미한 차이마저 눈에 띄지 않을 정도로 똑같이. 그때, 오직 그때, 오직 그 지붕 밑에서만, 바턴에서 그랬듯 쿰에서도 행복해질 수 있을 겁니다."

---

2 여기에서 대시우드 부인은 윌러비를 윌러비 씨Mr. Willoughby가 아니라 다른 호칭 없이 윌러비라고 부르는데, 이는 대시우드 부인이 그를 허물없는 사이로 느낀다는 뜻이다. 메리앤과 약혼한 사이라고 믿고 사윗감으로 대한다는 암묵적 증거인 셈이다.
3 쿰매그나는 앨러넘에 있는 스미스 부인이 사는 저택의 이름으로, 줄여서 쿰이라고 부른다. 훗날 윌러비가 물려받게 될 재산이다.

"전 왠지, 훨씬 좋은 방과 널찍한 계단 같은 불리한 조건에
도 불구하고, 앞으로 사실 집도 여기만큼 완벽하다 여기게 되
실 것 같은데요." 엘리너가 말했어요.

"여러 정황에 따라 그 집 또한 제게 귀하고 소중한 곳으로
다가올 수야 있겠지요." 윌러비가 대답했어요. "하지만 이곳
은 언제까지나 제 사랑을 독차지할 테고, 다른 무엇과도 이 사
랑은 나누지 않을 겁니다."

대시우드 부인은 기쁜 마음으로 메리앤을 바라보았는데, 그
때 메리앤의 근사한 두 눈[4]이 얼마나 풍부한 감정을 담고서
윌러비에게서 떨어질 줄 모른 채 그의 마음을 너무나 잘 알고
있다고 말했는지요.

"일 년 전 이맘때 앨러넘에 있으면서 얼마나 자주 바랐는지
모릅니다!" 윌러비가 말을 계속했습니다. "바턴 코티지에 누
가 들어와 살면 참 좋겠다고요! 코티지가 시야에 들어올 때마
다 위치에 탄복했고, 아무도 들어와 살지 않는 게 안타까웠어
요. 다음번 이 지방[5]에 내려와서 스미스 부인께 처음 듣게 될
소식이 바턴 코티지에 새 주인이 생겼다는 내용일 줄은 정말
몰랐지요. 그 즉시 뿌듯한 마음과 강한 흥미를 동시에 느꼈는

4 fine eyes. 단순히 아름다운 눈이 아니라 표정이 풍부하게 담겨 매력적인
  눈을 의미하는 표현이다. 제인 오스틴의 작품 안에서 근사한 눈fine eyes
  은 그저 외모만 출중한 것이 아니라 독특한 매력을 지닌 여자 주인공에
  게 중요한 자질이다. 『오만과 편견』에서도 다아시 씨는 엘리자베스의
  "근사한 두 눈"에 반한다.
5 country. 도시가 아닌 곳, 정확히는 런던이 아닌 지방을 통칭하는 표현
  이다.

데, 그게 앞으로 제가 누리게 될 행복의 예지가 아니었다면 달리 어떻게 설명할까요. 틀림없이 그랬겠지요, 메리앤?" 그는 메리앤을 바라보며 나직이 언성을 낮췄어요. 그러고는 다시 보통의 목소리로 말을 이었지요. "그런데 이 집을 망치려고 하신다고요, 대시우드 부인? 집수리를 상상하기만 해도 이 집의 소박함이 사라질 것만 같아요! 우리가 처음 서로 알게 된 곳, 그 후로 수없이 많았던 행복한 시간을 우리가 함께한 곳, 이 정든 응접실을 평범한 현관으로 전락시키고, 세계에서 가장 우아한 저택의 그 어떤 생활공간보다도 진정한 환대와 안락을 담아준 저 방을 모두가 무심히 지나쳐버리게 만드실 건가요."

대시우드 부인은 그런 집수리는 감히 꿈도 꾸지 않겠다고 윌러비를 재차 안심시켰어요.

"부인께서는 정말 좋으신 분이세요." 윌러비는 뜨거운 감정을 쏟아냈습니다. "그리 약속해주시니 제 마음이 편해지네요. 그 선함을 조금 더 넓혀주시면 제가 행복하겠습니다. 이 집이 변함없이 있어주듯 여러분도 언제까지나 제게 집처럼 변함없이 계실 거라 말씀해주세요. 여러분이 지닌 모든 것이 그러하듯, 여러분도 언제까지나 저를 친절로 대해주실 거라고요."

이 약속은 흔쾌히 돌아왔기에, 그날 저녁 윌러비는 시종일관 말과 행동으로 애정과 행복을 표현했습니다.

"내일 저녁 식사 때 또 만날 수 있을까요?" 떠나는 윌러비에게 대시우드 부인이 물었습니다. "오전에는 오시라고 청할 수가 없네요. 파크로 가서 레이디 미들턴을 만나야 하거든요.”
　월러비는 4시까지 오겠노라 약속했습니다.

15

대시우드 부인은 다음 날 레이디 미들턴을 방문하면서 딸 둘을 데리고 갔습니다. 하지만 메리앤은 사소한 일거리 핑계를 대면서 같이 가지 않았어요. 대시우드 부인은 전날 밤 윌러비가 다른 가족이 없는 사이 방문하겠다는 약속을 했나보다 짐작하고는, 더할 나위 없이 흡족한 마음으로 딸을 혼자 두고 나갔어요.

그런데 파크에서 돌아와보니 윌러비의 커리클과 시종이 코티지에서 대기하고 있었어요. 그래서 대시우드 부인은 아까의 짐작이 옳았다고 확신을 굳혔어요. 지금까지는 기대한 대로 잘되어가고 있구나 생각했지요. 하지만 집에 들어가보니 어떤 예지력으로도 대비하지 못한 뜻밖의 광경이 기다리고 있었습니다. 통로에 막 들어서는데, 메리앤이 비통한 슬픔을 걷잡을 수 없는 듯 손수건을 눈에 댄 채 황급히 뛰쳐나와 그들 쪽은 쳐다보지도 않고 계단을 뛰어올라가버렸거든요. 기겁한 가족들이 방금 메리앤이 나온 방으로 곧장 가봤더니, 거기엔 윌러비밖에 없었어요. 윌러비는 그들을 등진 채 벽난로 선반에 기대고 서 있다가, 그들이 들어오자 돌아섰습니다. 그런데 그 얼굴에도 메리앤을 덮친 바로 그 감정이 강렬하게 떠올라 있었어요.

"메리앤한테 무슨 문제라도 있어요?" 대시우드 부인이 들어서며 말했어요―"그 애가 아픈가요?"

"그건 아니길 바랍니다." 짐짓 명랑한 표정을 지으려 애쓰며 윌러비가 말했지요. 그리고 잠시 후 억지 미소를 띤 채 덧붙여 말했어요. "병석에 앓아누울 사람은 오히려 저일 겁니다―그야말로 크나큰 실망으로 고통받고 있으니까요!"

"실망이라고요!"―

"그렇습니다. 여러분과의 약속을 지킬 수 없게 되었어요. 스미스 부인께서 오늘 아침 부인에게 생계를 의탁하고 있는 가난한 친척에게 부자의 특권을 행사하셨거든요. 그래서 런던으로 떠나 일 처리를 하게 되었습니다. 방금 지시를 받고 앨러넘에서 작별 인사를 하고 오는 길입니다. 마음을 달래려고 여러분께도 인사하러 왔고요."

"런던으로요!―그럼 오늘 아침 떠나시나요?"

"지금 당장이나 마찬가지입니다."

"정말 유감이에요. 하지만 스미스 부인의 지시라니 따르셔야죠―볼일에 붙잡혀 우리와 오래 떨어져 있지는 않으셨으면 좋겠는데."

대답하는 윌러비의 얼굴이 빨갛게 물들었어요. "부인은 정말 친절하시네요. 하지만 당장은 데번셔로 돌아오게 될지 전혀 모르겠습니다. 스미스 부인 댁 방문은 일 년에 두 번 되풀이하는 법이 없거든요.”

“스미스 부인 말고는 친구가 없나요? 이 동네에서 당신을 반갑게 맞아줄 집이 앨러넘밖에 없어요? 저런, 윌러비. 우리가 초대하기를 기다릴 수는 없겠어요?”

그의 낯빛이 한층 짙은 빨강으로 변했습니다. 시선을 땅에 못 박은 채로 간신히 이렇게 대답했을 뿐이에요. “부인은 정말 너무 좋은 분이십니다.”

대시우드 부인은 놀라서 엘리너를 바라보았어요. 엘리너 역시 기가 막히기는 마찬가지였죠. 몇 분간 아무도 말을 하지 않았어요. 그러다 대시우드 부인이 먼저 다시 입을 열었습니다.

“이 말만 더 할게요, 윌러비. 바턴 코티지에선 언제나 당신을 반겨 맞아줄 거예요. 스미스 부인의 심중에 마땅한 때가 언제일지는 당신밖에 모를 테니 굳이 빨리 돌아오라고 재촉하지는 않겠어요. 이 점에서는, 당신의 의도도 당신의 판단력도 의심하고 싶지가 않으니까요.”

“현재 제가 처리해야 할 일들이,” 자기도 정신이 혼란한 듯 윌러비가 말했습니다. “사실 일이 워낙―아무리―좋게 생각해보려 해도,”―

그가 말을 뚝 그쳤습니다. 대시우드 부인 역시 너무 놀라 말을 잃어버렸고 또다시 짧은 침묵이 내려앉았습니다. 이번에 정적을 깨뜨린 건 윌러비였어요. 희미한 미소를 띠고 이렇게 말했지요. “이런 식으로 우물쭈물 머물러 있는 건 바보짓입니다. 함께 어울릴 수 없는 친구들을 떠나지 못하고 스스로 고통받는 짓은 이제 그만해야겠어요.”

그러더니 허둥지둥 작별 인사를 하고는 방에서 나가버렸어요. 마차에 타는 모습이 보이는가 싶더니 금세 시야에서 사라져버렸습니다.

대시우드 부인은 감정이 복받쳐 말을 잇지 못했고, 그 길로 응접실을 떠나 이 갑작스러운 이별로 인한 근심과 걱정을 혼자서 되새겨 생각하러 갔어요.

엘리너 역시 어머니 못지않게 마음이 불편했답니다. 방금 일어난 일을 생각하니 불안과 불신이 피어올랐지요. 작별 인사를 고하던 윌러비의 행동거지, 곤혹스러워하던 얼굴, 억지로 꾸며낸 명랑한 표정, 무엇보다 어머니의 초대를 꺼리는 듯한 그 태도가, 전혀 사랑에 빠진 남자답지 않고 윌러비답지도 않아서 마음에 크게 걸렸어요. 한순간 그쪽에서는 진지한 장래 계획을 생각한 적이 한 번도 없는 게 아닌가 덜컥 겁도 나다가, 다음 순간엔 불행히도 둘 사이에 큰 다툼이 있었던 건가 싶기도 했지요—방에서 뛰쳐나가던 메리앤이 그토록 괴로워했던 걸 생각하면 그런 싸움이라야 설명이 되는 듯싶다가도, 메리앤이 윌러비를 얼마나 사랑하는지 생각하면 둘이 다툰다는 것 자체가 불가능하게 느껴지기도 했어요.

그러나 이별의 상세한 사정이 무엇이든, 동생의 고통만은 의심의 여지가 없었어요. 틀림없이 메리앤이라면 절절한 비통에 흠뻑 젖어서는 위로를 받아들이긴커녕 슬픔에 양분까지 주며 무럭무럭 키울 터인데, 과연 그 심정이 어떨지 엘리너는 한없이 다정한 연민으로 헤아려보지 않을 수 없었어요.

반 시간쯤 지난 후 어머니가 돌아왔는데, 눈가는 붉었지만 표정은 그리 침통하지만은 않았습니다.

"우리 윌러비가 이제 바턴에서 몇 마일 거리는 족히 갔겠구나, 엘리너." 어머니는 이렇게 말하며 일거리를 앞에 두고 앉았지요. "여행하는 마음이 얼마나 무거울까?"

"전부 다 너무 이상해요. 이렇게 급작스레 떠나버리다니요! 한순간에 결정한 일 같잖아요. 지난밤만 해도 우리와 함께 있으면서 그렇게 행복하고, 그렇게 명랑하고, 그렇게 다정했는데요? 이제는 겨우 십 분 전에 통고하질 않나―게다가 언제 돌아온다 계획도 없이 떠나다니요!―우리한테 말해준 사정 말고도 무슨 다른 일이 있는 게 틀림없어요. 말도 하지 않고, 도무지 그 사람답지 않게 굴었으니까요. 어머니도 저처럼 그 차이를 보셨잖아요. 대체 무슨 일일까요? 둘이 다툰 걸까요? 안 그러면 어머니가 여기로 오라고 초대하셨을 때 왜 그렇게 내키지 않는 내색이었겠어요?"―

"마음이 없어서 그런 건 아니야, 엘리너. 그건 또렷하게 알 수 있겠더라. 자기 마음대로 초대를 수락할 수 없는 것 같았지. 나도 아주 곰곰이 생각해봤단다. 너처럼 나도 처음에는 이상하게 봤는데 모든 게 완벽하게 설명이 되더구나."

"정말로 그게 되신다고요!"

"그래. 내 마음에는 다 흡족하게 설명이 되었어―하지만 엘리너, 너는 여지가 있기만 하면 의심부터 하잖니―너한테는 만족스럽지 못할 거야, 나도 안다. 하지만 네가 아무리 설득해도 믿는 내 마음이 달라지진 않을 거란다. 아무리 생각해봐도 스미스 부인이 윌러비가 메리앤한테 마음이 있는 걸 알고 둘 사이를 반대해서 (아마 다른 혼처를 생각해뒀겠지) 어서 그를 멀리 보내버리려 한 것 같아―사업상 일을 처리하라고 보낸 건, 그를 보내려는 핑계로 꾸며낸 거고. 이게 내가 믿는 사태의 전모란다. 더구나 스미스 부인이 둘 관계를 못마땅해한다는 걸 윌러비가 알고 있을 테고, 차마 용기가 없어 메리앤과 약혼한 사이라고 고백하지 못한 게지. 경제적으로 부인에게 의지하고 있는 입장이니, 하는 수 없이 스미스 부인의 책략에 따라 한동안 데번셔를 떠나 있어야겠다 느낀 거 아니겠니. 나도 네가 뭐라고 할지는 알아. 그럴 수도 있지만 아닐 수도 있다고 할 테지. 하지만 이만큼 흡족하게 사건을 설명할 다른 방법을 짚어주지 못한다면, 괜히 트집 잡는 소리는 듣고 싶지 않구나. 엘리너, 뭐 하고 싶은 말이 있니?"

"없어요. 제가 할 말은 어머니가 이미 짐작하셨잖아요."

"그럼 역시, 그럴 수도 있고 아닐 수도 있다고 대답하려 했구나. 아! 엘리너, 네 감정을 난 도저히 알다가도 모르겠다! 넌 선보다는 차라리 악을 믿으려 들지. 윌러비 편을 들어주기보다는 차라리 나서서 메리앤의 불행과 불쌍한 윌러비의 죄를 찾으려 들고. 평소보다 애정 표현을 하지 않고 우리를 떠나버린 게 다 그 사람 탓이라고 작정하고 원망하고 말이야. 일부러 그런 것도 아닌데, 막 큰 실망을 겪고 우울한 사람을 좀 봐줄 수는 없니? 확실하지 않으니까, 어떤 가능성도 받아들일 수 없다는 거야? 우리가 사랑할 이유는 수도 없이 많지만 나쁘게 볼 이유는 하나도 없던 남자인데 그 정도도 못 해주겠니? 불가피하게 한동안 비밀에 부쳐야 하지만 그 자체로는 비난할 수 없는, 그런 동기가 있을지도 모른다고 생각해줄 수는 없어? 게다가, 넌 대체 그 사람이 무슨 잘못을 했다고 의심하는 거니?”

“저도 확실히 말할 수는 없어요―하지만 방금 우리가 보았듯이 하루아침에 사람이 딴판으로 바뀌면, 불가피하게 뭔가 불쾌한 의혹을 품을 수밖에 없잖아요. 그래도 방금 그의 사정을 봐주어야 한다고 어머니가 하신 말씀에는 중요한 진실이 담겨 있네요. 저도 사람을 판단할 때 좋은 면을 더 많이 보고 싶어요. 당연히 윌러비도 충분히 이유가 있어서 그렇게 행동했을 테니, 저도 그러길 바랄게요. 그렇지만 차라리 곧바로 솔직히 다 설명했다면 훨씬 윌러비다웠을 거예요. 비밀로 하라는 권고를 받았을 수도 있지요. 그런데 윌러비가 그 말을 따랐다는 게 아무리 생각해도 이상해서요.”

“성격에서 벗어난 행동을 했다고 비난하진 마라. 그럴 필요가 있어서 한 일일 테니까. 그런데 너 정말로 내가 윌러비 편을 드느라 한 얘기에 일리가 있다고 생각하는 거니?―정말 기쁘구나―윌러비는 용서해준 거고?”

“완전히 용서해주진 않았어요. 스미스 부인께 (정말 했다면 말이지만) 약혼을 숨긴 건 적절한 대응일지 모르지요―정말 그게 사실이라면, 당분간 데번셔에 오래 머물지 않는 게 윌러비에게 훨씬 유리할 테고요. 그래도 그게 우리한테까지 약혼을 숨길 핑계가 되진 못해요.”

"우리한테 숨겼다니! 얘야, 윌러비와 메리앤이 약혼을 숨겼다고 책망하는 거니? 정말 이상하구나. 넌 그 애들이 경솔하게 군다고 날마다 눈빛으로 질책했으면서."

"애정을 증명해줬으면 하는 게 아니에요." 엘리너가 말했어요. "약혼했다는 증거를 원하는 것뿐이에요."

"나는 그 둘 다 더할 나위 없이 만족스러운데."

"하지만 그 주제에 대해서는 어머니께 단 한 마디 말도 꺼내지 않았잖아요, 둘 중 아무도."

"행동만으로도 똑똑히 알 수 있으니 말 같은 건 필요 없었어. 메리앤과 우리를 모두 얼마나 지극정성으로 대했니? 적어도 지난 이 주일 내내 메리앤을 장래의 아내로서 사랑하고 배려했고, 피붙이처럼 우리에게 정을 붙였다고도 했잖아? 우리가 서로의 마음을 속속들이 알았지 않니? 그 표정과 태도, 세심하고도 다정한 예우로 날마다 내게 혼인을 허락해달라고 부탁하지 않았니? 엘리너, 둘의 약혼을 의심한다니 그게 있을 수나 있는 일이니? 넌 어떻게 그런 생각을 떠올릴 수가 있어? 네 동생의 사랑을 윌러비가 모를 리 없건만, 그 애를 어떻게 떠나며, 어쩌면 몇 달씩 헤어져 있어야 하는데 어떻게 사랑한다 말도 않고 떠날 수가 있겠어?―서로 사랑의 확언조차 나누지 않고 둘이 헤어지다니, 그런 생각을 어떻게 해?"

"솔직히 말씀드릴게요." 엘리너가 대답했어요. "모든 정황이 두 사람의 약혼을 암시하지만 단 하나가 문제예요. 그 하나란 바로 이 문제에 대한 두 사람의 철저한 침묵이고요. 저에게는 그게 다른 모든 증거를 뒤집고도 남아요."

"무슨 이런 이상한 일이 있을 수가! 너는 윌러비가 정말 형편없는 사람이라고 생각하는 모양이구나. 두 사람 사이에 공공연히 오간 그 모든 언행을 앞에 놓고, 두 사람 관계의 본질을 의심할 수가 있다니. 그동안 내내 윌러비가 네 동생한테 연기를 했단 말이니? 정말로 너는 그가 메리앤한테 마음이 없다고 생각하는 거야?"

"아니요, 그럴 수는 없어요. 메리앤을 사랑해야만 하고 또 실제로 사랑한다고 확신해요."

"하지만 네 말대로 그가 미래에는 관심도 없고 신경도 쓰지 않으면서 메리앤을 떠나버렸다고 하면, 무슨 그런 이상한 애정이 다 있단 말이니."

"어머니, 부디 기억해주세요. 그게 확실한 사실이라고는 한 번도 말씀드린 적이 없어요. 제가 보기엔 미심쩍은 데가 있다고 말씀드렸을 뿐이에요. 하지만 그런 의혹도 아까보다 옅어졌고, 머지않아 완전히 없어질지도 몰라요. 둘이 편지를 주고받는 걸 확인하면, 제 불안감은 남김없이 사라질 테니까요."

"참 대단한 양보를 해주는구나! 둘이 결혼식 제단 앞에 선 걸 봐야 그때 가서야 확실히 믿겠지. 야멸찬 아이 같으니라고! 나한테는 그런 증거 따위 필요 없다. 내 생각을 말하자면, 지금까지 일어난 그 어떤 일도 의심을 정당화해주진 않아. 비밀을 숨기려는 시도도 없던 데다, 만사 한결같이 탁 터놓고 솔직하게 진행되었단 말이야. 너도 동생의 바람을 의심할 수는 없잖니. 그러니까 네가 못 믿는 건 윌러비겠지. 하지만 대체 왜? 명예와 감정을 갖춘 사람 아니니? 네가 불안해하고 걱정할 만큼 그가 무슨 변덕을 부린 적이 있는 거니? 남을 속일 수 있는, 그런 사람인 거야?"

"아니길 바라요. 아니라고 믿어요." 엘리너가 울부짖었어요. "저도 윌러비가 좋아요. 정말로 아껴요. 그 인품을 의심하는 제 마음도 어머니만큼 아파요. 일부러 그러는 것도 아니고, 의심을 키우지도 않을 거예요. 솔직히 털어놓자면, 오늘 아침에 태도를 딴판으로 바꾸는 바람에 전 소스라치게 놀랐어요—말투도 그 사람답지 않았고, 어머니의 친절에 답할 때 일말의 호의도 보이지 않았잖아요. 하지만 어머니가 짐작하신 대로 그 모든 건 윌러비가 처한 상황을 생각하면 설명이 되니까요. 방금 내 동생과 헤어졌고, 끔찍한 슬픔에 몸부림치며 뛰쳐나가는 그 애 모습을 봤지요. 스미스 부인의 심기를 거스를까 두려워 여기로 일찍 돌아오고 싶은 마음을 꾹꾹 눌러야 했을 수도 있고요. 그래도 어머니의 초대를 거절하고 한동안 떠나 있을 거라 말하는 자기가 우리 눈에 얼마나 매정하고 의심스럽게 비칠지 알았다면, 당연히 창피하고 심란한 마음이 들지 않았을까요. 그런 경우라면, 차라리 어려운 점을 허심탄회하게 털어놓는 게 그의 입장에서도 더 명예롭고 원래 그의 성격과도 결이 잘 맞았을 텐데요—하지만 제 판단에 부합하지 않는다거나 제가 옳고 한결같다 생각하는 바에 어긋난다는, 이런 옹색한 근거로 남의 행동에 반대하고 나서진 않겠어요."

"너 말 참 반듯하게 잘하는구나. 윌러비는 괜한 의심을 받을 사람이 아니야. 우리가 오래 알고 지낸 건 아니지만, 그가 이 지역에 처음 온 사람도 아닌데 누가 나쁜 말 하는 걸 들어본 적이나 있니? 그이가 제 뜻대로 뭐든 할 수 있고 당장 결혼할 수도 있는 처지였다면야, 우리한테 당장 사정을 다 털어놓지도 않고 휙 떠나버리는 행동이 아주 이상했다 했겠지. 하지만 사정이 다르잖니. 어찌 보면 약혼의 시작이 그리 상서롭지는 못하긴 해. 결혼이 아주 불확실한, 먼 미래의 일이 될 테니 말이야. 지금은 최대한 비밀로 하는 편이 현명할지 모르겠다."

두 사람의 이야기는 마거릿이 들어오는 바람에 끊겼습니다. 그래서 엘리너는 여유를 가지고서 어머니의 설명을 곰곰이 되짚고 여러 다른 가능성을 인정한 다음, 그게 다 타당한 일이기를 바랄 수 있었어요.

메리앤의 모습은 내내 어디서도 보이지 않았어요. 하지만 저녁때가 되자 메리앤은 식당으로 들어와 아무 말도 없이 식탁에 앉았습니다. 눈가가 빨갛고 부어 있었지요. 그 순간에도 힘겹게 눈물을 참고 있는 듯했어요. 메리앤은 모두의 시선을 피하며 먹지도 말하지도 못하다가, 어머니가 부드러운 연민을 담아 말없이 손을 꼭 잡아주자 미미한 방벽마저 완전히 무너진 듯 울음을 터뜨리며 방에서 나가버렸습니다.

끔찍한 우울감이 저녁 내내 계속되었습니다. 메리앤은 힘이 하나도 없었어요. 제 몸을 통제하려는 의욕을 완전히 잃었거든요. 윌러비와 조금이라도 연관된 이야기가 나오면 그 즉시 밀어닥치는 감정을 주체할 줄 몰랐고요. 가족들은 메리앤이 조금이라도 편해지길 바라면서 초조해하며 마음을 썼지만, 말을 아예 하지 않으면 모를까 뭐라도 말을 하게 되면 메리앤

의 감정이 윌러비와 연결 짓는 주제들을 하나도 건드리지 않
고 말끔하게 피해 가는 일은 도저히 불가능했습니다.

16

월러비와 헤어진 첫날 밤 한순간이라도 잠들 수 있었다면, 메리앤은 자기가 뭐라 변명해줄 수도 없는 형편없는 인간이라고 자책했을 거예요. 잠자리에 들 때보다 더 피곤해서 오히려 요양이 필요한 상태로 아침에 일어나지 않았다면, 가족을 똑바로 볼 면목도 없었을걸요. 하지만 마음이 평온하면 오히려 부끄럽다 느끼게 한 그 감정 때문에, 메리앤은 뜬눈으로 밤을 지새웠고 대체로는 울면서 보냈어요. 자리에서 일어난 메리앤은 두통에 시달렸고 말도 제대로 못 했으며 음식은 아예 입에 대지도 않으려 했지요. 매 순간 어머니와 자매들을 괴롭히면서 이들이 조금이라도 위로를 해주려 하면 철저히 막았답니다. 메리앤의 감수성sensibility은 충분히 힘차고 건재했어요!

아침 식사를 마친 후엔 혼자 산책을 하러 나갔어요. 오전이 다 가도록 앨러넘 마을 주변을 정처 없이 걸으며 즐거웠던 과거의 추억에 푹 젖어들었고, 딴판으로 달라져버린 현재를 슬퍼하며 엉엉 울었죠.

저녁도 마찬가지로 절제를 모르는 감정에 빠져 흘러갔지요. 메리앤은 윌러비에게 불러주던 애창곡들을 하나도 빠짐없이 연주했어요. 걸핏하면 두 사람의 목소리가 합쳐지던 노래들도 전부 불렀지요. 피아노포르테 앞에 앉아서 도저히 더는 슬픔을 담을 수 없이 심장이 무거워질 때까지 윌러비가 자기를 위해 베껴준 악보의 오선을 한 줄 한 줄 하염없이 바라보았답니다. 슬픔에 이처럼 양분을 주어 키우는 일이 날이면 날마다 이어졌습니다. 눈을 뜨면 몇 시간씩 내리 피아노포르테 앞에 앉아 노래를 부르다 울다를 반복했는데, 눈물이 앞선 나머지 목소리가 아예 끊기기 일쑤였어요. 음악에서 그러듯 독서에서도, 슬퍼질 게 빤하건만 과거와 현재가 대조되는 점을 굳이 찾아 불행을 만끽했답니다. 예전에 그와 함께 읽던 책이 아니면 아예 읽지도 않았거든요.

하지만 이처럼 극단적인 고통이 영원히 지속될 리가 있나요. 며칠 되지 않아 가라앉아서 좀 차분한 우울감으로 변했지요. 그러나 매일 반복하는 이런 일들, 혼자만의 산책이나 말 없는 묵상 탓에 여전히 가끔은 전혀 누그러지지 않은 감정이 생생하게 폭발하곤 했답니다.

윌러비에게서는 편지가 한 통도 오지 않았습니다. 메리앤도 전혀 기대하지 않는 듯 보였고요. 어머니는 놀랐고 엘리너의 마음도 또다시 불편해졌습니다. 하지만 대시우드 부인은 원하기만 하면 듣고 싶은 설명을 어떻게든 찾아낼 수 있는 사람이었죠. 적어도 당신은 만족하고 마음이 편해졌으니까요.

"잊지 마라, 엘리너. 존 경이 얼마나 자주 집배소에 가서 우리 편지들을 대신 받아 가져다주는지 말이야. 비밀을 지킬 필요가 있다고 우리끼리도 이미 마음을 모았잖니. 둘 사이에 오가는 편지들이 존 경의 손을 거치면 그게 될 리가 없지."

엘리너는 이 말이 진실이라는 점을 부정할 수 없었기에 거기서 둘의 침묵을 설명할 충분한 동기를 찾아보려 했습니다. 하지만 엘리너가 생각하기에는, 연애의 진상을 제대로 알아내고 그 즉시 모든 수수께끼를 걷어낼 수 있는, 너무나도 직접적이고 너무나 간단한 방법이 하나 있었습니다. 그래서 어머니에게 넌지시 운을 띄워보지 않을 수가 없었어요.

"지금 당장 메리앤에게 물어보시면 어때요?" 엘리너가 말했지요. "윌러비와 정말로 약혼한 사이인지 아닌지 물어보세요. 어머니인데, 이토록 친절하고 너그러운 어머니인데, 그런 걸 묻는다고 그 애가 기분 나빠할 리 없잖아요. 딸을 사랑하는 자연스러운 마음에서 하는 말씀이니까요. 예전에 그 애는 속에 있는 생각은 다 털어놓았고, 특히 어머니에겐 숨기는 게 없었는걸요."

"난 절대로 그런 건 못 물어본다. 행여나 약혼한 사이가 아닐 수도 있다고 해봐. 그런 걸 따져 물으면 애가 얼마나 마음이 아프겠니? 아무튼 매정하기 짝이 없는 짓이야. 지금 상황에서는 아무도 몰랐으면 하는 비밀을 억지로 고백하게 만들었다가, 다음에 어떻게 내게 다 솔직하게 털어놓길 바라겠니. 메리앤의 마음을 나는 다 안단다. 그 애가 날 진심으로 사랑한다는 것도 알고. 밝힐 상황이 되면 내게 맨 마지막으로 알려주지는 않을 거다. 누구한테도 말하기 싫은 걸 억지로 털어놓게 강요할 생각은 없어. 자식이야 말할 것도 없고. 자식들은 부정하고 싶어도 의무감a sense of duty에 그러지 못할 테니까.”

엘리너는 동생은 아직 어린 나이인데 어머니가 방만하리만큼 너그럽다고 여겼고, 그래서 좀 더 졸라봤지만 허사였어요. 대시우드 부인의 낭만적이고 섬세한 감성 앞에서는 일반적 상식, 일반적 양육법, 일반적 신중함이 전혀 통하지 않았던 거지요.

며칠이 더 지나고 나서야 가족들은 간신히 메리앤 앞에서 윌러비의 이름을 입에 올릴 수 있게 되었어요. 물론 존 경과 제닝스 부인은 그렇게 배려해주지 않았지만요. 두 사람의 농담이 고통스러운 시간을 얼마나 더 고통스럽게 만들었는지 몰라요―그런데 어느 날 저녁, 대시우드 부인이 우연히 셰익스피어의 책 한 권을 집어 들며 그만 이렇게 말해버렸지요.

“우리는 결국 『햄릿』을 끝까지 읽지 못했구나, 메리앤. 끝까지 읽기도 전에 우리 윌러비가 떠나버렸어. 이 책은 치워두었다가, 윌러비가 다시 오면…… 하지만 그리 될 때까지, 대체 몇 달이나 더 걸릴지 모르겠네.”

“몇 달이라니요!” 메리앤이 크게 놀라며 외쳤어요. “아니에요―몇 주일까지 갈 리도 없어요.”

대시우드 부인은 괜한 말을 했다고 속상해했지만, 엘리너는 내심 기뻤답니다. 그 덕분에 메리앤에게서 그 애가 윌러비를 굳게 믿고 있으며 결혼 의향에 대해서도 확실히 알고 있음을 뚜렷하게 드러내는 대답을 끌어낼 수 있었으니까요.

그러던 어느 아침, 윌러비가 이 지역을 떠나고 일주일쯤 되었을 때, 메리앤은 혼자 배회하는 대신 간곡한 설득에 못 이기는 척 언니와 동생의 산책을 따라나섰어요. 그때까지는 길을 정처 없이 헤매면서 어떤 길동무도 없도록 신중하게 피해 다녔거든요. 자매들이 구릉을 산책하겠다고 하면 곧장 몰래 빠져나가 오솔길로 갔고요. 자매들이 골짜기 얘기를 하면 재빨리 언덕으로 올라가서 그들이 출발할 때쯤엔 이미 찾지 못할 곳까지 가버렸어요. 하지만 드디어 엘리너의 지칠 줄 모르는 설득에 붙들려버리고 만 거죠. 엘리너는 동생이 고립을 계속 자처하는 걸 굉장히 못마땅해했거든요. 그들은 길을 따라 골짜기 끝까지 걸으며 대체로 침묵을 지켰답니다. 메리앤의 마음은 통제가 되지 않았고, 엘리너는 1점을 따냈다는 데 만족하며 일단은 뭘 더 해보려고 애쓰지 않았던 거예요. 골짜기 입구를 지나자 여전히 볼거리가 풍부하면서도 훨씬 덜 거칠고 앞은 더 탁 트인 풍광이 나타났고, 처음 바턴으로 오며 지나쳤던 길게 뻗은 도로가 눈앞에 펼쳐졌어요. 그 지점에 이르러 자매는 발길을 멈추고 주변을 구경했습니다. 코티지에서 바라볼 때면 이곳은 저 멀리 먼 풍경으로 내다보이곤 했답니다. 그때까지는 산책하면서 한 번도 와본 적 없는 곳이었어요.

그런데 그 장면 속에서 형상 하나가 움직이고 있었습니다. 말을 탄 한 남자가 그들 쪽으로 달려오고 있었던 거예요. 몇 분 후에는 신사의 모습이 눈에 들어왔지요. 이내 메리앤이 황홀한 기쁨에 휩싸여 외쳤습니다.

"그이야. 그이가 틀림없어—내가 알아!"—그러더니 서둘러 그를 맞으러 달려가려는데 엘리너가 소리쳤어요.

"아니야, 메리앤, 아무래도 네가 사람을 잘못 본 것 같아. 윌러비가 아니야. 저 사람은 그렇게 키가 크지 않고 특유의 당당한 태도도 없잖아."

"아냐, 있어. 맞아." 메리앤이 소리쳤어요. "확실해. 그이의 분위기, 그이의 코트, 그이의 말이야. 그이가 금세 올 줄 나는 알고 있었어."

메리앤은 말하면서 열심히 걸었어요. 엘리너는 윌러비가 아니라는 느낌을 확실하게 받았기에 메리앤이 이상한 짓[1]을 못 하게 하려고 발을 재촉해서 동생을 따라잡았고요. 머지않아 신사와 자매 사이의 거리는 삼십 야드도 채 남지 않았습니다. 메리앤은 눈을 들어 다시 보았지요. 심장이 쿵 내려앉았어요. 메리앤은 불쑥 몸을 돌려 황급히 오던 길로 돌아가려 했습니다. 언니와 동생 둘 다 소리 높여 메리앤을 말리는데 또 다른 제삼의 목소리가, 윌러비 못지않게 익숙한 목소리가 그들의 외침에 합쳐지더니 제발 거기 서라고 애원하는 거예요. 메리앤이 놀라 돌아보니 반갑게도 에드워드 페라스였습니다.

그 순간 윌러비가 아니라도 용서받을 수 있는 단 한 사람, 윌러비가 아니라도 메리앤이 미소 지어줄 수 있는 단 한 사람이었지요. 그래서 메리앤은 눈물을 훔치고 웃으며 그를 반가이 맞았어요. 언니의 행복으로 자신의 실망감을 한동안 잊었

1 particularity. 옥스퍼드 영어사전에 따르면 영국에서 이 단어는 1712년에서 1817년까지 괴짜 같은 행동이나 이상한 짓이라는 의미로 쓰였다.

어요.

그는 말에서 내려 하인에게 고삐를 주고 바턴까지 그들과 함께 걸어서 돌아갔어요. 어차피 그들을 만나러 코티지로 가던 참이었으니까요.

모두가 친절하고 반갑게 맞아주었지만 특히 메리앤은 당사자인 엘리너보다 더 열렬한 기쁨으로 그를 환대했답니다. 하지만 사실 메리앤이 보기에는, 에드워드와 언니의 만남은 놀랜드에서 예전에 자주 보았던, 그 이상하리만큼 싸늘한 태도의 연장선일 뿐이었어요. 에드워드 쪽이 특히 더 그랬는데, 이런 상황에서 사랑에 빠진 남자가 보여야 할 표정과 언사를 전혀 하지 않았단 말이에요. 좀 정신이 없어 보였고, 만나서 반가운 마음조차 그리 못 느끼는sensible 듯했으며, 기쁨에 들뜨거나 명랑해 보이지도 않았지요. 억지로 캐묻지 않으면 말도 거의 없었고, 심지어 엘리너를 다른 사람보다 특별히 아끼는 내색도 하지 않았어요. 보고 듣던 메리앤은 점점 놀라운 마음이 커져갔지요. 심지어 에드워드가 싫어지는 느낌마저 들지 뭐예요. 메리앤의 느낌이 다 그렇게 끝나듯 그 느낌도 끝에는 다시 윌러비 생각으로 흘러가고 말았지요. 윌러비의 매너는 예비 형부와 충분히 대조적이었거든요.

처음에 놀라서 서로 안부를 묻고 나자 짧은 침묵이 이어졌어요. 그러자 메리앤이 런던에서 곧장 왔느냐고 물었지요. 아닙니다, 데번셔에서 이 주일 머물렀습니다, 라고 그가 대답했어요.

"이 주일이나요!" 메리앤은 엘리너와 같은 카운티에 그리 오래 있었으면서 만나지도 않았다니 너무 놀라운 나머지 되물었어요.

그는 심히 괴로운 얼굴로, 플리머스 근처에서 친구들 몇과 함께 묵고 있다고 덧붙여 말했습니다.

"최근 서식스에 들른 적 있으세요?" 엘리너가 물었지요.

"한 달 전쯤 놀랜드에 갔었습니다."

"사랑하는, 사랑해 마지않는 우리 놀랜드는 어떤가요?" 메리앤이 흥분해서 외쳤지요.

"사랑하는, 사랑해 마지않는 우리 놀랜드는 십중팔구 연중 이맘때 모습이겠지. 숲과 오솔길은 죽은 나뭇잎으로 두껍게 덮여 있을 테고." 엘리너가 대꾸했어요.

"아!" 메리앤이 탄성을 올렸어요. "옛날에는 나뭇잎 떨어지는 광경을 보고 있자면 얼마나 황홀한 느낌에 휩싸였는지 몰라! 산책하면서, 바람에 날려 사방에서 소나기처럼 휘몰아치는 모습을 보면 얼마나 즐거웠는지! 낙엽, 계절, 공기가 어우러져 내 안에 일으키던 감정들은 또 얼마나 풍부했는지! 이젠 그렇게 바라볼 사람도 없겠네. 귀찮은 일거리로만 여기고 황급히 다 쓸어서 눈에 안 보이는 데로 치워버릴 테지."

"모든 사람이 너처럼 죽은 나뭇잎을 열렬하게 좋아하는 건 아니야." 엘리너가 말했지요.

"그래. 내 감정을 나눠주는 사람도, 알아주는 사람도 흔치는 않아. 하지만 가끔은 있는걸."—메리앤은 이 말을 하면서 몇 초쯤 백일몽에 빠졌지요—하지만 다시 정신을 차리고는 "그런데 에드워드" 하고 불러서 풍경으로 관심을 끌었답니다.

"여기 바턴 밸리가 있어요. 한번 저 위를 올려다보고 그래도 마음이 여전히 고요한지 어디 보시라고요. 저 언덕들 좀 보세요! 다른 데서 저것과 비길 만한 풍경을 보신 적이 있나요? 저기 왼편으로, 숲과 농경지 가운데 있는 게 바턴 파크예요. 아마 저택의 한쪽 끝만 보일 거예요. 그리고 저기, 저 제일 먼 언덕 아래, 저렇게 멋지게 우뚝 서 있는 집이 우리 코티지랍니다."

"아름다운 전원이네요." 그가 대답했어요. "하지만 이 저지대 쪽은 겨울에 먼지가 많겠는데요."

"눈앞에 이렇게 아름다운 것들이 펼쳐져 있는데, 어떻게 먼지 생각을 하실 수가 있어요?"

"왜냐하면 말이죠." 에드워드가 웃으며 대답했습니다. "눈앞에 펼쳐진 나머지 것들 사이에서 먼지가 아주 많은 길이 보이거든요."

"정말 이상하다니까!" 메리앤은 계속 걸으며 혼잣말로 내뱉었어요.

"여기 이웃들은 좋은 분들인가요? 미들턴 부부도 기분 좋게 어울릴 만한 분들이시고요?"

"아니, 전혀요." 메리앤이 대답했어요. "그쪽 방면으로는 우리가 운이 없어도 이렇게 없을 수가 없다니까요."

"메리앤." 언니가 언성을 높였지요. "어떻게 그런 말을 할 수가 있니? 어떻게 그렇게 부당한 소리를 해? 미들턴 가족은 몹시 점잖은 분들이에요, 페라스 씨. 우리를 더할 나위 없이 우호적인 태도로 대해주셨답니다. 메리앤, 잊은 거니? 우리가 그분들 덕에 얼마나 많은 날을 즐겁게 보냈는지?"

"아니." 메리앤이 목소리를 낮춰서 말했어요. "얼마나 괴로운 순간이 많았는지도 잊지 않았어."

엘리너는 이 말은 들은 체도 않고 손님에게로 주의를 돌렸어요. 지금 사는 집이 어떤지, 얼마나 편안한지 같은 이야기를 하면서 이따금 그에게서 질문이나 언급을 힘겹게 이끌어내며, 대화 비슷한 걸 해보려 애썼지요. 싸늘하게 곁을 주지 않는 에드워드를 보고 엘리너는 끔찍한 수치심을 느꼈어요. 마음이 어지러웠고 반쯤은 화도 났지요. 하지만 현재보다는 과거를 생각하며 언행을 삼가야겠다고 굳게 결심했기에, 원망도 불쾌감도 겉으로 전혀 드러내지 않고 가족의 지인을 예우하듯 깍듯이 대했답니다.

<h1 style="text-align:center">17</h1>

대시우드 부인이 에드워드를 보고 놀란 건 그저 잠깐이었어요. 부인 생각에는 그가 바턴에 온 건 그 무엇보다도 자연스러운 일이었으니까요. 놀라움은 곧 지나가고 반가움과 호의의 표현이 한참 더 오랫동안 이어졌답니다. 그는 한없이 상냥하고 다정한 부인의 환대를 받았고요. 수줍음, 냉정함, 무뚝뚝함조차도 그런 환대를 버텨낼 수는 없었어요. 집 안에 들어가기 전부터 이미 기세가 꺾이더니 사람 마음을 홀딱 사로잡는 대시우드 부인의 매너에 완전히 무너져버렸답니다. 어느 쪽이든 딸에게 반한 남자는 결국 그 어머니마저 사랑할 수밖에 없는 모양이에요. 금세 에드워드가 그다운 모습으로 돌아오자 엘리너도 그제야 마음이 좀 좋아졌고요. 가족 모두를 아끼는 마음도 새삼 살아나는 듯했고, 관심을 갖고서 그들의 안부를 묻는 모습에도 새삼 진심이 묻어났지요. 하지만 에드워드는 영 기운이 없었어요. 집을 칭찬하고 풍경에 감탄하고 주의 깊게 경

청하면서 친절했지만, 영 기운이 없는 거예요. 가족 모두가 눈치를 챘고, 대시우드 부인은 에드워드 모친이 옹색하게 군 탓이라 짐작하고는 세상 모든 이기적인 부모에게 화를 내며 식탁에 앉았지요.

"요즘은 페라스 부인께서 아드님 미래를 어떻게 계획하고 계세요, 에드워드?" 저녁 식사를 마치고 모두가 벽난로 앞에 둘러앉았을 때 부인이 물었어요. "아직도 본인 뜻과는 무관하게 위대한 웅변가가 될 예정인가요?"

"아닙니다. 저는 정치가로 살 재주도 의향도 없다는 걸 이제쯤은 어머니도 확실히 아셨길 바라요."

"하지만 그럼 어떻게 유명해지시려고요? 유명해지셔야 가족분들 모두가 만족할 텐데요. 돈 쓰는 것도 안 좋아하고, 모르는 사람 앞에서 잘난 체하지도 않고, 전문직으로 일하지도 않고, 호언장담을 하지도 않으면 상당히 곤란해질 수도 있잖아요."

"그런 노력은 아예 하지도 않을 겁니다. 저명인사가 되고 싶지도 않고, 부디 그런 일은 없기만 바랄 이유만 잔뜩이에요. 천만다행이지요! 아무리 등을 떼밀어도 제가 천재나 웅변가가 될 리가 없잖아요."

"야심이 없는 분이란 건 잘 알지요. 바라는 소망은 모두 소박하고."

"다른 세상 사람들 소망도 다 그만큼 소박할 겁니다. 저도 남들과 다름없이 완벽한 행복을 원하는걸요. 하지만 남들이 다 그렇듯 저도 제 방식대로 행복해야 하지요. 위인이 되는 걸로는 행복해질 수가 없어요.”

“그렇게 되면 오히려 이상하죠!” 메리앤이 외쳤어요. “부와 화려한 삶[1]이 행복과 무슨 상관이 있나요?”

“화려한 삶은 별 상관이 없겠지만, 부는 상당히 크게 상관이 있지.” 엘리너가 대꾸했어요.

“엘리너 언니, 부끄러운 줄도 모르고!” 메리앤이 말했어요. “달리 행복을 주는 게 없을 때만 돈이 행복을 줄 수 있는 거야. 그걸로 뭔가 할 수 있다는 능력을 제외하면, 돈이 진짜 만족을 주진 못해. 적어도 보잘 것 없는 소인 생각으로는 그렇다고요.”

엘리너가 웃으며 말했어요. “어쩌면 우리는 같은 결론에 다다랐을지도 모르겠네. 감히 말하자면, 네가 말하는 능력과 내가 말하는 부는 아주 아주 비슷해. 지금처럼 돌아가는 세상에서는 그런 것들이 없으면 온갖 외적인 안락함을 전혀 누릴 수 없다는 점에서는 우리 둘 의견이 일치할 테니까. 네 생각이 나보다 좀 더 고상할 뿐이지. 말해봐, 네가 생각하는 능력은 어느 정도야?”

“일 년에 천팔백에서 이천 파운드 정도. 그 이상은 아니고.”

엘리너가 웃음을 터뜨렸어요. “일 년에 이천 파운드라고! 천 파운드만 되어도 나한테는 부야! 내가 짐작한 대로 결론이 날 것 같네.”

---

1 grandeur. 대체로 높은 신분을 뜻하는 말이었지만 이 무렵에는 ‘화려한 생활의 과시’라는 뜻으로 점차 변화하고 있었다.

“하지만 연 소득 이천은 아주 소박한 수입이야.” 메리앤이 말했어요. “그보다도 적으면 한 가족이 잘 살 수 없단 말이야. 절대로 터무니없는 요구는 아니라고. 하인들, 마차 한 대 내지는 두 대, 사냥용 말들까지 제대로 갖춘 집을 유지하려면 그보다 적은 액수론 안 돼.”

엘리너는 동생이 쿰매그나의 장래 살림살이를 그렇게 정확하게 묘사하는 걸 보고 다시 미소를 지었어요.

“사냥용 말이라니!” 에드워드가 되받아 말했습니다—“하지만 왜 꼭 사냥용 말을 두어야 합니까? 모두가 사냥을 하는 것도 아닌데.”

메리앤은 얼굴을 붉히며 대답했어요. “하지만 대부분은 하잖아요.”

“내 바람은, 누가 우리 모두한테 각각 큰 재산을 떼어주면 좋겠어.” 마거릿이 새로운 발상을 떠올렸어요.

“오, 그럼 얼마나 좋겠니!” 메리앤이 탄성을 질렀어요. 가상의 행복을 상상하자 메리앤의 눈빛에 생기가 반짝반짝 돌았고 양 볼이 즐거움에 발갛게 빛났지요.

“그런 바람이라면 우리 모두 만장일치로 찬성할걸.” 엘리너가 말했죠. “그럴 재산이 없다는 게 문제지만 말이야.”

“어머, 세상에!” 마거릿이 말했지요. “그럼 얼마나 행복할까! 그 돈으로 뭘 해야 할지 모르겠네!”

메리앤은 그 점에서는 딱히 고민할 여지도 없다는 표정이었어요.

“큰 재산을 나 혼자 쓰라고 하면 난 어찌할 바를 몰라 헤맬 거야." 대시우드 부인의 말이었죠. "내 도움 없이도 아이들이 다 부유하게 잘살고 있다면 말이야."

"이 집 수리부터 시작하셔야죠." 엘리너가 말했지요. "그러면 힘든 일들도 금세 없어질 텐데."

"그런 일이 생기면 얼마나 근사한 주문서들이 이 집에서 런던으로 날아갈까요!" 에드워드가 말했습니다. "서점, 악보상, 인쇄소에는 또 얼마나 행복한 날들이 되겠습니까! 미스 대시우드, 당신은 훌륭한 복제화가 있으면 한 장도 남김없이 모두 보내달라고 주문할 테고—미스 메리앤은, 워낙 영혼의 그릇이 큰 사람인 걸 제가 잘 알죠. 아마 런던에 있는 악보만으로는 만족하지 못할 겁니다. 그리고 책들은 또 어떻고요!—톰슨, 쿠퍼, 스콧—그 책들을 사고 또 사고 또 사겠지요. 제 생각엔, 자격 없는 자의 수중에 들어가지 못하도록 아예 전권을 통째로 사버릴 것 같아요. 뒤틀린 고목을 찬미하는 법을 가르치는 책도 살 테고요. 그렇지 않나요, 미스 메리앤? 제가 너무 당돌했다면 미안해요. 하지만 옛날 우리의 논쟁을 잊지 않았음을 보여드리고 싶었습니다."

"옛날 생각을 떠올리게 해준다면야 저는 정말 좋아요, 에드워드—우울하든 명랑하든 추억은 다 좋거든요—옛이야기를 꺼낸다고 제가 기분 나빠할 일은 없을 거예요. 제 돈이 어떻게 쓰일지 추측한 내용도 다 옳고요. 아무튼, 옳은 내용도 있다고요—여윳돈이 남으면 전 틀림없이 악보와 책을 위해 쓸 테니까요."

"그리고 재산의 상당액을 작가들이나 그 후손들에게 연 수

입으로 쾌척하실 테고요.”

“아니에요, 에드워드, 그 돈은 달리 쓸 데가 있을 거예요.”

“그럼 혹시 당신이 가장 좋아하는 경구를 최고로 유능하게 옹호하는 변론을 쓴 자에게 포상을 내리실 건가요? 일평생 아무도 두 번 사랑에 빠질 수는 없다―그 논점에 관한 의견이 설마 변하진 않으셨겠지요?”

“변함없고말고요. 제 나이만큼 인생을 살면 그럭저럭 의견을 굳히게 되죠. 이제 와서 보고 듣는 것들로 생각이 바뀌긴 어렵잖아요.”

“보세요, 메리앤은 예나 지금이나 대쪽 같아요.” 엘리너가 말했어요. “하나도 변하지 않았다니까요.”

“전보다 약간 심각해지셨을 뿐이군요.”

“저런, 에드워드.” 메리앤이 말했어요. “당신은 저를 꾸짖으시면 안 되죠. 본인도 별로 쾌활한 분은 아니시면서.”

“어째서 그런 생각을 하시는 거죠!” 에드워드가 한숨을 쉬며 대꾸했어요. “물론 쾌활한 건 애초에 제 성격이 아니지만요.”

“저는 그게 메리앤의 성격도 아니라고 생각해요.” 엘리너가 말했어요. “생기발랄한 아이라고 할 수는 없거든요―무슨 일을 하든 아주 진지하고, 아주 의욕적이지요―가끔 말도 너무 많고 항상 생기 넘치지만―정말로 명랑한 경우는 흔치 않아요.”

“당신 말이 옳겠지요.” 그가 대답했어요. “그래도 저는 항상 메리앤이 생기발랄한 소녀라고 생각했어요.”

"정신 차려보면 저도 종종 그런 실수를 하곤 하더라고요." 엘리너가 말했어요. "이런저런 면에서 사람의 성격을 완전히 오해하는 실수 말이에요. 실제보다 훨씬 더 명랑하거나 진중하거나 영특하거나 어리석다고 혼자 상상하는 거죠. 그런데 그런 착각이 대체 왜, 어디서 나온 건지는 잘 모르겠어요. 사람들이 스스로 해주는 자기 이야기를 따라가다 그러기도 하고, 그보다 더 흔하게는 시간을 두고 찬찬히 되짚어보고 판단을 내릴 여유 없이 남들이 그 사람을 단정하는 이야기를 듣다가 그런 실수를 하게 되는 것 같아요."

"하지만 엘리너 언니, 나는 다른 사람들의 의견을 전적으로 따르는 게 옳은 줄 알았는데." 메리앤이 말했습니다. "우리 판단력은 그저 이웃의 판단에 고분고분 따르라고 있는 건 줄 알았지. 그게 항상 언니의 금과옥조였잖아, 분명 그랬는데."

"아니, 메리앤, 절대로 그렇지 않아. 내가 따르는 금과옥조는 이해력의 굴종을 목표로 한 적이 없어. 내가 뭔가 영향을 미치려 했다면, 그건 행동에 국한된 거였어. 내 뜻을 곡해하지 말아주렴. 물론 솔직히 털어놓자면, 네가 우리 지인 모두에게 전반적으로 좀 더 세심한 배려를 보이면 좋겠다고 바란 적은 자주 있었어. 하지만 내가 언제 너한테 그 사람들 감정을 그대로 느끼고 중요한 문제에서 그 사람들 판단에 따르라고 했니?"

"그럼 아직 보편적 예의의 실천이라는 당신의 계획에 동생을 끌어들이지 못하신 거군요." 에드워드가 엘리너에게 말했습니다. "진척이 전혀 없었습니까?"

"오히려 퇴보했어요." 엘리너는 의미심장한 눈길로 동생을 바라보며 대답했습니다.

"제 판단은, 이 문제에서는 전적으로 당신 편이에요." 에드워드가 덧붙여 말했습니다. "그러나 안타깝게도 실천은 동생 분 쪽에 훨씬 더 가까운 것 같군요. 상대를 기분 나쁘게 할 의도는 전혀 없는데, 바보처럼 수줍은 나머지 남을 홀대하는 사람처럼 보이기 일쑤거든요. 하지만 저는 그저 타고나길 대인 관계에 서투른 것뿐입니다. 천성적으로 신분이 낮은 사람들을 더 좋아하도록 태어났나보다 생각한 적이 여러 번 있어요. 잘 모르는 신사 계급 사람들과 있으면 정말 어찌나 불편한지!"

"메리앤은 수줍은 것도 아니니 부주의한 언행에 핑계도 없네요." 엘리너가 말했지요.

"자기 가치를 너무 잘 아셔서 짐짓 부끄러운 척하실 필요가 없는 거예요." 에드워드가 설명했어요. "수줍음은 어떤 면에서든 열등감을 느끼기 때문에 생기는 결과거든요. 제 매너가 흠 없이 자연스럽고 우아하다고 나 스스로 믿을 수만 있다면, 수줍어하지도 않을 겁니다."

"하지만 그래도 속내는 감추실 거잖아요." 메리앤이 말했어요. "그게 더 나빠요."

에드워드는 메리앤을 물끄러미 쳐다보았습니다—"속내를 감춘다니! 제가 그런 사람입니까, 메리앤?"

"그럼요, 몹시 그렇죠."

"무슨 말씀이신지 모르겠네요." 에드워드의 얼굴이 붉게 물들었습니다. "속내를 감춘다니! 대체 어떻게요—어떤 식으로 그렇다는 거지요? 제가 뭐라 말해야 하는 겁니까? 대체 무슨 생각을 하시는 건가요?"

엘리너는 에드워드가 격렬히 감정을 터뜨리자 놀란 얼굴을 했지만, 이 주제를 애써 웃어넘기려 했습니다. "아직도 제 동생을 잘 모르세요? 저 애가 하는 말이 무슨 뜻인지 모르시다니요. 자기처럼 빠르게 말하면서 좋아하는 걸 좋아한다 열렬하게 표현하지 않으면 그게 누구든 다 속내를 감추는 사람이라 할 아이잖아요!"

에드워드는 아무 대답도 하지 않았어요. 심각하고 생각 많은 성격이 그만 극도로 고조되어 다시 돌아와버렸지요—그는 한참을 그렇게 아무 말 없이 재미없게 앉아만 있었답니다.

18

기운 없이 축 처진 친구의 모습을 보는 엘리너의 마음은 몹시 불편했습니다. 그가 왔는데도 엘리너의 허전한 마음은 그리 채워지지 않았고, 그 역시 기쁨을 온전히 누리지 못하는 눈치였지요. 그가 지금 불행하다는 것만은 자명했어요. 엘리너는 그가 여전히 변함없는 사랑을 품고 자기를 특별하게 여기고 있는지도 이처럼 훤히 들여다보인다면 얼마나 좋을까 바랐습니다. 한때는 그 마음을 단 한 점의 의심도 없이 굳게 믿을 수 있었지요. 하나 지금까지 본 바로는 그 호감이 여전히 남아 있는지조차 너무나 불확실했어요. 잠시 얼굴에 화색이 돌다가도 바로 다음 순간 표현을 극도로 삼가며 내외하니, 도무지 행동의 앞뒤가 맞지도 않았고요.

이튿날 아침, 아침 식사용 거실[1]에 엘리너와 메리앤이 앉아

1 breakfast-room. 당시에는 아침 식사용 방을 따로 두는 집이 많았다. 햇

있는데 그가 다른 사람들이 내려오기 전에 들어왔어요. 그래서 언제나 둘의 행복에 어떻게든 보탬이 되려 안달인 메리앤은 둘만 남겨두고 금세 자리를 비켜주었답니다. 하지만 계단을 반도 채 올라가기 전에 거실 문이 열리는 소리가 들려 돌아보니, 놀랍게도 에드워드가 나오지 뭐예요.

"마을에 가서 제 말들을 보고 오려고 합니다." 그가 말했어요. "아직 아침 준비가 안 되신 것 같아서요. 곧 돌아오겠습니다."

에드워드는 주변 풍경에 새삼 감탄하면서 그들에게 돌아왔습니다. 마을로 걸어가면서 골짜기 여러 곳에서 아름다운 전망을 보았다고요. 마을도, 코티지보다 훨씬 지대가 높아서 전체 풍경을 한눈에 조망할 수 있었고, 기분이 무척 좋았다더군요. 이건 어김없이 메리앤이 흥미를 보이는 주제였지요. 메리앤은 이런 풍경을 자기도 사랑한다면서 이런저런 설명을 늘어놓으며 어떤 대상물이 두드러지게 눈에 띄었느냐고 상세하게 따져 묻기 시작했는데, 에드워드가 불쑥 말허리를 잘랐습니다. "너무 깊이 캐물으시면 안 돼요, 메리앤─전 픽처레스크에 관해 아는 바가 없으니, 세세하게 파고들면 무식하고 취향도 없는 저 때문에 기분만 나빠지시리란 걸 잊지 마세요. 전 언덕을

빛에 채광과 난방을 크게 의지하고 있었기에 남향이나 동향인 방이 아침에는 훨씬 편했다. 호화 저택이라면 아침 식사 전용 식당을 따로 두겠지만 여기서는 두 거실 중 하나를 쓰는 것으로 보인다. 바로 다음 문장에서 에드워드가 거실 문을 열고 나가기 때문이다.

보면 '가파르다'고 해야 하는데 경사가 높다고 하고, '지표면이 불규칙하고 투박하다' 해야 하는데 이상하고 조잡하다 할 테고, 멀리 있는 사물을 보면 잘 안 보인다고 말할 겁니다. 사실은 '아스라한 대기라는 부드러운 매질媒質 너머로 보이는 탓에 분간하기 어렵다'고 해야 하는데도 말이지요. 그러니 제가 정직하게 감동했다고 말하는 그 선에서 만족하셔야 해요. 이를테면 저는 매우 훌륭한 전원이라고 하겠습니다―언덕들은 가파르고 숲은 훌륭한 목재로 가득한 것 같고 골짜기는 편안하고 아늑해 보여요―풍요로운 초원도 있고 정갈한 농가 몇 채가 여기저기 흩어져 있더군요. 제가 생각하는 훌륭한 전원의 조건에 정확히 부합하는데, 아름다움과 쓸모를 고루 갖추고 있어서입니다―당신이 좋아하시는 걸 보니 픽처레스크적이기도 하겠네요. 바위나 암반, 회색 이끼와 잔가지 들이 가득하다고 믿는 건 어렵지 않지만, 이런 건 다 제 눈에는 들어오지도 않아요. 저는 픽처레스크라고는 아예 모르는 사람이니까요."[2]

"유감이지만 솔직히 너무나 옳은 말씀이네요." 메리앤이 말했어요. "하지만 뭐하러 그런 얘길 굳이 자랑스럽게 떠벌리시는 거죠?"

"그런 거 아닐까." 엘리너가 말했습니다. "에드워드는 여기

[2] 에드워드는 스스로 무식하고 취향도 없다는 말로 시작해서 같은 결론으로 말을 맺지만, 실제로 하는 말을 보면 픽처레스크라는 개념을 잘 알고 있으며 연관된 표현도 숙지하고 있음을 알 수 있다. 과장되고 상투적인 표현들을 위트 있게 구사하며 은근히 비판하고 있다.

서 한 가지 허세를 피하시려다 다른 허세에 빠지신 것 같거든. 실제 느끼는 것보다 과장해서 자연의 아름다움에 감탄하는 척하는 사람들이 많다고 생각하고 그런 허위를 혐오한 나머지, 자기는 실제보다 더 둔감하고 심미안도 없는 척하게 되는 거.[3] 꼼꼼하고 까다로운 분이니 당연히 당신 나름대로의 허세가 있을 거야."

"그런데 사실 말이야." 메리앤이 말했죠. "자연의 풍경을 찬미하는 일이 그저 틀에 박힌 표현이 되어버리긴 했어. 아무나 자기가 픽처레스크의 아름다움을 처음 정의한 사람인 양 안목이 뛰어나고 우아한 품격으로 감정을 느끼고 묘사하는 척 군단 말이야. 나는 틀에 박힌 표현이라면 그게 뭐든 끔찍하게 싫어하니까, 가끔은 감정을 아무에게도 말하지 않고 혼자 간직하곤 해. 닳고 닳아서 원래의 뜻sense과 의미가 다 사라진 말 외에는 형용할 언어를 찾을 수 없어서 말이야."

"이제는 믿기네요." 에드워드가 말했어요. "자연의 풍경을 보고 언어로 표현하는 만큼의 크나큰 기쁨을 정말로 느끼시는 거군요. 다만 제가 믿어드리는 보답으로, 언니분도 제가 말로 표현하는 이상의 감정은 느끼지 않는다는 걸 알아주시면 좋겠습니다. 훌륭한 풍경은 좋아하지만, 픽처레스크의 원칙

---

3 에드워드가 방금 주위의 풍경을 칭찬했다는 사실을 생각하면 엘리너는 오히려 조금 오해하고 있다. 에드워드는 다만 픽처레스크의 미학에 동의하지 않을 뿐이다. 엘리너는 에드워드와 메리앤보다 픽처레스크의 개념에 무심해서, 그 감성을 보편적으로 자연을 사랑하는 마음과 정확히 구별하려 하지 않는다.

때문은 아니에요. 일그러지고 뒤틀어지고 말라빠진 나무는 좋아하지 않습니다. 키가 크고 곧고 울창한 나무가 훨씬 더 아름답고 좋아요. 너덜너덜 폐가가 된 코티지는 좋아하지 않습니다. 쐐기풀, 엉겅퀴, 히스도 별로예요.[4] 망루보다는 아늑한 농장 주택이 훨씬 더 쾌적하고—세계에서 가장 멋지고 세련된 도적 떼보다는 깔끔하고 행복한 촌부 한 무리가 저는 훨씬 더 마음에 들어요."[5]

메리앤은 경악한 표정으로 에드워드를 쳐다보다 불쌍해서 어쩌하느냐는 눈길로 언니를 바라보았습니다. 하지만 엘리너는 소리 내어 웃을 뿐이었지요.[6]

이 주제로는 더 이상 대화가 이어지지 않았습니다. 메리앤은 머리가 복잡한 듯 한참 말이 없었어요. 그런데 문득 새로운 사물을 보고는 관심이 거기 꽂혀버렸답니다. 에드워드 옆자리

---

4 감수성의 컬트에서 이 모든 요소는 거칠고 황량한 자연의 아름다움으로 칭송되었다.

5 당시 사람들은 도적 떼banditti, 롬족, 걸인 등 사회적 추방자로 이루어진 집단이 풍경을 특별히 픽처레스크적으로 장식한다고 믿었다. 위험의 징조를 찾는 망루 역시 전반적으로 폭력과 범죄에 관심이 많았던 낭만주의 문학에 자주 등장하는 요소였다. 에드워드는 미학적 쾌감을 위해 윤리와 공감을 희생하는 풍조에 반대하고 있다.

6 메리앤은 에드워드가 비난하는 미학에 큰 애착을 품고 있지만, 에드워드가 의외로 이 주제를 너무 잘 알고 있기에 쉽게 반박하지도 못한다. 에드워드는 이 대목에서 영민하고 예리한 지성을 드러내고 엘리너를 웃게 만드는 유머 감각까지 자랑한다. 작품 안에서 이 대화는 매우 중요한데, 이 장면을 제외하면 에드워드는 이야기가 전개되는 동안 대부분 부재하거나 해야 할 말을 하지 못하는 상황에 묶여 있기 때문이다. 특히 엘리너가 왜 그를 사랑하는지 독자가 이해하게 해주는 중요한 단서가 된다.

에 메리앤이 앉아 있었는데, 대시우드 부인에게서 차를 받는 에드워드의 손이 바로 눈앞으로 지나갔던 거죠. 그때 머리카락을 꼬아 정중앙에 장식한 반지 하나가 그 손가락에서 두드러지게 눈에 띄었던 겁니다.

"예전에는 반지를 낀 모습을 본 적이 없는데요, 에드워드." 메리앤이 탄성을 질렀어요. "패니 언니의 머리카락이에요? 패니 언니가 몇 가닥 주기로 약속했다고 얘기한 건 기억이 나는데. 하지만 패니 언니 머리카락은 훨씬 색이 어두운 줄 알았어요."

메리앤은 진심에서 우러난 느낌을 별생각 없이 말했지만— 무심코 내뱉은 말에 에드워드가 얼마나 괴로워하는지 알고는 그만 크게 당황했어요. 그러나 에드워드 본인의 당혹감에는 미치지 못했지요. 에드워드는 얼굴을 새빨갛게 붉히고는, 흘끗 엘리너를 보더니 대답했습니다. "그래요, 패니 누나 머리카락입니다. 세팅을 하면 항상 색이 좀 달라지더라고요."

엘리너는 그와 눈길이 마주쳤고, 마찬가지로 뭔가 알아차린 듯한 표정을 지었습니다. 메리앤도 그랬지만 엘리너 역시 순간 자기 머리카락이라는 걸 깨닫고 그간의 아쉬움이 채워지는 느낌을 받았던 거예요. 하지만 자매가 각자 내린 결론에는 한 가지 다른 점이 있었답니다. 메리앤은 그 머리카락이 언니가 흔쾌히 선물한 거라 믿은 반면, 엘리너는 자기가 모르는 사이 그가 몰래 챙겼거나 어떤 속임수를 써서 손에 넣었다는 걸 알았거든요. 하지만 무례를 따지고 싶은 기분은 아니었기에, 방금 일은 모른 척 곧바로 화제를 돌려 다른 이야기를 시작했답니다. 그러나 내심 앞으로 그 반지를 눈여겨볼 기회가 오면 하나도 놓치지 않고 뿌듯한 행복감을 만끽하겠다고 결심했지요. 그건 의심할 여지도 없이, 그녀의 머리카락 색과 꼭 같았거든요.

에드워드의 민망한 당혹감은 한참 지나도록 가라앉지 않더니, 끝내는 넋이 빠진 듯 멍한 상태에 빠지고 말았습니다. 그는 그날 아침 내내 유달리 침울했답니다. 메리앤은 자기가 왜 그런 말을 해버렸을까 심하게 자책했어요. 막상 언니의 기분은 전혀 상하지 않았다는 사실을 알았더라면, 아마도 훨씬 빠르게 스스로를 용서할 수 있었을 테지요.

정오 전에 존 경과 제닝스 부인이 방문차 들렀습니다. 코티지에 신사 한 분이 찾아왔다는 소식을 듣고 손님을 조사하러 온 것이었지요. 장모의 추임새 덕에 존 경은 페라스의 이름이 F로 시작된다는 사실을 금세 깨달았고, 헌신적인 엘리너를 조준할 놀림감의 화약고를 잔뜩 준비했어요. 에드워드와 방금 안면을 튼 사이만 아니었어도, 참지 못하고 그 자리에서 펑펑 신나게 터뜨려댔을 겁니다. 몹시 의미심장한 눈길이 몇 번 오갔을 뿐이지만, 마거릿의 제보에 근거해 그들이 사태를 어느 정도나 파악했는지 엘리너는 짐작할 수 있었습니다.

존 경은 대시우드가에 누군가 놀러 오면 반드시 그 손님을 다음 날 파크에서 함께 식사하거나 저녁 티타임을 같이하자고 초대하곤 했어요. 그런데 이번에는, 손님을 즐겁게 해줘야 한다는 의무감과 이왕이면 더 재밌게 대접하고 싶다는 의욕이 앞서, 그 둘을 다 함께하자고 하는 거예요.

"오늘은 우리와 티타임을 즐기며 함께 밤을 맞도록 해요."
존 경이 말했어요. "우리끼리 호젓하게 있을 수 있지요―그리
고 내일은 꼭 오셔서 저녁 식사를 같이해야 합니다. 대규모로
연회를 열 예정이거든요."

제닝스 부인이 꼭 와야 한다고 재차 강조했습니다. "확실친
않아도 춤을 추게 될 수도 있어요. 그러면 미스 메리앤은 마음
이 동할 것 같은데요?"

"춤이라뇨!" 메리앤이 외쳤어요. "말도 안 돼요! 춤을 출 사
람이 누가 있다고요?"

"누구라니! 아니, 두 분도 있고, 캐리 가족도 있고 휘태커
가족도 있잖아요. 세상에! 이름을 말할 수 없는 어떤 사람이
가버렸다고 아무랑도 춤을 못 출 거라 생각했단 말인가요!"

"내 온 영혼을 다해 바라는 바입니다만." 존 경이 외쳤어요.
"윌러비가 다시 와서 우리와 어울리면 얼마나 좋을까요."

이 말과 메리앤의 상기된 얼굴에, 에드워드는 새로운 의심
을 품게 되었어요. "그런데 윌러비가 누구입니까?" 그는 목소
리를 낮춰 옆자리의 미스 대시우드에게 물었습니다.

그래서 엘리너는 간략하게 설명해주었어요. 그보다는 메리
앤의 표정이 훨씬 더 많은 말을 해주었지만요. 보기만 해도 이
해할 수 있을 정도로요. 에드워드는 다른 것들은 물론이고, 그
간 아리송하던 메리앤의 여러 표정이 어떤 의미였는지를 드
디어 간파할 수 있었지요. 그래서 손님들이 떠나자마자 그 즉
시 메리앤 쪽을 돌아보곤 속삭였어요. "대충 짐작이 가던 게
하나 있는데. 말씀드릴까요?"

"무슨 뜻이세요?"

"말씀드려도 되나요?"

"그럼요."

"좋아요, 그럼. 제 짐작으로는 윌러비 씨가 사냥을 하는 것 같습니다."

메리앤은 놀라고 혼란스러웠지만 차분하면서도 당돌한 그의 매너에 자기도 모르게 웃음이 났어요. 그래서 잠시 침묵을 지키다가 대답했지요.

"아! 에드워드, 어떻게 그러실 수가 있어요?—하지만 언젠가 때가 되면…… 당신도 그이를 좋아하셨으면 해요."

"당연히 그럴 겁니다." 에드워드가 대답하며 메리앤의 진심과 열의에 좀 놀랐습니다. 윌러비 씨와 메리앤 사이에 뭐가 있었든 혹은 아무것도 없었든, 주변 사람들이 그저 좀 더 친근해지려고 던진 농담이라 여기지 않았다면 자기는 감히 그런 소리를 입 밖에 내지도 않았을 테니까요.

19

에드워드는 코티지에 일주일간 머물렀습니다. 대시우드 부인은 조금 더 오래 있으라고 열심히 졸라댔지요. 하지만 그는 오로지 자괴감에 집착하는 사람처럼 친구들과 어울리는 즐거움이 절정에 달하는 순간 떠나려 결심한 듯 보였답니다. 지난 이삼일 동안은, 울적했던 기분도 크게 좋아졌더랬죠. 감정 기복은 여전했지만요―갈수록 코티지와 주변 환경에 깊은 애착을 드러내면서―떠나는 얘기를 할 때면 언제나 절로 한숨을 토했어요―앞으로 일정도 없고 할 일도 하나도 없다면서―이곳을 떠나 어디로 가야 할지도 모르겠다고까지 말하는 거예요―하지만 그런데도 가야만 한대요. 세상에 어떻게 일주일이 이렇게 빨리 흘러갈 수가 있느냐고―벌써 다 지나갔다니 믿을 수가 없다고, 몇 번이나 같은 말을 되풀이했고요.

또 다른 이런저런 말도 했는데, 하나같이 예전과 달라진 감정의 기류를 가리키고 언행과 다른 속마음을 드러냈답니다.

그는 놀랜드에서 어떤 기쁨도 느끼지 못했다고 했어요. 런던에 머무는 것도 끔찍하게 싫었다고요. 하지만 놀랜드든 런던이든, 반드시 가야 한답니다. 가족의 친절함을 그 무엇보다 귀하게 여기고, 이들과 함께 있을 때 가장 행복을 느꼈지요. 하지만 일주일이 지나면 반드시 가야 한다고 했어요. 그들이 바라고 그가 바라고, 또 아무런 시간의 제약이 없는데도 말이에요.

엘리너는 이런 황당한 언행을 모두 에드워드의 어머니 탓으로 돌려 이해했답니다. 에드워드에게 엘리너가 제대로 성격을 파악할 수 없는 어머니가 있는 게 차라리 다행이었어요. 아들한테 이상한 점이 보이면 무조건 그 어머니 탓이라고 핑계를 댈 수 있었으니까요. 실망스럽고 속상하고, 또 가끔은 자기를 대하는 그의 불투명한 태도에 불쾌감까지 느끼면서도 엘리너는 기꺼이 최선을 다해 모든 걸 좋게 생각하고 되도록 너그럽게 양해해줄 마음의 준비가 되어 있었습니다. 윌러비한테는 그게 되지 않아서, 대시우드 부인이 억지로 수고스럽게 끌어내야만 했는데 말이지요. 기운도 없고 속내를 터놓지도 않고 앞뒤가 맞지 않는 언행을 보여도, 경제적으로 자립하지 못한 데다 페라스 부인의 성정과 의도를 엘리너보다 그 아들이 훨씬 잘 알 거라는 이유로, 대체로 에드워드를 이해해주게 된 거예요. 방문 기간이 짧았던 것도, 떠나겠다는 의지가 그토록 확고했던 것도 마찬가지로 발이 묶인 부자유한 처지, 어머니에게 확실히 말하지 못하고 어물쩍 시간을 끌어야 하는 불가피한 상황 탓으로 돌렸으니까요. 의무 대 의지, 부모 대 자식이라는 유서 깊고 공고한 갈등 구조가 이 모든 것의 원인이었지요. 이 난항이 언제 끝날지, 이 반대가 언제 누그러질지—언제 페라스 부인이 개심할 것이며 언제 아들이 행복해질 자유를 얻을지 알 수만 있다면 엘리너도 더 좋았을 겁니다. 하지만 그런 헛된 소망에서 억지로 마음을 돌리고 에드워드의 사랑을 새로이 확인했다는 사실에서 마음의 위로를 얻어야 했지요. 바턴에 있으면서 그가 흘린 눈길과 말을 낱낱이 되짚으며 애정의 흔적을 찾고, 무엇보다도 그가 한시도 빼지 않고 손가락에 끼고 다니던 그 뿌듯한 증표를 기억해야 했어요.

"에드워드, 내 생각인데," 마지막 날 아침 다 같이 식사를 하면서 대시우드 부인이 말했지요. "시간을 보람차게 보내고 앞날의 계획과 실천을 흥미롭게 해줄 일자리가 있다면, 에드워드는 지금보다 훨씬 더 행복해질 것 같아요. 물론, 친구들한테 좀 불편을 끼치게 되겠지만요—지금처럼 많은 시간을 친구들에게 쏟을 수 없을 테니까요. 하지만 (미소를 지으며) 구체적으로 한 가지는 크게 이득을 볼 수 있을걸요. 친구들과 헤어지고 어디로 가야 할지는 알게 될 테니까."

"확실히 말씀드릴 수 있는 건, 지금 부인께서 생각하신 것처럼 저 역시 이 문제를 오래전부터 생각하고 있습니다." 그가 대답했습니다. "예전에도, 지금도, 또 앞으로도, 몰두할 사업도 없고 전념할 직업도 없고 자립 비슷한 것조차 누릴 수 없는 제 처지가 제게는 무거운 불운입니다. 그러나 불행히도 저 자신도 그렇고 친구들도 그렇고, 까다롭고 까탈스러운 탓에 제가 지금의 제 모습으로, 그러니까 이처럼 게으르고 무기력한 존재로 살게 된 겁니다. 직업 선택에 관한 한 저희는 절대로 의견 일치를 볼 수 없을 겁니다. 저는 늘 교회가 좋았고, 지금도 여전히 그렇습니다. 하지만 목사는 저희 가족한테는 충분히 멋지고 세련된 직업이 못 되죠. 가족들은 제게 육군을 추천했는데요. 저한테는 그건 또 지나치게 멋지고 세련된 일이란 말입니다. 그러니까 변호사 정도면 품격이 떨어지지 않고 괜찮다고 하더라고요. 템플 지역[1]에 사무실을 두고 최상층과 어울리며 사교계에 얼굴을 비추고 굉장히 세련된 마차를 타고 런던을 돌아다니는 젊은이들이 많다면서요. 하지만 저는 법률에는 전혀 뜻이 없어요. 가족들은 그렇게 어렵게 학문적으로 파고들지 않아도 된다고 했지만, 그것도 싫었어요. 해군도 나름대로 사회적 특권이라는 장점이 있었지만, 그 얘기가 나오기 시작할 즈음 저는 이미 입대 연령보다 나이가 많았고요[2]─그러다가 결국은, 제가 꼭 직업을 가져야 할 이유가 있는 것도 아니고, 빨간 육군 제복을 걸치건 아니건 어차피 기세등등하게 살면서 돈도 많이 쓸 테니까, 전체적으로 보아 놀고 먹는 게 가장 저를 돋보이게 하는 명예로운 일이라고 결정이 난 거죠. 일반적으로 열여덟 살 청년이 아무것도 하지 말고 놀기만 하자고 꼬드기는 친구들을 물리치고 바쁘게 뭔가에 몰두하긴 어려우니까요. 그래서 저는 옥스퍼드에 들어갔고, 그

---

1 행정, 금융, 법률의 중심지인 시티 오브 런던에서 4법학원The Inns of Court이 모여 있는 지역.
2 해군 사관 지망생들은 대개 열한 살에서 열세 살 사이에 해군사관학교에 입학하거나 곧바로 군함을 타고 바다로 나갔다.

후로 지금까지 아주 제대로 놀고먹는 중입니다.”

“그 결과를 미루어 짐작해보자면요.” 대시우드 부인이 말을
이었지요. “유한계급의 삶에서 행복을 얻지 못했으니, 아들들
을 양육하게 되면 콜루멜라[3]처럼 최대한 관심사를 많이 가
져보고 일도 많이 해보고 직업도 얻어보고 사업도 해보라고
하겠군요.”

“저희 아들들은 최대한 저와 다르게 키울 겁니다.” 그의 말
투는 진지했습니다. “감정, 행동, 조건, 모든 면에서요.”

“저런, 저런. 이게 다 지금 기분이 울적해서 나오는 말이에
요, 에드워드. 기질이 우울해서 자기와 다른 사람은 분명 행복
할 거라고 상상하는 거지요. 하지만 친구들과 헤어지는 고통
은, 교육이나 신분과 상관없이 누구나 가끔 느끼는 감정이랍
니다. 당신이 가진 행복을 알아야 해요. 당신에게 모자란 건
인내심밖에 없어요—아니, 그걸 좀 더 매력적인 이름으로 불
러봅시다. 희망이라고 하죠. 때가 되면, 지금 그토록 초조하
게 원하는 자립을 모친께서 반드시 하게 해주실 거예요. 그게
어머니의 의무니까요. 틀림없이, 아니, 반드시, 그리 머지않아
아들이 불만으로 청춘을 허비하지 못하게 막는 일을 당신의
행복으로 삼으시겠지요. 몇 달쯤 기다린다고 뭐가 얼마나 달
라지겠어요?”

“제 생각엔, 몇 달이 흐르고 또 흘러도 무엇 하나 좋아질 것

---

3 18세기 영국 작가 리처드 그레이브스가 쓴 소설 『콜루멜라』의 주인공.
본인이 유한계급의 삶에 만족하지 못했기에, 아들들은 여러 직업을 가질
수 있도록 양육한다.

같지가 않습니다." 에드워드가 대답했습니다.

이 절망적인 심경의 변화는, 비록 대시우드 부인에게 전해지진 않았으나, 금세 작별을 고해야 하는 모두의 마음을 더욱 더 아프게 만들었지요. 특히 엘리너의 감정에는 불편한 인상으로 새겨져서, 가라앉히느라 상당한 시간과 수고를 들여야 했답니다. 그러나 마음을 가라앉히고 그와의 이별에서 가족들이 느끼는 아픔보다 더 괴로워하는 내색은 하지 않겠다고 굳게 결심한 엘리너는, 비슷한 상황에서 메리앤이 철두철미하게 따랐던 방법은 쓰지 않았습니다. 침묵, 고독, 무위를 추구하며 슬픔을 키우고 굳히기는 싫었어요. 둘은 목적이 다른 만큼 방법도 달랐지만 둘 다 똑같이 도움이 되었답니다.

엘리너는 에드워드가 집 밖으로 나가자마자 드로잉 테이블[4] 앞에 앉아 온종일 분주하게 작업에 몰두했어요. 일부러 그의 이름을 입에 올리지도 않고 또 굳이 피하지도 않으면서, 가족 모두의 관심사에 그 어느 때보다도 더 마음을 썼지요. 이런 행동으로 슬픔이 잦아들진 못하더라도 최소한 불필요하게 커지는 건 막을 수 있었어요. 어머니와 동생들도 자기 탓에 괜한 걱정을 하지 않아도 되었고요.

언니의 행동은, 메리앤 자신과는 정반대였지요. 메리앤의 눈에는, 자기 행동이 하나도 틀리지 않았으니 언니의 이런 행동도 하나도 장하게 보이지 않았어요. 메리앤은 자기통제 문제를 아주 간단하게 정리했거든요 — 애정이 강렬하면 자기통

---

4 그림을 그리기 쉽도록 상판을 올려 기울기를 조절할 수 있는 책상.

제는 불가능하고, 잔잔한 애정이라면 자기통제는 딱히 쓸모가 없다고요. 언니의 애정은 정말로 잔잔하다는 사실을, 감히 부정할 수가 없었어요. 막상 인정하자니 언니가 창피해서 얼굴이 좀 달아올랐지만요. 하지만 자기 사랑이 강인하다는 사실은 명명백백한 증거를 내놓고 입증할 수 있었답니다. 이런 낭패스러운 수치심에도 불구하고 여전히 꿋꿋이, 변함없이, 그런 언니를 사랑하고 존경했기 때문이에요.

가족에게 마음을 닫지도 않고, 가족을 피하고 집 밖으로 나가 결연히 고독을 좇지도 않고, 뜬눈으로 밤을 지새우며 생각에 젖어들지도 않고, 엘리너는 그저 날마다 조금씩 짬을 내어 에드워드를, 에드워드의 언행을 생각했답니다. 그 마음은 때에 따라, 기분에 따라 무한히 달라졌어요─애틋한 마음이 들다가 안쓰럽기도 하고 칭찬을 하고 싶다가 비난을 하고 싶다가 문득 의심이 깃들기도 했어요. 그런 순간은 얼마든지 찾을 수 있었지요. 어머니와 동생들이 자리를 비우지 않더라도, 하는 일에 따라 대화를 나눌 수 없어서 사실은 혼자 있는 거나 다름없는 순간들이 있었으니까요. 그럴 때면 엘리너의 마음은 반드시 훨훨 자유로워지곤 했어요. 엘리너의 생각을 다른 데 묶어둘 수는 없었어요. 이토록 마음이 끌리는 그 주제로, 과거와 미래가 기어이 눈앞에 펼쳐지고 강제로 주의력을 앗아가고 기억과 반추와 상상을 온통 사로잡아버리곤 했어요.

에드워드가 떠난 직후 어느 날 아침에 드로잉 테이블에 앉아 이런 백일몽에 사로잡혀 있던 엘리너는, 손님이 도착하는 기척에 정신이 들었습니다. 어쩌다보니 엘리너 혼자뿐, 아무도 없었어요. 집 앞의 초록색 뜨락으로 들어오는 작은 울타리 문이 닫히는 소리에 엘리너의 시선이 창가로 향했고, 문간으로 손님 한 무리가 북적거리며 걸어오는 모습을 보았답니다. 일행 중엔 존 경과 레이디 미들턴과 제닝스 부인도 있었지만 다른 두 사람, 신사와 숙녀는 전혀 모르는 사람이었어요. 창가에 가까이 앉아 있는 엘리너를 보자마자 존 경은 예의 바르게 문을 두드리러 가는 일행을 두고 잔디밭을 밟고 걸어와서는 창문을 열어 얘기 좀 하자고 부탁했습니다. 창문과 문의 거리가 너무나 가까워서, 한쪽에서 하는 얘기가 다른 쪽에 다 들릴 지경인데도 말이에요.

"자, 우리가 초면인 사람들을 좀 데리고 왔어요. 어때요, 마음에 들어요?"

"쉿! 다 들으시겠어요."

"들으면 뭐 어때요. 그래봤자 파머 부부인데요. 샬럿은 아주 예쁘답니다, 그건 내 자신 있게 말해줄 수 있지. 이쪽으로 보면 그 애 얼굴이 보일 거예요."

분명 이삼 분이면 저 사람들과 만나게 될 게 틀림없었기에, 엘리너는 그런 특혜를 거절하고 힘껏 사양했답니다.

"메리앤은 어디 있어요? 우리가 온다고 멀리 도망갔나요? 피아노포르테 뚜껑은 열려 있는데."

"산책하러 갔나봐요."

이제 제닝스 부인까지 둘과 합세할 태세네요. 참을성이 없어서 문이 열릴 때까지 도저히 기다리지 못하고 당장 자기 얘기를 해야 직성이 풀렸으니까요. 부인은 창문 쪽을 보고 고래

고래 소리를 치며 다가왔어요. "잘 지내요, 우리 아가씨? 대시우드 부인은 어떻게 지내요? 동생들은 어디 갔어요? 뭐라고요! 혼자뿐이라니! 같이 앉아 있을 일행이 소소하게 찾아오니 기쁘겠네요. 내 다른 딸과 사위를 소개해주려고 데리고 왔어요. 아니, 이렇게 애들이 이렇게 갑자기 찾아왔지 뭐예요! 어젯밤에 차를 마시면서 마차 소리를 들은 것 같다 했는데, 쟤들일 줄은 생각도 못 했잖아요. 브랜던 대령이 다시 돌아온 건가 그 생각만 했어요. 그래서 존 경한테 그랬죠. 분명 마차 소리를 들은 거 같아요. 어쩌면 브랜던 대령이 다시 왔을지도 몰라요."——

엘리너는 부인이 한창 말하는 와중에 불쑥 돌아서서 나머지 일행을 맞을 수밖에 없었어요. 레이디 미들턴이 낯선 두 사람을 소개해주었지요. 대시우드 부인과 마거릿이 동시에 계단을 내려왔고, 다 같이 자리에 앉아서 서로 마주 보게 될 때까지 제닝스 부인은 존 경의 팔을 잡고 거실로 들어오는 통로로 걸어오며 아까 하던 얘기를 계속 떠들었습니다.

파머 부인은 레이디 미들턴보다 몇 살 젊었고, 모든 면에서 언니와는 딴판이었어요. 키가 작고 통통하고, 얼굴이 아주 예뻤고, 어쩜 저럴까 감탄스러울 만큼 서글서글 좋은 성격이 표정마다 섬세하게 드러났거든요. 매너는 언니처럼 우아하지 않았지만 훨씬 사람 마음을 끄는 면이 있었어요. 만면에 미소를 띠고 들어와서는, 소리 내어 웃을 때만 빼고 방문 내내 미소 짓고 있었으며 미소를 띤 채로 떠났지요. 남편은 스물대여섯 살쯤 되는 진중한 청년으로 아내보다 훨씬 우아하고 지적인

sense 분위기를 풍겼지만, 사람들 기분을 맞춰주며 서로 어울릴 의향이 별로 없는 듯했지요. 저 잘났다는 표정으로 방에 들어와서 숙녀들에게 살짝 고개 숙여 인사하더니, 한마디 말도 없이 가족들과 집 안을 둘러보고는 테이블에 놓여 있던 신문을 집어 들고 머무는 내내 그것만 읽었거든요.

반면 파머 부인은 누구에게나 예의를 지키는 성품과 발랄한 성향을 강하게 타고나서, 앉기도 전부터 거실과 살림에 대한 칭찬을 폭포수처럼 쏟아냈답니다.

"어머나! 이 방, 정말 예쁘고 기분 좋네요! 이렇게 매력적인 건 처음 봐요! 엄마, 내가 마지막으로 왔을 때 생각해봐요, 그때보다 얼마나 좋아졌는지! 나는 언제나 여기가 정말 어여쁜 집이라고 생각했다니까요, 엄마! (대시우드 부인을 돌아보며) 하지만 이곳을 이렇게 매력적으로 가꾸신 건 부인이세요! 언니, 모든 게 어쩌면 이렇게 기분 좋게 꾸며져 있는지 좀 봐요! 나도 이런 집이 있으면 얼마나 좋을까요! 파머 씨, 당신은 안 그래요?"

파머 씨는 아무 대답도 하지 않았고, 심지어 신문에서 눈을 떼지도 않았습니다.

"파머 씨는 내 말을 못 들어요." 파머 부인이 깔깔 웃으며 말했어요. "가끔 정말로 못 들을 때가 있어요. 너무 웃기지 않아요!"

대시우드 부인에게 이건 몹시 참신한 생각이었어요. 누군가의 무심에서 위트를 찾는다는 생각이 너무 낯설어서 놀란 나머지 그만 자기도 모르게 둘을 쳐다보고 말았답니다.

한편 제닝스 부인은 목청껏 시끄럽게 수다를 떨었고, 자기가 전날 밤에 아이들을 보고 얼마나 놀랐는지 전말을 다 털어놓고야 말 때까지 말을 그칠 줄 몰랐어요. 파머 부인은 어제의 놀라움을 회상하는 어머니 이야기에 소탈하게 웃음을 터뜨렸고, 모두가 두 번 세 번 거듭해서 정말 기분 좋은 놀라움이었겠다고 말을 거들었지요.

"우리 모두 애들을 보고 얼마나 기뻤는지 아시겠죠." 제닝스 부인은 엘리너 쪽으로 몸을 기울이며 다른 사람들이 못 듣게 하려는 듯 언성을 낮추었어요. 다들 방 바로 건너편에 있었는데도요. "하지만 그래도, 애들이 그렇게 빠른 속도로 달려오진 않았으면 하는 마음이 드는 건 어쩔 수 없답니다. 여행 시간도 얼마나 길었게요. 무슨 처리할 일이 있다면서 런던을 거쳐 빙 돌아왔단 말이에요. 아시다시피 (딸 쪽으로 의미심장하게 고갯짓을 하고 손가락으로 가리키면서) 지금 저 애 상황에는 옳지 않은 일이잖아요. 오늘 아침에도 집에 가만있으면서 쉬면 좋겠는데, 같이 오고 싶어하더라고요. 여러분 모두를 너무 만나보고 싶다나요!"

파머 부인이 깔깔 웃더니 그래도 몸에 나쁠 건 하나도 없다고 말했어요.

"얘는 2월에 몸조리하러 들어갈 예정이에요."[5] 제닝스 부인이 말했어요.

---

[5] 산모는 출산 직전과 직후 집 밖 출입을 삼가고 누워서 요양하는 것이 관례였다. 한 달 남짓 지속되는 이 기간에는 외출을 삼가고 간병인의 시중을 받으며 아기와 자신의 건강을 돌본다.

레이디 미들턴은 이런 대화를 더는 못 견디겠는지, 파머 씨에게 신문에 무슨 새로운 소식이 없느냐고 묻는 수고를 마다하지 않았어요.

"아니, 전혀 없습니다." 파머 씨가 대꾸하곤 계속 신문을 읽었지요.

"저기 메리앤이 오네요." 존 경이 말했어요. "자, 파머, 무지막지하게 예쁜6 아가씨를 보게 될 걸세."

그는 즉시 복도로 가서 현관문을 열고 직접 메리앤을 데리고 들어왔어요. 제닝스 부인은 메리앤을 보자마자 앨러넘에 다녀온 거냐고 묻기부터 했지요. 파머 부인은 이 질문을 듣자 농담을 알아듣는다는 걸 보여주기 위해 호탕하게 웃어젖혔어요. 파머 씨는 눈을 들어 방으로 들어오는 메리앤을 보더니, 몇 분쯤 물끄러미 쳐다보다가 다시 신문을 읽었어요. 이제 파머 부인의 시선은 방을 빙 둘러 걸려 있는 그림들에 못 박혔어요. 파머 부인은 자세히 보려고 자리에서 일어났습니다.

"아! 세상에, 이 그림들 정말 너무 아름답네요! 어머! 얼마나 어여쁜지! 엄마, 와서 한번 보세요, 정말 아기자기 예뻐요! 감히 말하지만 몹시 매력적인걸요. 영원히 쳐다보고 있으라고 해도 그럴 수 있을 것 같아요." 그러더니 다시 자리에 앉고는 순식간에 방 안에 그런 게 있다는 사실조차 까맣게 잊어버렸

---

6 monstrous pretty. 미모를 묘사하는 당시 유행어 중에서도 매우 크게 강조하는 속된 표현이었다. 점잖은 예법에 맞지 않는 이런 표현은 이 소설 속에서도 매너가 거칠고 세련되지 못한 사람들만 쓴다. monstrous는 맥락에 따라 조금씩 다르게 번역했다.

어요.

레이디 미들턴이 일어나서 자리를 뜨려 하자, 파머 씨도 엉겁결에 따라 일어나 신문을 내려놓고 기지개를 켜더니 모두를 둘러보았습니다.

"여보, 자고 있었어요?" 파머 부인은 소리 내어 웃어대며 말했습니다.

파머 씨는 거기에는 대답하지 않고 그저, 집 안을 찬찬히 다시 보더니 층고가 매우 낮고 천장이 일그러져 있다고만 말했어요.

존 경은 다음 날 다 같이 파크에서 하루를 보내자고 몹시 다급하게 졸라댔어요. 하지만 대시우드 부인은 코티지보다 파크에서 식사를 더 자주 하는 일은 없어야 한다고 믿었기에, 본인은 가지 않겠다고 완강히 거절했습니다. 다만 딸들은 마음대로 해도 좋다고 했지요. 하나 파머 부부가 저녁을 어떻게 먹는지 궁금한 사람은 없었기에, 다들 핑계를 대고 빠져보려 했답니다. 날씨가 애매한데, 아무래도 좋을 것 같지는 않다고 둘러댔지요. 하지만 그 정도로는 존 경을 설득할 수 없었어요—대시우드 자매들에게 마차를 보내줄 테니 반드시 와야 한다고 우겼거든요. 레이디 미들턴도, 대시우드 부인을 다그치진 않았지만 자매들에겐 고집을 부렸어요. 제닝스 부인과 파머 부인마저도 간절한 청원에 동참했는데, 다들 가족 파티만은 어떻게든 피해보려고 안달이 난 사람들 같았다니까요. 그래서 젊은 아가씨들은 마지못해 초대를 수락하고 말았어요.

"대체 왜 우리한테 자꾸 오라고 하는 거야?" 그들이 가자마자 메리앤이 말했습니다. "이 코티지 세가 싸다고들 하지만, 사실 우리는 몹시 힘든 조건으로 여기 살고 있는 거라고. 그 집이나 우리 집에 누가 와서 묵을 때마다 파크에 가서 저녁을 먹어야 한다니."

"식사에 자주 초대해주시는 건 그저 우리를 예의 바르고 친절하게 대우하시려는 뜻일 뿐이야." 엘리너가 말했어요. "몇 주일 전 우리를 맞아주셨을 때도 그랬고, 지금도 마찬가지지. 저분들과 어울리는 시간이 따분하고 지루해졌다면, 변한 건 저분들이 아니야. 달라진 이유는 다른 데서 찾아야 해."

20

이튿날 대시우드 자매가 파크의 응접실 문을 열고 들어서는데, 다른 쪽 문에서 파머 부인이 뛰어들어왔어요. 전날과 변함없이 서글서글하고 명랑한 얼굴로요. 애정을 담뿍 담아 그들의 손을 잡더니 다시 만나서 기쁘기 그지없다고 열렬히 반가움을 표했지요.

"만나 뵈니 정말 좋네요!" 엘리너와 메리앤 사이에 자리를 잡으며 파머 부인이 말했어요. "날씨가 너무 나빠서 두 분이 안 오실까봐 걱정했거든요. 그랬다면 충격이었을 거예요. 우리는 내일 다시 떠나야 하거든요. 꼭 가야 하는 게, 글쎄, 웨스턴 가족이 다음 주에 우리 집에 오기로 해서요. 애초에 우리가 온 것부터가 갑작스러운 일이라, 마차가 문 앞에 도착할 때까지 전 아무것도 모르고 있었는데, 그때 파머 씨가 같이 바턴에 가자고 하지 뭐예요. 그이는 정말 짓궂어요! 나한테 뭘 말해주는 법이 없다니까요! 우리가 더 오래 머물 수 없는 게 안타까울 따름이에요. 하지만 머지않아 다시 런던에서 만나게 되면 정말 좋겠어요.”

자매는 그런 기대를 꺾어버릴 수밖에 없었어요.

“런던에 안 가신다고요!”[1] 파머 부인이 탄성을 지르며 소리 내어 웃었어요. “그럼 저 정말 실망할 거예요. 제가 세상에서 제일 좋은 집을 두 분께 구해드릴게요. 하노버 광장[2]에 있는 우리 집 바로 옆집이에요. 정말로, 꼭 오셔야 해요. 대시우드 부인께서 사교계에 나가고 싶지 않으시다면, 제가 몸조리 들어갈 때까지는 언제든 기꺼이 샤프롱[3] 역할을 해드릴게요.”

자매는 감사하다고 인사했지만, 그런 간청도 모두 거절할 수밖에 없었지요.

“오! 사랑하는 우리 여보.” 파머 부인이 막 방에 들어온 남편을 보고 말했지요—“미스 대시우드 자매분들께 올겨울에 꼭 런던에 오시라고 설득하고 있는데 당신도 좀 도와줘요.”

파머 부인의 사랑하는 여보는 아무 대답도 하지 않고, 숙녀들에게 살짝 고개만 숙이더니 날씨가 형편없다고 불평하기 시작했어요.

“이거야 원, 전부 다 끔찍하기 짝이 없군!” 그가 말했죠. “이런 날씨에는 물건이고 인간이고 죄다 꼴도 보기 싫다니까. 비

---

1 2월에서 7월까지 런던에서는 의회가 열리고 의정 활동이 진행되었다. 이 시기에는 런던 상류사회에서 무수한 사교 모임이 열렸는데 ‘결혼을 잘하려는’ 아가씨들에게는 놓칠 수 없는 기회였다.
2 당시 상류층에게 인기 있던 런던 서부의 고급 주거 지역.
3 당시 관습에 따르면 미혼인 엘리너와 메리앤은 어머니나 샤프롱을 대동하지 않고는 사교 모임에 나갈 수 없었다.

때문에, 집 안에서나 집 밖에서나 하나같이 따분하기만 하고. 지인이고 뭐고 다 미워하게 돼. 집에 당구실 하나 안 두다니 존 경은 대체 무슨 생각을 하신 거람? 안락이 뭔지 아는 사람이 없어도 이렇게 없을 수가! 존 경도 날씨 못지않게 따분하다니까."

나머지 일행도 곧 들어왔어요.

"어떡해요, 미스 메리앤." 존 경이 말했지요. "오늘은 평소처럼 앨러넘까지 산책할 수가 없었겠네요."

메리앤은 몹시 침울한 얼굴로 아무 말도 하지 않았어요.

"아, 우리 앞에서 뭘 그렇게 수줍게 구세요." 파머 부인이 말했지요. "우리도 다 아는걸요. 정말이에요. 남자 보는 눈도 훌륭하시다고 생각해요. 그이는 엄청나게 미남이잖아요. 우리가 전원에서 사는 집도 그이 집과 많이 멀지 않답니다. 십 마일은 안 넘을걸요."

"거의 삼십 마일쯤 되지." 남편이 말했어요.

"아! 어쨌든요! 그게 뭐 크게 다른가요. 한 번도 그 사람 집에 가본 적은 없지만, 전해 듣기로는 아기자기 예쁘다고 하더라고요."

"내 평생 그렇게 형편없는 집을 본 적이 없다니까." 파머 씨가 말했지요.

메리앤은 철저히 침묵을 지켰지만, 오가는 이야기를 흥미로워하는 내색이 저도 모르게 얼굴에 드러나고 말았어요.

"그렇게 보기 흥해요?" 파머 부인이 말을 이었어요—"그럼 그 예쁘다던 집은 다른 데인가 보네."

저녁 식탁에 다들 자리를 잡자, 존 경이 다 합쳐 여덟밖에 되지 않는다고 아쉬워했어요.

"여보." 존 경은 아내에게 말했지요. "이렇게 인원이 적다니 오기가 생기는구려. 오늘 왜 길버트 가족한테 오라고 하지 않았어요?"

"제가 말하지 않았나요, 존 경? 당신이 전에 말을 꺼냈을 때 안 된다고 했을 텐데요. 그 사람들은 바로 저번에 함께 식사했잖아요."

"존 경, 자네와 나는 그런 허례허식을 고집하지는 말자고." 제닝스 부인이 말했어요.

"그러셨다간 몹시 교양 없는 사람이 되실 텐데요." 파머 씨가 외쳤지요.

"사랑하는 우리 여보, 당신은 누가 말하면 무조건 반대하고 나서네요."—아내가 늘 그러듯 웃음을 터뜨리며 말했어요. "당신이 몹시 무례하다는 건 아세요?"

"장모님께 교양이 없다고 말씀드린 건데, 그게 무조건 반대하고 나서는 건 줄은 몰랐군."

"그래, 얼마든지 마음대로 욕하시게나." 성격 좋은 제닝스 부인이 말했어요. "샬럿을 나한테서 데려가 떠맡은 이상 되물리겠다 할 수는 없어.[4] 그러니까 채찍을 쥔 쪽은 나란 말이지."

샬럿은 남편이 자기를 없애버리지 못한다는 생각에 호탕하

[4] 당시 이혼은 흔한 일도 아니었고 실행에 옮기기 매우 어려웠다.

게 폭소를 터뜨렸어요. 그러더니 한껏 신이 나서, 어차피 같이 살아야 하니까 남편이 아무리 뚱하니 삐쳐도 괜찮다지 뭐예요. 파머 부인처럼 뼛속까지 호인인 데다 무조건 행복하기로 작정한 사람은, 온 세상을 뒤진다 해도 또 있을 리 없었어요. 남편이 고심해서 연출한 무관심, 무례, 불만도 파머 부인에게는 아무 고통을 줄 수 없었지요. 남편이 야단치고 질책하면 부인은 외려 몹시 재미있어 했답니다.

"파머 씨는 정말 웃기는 괴짜라니까요!" 파머 부인이 엘리너에게 속삭였어요. "도대체 기분이 좋을 때가 없어요!"

엘리너가 잠시 살펴본 바로는, 파머 씨가 자기가 연출하려는 겉모습만큼 그렇게 진짜로 성격 나쁘고 교양 없는 위인이라고는 믿기 어려웠어요. 성질머리가 좀 삐딱해진 건, 아마도 같은 성별의 많은 이들이 그랬듯, 미녀를 선호하는 그 이해할 수 없는 취향 탓에 결혼했다가 자기 아내가 아주 어리석은 여자라는 걸 깨달았기 때문이 아닐까요[5]—그래도 엘리너는 이런 실수는 너무 흔하기에, 상식적인sensible 남자라면[6] 억하심정을 오래 품지 않는다는 걸 알고 있었답니다. 그러니 모든 사람을 경멸로 대우하면서 눈앞에 보이는 모든 사물을 덮어놓

[5] 파머 부부는 비중이 적은 조역이지만 이런 면에서 『오만과 편견』에 등장하는 베넷 부부의 젊은 시절을 떠올리게 한다. 베넷 씨는 젊은 시절 파머 씨와 같은 실수를 했고 평생 결혼 생활에 만족하지 못한다.

[6] 이 글이 쓰인 당시에 sensible은 분별/이성sense과 감수성/감성sensiblity 양쪽으로 연결되는 형용사였다. 오스틴은 이 모호성으로 종종 말놀이를 했는데, 여기서도 감수성이 예민한sensible 남자가 아니라 상식과 분별을 갖춘sensible 남자라는 속뜻을 숨겨두었다.

고 비난하는 저런 행동은 차별화의 욕망에서 나온다고 믿었지요. 다른 사람들보다 우월하게 보이고 싶다는 소망 말이에요. 그리고 그 동기는 너무 범속해서 놀랍지도 않았습니다. 하지만 그 수단은, 물론 무례 부문에서야 월등한 우위를 확보해 주겠지만, 아내 말고는 누구의 호감도 살 수 있을 것 같지 않았지요.

"아! 친애하는 미스 대시우드!" 파머 부인이 곧이어 말했습니다. "당신과 동생분께 꼭 부탁드리고 싶은 게 있어요. 이번 크리스마스에 클리블랜드7에 와서 좀 지내지 않으시겠어요? 제발, 꼭이요—웨스턴 가족이 우리와 함께 지내는 동안에 오세요—제가 얼마나 행복할지 아마 생각도 못 하실 거예요! 정말로 즐겁겠어요!—사랑하는 우리 여보." 남편을 부르는 말이에요. "미스 대시우드네 자매분들이 클리블랜드에 와주시면 당신도 정말로 좋겠지요?"

"당연하지요."—그는 코웃음을 치며 말했어요—"데번셔에 올 때도 오로지 그 하나만 바라보고 왔는데."

"그것 봐요."—부인이 말했어요. "파머 씨도 여러분이 오길 고대하잖아요. 그러니 거절하시면 안 돼요."

자매는 둘 다 열렬히, 결단코 초대를 받아들일 수 없다고 거절했어요.

"하지만 꼭 오셔야 하고 꼭 오시게 될 텐데요. 장담하지만 세상 무엇보다 마음에 드실 거예요—웨스턴 가족도 우리와

7 파머 가문의 영지 이름.

함께 있을 거고, 정말 즐거울 거라니까요. 클리블랜드가 얼마나 예쁜 곳인지 상상도 못 하실걸요. 게다가 우리가 얼마나 신나 있는데요. 파머 씨는 하원 의원 선거를 준비하느라 항상 지방을 돌고 있고, 예전에 본 적도 없는 사람들이 얼마나 많이 우리 집에 와서 식사를 함께하는지, 아주 멋지다니까요! 남편이야 딱하지만요. 그이한테는 아주 피곤한 일이거든요! 모두가 자기를 좋아하게 만드는 일을 강요받는 셈이니까요."

엘리너는 그런 의무를 떠맡다니 너무 힘들겠다고 동조하면서, 아무렇지 않은 표정을 유지하려고 안간힘을 써야 했어요.

"얼마나 멋지겠어요." 샬럿 파머가 말을 이었지요. "그이가 의회에 입성한다면요! ─안 그래요? 저는 정말이지 웃음이 깔깔 나올 것 같아요! 그이한테 오는 편지에 모두 M.P.[8]가 붙어 있으면 너무 웃기지 않을까요. 하지만 그거 아세요? 그이 말로는, 내 편지에는 서명해줄 일 없다고 하는 거?[9] 절대로 안 해줄 거래요. 그렇죠, 파머 씨?"

파머 씨는 들은 척도 하지 않았어요.

"저이는 글씨 쓰는 걸 도저히 못 견디겠다나요." 파머 부인이 말을 이었죠─"몹시 소름 끼치는 짓이래요."

"아니." 그가 대꾸했어요. "그런 비합리적인 말은 한 적 없어요. 언어를 남용한 건 당신이면서 모조리 다 내 탓이라고 떠넘기지는 말아요."

---

8 Members of Parliament. 국회의원, 그중에서도 하원 의원을 가리킨다.
9 당시에는 국회의원이 봉투에 서명을 하면 무료로 편지를 부칠 수 있었다. 파머 씨는 아내를 위해서는 그 특권을 쓰지 않겠다고 말한 셈이다.

“저것 보세요. 얼마나 웃기는 사람인지 아시겠죠. 저이는 항상 저런 식이라니까요! 가끔은 반나절을 같이 있으면서도 나한테 한마디도 안 하다가, 뭔가 너무 웃기는 소리를 뜬금없이 하는 거예요—세상만사 무슨 일에 대해서든지요.”

파머 부인은 다시 응접실로 돌아가는 길에, 파머 씨가 그리 마음에 들지 않느냐고 물어서 엘리너를 크게 놀라게 했어요.

“그럴 리가요.” 엘리너가 말했어요. “아주 상냥하신 분 같은걸요.”

“뭐—그렇게 생각하신다면 정말 기뻐요. 그럴 줄 알았어요. 그이가 워낙 싹싹하니까. 그리고 파머 씨도 미스 대시우드나 동생분들과 함께 있을 때 굉장히 즐거워하거든요. 정말 그래요. 그러니 여러분이 클리블랜드에 안 오시면 그이가 말도 못하게 실망할 거예요. 왜 안 오시겠다는 건지 아무리 생각해도 이유를 모르겠네요.”

엘리너는 하는 수 없이 다시 초대를 사양해야 했고, 재빨리 화제를 돌려 파머 부인의 청을 중단시켰지요. 같은 카운티에 살고 있으니 파머 부인이라면 윌러비의 인성 전반에 관해 좀 더 구체적인 설명을 해줄 수도 있겠다는 생각이 들었던 거죠. 미들턴 부부처럼 윌러비를 아끼고 편 드는 입장에서는 할 수 없는 이야기가 있으니까요. 게다가 엘리너는 누구한테서든 윌러비의 미덕을 확인받고 메리앤의 앞날에서 두려운 가능성을 걷어내고 싶었거든요. 그래서 먼저 클리블랜드에서 윌러비 씨를 자주 보는지, 아주 친한 사이인지부터 물어보았어요.

“아, 그럼요. 그 사람은 굉장히 잘 알아요.” 파머 부인이 대답했어요—"사실 말을 걸어본 적은 없는데요. 그래도 런던에서는 허구한 날 보거든요. 무슨 영문인지 그 사람이 앨러넘에 있을 때 제가 바턴에 묵은 적이 없어요. 엄마는 전에 여기서 한 번 본 적 있다는데—하지만 저는 친척 아저씨와 웨이머스[10]에 있었거든요. 불운하게도 우리가 전원의 영지에서 한 번도 같이 있을 기회를 못 잡지만 않았더라면, 서머싯셔에서 굉장히 여러 번 만났을 수도 있었을 텐데 말이지요. 그 사람은 쿰에는 잘 안 간다고 알고 있어요. 하지만 거기 오래 머문다고 해도, 파머 씨가 방문하지는 않을 거 같아요. 반대 당이거든요.[11] 게다가 거기가 정말 멀어요. 왜 그 사람에 관해 물으시는지 알아요, 아주 잘 알고말고요. 동생분이 그분과 결혼할 사이시죠. 저도 끝내주게 기뻐요.[12] 그러면 동생분이 제 이웃이 되는 거잖아요."

"정말 솔직히 드리는 말씀인데요." 엘리너가 대답했어요. "그런 혼사를 예상하시는 이유가 있다면 저보다 그 문제에 대해 훨씬 많이 알고 계신 거예요."

"괜히 아닌 척 시치미 떼지 마세요. 모두가 그렇게 말하는 거 다 아시면서요. 정말로 저도 런던에서 돌아다니다가 들은 얘기라니까요."

10 도싯 카운티에 있는 소도시. 바다 근처로 경관이 아름다워 18세기에도 이미 관광의 중심지였다. 『에마』에서는 제인 페어팩스와 프랭크 처칠이 웨이머스에서 비밀 약혼을 한다.
11 파머 씨는 여당 지지자이고, 윌러비는 야당 지지자다.
12 monstrous happy. 존 경이나 파머 부인은 당시 유행하던 속어인 이 표현을 즐겨 쓴다. 맥락에 따라 조금씩 다르게 번역했다.

“아니, 파머 부인!”

“명예를 걸고 정말 그렇게 들은 얘기예요—출발하기 직전에 본드 스트리트에서 브랜던 대령님을 만났는데, 그분이 직접 그 얘길 하셨어요.”

“저를 정말 놀라게 하시네요. 브랜던 대령님이 그 얘길 하셨다고요! 설마, 잘못 아셨겠지요. 그게 사실이라 하더라도, 아무 상관 없는 사람에게 그런 소식을 전한다니, 브랜던 대령님이 하실 법한 일이 아닌데요.”

“하지만 장담하지만 정말로 그랬어요. 어떻게 된 일이냐면요. 우리와 만나서 그분이 발길을 돌려 함께 걸었거든요. 그래서 언니랑 형부 얘기를 하기 시작했고, 이런 얘기가 저런 얘기로 이어지고 그러다 제가 말했지요. ‘그런데 대령님, 바턴 코티지에 새 가족이 산다고 들었어요. 엄마 말로는 아주 예쁘다면서요. 따님 중 한 분은 쿰매그나의 윌러비 씨와 결혼할 예정이라고 들었어요. 사실이에요? 데번셔에 최근까지 계셨으니 당연히 아실 거 아니에요.’”

“그랬더니 대령님이 뭐라고 하시던가요?”

“아!—그분은 별말씀 안 하셨죠. 하지만 표정을 보니 사실 같아서, 그 순간부터 제가 확실하구나 믿게 된 거예요. 그렇게 되면 정말 즐겁겠죠, 암요! 혼인은 언제 하시나요?”

“브랜던 대령님은 잘 지내시나요? 그러길 바라요.”

“아! 그럼요, 아주 잘 지내세요. 미스 대시우드 칭찬을 아주 늘어놓으시던데요. 정말 좋은 말씀밖에 안 하셨어요.”

“대령님이 칭찬해주셨다니 기분이 좋네요. 정말 훌륭하신

분 같고, 보기 드물게 다정하시다고 생각해요.”

“저도 그래요―정말 매력 있는 남자인데, 그렇게 심각하고 따분하다니 참 안타깝지 뭐예요. 엄마 말로는 그분도 동생분을 사랑했다던데. 정말 그랬다면 엄청난 칭찬이에요―웬만해서는 누구와 사랑에 빠지고 그러는 분이 아니거든요.”

“살고 계시는 서머싯셔에서는 윌러비 씨도 다들 잘 아시나요?” 엘리너가 물었어요.

“아! 그럼요, 굉장히 잘 알죠. 쿰매그나가 워낙 외떨어진 데 있으니까, 친하게 지내는 사람은 많이 없는 거 같아요. 하지만 다들 굉장히 좋은 사람이라고 생각한답니다. 어디 가든 윌러비 씨만큼 인기를 끄는 이도 드무니까, 동생분께 그렇게 얘기해주셔도 돼요. 제 명예를 걸고 말하지만, 그 남자를 잡았다면 끝내주게 운이 좋은 여자예요. 물론 동생분을 잡은 그이가 훨씬 더 행운아지만요. 그리 아름답고 상냥한 아가씨니, 누군들 마음에 차겠어요. 하지만 전 동생분이 미스 대시우드보다 훨씬 더 아름답다고 생각지는 않아요. 진심이라니까요. 저는 두 분 다 엄청 예쁘다고 생각하고, 파머 씨도 그래요. 확실해요. 어젯밤에는 그이 입으로 인정하게 만드는 데 실패했지만요.”

윌러비에 관한 파머 부인의 정보는 별로 중요한 건 아니었습니다. 하지만 어떤 칭찬이라도, 아무리 하찮아도, 누가 그를 좋게 말하는 게 엘리너는 듣기 좋았어요.

“드디어 우리가 서로 아는 사이가 되어서 정말 기뻐요.” 샬럿이 말했지요―“이제는 아주 친한 친구가 되면 좋겠고요. 여러분을 만나길 얼마나 고대했는지 모르실걸요! 여러분이 코

티지에 사신다니 너무나 기뻐요! 그만한 좋은 일이 없어요, 그
럼요! 게다가 동생분이 결혼도 잘하게 돼서 기쁘고요! 미스
대시우드도 쿰매그나에 아주 많이 가 계시겠네요. 어느 모로
보나 예쁜 곳이랍니다.”

“브랜던 대령님과는 오래 알고 지내셨죠, 안 그런가요?”

“그래요, 아주 오래됐지요. 언니가 결혼하고부터니까요―
존 경과는 특별한 친구 사이로 알아요.” 그러더니 언성을 낮
추고는 덧붙여 말했지요. “그럴 수만 있었다면 대령님은 아주
기꺼이 저와 결혼할 생각이 있었을걸요. 존 경과 레이디 미들
턴이 간절하게 바랐거든요. 하지만 엄마가 저한테 충분히 좋
은 혼처라 생각지 않으셨어요. 안 그랬으면 존 경이 대령님께
말을 넣어봤을 테고, 우리는 그 즉시 결혼했겠죠.”

“브랜던 대령님은 존 경이 어머님께 그 얘기를 전하시기 전
부터 존 경의 생각을 알고 계신 게 아니었나요? 대령님이 직
접 부인께 애정을 고백하신 적은 없고요?”

“아! 그런 적 없죠. 하지만 엄마가 반대하지 않았다면, 대령
님이야 더할 나위 없이 좋다 하셨을걸요. 그때 그분은 저를 두
번밖에 못 보셨어요. 제가 학교를 졸업하기 전이어서요. 아무
튼 저는 지금이 훨씬 더 행복해요. 파머 씨야말로 딱 제가 좋
아하는 유의 남자거든요.”

21

1부

파머 부부는 이튿날 클리블랜드로 돌아갔고 바턴의 두 가족
만 남아서 서로 어울리며 즐겁게 지내게 되었어요. 엘리너는
마지막으로 왔다 간 손님들 생각을 뇌리에서 쉬이 지울 수가
없었어요. 하지만 샬럿은 아무 이유도 없이 왜 그렇게 행복한
지, 파머 씨는 능력이 없는 것도 아닌데 왜 그렇게 모자란 사
람처럼[1] 구는지, 남편과 아내 사이에 종종 보이던 그 이상하
게 부적절한 관계는 대체 뭔지 등 여러 의문이 채 풀리기도 전
에, 사교 생활에 의욕이 넘쳐흐르는 존 경과 제닝스 부인 덕분
에 금세 또 새로운 사람들을 만나고 관찰하게 되었습니다.

제닝스 부인이 아침 나절을 틈타 엑서터로 소풍을 갔다가
두 아가씨를 만났는데 알고 보니 친척이라서 몹시 흐뭇해했
다나요. 그래서 그것만으로도 이유는 충분하다 판단한 존 경

---

1 simply. 바보를 뜻하는 단어 simpleton과 연결되는 부사다.

이 엑서터 일정이 끝나면 즉시 파크로 오시라고 초대했던 거예요. 그런 초대 앞에서 두 아가씨의 엑서터 일정은 물론 손쉽게 사라져버렸고요. 그래서 레이디 미들턴은 돌아온 존 경을 맞자마자 평생 한 번도 본 적 없는 젊은 아가씨 둘을 곧바로 대접해야 한다는 소식에 적잖이 기겁하고 말았어요—우아한 품격은 고사하고 그럭저럭 참아줄 만한 신사 계급 신분일 거라고 확신할 만한 증거 하나 없는 사람들인데요. 이 문제에 관한 한 남편과 엄마의 장담은 아무 의미도 없었거든요.[2] 게다가 친척이라니 차라리 남보다 더 나빴어요. 그러니 제닝스 부인이 위로한답시고 한 이런저런 말은 안타깝지만 아무것도 모르는 소리였지요. 딸에게, 세련이나 유행은 그리 신경 쓰지 말아라, 다들 친척이니까 서로 다 참아줄 수 있다, 이런 소리나 했으니 말이에요. 하지만 오는 사람을 막을 수도 없었기에, 레이디 미들턴은 체념하고 교양 있는 여성의 철학을 총동원해서 이 사태와 화해해야 했답니다. 그저 하루에 다섯 번 내지 여섯 번에 걸쳐 이 주제로 부드럽게 남편을 질책하는 정도로 만족해야 했어요.

젊은 아가씨들이 도착했는데, 점잖지 못하고 고상하지 않은 외모가 전혀 아니었어요. 드레스도 아주 맵시 있고 매너도 아주 바르고, 집을 보면서 즐거워하고 가구를 보고 황홀하게 기뻐하는 데다 알고 보니 아이들도 끔찍하게 예뻐해서, 파크에

2 레이디 미들턴은 자기 남편과 엄마 두 사람을 우아하고 신사적인 사람으로 판단하지 않는다.

온 지 한 시간도 못 되어 레이디 미들턴의 호감을 확실히 사 버렸답니다. 레이디 미들턴은 정말이지 싹싹한 아가씨들이라고 공언했는데, 이 정도면 부인 기준에서는 열화와 같은 찬사를 바친 거예요. 이 열렬한 찬사를 듣고 존 경은 자기 판단력에 한층 자신이 생긴 나머지, 즉시 코티지로 가서 미스 대시우드 자매에게 미스 스틸 자매의 도착을 알리며 세상에서 제일 사랑스러운 아가씨들이라고 장담했어요. 하지만 이런 칭찬으로는 알 수 있는 게 많지 않았습니다. 세상에서 제일 사랑스러운 아가씨들은 영국 어딜 가나 만나게 마련이지만, 자태, 얼굴, 성격과 이해력은 서로 아무런 상관이 없다는 걸 엘리너는 잘 알고 있었지요—존 경은 곧장 가족이 다 함께 파크로 걸어가서 손님들을 봐주기를 원했어요. 참 선하고 사람 좋아하는 박애주의자 아닌가요! 아무리 팔촌이라도 혼자 아껴 보기에는 마음이 너무 아팠던 거죠.

"어서 지금 가요." 존 경이 말했어요—"제발 와요—꼭 와야 해요—온다고 전할 겁니다—얼마나 마음에 들지 상상도 못 할 거예요. 루시는 무지막지하게 예뻐요, 게다가 성격도 좋고 싹싹하고요! 아이들은 벌써 전부 루시 주변에만 붙어 있다니까요, 꼭 오래 알고 지낸 지인처럼 말이지요. 게다가 뭐니 뭐니 해도 그 둘이 다 여러분을 뵙고 싶어해요. 엑서터에서 여러분이 세상에서 제일 아름다운 아가씨들이라고 소문을 들었대요. 그래서 내가 소문이 전부 다 사실이라고 말해주고, 그보다 훨씬 더 많이 얘기해줬지요. 그 자매와 어울리면 아주 즐거울 거라고 내 장담해요. 마차 한가득 애들 장난감을 가지고 왔지 뭐예요. 그런데 어떻게 냉정하게 안 오겠다고 할 수가 있어요? 말하자면 어느 정도는 그 자매는 여러분 친척이기도 하다고요. 여러분이 내 친척이고 그 자매는 우리 아내 친척이니까, 서로 친척인 거지요."

하지만 존 경은 설득에 실패했어요. 하루이틀 내로 파크에 방문하겠다는 약속밖에 얻어내지 못한 존 경은 어떻게 이렇게 무심할 수가 있느냐면서 혼자 걸어서 집에 갔고, 이미 미스 스틸 자매의 매력을 그들에게 자랑했듯 스틸 자매에게 가서 그들의 매력을 새삼스레 자랑했답니다.

약속한 파크 방문이 이루어지고 이 아가씨들을 소개받았을 때, 그들은 서른에 가까운 큰언니의 얼굴이 너무 밋밋한 데다 섬세하거나 지적이지도sensible 않아서, 어디 하나 칭찬할 구석이 없다고 느꼈답니다. 하지만 많아도 스물두세 살로 보이는 동생은 상당한 미인이라고 인정했어요. 눈 코 입 생김새도 예뻤고 눈매도 날카롭고 총명해 보였으며, 세련된 분위기[3]가 실제로 우아함과 기품을 주진 않아도 인물을 돋보이게 해주었지요—자매의 매너는 별스럽다 싶게 깍듯했는데, 어떤 특정한 유의 눈치sense가 빠르다는 것만큼은 엘리너도 금세 인정하게 되었어요. 자매가 레이디 미들턴에게 잘 보이려고 얼마나

---

3 윌러비와 루시 스틸을 묘사할 때 분위기air라는 표현이 중요하게 쓰이는데, 제인 오스틴의 소설에서 이 단어는 그리 긍정적인 뜻으로 쓰이지 않는다. 오히려 air라는 단어의 원뜻인 공기처럼 허허롭고 본질과 무관한 허식에 가깝다. 처음에 매력적으로 보이다가 훗날 실망스러운 본모습이 드러나는 인물, 이를테면 『오만과 편견』에서 위컴 역시 독보적인 분위기air를 가졌다고 묘사된다.

꾸준히 주도면밀하게 신경을 쓰는지 보았거든요. 레이디 미들턴의 아이들과 줄곧 넋을 놓고 즐거워하고, 애들이 예쁘게 생겼다고 극찬하고, 애들 눈길을 끌려고 안달하고, 애들 변덕에 일일이 장단을 맞춰주었죠. 이렇게 온갖 성가신 일을 챙기면서 예의를 차리다가 조금 남는 시간이 생기면, 레이디가 어쩌다 뭐라도 일을 하거나 할 때 레이디를 칭찬하거나, 레이디가 전날 입고 나와 끝없는 즐거움을 주었던 드레스의 패턴을 본떠 우아한 새 드레스를 구상하는 일로 보냈어요. 그렇게 약점을 이용해 남의 환심을 사려는 이들에게는 참 다행한 일인데, 정에 눈먼 어미는 제 자식을 칭찬하는 말은 누구보다 게걸스럽게 약탈하면서 또 거짓말에는 누구보다 잘 속아 넘어가거든요. 터무니없는 요구를 하지만 막상 받으면 아무거나 다 꿀꺽 삼킨단 말이에요. 그래서 미스 스틸 자매가 아무리 과도한 애정과 끈기로 애들을 보더라도, 레이디 미들턴은 조금도 놀라거나 불신하는 기색이 없었던 거고요. 선을 넘는 온갖 무례와 짓궂은 장난들을 다 받아주는 친척들을 엄마 특유의 안일한 눈으로 바라보기만 했어요. 애들이 옷끈을 다 풀어 헤치고 귓가의 머리칼을 잡아당기고 가방을 뒤지고 칼과 가위를 훔쳐가는 걸 보면서도 한 치의 의심도 없이 서로 재밌어서 같이 노는 거라고 믿어버렸고요. 그래서 오히려 엘리너와 메리앤이 그 난장에 끼지 않고 차분하게 앉아 있다는 걸 더 놀라워했다니까요.

"존이 오늘 기운이 넘치네요!" 아들이 미스 스틸의 손수건을 잡아 창밖으로 던져버리는 걸 보더니, 레이디 미들턴이 말했어요. "말썽꾸러기 장난이 끝도 없어요."

그러고 곧바로 둘째 남자아이가 같은 아가씨의 손가락을 세게 꼬집자 또 사랑스럽다는 듯 이렇게 말했지요. "윌리엄은 정말 장난꾸러기지요!"

"여기 또 우리 예쁜 꼬마 애나마리아가 있답니다." 레이디는 지난 이 분간 시끄러운 소리는 전혀 내지 않은 세 살짜리 꼬마 여자애를 부드럽게 쓰다듬었어요. "얘는 정말 온순하고 조용해요—이렇게 조용한 어린애는 아마 이제껏 없었을걸요!"

하지만 이처럼 포옹 세례를 퍼붓다가 레이디의 머리 장식에 꽂힌 핀 하나가 아이 목을 할퀴는 바람에 이 온순함의 화신에게서 어찌나 격렬한 비명이 터져 나왔는지, 시끄러운 걸로 유명한 어떤 생물도 그보다 더 시끄러울 수는 없었을 거예요. 아이 엄마도 엄청나게 당황했지만 미스 스틸 자매가 놀라 기겁한 만큼은 아니었고요. 그래서 세 사람은 이런 중대한 응급 사태를 맞아, 어린아이의 고통을 덜어주고자 사랑으로 할 수 있는 모든 일을 다 했답니다. 어머니 무릎에 누이고 키스 세례를 퍼붓고 미스 스틸 중 한 사람이 무릎을 꿇고 앉아 상처를 라벤더 물로 씻는 사이 다른 미스 스틸은 입에 자두 설탕 절임을 한가득 물려주었지요. 눈물값으로 이리 후한 보상을 받은 아이는, 울음을 그치기엔 너무 현명했어요. 아이는 계속 힘차게 울고 흐느끼면서 만져주겠다는 두 오빠를 발로 차댔고, 세 사람이 힘을 합쳤던 모든 노력이 허사로 돌아가려던 순간 레이디 미들턴이 다행히도 지난주에 비슷한 난리가 났을 때 살구 마멀레이드를 멍든 관자놀이에 발랐더니 효과가 좋았더라는 기억을 되살려냈고, 안타깝게 긁힌 이 상처에도 똑같은 약을 쓰자고 열렬히 제안했어요. 그러자 이 말을 들은 꼬마 아가씨의 울음소리가 잠깐 멎었고, 다들 아이가 물리치진 않겠다는 희망을 품었지요—꼬마 아가씨는 엄마 품에 안겨 약을 찾으러 방 밖으로 들려 나갔고, 제발 여기 남아 있으라는 엄마의 간청에도 두 남자아이가 따라가는 쪽을 선택하면서, 이 방에서 여러 시간 까맣게 잊혔던 정적 속에 젊은 네 아가씨만 남게 되었답니다.

"어린 아가가 너무 불쌍해서 어떡해요!" 그들이 나가자마자 미스 스틸이 말했어요. "하마터면 아주 슬픈 사고가 일어날 뻔했어요."

"하지만 그럴 것 같지는 않은걸요." 메리앤이 외쳤어요. "완전히 다른 상황이었다면 몰라도 말이죠. 하지만 이건 실제로 걱정할 일은 전혀 없는데 불안만 고조시키는, 흔한 호들갑일 뿐이에요."

"레이디 미들턴은 참 다정한 분이세요!" 루시 스틸이 말했어요.

메리앤은 아무 말도 하지 않았어요. 아무리 사소한 일이라도, 실제 느끼지도 않는 감정을 말한다니 있을 수 없는 일이었거든요. 그래서 예의를 차려야 할 때 거짓말을 하는 책무는 언제나 엘리너 몫으로 떨어지곤 했어요. 이렇게 부름을 받은 엘리너는, 실제 느낌보다 훨씬 열렬하게 레이디 미들턴을 좋게 말했답니다. 미스 루시보다는 훨씬 덜했지만요.

"그리고 존 경도요." 스틸 자매 중 언니가 말했어요. "얼마나 매력적인 분인지 몰라요!"

여기에서도, 그저 소박하고 공정한 미스 대시우드의 칭찬이 화려한 꾸밈 하나 없이 흘러나왔어요. 더할 나위 없는 호인이고 친절하다고만 말했거든요.

"게다가 꼬마들까지 가족들도 다 얼마나 예뻐요! 이렇게 참한 애들은 살면서 본 적도 없어요—전 벌써 애들한테 홀려서 넋이 홀딱 빠졌다니까요. 전 원래 애들만 보면 정신을 못 차리고 예뻐하지만요."

"짐작이 가네요." 엘리너가 미소를 지으며 말했어요. "오늘 아침 제가 본 광경만으로도요."

"왠지 제 느낌에, 미들턴네 꼬마들을 지나치게 받아주며 키운다고 여기시는 것 같은데요." 루시가 말했어요. "어쩌면 좀 과할지도 몰라요. 하지만 레이디 미들턴께는 너무 자연스러운 일인걸요. 그리고 저는, 생기발랄하고 기운찬 아이들을 보는 게 좋아요. 아이들이 온순하고 조용하게 있으면 오히려 못 견디겠어요."

"솔직히 말씀드리자면, 바턴 파크에 있다보면 온순하고 조용한 애들을 싫어할 수가 없어요." 엘리너가 말했어요.

이 말에 짧은 침묵이 이어졌고, 그 침묵을 먼저 깨뜨린 건 미스 스틸이었어요. 대화를 몹시 하고 싶은 눈치였는데 문득 이런 질문을 불쑥 던진 거죠. "그런데 데번셔에서 지내는 건 좋으세요, 미스 대시우드? 서식스를 떠나실 때는 몹시 아쉬웠을 텐데요."

이 질문이 너무 친근해서, 아니, 이 질문을 던진 태도가 너무 친근해서 엘리너는 좀 놀라며 그랬다고 대답했어요.

"놀랜드는 엄청나게 풍요롭고 아름다운 곳이죠, 안 그런가요?" 미스 스틸이 덧붙였어요.

"존 경 말씀이, 거기를 굉장히 좋아하신다고 들었거든요." 루시는 언니의 스스럼없는 태도에 약간 변명이 필요하다고 느낀 눈치였지요.

"그곳을 보기만 한다면, 누구라도 좋아할 수밖에 없다고 생각해요." 엘리너가 대답했지요. "우리만큼 그 아름다움을 헤아릴 사람이 또 있을 것 같지는 않지만요."

"거기서 멋쟁이 청년들도 엄청 많이 만나셨어요? 이쪽으로 오신 후엔 그리 많이 못 만나셨겠어요. 저는, 멋쟁이 청년들이 많다는 게 늘 커다란 장점이라고 여기거든요."

"하지만 언니는 왜 그렇게 단정해?" 언니가 부끄러운 듯 루시가 말했어요. "데번셔에 서식스만큼 젊은 신사분들이 많이 있지 말라는 법이 어딨어?"

"아니, 난 없다고 말한 적 없어. 엑서터에도 세련된 멋쟁이들이 당연히 엄청 많이 있겠지. 하지만 놀랜드 주변을 내가 어떻게 알겠니? 나는 그저 전처럼 멋진 남자들을 많이 만나지 못하면 미스 대시우드 자매분들께서 바턴이 지루하다 여길까 걱정되어서 얘기한 거야. 아마 너처럼 젊은 아가씨들은 멋진 남자한테 관심도 없고, 그런 남자들이 있으나 없으나 마찬가지라고 생각할지도 모르겠지만 말이야. 나로 말하자면, 멋쟁이 청년들이 말도 못하게 보기 좋아. 옷을 세련되게 잘 차려입고 예의 바르게 행동하기만 하면 말이지. 하지만 지저분하고 언행도 고약하면 못 참아주겠더라고. 저 엑서터에 로즈 씨 있잖아, 심슨 씨네 서기로 일하는 그 엄청 말끔하고 상당히 멋쟁이였던 젊은이 말이야. 그런데 아침에 만나잖아, 그러면 영 봐줄 몰골이 아니더라—미스 대시우드, 오라버니분도 결혼하시기 전에는 상당히 멋쟁이셨겠죠? 그렇게 엄청 돈이 많으시까요?"

"뭐라 확실히 말씀드릴 수가 없네요." 엘리너가 말했어요. "멋쟁이라는 게 정확히 무슨 뜻인지 제가 완전히 아는 것 같지 않아서요. 하지만 이 말은 드릴 수 있어요. 결혼 전에 혹시라도 오빠가 멋쟁이였다면 지금도 마찬가지예요. 오빠는 하나도 변한 데가 없거든요."

"아! 저런! 결혼한 남자는 멋쟁이라고 하는 거 아니에요—치장 말고 달리 해야 할 일이 있으니까요."

"맙소사! 앤 언니." 동생이 외쳤어요. "언니는 할 수 있는 얘기가 멋쟁이 남자들뿐이야? 이러다 미스 대시우드가 언니는 맨날 그 생각만 하는 줄 알겠어." 그러더니 화제를 돌려서는 집과 가구가 멋있다고 감탄하기 시작했지요.

스틸 자매라는 연구 대상은 이만하면 충분했어요. 천박하게 함부로 친한 척 들이대는[4] 첫째의 어리석음은 칭찬할 구석이 하나도 없었고, 게다가 엘리너는 둘째의 미모나 교활한 표정에 눈이 멀지 않았기에 진정한 기품과 교양의 부재를 꿰뚫어

4 freedom. 멋대로 친한 척 굴며 선을 넘는 행위를 뜻한다.

보았어요. 그래서 저택에서 나올 때는 더 알고 싶다는 마음이 하나도 들지 않았지요.

그러나 미스 스틸 자매는 그렇지 않았습니다―엑서터에서 올 때부터, 존 미들턴 경과 가족과 온갖 일가 친척들에게 걸맞은 감탄과 칭찬을 넉넉히 준비해왔기에, 존 경의 어여쁜 친척들에게도 인색함 없이 펑펑 나누어주었어요. 이제까지 본 중 가장 아름답고 우아하고 교양 있고 싹싹한 아가씨들이라면서, 앞으로 더 잘 알고 지내면서 특별히 친해지고 싶다고 열을 올렸지요―그래서 더 친해지는 신세는 불가피하게 자기 몫이 되리라는 걸 엘리너도 머지않아 깨닫게 되었어요. 존 경이 전적으로 미스 스틸 자매 편을 들고 있으니 함께 어울리는 모임은 도저히 거절할 수 없었고, 어쩔 수 없이 거의 날마다 하루 한두 시간씩 같은 방에 앉아 있는 친밀한 사이가 될 수밖에 없었던 거지요. 존 경도 그 이상 어떻게 해줄 수는 없었고요. 하지만 어차피 그는 뭐가 더 필요한지도 몰랐답니다. 그의 견해로는, 함께 있다는 게 곧 친밀한 사이라는 뜻이었거든요. 그래서 계속 서로 만나게 해주려는 전략이 효과를 발휘하는 한, 다들 이제 친한 친구가 되었다는 걸 한 치도 의심하지 않았어요.

다만 존 경의 노력을 인정해주어야 한다면, 아가씨들이 허심탄회하게 속내를 털어놓는 사이가 되도록 능력이 닿는 한 최선을 다했다는 점이겠지요. 자기가 아는 것과 짐작한 것을 모두 동원해 미스 스틸 자매에게 어여쁜 친척 아가씨들의 상황을 가장 내밀한 세부 사항까지 다 알려주었거든요―그래서 엘리너는 자매를 두세 번쯤 만났을 때 이미 첫째에게서 동생분은 바턴에 와서 그렇게 엄청 멋진 청년을 정복했다니 정말 축하할 일이라는 소리를 듣게 되었답니다.

"그렇게 젊은 나이에 결혼하다니 근사한 일일 거예요, 암 요." 미스 스틸이 말했어요. "듣기로 엄청 멋쟁이인 데다 끝내 주게 잘생겼다면서요. 미스 대시우드도 곧 그만큼 행운이 따 라주길 빌어요—벌써 한쪽 구석에 남자 친구를 숨겨놓으셨을 지도 모르겠지만요."

엘리너는 존 경이 메리앤보다 자기를 더 배려해서 에드워 드 이야기를 하지 않았을 거라고는 생각할 수 없었지요. 사실 따져보면 존 경은 둘 중에서도 오히려 에드워드 농담을 더 좋 아했어요. 다소 새롭기도 한 데다 좀 더 짐작해볼 만한 여지가 있는 놀림거리였으니까요. 에드워드가 방문한 이래로 함께 식 사할 때마다 한 번도 빠짐없이 엘리너의 사랑에 건배하며 어 찌나 의미심장하게 고개를 끄덕거리고 윙크를 하고 난리인지, 결국 좌중의 모든 사람이 주목하게 만들었거든요—F라는 글 자 역시 어김없이 끌려 나왔고 셀 수도 없는 농담거리를 생산 해내면서, 엘리너에 관한 한 알파벳 역사상 가장 위트 있는 글 자가 된 지 이미 오래였어요.

미스 스틸 자매 역시, 엘리너의 예상을 비껴가지 않고 이 농 담의 수혜를 한껏 누리고 있었거니와 특히 첫째는 벌써부터 언급된 신사의 이름을 알고 싶다는 호기심이 동한 터였어요. 이 호기심은 종종 선을 넘는 무례로 표현되었는데, 대시우드 가족의 여러 사정에 깊은 관심을 갖고 있다는 점에서는 일관 성이 있었지요. 그러나 존 경은 궁금증을 유발하는 걸 즐기면서도 오래 끌지는 않았어요. 그 이름을 말하는 것도 못지않게 즐거운 일이었으니까요. 물론 그 이름을 들은 미스 스틸도 무척 즐거워했지만요.

"그 사람 이름은 페라스예요." 존 경은 굉장히 잘 들리게 속삭여 말했어요. "하지만 제발 말하지 말아요. 대단한 비밀이니까요."

"페라스라고요!" 미스 스틸이 되풀이했어요. "페라스 씨는 행복한 사람이네요, 그렇죠? 아니, 세상에! 새언니의 동생이라니요, 미스 대시우드? 분명 아주 좋은 청년이지요. 저도 아주 잘 알거든요."

"어떻게 그렇게 말할 수가 있어, 앤 언니?" 언니가 뭔가 애기하면 무조건 고쳐 말하곤 하는 루시가 따졌어요. "삼촌 댁에서 한두 번 본 적은 있지만, 아주 잘 안다고 하면 너무 과장이잖아."

엘리너는 이 모든 말을 주의 깊게, 놀라워하며 들었어요. "그런데 그 삼촌이 누구세요? 어디 사시나요? 어떻게 알게 된 거예요?" 엘리너는 이 화제가 이어지길 간절히 바랐지만, 직접 대화에 끼어들지는 않기로 선택했지요. 하지만 아무도 더는 말을 보태지 않았고, 엘리너는 생전 처음으로 제닝스 부인이 사소한 정보를 시시콜콜 캐묻거나 주절주절 털어놓지 않는 게 아쉽다고 생각했답니다. 또 미스 스틸이 에드워드에 대해 말하는 태도가 궁금증을 증폭했어요. 어쩐지 나쁜 말 같다는 인상을 주었고, 저 아가씨가 뭔가 에드워드한테 불리한 사실을 알고 있거나 머릿속으로 혼자 생각하고 있다는 의심을

하게 만들었거든요―그러나 엘리너의 궁금증은 끝내 채워지
지 않았어요. 존 경이 넌지시 암시하다 못해 아예 대놓고 페라
스 씨의 이름을 말해도 미스 스틸은 더는 들은 척도 하지 않았
거든요.

22

메리앤은 원래 주제넘는 무례, 천박함, 열등한 지적 능력, 심지어 자기와 다른 취향 비슷한 것도 잘 참아주지 못하는데, 이때는 특히 우울하고 기분이 좋지 않다보니 미스 스틸 자매와 즐겁게 어울리거나 그네들이 친하게 다가오는 걸 받아줄 여력이 없었어요. 따라서 미스 스틸 자매에게 한결같이 차갑게 대하면서, 가까워지려는 모든 노력을 꺾어버렸지요. 엘리너는 두 자매가 금세 자기를 더 좋아하는 태도를 뚜렷이 드러내 보이게 된 데는, 그 이유가 가장 크다고 생각했습니다. 그중에서도 특히 루시는 엘리너를 대화에 끌어들일 기회가 있으면 결코 놓치지 않았고 자기 감정을 편하고 솔직하게 털어놓으면서 어떻게든 더 친해지려고 열심히 노력했어요.

루시는 천성적으로 영민했습니다. 적확하고 재치 있는 발언도 종종 했고요. 엘리너도 삼십 분 정도 함께 시간을 보낼 사이로는 괜찮다고 느낄 때가 자주 있었어요. 하지만 루시가 타고난 능력은 교육의 도움을 전혀 받지 못했기에, 무식하고 지성도 없었답니다. 꾸준히 뛰어나 보이려고 아무리 애써도, 지적인 능력이 전혀 계발되지 않아 상식적인 사실도 잘 모른다는 걸 미스 대시우드에게 숨길 수는 없었어요. 엘리너는 교육만 잘 받았다면 존경받아 마땅했을 능력이 사장된 걸 보고 안타까워했습니다. 하지만 파크에서 과하게 주변을 챙기고 부지런히 떠받들고 극구 추켜세우는 언행을 보다보면 아무리 숨기려 해도 섬세한 배려나 엄격한 윤리, 올바르고 진실된 정신이 철저히 결여되어 있다는 게 드러났는데, 그걸 보면서 그리 애틋한 마음이 들 수는 없었지요. 엘리너는 무지하면서 진정성까지 없는 사람과 어울리면서 지속적인 만족감을 느낄 수는 없었어요. 잘 배우지 못한 사람과는 동등한 입장에서 대화를 나눌 수도 없는 데다, 타인을 대하는 행동거지를 보아하니 자기한테 쏟는 온갖 관심이나 존경의 언행 또한 일말의 값어치도 없었거든요.

"제 질문이 좀 이상하다고 생각하시겠지만요." 어느 날 파크에서 코티지로 함께 걸어오는 도중 루시가 말했습니다― "하지만, 그래도요, 새언니분의 어머님이신 페라스 부인과 개인적으로 안면이 있으신가요?"

엘리너는 이 질문이 정말로 굉장히 이상하다고 생각했고 표정으로도 그런 내색을 했지만, 페라스 부인은 한 번도 만난 적이 없다고 대답해주었어요.

"그렇군요!" 루시가 말했어요. "신기하네요. 틀림없이 가끔 놀랜드에서 만나셨을 줄 알았거든요. 그럼 혹시 그분이 어떤 분인지 얘기해주실 수는 없겠네요?”

“네.” 엘리너는 에드워드의 모친에 대한 진짜 의견을 드러내지 않으려 조심하면서 대답했는데, 주제넘게 느껴지는 호기심을 채워주고 싶은 마음도 그리 들지 않았습니다―“그분에 대해서는 전혀 아는 게 없어요.”

“분명 이런 식으로 그분 얘기를 묻는 저를 정말 이상한 사람으로 보실 테지만요.” 루시는 말하면서 엘리너의 눈치를 세심하게 살폈습니다. “이유가 있을지도 모르잖아요―감히 용기 내 말씀드리고 싶긴 한데, 괜히 주제넘게 굴려는 뜻은 아니니까 제 진심은 알아주셨으면 좋겠어요.”

엘리너는 일단은 예의를 차려 대답해주었어요. 그리고 아무 말도 없이 몇 분쯤 함께 걸었지요. 침묵은 루시가 깨뜨렸어요. 상당히 주저하더니, 다시 그 주제로 말하기 시작한 거예요.

“주제넘게 호기심이 많다고 생각하시는 건 제가 못 견디겠네요. 미스 대시우드처럼 좋은 평가를 받을 가치가 있는 분에게 그런 사람으로 보이느니 세상 무슨 짓이라도 하겠어요. 그리고 제가 일말의 거리낌 없이 믿어도 되는 분이라고 확신하고요. 저처럼 불편한 상황에 처했을 때 어떻게 처신해야 할지 조언해주시면 정말 기쁘겠어요. 하지만 미스 대시우드가 귀찮아지시는 일은 없을 거예요. 페라스 부인을 모르신다니 정말 아쉬워요.”

“그분을 모른다는 게 저도 아쉽네요.” 엘리너는 정말 깜짝 놀라서 말했어요. “그분에 대한 제 의견이 당신에게 무슨 도움이 된다면 말이에요. 하지만 정말로, 저는 애초에 당신이 그

가족과 무슨 관계가 있으신 줄도 몰랐어요. 그래서 솔직히, 이렇게 진지하게 그분 성품을 물어보시는 게 좀 놀랍네요."

"그러시겠지요. 그럼요, 그리 의아한 일은 아니에요. 하지만 제가 용기 내어 전부 털어놓으면, 그렇게 크게 놀라시진 않을 거예요. 페라스 부인은 물론 지금은 저와 아무 관련도 없지요ー하지만 때가 되면ー그때가 얼마나 빨리 올지는 오로지 부인께 달려 있지만요ー우리가 아주 가까운 사이가 될 수도 있거든요."

루시는 이 말을 하며 눈을 내리깔았고, 사랑스럽게 수줍어했어요. 그러면서 딱 한 번 곁눈질로 이 말을 들은 동행의 반응을 살폈답니다.

"세상에!" 엘리너가 외쳤어요. "그게 무슨 뜻이지요? 로버트 페라스 씨와 잘 아는 사이신가요? 설마?" 이런 동서가 생긴다는 생각이 그리 즐겁지는 않았지요.

"아니요." 루시가 대답했어요. "로버트 페라스 씨 얘기가 아니에요ー그분은 살면서 한 번 만나본 적도 없어요. 그게 아니라" 하고 말하더니 시선을 엘리너에게 고정했지요. "그분 형님을 알아요."

그 순간 엘리너가 어떤 심정이었을까요? 경악, 강렬하고도 고통스러운 심정이었겠지요. 하지만 즉각 그 주장을 불신하는 마음이 끼어들었답니다. 소리 없는 경악이 담긴 표정으로 고개를 돌려 루시를 보았는데, 그런 선언을 하는 이유나 목적조차 가늠할 수가 없었어요. 낯빛은 싹 바뀌었지만, 엘리너는 흔들림 없이 그 말을 믿지 않았고, 히스테리 발작을 일으키거나 혼절할 위험도[1] 느끼지 못했답니다.

"당연히 놀라시겠지요." 루시가 말을 이었어요. "이전까지는 전혀 모르셨을 테니까요. 감히 말씀드리지만 그이는 당신이나 가족분들에게 실마리 하나 흘리지 않았을 거예요. 애초에 단단히 비밀로 해두자고 약속했으니까요. 그래서 저도 지금 이 순간까지는 충실하게 비밀을 지켰답니다. 제 혈육 중에서도 앤 언니 말고는 아무도 모르고, 이 세상에서 당신만은 믿어도 된다는 확신이 없었다면 지금 이렇게 털어놓지도 않았을 거예요. 페라스 부인에 대해 이렇게 꼬치꼬치 캐묻는 제 행동이 제 눈에도 너무 이상해 보여서, 설명드려야만 했어요. 그리고 페라스 씨도, 제가 미스 대시우드를 믿었다는 걸 알게 되어도 기분 나빠할 것 같지 않았고요. 가족분들 모두를 세상 누구보다 훌륭하게 평가하고, 당신과 동생분들을 친누이처럼 아낀다는 걸 제가 잘 아니까요."—루시는 잠시 말을 멈췄어요.

엘리너는 몇 초쯤 조용히 있었어요. 지금 들은 얘기에 너무 크게 놀라서 말을 할 수가 없었지요. 하지만 마침내 억지로 말할 힘을, 신중하게 말할 힘을 끌어냈어요. 차분한 태도 덕택에 놀람과 염려의 마음이 그럭저럭 잘 가려졌답니다—"약혼한 지 오래되셨는지 여쭤도 될까요?"

"약혼한 지는 사 년째예요."

---

1 충격을 받아 정신을 잃고 쓰러지는 것은 당시 유행하던 감수성sensibility의 문학에서 관습적으로 여성 인물이 보이는 행동이다.

"사 년이라고요!"

"그래요."

엘리너는 큰 충격을 받았지만, 마음속으로는 여전히 믿을 수가 없었어요.

"몰랐어요." 엘리너가 말했습니다. "두 분이 아는 사이라는 것조차 오늘에야 알았는데요."

"하지만 우리가 알고 지낸 지는 수년도 넘었답니다. 그러니까, 그이가 저희 삼촌[2] 밑에서 공부했거든요, 그것도 꽤 오랫동안요."

"삼촌분이라고요!"

"네, 프랫 씨예요. 그이한테 혹시 프랫 씨 얘기는 못 들으셨나요?"

"들은 것 같아요." 엘리너는 애써 기운을 차렸습니다. 감정이 복받쳐오자 오히려 기운이 났어요.

"삼촌은 플리머스 근교의 롱스테이플에 사시는데, 그이가 거기서 사 년 동안 같이 살았어요.[3] 우리 사이가 시작된 것도 거기서였죠. 언니와 제가 삼촌 댁에 자주 가서 머물렀으니까요. 약혼도 거기서 했답니다. 그이가 학업을 그만두고 일 년 좀 안 되었을 때 일이에요. 그래도 그 후로 그이는 거의 항상

---

2 uncle. 정확히는 알 수 없으나 성이 다른 것으로 보아 이모부나 외삼촌으로 보인다.

3 데번셔에서 가장 큰 도시인 플리머스는 런던 남서쪽으로 백구십 마일 떨어진 북동쪽 해안에 위치한다. 19세기 초, 플리머스는 중요한 선적항으로 발돋움했다. 단 롱스테이플은 가상의 소도시다.

우리와 함께 있었어요. 짐작하실 수 있겠지만, 저는 썩 내키지 않았어요. 그이 어머니 몰래, 허락도 없이 약혼을 한다는 게 그렇잖아요. 하지만 저는 너무 어렸고 그이를 너무 사랑해서, 신중해야 했는데 그러질 못했어요—미스 대시우드는 저만큼 그이를 잘 알지는 못하시겠지만, 그래도 충분히 보셨으니 한 여자의 진지한 사랑을 받고도 남을 매력이 있다는 것쯤은 감지하셨을sensible 거예요."

"당연하죠." 엘리너는 자기가 무슨 말을 하는지도 잘 모르면서 대답부터 했어요. 그러나 잠시 곰곰 생각해보고는, 에드워드의 명예와 사랑에 대한 확신을 다지고 동행이 거짓을 말한다고 믿으며 이렇게 덧붙여 말했지요—"에드워드 페라스 씨와 약혼을 하셨다고요!—지금 해주신 얘기에 제가 정말 너무 놀라서요—사실, 죄송해요. 하지만 사람이나 이름을 착각하신 게 틀림없어요. 우리가 설마 같은 페라스 씨 얘기를 하고 있을 리가 없어요."

"달리 누구 얘기겠어요." 루시가 미소를 지었어요. "파크 스트리트에 사시는 페라스 부인의 장남이자, 당신의 새언니인 존 대시우드 부인의 남동생 에드워드 페라스 씨, 그분 얘기를 하는 거예요. 제 행복이 온전히 걸린 남자의 이름을, 제가 착각할 리가 없다는 걸 미스 대시우드도 이해해주셔야죠."

"참 이상하네요." 엘리너는 뼈아픈 당혹감에 젖어 대답했어요. "그분이 미스 루시의 이름을 말씀하시는 걸 한 번도 들은 적이 없는데."

"아니에요. 우리 상황을 고려하면 하나도 이상할 게 없지요.

우리는 비밀을 유지하는 게 최우선이었으니까요―미스 대시
우드는 저나 우리 가족에 대해 아무것도 몰랐으니까, 제 이름
을 당신에게 말할 일이 뭐가 있었겠어요. 그이는 언제나 누나
가 뭔가 넘겨짚을까 늘 유달리 걱정했으니까, 그게 아마 말하
지 않은 이유일 거예요.”

엘리너는 침묵했어요―엘리너의 확신은 허물어졌지만, 자
기통제는 함께 무너지지 않았지요.

“약혼한 지 사 년 되셨단 말이지요.” 엘리너의 목소리는 흔
들림이 없었어요.

“그래요. 하지만 얼마나 기다려야 할지 아무도 몰라요. 불쌍
한 에드워드! 낙심이 이만저만이 아니에요.” 루시는 주머니에
서 미니어처 초상화[4]를 꺼내며, 이렇게 덧붙였어요. “혹시 모
를 착오를 방지하기 위해, 부디 이 얼굴을 보아주세요. 실물보
다는 못하지만, 초상화의 주인공이 누구인지 몰라보실 수는
없을 거예요―지난 삼 년 내내 간직하고 있던 거예요.”

루시는 말하면서 엘리너 손에 초상을 놓아주었어요. 그림
을 보았을 때, 너무 성급히 결론을 내릴까 두려운 마음, 거짓
을 간파하고 싶은 소망, 여타 여러 의심이 여전히 엘리너의 마
음속에서 미련을 남겼지만, 그 초상이 에드워드의 얼굴이라는
사실만은 한 치도 의심할 수가 없었지요. 엘리너는 닮았다고
인정하기 무섭게 초상화를 돌려주었습니다.

4 제인 오스틴이 살던 시기, 한 손에 들어오는 크기의 미니어처 초상화는
　크게 인기를 끌었다.

"보답으로 제 초상화를 주고 싶었는데, 결국 그러질 못했어요." 루시가 계속 말했어요. "그래서 아주 신경이 쓰였지 뭐예요. 그이가 늘 꼭 갖고 싶다고 했거든요! 하지만 이제 기회가 생기면 곧장 앉아서 초상화를 그리게 하겠다고 결심했어요."

"지당하신 말씀이에요." 엘리너는 차분하게 대답했어요. 그리고 두 사람은 조용히 몇 걸음 걸어갔지요. 루시가 먼저 말을 꺼냈어요.

"저는 믿어요." 루시가 말했지요. "이 비밀을 철저히 지켜주실 거라고 일말의 의심도 없이 믿어요. 이게 얼마나 우리한테 중요한 일인지 아실 테니까요. 이 말이 에드워드 어머니 귀에 들어가면 안 된다는 걸 분명 아실 거예요. 장담하지만, 결코 허락하지 않으실 거라서요. 저는 물려받을 재산도 없고, 그분은 대단히 오만한 분 같거든요."

"분명 제가 비밀을 말씀해주십사 청한 적은 없지만요." 엘리너도 대답했답니다. "하지만 저를 믿어도 될 만한 사람이라 생각하신다면 누를 끼치진 않을 거예요. 비밀은 굳게 지켜드릴게요. 그래도 이처럼 불필요한 얘기를 왜 하셨을까 제가 좀 놀라움을 표하더라도 양해해주셨으면 해요. 최소한 제가 알게 되면 비밀 유지에 보탬이 되지는 않을 거라는 생각은 하셨을 텐데요."

이 말을 하면서 엘리너는 루시를 뚫어져라 쳐다보았어요. 그 표정에서 뭔가를, 아마도 지금까지 한 말의 상당 부분이 거짓이라는 증거를 찾아내고 싶었던 거죠. 하지만 루시의 안색은 변함이 없었어요.

"이런 얘기를 다 털어놓는 제가 너무 당돌하고 주제넘는다 생각하시겠지요, 그게 걱정돼요." 루시가 말했습니다. "우리가 알게 된 지 얼마 되지 않았으니까요. 적어도 개인적으로는요. 하지만 저는 꽤 오래전부터 미스 대시우드와 가족분들 이야기를 들어 알고 있었어요. 그래서 당신을 만나자마자 마치 오래된 친구처럼 느꼈던 거예요. 게다가 이 경우에는, 에드워드의 어머니에 대해 그렇게 꼬치꼬치 캐물었으니 뭔가 설명을 해야 한다는 생각이 들더라고요. 제가 불운한 게, 주위에 조언을 구할 만한 사람이 아무도 없어요. 그 일을 아는 사람은 앤 언니뿐인데, 언니는 판단력이 없는 사람이거든요. 저를 도와주기는커녕 오히려 해가 되기 일쑤니까요. 직접 보아 아시겠지만, 언니는 말조심이란 걸 어떻게 하는지도 몰라요. 정말이지, 지난번에 존 경이 에드워드의 이름을 입에 올리셨을 때 언니가 다 폭로할까봐 진짜 얼마나 겁이 났는지, 세상에 말도 못해요. 그 일로 제가 얼마나 맘고생을 했는지 상상도 못 하실 걸요. 지난 사 년간 에드워드 때문에 겪은 일을 생각하면, 제가 살아 있는 게 놀랍다 싶다니까요. 만사가 그렇게 끔찍한 긴장과 불확실성에 달려 있으니까요. 게다가 그이를 만나기도 너무 힘드니—우리는 일 년에 두 번 만나기도 어려워요. 정말이지, 제 심장이 그래도 아직 멀쩡하게 붙어 있는 게 신기하지 뭐예요."

여기서 루시는 손수건을 꺼냈습니다. 하지만 엘리너는 별로 안됐다는 마음이 들지 않았어요.

"가끔은 말이죠." 루시가 눈가를 훔치고 계속 말했어요. "이

혼약을 아예 깨뜨리는 게 우리 둘 다를 위해 좋지 않을까 생각하기도 해요.” 이렇게 말하면서 루시는 동행을 똑바로 쳐다보았답니다. “하지만 또 어떤 때는 저한테 그런 결단력이 있는 것 같지 않아요—말만 꺼내도 그이는 비참하게 불행해질 텐데, 그건 생각만 해도 못 견디겠어요. 저를 위해서도요—그이는 제게 너무나 소중하니까—그런 일을 제가 해낼 리가 없잖아요. 이런 상황에서 미스 대시우드는 어떤 조언을 해주시겠어요? 본인이라면 어떻게 하실까요?”

“죄송하지만 이 상황에서 저는 어떤 조언도 드릴 수 없어요. 자기가 스스로 판단해서 결정해야죠.” 엘리너는 이 질문에 소스라치며 대답했어요.

“물론이에요.” 양쪽 다 침묵이 몇 분 이어지다 루시가 말을 이었습니다. “그이 어머님이 언젠가는 생계를 마련해주시겠지요. 하지만 불쌍한 에드워드는 낙심이 이만저만이 아니에요! 바턴에 왔을 때 그이가 지독하게 울적하다고 생각지 않으셨나요? 롱스테이플에서 우리와 헤어지고 당신에게 가면서 얼마나 우울해하던지, 어디가 크게 아프다고 생각하실까봐 걱정했어요.”

“그럼 우리를 방문했을 때, 삼촌 댁에 계시다 오신 건가요?”

“아! 맞아요. 우리와 이 주일쯤 지냈어요. 런던에서 곧장 왔다고 생각하셨던 거예요?”

“아니요.” 대답하면서, 엘리너는 새로 밝혀지는 정황이 모두 루시의 말이 진실임을 뒷받침한다는 걸 절실히 느끼고 또 이해하고sensible 있었어요.[5] “플리머스 근교에서 이 주일간 친구들과 지냈다고 말씀하셨던 게 기억나네요.” 그리고 또, 그가 친구들에 대해서는 더는 아무 말도 하지 않아서, 심지어 그 이름마저 철저히 함구해서 내심 놀랐던 기억도 떠올랐지요.

“그이가 보기 딱하게 기운이 없다고 생각하진 않으셨나요?” 루시가 같은 말을 또 반복했어요.

“정말 그랬네요. 특히 처음 오셨을 때 그랬죠.”

“제발 힘을 내라고 제가 그이한테 빌다시피 했는데. 혹시라도 뭔가 문제가 있다고 의심을 살까봐 두려웠거든요. 하지만 우리와 이 주일 이상은 같이 지낼 수 없던 데다, 제가 너무 마음 아파하는 걸 보고는 그이가 너무 우울해지고 말았어요—불쌍한 사람!—안타깝지만 지금도 그이는 그 상태 그대로예요. 비참할 만큼 낙심한 채로 편지를 쓰거든요. 엑서터를 떠나기 직전에 그이한테서 연락을 받았어요.” 루시가 주머니에서 편지를 꺼내더니 아무렇지도 않게 엘리너에게 주소를 보여주었어요. “그이 필체는 아시지요. 매력적인 필체지만, 평소처럼 잘 쓴 글씨는 아니에요—아무래도 피곤했나봐요. 방금 막 제게 보내는 편지지를 여백까지 꽉꽉 채워 쓴 참이니까요.”

엘리너는 정말로 그의 필체라는 걸 알아보았고, 이제 더는 의심할 수 없게 되었어요. 그 그림은 어쩌다가 손에 넣은 거라고, 에드워드가 선물로 준 건 아닐 거라고, 마음 한편으로는 그렇게 믿게끔 스스로 허락하고 있었거든요. 하지만 서로 편

---

5 sensible에서 이해하다와 느끼다라는 두 가지 뜻이 동시에 작동하는 문장의 전형적인 예시다.

지를 보내면서 연락한다니, 그건 명백히 약혼한 사이에서나 있을 수 있는 일이니까요. 다른 사이라면 어떤 상황에서도 정당화될 수 없는 일이지요.[6] 몇 초쯤은, 엘리너도 하마터면 걷잡을 수 없는 감정에 휩쓸려버릴 뻔했답니다—심장이 툭 내려앉고, 제대로 서 있기도 힘들었어요. 하지만 안간힘을 써서 마음을 추스르는 노력을 해야만 했지요. 엘리너는 가슴을 짓누르는 감정에 맞서 결연한 다짐으로 싸웠고, 신속한 승리를, 그것도 얼마간은 완승을 거두었어요.

"서로 편지를 쓰는 것만이, 이렇게 오랜 이별에서 우리에게 위로가 되어주었어요." 이렇게 말하며 루시는 편지를 주머니에 다시 넣었어요. "그래요, 저는 초상화가 있으니 위로 삼을 게 하나 더 있지만 불쌍한 에드워드는 심지어 그것도 없잖아요. 제 그림이라도 있으면 나을 것 같다고, 그이가 말하더라고요. 지난번 롱스테이플에 있을 때 제 머리카락을 반지에 세팅해서 주었는데, 그것도 꽤 위로가 되지만 초상화만큼은 아니래요. 혹시 그이 만났을 때 반지 보셨어요?"

"봤어요." 엘리너는 차분한 언성을 유지했지만, 그 목소리 아래로는 이제까지 한 번도 느껴본 적 없는 감정과 고뇌를 숨기고 있었습니다. 죽도록 부끄러웠고, 충격도 컸으며, 혼란스러웠지요.[7]

6 당시 영국에서 약혼하지 않은 사이에서 남자와 여자가 편지를 주고받는 일은 엄격하게 금지되어 있었다.
7 반지의 머리카락이 자기 것이라고 착각한 엘리너는 간절한 소망 탓에 현실을 왜곡해서 지각하는 실수를 저질렀다. 『설득』에서 주인공 앤 엘

엘리너에게는 다행스럽게도, 마침 두 사람은 코티지에 다 다랐고 대화는 더 이어질 수 없었습니다. 몇 분쯤 가족과 앉아 있다가 미스 스틸 자매는 파크로 돌아갔고, 그러자 엘리너는 마음껏 생각에 잠기면서 비통해할 여유를 갖게 되었답니다.

리엇은 "소중한 자아가 연루된 문제에서는 사람들이 얼마나 황당무계한 상상을 꾸며내기 마련인지!"라고 말한다.

2부

1

엘리너는 대체로 루시의 진실성을 별로 믿지 않았지만, 진지하게 숙고해보니 이번만큼은 도저히 의심할 여지를 찾을 수 없었습니다. 어떤 유혹이 있다 한들 도저히 그런 내용으로 거짓말을 꾸며내는 바보짓을 할 수는 없었어요. 그러니 루시의 주장은 옳았지요. 엘리너로서는 의심할 수도 없었고 의심할 엄두도 나지 않았습니다. 모든 심증과 물증이 그 사실을 뒷받침하는 가운데 반대 증거는 단 하나, 자신의 소망뿐이었거든요. 두 사람이 프랫 씨의 집에서 친분을 쌓을 기회가 있었고 이를 근거로 나머지 일들이 진행되었다는 정황은 반박할 길도 없거니와 우려할 만한 일이었습니다. 게다가 에드워드가 플리머스 근교를 방문했던 일, 우울했던 심리 상태, 장래에 대한 불만, 엘리너를 대하던 에드워드의 아리송한 행동거지, 놀랜드와 자기네 가족 관계를 미스 스틸 자매가 너무 상세히 알고 있어 종종 놀랐던 일, 초상화, 편지, 반지, 이 모든 게 합쳐져 구성된 증거물은 행여 에드워드를 부당하게 비난할까 두려워하는 마음을 모조리 억누를 뿐 아니라 오히려 엘리너가 에드워드에게 부당한 대접을 받았다는 사실을 입증하고 있었습니다―그런 짓을 한 그가 원망스럽고 속아 넘어간 자신에게 화가 난 나머지, 엘리너는 잠시 자기 자신 말고는 아무것도 생각지 않았어요. 하지만 금세 다른 생각, 다른 고려 사항이 떠올랐습니다. 에드워드가 의도적으로 기만한 걸까? 실제로 느끼지도 않는 호감을 가짜로 꾸며낸 걸까? 루시와의 약혼이 사랑으로 맺어진 약혼일까? 아니요, 한때는 어떠했을지 몰라도, 지금도 그렇다고는 차마 믿을 수 없었어요. 그이 사랑은 온전히 자기 것이었으니까요. 이것만큼은 속일 수 없었지요. 어머니도, 동생들도, 패니도, 모두가 놀랜드에서 그가 엘리너에게 품은 특별한 마음을 알고 있었어요. 엘리너의 허영심이 꾸며낸 망상일 리는 없었어요. 그이는 분명히 나를 사랑해. 스스로 이렇게 납득하자 얼마나 마음이 누그러졌는지 몰라요! 그 유혹에 빠져 얼마나 많은 걸 용서할 수 있을 것만 같았는지요! 그래요, 그가 잘못했지요. 큰 잘못을 한 거예요. 엘리너의 영향력이 정도를 넘어섰음을 처음 깨닫고 나서도 놀랜드를 떠나지 않고 계속 머물러 있었으니까요. 그 점에서는 변명의 여지가 없지요. 하지만 그가 엘리너에게 상처를 입혔다면, 자기 자신에게 입힌 상처는 얼마나 더 크겠어요. 엘리너의 처지가 가엾다면 그의 처지는 절망적이었어요. 사려 깊지 못했던 그의 행동 탓에 엘리너는 당분간 불행하겠지요. 하지만 그는 불행에서 벗어날 가망 자체를 아예 빼앗긴 듯 보였어요. 시간이 지나면 엘리너는 평정심을 되찾겠지만, 그는, 그이는 앞날에 그 무엇을 기대할 수 있을까요? 루시 스틸과 그럭저럭 행복하게 살 수 있는 날이 오기나 할까요? 엘리너를 향한 사랑이 이루어질 수 없는 상황에서 그이가, 도덕적인 인품과 섬세한 성정과 지적인 정신을 지닌 그 사람이 그런 아내―무식하고 교활하고 이기적인 그런 아내에게 만족하며 살 수가 있을까요?

열아홉 살 청춘의 매혹에 눈이 멀었으니 당연히 미모와 서글서글한 성격 말고는 아무것도 보지 못했겠지요. 하지만 그 후로 사 년이―무려 사 년이라는 긴 세월이 흘러갔으니, 그 시간을 이성적으로 보냈다면 이해력도 크게 성장했을 테고 이제 교육받지 못한 그 여자의 결점에 눈을 떴을 거예요. 반면에 똑같은 시간을 열등한 사람들과 어울리면서 부박한 유흥을 좇으며 보낸 루시 스틸에게서는, 한때 그 아름다움에 매혹을 더해주었을 순박함이 그만 사라졌을 테고요.

자기와 결혼하려 한다고 짐작했을 때도 그가 어머니로부터 겪을 고초가 적지 않아 보였는데, 이제는 얼마나 더 어렵겠어요. 지금 약혼한 사람은 엘리너보다 가문이나 신분이 낮은 건 물론 가진 재산도 별로 없는 게 확실했으니 말이에요. 물론 루시에게서 마음이 멀어진 그가 이런 난관 앞에서 크게 조바심을 치진 않겠지만, 가족의 매몰찬 반대에 차라리 안심하게 되다니 그 마음이 어떻게 울적하지 않을까요!

그의 처지를 하나씩 고통스럽게 헤아리다, 엘리너는 자기보다 오히려 그가 더 안쓰러워 울었어요. 지금 겪는 이 불행은 자기 탓이 아니라는 확신은 의지가 되었어요. 좋게 본 마음을 거둘 만큼 에드워드의 잘못이 크지는 않다는 믿음은 위로가 되었고요. 그렇기에 크나큰 충격의 쓰라린 아픔이 채 가시지 않은 지금도, 엘리너는 어머니와 동생들이 진실을 짐작조차 못 하도록 초연히 행동할 자신이 있었어요. 엘리너 자신이 이 기대에 얼마나 훌륭하게 부응했는지 몰라요. 엘리너는 소중한 희망이 짓밟혀 꺼진 지 겨우 두 시간 만에 저녁 식사 자리에 함께했지만, 자매의 겉모습만 보아서는 아무도 몰랐을 거예요. 엘리너는 사랑하는 사람과의 사이를 영원히 가로막아선 걸림돌 때문에 남몰래 비탄에 젖어 있고, 메리앤은 온통 자기만을 사랑한다고 믿어 의심치 않는 한 완벽한 남자 생각뿐이라 집 근처로 마차가 지나가기만 하면 이번에는 그 얼굴이 보이려나 고대한다고는 생각도 못 했겠지요.

엘리너를 믿고 털어놓은 비밀이니 어머니와 메리앤에게는 반드시 숨겨야만 했지요. 부단한 노력이 필요했지만, 괴로운 마음에 아픔이 더해지진 않았어요. 반대로 차라리 안심이 되었지요. 가족이 크게 상심할 소식을 전하지 않아도 되고, 무작정 엘리너 편을 드느라 다들 에드워드를 비난할 텐데 그런 말을 듣지 않아도 되었으니까요. 엘리너는 도저히 그런 비난에 동조할 수 있을 것 같지 않았거든요.

그들의 조언도 대화도 도움이 되지 않을 게 분명했어요. 그들의 다정과 슬픔은 마음만 괴롭게 할 테고, 자기 자신을 다스리려는 엘리너에게 그들이 본을 보여주거나 칭찬 한번 해줄 리도 만무했거든요. 엘리너는 혼자일 때 더 강했지요. 자신의 바른 사리 판단good sense을 따라서, 갓 벌어진 상처처럼 쓰라린 회한에 아파하면서도, 있는 힘껏 흔들림 없이 초연했고 겉으로는 한결같이 명랑했답니다.

처음 루시와 이 주제로 대화하고 그토록 힘들어했으면서도, 엘리너는 금세 이야기를 다시 꺼내보고 싶다는 열망을 느끼게 되었어요. 약혼의 여러 구체적인 정황을 다시 듣고 싶었고, 루시가 정말로 에드워드에게 어떤 감정을 느끼는지 더 확실히 이해하고 싶었죠. 에드워드를 애틋하게 생각한다는 말에 일말의 진심이라도 깃들어 있는지 알고 싶었어요. 무엇보다도, 이 주제를 거리낌 없이 다시 꺼내 차분히 이야기를 나누면서 어디까지나 친구로서의 관심에 불과하다는 사실을 보여주고 루시를 설득하고 싶었던 거예요. 그날 아침 이야기를 나누며 자기도 모르게 동요해서 괜한 의심의 싹을 남기진 않았을까 많이 두려웠거든요. 루시의 성격으로 짐작건대 질투할 확률이 매우 높아 보였어요. 에드워드가 항시 엘리너를 아낌없이 칭찬하고 다닌 게 분명했으니까요. 루시가 한 말도 말이지만, 안 지 얼마 되지도 않은 사람한테 덜컥 비밀을, 이토록 내밀하고 중요한 비밀을 털어놓는 모험을 감행한 데서도 알 수 있는 사실이었어요. 존 경이 농처럼 흘린 얘기도 상당히 마음에 걸렸을 거고요. 뭐니 뭐니 해도 엘리너가 내심 에드워드가 진짜로 사랑하는 사람은 자기라고 변함없이 굳게 믿는 한, 달리 생각해볼 것도 없이 루시는 자연스레 질투를 느낄 테지요. 정말로 엘리너는 에드워드의 사랑을 확신했고, 바로 그 자신감이 증거였습니다. 루시가 굳이 연애를 밝힐 다른 이유가 있겠어요? 에드워드의 소유권이 루시에게 있다는 걸 엘리너에게 알리려 했던 거겠죠? 앞으로는 알아서 만남을 피하라고 말이에요. 여기까지 경쟁자의 의중을 읽어내는 건 그리 어렵지 않았어요. 엘리너는 물론 명예와 정직함의 원칙에 한 치도 어긋남이 없도록 언행을 올바로 다스리겠다고, 에드워드를 사랑하는 마음과 싸우고 최대한 만남을 피하겠다고 굳게 다짐하고 있었답니다. 하지만 한편으로, 자기 마음이 아무렇지도 않다는 걸 루시에게 애써 납득시키고 편해지고 싶은 욕구마저 부인할 수는 없었어요. 이미 고통스러운 얘기는 들을 만큼 다 들었으니 더한 것이 있을 리 없고, 상세한 내용이야 다시 말해주더라도 태연히 들어줄 자신이 있었거든요.

그러나 기회가 곧바로 마련되진 않았어요. 엘리너만큼이나 루시도 기회만 생기면 자기한테 유리하게 이용할 요량이었는데도요. 산책을 해야 다른 사람들과 따로 떨어져 둘이 얘기할 수가 있는데, 날씨 좋은 날이 흔치 않아서 같이 걸을 수가 없었거든요. 파크나 코티지에서, 대체로 파크에서 이틀에 한 번씩은 저녁에 만날 일이 있었지만, 사적인 대화를 나눌 기회는 없었어요. 사적인 대화 같은 생각은 아예 존 경이나 레이디 미들턴의 머리에 들어갈 일이 없었고, 따라서 다 같이 수다를 떨 여유도 별로 없는 터에 개인적 대화란 어불성설이었지요. 그들 만남의 목적은 함께 먹고 마시고 깔깔 웃고 카드놀이나 연애담 만들기 놀이[1]나 여타 충분히 시끌벅적한 놀이를 하기 위해서였거든요.

이런 유의 만남이 한두 번 성사되었지만 엘리너는 루시와 개인적인 이야기를 나눌 기회를 갖지 못했습니다. 그러던 어느 날 아침 존 경이 코티지에 찾아와 제발 불쌍한 자기를 어여삐 여겨 레이디 미들턴과 다 함께 저녁 식사를 해달라고 애원했어요. 자기는 엑서터의 클럽에 꼭 가야 하는데 그럼 레이디 미들턴이 몹시 외로울 거라고, 집에 장모님과 미스 스틸 자매밖에 없다면서요. 엘리너는 이제야 생각해둔 이야기를 하기에 좋은 조건이 되겠다고 짐작했지요. 레이디 미들턴은 남편처럼 좌중을 시끌벅적한 한 가지 목적에 다 같이 묶어두지 않고 훨씬 조용하고 교양 있게 통솔할 테니 좀 더 자유롭게 서로 얘기를 나눌 수 있으리라 생각하고 냉큼 초대를 수락했답니다. 어머니 허락을 받은 마거릿도 순순히 초대에 응했고, 늘 그 집의 파티를 못마땅해하는 메리앤도 딸이 혼자 고립되어 즐길 기회를 놓치는 게 마음 아파 어쩔 줄 모르는 어머니의 설득에 못 이기는 척 같이 가기로 했습니다.

젊은 아가씨들이 파크를 방문했고, 레이디 미들턴은 끔찍한 고독의 위협에서 벗어나 행복해졌습니다. 이 모임의 시들시들 맥 빠진 분위기야말로 엘리너가 짐작한 대로였어요. 참신한 생각이나 표현이라곤 하나도 나오지 않았고, 만찬장에서나 응접실에서나 오가는 이야기는 처음부터 끝까지 이보다 따분할 수는 없었거든요. 응접실에는 아이들이 따라 들어왔는데,

1 consequences. 가상의 신사와 숙녀를 상정하고 한 사람씩 정보를 덧붙여 가면서 다 함께 연애담을 완성하는 놀이.

아이들이 계속 있는 한 루시의 주의를 끌어 얘기를 나눌 길이 없다는 건 엘리너가 너무나 잘 아는 바였지요. 찻상이 나가자 아이들이 그제야 응접실을 떠났어요. 다음에는 카드 테이블이 차려졌고, 엘리너는 파크에서 대화를 나눌 시간을 찾을 꿈을 꾼 자기가 이상한 거라고 생각하기 시작했어요. 그들은 다 같이 일어나서 라운드 게임[2]을 준비하기 시작했답니다.

"정말 기뻐요." 레이디 미들턴이 루시에게 말했어요. "오늘 저녁에 불쌍한 우리 애나마리아의 바구니를 완성하지 않을 거라니 참 다행이에요. 촛불만 켜고 금박 상감을 했다간 눈이 성할 리 없잖아요. 우리 사랑하는 아가가 좀 실망하겠지만, 그야 내일 우리가 뭐라도 보상해주면 되죠. 그럼 그 애도 크게 마음 쓰지 않을 거예요."

이 정도 힌트면 충분했어요. 루시는 즉시 정신을 번쩍 차리고 대답했거든요. "아니에요. 레이디 미들턴께서 매우 잘못 알고 계신 거랍니다. 제가 빠져도 카드놀이 정원이 되는지 살피려고 기다리고 있었을 뿐인걸요. 안 그랬으면 벌써 금박 종이 세공 작업을 하고 있었을 텐데요. 무슨 일이 있어도 우리 꼬마 천사를 실망시킬 수는 없지요. 그래서 지금 카드 테이블에 제가 필요하다 하시면 서퍼[3]가 나온 후에 바구니 일을 끝낼 생각이었어요."

"정말 착하다니까. 눈이 아프진 말아야 할 텐데―일할 때

2 카드 게임의 일종. 참가할 수 있는 사람 수가 명확히 정해져 있지 않다.
3 supper. 정찬인 디너dinner와 달리 간단한 야식으로, 모임 등이 있을 때 밤늦은 시간에 내놓는다.

쓸 촛불 좀 갖다달라고 종을 흔들어서 하인을 불러주겠어요?
나도 알아요. 내일 바구니가 완성되지 않으면, 불쌍한 우리 꼬
마 아가씨가 낙심해서 슬퍼하겠죠. 절대 안 될 거라고 내가 일
러두긴 했지만, 그래도 아이는 믿고 있을 테니까요."

루시는 즉시 작업용 책상을 가까이 끌어오더니 민첩하고
명랑하게 다시 자리에 앉았어요. 모습만 보면 버릇없는 아이
를 위해 금박 종이를 꼼꼼히 말아 바구니를 만들어주는 일에
서 다시 없는 즐거움을 느끼는 사람처럼 말이에요.

레이디 미들턴은 나머지 사람들에게 카지노 게임[4]을 한판
하자고 제안했어요. 아무도 이의를 제기하지 않았지만 메리앤
은 늘 그러듯 일반적 범절의 격식 따위 아랑곳 않고 덜컥 외쳤
어요. "레이디께서 부디 너그러움을 베푸시어 저는 제외해주
세요—아시다시피 저는 카드놀이는 질색이랍니다. 저는 피아
노포르테로 갈게요. 조율하고 나서는 만져본 적도 없거든요."
그러더니 겉치레 인사마저 거두절미하고 그대로 돌아서서 피
아노포르테 쪽으로 걸어가버렸어요.

레이디 미들턴은 자기는 저렇게 무례한 언사를 한 번도 한
적 없어서 정말 천만다행이라 여기는 표정을 지었답니다.

"메리앤은 저 악기와 오래 떨어져 있질 못하잖아요. 부인도
잘 아시다시피요." 엘리너는 결례를 어떻게든 무마하려고 애
쓰며 말했지요. "제가 보기에도 그렇게 의아한 일은 아니에요.
제가 들어본 피아노포르테 연주 중에서 가장 음색이 훌륭하

4 이미 테이블에 놓인 카드와 패를 맞춰 카드를 내는 게임.

니까요."

남은 다섯 명이 이제 카드를 뽑을 차례였어요.

"혹시 게임에서 제가 져서 빠지게 되면, 미스 루시 스틸한테 가 금박 종이를 대신 말아주면서 좀 도움을 줄 수 있지 않을까 그런 생각이 드네요. 바구니를 완성하려면 아직 할 일이 무척 많으니까요. 혼자서 아무리 애써도 오늘 밤 안에 끝마칠 수는 없을 거예요. 미스 루시 스틸이 같이 일하게 허락만 해주신다면 저도 정말 그 일을 같이하고 싶어요."

"그럼요. 도와주시면 진심으로 감사하겠어요." 루시가 외쳤어요. "제가 생각했던 것보다 해야 할 일이 많아서요. 어쨌든 우리 예쁜 애나마리아를 실망시키면 큰일이잖아요."

"아! 그럼 끔찍한 일이고말고요." 미스 스틸이 말했어요—"불쌍한 아가, 내가 얼마나 이뻐하는데!"

"정말 친절하세요." 레이디 미들턴이 엘리너에게 말했어요. "꼭 일하고 싶으시다면 다음 판까지 게임에 안 끼시면 어떨까요? 아니면 지금 운을 시험해보셔도 되고요."

엘리너는 기쁘게 첫 번째 제안을 받아들였고, 메리앤이라면 결코 해주지 않았을 입에 발린 말을 좀 한 덕에 소기의 목적을 달성하고 레이디 미들턴의 마음에도 들었답니다. 루시는 기꺼이 엘리너가 앉을 자리를 내어주었고, 아름다운 두 경쟁자는 이렇게 한 책상에 나란히 앉아 완벽한 조화를 이루며 같은 작업을 수행했어요. 자기 음악과 자기 생각에 온통 사로잡힌 메리앤이 이제 자기 말고 방 안에 다른 사람이 있다는 사실마저 까맣게 잊은 채 치고 있는 피아노포르테가 다행히 두 사람과

아주 가까웠기에, 미스 대시우드는 이 소리를 차폐막으로 삼
아, 카드 테이블에 앉은 사람들 귀에 들릴까 걱정할 필요도 없
이 안전하게 이 흥미진진한 주제를 다시 꺼내도 좋겠다고 판
단했지요.

2

조심스레, 하지만 심지 굳은 어조로 엘리너가 말머리를 꺼냈습니다.

"황송하게 저를 믿고 이리 큰 비밀을 털어놓으셨는데, 제가 다음 이야기가 궁금하지도 않고 더 듣고 싶지도 않다 하면 오히려 예의가 아닐 것 같아요. 그래서 죄송하지만 이 얘기를 다시 꺼내려 하는데요."

"감사해요." 루시가 반색하며 말했어요. "어색했는데 이리 먼저 말씀해주시니. 덕분에 마음이 한결 편해졌어요. 저도 왠지 월요일 그날 괜한 말씀을 드려서 심기가 불편해지신 건 아닐까 걱정했거든요."

"심기가 불편하다니요! 어떻게 그런 생각을 하셨어요? 설마요." 엘리너는 이보다 더 진심일 수 없는 말투로 이야기를 이었어요. "미스 루시가 그런 생각을 하게 하다니, 그것보다 제 의도와 동떨어진 일이 있을 수가요. 그런 신뢰에 설마 제가 영광으로 여기고 뿌듯하게 생각해선 안 될, 어떤 다른 동기가 있었을 리는 없잖아요?”

“하지만 정말이에요.” 대꾸하는 루시의 작고 날카로운 눈에는 심장한 의미가 그득했습니다. “그때 태도가 어쩐지 좀 싸늘하고 불쾌하신 듯 보여서 저는 맘이 굉장히 불편했거든요. 저한테 화가 나신 게 틀림없다는 생각이 들어, 내 연애사를 멋대로 털어놓고 심기를 불편하게 해드린 걸 내내 혼자 자책하고 있었어요. 하지만 그저 제 상상에 불과하다니, 정말 저를 탓하지 않으신다니, 몹시 기뻐요. 살면서 매분 매초 뇌리를 떠나지 않는 생각을 털어놓고 나니 얼마나 후련하고 위로가 됐는지 아신다면, 절 불쌍하게 여겨서 다른 건 다 눈감아주실 수도 있을걸요.”

“믿고말고요. 제게 솔직히 처지를 털어놓고 나서 마음의 부담이 정말 크게 덜어지신 모양이에요. 후회하실 일은 절대 만들지 않을 테니 마음 푹 놓으세요. 지금 처하신 상황이 정말로 안타깝잖아요. 사방에 어려운 문제들이 포진하고 있으니 헤쳐나가려면 서로에 대한 애정이 반드시 필요할 거예요. 페라스 씨[1]는 생활을 어머니께 전적으로 의존하고 있다고 아는데요.”

“자기 재산은 이천 파운드밖에 없어요. 그걸 기반으로 결혼하는 건 미친 짓이겠지요. 물론 저야 그보다 훨씬 좋은 조건이라도 한숨 한번 쉬지 않고 포기하겠지만요. 저는 원래 아주

---

1 엘리너는 여기서부터 에드워드를 페라스 씨라고 거리를 두어 부르기 시작한다.

적은 수입으로 사는 데 익숙해서 그이를 위해서라면 어떤 가난과도 싸울 수 있어요. 하지만 제 생각만 해서, 그이가 어머니 마음에 드는 여자와 결혼하면 받을 수도 있는 재산을 빼앗고 싶지는 않아요. 그러기엔 제가 그이를 너무 많이 사랑하거든요. 우리는 기다려야 해요. 어쩌면 수년이 걸릴지도 몰라요. 이 세상 다른 어떤 남자하고라도 위험한 도박이겠지만,[2] 에드워드의 애정과 충절은 그 무엇도 앗아갈 수 없다는 걸 저는 알고 있으니까요."

"그런 사랑의 확신이 전부나 다름없겠네요. 그분도 물론 같은 믿음을 품고 계시겠지요. 서로 굳게 사랑하는 마음이 흔들리기라도 하면 너무 가엾은 처지가 되잖아요. 그런 사람들도 많고, 약혼 기간이 사 년이나 되면 자연스레 그리 되기도 쉬우니까요."

루시가 고개를 들고 엘리너를 올려보았어요. 하지만 엘리너는 조금이라도 표정으로 자기 말에 의심의 빌미를 주지 않으려고 철저히 조심하고 있었지요.

"저를 향한 에드워드의 사랑은요." 루시가 말했어요. "처음 약혼했을 때부터 오래, 아주 오래 떨어져 있던 시간 속에서 충분한 시험을 거쳤답니다. 그이가 그 시험을 그리도 잘 이겨냈

2 관습법에 따르면 약혼은 남자가 파기할 수 없었으나, 사회적 체면을 구길 각오만 한다면 아예 방법이 없는 건 아니었다. 이 경우 남자가 겪을 최악의 곤욕은 송사였는데 이는 오래 끌어야 하는 약혼이나 상속권 박탈만큼 괴로운 일은 아니었기에, 약혼을 했더라도 여자는 완전히 안심할 수는 없었다.

는데 이제 와서 의심한다면 저는 용서받을 수 없는 사람이지요. 안심하고 말씀드릴 수 있는데, 그이는 처음부터 그 점에서는 한 순간도 저에게 불안을 안겨준 적이 없답니다.”

엘리너는 이 기막힌 주장에 웃어야 할지 한숨을 쉬어야 할지 알 수 없었습니다.

루시는 계속 말을 이었지요. “사실 제가 천성적으로 질투가 많아서요. 우리 신분이 차이가 나기도 하고, 그이가 저보다 상류사회에서 많이 활동하는 데다 서로 계속 떨어져 있어야 하니까요. 우리가 만났을 때 저에게 하는 행동이 조금이라도 달라졌거나 제가 이해할 수 없는 이유로 울적해 보이거나 특별히 어떤 여자 이야기를 더 많이 한다거나 예전보다 롱스테이플에서 지내며 덜 행복해 보였다거나 하는 기미가 보였으면, 의심하겠다 작정하고 금방 진실을 알아낼 수 있었을 거예요.[3] 대체로 저는 특별히 관찰력이 뛰어나거나 눈치가 빠른 사람은 아니지만, 그런 경우라면 절대 속지 않을 자신이 있어요.”

엘리너는 마음속으로 생각했어요. 말은 반지르르하지만 우리 둘 다 속일 수는 없잖아요.

“하지만 미스 루시 생각은 어떠세요?” 잠시 말없이 가만히 있다가 엘리너가 물었어요. “페라스 부인이 돌아가시길 기다리는 것 말고는 아무 대책이 없는 건가요? 그런 극단적인 상

---

3 이 말은 루시가 앞서 한 모든 말과 상충될 뿐만 아니라, 나서서 엘리너에게 경고하고 쫓아버리려고 마음먹은 모습과도 모순된다. 눈에 빤히 보이는 거짓말을 거리낌 없이 장황하게 늘어놓는 걸 보면 엘리너가 아까 자기를 겨냥하고 한 말에 루시가 발끈했음을 알 수 있다.

황은 너무 우울하고 충격적이잖아요? 그분 아드님은 이대로
다 참고 불확실한 상태로 미스 루시까지 끌어들인 채 지루하
고 긴 세월을 견디겠다고 작심한 건가요? 모친께 진실을 털어
놓고 한동안 역정을 감당하느니 차라리 그게 낫다는 건가요?”

“당분간에 불과하다는 보장이 있기만 하다면요! 하지만 페
라스 부인은 몹시 고집 세고 오만한 분이라서, 그 말을 듣자마
자 격분한 나머지 그 자리에서 로버트에게 전재산을 물려주
겠다고 하실 확률이 높아요. 에드워드를 위하는 마음에, 그런
생각만으로도 너무 겁이 나서, 성급하게 나서서 뭔가 해볼 생
각이 싹 사라진다니까요.”

“미스 루시 자신을 위하는 마음이기도 하겠지요. 그게 아니
라면 자신의 이익을 돌보지 않는 것도 합리적인 선을 넘는 거
니까요.”

루시는 다시 엘리너를 보았고, 아무 말도 하지 않았어요.

“로버트 페라스 씨를 아세요?” 엘리너가 물었어요.

“전혀요—만난 적도 없어요. 하지만 형과는 아주 다른 사람
이라고 들었어요—어리석고 외양에 크게 신경을 쓰는 허영꾼
이라고.”

“허영꾼이라니!” 메리앤의 음악이 갑자기 뚝 끊기는 바람에
그 몇 마디 말이 미스 스틸의 귓전에 꽂혔는지 이 말을 그대로
되풀이했어요—“어머! 둘이서 좋아하는 청년 얘기를 하고 있
나봐요.”

“아니야, 언니.” 루시가 외쳤어요. “잘못 알았어. 우리가 좋
아하는 청년은 허영꾼이 절대 아니라고.”

"미스 대시우드 대신 내가 대답해줄 수 있어요. 허영꾼은 아니랍니다." 제닝스 부인이 털털하게 웃으며 말했어요. "내가 본 젊은이 중에서 제일 겸손하고 행동거지가 고운 사람이니까요. 하지만 루시는 모르겠네요. 어찌나 내숭을 떠는지 누굴 좋아하는지 도저히 알아낼 길이 없어서 말이죠."

"오!" 미스 스틸이 의미심장한 표정으로 두 사람 쪽을 돌아보며 말했어요. "제가 장담하는데, 저 애가 좋아하는 남자도 미스 대시우드의 청년 못지않게 겸손하고 행동이 얌전하답니다."

엘리너는 자기도 모르게 얼굴을 붉히고 말았어요. 루시는 입술을 깨물고는 화난 표정으로 언니를 노려보았지요. 한동안 둘 다 침묵을 지켰어요. 침묵을 먼저 깨뜨린 건 루시 쪽이었습니다. 그때쯤엔 메리앤이 다시 아주 장엄한 콘체르토[4]로 강력한 차폐막을 쳐주고 있었는데도 언성은 나직했어요—

"최근에 한 가지 떠오른 생각이 있는데요. 상황을 어떻게든 헤쳐 나가야 하니까요. 미스 대시우드도 관련이 없지는 않으니 비밀을 말씀드려야 할 것 같아요. 에드워드를 충분히 보셔서 아시겠지만 그이는 다른 어느 직종보다 교회를 선호할 거예요. 제 계획은 그이가 최대한 빨리 서품을 받게 하고 나서, 미스 대시우드께서 그이와의 우정을 생각해서, 또 제 바람이지만 제 처지도 조금 배려해주셔서, 오라버니께 놀랜드의 목

---

4 이 당시에 콘체르토는 솔로 연주자와 오케스트라의 협주곡이 아니라 다양한 곡을 모두 아우르는 말이었다.

사직을 그이한테 주면 어떻겠느냐고 말씀해주셨으면 해요. 제가 알기로는 아주 훌륭한 교회고 지금 계시는 목사님께서는 연세가 있으셔서 오래 살지 못하신다고 들었어요. 그러면 우리가 결혼해 먹고살 만큼은 충분히 되고, 나머지는 시간과 운에 맡길 수도 있을 거예요.”

“저야 페라스 씨를 높이 평가하고 친구로서 아끼는 사람이니 언제든 기회만 있다면 마음을 표하고 싶답니다.” 엘리너가 대답했어요. “하지만 이 경우엔 제 도움 같은 건 필요 없지 않나요? 존 대시우드 부인의 친동생이니—부인이 남편에게 직접 추천하시면 되지요.”

“하지만 존 대시우드 부인은 에드워드가 목사직 서품을 받는 걸 못마땅하게 여기세요.”

“그렇다면 제가 말씀드려도 별 의미가 없을 것 같아요.”

두 사람 사이에 또다시 수 분간 정적이 흘렀어요. 그러다 마침내 루시가 깊은 한숨을 쉬며 내뱉듯 이렇게 말했지요.

“지금 당장 파혼하는 게 이 상황을 끝내는 가장 현명한 방법이겠죠. 사방을 둘러봐도 난관뿐이니, 우리가 헤어지면 당분간 불행하겠지만 나중엔 지금보다 행복해질지도 몰라요. 하지만 저한테 해주실 조언은 없는 건가요, 미스 대시우드?”

“없어요.” 엘리너가 심하게 요동치는 마음을 미소로 가리며 대답했어요. “이런 주제에 관해서는 아무 조언도 드리지 않을 거예요. 제가 조언을 드려도 바라시는 바와 다르면 어떤 무게도 실리지 않을 걸, 스스로 잘 알고 계시잖아요.”

“정말 저한테 너무하시네요.” 루시가 굉장히 심각한 얼굴로 대답했습니다. "저는 제가 세상 누구보다도 미스 대시우드의 판단을 중시할 걸 알아요. 미스 대시우드께서 '무슨 일이 있어도 에드워드 페라스와의 약혼은 파기하세요. 두 분 모두의 행복을 위해 그쪽이 나아요'라고 말하신다면 당장 결심하고 그렇게 할 거예요."

엘리너는 장래 에드워드의 아내가 될 사람이 이토록 표리부동하다는 생각에 얼굴을 붉히고 말았어요. "이런 칭찬을 들으니 정말로 겁이 나서 원래 하던 생각이 있었대도 아무 말씀 못 드리겠네요. 분수에 맞지 않게 제 영향력을 키워놓으셔서요. 그리 애틋하게 사랑하는 이들을 갈라놓을 힘을 아무 상관 없는 제삼자에게 주시다니요."

"아무 상관 없는 제삼자이기 때문에 그러는 거예요." 루시는 뾰족하게 가시 돋친 말투로 대꾸했어요. 그 단어들을 특별히 강조해가면서요. "그래서 미스 대시우드의 사리 판단에 제가 무게를 크게 두는 거고요. 사적인 감정에 치우쳐 기울어질 판단이라면 들을 가치도 없겠지요."

엘리너는 여기에 아무 대꾸도 하지 않는 편이 낫겠다고 생각했어요. 괜히 응수해 도발했다가는, 부적절하게 서로 마음만 불편해지고 쓸데없이 솔직해질 위험이 있었으니까요. 어느 정도는 이 얘기를 결코 다시 꺼내지 말아야겠다고 마음먹기도 했고요. 그래서 이번에도 루시의 말 다음에 또다시 수 분간 정적이 이어졌고, 역시나 먼저 침묵을 깨뜨린 건 루시였어요.

"올겨울에 런던에 계실 건가요, 미스 대시우드?" 루시는 평소의 싹싹한 말투로 돌아와 있었습니다.

“그럴 일은 없어요.”

“유감이네요.” 대답은 이렇게 해도 이 말을 듣고서 루시의 눈빛이 환해졌지요. “거기서 만나게 되면 전 정말 기쁠 텐데! 하지만 그래도 결국 오실 거라 믿어요. 오라버니하고 새언니분이 틀림없이 초대하실 테니까요.”

“그렇다 하더라도 초대를 수락할 권한은 제게 있는 게 아니라서요.”

“아무래도 운이 없나봐요! 런던에서 다시 뵐 거라 굳게 믿었거든요. 앤 언니와 저는 1월 하순에 최근 몇 년간 저희가 오기만 기다리는 친척 댁에 가기로 했어요. 하지만 저는 오로지 에드워드를 만나러 가요. 그이가 2월에 거기 있을 거라서요. 안 그러면 런던은 저한테 아무 매력도 없어요. 제가 뭐 활기차게 사교계를 즐기는 여자도 아니니까요.”

곧 엘리너는 첫판을 끝낸 카드 테이블로 불려 갔고, 두 아가씨의 비밀 대화는 여기서 끝이 났지요. 하지만 둘 다 아무 미련도 없었어요. 지금까지 오간 말만 해도 서로 싫어하는 마음을 더하면 더했지 덜어주지 못했으니까요. 그래서 엘리너는 카드 테이블에 앉아서 서글픈 심증을 굳혀야만 했답니다. 에드워드는 아내가 될 여자에게 아무 애정이 없을 뿐 아니라 결혼 생활에서 그만저만한 행복마저 누릴 가망마저 없었던 거예요. 루시 쪽에서 진심 어린 애정을 품고 있다면 몰라도 그렇지가 않았으니까요. 여자의 이기적 탐욕으로 남자를 약혼에 묶어둘 수야 있겠지만, 엘리너는 에드워드가 그런 상황에 완전히 질려 있다는 걸 너무나 잘 알았지요.

그 후로 엘리너는 이 화두를 결코 다시 꺼내지 않았고, 에드워드에게서 편지가 올 때마다 어떻게든 엘리너에게 행복을 과시하려 애쓰는 루시가 호시탐탐 기회를 엿보다 말머리를 꺼내더라도 결코 평정심과 경계심을 잃지 않고 예의가 허락하는 한에서 단호하게 끊곤 했습니다. 그런 이야기를 해봤자 루시에게 누릴 자격도 없는 만족감이나 주고 엘리너 자신만 위험해질 뿐이었으니까요.

스틸 자매의 바턴 파크 방문은 처음 초대한 의도를 한참 넘어설 만큼 길어졌어요. 집주인의 총애는 커져만 갔고, 없어서는 안 될 손님들로 자리를 잡았지요. 떠나겠다 해도 존 경은 들으려 하지도 않았어요. 엑서터에 오래전 약속한 선약이 헤아릴 수도 없이 많다고 하면서도, 이젠 정말로 가서 약속을 지켜야 한다고 열심히 얘기하면서도, 주말만 되면 절대적인 의무감이 갑자기 밀어닥쳤다고 하면서도, 자매들은 설득에 못 이겨 결국 파크에서 두 달이나 머무르게 되었어요. 그러다보니 어느새 축제 기간이 다가와 평소보다 훨씬 더 화려한 개인적 연회들과 대규모 만찬들이 열렸고, 자매는 하는 수 없이 남아서 일손을 도와야 하게 되어버렸지요.

3

제닝스 부인은 연중 대다수 기간을 자식들과 친구들의 집에서 보냈지만 번듯한 자기 집이 없는 건 아니었어요. 런던에서 그리 우아하지 못한 지역에서 장사를 해서 성공한 남편이 세상을 떠난 후로, 부인은 포트먼 광장[1]에 인접한 저택에서 매해 겨울을 보냈지요. 1월이 다가오자 부인의 생각이 이 집 쪽으로 기울어졌고, 어느 날 뜬금없이, 아주 갑작스럽게, 대시우드가의 장성한 자매와 동행하고 싶다는 의향을 밝혀왔어요. 엘리너는 확 바뀌는 동생의 낯빛도, 이 계획에 마음이 동한 그 생기 넘치는 표정도 보지 못한 채 그 즉시 감사하지만 결단코 사양하겠다고 대답했습니다. 동생도 같은 마음일 거라고 굳게 믿은 채로요. 동생도 이런 시기에 어머니를 두고 갈 리 없다고 짐작했던 거예요. 제닝스 부인은 이 거절에 굉장히 놀라면서

1 당시 런던 내에서도 상류층이 주로 모여 살던 지역이다.

곧바로 재차 부탁했어요.

"어머나! 세상에, 어머니는 얼마든지 가라고 하실 거예요. 그러니 제발 나와 같이 가줘요. 난 그러기로 마음을 정했단 말이에요. 나한테 폐가 될 거라는 생각은 하지도 마요. 두 사람을 배려해서 내가 할 일을 못 하고 그럴 일은 없으니까. 베티는 코치로 보내야겠지만 그 정도는 얼마든 괜찮아요. 우리 셋은 내 셰즈로 함께 가요.[2] 런던에 도착하고 나서 내가 가는 데 같이 가고 싶지 않으면 얼마든지 따로 다녀도 괜찮아요. 우리 딸들 아무하고나 같이 다니면 되니까요. 어머니도 반대하시진 않을 거예요. 우리 딸들한테서 손을 털 때 내가 결혼 운이 엄청 좋았으니까, 어머니도 내가 따님들을 책임지고 다니겠다 하면 적임자라 여기실걸요. 만에 하나 두 분 중 하나라도 결혼을 시키지 못한 채로 연이 다한다 해도, 내 탓은 아닐 거예요. 누구든 젊은 남자한테는 무조건 두 사람 칭찬을 할 거니까요. 나만 믿어요."

"왠지 내 느낌에는, 언니가 같이 간다면 미스 메리앤은 이 계획에 반대하지 않을 것 같은데요." 존 경이 말을 보탰다. "미스 대시우드가 원치 않으니, 이러다 미스 메리앤까지 재미를 못 보게 되면 그건 아주 곤란하지요. 그러니 두 분께 조언을 하나 하겠는데, 바턴에서 지내는 게 지루해지면 미스 대시우드한테는 말도 하지 말고 장모님과 미스 메리앤 둘이서 런

2 코치는 육인승 합승 마차로, 주로 역마차로 쓰였다. 셰즈는 삼인승 좌석이 있는 덮개 마차다. 대시우드 자매를 자기 마차에 함께 태우고, 개인 하녀인 베티를 역마차로 보내겠다는 뜻이다.

던으로 훌쩍 떠나버리세요.”

“저런.” 제닝스 부인이 목소리를 높였어요. “미스 대시우드가 함께 가든 안 가든, 미스 메리앤과 동행한다면야 나는 끝내주게 기쁘겠지요. 다만 일행이 많으면 더 즐거우니까, 다 같이 가는 게 훨씬 편하겠다는 거예요. 그럼 내가 지겨워지더라도 두 분이 서로 얘기를 나누면 되고, 나 몰래 내 기벽을 비웃으며 놀려댈 수 있잖아요. 하지만 두 분이 같이 못 가더라도, 난 어느 쪽이든 좋아요. 대체 나 혼자 싸돌아다니면서 어떻게 살라는 얘기예요? 바로 지난겨울까지만 해도 늘 샬럿을 데리고 다녔는데. 어서요, 미스 메리앤, 일단 우리끼리 손잡고 거래를 성사시킵시다. 나중에 미스 대시우드가 마음을 바꾸면 오히려 좋지요.”

“감사합니다, 부인. 진심으로 감사드려요.” 메리앤이 열렬하게 말했어요. “이런 초대를 해주시다니 감사의 마음을 영원히 잊지 않겠어요. 갈 수만 있다면 덕분에 너무나 행복할 것 같아요. 정말로 제가 받아도 되나 싶게, 감당이 안 될 만큼 행복할 거예요. 하지만 어머니가, 누구보다 소중한, 누구보다 친절한 어머니가—엘리너 언니의 말이 옳다고 느껴지네요. 우리가 없는 사이 어머니가 조금이라도 덜 행복하다면, 덜 편하다면—아, 그럼 안 돼요. 아무리 마음이 끌려도 어머니를 두고 떠날 수는 없어요. 고민할 일도 아니고, 고민해서도 안 되지요.”

제닝스 부인은 두 딸이 없어도 대시우드 부인이 얼마든지 잘 지낼 수 있다고 재차 안심을 시켰답니다. 그리고 엘리너는 이제 동생의 마음을 이해했지요. 세상만사에 그리도 관심이 없던 동생이 다시 윌러비를 보고 싶은 마음이 앞서 그만 흥분해버렸다는 걸 알게 된 거예요. 그래서 더는 이 계획에 직접 나서서 반대하지 않고 어머니의 결정에 맡기겠다고만 했답니다. 메리앤이 가는 것도 못마땅하고 자기도 가기 싫은 구체적인 이유가 있었지만, 런던 방문을 막으려 나서봤자 어머니한테서는 아무 도움도 기대할 수 없었어요. 메리앤이 원하는 게 뭐든 어머니는 어떻게 해서라도 들어주려 안달을 낼 테니까요—연애 문제에서는 제발 신중하게 구시라고 아무리 말씀드려도 아무 소용 없었어요. 연애 문제에서만큼은, 엘리너가 어머니에게 불신의 영감을 심어줄 길이 도무지 없었거든요. 그렇다고 런던에 가기 싫은 이유를 설명할 용기는 더더욱 없었고요. 그 까탈스러운 메리앤이, 제닝스 부인의 매너를 속속들이 알고 낱낱이 혐오하는 메리앤이, 그 불편을 모조리 감수하고 짜증과 신경질을 북돋는 그 모든 걸 참아내면서 오로지 하나의 목표를 좇아가겠다는 것 자체가 바로, 메리앤에게 그 목표가 얼마나 중요한지를 강력하게, 완전하게 입증하는 증거였어요. 그간 많은 일을 보아온 엘리너도 동생의 이런 모습을 보게 될 마음의 준비는 미처 하지 못했을 정도였지요.

초대 소식을 들은 대시우드 부인은, 런던 나들이에 딸들이 재밌게 즐길 거리가 많을 거라 생각했고 또 자기를 걱정해주는 애정 어린 말들 뒤로 애타게 가고 싶은 메리앤의 마음도 꿰뚫어 보았어요. 그래서 어머니를 핑계로 들어 초대를 거절하겠다는 말은 아예 들으려 하지도 않았답니다. 그러더니 둘 다 당장[3] 초대를 수락해야 한다고 고집을 부리면서 평소처럼 명랑하게 신이 나서, 잠시 헤어져 있게 되면 또 얼마나 다채롭게 좋은 점이 많을지 상상하기 시작했지요.

"이 계획이 정말 마음에 드는구나." 부인은 목소리를 높여 말했어요. "내가 딱 바라던 바지 뭐니. 너희도 그렇지만 마거릿과 나도 덕분에 호강하겠어! 너희가 미들턴 가족과 함께 가면 우리는 조용히 행복하게 책과 음악에 파묻혀 있을 수 있잖니! 다시 돌아와 보면 마거릿이 훌쩍 성장해 있을걸! 너희 침실도 약간 고칠 계획이었는데 이참에 아무한테도 불편을 끼치지 않고 수리할 수 있겠다. 너희는 런던에 꼭 가야만 해. 그게 옳아. 난 너희 같은 신분의 젊은 여자라면 누구나 런던의 매너와 유흥에 익숙해져야 한다고 생각해. 좋은 분이 엄마처럼 너희를 돌봐줄 테고, 그분의 친절이야 의심할 여지도 없지. 게다가 아무래도 너희 오빠를 만날 수밖에 없을 텐데, 그 애가 무슨 잘못을 했든, 아니, 그 애 아내가 무슨 잘못을 했든, 누구 아들인가를 생각해보면 너희가 이렇게 생판 남처럼 지내는 게 참 견디기 어렵구나."

"지금 어머니는 언제나처럼 우리 행복을 바라시는 마음이 앞서서 이 계획에 방해가 될 만한 일이 떠올라도 다 뇌리에서 지워버리고 계시지만, 아직 한 가지 반대 사유가 남아 있어요. 제가 생각하기엔, 그리 쉽게 치워버리기가 어렵고요."

---

3 directly는 당시에는 현대 영어와 달리 즉시immediately라는 의미로 통용되었다.

메리앤의 표정이 축 처졌어요.

"대체 뭘까?" 대시우드 부인이 말했습니다. "우리 신중한 큰딸 엘리너가 하려는 말이? 이제 와서 무슨 대단한 걸림돌을 들고 나오려나? 비용 얘기라면 한마디도 듣고 싶지 않구나."

"제 반대 사유는 이거예요. 제닝스 부인의 심성은 저도 정말 훌륭하다 생각하지만요. 그분이 어울리는 사람들이 우리에게 즐거움을 줄 것 같지는 않고, 그분이 우리 보호자를 자처하셨다간 사교계에서 우리 위상이 무게를 잃을지도 모르겠다 싶어서요."

"그건 맞는 말이구나." 어머니가 대답했어요. "하지만 부인이 어울리는 사람들이야 다른 모임들과 겹치지 않는 한 너희와는 별 상관이 없을 테고, 공식적인 자리에 나갈 때는 거의 항상 레이디 미들턴을 대동하지 않겠니."

"엘리너 언니는 제닝스 부인이 싫어서 겁넬지 몰라도, 적어도 저는 그 이유로 초대를 거절하진 않을 거예요" 하고 메리앤이 말했습니다. "저는 그런 문제는 하나도 마음에 걸리지[4] 않아요. 혹시 그런 쪽으로 불쾌한 일이 있더라도 크게 힘들이지 않고 얼마든지 잘 참을 수 있어요."

엘리너는 메리앤이 이렇게 사람의 매너에 초연한 양 나서

---

4 scruples. 작고 날카로운 돌을 뜻하는 라틴어 단어 scrupulus에서 유래한 단어로 어떤 행동을 하려 할 때 도덕적·윤리적으로 마음에 걸리는 문제, 우려와 걱정을 의미한다. 철학자 키케로가 그런 걱정을 신발 안에 들어온 작은 돌에 비유한 데서 유래한 표현으로 제인 오스틴의 소설에서 자주 나온다.

는 게 우스워서 절로 미소를 머금었어요. 부인께 적당히 예의를 갖춰서 대하라고 그렇게 일러도 말을 안 듣기 일쑤였으면서요. 하지만 내심 동생이 가겠다고 우기면 자기도 가야겠다고 마음을 굳혔어요. 메리앤이 저 혼자만의 판단으로 행동하게 둘 수도 없고, 제닝스 부인이 자기 집에서 호젓이 보내는 시간을 온통 메리앤의 자비에 휘둘리는 처지에 놓이게 버려둘 수도 없었으니까요. 막상 결심하고 나니 마음을 다스리기가 생각보다는 쉬웠답니다. 루시의 설명대로라면 2월 전엔 에드워드 페라스가 런던에 오지 않을 테고, 기간을 턱없이 단축하지 않아도 그들의 방문은 그 전에 끝마칠 수 있다는 생각이 때마침 떠올랐거든요.

"난 너희 둘 다 보낼 거야." 대시우드 부인이 말했어요. "반대 사유가 다 말이 안 돼. 런던에 가면 너희는 정말 재미있게 지낼 거야. 특히 둘이 함께 있으면 더 그러겠지. 엘리너가 좀 양보해서 즐기려고 마음먹기만 한다면 기쁨이 샘솟을 곳이 한두 군데가 아니라는 걸 알 텐데. 새언니네 가족과 한층 더 친해지는 것도 상당히 즐겁지 않겠니."

엘리너는 틈만 나면 에드워드와 자기 사이를 굳게 믿는 어머니의 기대를 약화시킬 기회를 엿보고 있었어요. 그래야 사실의 전모가 드러나도 충격이 덜할 테니까요. 그런데 지금 이런 공격을 받게 되자, 성공할 가망이 거의 없다는 걸 알면서도 어쩔 수 없이, 최대한 차분한 말투로, 자기 의도를 밝히려 말머리를 꺼낼 수밖에 없었어요. "저는 에드워드 페라스를 정말 많이 좋아하고, 언제까지나 그 사람을 보면 반가울 거예요. 하지만 나머지 가족들이라면, 그쪽에서 저를 알든 모르든 정말 저와는 아무 상관도 없는 이들일 뿐이에요.”

대시우드 부인은 미소만 짓고 아무 말도 하지 않았어요. 메리앤은 깜짝 놀라서 눈썹을 획 치켜세웠고, 엘리너는 차라리 입을 다물고 있느니만 못했다는 생각이 들었어요.

좀 더 의논이 이어진 끝에 마침내 초대는 전부 수락하자는 결정이 내려졌지요. 제닝스 부인은 소식을 듣고 크게 기뻐하며 친절하게 돌봐주겠다고 거듭거듭 장담했어요. 기쁨은 제닝스 부인만의 것이 아니었고요. 존 경도 아주 신이 났거든요. 남자는 원래 혼자 남겨지는 것을 가장 두려워하는 법인데, 런던에 같이 있을 사람이 하나도 아니고 둘이나 늘어난다니 굉장한 일이잖아요. 심지어 레이디 미들턴마저도 기쁨을 표하는 수고를 해주었는데, 자기답지 않게 퍽 애쓴 일이었지요. 그리고 미스 스틸로 말하자면, 특히 루시는, 이 소식을 알고 평생 이보다 행복한 적이 없다는 듯 기뻐했답니다.

엘리너는 자기 바람과 정반대의 일을 하기로 약속했지만, 생각처럼 그렇게 내키지 않는 마음은 아니었어요. 사실 이제 런던에 가든 말든 개인적으로는 아무 상관이 없었고, 어머니가 이 계획에 이리도 반색하며 좋아하는 데다, 기쁨에 들뜬 동생의 표정, 목소리, 매너에 예전과 다름없이 생기가 돌아오고 오히려 평소보다 명랑해진 걸 보니, 이유가 불만스럽다 고집할 수도 없고 차마 결과를 의심할 수도 없었거든요.

메리앤의 기쁨은 행복을 한 단계 가까이 넘어섰고, 어서 가고 싶다는 조바심을 걷잡을 수 없어 기분도 크게 요동치고 있었어요. 어머니 곁을 떠나기 싫은 마음 하나로만 평정을 되찾을 수 있었는데, 막상 이별의 순간에 그 슬픔이 지나치게 커져 버리고 말았어요. 어머니의 애끓는 아픔도 못지않아서 셋 중에서는 유일하게 엘리너만 이 헤어짐이 영원하지 않다는 생각을 하는 듯 보였지요.

그들은 1월 첫째 주에 출발했어요. 미들턴 가족은 일주일쯤 더 있다가 따라오기로 했고요. 미스 스틸 자매는 파크에서 다진 입지를 굳게 지키느라, 나머지 가족이 떠나지 않으면 결코 떠날 생각이 없어 보였답니다.

4

제닝스 부인과 같은 마차를 타고 부인의 손님으로 부인의 보호를 받으며 런던으로 여행을 시작하니, 엘리너는 자기 입장을 돌아보지 않을 수가 없었어요. 친분을 맺은 기간도 너무 짧고 나이와 성정도 전혀 맞지 않는 데다, 바로 며칠 전만 해도 이렇게 될까봐 여러 이유를 들어 반대했으니까요! 하지만 엘리너의 반대는 모조리, 메리앤과 어머니가 공평하게 나눠 가진 청춘의 행복한 열의에 제압당하거나 무시당했고요. 엘리너는 윌러비의 마음이 변치는 않았을까 시시때때로 의문을 가지면서도, 메리앤의 온 영혼을 채우고 눈빛을 환히 밝히는 희열을 보며 상대적으로 자기 미래는 얼마나 밋밋하고 자기 심정엔 얼마나 기쁨이 없는지 실감할 수밖에 없었습니다. 저렇게 삶에 활력을 주는 목표가 있다면, 바로 저런 희망의 가능성을 눈앞에 두고 있다면, 자기 역시 메리앤처럼 저 불안한 상황으로 기꺼이 뛰어들겠다고 생각했지요. 하지만 이제 짧은, 아주 짧은 시간 내로 윌러비의 진짜 의도가 무엇이었는지 밝혀질 터였어요. 이미 런던에 와 있을 테니까요. 메리앤이 그리도 런던에 가고 싶어 안달이 났던 건 거기 가면 윌러비를 보게 될 거라 믿었기 때문이에요. 그래서 엘리너는 윌러비의 인격을 새롭게 조명해줄 만한 건 뭐든 얻어야겠다고 단단히 결심했습니다. 직접 눈으로 관찰하고 다른 사람들한테 들을 만한 얘기를 모두 듣는 건 물론이거니와, 동생을 대하는 행동거지를 열심히 주의 깊게, 하나도 빠짐없이 낱낱이 살펴서 그가 어떤 사람이고 무슨 의도를 가졌는지, 여러 번 만남을 갖기 전에 파악하겠다고 마음먹었지요. 그렇게 관찰한 결과가 좋지 못하면, 무슨 수를 써서라도 동생이 눈을 뜨게 해주겠다고 결심했습니다. 그게 아니라면, 다른 성격의 노력을 쏟아야겠지요. 그러면 이기적인 비교는 피하고 회한도 모두 날려버린 다음 메리앤의 행복을 한 점 아쉬움 없이 기뻐해주는 법을 배울 거예요.

함께 길을 떠난 지 이제 사흘째였고, 여행 내내 메리앤의 행동은 앞으로 제닝스 부인에게 얼마나 예의 바르고 사교적인 친구가 되어줄지 아주 잘 보여주었습니다. 여기까지 오는 내내 자기만의 생각에 깊이 빠져 침묵 속에 앉아 있으면서 한마디도 먼저 꺼내는 법이 없다가 픽처레스크한 아름다움에 걸맞은 대상이 보이면 언니만을 겨냥한 탄성을 지르곤 했거든요. 그래서 동생의 이런 행실을 보상하기 위해서 엘리너는 즉시 예의 바른 동행의 역할을 떠맡아 제닝스 부인에게 세심한 주의를 기울이며 이야기 상대도 되어주고 함께 웃어주고 할 수 있는 한 제닝스 부인의 얘기를 들어주었어요. 제닝스 부인 또한 그 나름대로 두 사람에게 최선의 친절을 베풀었고, 편하고 즐거운지 살피면서 틈만 나면 챙겨주었어요. 여인숙에서 저녁 메뉴를 자매가 직접 고르게 만들지 못했다거나, 대구보다 연어가 맛있다거나 송아지 커틀릿보다 삶은 닭고기가 더 맛있다는 고백을 끝내 끌어내지 못했을 때만 좀 삐치곤 했지요. 셋째 날 3시쯤 런던에 도착했는데, 긴 여행 끝에 좁은 마차에서 풀려나니 그렇게 좋을 수가 없었어요. 이제 활활 타오르는 벽난로의 호사를 누리기만 하면 되었습니다.

저택은 아름답고 가구도 멋지게 갖추어져 있어서 자매는 금세 아주 안락한 방[1]을 배정받았답니다. 원래 샬럿이 쓰던 공간이라서 벽난로 선반 위에는 지금도 샬럿이 색색 공단에 수를 놓아 만든 풍경화가 놓여 있었어요. 런던의 훌륭한 학교에서 칠 년이나 공부한 게 헛되지 않았다는 증거였지요!

여기 도착했고 두 시간은 되어야 저녁 식사 준비가 다 될 터이니, 엘리너는 기다리는 시간 동안 어머니에게 편지를 쓰기로 마음먹고 책상에 앉았어요. 잠시 후 메리앤도 와서 앉았지요. "집으로 보낼 편지는 내가 쓸게, 메리앤." 엘리너가 말했어요. "너는 하루이틀 있다가 보내는 편이 좋지 않을까?"

"엄마한테 쓰는 거 아니야." 메리앤은 더는 캐묻지 않으면 좋겠다는 듯이 다급하게 대꾸했어요. 엘리너는 더 말하지 않

1 apartment. 컨트리 하우스에서는 보통 침실과 드레싱룸, 옷방을 포함하는 생활 공간을 뜻하지만 공간이 제한되어 있는 타운 하우스에서는 대체로 침실을 의미한다.

았지요. 그렇다면 분명 윌러비에게 쓰는 편지일 테니, 곧이어 자연스럽게, 둘이서 아무리 수수께끼처럼 연애를 비밀에 부치더라도 결혼 약속을 하긴 했나보다 결론을 내리게 되었거든요. 완전히 흡족하진 않았지만 그래도 약혼이 확실하다 생각하니 기분이 좋아서 편지를 쓰는 마음이 한결 가볍고 신이 났어요. 메리앤은 불과 몇 분만에 편지를 다 썼는데 길이만 보아서는 쪽지에 가까웠지요. 마음만 앞서서 다급하게 종이를 접고 밀봉하고 주소를 적었어요. 엘리너는 수신자 이름에서 커다란 W.를 봤다고 생각했고, 그래서 메리앤이 편지 주소를 다 적자마자 종을 울려 달려온 하인에게 이 펜스 송달[2]로 편지를 부쳐달라고 부탁했어요. 이 문제는 이렇게 금세 해결되었습니다.

메리앤은 퍽 들뜬 기분인 듯했지만, 둘 사이에는 어쩐지 작게 파닥거리는 불안감이 남아 있어서 언니 쪽은 한껏 즐거워하지 못했어요. 밤이 깊어가면서 불안한 조바심은 점점 더 커졌습니다. 메리앤은 식사를 거의 하지도 못했고 같이 거실로 돌아와 앉았을 때는 마차가 한 대 지나갈 때마다 화들짝 소스라치며 귀를 기울였거든요.

엘리너는 제닝스 부인이 자기 방에 주로 머물고 있어 지금 벌어지는 일을 거의 보지 못해 천만다행이라 생각했어요. 옆집 문 두드리는 소리에 메리앤이 두세 번 실망했을 무렵 찻상

2 런던 내에서 편지를 전달하는 우편 체계. 1680년대에 처음 시작된 이 서비스를 이용하면 일 펜스로 런던 어디에나 우편물을 부칠 수 있었다. 그러다 1801년 가격이 이 펜스로 인상되면서 이 펜스 송달이 되었다.

과 야식이 차려졌는데, 별안간 다른 집이라 착각할 수 없는 요란한 노크 소리가 들려왔어요. 엘리너는 하인이 윌러비의 방문을 알리겠구나 믿고 마음을 놓았고, 메리앤은 벌떡 일어나서 문간으로 갔습니다. 온 사위가 죽은 듯 고요했어요. 메리앤은 고작 몇 초도 도저히 견딜 수 없었는지 문을 열고 계단 쪽으로 몇 발짝 걸어갔고, 삼십 초쯤 소리를 듣다가 다시 방에 들어왔는데, 그의 목소리를 들었다고 확신한 나머지 흥분으로 크게 동요한 얼굴이었습니다. 기쁨에 들뜬 나머지 메리앤은 그 순간 자기도 모르게 외쳤어요. "아! 엘리너 언니, 윌러비야. 정말 그 사람이야!" 메리앤은 그 품에 당장이라도 뛰어들 태세였는데, 그때 브랜던 대령이 나타났답니다.

평정심으로 버텨내기에는 너무 큰 충격이라, 메리앤은 즉시 방에서 나가버렸지요. 엘리너도 실망스럽긴 했지만 브랜던 대령을 아끼는 마음에 반갑게 인사를 나누었어요. 이 남자는 이렇게 동생을 좋아하는데, 자기를 보고 그 애가 느끼는 감정이 슬픔과 낙망뿐이라는 걸 알게 되면 마음이 어떨까 생각하니 엘리너의 마음이 유난히 아파왔습니다. 아니나 다를까 순간 브랜던 대령도 눈치챘다는 걸 알 수 있었어요. 방에서 뛰쳐나가는 메리앤을 보고 너무 놀라고 걱정스러운 나머지 엘리너에게 어떻게 예의를 차려야 할지도 잘 모르는 것 같더군요.

"동생분께서 어디 아프십니까?" 그가 물었어요.

엘리너는 괴로운 마음으로 그렇다고 대답하고 두통이니 우울이니 지나치게 피곤하다느니 동생의 행실에 적당히 갖다 붙일 수 있는 말들을 둘러댔지요.

대령은 엘리너의 말을 심각하게 경청했지만, 금세 정신을 좀 차렸는지 그 얘기는 더 하지 않고 런던에서 만나 기쁘다면서 곧바로 여행은 어땠으며 고향의 친구들 안부는 어떤지 물었습니다.

이렇게 차분한 태도로 서로 별 관심이 없는 얘기들을 계속 나누었지만, 둘 다 마음은 울적했고 생각은 다른 곳에 가 있었어요. 엘리너는 윌러비가 지금 런던에 있는지 정말 간절하게 묻고 싶었지만 괜히 경쟁자의 안부를 물었다가 대령의 마음을 아프게 할까 걱정이 되었어요. 결국 한참 후에야, 다른 얘기를 하던 중에, 마지막 봤던 때 이후로 런던에 온 적이 있느냐고 물었지요. "네." 대령은 상당히 당황하며 대답했어요. "그 후로 거의 내내 런던에 있었습니다. 한두 번인가 델라퍼드에 며칠 가서 묵은 적은 있지만, 사정상 도저히 바턴에 돌아갈 수는 없었네요."

이 말과 대령이 말하는 태도를 보자 퍼뜩 대령이 그곳을 떠났던 정황과 제닝스 부인이 그 일로 불편하고 미심쩍어했던 것까지 다 기억이 났어요. 그래서 엘리너는 속마음과 달리 이 일에 지나친 호기심을 보인 셈이 되었을까봐 그만 덜컥 겁이 났답니다.

제닝스 부인이 곧 방에 들어왔습니다. "어머! 대령님!" 부인은 평소처럼 시끄럽고 쾌활하게 떠들어댔어요. "무지막지하게 반갑지 뭐예요—더 일찍 못 와서 미안해요—하지만 좀 둘러보고 처리할 일들이 있어서요. 집에 온 게 너무 오랜만이라, 아시다시피 사람이 좀 멀리 다녀오면 소소한 일거리가 산더

미처럼 쌓이잖아요. 게다가 카트라이트[3]하고 볼일도 있고요. 맙소사, 저녁 먹고 나서부터 꿀벌처럼 바빴다니까요! 하지만 그건 그렇고 대령님, 오늘 내가 런던에 온 건 어떻게 아셨을까요?"

"파머 씨 댁에서 저녁 식사를 하던 중에 반가운 소식을 들었습니다."

"오! 그랬군요. 아니, 그 집은 어떻게 잘들 지내나요? 샬럿은 요즘 어떻게 지내요? 이제 몸이 상당히 불었을 것 같은데."

"파머 부인은 아주 건강해 보이셨습니다. 그리고 내일 꼭 오시라고 말씀 전해달라고 하더군요."

"네, 당연하죠. 나도 그럴 생각이었어요. 그런데요, 대령님. 보시다시피 내가 아가씨 둘을 모시고 왔거든요―그러니까 지금은 하나밖에 안 보이시겠지만 여기 어디 또 한 명이 있답니다. 그게 또 대령님 친구 미스 메리앤이라니까요―들어서 아쉬울 소식은 아니지요. 대령님하고 윌러비 씨 둘이서 미스 메리앤하고 뭘 어떻게 하려는지 나는 모르겠네요. 아무튼, 젊고 아름답다는 건 참 좋은 일이지요. 아무튼요! 나도 한때는 젊었지만 그리 아름다워본 적은 없어서요―내 팔자가 그렇죠, 뭐. 하지만 남편은 아주 잘 만났어요. 세상 최고의 미녀라도 더 좋은 남편은 못 만날걸요. 아! 가엾은 사람! 벌써 그이가 죽은 지도 팔 년이 넘었네요. 그건 그렇고 대령님, 우리와 헤어지고

---

3 이름이 아니라 성을 부르는 것으로 보아 상급 하인이며 집사로 추정된다. 상인이나 변호사 등이었다면 '씨Mr.'를 붙여 호칭에 격식을 갖췄을 것이다.

어디 계셨던 거예요? 그리고 사업은 좀 어떠세요? 자, 말해봐요. 친구끼리 비밀이 어디 있어요.”

대령은 부인의 질문 세례에 평소처럼 유순하게 대답했지만 부인의 마음에 차는 답은 하나도 하지 않았어요. 엘리너는 이제 홍차를 우리기 시작했고 메리앤도 하는 수 없이 다시 들어왔어요.[4]

메리앤이 들어온 후로 브랜던 대령은 생각에 더 깊이 잠긴 채 말이 없어졌고 제닝스 부인조차 도저히 더 오래 있다 가라고 잡을 수가 없었어요. 그날 저녁 다른 방문객은 없었고 아가씨들도 만장일치로 일찍 잠자리에 들겠다고 했지요.

다음 날 아침 메리앤은 기운을 회복하고 훨씬 행복한 얼굴로 일어났습니다. 그날의 기대감에 전날의 실망감이 잊힌 거지요. 아침 식사를 마치기 전에 파머 부인의 바루슈가 문 앞에 정차했고 몇 분 후 파머 부인이 깔깔 웃으며 방으로 들어왔어요. 자매를 보고는 얼마나 반가워하던지, 어머니를 만나서 기쁜 건지 미스 대시우드 자매를 만나서 기쁜 건지 알 수가 없다더군요. 내내 그럴 거라 생각하긴 했지만 정말로 와서 너무 놀랐다나요. 자기 초대를 거절하고 어머니 초대는 수락하다니 정말 화도 났다고요. 하지만 두 사람이 아예 안 왔으면 영영 용서하지 못했을 거라죠!

---

4 하인들은 찻물과 찻잎을 따로 가져올 뿐 차를 우리는 건 숙녀들이 직접 해야 했다. 찻상이 들어왔을 때 뜻밖에 대령이 찾아와 이제 차를 우리게 된 것이다. 티타임은 다 같이 즐기는 것이 예의라, 메리앤도 다시 들어올 수밖에 없었다.

"파머 씨가 두 분을 보면 정말 좋아할 거예요." 파머 부인이 말했어요. "두 분이 엄마와 함께 온다니까 그이가 뭐라고 했는지 아세요? 지금은 다 잊어버렸지만 진짜 희한한 소리였다니까요!"

파머 부인의 모친이 쓴 표현을 빌리면 편안한 수다, 다시 말해 제닝스 부인이 자기가 아는 모든 사람의 안부를 시시콜콜 꼬치꼬치 캐묻고 파머 부인이 아무 이유도 없는데도 깔깔 웃어대는 대화를 나누며 한두 시간이 흐른 후에, 파머 부인이 그날 아침 상점에 볼일이 있으니 다 같이 상점 구경을 하러 가자고 제안했어요. 제닝스 부인과 엘리너는 마침 살 것도 있고 해서 기꺼이 좋다고 했어요. 그리고 메리앤은 처음에 사양하다가 결국 같이 가게 되었지요.

가는 곳마다 메리앤은 항상 사방을 유심히 살폈어요. 특히 다들 볼일이 있어서 찾은 본드 스트리트[5]에서는 계속 눈으로 뭔가를 찾고 있었지요. 일행이 무슨 상점을 구경하든 메리앤은 바로 눈앞에 있는 것, 다른 사람들이 흥미롭게 관심을 갖는 것은 하나도 보지 않고 멍하니 딴생각만 하고 있었답니다. 어딜 가나 불안해하고 불만에 젖어서, 언니는 물건을 살 때 동생 의견을 구할 수도 없었다니까요. 심지어 둘 다에게 필요한 물건이라도 말이에요. 메리앤은 그 무엇에도 기쁨을 느끼지 못했고 그저 어서 집에 가고만 싶어 초조해하고 안달했으며, 파

---

5 런던의 유명한 고급 상점가. 윌러비가 자기 타운 하우스가 이 거리에 있다고 말한 적이 있으니 편지를 썼던 메리앤은 주소를 알고 있을 것이다.

머 부인이 따분하게 굴면 짜증을 숨기는 것조차 힘들어했어요. 파머 부인은 예쁜 것, 비싼 것, 새것만 보면 눈을 떼지 못했고, 정신없이 전부 다 사들이면서 어느 것을 사야 할지 결정하지도 못하는 데다, 황홀해하면서도 우유부단하게 굴며 쓸데없이 시간을 흘려보냈거든요.

늦은 오전이 되어서야 일행은 집에 돌아왔어요. 집 안에 들어가자마자 메리앤은 달떠서 위층으로 달려갔지요. 엘리너가 따라 들어가보니 메리앤이 슬픈 얼굴로 책상에서 돌아서고 있었어요. 윌러비는 오지 않은 게 분명했지요.

"우리가 나간 뒤로 여기 두고 간 편지는 없어요?" 상점에서 산 물건들을 들고 들어온 하인에게 메리앤이 물었어요. 없었다는 대답이 돌아왔습니다. "정말 확실한가요?" 메리앤이 다그쳤어요. "편지나 쪽지를 두고 간 하인이나 배달부가 아무도 없는 거예요?"

하인은 아무도 없다고 했어요.

"정말 이상하네!" 나지막이 실망한 듯 말하면서 메리앤이 몸을 돌려 창가에 섰어요.

'정말 너무 이상해!' 엘리너도 불편한 마음으로 동생을 보며 마음속으로 같은 말을 되뇌었지요. '윌러비가 런던에 있다고 생각지 않았다면 그렇게 편지를 쓰지도 않았을 텐데. 그랬다면 쿰매그나에 편지를 썼겠지. 그런데 런던에 있으면서 오지도 않고 편지도 보내지 않는 건 너무 이상해! 아! 어머니, 이렇게 어린 딸을, 잘 알지도 못하는 남자와 이렇게 수수께끼 같은 방식으로 약혼 상태를 유지하게 허락하다니 그건 잘못하

신 거예요! 나는 물어보고 싶은 마음이 간절하지만, 내가 끼어들면 메리앤이 어떻게 받아들일까!'

엘리너는 한동안 고민하다가, 지금 같은 달갑지 않은 상황이 며칠쯤 더 이어진다면, 그때는 이 일에 대해 진지하게 알아보자고 어머니에게 강하게 얘기해야겠다 마음먹었습니다.

파머 부인과 제닝스 부인이 가깝게 지내는 나이 지긋한 부인 둘이 그날 저녁 식사를 함께했어요. 그날 아침 만난 김에 초대를 했지요. 파머 부인이 저녁때 모임이 있다면서 차만 마시고 일찍 일어나는 바람에, 다른 손님들이 휘스트 게임을 할 수 있게 엘리너가 도우미로 테이블에 남아야 했답니다. 메리앤은 아예 이 게임을 배운 적도 없으니 전혀 도움이 되지 않았고, 따라서 마음껏 시간을 보낼 수 있었지만 저녁 시간을 엘리너와 다름없이 아무 기쁨도 찾지 못하고 무용하게 흘려보내고 말았어요. 불안한 기대와 고통스러운 실망에 시간을 모조리 다 써버렸거든요. 이따금 몇 분쯤 책을 읽으려 애쓰기도 했어요. 하지만 책은 금세 옆에 치워두고 훨씬 흥미로운 일로 돌아가곤 했지요. 방 끝에서 끝까지 왔다 갔다 서성거리며 걷다가 창가에 다다르면 혹시나 오래 기다려온 따가닥 따가닥 말발굽 소리가 들릴까 고대하며 잠깐 멈춰 서는 일 말이에요.

5

"이렇게 서리가 안 내려서 밖으로 다닐 수 있는 날이 한참 이어지면, 존 경은 다음 주 바턴을 못 떠날 것 같아요." 다음 날 아침 식당에서 만난 제닝스 부인이 말했어요. "사냥 좋아하는 사람이 하루의 즐거움을 놓치면 딱하잖아요. 가엾은 남자들! 난 이럴 때는 남자들이 늘 참 안됐다 싶더라고요. 그런 일엔 어찌나 진심인지."

"너무나 옳으신 말씀이에요." 메리앤이 명랑한 목소리로 외치며 창가로 걸어가 날씨를 살폈어요. "그 생각을 못 했네요. 날씨 때문에 전원에 붙들려 있는 스포츠맨들이 많겠어요."

다행히 마침 그 생각이 떠올라준 덕분에 축 처졌던 메리앤의 기분은 남김없이 회복되었어요. "사냥 좋아하는 남자들한테는 정말 매혹적인 날씨겠어요." 메리앤은 말을 이어가면서 행복한 표정으로 아침 식탁에 앉았어요. "얼마나 재밌게 사냥하고 있을까요! 하지만 (살짝 불안감이 돌아오는 듯) 오래갈 리가 없잖아요. 계절도 그렇고 비도 연달아 그리 내렸으니, 분명히 이런 날씨를 보는 것도 이제 얼마 안 남았을 거예요. 금세 서리가 내릴 테고, 왔다 하면 혹독하게 올 테니까요. 아마 하루나 이틀쯤 더 가려나요. 이렇게 턱없이 온화한 날씨가 오래갈 리 없어요—맞아요, 아마도 오늘 밤에는 얼음이 얼 거예요!"

"아무튼" 하고 엘리너가 말머리를 꺼냈어요. 제닝스 부인이 자기만큼 동생의 마음을 훤히 읽지는 않길 바라마지 않았지요. "다음 주말이면 존 경과 레이디 미들턴이 오시긴 할 거야."

"맞아요, 내가 장담할게요. 메리는 결국 자기 뜻을 관철하니까."

'그럼 메리앤은 이제 오늘자 우편으로 쿰에 편지를 보내겠구나.' 엘리너는 마음속으로 짐작했지요.

하지만 그랬다고 해도 편지는 극히 비밀리에 부쳐졌는지, 그토록 유심히 살펴본 엘리너마저도 확증을 잡을 수 없었어요. 진실이야 어떻든, 또 그걸 바라보는 심정이 아무리 탐탁지 않더라도, 메리앤만 기운을 차리면 엘리너의 마음이 크게 불편할 리는 없었습니다. 그리고 실제로 메리앤은 기운을 차렸고요. 메리앤은 날씨가 온화해서 행복했고, 곧 서리가 올 생각에 더욱 행복했어요.

그날 아침은 제닝스 부인이 이제 런던에 와 있다는 사실을 런던의 지인들에게 알리는 카드를 남기는 일로 흘러갔습니다. 그리고 메리앤은 그사이 내내 바람의 방향을 관찰하고 형형색색의 하늘을 지켜보고 공기의 변화를 상상하느라 몹시 바빴지요.

"엘리너 언니, 아침보다 날이 좀 차가워진 것 같지 않아? 내가 보기엔 확실히 달라진 것 같은데. 토시에 넣고 있어도 손이 시려. 어제는 안 그랬던 거 같은데. 구름도 갈라지는 것 같고, 금세 해도 날 거야. 그럼 오후는 청명하겠네."

엘리너는 그러는 동생이 귀엽기도 하고 보기 괴롭기도 해서 마음이 오락가락했지만, 메리앤은 꿋꿋하게 매일 밤 환한 모닥불에서, 매일 아침 대기의 형상에서 확실히 임박한 서리의 징조를 읽어내곤 했지요.[1]

제닝스 부인은 한결같이 미스 대시우드 자매에게 친절했고, 그런 만큼 두 사람도 부인의 생활 방식이나 지인들에 크게 불만족할 이유를 찾지 못했어요. 부인의 집 안에서는 만사가 넉넉하고 인심 좋게 흘러갔고, 레이디 미들턴이 아직도 연을 끊지 않는다고 못마땅해하는 오래된 지인 몇 명의 집 말고는 방문해 사교하는 일정도 전혀 없었어요. 따라서 젊은 동행들의 심기를 거스를 만한 사람을 소개할 일도 없었고요. 특히 그런 면에서 예상보다 훨씬 편안해서 좋았던 엘리너는 저녁의 모임이 진정한 즐거움을 주지 못해도 얼마든 괜찮았어요. 어차피 집에서나 밖에서나 카드놀이만을 목적으로 하는 모임에는 별 재미를 느낄 수 없었거든요.[2]

1 이 지역에서 서리는 늦은 겨울이나 이른 봄, 구름 없이 맑고 바람이 없는 날 밤에 주로 내린다.
2 이 점에서 엘리너는 집에 있을 때와 사정이 크게 다르지 않았다. 집에서도 주로 미들턴 가족과 어울리며 저녁 시간을 보냈을 테니 말이다. 오스틴은 개인적인 편지와 더불어 여러 소설에서, 잘 교육받은 젊은 여자들에게 허락된 사교 생활이 너무 따분하다고 불만을 표했다.

브랜던 대령은 언제든 방문해도 좋다는 초대를 받았기에 거의 매일 그들과 함께 있었어요. 메리앤을 보러 와서는 엘리너에게 말을 걸었고, 엘리너는 날마다 하루 일과를 통틀어 대령과 나누는 대화가 가장 만족스러운 동시에 그가 계속 동생에게 마음을 주는 게 걱정이 되었습니다. 갈수록 더 단단해지는 마음일까봐 두려웠어요. 대령이 메리앤을 볼 때 그 눈빛에 자주 담기는 성실한 진심이 슬펐는데, 대령은 바턴에 있을 때보다 확실히 사기가 떨어져 보이기도 했습니다.

여기 도착하고 일주일쯤 지났을 때 윌러비도 왔다는 사실이 확실해졌습니다. 오전에 마차를 타고 한 바퀴 돌아보고 들어왔을 때, 탁자에 윌러비의 카드[3]가 놓여 있었거든요.

"아, 세상에!" 메리앤이 외쳤어요. "우리가 외출한 사이 그이가 왔다 갔어." 엘리너는 윌러비가 런던에 있다는 게 확실해지자 용기 내어 말했어요. "걱정 마, 내일 다시 올 거야." 하지만 메리앤은 언니 말은 제대로 듣지도 않는 것 같았고, 제닝스 부인이 들어오자 그 소중한 카드를 들고 도망치듯 나갔어요.

이 사건으로 엘리너는 좀 기운이 났지만, 메리앤은 기운이 한껏 샘솟다 못해 전처럼 초조하게 조바심을 냈어요. 그 순간부터 한시도 마음을 가라앉히지 못했지요. 온종일 매시 정각[4]만 되면 그가 올까 기대감이 앞서 아무 일도 못 했어요. 다

---

3 calling card. 사교적 방문 의사를 전하거나 부재중 방문을 알리는 카드를 말한다.
4 대체로 방문 일정은 11시, 12시 등 정시에 약속을 잡는다.

음 날, 다른 사람들이 외출할 때도 혼자 남아 있겠다고 고집을 부렸지요.

밖에 나와 있는 동안 엘리너는 온통 버클리 스트리트[5]에서 지금 무슨 일이 벌어지고 있을까 하는 생각뿐이었어요. 하지만 돌아와 동생을 보니 한눈에 알 수 있었지요. 윌러비의 두 번째 방문은 일어나지 않았던 거예요. 마침 그때 쪽지가 들어와 탁자에 놓였습니다.

"나한테 온 거죠!" 메리앤이 섣불리 나서며 말했어요.

"아닙니다. 저희 주인님께 온 거예요."

하지만 메리앤은 못 믿겠다는 듯 바로 쪽지를 집어 들었어요.

"정말로 제닝스 부인한테 온 거네. 너무 약 올라!"

"그럼 너한테 올 편지가 있는 거니?" 더는 침묵을 지키지 못하고 엘리너가 물었어요.

"응, 조금─많이는 아니고."

잠깐 말이 없던 엘리너가 대꾸했어요. "넌 언니를 전혀 믿지 않는구나, 메리앤."

"아니야, 엘리너 언니, 언니가 어떻게 이런 비난을 할 수가 있어?─언니야말로 아무도 믿지 않으면서!"

"내가!" 엘리너는 굉장히 당황해서 대꾸했어요. "정말이야, 메리앤, 나는 할 얘기가 없어."

"나도 없어." 메리앤이 단단히 힘을 주어 쏘아붙였어요. "그

5 제닝스 부인의 타운 하우스가 위치한 거리.

럼 우리 입장이 똑같네. 둘 다 할 얘기가 하나도 없으니까. 언니는 전부 다 소통하니까 없고, 나는 감출 게 없으니까 없고."

엘리너는 속내를 감춘다는 비난에 마음이 괴로워졌어요. 거리낌 없이 털어버릴 수가 없었으니까요. 그래서 이런 상황에서 어떻게 메리앤에게 더 솔직하게 털어놓으라고 요구해야 할지 알 수가 없었습니다.

제닝스 부인이 곧 들어왔고, 건네주는 쪽지를 받더니 소리 내어 읽었어요. 전날 콘딧 스트리트[6]에 도착했음을 알리는 레이디 미들턴의 쪽지로, 어머니와 친척 아가씨들에게 다음 날 저녁 시간을 같이 보내자고 청하는 내용이었지요. 존 경은 사업상 볼일이 있고, 자기는 감기가 심하게 들어서 버클리 스트리트에 방문할 수가 없다면서요. 초대는 수락했지만 막상 약속 시간이 다가오자 엘리너는 같이 가자고 동생을 설득하기가 상당히 어려웠습니다. 이런 방문에는 둘 다 참석하는 것이 제닝스 부인에게 응당 갖춰야 할 예의인데도 말이지요. 아직 윌러비는 아예 모습도 보이지 않았거든요. 메리앤은 밖에 나가 즐겁게 놀 기분도 아니었고, 자기가 없을 때 또 윌러비가 방문하는 위험도 감수하기 싫었지요.

그날 저녁 모임이 끝날 무렵, 엘리너는 주소가 바뀐다고 해서 성격이 딴판으로 달라지는 건 아님을 알게 되었어요. 존 경은 런던에 오자마자 미처 살림이 자리 잡기도 전에, 벌써 청년

---

[6] 본드 스트리트 근처에 있는 런던 상류계급의 거주지로, 이미지가 무척 세련된 곳이었다.

들을 거의 스무 명쯤 모아 연회를 열 궁리부터 하고 있었던 거예요. 하지만 이건 레이디 미들턴이 용납할 수 없는 일이었지요. 전원에서야 즉흥적으로 무도회를 열어도 얼마든 허용해줄 수 있었지만요. 런던은 우아하다는 평판이 훨씬 중요한 데 비해 얻기는 훨씬 힘들어서, 레이디 미들턴으로서는 예전에 겨우 바이올린 주자 두 명에 간단한 주전부리만 놓고 여덟아홉 가족들만 불러 무도회를 연 적이 있다는 사실이 알려질까 두려웠어요. 몇 안 되는 아가씨들을 즐겁게 해주자고 그렇게 큰 위험을 감수할 수는 없었지요.

파머 부부도 파티에 참석했지만, 파머 씨는 들어오는 그들을 아는 체도 하지 않았어요. 런던에 온 후 그들은 파머 씨의 모습을 한 번도 못 봤는데, 그건 파머 씨가 본인이 조금이라도 장모를 챙기는 것처럼 보일까봐 신경 쓰면서 끝내 피해 다니며 근처에도 오지 않았던 탓이었어요. 자매가 들어서자 그는 슬쩍 쳐다봤지만 두 사람이 누군지 아는 것 같지도 않았고, 방 건너편에서 제닝스 부인에게 살짝 고개를 숙이는 게 전부였지요. 메리앤은 들어가면서 실내를 한눈에 훑어보았어요. 한 번의 눈길로 충분했지요. 그는 거기 없었으니까요―메리앤은 속상한 나머지 즐거움을 주기도 싫고 받기도 싫었어요.[7]

---

7 1727년, 랑베르 후작 부인 안테레즈 드 마르그나 드 쿠르셀의 에세이 『어머니가 딸에게 보내는 조언』이 영국에 번역되었고, 18세기 내내 큰 인기를 끌었다. 이 책에서는 '여자는 즐거움을 주는 목적으로 만들어졌다'고 주장한다. 즉 여자에게 타인(남성)을 기쁘고 즐겁게 해줄 의무가 암묵적 사회적 분위기를 통해 부과되었다는 뜻이다.

다 모인 지 한 시간쯤 지났을 때에야 파머 씨가 미스 대시우드 자매 쪽으로 겅중겅중 뛰어와 런던에서 만나게 되어 놀랍다는 인사를 했어요. 하지만 브랜던 대령이 파머 씨네 집을 방문했을 때 자매가 왔다는 소식을 먼저 전해줬고, 파머 씨 본인도 자매가 런던에 온다는 소식을 듣고 뭔가 굉장히 희한한 소리를 했다고 했는데 말이지요.

"두 분 다 데번셔에 계시는 줄 알았습니다." 그가 말했어요.

"그러셨어요?" 엘리너가 물었어요.

"언제 다시 돌아가십니까?"

"모르겠네요." 그들의 대화는 이렇게 끝이 났어요.

메리앤은 평생 이렇게 춤출 마음이 나지 않고 이렇게 춤추는 게 피곤한 날은 처음이었어요. 그래서 버클리 스트리트로 돌아오는 길에 투정을 부렸지요.

"그래요, 그래." 제닝스 부인이 말했어요. "우리도 원인이야 아주 잘 알고 말고요. 이름을 말할 수 없는 그이가 있었다면 하나도 피곤하지 않았을 텐데요. 솔직히 초대까지 받아놓고 만나러 오지 않다니 그건 별로 예쁜 행동은 아니지요."

"초대를 받았다고요!" 메리앤이 외쳤어요.

"우리 딸 미들턴이 그러던데요. 존 경이 오늘 아침에 어디 길거리에서 그 사람을 만났나봐요." 더는 말하지 않았지만 메리앤은 굉장히 상처받은 표정이었어요. 이 상황에서 동생에게 어떻게든 위로가 될 만한 걸 찾다가 엘리너는 다음 날 아침 어머니에게 편지를 쓰기로 결심했어요. 어머니가 새삼 메리앤의 건강을 걱정한 나머지 이제껏 너무 오래 미뤄온 그 중요한 질문들을 하게 유도할 생각이었지요. 게다가 다음 날 아침 식사를 마친 후 메리앤이 또다시 윌러비에게 편지를 쓰는 걸 보고 한층 결심을 굳혔어요. 수신인이 다른 사람일 리가 없었으니까요.

하루가 반쯤 지났을 때 제닝스 부인이 사업차 혼자 외출했고 엘리너는 즉시 편지 쓰기에 착수했어요. 한편 메리앤은 불안해서 일을 하지도 못하고 초조해서 대화도 못하면서 이 창문에서 저 창문으로 서성거리거나 불가에 앉아 울적한 상념에 빠져 있기만 했지요. 엘리너는 아주 열심히, 진심을 담아 어머니에게 호소했어요. 그간 있었던 모든 일을 털어놓고 윌러비의 변심이 의심된다는 얘기까지 한 다음, 제발 메리앤에게 어머니로서의 책무와 애정을 다해서 윌러비와 관련한 사태의 진상을 알아내달라고 부탁했어요.

편지를 끝맺지 못했는데 방문자를 알리는 노크 소리가 똑똑 들렸고, 브랜던 대령의 이름이 전해졌습니다. 메리앤은 창가에서 그의 모습을 이미 보았고, 누구하고도 같이 어울리기 싫었기에 그가 들어오기 전에 방에서 나가버렸어요. 대령은 유독 심각해 보이는 얼굴로 미스 대시우드 혼자 있어서 다행이라고 말했는데, 따로 할 말이 있는 듯 보였어요. 그래놓고는 한마디도 입 밖에 내지 않고 한참을 잠자코 앉아 있었습니다. 엘리너는 대령이 동생 문제로 긴히 전할 이야기가 있다고 굳게 믿고서 초조하게 그가 입을 열기만 기다렸답니다. 이런 확실한 직감을 느낀 게 처음은 아니었지요. 전에도 "동생분께서 오늘 안색이 좋지 않으십니다"라든가 "동생분이 기운이 없으시네요” 같은 관찰로 시작해서 구체적으로 동생과 직결된 이야기를, 혹은 질문을 막 꺼내려는 듯 보였던 적이 한 번 이상 있었거든요. 몇 분이나 말이 끊긴 채 이어지던 침묵을 대령이 심하게 동요하는 목소리로 깨뜨렸어요. “제부를 맞게 되셨으니 축하드린다는 인사를 제가 언제쯤 하면 되겠습니까?” 엘리너는 이런 질문에 전혀 대비가 되어 있지 않았기에, 뭐라 대답할 말이 없어서 “무슨 말씀이세요?” 하고 되묻는 간단하고 평범한 임기응변을 써야 했습니다. 대령은 미소를 띠려 애쓰며 “동생분께서 윌러비 씨와 약혼한 사이라는 건 모두가 아는 사실입니다”라고 말했고요.

“모두가 알 리가 없어요.” 엘리너가 대답했어요. “그 애의 가족도 모르는 일인걸요.”

그는 놀란 얼굴로 말했습니다. “죄송합니다. 아무래도 제가 섣불리 주제넘은 질문을 드린 모양이군요. 하지만 비밀인 줄은 몰랐습니다. 공개적으로 서신을 주고받으시는 데다, 사람들이 다들 그 결혼 이야기를 하고 있어서요.”

“어떻게 그럴 수가 있지요? 누구한테 그런 얘기를 들으신 거예요?”

“여러 사람한테서요─두 분이 전혀 모르시는 사람들도 있고, 절친한 지인들도 있었습니다. 제닝스 부인, 파머 부인, 미들턴 부부도 그렇고요. 하지만 그래도 전 믿지 않았을 겁니다. 확실히 인정하고 싶지 않은 마음이 있으면 뭐라도 의심할 여지를 붙잡기 마련이니까요. 그런데 오늘 저를 안내한 하인의 손에서 우연히 보고 말았습니다. 동생분의 글씨로 적힌 윌러비의 주소가 보이더군요. 여쭤보려고 오긴 했는데, 그 질문을 여쭙기 전에 이미 확신이 들더군요. 드디어 최종 결정이 내려진 겁니까? 혹시 다른 가능성은—? 하지만 제게는 아무 권리가 없고, 성공할 가망조차 없습니다. 죄송합니다, 미스 대시우드. 여기까지 입 밖에 꺼낸 것만으로도 잘못한 것 같지만, 어떻게 해야 할지 정말 모르겠어요. 하지만 미스 대시우드의 분별만큼은 제가 그 무엇보다 믿고 의지합니다. 만사가 완전히 결정되었다고 말씀해주십시오. 저에게 남은 건, 과연 숨기는 게 가능한지는 몰라도, 제 마음을 숨기는 일뿐이라고 부디 말씀해주십시오.”

이 말은 동생에 대한 사랑을 터놓고 맹세하는 것으로 들렸고, 엘리너의 마음을 크게 흔들었습니다. 그래서 당장은 아무 말도 하지 못했고, 정신을 좀 가다듬은 후에도 어떤 대답이 가장 적절할지 잠시 고민해야 했어요. 윌러비와 동생이 진짜 어떤 상황인지는 자기도 아는 게 거의 없으니 괜히 설명을 하려고 들었다간 자칫 말을 너무 많이 하거나 너무 적게 하거나 둘 중 하나가 될 터였거든요. 그래도 윌러비를 사랑하는 메리앤의 마음은 알고 있으니 그 애정이 어떤 결과로 이어지든 브랜던 대령에게 희망의 여지를 남겨둘 수는 없었고, 동시에 대령에게 책잡힐 행실을 해서도 안 되었지요. 엘리너는 한참 고민한 끝에 자기가 정말로 알거나 믿고 있는 것에 조금 보태서 말하기로 마음먹었어요. 그래서 서로 지금 어떤 관계인지 직접 들은 바 없지만 서로 좋아하는 사이인 건 믿어 의심치 않는다, 서신을 교환하는 얘기도 듣고 놀라지 않았다고 인정했습니다.

대령은 조용히 주의 깊게 엘리너의 말을 경청했고, 엘리너가 말을 마치자 즉시 자리에서 일어나 감정이 복받치는 목소리로 "동생분께 상상할 수 있는 모든 행복을 빕니다. 윌러비는 그런 부인에게 걸맞은 자격을 갖추려 노력하길 빌고요"—라고 인사하고는 가버렸어요.

엘리너는 이 대화에서 일말의 편안한 감정도 느끼지 못했고, 여타 다른 불안들도 전혀 덜어낼 수 없었어요. 오히려 브랜던 대령의 불행에 깊은 인상을 받아 우울해지고 말았지요. 하지만 막상 엘리너는 그의 불행을 확정할 바로 그 사건을 애타게 고대하는 입장이었으니, 우울한 마음이 사라지기를 바라는 것조차 사치일 뿐이었습니다.

6

그 후로 사나흘은 엘리너가 어머니에게 편지를 써서 호소한 일을 후회하게 만들 만한 일이 없었답니다. 윌러비가 방문도 하지 않고 편지도 쓰지 않았기 때문이지요. 그런데 이 시기가 끝나갈 무렵 레이디 미들턴과 함께 참석해야 하는 파티 약속이 하나 있었어요.[1] 만삭인 막내딸이 내키지 않는다고 해서 제닝스 부인은 함께 갈 수가 없었거든요. 메리앤은 기운이 하나도 없이 축 처져서 외모는 가꿀 생각도 않았고, 어딜 가든 말든 아무 상관 없다는 듯 준비를 하면서도 희망의 눈빛 한번 즐거움의 표정 한번 비치지 않았습니다. 차를 마시고 나서는[2] 언니가 옆에 있는지 없는지도 모른 채insensible 자기만의 생각

---

1 제닝스 부인은 막내딸의 몸조리를 도와주어야 했기에, 레이디 미들턴이 미혼 여성들을 파티에 데리고 가는 샤프롱 역할을 맡아주어야 했다.
2 저녁 식사 이후 갖는 티타임을 가리킨다. 런던의 상류층이 여는 파티는 보통 늦은 저녁 시작해 한밤중까지 이어지기 일쑤였다.

에 빠져 자리에서 뒤척거리거나 자세 한번 바꾸는 일 없이 하염없이 앉아 있기만 했어요. 그러다가 레이디 미들턴이 문 앞에 와서 기다리고 있다는 전언을 듣자 누가 오기로 했다는 사실마저 까맣게 잊고 있던 사람마냥 화들짝 소스라쳐 일어났고요.

그들은 정시에 목적지에 다다랐고, 먼저 와서 길게 줄을 선 마차들[3] 다음에 서서 기다리다 차례가 되자 마차에서 내려 계단을 올라가서 한쪽 대기실에 있다가 호명하는 소리를 듣고 다음 대기실로 이동해서는, 그제야 화려하게 불이 밝혀지고 사람들로 그득한, 못 견디게 뜨거운 장내[4]로 입장했습니다. 저택의 안주인에게 깍듯이 무릎을 굽혀 인사하면 군중과 어울리며 자기 몫의 열기와 불편을 감수할 자격을 얻게 되지요. 여기 참석한 이상 그들도 분명 열기와 불편을 보탠 장본인이고요. 말도 안 하고 행동은 더 하지 않으면서 한참 시간을 보내던 레이디 미들턴이 카지노 테이블에 앉았고, 메리앤이 돌아다닐 기분이 안 난다고 해서 자매는 식탁에서 그리 멀지 않은 자리에서 운 좋게 난 빈 의자를 발견해 앉아 있었습니다.

---

3 마차들이 줄을 서서 기다리고 있으면 하인들이 차례대로 와서 귀부인들의 하차를 도와주었다. 이 과정에 시간이 상당히 소요되었는데, 걸어갈 만한 거리에 사는 사람들도 모두 체면과 품위를 생각해 마차를 타고 왔기 때문이다.

4 런던 상류층의 파티는 몹시 더운 것으로 유명했다. 사람이 많아서 덥기도 했지만 장내를 밝히는 무수한 촛불 또한 뜨거운 열을 발산했다. 이렇게 대규모의 촛불을 사용하는 야간 조명은 거액의 비용이 들었고, 따라서 화려한 파티나 무도회에서만 허용되었다.

둘이서 이렇게 앉고 얼마 지나지 않아 엘리너의 눈에 윌러비가 보였어요. 바로 몇 야드 안 되는 거리에 서서 상당한 상류층으로 보이는 젊은 여자와 열띤 대화를 나누고 있었습니다. 곧 눈길이 마주치자 윌러비는 그 즉시 고개 숙여 인사했지만, 엘리너에게 말을 걸어오지도 않고 못 봤을 리 없는데도 메리앤에게 다가오지도 않았으며 이야기하던 여자와 대화를 이어나갈 뿐이었어요. 엘리너는 자기도 모르게, 메리앤이 봤나 싶어 돌아보았습니다. 바로 그 순간 메리앤이 처음 그를 발견했고, 곧바로 온 얼굴이 기쁨으로 환히 밝아졌지요. 언니가 붙잡아 말리지 않았다면 그 즉시 그에게로 다가갔을 거예요.

"세상에!" 메리앤이 탄성을 질렀어요. "그이가 있어―저기 있어―아! 왜 나를 보지 않지? 왜 그이한테 말을 걸면 안 돼?"

"제발, 제발 평정심을 잃지 마." 엘리너가 외쳤어요. "여기 있는 모든 사람한테 네가 느끼는 감정을 훤히 보여주지 말고. 아마 아직 너를 못 봤나보지."

그러나 엘리너 스스로도 말하면서 자기 말을 믿을 수 없었고, 이런 순간 평정심을 잃지 않는다는 건 메리앤의 능력 밖일 뿐 아니라 헛된 바람에 불과했답니다. 초조함에 괴로워하며 앉아 있는 메리앤은 머리에서 발끝까지 감정에 영향을 받지 않은 구석이 없었거든요.

마침내 그가 다시 돌아서서 두 사람 모두를 보았어요. 메리앤은 벌떡 일어나 애틋한 애정이 담긴 목소리로 그의 이름을 불렀고 그에게 손을 내밀었어요. 그는 가까이 다가오더니 메리앤과 눈이 마주치고 싶지 않다는 듯, 메리앤의 태도를 보지 않겠다고 작심한 듯, 엘리너만을 바라보며 인사를 건네고는 황급하게 대시우드 부인의 안부를 묻고 얼마나 오래 런던에 와 있었느냐고 물었습니다. 엘리너는 이런 대우를 받고 그만 머릿속이 하얗게 변해버려서 한마디도 할 수가 없었어요. 하지만 동생의 감정은 그 즉시 표출되고 말았습니다. 메리앤이 얼굴을 진홍빛으로 물들이고는 참담하리만큼 격한 감정을 실은 목소리로 외친 거지요. "어떻게 이럴 수가! 윌러비, 무슨 뜻으로 이러는 거예요? 내 편지들을 못 받은 거예요? 나와 악수하지도 않을 거예요?"

더는 악수를 피할 수 없었지만, 윌러비는 메리앤의 손이 닿는 것조차 괴로운지 잠시 잡았다 금세 놓았어요. 그러면서 내내 의식적으로 차분하게 행동하려 안간힘을 쓰는 티가 역력했습니다. 엘리너는 그 얼굴을 유심히 관찰하며 갈수록 평온하게 가라앉는 표정을 보았지요. 잠시 말이 없던 윌러비가 곧 차분한 어조로 말했습니다.

"지난 화요일에 영광스럽게도 버클리 스트리트를 방문할 수 있었습니다만, 아쉽게도 두 분과 제닝스 부인께서 댁에 계시지 않더군요. 제 카드를 못 보신 건 아니길 바랍니다."

"하지만 당신은 내 쪽지들을 못 받은 건가요?" 메리앤이 불안을 주체하지 못하고 울부짖다시피 말했어요. "뭔가 착오가 있었던 게 틀림없어요—뭔가 끔찍한 착오가 있었던 거죠. 이게 대체 무슨 의미인 거예요? 말해봐요, 윌러비. 제발 부탁이니 나한테 말해보라고요. 뭐가 문제인 거예요?"

그는 아무 대꾸도 하지 않았지만, 안색이 바뀌더니 예의 수치심이 모조리 다시 돌아왔지요. 그러나 조금 전까지 이야기를 나누고 있던 아가씨와 눈이 마주치자, 어서 뭐라도 해야 한다는 절박감을 느꼈는지 정신을 차리고 말했습니다. "예, 친절하게도 제게 보내주신 전갈 덕분에 런던에 오셨다는 소식을 수신하는 즐거움을 누릴 수 있었습니다."

메리앤은 이제 얼굴이 무서우리만큼 새하얗게 질려서는 서 있지조차 못하고 의자에 풀썩 주저앉았고, 엘리너는 동생이 당장이라도 기절할까 겁이 나서 구경꾼의 시선으로부터 가려주려 애쓰며 라벤더 물로 정신을 차리게 하려 했습니다.

"그이한테 좀 가봐, 엘리너 언니." 입에서 말을 꺼낼 수 있게 되자마자 동생은 소리쳤습니다. "억지로라도 나한테 끌고 와줘. 내가 꼭 그를 다시 봐야만 한다고 말해줘—당장 할 말이 있다고 해—난 쉴 수가 없어—이 일이 해명되지 않으면 한순간의 평화도 찾을 수 없을 거야—뭔가 끔찍한 오해가 생긴 게 틀림없어—아, 당장 그이한테 가봐."

"어떻게 그럴 수 있겠니? 안 돼, 사랑하는 내 동생 메리앤, 기다려야 해. 여기는 해명을 들을 장소가 아니야. 내일까지만 기다려보자."

그러나 동생이 그를 뒤따라가지 못하게 막는 일은 엘리너로서도 힘에 부쳤어요. 흥분을 가라앉히라고, 적어도 둘이서 조용히 좀 더 제대로 그와 얘기하게 될 때까지만 기다리라고, 겉으로라도 평온한 척 기다리라고 설득하는 일은 불가능했지요. 메리앤은 잠시도 참지 못하고 끊임없이 비참한 탄식을 나직하게 토하며 불행한 심정을 드러냈어요. 잠시 후 엘리너는 윌러비가 계단으로 이어지는 문을 열고 연회장 밖으로 나가는 모습을 보았고, 이제 그 사람은 갔으니까 오늘 밤에는 얘기할 수가 없게 됐다면서 부디 차분히 마음을 가라앉히라고 새삼 동생을 타일렀습니다. 그러자 곧바로 동생은 자기 심정이 너무 참담해서 차마 더는 일 분도 머물 수 없으니 어서 집에 데려다달라고 레이디 미들턴에게 부탁해달라며 애원했어요.

레이디 미들턴은 워낙 예의 바른 사람이라서 러버 게임을 한창 하던 중이었는데도 메리앤의 몸이 좋지 못하다는 소식을 듣고는 집에 가고 싶다는 청을 즉시 들어주었고, 카드를 친구에게 넘긴 다음 마차를 찾아오자마자 연회장을 떠났습니다. 버클리 스트리트로 돌아오는 마차 안에서는 거의 한마디도 오가지 않았어요. 메리앤은 소리 없이 괴로워했고, 마음이 너무나 무겁고 답답해서 눈물조차 흘리지 못했지요. 그러나 제닝스 부인이 다행히 아직 귀가하지 않은 터라, 자매는 곧바로 방으로 가서 수사슴 뿔 가루[5]로 조금이나마 메리앤이 정신을 차리게 할 수 있었습니다. 메리앤은 금세 옷을 벗고 잠자리에 들었고, 혼자 있고 싶어하는 마음을 알아챈 엘리너는 방을 나왔어요. 제닝스 부인을 기다리는 틈을 타, 엘리너는 과거를 되짚으며 생각하고 또 생각할 시간을 넉넉히 가질 수 있었답니다.

[5] 수사슴 뿔을 갈아 만든 가루로, 암모니아가 주성분이어서 코를 찌르는 냄새가 났다.

윌러비와 메리앤 사이에 소정의 언약이 있었다는 건 의심조차 할 수 없었어요. 하지만 이제 윌러비의 마음이 떠났다는 것도 마찬가지로 분명한 사실이었지요. 메리앤은 아직도 꿈과 희망을 품고 있을지 몰라도, 엘리너는 그의 행동이 어떤 유의 착오나 오해 탓이라 볼 수는 없었어요. 감정이 철저히 돌아선 게 아니라면 도저히 설명이 되지 않는 일이었습니다. 스스로 잘못을 잘 안다는 듯 훤히 드러나던 수치심을 직접 보지 못했다면, 지금보다 훨씬 더 무섭게 분노했을 거예요. 하지만 그 부끄러워하는 내색을 보니, 처음부터 단단히 죄질을 따져봐야 할 의도를 품고[6] 동생의 애정을 갖고 놀았을 만큼 원칙이 없는 인간이라 믿기는 어려웠어요. 곁에 없으니 좋아하는 마음도 약해지고 그러다 자기 편리에 따라 잊었을 테지만, 애초에 호감조차 없었다고 여겨지지는 않았던 거지요.

메리앤을 생각하면, 불운한 만남 탓에 이미 쓰라리게 아플 마음과 앞으로 계속 이어질 더 혹독한 일들을 생각하면 깊은 수심에 빠져들 수밖에 없었습니다. 그에 비하면 차라리 자기 처지가 낫다고 느껴졌지요. 앞으로 영영 헤어져 살아야 하더라도 여전히 에드워드가 좋은 사람이라는 평가에는 변함이 없으니, 언제나 그게 마음의 위로가 되어줄 테니까요. 하지만 이토록 끔찍한 악을 한층 쓸쓸하게 더럽히는 온갖 사정이 단합해, 윌러비와 메리앤의 마지막 이별을─눈앞에 임박해버려

---

6 당시 남성이 아무런 애정도 없는데 그저 유혹하려는 의도로 여성에게 접근하는 행위는 신사가 결코 해서는 안 되는 비윤리적 행위로 취급받았다.

다시는 봉합할 수 없을 월러비와의 균열을 가없이 비참하게
만들려는 것만 같았습니다.

7

하녀가 다음 날 난로에 불을 밝히기 전, 아니, 1월의 춥고 우울한 아침에 태양의 기운이 미치기도 전에, 메리앤은 옷을 걸치다 만 몰골로 흐릿한 빛을 어떻게든 끌어 써보려고 창가에 바짝 붙어 앉아서는, 쉬지 않고 줄줄 흐르는 눈물이 허락하는 한 최대한 빨리 편지를 쓰고 있었어요. 이 상황에서, 불안한 뒤척임과 흐느껴 우는 소리에 잠이 깬 엘리너의 눈에 동생의 모습이 제일 먼저 들어왔어요. 말은 못 하고 걱정만 하면서 잠시 동생을 지켜보던 엘리너는 더없이 사려 깊고 온화한 말씨로 말을 걸었습니다.

"메리앤, 뭐 하나 물어봐도 될까?"—

"안 돼, 엘리너 언니." 메리앤이 대꾸했어요. "아무것도 묻지 마. 금세 다 알게 될 거야."

이 말을 하기 무섭게 필사적으로 가장했던 평온은 더 이상 못 버티고 허물어졌고, 감당 못 할 슬픔이 다시 밀어닥쳤습니다. 몇 분이 지나고서야 간신히 쓰던 편지를 이어 쓸 수 있었고 그러다가도 간간이 억누를 수 없이 터져 나오는 비탄에 펜을 멈추곤 했는데, 그 감정만 보아도 엘리너는 메리앤이 윌러비에게 마지막 편지를 쓰고 있음을 확신하고도 남았지요.

엘리너는 힘닿는 한 조용히, 거슬리지 않게 세심한 주의를 기울였어요. 메리앤이 신경질적으로 발끈하며 무슨 일이 있어도 절대로 말을 걸지 말라고 하지만 않았어도, 좀 더 달래주고 진정시키려고 했을 테고요. 이런 상황에서는 한 방에 오래 같이 있지 않는 게 둘 다에게 좋지요. 불안한 정신 상태 탓에 메리앤은 옷을 다 차려입고 난 후 한순간도 더는 방 안에 머물지 못했고, 고독한 가운데 끝없는 풍경의 변화가 필요했기에 아침 식사 시간까지 모든 사람의 시선을 피해 집 주위를 헤매며 돌아다녔습니다.

아침 식사 때 메리앤은 뭘 먹지도 않고 먹으려 하지도 않았습니다. 엘리너는 동생을 다그치거나 가엾게 여기거나 관심을 갖는 모습을 보이기보다는, 제닝스 부인의 주목이 자기한테 집중되도록 하는 데에만 온 힘을 기울였어요.

제닝스 부인은 아침 식사 시간을 가장 좋아했기 때문에 꽤 오랜 시간 식사가 이어졌고, 식사를 마친 후 다 같이 작업 테이블에 둘러앉으려는 참에 편지 한 통이 메리앤에게 배달되었습니다. 메리앤은 다급하게 하인의 손에서 편지를 잡아챘고, 죽은 사람처럼 낯빛이 파리해지더니 곧바로 방에서 뛰쳐나가버렸지요. 엘리너는 이 광경을 보자마자, 흡사 육안으로 주소를 똑똑히 읽은 것처럼 윌러비에게서 온 편지가 틀림없음을 알았고, 그 순간 심장에 극심한 통증이 덮쳐와 똑바로 고개를 쳐들지조차 못한 채 걷잡을 수 없이 덜덜 떨면서 그냥 앉아 있을 수밖에 없었습니다. 하지만 한편으로는 제닝스 부인의 관심을 피할 수 없게 되었다는 생각에 두려웠지요. 그러나 이 착한 부인은 메리앤이 윌러비의 편지를 받았다는 사실밖에 보지 못했고, 아주 훌륭한 농담거리로만 생각해서 그냥 껄껄 소탈하게 웃으며 마음에 드는 편지면 좋겠다고 농을 쳤어요. 엘리너의 심적 동요는, 러그에 쓸 소모사 길이를 측정하느라 너무 바빠서 보지도 못했고요. 차분하게 대화를 이어가다가 메리앤이 나가자마자 얼른 말을 꺼냈어요.

"아니, 정말이지, 난 젊은 아가씨가 저렇게 절박하게 사랑에 빠진 모습은 처음 봤어요! 우리 딸들은 그에 비하면 아무것도 아니네요. 그때는 그 나름대로 참 어리석어 보였는데. 하지만 미스 메리앤은, 사람이 딴판으로 달라졌어요. 진짜 진심으로 바라는데, 그 사람이 너무 오래 기다리게 하진 않았으면 좋겠네요. 저렇게 아프고 쓸쓸한 모습을 보면 마음이 너무 괴로워서요. 그런데 정말로 두 사람은 언제 결혼하는 건가요?"

엘리너는 그 순간만은 그 이야기를 정말 하고 싶지 않았지만, 도저히 이런 공격에 응수하지 않을 수는 없어서 애써 웃음을 지으며 대답했어요. "그런데요, 부인께서는 정말 제 동생이 윌러비 씨와 약혼했다고 믿고 계시는 건가요? 저는 그저 농담인 줄 알았는데, 이리 진지하게 물으시니 그 이상의 의미가 있으신 듯하네요. 그러니까 뭔가 착각을 하고 계시다면 이제는 그러지 않으시길 바라요. 확실히 말씀드리지만, 두 사람이 결혼한다는 것보다 제게 더 놀라운 소식은 없을 거예요.”

“저런, 저런, 미스 대시우드! 어떻게 그런 말을 할 수가 있어요! 우리 다 이 결혼이 성사될 줄 알고 있는데요. 두 사람은 처음 만난 순간부터 머리에서 발끝까지 정신없이 서로 사랑에 빠지지 않았던가요? 데번셔에서 날마다, 하루 종일 같이 있는 모습을 내가 두 눈으로 똑똑히 봤는걸요? 게다가 동생이 결혼식 의상을 사려는 목적으로 나와 함께 시내에 갔다는 것도 아는데요? 이런, 이러지 말아요. 미스 대시우드는 본인이 이런 문제에 워낙 신중하니까 다른 사람은 눈치[1]가 없는 줄 아는데 그런 문제가 아니라니까요. 아주 오래전부터 온 런던 사람들이 다 알고 있어요. 내가 만나는 사람한테 다 말했고 샬럿도 그랬으니까요.”

“정말이에요, 부인.” 엘리너는 매우 심각하게 말했습니다. “잘못 알고 계시는 거랍니다. 그런 소식을 퍼뜨리신 건 정말로 친절하지 못한 일이셨어요. 지금은 제 말을 믿지 않으셔도, 곧 두고 보면 알게 되실 거예요.”

제닝스 부인은 다시 웃음을 터뜨렸지만, 엘리너는 더 말할 기운도 없고 윌러비가 편지에 뭐라고 썼는지 궁금하기도 해서 서둘러 둘의 방으로 돌아왔지요. 그런데 문을 열자 침대에 축 늘어져 누워 있는 메리앤이 보였어요. 슬픔에 목이 메어 죽어버릴 것만 같은 모습으로 편지 한 통을 들고 있었는데, 주변

---

1 여기서 제닝스 부인이 senses라는 복수형을 쓰고 있음에 주목할 필요가 있다. 즉 눈과 귀 같은 기본적 감각이 있다면 누구나 두 사람의 애정을 감각할 수 있다는 의미다.

에 서너 통의 편지가 더 흩어져 있었습니다. 엘리너는 가까이 다가갔지만 말은 한마디도 하지 않았어요. 그리고 침대에 앉아서 동생의 손을 잡고 다정하게 몇 번이나 입을 맞춘 후에야 참았던 울음을 기어이 터뜨리고야 말았답니다. 처음엔 격한 오열이 메리앤보다 덜하지도 않았어요. 메리앤은, 말은 할 수 없었지만 이 행동에서 언니의 가없는 다정을 온전히 느낀 듯했고, 이처럼 함께 슬픔을 나누는 시간이 한참 흐른 후 편지들을 모두 엘리너의 손에 쥐여주었어요. 그런 다음 손수건으로 얼굴을 덮고 고통으로 절규하다시피 소리를 질렀지요. 충격적인 광경이었지만, 엘리너는 고통이 자연스럽게 분출되도록 두어야 한다는 걸 알고 있었습니다. 그래서 넘쳐흐르는 고통이 제풀에 꺾일 때까지 곁에서 지켜보다가 다급히 윌러비의 편지를 읽었어요. 그 내용은 다음과 같았습니다.

본드 스트리트, 1월

친애하는 아가씨께,

방금 보내신 편지를 받는 영광을 누렸고, 이에 진심으로 감사를 표하고자 합니다. 어젯밤 제 행동이 어떤 면에서 심기를 거슬렀는지 매우 깊이 염려하고 있습니다. 비록 어떤 면에서 저 때문에 그토록 마음이 상하셨는지 도저히 가늠할 수 없어 당황스럽습니다마는, 진심으로 그럴 의도가 전혀 없었으니 용서를 청합니다. 데번셔에서 가족분들과 친분을 맺었던 일을 생각하면 오로지 감사하기 그지없는 기쁨만이 떠오릅니다. 그래서 제 행동의 실수나 착오로 끊어질 친분이 아니라 믿으며 마음을 달래고 있습니다. 가족 여러분 모두를 저는 진심으로 귀히 여기고 높이 평가합니다. 하지만 불행히도 제가 느끼는 감정보다, 혹은 표현하고자 하는 정도보다 많이 느낀다는 믿음을 심어드렸다면, 그 높은 평가를 표현함에 있어 좀 더 신중하지 못했던 저 자신을 책망하겠습니다. 저는 결코 그 이상의 마음을 표할 수 없는 처지였음을 부디 너그러이 이해해주시길 바랍니다. 제 마음은 이미 오래전부터 다른 분의 것이었고, 아무래도 수 주 후에는 이 약혼이 결혼으로 결실을 맺을 것 같습니다. 한없는 안타까움을 담아, 명하신 대로 영광스럽게도 제게 보내주신 이 편지들과 선뜻 제 청을 수락하고 선물해주신 머리카락을 동봉해 돌려드립니다.

친애하는 아가씨께
그대에게 더없이 순종하는 겸허한 종복
존 윌러비가

이런 편지를 읽는 미스 대시우드가 어떤 분노를 느꼈을지는, 틀림없이 상상이 가고도 남으실 거예요. 읽기 전부터 이미 변심을 고백하고 영원한 이별을 확정하는 내용일 줄 알고는 있었지만, 어떻게 이따위 언사로 이별을 선언할 수가 있는지, 감히 이럴 줄은 몰랐으니까요! 게다가 겉치레로라도 명예나 섬세한 감정 같은 걸 챙기기는커녕—이런 모든 허울을 이렇게까지 내팽개칠 수 있는 위인일 거라고는 상상도 하지 못했어요. 이토록 뻔뻔하게 잔인한 편지를 보낼 정도로 신사의 상식적 예의범절로부터 멀리, 멀리 멀어지다니! 이 편지는 오로지

속박에서 풀려나고 싶다는 바람만 있을 뿐, 아쉬움의 표현도 하나 없고 신의를 배신했다는 인정조차 없이 특별한 애정이 있었다는 사실 자체를 아예 부정하고 있었던 겁니다—편지의 한 줄 한 줄이 다 모욕이었고, 편지를 쓴 사람이 강고한 악의의 화신임을 만천하에 선포하고 있었지요.

엘리너는 분노하고 경악한 나머지 읽다가 한참을 쉬고는 또 읽고 다시 읽었어요. 그러나 숙독[2]하면 할수록 그 인간 자체를 진저리 나게 혐오하게 되었고, 반감이 쓰디쓴 원한과 어우러져 차마 뭐라 입 밖으로 말을 내뱉을 수가 없었어요. 자칫 말을 잘못했다가는 메리앤의 마음에 더 깊은 상처를 낼까 봐 걱정됐거든요. 차마 터놓을 수 없었지만 엘리너는 마음속으로, 둘의 파혼이 뭔가 좋은 일의 상실이라기보다는 정말 최악의, 결코 돌이킬 수 없는 악연으로부터의 탈출이라고 여기고 있었거든요. 평생 이처럼 원칙 없는 인간과 얽이는 재앙에서 탈출한 건 가장 현실적인 구원이고 가장 중요한 축복이라고요.

이 편지의 내용을, 이런 편지를 쓸 수 있는 인간의 타락한 본성을, 또한 십중팔구[3] 지금 이 사건과 아무 관계가 없지만

---

2 perusal. 편지를 숙독하는 행위는 제인 오스틴의 소설에서 대단히 중요한 의미를 지닌다. 엘리너는 윌러비의 편지를 숙독하며 그가 진정한 악당임을 알아차리고, 『오만과 편견』의 엘리자베스 베넷은 다아시의 편지를 숙독하며 저변에 깔린 인품의 가치를 점점 더 알게 된다.

3 probably. 이 부사는 좀 놀랍다. 화자가 등장인물의 마음을 확실히 모른다면 누가 안단 말인가? 가끔 오스틴의 소설 속에는 이처럼 등장인물이 독자적인 주체성을 지닌 존재라는 암시가 나오곤 한다.

일어나는 모든 일에서 그를 연상시키는 심장이 떠올리고 만 아주 다른 사람의 아주 다른 마음까지도 치열하게 사유하면서, 엘리너는 눈앞에 있는 동생의 괴로움을 잊고, 아직 읽지 않은 편지 세 통이 자기 무릎에 놓여 있다는 사실도 잊고, 자기가 방에 얼마나 오래 있었는지마저 까맣게 잊어버린 나머지, 마차가 달려와 문 앞에 정차하는 소리를 듣고 누가 이렇게 터무니없이 일찍 왔나 창가로 달려갔다가 제닝스 부인의 채리어트[4]를 보고는 그만 기겁하고 말았어요. 마차가 1시까지 준비되기로 했다는 사실을 깨달았거든요. 지금 당장 메리앤의 마음을 편하게 해줄 길은 없지만, 그래도 혼자 두고 떠날 수는 없다고 결심한 엘리너는 동생이 몸이 좋지 않다고 설명하고 제닝스 부인과 함께 시간을 보내지 못해 죄송하다고 양해를 구했어요. 온통 선한 심성으로 메리앤을 걱정하는 제닝스 부인은 기꺼이 허락해주었고, 엘리너는 부인이 안전히 출발하는 것까지 지켜본 후 메리앤에게로 돌아왔어요. 마침 그때 메리앤은 침대에서 몸을 일으키려 애쓰고 있었고, 엘리너는 바닥에 떨어져 쓰러질 뻔한 동생을 간신히 때맞춰 달려가 부축해줄 수 있었습니다. 메리앤은 정신도 혼미한 데다 오랜 시간 제대로 쉬지도 먹지도 못해 제대로 몸을 가누지 못했거든요. 입맛을 완전히 잃은 채로 벌써 여러 날이 흘렀고, 푹 잠을 잔 것도 며칠 전이었는지 몰라요. 이제 그나마 마음을 지탱해주던

4 내부 공간이 넓어 장시간 여행에 편리한 사륜마차. 고급스럽고 편안한 여행에 중점을 둔 마차였다.

신열처럼 달뜬 긴장조차 사라지고 나니, 그 후유증이 욱신거리는 두통, 허약해진 위장, 전체적인 의식의 혼미함으로 덮쳐 왔던 거예요. 즉시 엘리너가 가져다준 와인 한 잔을 마시고 조금 편안해진 메리앤은 드디어 언니의 친절한 마음을 느꼈다고 표현할 수 있었어요.

"가엾은 엘리너 언니! 나 때문에 언니가 이렇게 불행해서 어떡해!"

"내가 바라는 건 하나뿐이야." 언니가 대답했지요. "너한테 조금이라도 위로가 될 만한 일 하나라도 내가 해줄 수 있으면 정말 좋겠어."

다른 모든 것도 그랬겠지만 이 말에 메리앤은 그만 감정이 복받쳐 올라, 쓰라리게 아픈 심장을 부여잡고 외칠 수밖에 없었어요. "아! 엘리너 언니, 난 정말로 너무 비참한 심정이야." 이내 목소리가 다 갈라지다 흐느낌 소리에 묻혀버리고 말았지요.

엘리너도 이제 더는 이 무저항으로 쏟아져 나오는 비탄의 격류를 말없이 그냥 지켜만 보고 있을 수 없었어요.

"힘을 내,[5] 메리앤." 엘리너가 외쳤습니다. "아예 네 목숨을 끊고 너를 사랑하는 사람들을 다 죽일 작정이 아니라면 힘을 내. 어머니를 생각해. 네가 이토록 괴로워하면 어머니 마음

---

[5] exert oneself. 『이성과 감성』에서 매우 중요하게 쓰이는 표현이다. 오스틴은 아무리 불행한 일이 벌어져도, 아무리 삶이 원치 않는 방향으로 흘러가도, 인간의 품격을 유지하고 자기 삶을 지켜내기 위해 힘을 내서 분투해야 한다고 엘리너를 통해 말하고 있다.

이 얼마나 참담할지 생각해봐. 어머니를 위해서라도 네가 힘을 내야 해.”

“못 하겠어, 도저히 못 하겠어.” 메리앤이 울부짖었어요. “날 그냥 내버려둬. 언니 마음이 속상하면 그냥 두고 가. 날 떠나, 날 미워해, 날 잊어. 하지만 이렇게 날 괴롭히지는 말아줘. 아! 자기는 슬픈 게 뭔지도 모르면서 참 쉽게도 힘내라고 말하지! 행복한 엘리너 언니! 언니는 정말 행복하잖아. 언니는 내 괴로운 심정을 짐작도 못 해.”

“너 지금 날 보고 행복하다는 거니, 메리앤? 아! 네가 알 리가 없지! — 게다가 이렇게 불행한 너를 보고 있는데, 내가 정말 행복할 거라고 믿는 거니!”

“미안해, 언니, 미안해.” 언니의 목에 두 팔을 두르며 메리앤이 외쳤습니다. “언니가 나 때문에 마음 아파하는 거 알아. 언니가 얼마나 따뜻한 마음을 가진 사람인지 잘 알아. 하지만 그래도 언니는 — 언니는 행복할 거 아니야. 에드워드가 언니를 사랑하잖아 — 그런데, 아! 그런데 무슨 일로 그런 행복이 사라지겠어?”

“아주, 아주 많은 사정이 있을 수 있지.” 엘리너가 정색하고 말했습니다.

“아니, 아니, 아니야.” 메리앤이 미친 듯이 울부짖었어요. “그 사람은 언니를 사랑해, 언니만 사랑해. 언니는 서러울 수가 없어.”

“네가 이런 상태인데 내가 어떤 즐거움을 느낄 수 있겠니.”

“하지만 앞으로 영영 다른 모습을 보여주진 못할 텐데. 내 불행은 영원히 사라질 리 없으니까.”

“그런 소리는 하면 안 돼, 메리앤. 네 마음을 달래줄 것이 하나도 없니? 친구가 하나도 없단 말이야? 네 상실감은 위로가 비집고 들어갈 작은 틈새조차 허락하지 않는 거니? 지금은 많이 괴롭겠지만, 그 사람의 인격을 뒤늦게 알게 되었다면 얼마나 더 큰 시련이 닥쳐왔을지 생각해봐―약혼을 몇 달씩 질질 끌다가 그 남자가 파혼을 선언했다면 말이야. 네 입장에서는, 불행한 확신에 차서 하루하루 흘려보낼수록 충격만 무섭게 커졌을 거야.”

“약혼이라고!” 메리앤이 외쳤어요. “약혼은 한 적 없어.”

“약혼을 한 적이 없다고!”

“그래, 언니가 생각하는 것처럼 그렇게 형편없는 사람은 아니야. 나와는 깰 신의도 없었으니까.”

“하지만 사랑한다고는 말했지?”―

“그래―아니―확실히 말한 적은 없어. 매일 암시하긴 했지만 명확히 말로 고백한 적은 없거든. 가끔은 나도 그런가 생각한 적도 있는데―사실은 없었어.”

“그런데도 그 사람에게 편지를 쓴 거야?”―

“그래―우리 사이에 그토록 많은 일이 있었는데 편지 쓰는 게 잘못이야?―하지만 난 말을 못 하겠어.”

엘리너는 더는 말하지 않고 고개를 돌려서, 아까보다 훨씬 더 궁금증을 유발하는 남은 편지 세 통을 들고 즉시 내용을 모두 읽어 내려갔어요. 런던에 도착하자마자 동생이 보낸 첫 번째 편지의 내용은 다음과 같았습니다.

버클리 스트리트, 1월

윌러비, 이 편지를 받으면 당신이 얼마나 놀랄까요. 내가 런던
에 있다는 걸 알면 당신이 놀라움보다 조금 더 많은 감정을 느
낄 거라 생각해요. 비록 동행이 제닝스 부인이지만, 여기 올 수
있는 기회라니 우리로서는 뿌리칠 수 없는 유혹이었어요. 당신
이 이 편지를 때맞춰 받고 오늘 밤 방문하길 바라지만, 꼭 그렇
게 될 거라 믿지는 않아요. 어쨌든 내일은 당신을 기다리고 있
을게요. 당분간은, 안녕.

M. D.

미들턴 저택에서 열린 무도회 다음 날 아침 쓴 두 번째 쪽지에
는 이런 말이 쓰여 있었어요—

그저께 당신의 방문을 놓쳐 만나지 못한 실망감은 차마 표현
할 수가 없어요. 당신한테 편지를 보낸 지 일주일도 넘었는데
아직 회신을 받지 못한 것도 얼마나 실망스러운지요. 매일 매
시마다 당신 소식을 듣거나 당신을 만나기만 기다려요. 부디
최대한 빨리 다시 방문해서, 내 기대를 헛되게 만든 이유를 해
명해주세요. 다음엔 좀 이른 시각에 오는 게 좋겠어요. 보통
1시쯤에는 우리가 이미 외출해서 밖에 있거든요. 어젯밤엔 레
이디 미들턴 댁에 갔어요. 무도회가 열렸거든요. 당신도 파티
에 초대를 받았다고 들었어요. 하지만 정말인가요? 정말 초대
를 받았는데 오지 않은 거라면, 우리가 헤어진 뒤 당신이 딴사
람이 되었나봐요. 그렇지만 난 결코 그럴 리 없다고 믿을 거예

요. 그리고 어서 빨리 당신이 직접 와서 그렇지 않다고 확실히
말해줬으면 해요.

M. D.

마지막으로 보낸 쪽지의 내용은 이러했습니다—

월러비, 어젯밤 당신의 행동을 내가 어떻게 생각해야 하는 거
예요? 다시 한번 당신의 해명을 요구해요. 나는 한껏 기쁘게 당
신을 맞을 준비가 되어 있었어요. 우리가 헤어져 있던 시간을
생각하면, 바턴에서 한없이 가깝게 지냈던 우리 사이를 생각
하면 당연히, 자연스럽게 우러나는 감정이었지요. 그런데 그런
면박을 당하다니! 모욕적이라는 말 외에는 표현하기 힘든 행동
을 변명해주려고 애쓰느라 어젯밤 내가 얼마나 끔찍한 시간을
보냈는지 몰라요. 나로선 도저히 당신 행동에 합리적인 사유를
찾을 수 없었지만, 그래도 당신이 직접 변명한다면 얼마든 들
어줄 준비가 되어 있어요. 나와 관련해 뭔가 잘못 전해졌거나
의도적으로 곡해된 말을 듣고 나를 전처럼 높이 평가하지 않게
되었는지도 모르겠네요. 무슨 일인지 말해주세요. 그런 행동을
한 근거를 설명해줘요. 그러면 당신의 불만을 풀어주면서 나의
불만도 풀도록 할게요. 당신을 나쁘게 생각해야 한다니 생각만
해도 슬퍼요. 하지만 당신이 이제까지 우리가 믿었던 그런 사
람이 아니라면, 우리에게 보여준 호감이 모두 진심이 아니었다
면, 최대한 빨리 솔직히 말해주세요. 지금 내 감정은 끔찍하게
혼란스럽기만 해요. 당신을 면책해주고 싶지만, 어느 쪽이든

확실히 결판이 나는 편이 지금 이 상태보다는 편할 것 같아요. 이제 당신의 감정이 예전과 달라진 거라면, 내 쪽지들과 당신이 가지고 있는 내 머리카락을 돌려주세요.

M. D.

이처럼 애정과 확신이 가득한 편지들에 저런 회신이 돌아올 수 있다니, 엘리너는 윌러비 본인을 생각하는 마음에서라도 도저히 믿고 싶지 않았어요. 하지만 윌러비를 원망하는 마음에 눈이 멀어 그 편지들을 쓴 일 자체가 규범 위반이라는 사실마저 모른 체할 수는 없었지요. 그래서 이전에 어떤 확언을 받지도 않은 상태에서 청하지도 않은 애정 표현을 위험천만하게 감행한 부주의함과 그 결과로 받게 될 크나큰 비난이 안타까워 말없이 한탄하고 있었는데, 그때 언니가 편지를 다 읽은 걸 알아챈 메리앤이 누구라도 자신과 똑같은 상황에서 썼을 내용 말고는 쓰지 않았다고 말했어요.

"나는 그와 진정 어린 약혼을 했다고 느꼈어. 엄격한 법적 서약으로 서로 구속된 것처럼 느꼈단 말이야."

"나도 그랬을 거라 믿어." 엘리너가 말했어요. "하지만 불행히도 그 사람 감정은 달랐지."

"그이도 같은 감정이었어, 엘리너 언니—몇 주일간은 틀림없이 그랬어. 그랬다는 걸 나는 알아. 지금 무슨 사정으로 변했는지 몰라도(나를 겨냥한 사악하기 짝이 없는 흑마술이 행해진 게 틀림없어) 한때는 내 영혼이 바라는 바에 차고 넘칠 만큼 내가 그이에게 소중한 사람이었단 말이야. 지금은 이 머리카락을 이렇게 쉽게 저버렸지만, 그때는 그이가 얼마나 간절하게 매달리고 애원하고 졸라댔는지 몰라. 그이의 표정, 그이의 태도를 보았다면, 그 순간 그 목소리를 언니가 들었다면! 바턴에서 우리가 마지막으로 함께 보냈던 밤을 언니는 잊었어? 우리가 헤어진 날 아침도 그랬잖아! 수 주일 후에야 다시 만날 수 있다고 말하던 그이가 얼마나 괴로워했는지—그이의 괴로운 마음은 난 영영 잊지 못할 거야!"

얼마간 메리앤은 말을 더 잇지 못했어요. 하지만 이 감정이 지나가고 나자, 좀 더 확고한 어조로 이렇게 덧붙여 말했지요.

"엘리너 언니, 나는 잔인하게 이용당했어. 하지만 윌러비가 그런 건 아니야."

"메리앤, 그 사람이 아니면 누가 그랬겠니? 대체 누구의 사주를 받았다는 거야?"

"그이의 본심이 아니라 온 세상이 저지른 짓이야. 차라리 내가 아는 모든 인간이 야합해서 그이한테 날 중상했다고 생각하는 게 낫지, 그이 본성이 원래 그토록 잔인하다 믿을 수는 없어. 그게 누구든 간에 그이가 편지에 쓴 이 여자—아니—언니, 에드워드, 엄마 말고는 누구라도 잔인하게 날 모략할 수 있어. 이 세 사람만 예외야. 윌러비의 심성을 내가 이렇게 잘 아는데, 윌러비를 의심하느니 세상 누구라도 의심하지 않겠어?"

엘리너는 반박하지 않고 그저 이렇게 대답했어요. "그리 지독하게 네 원수 노릇을 한 사람이 누군지 몰라도, 너는 죄 없고 선한 의도만 가지고 있으니 어서 기운을 차려서 그 사악한 기쁨을 빼앗아버리자. 이성적이고 칭찬할 만한 자존심[6]만이 그런 악의를 물리칠 수 있는 법이야."

"아니, 아니야." 메리앤이 외쳤어요. "나처럼 불행에 처한 사람에게는 자존심이 없는 법이야. 내가 비참하다는 걸 누가 알든 상관없어. 그런 내 모습을 보는 승리감을 온 세상이 다 얼마든 누려도 돼. 엘리너, 엘리너 언니, 크게 괴롭지 않은 사람이야 마음대로 당당하고 주체적으로 행동할 수 있겠지. 모욕을 물리치고 모멸을 돌려주고—하지만 나는 그럴 수가 없어. 감정을 느껴야만 해—참담하게 불행해야 해—그걸 알고 즐거워할 수 있는 사람이라면 얼마든지 그러라지."

"하지만 어머니와 나를 생각해."—

"나 자신만 생각할 때보다 훨씬 더 많이 해줄 수 있지. 하지만 내가 이렇게 불행한데 겉으로는 행복한 척하라니—아! 그런 게 누구한테 필요한데?"

다시 둘 다 말이 없어졌어요. 엘리너는 깊은 생각에 빠진 채 벽난로에서 창문으로, 창문에서 벽난로로 왔다 갔다 걸어 다녔지만, 난로에서 온기가 느껴진다는 것도 모르고 창문 너머 사물들도 분간하지 못했어요. 침대 발치에 걸터앉은 메리앤은 한쪽 침대 기둥에 머리를 기댄 채 다시 월러비의 편지를 집어 들고는 한 문장 한 문장 읽을 때마다 몸을 떨다가 이내 외쳤습니다—

6 pride. 오스틴은 자존심 혹은 자긍심으로 번역되는, 긍정적인 의미에서의 pride를 중요한 미덕으로 생각한다.

"이건 너무해! 오! 윌러비, 윌러비, 이게 정말 당신이 쓴 편지일 수가! 잔인해, 지독해―무엇으로도 용서가 안 돼. 엘리너 언니, 도저히 못 하겠어. 그이가 나에 관해 어떤 중상을 들었다 해도―그리 섣불리 믿어버리면 안 되는 거 아니야? 나한테 말하고 나한테 오해를 풀 기회를 주었어야 하는 거 아니냐고? (편지글을 그대로 다시 읽으며) '선뜻 제 청을 수락하고 선물해주신 머리카락'이라니―이건 용서할 수가 없어. 윌러비, 이 말을 쓸 때 당신 심장은 어디 있었던 거야? 아! 잔혹하고 무례하기 짝이 없어!―엘리너 언니, 윌러비가 한 짓이 정당화될 수 있을까?"

"아니, 메리앤, 어떤 수를 써도 안 돼."

"그런데 이 여자는―무슨 술수를 썼는지 누가 알겠느냐만, 얼마나 오래전부터 꾸민 술수에―얼마나 단단히 획책한 계략이람!―그 여자가 누구지?―대체 어떤 여자일까?―그이 주변의 지인들 중에서 젊고 매력적인 여자 이야기를 들어본 적이 있었던가?―아! 아니야, 한 번도 없었어―나한테는 오로지 내 얘기밖에 하지 않았어."

또다시 정적이 흘렀습니다. 메리앤은 심하게 흥분했고 결국 이렇게 끝이 났지요.

"엘리너 언니, 집에 가야겠어. 꼭 가서 엄마를 위로해줘야겠어. 우리 내일 당장 떠날 수 있을까?"

"내일이라고, 메리앤!"

"그래, 내가 왜 여기 머물러 있어야 해? 오직 윌러비만 보고 온 건데―게다가 이제 누가 나 같은 사람을 신경이나 쓰겠어? 누가 나한테 관심이나 가지겠냐고?”

“내일 떠나는 건 있을 수도 없는 일이야. 제닝스 부인이 우리한테 베풀어주신 걸 생각하면, 단순한 예절 이상으로 보답할 의무가 있어. 지극히 평범한 예의만 생각해도 그렇게 서둘러 떠나서는 안 되는 거야.”

“그럼 하루이틀쯤 더 있지, 뭐. 하지만 여기 오래 머물 수는 없어. 그 많은 사람들이 꼬치꼬치 따져 묻고 한마디씩 얹는 걸 참고 들어줄 수가 없단 말이야. 미들턴 부부와 파머 부부―그 사람들이 날 불쌍하게 여기는 걸 어떻게 참으라고? 레이디 미들턴 같은 여자한테 동정을 받다니! 아! 그럼 또 그이가 뭐라고 하겠어!”[7]

엘리너는 동생에게 다시 눕는 게 좋겠다고 말했고, 메리앤은 잠시 그 말대로 했어요. 그러나 어떤 자세를 취해도 편하지 않았어요. 불안한 심신의 통증에 메리앤은 한시도 가만히 있지 못하고 자세를 계속 바꾸다 점점 더 신경질적으로 변했고, 언니는 동생을 침대에 붙잡아두는 것마저 힘에 부칠 지경이 되었습니다. 한동안은 궁지에 몰려 도움을 청해야 하나 무서워지기까지 했지요. 하지만 어떻게든 타일러서 라벤더 물 몇 방울을 마시게 했더니 효과가 있었고, 그때부터 제닝스 부인이 돌아올 때까지 메리앤은 조용히 꼼짝도 않고 침대에 계속 누워 있었답니다.

7 메리앤은 여전히 윌러비의 평가에 신경을 쓰고 있다. 윌러비가 레이디 미들턴을 낮잡아 보는 걸 알기에 할 수 있는 발언이다.

8

제닝스 부인은 집에 오자마자 즉시 자매의 방으로 와서는, 들어와도 좋다는 허락이 떨어지기도 전에 문을 열어젖히고 정말로 걱정이 가득한 표정으로 들어왔습니다.

"우리 아가씨는 몸 좀 어때요?"—부인은 한없이 가엾다는 목소리로 메리앤에게 물었고, 메리앤은 대답하려 애쓰지도 않고 고개를 돌려버렸어요.

"동생 상태가 어때요, 미스 대시우드—가엾어라! 병색이 아주 완연하네요—하긴 그야 그럴 수밖에. 아니, 정말 진짜 그렇다지 뭐예요. 곧 결혼한다고 합디다. 아무짝에도 쓸데없는 놈 같으니! 그치한테는 내 인내심이 바닥나버렸어요. 테일러 부인이 반 시간 전에 해준 얘긴데, 미스 그레이와 특별히 가까운 지인한테 들은 거래요. 안 그랬으면 믿지도 않았을 거예요. 그마저도 허튼소리라고 치워버릴 태세였는데, 뭐. 그래서 내가 그랬어요. 할 말은 하나밖에 없다고요. 그게 정말 사실이라면 그 인간은 내가 아는 젊은 아가씨한테 끔찍하게 못된 짓을 한 셈이니까, 부인 되는 사람한테 심장을 홀딱 쥐어잡혀서 병이나 나면 좋겠다고 내 영혼을 다해 빈다고 그랬어요. 앞으로도 항상 난 그리 말할 거라니까요. 내 그건 장담할게요. 남자들이 이런 식으로 행동하는 줄 생각도 못 했지 뭐예요. 그 인간을 내가 다시 마주치기만 하면 아주 단단히 혼쭐을 내주겠어요. 요즘 한참 마음 편하게 살았겠지만요. 그래도 마음에 위로가 되는 게 한 가지 있잖아요. 우리 미스 메리앤한테는 세상에 사귈 만한 남자가 그이 하나뿐인 건 아니라는 거요. 이렇게 얼굴도 예쁘고 하니 좋다고 따라다니는 남자가 없을 리도 없고요. 아휴, 가엾어서 어쩌나! 이제 내가 더는 귀찮게 하지 않을게요. 지금 당장 속이 풀리도록 원 없이 울고 해치우는 게 나아요. 패리 가족이랑 샌더슨 가족이 다행히 오늘 밤 온다고 했거든요. 그러면 좀 재미도 있고 기분도 풀릴 거예요.”

그러더니 부인은 시끄러운 소리를 내면 젊은 친구의 병이 덧나기라도 할까 걱정이라는 듯 까치발로 살금살금 걸어나갔어요.

메리앤은 그 사람들과 저녁을 같이 먹겠다고 해서 언니를 크게 놀라게 했습니다. 심지어 엘리너가 그러지 않는 게 좋겠다고 말리기까지 했는데요. 하지만 “아니야, 내려갈래. 아주 잘 견뎌볼게. 그래야 날 두고 법석을 떠는 것도 좀 나아지지”라는 대답이 돌아왔지요. 엘리너는 동생이 식사 시간이 끝날 때까지 참고 앉아 있을 리가 없다고 믿으면서도, 잠깐이나마 이런 심리적 동기에 따라 행동한다는 게 기뻐서 더는 말을 보태지 않았어요. 그리고 메리앤을 그냥 침대에 눕혀둔 채로 옷매무새를 최대한 정리해주었고, 하인이 부르러 오는 대로 동생을 부축해 식당으로 내려갈 준비를 했지요.

식당으로 내려간 메리앤은, 세상 불쌍해 보이는 몰골을 하고서도 언니 생각보다 훨씬 잘 먹고 침착하게 행동했어요. 굳이 말을 하려 애쓰려 했거나, 의도는 선하지만 눈치는 없는 제닝스 부인의 관심이 반만 신경 쓰였어도 도저히 이런 침착함을 유지할 수는 없었겠지요. 하지만 메리앤의 입술에서는 단한 음절도 새어 나오지 않았어요. 오로지 자기만의 생각에 골몰한 덕택에 눈앞에서 무슨 일이 벌어지는지 하나도 모른 채 가만히 있을 수 있었지요.

엘리너는 제닝스 부인의 친절을 공정하게 평가하고 있었습니다. 그래서 종종 지나치다 못해 괴롭고 간혹 터무니없을 지경이라는 걸 알면서도, 동생이 직접 전할 수 없는 감사를 대신 전하고 동생이 직접 표할 수 없는 예의를 대신 표했어요. 자매의 좋은 친구인 부인은 메리앤이 불행하다는 걸 알고 조금이라도 불행을 덜어주지 못한다면 그건 자기 책임이라고 느꼈습니다. 그래서 부모가 연휴 마지막 날 가장 아끼는 자식을 대하듯 다정한 태도로 원하는 건 뭐든 들어주고 해줄 수 있는 건 뭐든 다 해주었어요. 난롯가 제일 따뜻한 자리에 메리앤을 앉히고, 집 안에 맛있는 게 있으면 어떻게든 먹어보라고 권하고, 그날 새 소식을 낱낱이 전해주며 즐겁게 해주려 애썼지요. 엘리너가 동생의 서글픈 표정에서 어떤 기쁨도 거부한다는 의지를 읽지 못했다면, 온갖 달콤한 간식과 올리브, 따뜻한 난롯불로 실연을 치료해주려 애쓰는 제닝스 부인의 노고를 보며 마음이 즐거워졌을지도 모르겠어요. 하지만 꾸준히 되풀이되는 이런 선의를 메리앤도 결국은 알아차릴 수밖에 없었고, 그러자 더는 가만히 있지 않았어요. 황급히 불행하다 외치고는 언니한테 따라오지 말라고 신호를 준 뒤 즉시 벌떡 일어나서 서둘러 방을 나가버렸지요.

"가엾어서 어째!" 제닝스 부인은 메리앤이 나가자마자 외쳤어요. "마음이 아파서 못 보겠어요! 게다가 와인도 끝까지 다 못 마시고 나가버렸잖아요! 말린 체리는 또 어떻고! 아휴! 뭘 어떻게 해줘도 나아질 기미가 없네. 뭘 좋아하는지 알 수만 있으면 온 동네를 샅샅이 뒤져 찾아오라고 할 텐데. 나한테는 정말 이상하기 짝이 없는 일이라니까요. 남자가 저렇게 예쁜 아가씨한테 그리 못할 짓을 하다니! 하지만 한쪽엔 돈이 넉넉하고 또 한쪽엔 하나도 없다시피 하니, 세상에! 요즘엔 도리 같은 건 다 안중에도 없다니까!—"

"그럼 그 숙녀 분은—미스 그레이라고 하셨던 것 같은데—큰 부자신가요?"

"오만 파운드래요. 그 여자 본 적 있어요? 똑똑하고 세련된 여자라던데, 미인은 아니라나요. 그 아가씨 친척은 내가 똑똑히 기억하는데, 비디 헨쇼라고. 아주 돈 많은 남자하고 결혼했어요. 하지만 그 집안은 원체 다들 돈이 많아. 오만 파운드라니! 그래도 뭐, 이러나저러나 돈이 궁하니까 돈을 찾는 거지. 사람들 말로는 그이가 쫄딱 망했다더라고요. 놀랍지도 않지!

커리클이며 사냥용 말들을 몰고 온 데 멋이나 부리고 돌아다니더니만! 뭐, 말하나 마나 한 소리지만, 누구든 간에 젊은 남자가 예쁜 여자한테 와서 사랑한다 속살대고 결혼하자 약속하고, 그럼 약속 안 지키고 내뺄 일이 얼마나 있겠어요. 자기가 가난해졌는데 더 돈 많은 여자가 와서 받아주겠다 할 때뿐이지. 가난해지면 말을 팔고 집을 세놓고 하인도 내보내고 당장 개과천선하면 될 것을, 대체 왜 안 그러는 걸까? 틀림없이 미스 메리앤은 사정이 좋아질 때까지 얼마든지 기다릴 준비가 되어 있었을 텐데 말이에요. 그래도 요즘은 그걸로 안 되나 봐. 이 시대 젊은 남자들은 쾌락을 준다 싶으면 무엇 하나 포기할 생각이 없거든.”

“미스 그레이가 어떤 여자분인지 아세요? 상냥한 분이라 하던가요?”

“나쁜 말은 못 들어봤어요. 그러고 보니 아예 뭐라 들은 말이 없는 거 같네요. 다만 테일러 부인한테 오늘 아침 들은 말이 있긴 한데, 미스 워커가 언젠가 엘리슨 부부는 미스 그레이가 결혼하면 아쉬워하진 않을 거 같다고 넌지시 흘렸다나. 미스 그레이하고 엘리슨 부인이 별로 사이가 안 좋은가봐요.”—

“엘리슨 부부가 누구신데요?”

“후견인이에요. 하지만 이제 성년이 됐으니까 미스 그레이도 자기 마음대로 짝을 고를 수 있지요. 거참 깜찍한 선택을 했지 뭐예요—그건 그렇고,” 제닝스 부인은 잠시 쉬었다가 말을 이었다—“가여운 동생은 혼자 방에 가서 끙끙 앓으려나봐.

뭐라도 위로가 될 만한 게 없을까요? 딱해서 어째. 혼자 놔두는 게 너무 잔인한 짓 같아. 아휴, 조금만 있으면 친구들 몇 사람이 올 테니까, 그럼 좀 기분 전환이 될 거예요. 우리, 무슨 게임을 하고 놀까요? 휘스트를 싫어한다는 건 아는데. 그래도 미스 메리앤이 좋아하는 카드 게임 중에 뭐 다 같이 할 만한 게 없을까요?"

"부인, 이런 친절까지 베풀어주실 필요는 없으세요. 메리앤은 오늘 저녁에도 방에서 나오지 않을 거라서요. 제가 일찍 잠자리에 들 수 있으면 타일러볼게요. 제 생각엔 그 애한테 필요한 건 휴식이에요."

"그래요. 나도 그게 최선이라 믿어요. 저녁 식사로 뭘 먹고 싶은지 말해주고, 자라고 해요. 아휴, 지난 한두 주 그렇게 얼굴도 안 좋고 축 처져 있었던 게 당연했지 뭐예요. 그보다 훨씬 오래전부터 늘 이 문제로 고민이 많았을 텐데. 그런데 오늘 그 편지를 받고 그만 끝장이 난 게지! 가엾어서 어쩌나! 내가 조금이라도 눈치를 챘으면, 내 전 재산을 걸고 그리 농담을 하고 다니진 않았을 텐데. 하지만 그래도, 어떻게 내가 그런 걸 짐작이라도 했겠어요? 그리 대단치 않게 흔한 연애편지라고만 생각했지. 알다시피 젊은 사람들은 다들 그런 걸로 놀리면 또 좋아하잖아요. 아휴! 존 경하고 내 딸들이 이 얘기를 들으면 또 얼마나 걱정을 할까! 내가 정신머리가 있었으면, 집에 오는 길에 콘딧 스트리트에 들러서 얘기를 해주고 왔을 텐데. 하지만 어차피 내일 만날 테니까요."

"동생 앞에서 윌러비 씨 이름도 입에 올리지 말고 지난 일은 일언반구 언급도 하지 말라고 존 경과 파머 부인에게 일러두실 생각이라면, 그러실 필요는 없다고 생각해요. 본성이 선한 분들이니 그 애 면전에서 뭔가 아는 척하는 게 정말 잔인한 일이라는 걸 다들 스스로 잘 판단하실 테니까요. 그 주제에 관해서는 제게도 말씀을 아껴주실수록 제 감정도 덜 다치는데, 부인도 쉽게 짐작하실 수 있으시잖아요.”

“아유, 저런! 그럼, 그야 당연하고말고요. 그런 얘기가 오가면 듣는 언니도 끔찍하게 마음이 아플 테지요. 동생한테야 뭐 무슨 일이 있어도 내 한마디도 안 할게요. 저녁 내내 말 안 했잖아요. 존 경도, 내 딸들도 안 할 거예요. 다들 아주 생각 깊고 배려심 있는 사람들이니까. 특히나 내가 좀 언질을 주면요. 역시 그게 좋겠어. 내 생각에는, 그런 일은 말 안 할수록 좋지. 그래야 빨리 지나가고 잊히니까. 말해서 무슨 소용이겠어요, 안 그래요?”

“이런 경우는 말해봤자 해만 끼칠 뿐이지요. 비슷한 다른 경우보다 더 그럴 거예요. 사정이 사정이니만큼 공공연한 대화에서 화제에 오르면 연루된 모든 사람에게 좋을 일이 없잖아요. 다만 윌러비 씨와 관련해 이 한 가지는 밝혀두어야 할 것 같아요―그 사람이 제 동생과 확실한 약혼 관계를 깨뜨린 건 아니라는 점이요.”

“아니, 저런! 괜히 두둔하는 척 말아요. 확실한 약혼 관계가 아니라니! 데리고 가서 앨러넘에 있는 집을 다 구경시켜주고, 앞으로 살 침실들까지 정했는데!”

엘리너는 동생을 위하는 마음에 더는 이 얘기를 밀어붙일 수 없었고, 자기가 나서서 윌러비를 편들어야 하는 일은 없기를 바랐어요. 진실이 밝혀지면 메리앤은 많은 걸 잃겠지만 윌러비도 얻을 것은 별로 없었으니까요. 둘 다 입을 다물자 짧은 침묵이 흘렀지만, 제닝스 부인은 유쾌한 천성을 어쩌지 못하고 금세 다시 언변을 자랑하기 시작했어요.

"아유, 나쁜 바람[1] 어쩌고 하는 게 다 맞는 말이지 뭐예요. 브랜던 대령한테는 훨씬 잘된 일이니까요. 드디어 그이가 미스 메리앤을 갖게 되겠어요. 암요, 그렇고말고요. 두고 보세요. 한여름이 되기 전에 둘이 결혼할걸요. 아유, 세상에! 이 소식을 들으면 그 사람이 얼마나 활짝 웃을까! 오늘 밤에 대령이 오면 좋겠는데요. 동생한테도 어느 모로 보나 훨씬 좋은 혼사가 될 거예요. 부채도 반환금도 없고 일 년에 이천 파운드 수입이라니!—물론 그 어린 혼외자만 제외하고요. 아유, 그 애를 깜박했네. 하지만 도제 수업을 받게 하면[2] 돈도 얼마 안 들 테고, 그럼 그게 뭐 큰일이겠어요? 델라퍼드는 근사한 곳이에요, 정말 그렇다니까요. 내 생각엔 근사한 구식 저택이라는 말이 딱 맞는 곳이지요. 안락하고 편안하기야 이루 말할 것도 없고. 광활한 정원이 장벽처럼 둘러치고 있어서 굉장히 호젓한데, 그 지역 최고의 과실수들이 온 땅을 뒤덮고 있어요. 한쪽

---

1 '누구에게도 득이 되지 않는다면 정말 나쁜 바람wind이다'라는 영국 속담을 언급한 부분. 아무리 나쁜 상황이 닥쳐도 누군가는 득을 본다는 뜻이다.
2 혼외자는 사회적 지위가 명확히 정해지지 않았기 때문에 노동계급으로 양육하기도 했다. 특히 장인의 기술을 습득하는 도제 교육을 받게 하는 일이 많았다.

구석에 오디나무 한 그루가 자라는데 얼마나 근사한지! 말도 못해요! 딱 한 번 가봤는데 샬럿하고 나하고 얼마나 배가 터지게 먹었는지 몰라요. 게다가 비둘기집[3]도 있고, 아주 멋진 양어장들도 있고, 아주 예쁜 운하도 있지요. 한마디로, 뭐 더 바랄 게 없이 다 갖췄달까요. 게다가 교회도 가까이 있어서 주 도로에서 사 분의 일 마일만 가면 되고요. 그래서 심심할 일이 없어요. 집 바로 뒤에 있는 오래된 주목 정자에만 가서 앉아 있어도 지나가는 마차들을 다 구경할 수 있거든요. 아! 근사한 곳이라니까요! 마을 정육점도 가깝고, 돌멩이 던지면 닿을 거리에 목사관도 있고요. 내 생각엔 바턴 파크보다 천 배는 더 좋아요. 그 집에서는 고기를 사려면 삼 마일 넘는 데까지 사람을 보내야 되고, 두 분 어머님 말고는 가까운 이웃 하나 없잖아요. 그럼, 최대한 빨리 브랜던 대령의 사기를 북돋아줘야 겠어요. 알다시피 양고기 먹고 체한 속은 양고기를 먹어서 내려야지요. 미스 메리앤 머리에서 윌러비를 몰아낼 수만 있다면야!"

"그렇죠. 그럴 수만 있다면 얼마나 좋을까요, 부인." 엘리너가 말했어요. "브랜던 대령님이 계시든 안 계시든 다 잘될 거예요." 엘리너는 곧 자리에서 일어나 방을 나와서 메리앤에게로 가보았는데, 역시 예상대로 자기 방에서 꺼져가는 벽난롯불 위로 몸을 숙이고 말없이 불행을 삭이고 있었답니다. 엘리

---

3 dove-cote. 비둘기나 메추라기 같은 작은 새들이 서식할 수 있게 지어둔 작은 집을 말한다. 귀족이나 부유층의 상징으로 여겨졌다.

너가 들어올 때까지, 방 안에 불빛은 그게 전부였어요.

"나 혼자 두고 나가줘." 동생한테서 받은 인사라곤 이게 다였고요.

"혼자 두고 나갈 거야." 엘리너가 말했지요. "네가 잠자리에 들면." 메리앤은 가슴앓이를 하느라 마음의 여유가 없어서 처음엔 잠시 이상한 고집을 부리며 싫다고 우겨댔어요. 하지만 부드럽게 설득하는 언니의 애타는 진심에 곧 순순히 말을 들었고, 엘리너는 동생이 아픈 머리를 베개에 누이고는 자신이 바랐던 대로 조용히 휴식을 취할 수 있게 되자 방에서 나왔습니다.

응접실로 다시 돌아갔는데 금세 제닝스 부인이 손에 뭔가 가득 채운 와인잔을 들고 들어왔어요.

"이것 봐요." 부인이 말하며 들어왔어요. "방금 생각났는데 우리 집에 오래된 최고급 콘스탠시아 와인이 좀 있지 뭐예요. 내가 맛본 중에 최고라서, 동생 가져다주라고 한 잔 가져왔어요. 가엾은 우리 남편! 그이가 이걸 얼마나 좋아했는지 몰라요! 고질병인 통풍이 발병할 때면 이거만 한 게 세상에 없다고 그랬거든. 어서 동생한테 갖다줘요."

"부인." 엘리너는 부인이 효과를 장담하며 와인을 추천하면서, 너무 딴판으로 다른 병명을 대는 데에 그만 웃음이 났어요. "정말 친절하시네요! 하지만 방금 메리앤이 침대에 눕는 걸 보고 나왔는데, 지금쯤 거의 잠들었으면 해서요. 당장은 쉬는 것보다 좋은 약이 없을 것 같아서, 괜찮으시다면 와인은 제가 마시고 싶은데요."

　제닝스 부인은 오 분만 빨리 가지고 나올 걸 그랬다고 아쉬
워하면서도 이 정도 타협에 만족했어요. 그리고 엘리너는 술
을 거의 다 마시며, 통풍에 효과가 있는지는 잘 모르겠지만 일
단 지금은 그건 별로 중요하지 않고, 낙심한 마음을 치유하는
효과가 있는 거라면 동생은 물론 자기 자신에게도 시험해볼
만하겠다고 생각했답니다.

　모인 사람들이 티타임을 가지고 있을 때 브랜던 대령이 들
어왔는데, 방 안을 둘러보며 메리앤이 있는지 살피는 그의 태
도를 보고 엘리너는 즉시 대령은 메리앤이 그 자리에 있기를
기대하지 않고 바라지도 않는다는 걸 짐작했어요. 한마디로
말해, 이미 메리앤이 그 자리에 없는 이유를 알고 있다는 뜻이
었지요. 제닝스 부인은 같은 생각을 떠올리지 못했던 모양이
지만요. 대령이 입장하고 얼마 되지 않아 부인이 방을 가로질
러 엘리너가 주관하는 찻상 쪽으로 오더니 이렇게 속삭여 말
했거든요—"봐요, 대령님 표정이 여느 때보다 더 심각하시네.
정말 아무것도 모르나봐요. 어서 가서 말해줘요."

　대령은 얼마 후 엘리너 곁에 의자를 끌고 와 앉더니, 그가
상황을 잘 알고 있음을 확신하게 만드는 눈빛으로 메리앤의
안부를 물었습니다.

　"메리앤은 몸이 좋지 않아요." 엘리너가 설명했지요. "온종
일 기분이 나아지지 않아서 제가 일찍 잠자리에 들라고 했답
니다."

　"그렇다면," 그는 망설이며 대답했어요. "오늘 아침 제가 들
은 소식이—처음엔 차마 믿지 못했지만, 생각보다 더 진실에

가까운 모양이군요.”

“무슨 말씀을 들으셨는데요?”

“한 신사가, 그러니까 제가 상당한 근거를 지니고 약혼했다고 믿었던―짧게 말해, 이미 약혼했다고 제가 알고 있던 남자가―어떻게 제가 감히 그런 얘기를 하겠습니까? 이미 알고 계실 텐데, 그렇다면 제가 군이 말씀드리지는 않아도 되겠지요.”

“그러니까 그 말씀은” 하고 엘리너는 억지로 침착함을 가장하며 대답했습니다. “윌러비 씨가 미스 그레이와 결혼한다는 것이지요. 네, 저희도 다 알고 있답니다. 오늘은 모두가 진실을 알게 되는 날인가 보네요. 저희도 바로 오늘 아침에야 알게 된 진실이거든요. 윌러비 씨는 참 속내를 가늠할 수 없는 분이군요! 어디서 들으셨나요?”

“팰맬⁴에 있는 문구상⁵에서 들었습니다. 볼일이 있어서 갔었거든요. 두 숙녀분이 마차를 기다리고 있었는데, 한 분이 다른 분에게 곧 있을 혼사를 설명하시더군요. 숨길 생각도 별로 없는 목소리라서 저도 듣게 되었습니다. 윌러비, 존 윌러비라는 이름이 여러 번 되풀이되기에 절로 주의를 기울이게 되었지요. 그런데 바로 이어진 내용은 그 사람과 미스 그레이의 혼사가 드디어 다 결정되었다는 이야기였습니다―더는 비밀이 아니라면서요―심지어 구체적인 결혼식 준비며 다른 문제들

---

4 런던 트래펄가 광장에서 세인트제임스궁까지 이어지는 상점가.
5 글을 쓸 때 필요한 문구를 팔던 상점. 깃펜, 종이, 깃펜을 깎는 펜나이프 등을 판매했다.

도 다 정리되었으니 몇 주일 내로 혼인할 거라고 하는 겁니다. 특히 한 가지가 기억에 남는데, 상대 남자가 누구인지 재차 확실하게 알 수 있었기 때문입니다—식을 올리자마자 서머싯셔의 영지 쿰매그나로 함께 갈 예정이라고 하더군요. 제가 얼마나 놀랐는지요! 그러나 제 감정을 형언한다는 건 불가능하겠지요. 그분들이 떠날 때까지 상점에 남아 있다가 주인에게 물어보니, 계속 이야기를 하던 여자분이 엘리슨 부인이라고 알려주었습니다. 다름 아닌 미스 그레이의 후견인이라는 사실도 그 후에 알게 되었고요.”

“그러셨군요. 하지만 미스 그레이한테 오만 파운드의 재산이 있다는 이야기도 들으셨나요? 해명을 찾으려 한다면 거기서 찾을 수 있겠지요.”

“그럴 겁니다. 하지만 윌러비라면 얼마든지—적어도 제 생각에는,”—그는 잠시 말을 멈추더니, 자기 자신을 믿을 수 없다는 듯 조심스러운 말투로 덧붙였습니다. “하지만 동생분께서는—어떻게—”

“아주 혹독한 시련을 겪고 있지요. 비교적 짧기만을 바랄 뿐이에요. 전에도, 또 지금도 잔인하기 이를 데 없는 상사병을 앓고 있으니까요. 어제까지 동생은 그의 애정에 한 치의 의심도 품은 적 없었다고 전 믿어요. 어쩌면 지금도 여전히—하지만 저는 그가 한 번도 진심으로 동생을 사랑한 적이 없다는 생각마저 들기 시작했어요. 아주 기만적으로 굴었거든요! 어떤 면모들을 보면, 심장이 돌처럼 딱딱한 사람처럼 보이기도 하고요.”

"아!" 브랜던 대령이 말했어요. "실제로, 그렇습니다! 하지만 동생분은—이미 그리 말씀하셨지만—꼭 그렇게 생각하시지는 않는 거지요?"

"그 애 성격을 아시잖아요. 할 수만 있다면 여전히 그 사람을 옹호하려고 얼마나 열심일지 짐작이 가시지요."

그는 아무 대답도 하지 않았습니다. 곧이어 찻상이 나가고 카드 테이블이 차려지자 어차피 더는 이 이야기를 이어갈 수 없게 되었고요. 대화를 나누는 둘을 내내 뿌듯하게 지켜보던 제닝스 부인은 미스 대시우드가 알려준 소식을 듣자마자 곧바로 대령의 얼굴에 청춘과 희망과 행복의 절정을 누리는 남자에게나 어울릴 환한 기쁨이 꽃처럼 피어나길 기대했지만, 오히려 그날 저녁 내내 대령이 평소보다도 훨씬 심각하고 생각이 많아 보이자 그만 너무나 놀라고 말았습니다.

9

예상한 것보다는 밤새 좀 더 자긴 했지만, 다음 날 아침에 일어난 메리앤은 눈을 감았을 때와 똑같이 불행을 의식했습니다.

엘리너는 메리앤에게 감정을 최대한 많이 표현하라고 권했고, 아침 식사가 준비되기 전에 두 사람은 같은 주제로 이야기를 하고 또 하고 또다시 했습니다. 예전처럼, 그때마다 엘리너는 변함없이 차분한 확신을 품고서 다정한 조언을 내놓았고, 그때마다 메리앤은 변함없이 조급한 감정을 내비치며 온갖 다양한 의견들로 반박했지요. 어떤 때는 윌러비도 자기만큼 불행하고 죄가 없다고 믿다가도, 어떻게 한들 그의 죄를 사면해줄 수 없다는 사실에 일말의 위로도 없는 절망으로 빠져들곤 했어요. 한순간 자신을 관찰하는 세상의 눈길에 철저히 무심한 듯 보이다가도, 다음 순간에는 세상의 눈을 피해 은둔하길 바라다가, 또 다른 순간에는 기운차게 저항하려 들었지요. 하지만 그런 메리앤에게도 변함없고도 한결같은 점이 딱 하나 있었는데, 바로 최선을 다해 제닝스 부인을 피하다가 어쩔 수 없이 참고 같이 있어야 할 때는 결연하게 침묵을 지키는 것이었어요. 메리앤의 심장은 딱딱하게 굳어서 제닝스 부인이 조금이라도 연민을 품고 자기 슬픔을 알아줄 거라고 믿기를 거부했어요.

"아니, 아니, 그건 아니야, 그럴 리가 없어." 메리앤은 외쳤어요. "그 여자는 제대로 느끼지 못해. 그 친절은 공감이 아니야. 그 착한 심성은 다정함이 아니라고. 그 여자가 원하는 건 오직 가십이고, 이제 내가 가십거리가 되니까 날 좋아하는 것뿐이야."

이 일이 아니더라도, 엘리너는 동생이 예민하고 신경질적인 마음의 소유자라서 부당한 잣대로 남을 판단하기 일쑤며, 강렬한 감수성의 섬세한 뉘앙스와 세련된 매너의 우아함을 지나치리만큼 중요하게 생각한다는 걸 너무나 잘 알고 있었습니다. 세상의 절반은 영특하고 착한 사람들이라고 하는데, 그들이 대체로 그렇듯 메리앤 역시 탁월한 능력과 뛰어난 성정의 소유자였지만, 합리적이지도 않고 공평하거나 관대하지도 않았어요. 다른 사람들에게서 자기와 똑같은 의견과 감정을 기대하고, 그들이 자기한테 하는 행동이 즉각적으로 보여주는 결과를 근거로 그들의 동기를 판단했거든요. 그리하여, 아침을 먹고 자매가 같이 자기 방에 있을 때 일어난 어떤 일은, 메리앤으로 하여금 제닝스 부인의 심성을 더욱 낮게 평가하게 만들어버렸답니다. 제닝스 부인은 순수한 선의에서 행한 일이지만, 메리앤 본인이 취약한 상태였으므로 새삼스레 아픈 데를 건드리는 짓이라 느끼게 된 것이죠.

제닝스 부인이 쭉 뻗은 손에 편지 한 통을 들고서, 이만하면 위로가 될 거라 믿은 나머지 만면에 명랑한 미소를 띤 채 들어와서 이렇게 말했거든요.

"자, 우리 아가씨, 이걸 보면 틀림없이 힘이 좀 날 거예요."

메리앤은 그 말로 충분했습니다. 삽시간에 상상력이 눈앞에 윌러비의 편지를 불러냈어요. 한없이 다정하게 후회한다고 토로하며 지난 모든 일을 해명하는, 만족스럽고 설득력 있는 편지를요. 곧이어 윌러비 본인이 달뜬 얼굴로 방으로 따라 들어와 메리앤의 발치에 무릎을 꿇고 눈빛으로 수만 가지 말을 하면서 편지가 진실이라고 확인시켜줄 테지요. 하지만 찰나의 상상은 바로 다음 순간 와르르 허물어지고 말았어요. 지금까지 단 한 번도 반갑지 않은 적 없던 어머니의 필체가 눈앞에 놓여 있었거든요. 그리고 희망을 넘어서는 황홀경 바로 다음에 그토록 쓰라린 실망감을 맛보자, 메리앤은 흡사 그 순간까지는 고통을 모르던 사람처럼 새삼 아프게 괴로워했어요.

그러니 제닝스 부인의 잔인함은 그 어떤 언어로도 차마 표현할 수 없었어요. 메리앤이 최고의 달변을 구사할 수 있다 해도 적절한 어휘가 있을 리 없었지요. 그래서 걷잡을 수 없이 격하게 복받치는 감정을 두 눈에서 줄줄 흐르는 눈물에 담아 부인을 질책하는 수밖에 없었습니다. 막상 질책을 받은 사람은 전혀 눈치채지 못했고, 수없이 가엾다고 동정을 표하고는 위로가 될 거라며 다시 한번 편지를 가리킨 다음 방에서 나갔어요. 하지만 메리앤이 간신히 마음을 가라앉히고 편지를 읽

을 마음이 들었을 때 편지는 전혀 마음의 위로가 되지 못했어
요. 편지지 한 장 한 장 윌러비가 가득했거든요. 어머니는 여
전히 둘의 약혼을 확신하고 윌러비의 변함없는 마음을 열렬
하게 믿고 있었지만, 엘리너의 호소에 그제야 정신을 차리고
메리앤에게 엄마와 언니한테 속을 다 터놓으라고 부탁했던
거예요. 어머니의 간청에는 메리앤을 애틋하게 사랑하는 마
음과 윌러비를 한없이 아끼는 애정, 두 사람이 함께 행복할 수
있다는 미래에 대한 확신이 담겨 있었기에, 메리앤은 편지를
읽으며 내내 괴로워 흐느껴 울었어요.

이제 한시라도 집에 빨리 가고 싶다는 조바심이 되돌아왔
지요. 어머니는 어느 때보다도 훨씬 더 소중한 사람이 되었어
요. 윌러비를 지나치리만큼 믿는 어머니의 착각 탓에 더욱 애
틋하게 소중해졌던 거예요. 그러자 이젠 집에 가고 싶은 마음
에 미칠 듯 다급해졌어요. 엘리너는 메리앤이 런던에 있는 게
나을지 바턴에 있는 게 나을지 마음을 정하지 못해, 어머니의
의중을 알게 될 때까지는 기다리자고만 얘기하면서 자기 조
언은 아꼈고, 동생을 설득해 그때까지 기다리겠다는 동의를
결국 받아냈습니다.

제닝스 부인은 평소보다 일찍 외출했어요. 미들턴 부부와
파머 부부와 만나 자기만큼 속상해해주기 전까지는 편히 있
을 수가 없었거든요. 엘리너가 함께 가겠다고 했지만 단호히
거절하고 남은 오전 시간 내내 혼자 나가 있었지요. 엘리너는
얼마나 큰 고통을 전해야 하는지 생각하며, 또 메리앤에게 온
편지로 보아 자기가 토대를 얼마나 형편없이 다졌는지 절감

하며, 몹시도 무거운 마음을 안고서 책상에 앉아 어머니에게 지난 일들을 설명하고 앞으로 어떻게 해야 할지 가르침을 달라고 부탁하는 편지를 썼습니다. 한편 제닝스 부인이 외출하자 응접실로 들어온 메리앤은 엘리너가 글을 쓰는 책상에 꼭 붙어 서서 쓱쓱 나아가는 펜을 지켜보며, 얼마나 힘든 일일까 슬퍼하다가 또 어머니한테 이 편지가 미칠 영향을 생각하며 더욱 애처롭게 서러워했어요.

둘이서 이렇게 있은 지 십오 분쯤 지났을 때 문 두드리는 소리가 났는데, 신경이 예민해져 급작스러운 소음을 견디지 못한 메리앤은 그만 화들짝 소스라쳐 놀랐어요.

"대체 누가 온 거지?" 엘리너가 외쳤어요. "그것도 이렇게 이른 시각에! 우리끼리 편히 있을 거라고 안심하고 있었는데."

메리앤이 창가로 걸어갔습니다—

"브랜던 대령이야!" 심란한 말투로 메리앤이 말했어요. "저 사람만큼은 우리가 피할 길이 없나봐!"

"제닝스 부인이 집에 안 계시니까 들어오시진 않을 거야."

"난 그럴 거라고는 못 믿겠어." 메리앤은 자기 방으로 물러나면서 대꾸했다. "자기 시간을 허투루 쓰는 사람은 다른 사람 시간을 침범하는 데도 아무 거리낌이 없다니까."

부당하고 잘못된 근거로 내린 판단이었지만 이번 일만큼은 메리앤이 옳았습니다. 브랜던 대령은 정말 집 안으로 들어왔거든요. 하나 엘리너는 그가 온 건 메리앤이 걱정되었기 때문이라고 굳게 믿었고, 우울하고 수심 가득한 얼굴과 초조하지만 짤막하게 메리앤의 안부를 묻는 말씨에서 바로 그 걱정을 보았기에, 이토록 대령을 하찮게 평가하는 동생을 용서할 수 없었어요.

"본드 스트리트에서 제닝스 부인을 뵈었습니다." 처음 인사를 나누고 나서 대령이 말했습니다. "제게 가보라고 하시더군요. 하지만 기꺼이 그 말씀을 따른 건 미스 대시우드만 따로 뵐 수 있을까 해서였습니다. 간절히 바라던 바였거든요. 제 목적은—제 바람은—따로 뵙고 싶었던 단 하나의 이유는—바라건대, 아니, 아무래도—위로가 될 만한 일이—아니, 위로라고 말씀드려선 안 되겠군요—당장의 위로가 될 수는 없으니까—그게 아니라 동생분의 마음에 확신을, 오래 지속되는 확신을 드리고자 하는 것입니다. 동생분과 미스 대시우드와 어머님을 아끼는 마음으로만 드릴 수 있는 말씀이니—이제 알려드리려는 사정에 대해서는—오로지 제 진심 어린 호의로만—도움이 되고 싶은 신실한 열망으로만—제 입장이 정당화된다고 믿습니다—내가 옳다는 믿음을 다지느라 그토록 오랜 시간을 보냈지만, 그래도 제가 틀렸을까봐 두려워할 만한 이유가 과연 없을지는." 그는 말을 뚝 그쳤습니다.

"무슨 말씀이신지 이해했어요." 엘리너가 말했습니다. "윌러비 씨에 대해 제게 뭔가 해주실 말씀이 있는 거네요. 그 사람의 인격을 더 많이 밝혀줄 이야기겠지요. 말씀해주시면 메리앤에게는 그 무엇보다도 훌륭한 우정의 선물이 될 거예요. 그걸 위해 무엇이든 알려주시면, 제 감사의 마음은 즉시 얻으실 테고, 메리앤의 마음도 시간이 흐른 다음 따라갈 거예요. 부디, 부디 꼭 말씀해주세요."

"그러겠습니다. 간략하게 말씀드리자면, 작년 10월 제가 바턴을 떠날 때―하지만 이것만으로는 이해를 못 하시겠군요―훨씬 더 옛날로 거슬러 올라가야겠습니다. 제가 이야기꾼으로는 영 서투릅니다, 미스 대시우드. 어디서부터 시작해야 할지도 모르겠어요. 아무래도, 저에 대해 짧게 설명드려야 할 것 같은데요. 정말 짧게 설명하겠습니다." 깊이 한숨을 쉬며, "이런 주제로는 중언부언 말을 많이 하고 싶을 리도 없지요."

그는 기억을 되짚느라 잠시 말을 멈췄고, 이윽고 한 번 더 한숨을 쉬고는 말을 이었습니다.

"아마 저희가 나눴던 대화를 까맣게 잊으셨겠지만―깊은 인상을 남겼을 만한 이야기도 아니었고요―바턴 파크에서 저희가 어느 저녁 나눴던 대화인데―무도회가 열렸던 밤이었습니다―그때 제가 한때 알던 아가씨가, 동생분인 미스 메리앤과 상당히 닮았다는 얘기를 했더랬습니다."

"그러셨지요." 엘리너가 대답했어요. "잊지 않았어요." 엘리너가 기억한다고 말하자 대령은 기쁜 듯 덧붙여 말했습니다.

"애틋한 추억이 불확실해서, 편향되어서 제가 착각한 게 아니라면, 둘은 정말 많이 닮았습니다. 외모뿐 아니라 성격도 그랬지요. 따뜻한 심장도, 상상력과 기운찬 활력도 똑같았습니다. 이 아가씨는 제겐 아주 가까운 인척인데, 어렸을 때 부모를 여의어서 저희 아버지가 후견인이 되어 돌봐주셨습니다. 저희는 나이가 거의 또래라서 아주 어렸을 때부터 같이 놀며 친구로 지냈어요. 제가 일라이자를 사랑하지 않았던 때는 기

억나지 않습니다. 그리고 우리의 성장기에 제가 일라이자에게
품었던 애정은, 쓸쓸하고 활기 없이 심각하기만 한 제 모습만
봐서는 설마 저 사람이 그럴 수가 있나 생각하실, 그런 감정이
었습니다. 저를 향한 그이의 감정 또한, 제가 믿기로는, 동생
분이 윌러비를 사랑하는 마음 못지않게 뜨거웠지요. 그리고
이유는 좀 다르지만 동생분 못지않게 불행했습니다. 열일곱
살이 되었을 때 저는 일라이자를 영영 잃고 말았거든요. 결혼
을—본인 뜻과 상관없이 제 형과 결혼했기 때문입니다. 일라
이자는 재산이 많았고 저희 가족의 영지에는 막대한 빚이 있
었습니다. 안타깝게도, 일라이자의 친척이자 후견인이었던 사
람의 행동과 관련해서 할 수 있는 말은 그뿐입니다. 저희 형은
일라이자의 남편이 될 자격이 없었습니다. 심지어 사랑하지도
않았고요. 저를 사랑하는 마음으로 일라이자가 어떤 어려움이
라도 견뎌내기를 바랐습니다. 그리고 한동안은 그랬어요—하
지만 지독하게 매정한 박대를 받고 살다가 암담한 상황 속에
서 그만 모든 의지가 꺾이고 말았습니다. 내게는 그렇게 약속
해놓고서, 결코 그 무엇도—그나저나 제가 정말 두서없이 얘
기를 하고 있군요! 어떻게 이렇게 되었는지도 말씀드리지 않
고 그만. 사실 저희는 그때 바로 몇 시간 후에 스코틀랜드[1]로
함께 도망갈 계획이었습니다. 하지만 일라이자의 하녀가 배신

1 1753년 잉글랜드에서 제정된 로드 하드윅 결혼법은 21세 이하의 남녀가
  결혼하려면 반드시 부모의 동의가 필요하다고 명시했다. 스코틀랜드에
  서는 이 결혼법이 적용되지 않았고 남자 14세, 여자 12세 이상이면 부모
  의 동의와 무관하게 결혼할 수 있었다.

한 건지 어리석어서 그랬는지, 우리 계획을 폭로하고 만 겁니다. 저는 아주 먼 친척의 집으로 보내졌고, 아버지는 당신 뜻을 관철시킬 때까지 그녀에게 어떤 자유도, 사교 생활도 유흥도 허락하지 않았어요. 그 사람의 강단을 너무나 굳게 믿었기에 결혼 결정으로 제가 받은 충격은 컸습니다—그래도 결혼 생활이 행복했다면, 그때는 저도 젊디젊은 나이였으니 사실을 받아들이고 마음을 정리했을 겁니다. 아니, 적어도 지금 이렇게 통탄하지는 않았겠지요. 그러나 사정이 그렇지 못했습니다. 형은 일라이자를 아끼는 마음이 전혀 없었어요. 자기의 쾌락을 온당한 자리에서 찾지도 않았고요. 그래서 처음부터 매몰차고 야박하게 대했습니다. 그 결과가 일라이자처럼 젊고 생기발랄하고 경험이 없는 사람의 마음에 어떻게 새겨졌을지는 그저 빤할 따름이지요. 처음에는 그 사람도 자기가 처한 불행한 신세를 체념하고 받아들이려 했어요. 일라이자는 저와 나눈 추억 때문에 생겨난 회한을 이겨내버렸으나, 그렇게 살아가지 않았더라면 훨씬 나았을 겁니다. 하나 부정을 조장하는 그런 남편과 살면서 조언을 해주거나 적극 말려줄 친구 한 명 두지 못했는데, 그 사람이 일탈하고야 만 것이 과연 이상한 일입니까? (아버지는 둘이 결혼하고 몇 달 지나지 않아 돌아가셨고 저는 동인도제도 연대에서 복무 중이었으니까요.) 제가 영국에 남아 있었다면 어쩌면—하지만 저는 수년간 그녀 곁에서 사라져서 둘이 행복하게 살 수 있게 돕고 싶었고, 오로지 그 목적으로 근무지 변경 신청을 했습니다. 결혼 소식을 듣고 제가 받은 충격은," 그는 걷잡을 수 없이 감정이 복받치는 목소리로 말을 이었습니다. "사실 그건 하찮기 짝이 없었어요—아무것도 아니었습니다—제가, 대략 이 년쯤 흐른 후에, 이혼 소식을 듣고 받은 충격에 비하면 말입니다. 그 충격이 저에게 이런 우울의 그늘을 드리운 겁니다—지금도 제가 겪은 고통을 돌이켜 생각하면—"

대령은 더 말을 잇지 못하고, 황급하게 일어서더니 몇 분쯤 방 안을 서성거렸어요. 엘리너는 사연도 그렇지만, 이야기를 전하는 대령의 괴로움에 마음이 한층 크게 흔들려 어떤 말도 차마 할 수가 없었어요. 대령은 엘리너의 걱정을 알아차리고 다가와서 그녀의 손을 잡고는, 꾹 눌러 힘주어 쥐었다가 감사와 존경을 담아 손에 입을 맞추었습니다. 몇 분쯤 말없이 마음을 가다듬느라 애를 쓴 대령은 침착하게 이야기를 다시 시작했습니다.

"이 불행한 시기 이후로 거의 삼 년이 더 흐른 뒤에 저는 영국으로 돌아왔습니다. 고국 땅에 드디어 도착했을 때, 제가 처음 한 일은 일라이자의 행방을 찾는 것이었어요. 하지만 수색은 헛될 뿐 아니라 침울했습니다. 처음 그 사람을 유혹했던 남자 이후로는 행적을 쫓을 수가 없었거든요. 게다가 그 남자와 헤어져 더 깊은 죄의 수렁에 빠졌다고 추정할 만한, 확실한 근거들이 있었습니다. 법적으로 보장된 위자료는 원래 재산에 비해 턱없이 적었고, 편안한 생활을 영위하기에 충분치도 않았지요. 게다가 그 수당을 받을 권리조차 몇 달 전 다른 사람 명의로 넘어갔다고, 형이 알려주더군요. 형은 참으로 차분하게도 짐작하더군요. 자기 생각엔 허랑방탕하게 살다 곤

궁에 빠져서 어쩔 수 없이 눈앞의 문제를 해결하느라 수당 수령권을 포기했을 거라고 했어요. 그러다 영국에 온 지 여섯 달 만에, 드디어 일라이자를 찾아냈습니다. 한때 제 하인이었지만 잘못된 길에 빠져 전락한 친구가 빚 때문에 채무자 수용소에 수감되었는데 그 친구를 만나러 갔다가, 바로 같은 곳에 비슷한 죄목으로 갇혀 있는 제 불행한 친척을 보게 된 겁니다. 딴판으로 변한 모습이었는데―다 시들어버려서는―온갖 뼈저린 고생을 겪다 피폐해진 얼굴이었지요! 내 눈앞의 이 침울하고 병색 완연한 사람이 한때 내가 미칠 듯 사랑했던 그 어여쁜, 꽃처럼 피어나던, 건강했던 여인의 잔해라는 걸 도저히 믿을 수가 없었습니다. 그 모습을 보며 제가 겪은 고통이란―하지만 군이 구구절절 묘사해 미스 대시우드까지 괴롭힐 권리는 없지요―이미 심한 괴로움을 드렸으니까요. 다만, 어느 모로 보나 결핵 말기가 분명했는데―그래요, 그런 상황에서 저에게는 차라리 그게 가장 큰 위로가 되었습니다. 죽음을 잘 준비할 시간을 주는 것 말고는 삶이 일라이자에게 더 이상 해줄 수 있는 게 없었습니다. 그래서 편안한 숙소로 데리고 와서 적절한 보살핌을 받도록 조치했지요. 그리고 짧은 인생의 남은 나날 동안 매일 병문안을 갔고요. 마지막 순간에도 제가 곁을 지켰습니다."

또다시 그는 말을 멈추고 마음을 다시 가다듬었습니다. 엘리너는 대령의 불행한 친구가 맞은 운명에 애틋함과 진심 어린 걱정을 담아 탄성으로 감정을 표했고요.

"가엾게도 수모를 겪은 제 친척과 닮았다고 여긴다 해서 행여 동생분께서 마음 상하는 일은 없기를 바랍니다. 둘의 운명, 둘의 행적은 같을 수 없으니까요. 타고난 다정한 성품을 좀 더 단단한 정신으로, 아니면 행복한 결혼으로 보호했다면, 앞으로 살면서 보시게 될 동생분의 여러 모습을 일라이자도 다 보여주었겠지요. 하지만 대체 이 모든 이야기가 어디로 이어지는가 말이지요? 아무것도 아닌 일로 마음만 불편하게 해드린 것 같습니다. 아! 미스 대시우드―십사 년간 건드리지도 않던―이런 주제는―어떻게 한대도 위험하기만 하군요! 제가 더 침착해지겠습니다―더 간결하게 말씀드리지요. 일라이자는 첫 외도에서 생긴 유일한 아이, 그때 세 살이었던 어린 딸을 보호해달라고 저에게 맡겼습니다. 그 사람은 딸을 많이 사랑했고, 언제나 곁에서 떨어지지 않고 돌보았지요. 제게 그리 귀하고 소중한 보물을 맡겼으니, 제 손으로 직접 교육을 관장할 수만 있었다면 기쁜 마음으로 누구보다 엄격하게 그 책무를 수행했을 것입니다. 하지만 사정이 도저히 허락지 않았어요. 저는 가족도 집도 없었으니까요. 그래서 저의 어린 일라이자를 기숙학교에 보낸 겁니다. 시간이 날 때마다 학교에 가서 만났고, 형이 죽고 나서는 (약 오 년 전쯤 그렇게 되었는데, 그 후 가문의 재산이 제 소유가 되었습니다) 그 애가 종종 델라퍼드로 저를 보러 왔어요. 저는 그 애를 먼 친척이라 불렀지만 사람들이 대부분 그보다 훨씬 가까운 관계로 의심하고 있다는 것도 알았습니다. 그리고 삼 년 전 (그 애가 막 열네 살이 되었을 때지요) 학교에서 데리고 나와, 도싯셔에 거주하는 매우 점잖은 부인께 돌봐달라고 맡겼습니다. 비슷한 또래의 여자아이 너

덧 명을 더 데리고 돌봐주던 분이었는데, 이 년 동안은 제가 불만을 가질 이유가 전혀 없었습니다. 그런데 지난 2월, 벌써 열두 달 전에, 그 애가 갑자기 종적을 감춰버렸어요. 하도 열렬히 가고 싶어하기에, 요양 중인 아버지를 간병하러 가는 또래 친구를 따라 바스[2]에 놀러 가도 좋다고 허락해주었거든요. (이렇게 되었으니 제가 부주의했던 것이지요.) 그 부친이 매우 좋은 분이라는 걸 알고 있었기에 딸도 그러리라 믿었던 겁니다—하지만 믿음이 아까운 아이였어요. 상황을 완전히 오판하고는 완강하게 비밀을 지키며 굳게 입을 다물고 실마리조차 주지 않았거든요. 모든 걸 다 알고 있는 게 분명했는데도 말이지요. 부친 또한 선의는 있어도 눈치가 빠른 편은 아니라 거기서 얻을 정보는 없었습니다. 부친이 주로 집 안에만 있는 사이 여자아이들은 시내를 마음껏 돌아다니며 마음 내키는 대로 사람을 사귀고 다녔던 거지요. 그래서 그는 자기 딸이 이 문제와 전혀 무관하다고 단단히 믿고 있었고, 저 역시 그리 믿게 만들려고 애썼습니다. 짧게 말해, 저는 그 애가 사라졌다는 것만 알게 되었을 뿐, 지난 여덟 달 동안 그 밖에는 어떤 사실도 알아내지 못하고 그저 짐작만 해야 했습니다. 제가 무슨 생각을 했는지, 무엇을 두려워했는지 상상하실 수 있을 겁니다. 또 얼마나 괴로웠는지도요."

"설마요!" 엘리너가 외쳤습니다. "설마, 설마 윌러비인가

<hr>

2 당시 영국에서 매우 인기 있는 온천 요양지이자 휴양지. 관광객이 많이 모여들다보니 젊은이들을 위한 놀거리와 먹을거리도 많이 있었다. 젊은 이들은 모두 사교와 유흥을 즐기려 바스로 가고 싶어했다.

요!”—

“첫 번째 소식은, 작년 10월 그 애가 직접 쓴 편지를 통해 도착했습니다.” 대령은 말을 이었습니다. “델라퍼드를 거친 그 편지를 전달받은 것이 바로 휫웰로 소풍을 떠나기로 했던 바로 그날 아침입니다. 이것이 바턴을 갑작스레 떠난 이유인데, 당시에는 분명 다들 이상하게 보았을 테고 불쾌하게 받아들인 분도 계셨을 겁니다. 윌러비 씨 본인도, 소풍 계획을 뒤 엎은 무례를 질책할 때는 자기가 가난과 불행으로 몰아넣은 사람을 구하러 간다고는 생각지 못했겠지요. 하지만 그가 알았다 한들 무슨 소용이 있었을까요? 동생분의 웃는 얼굴 앞에서 덜 명랑하고 덜 행복했을까요? 아니요, 그는 다른 사람의 감정에 공감할 수 있는 사람이라면 결코 할 수 없는 짓을 이미 저지른 후였습니다. 젊고 순수한 여자를 유혹해서 제대로 된 집도 없고 도와줄 사람도 친구도 하나 없는 끔찍하게 궁핍한 상황에 던져놓고는, 자기 주소도 가르쳐주지 않았어요! 돌아오겠다고 약속하고 떠난 후에는, 돌아가지도 않고 편지를 쓰지도 않고 그 애를 구해주지도 않았습니다.”

“이건 완전히 도를 넘는 일이에요!” 엘리너가 외쳤습니다.

“이제 그자의 정체를 알게 되신 겁니다. 흥청망청하고 방탕한데, 그걸 다 합친 것보다 나쁜 놈이지요. 몇 주일 전 이 사실을 알게 되었는데, 이걸 알면서도 변함없이 윌러비를 애틋하게 좋아하고 여전히 결혼을 확신하는 동생분을 보면서, 두 분 모두를 아끼는 제 마음이 어떠했을지 아시겠습니까. 지난주 혼자 계실 때 찾아왔을 때는, 반드시 진실을 알아야겠노라 작정하고 왔습니다. 알고 나면 다음에 어떻게 해야 할지는 결심이 서지 않았지만요. 그때는 제 행동이 아마 이상해 보였을 겁니다. 하지만 이제는 이해하시겠지요. 여러분 모두 그렇게 속도록 두면서, 동생분을 보기만 하고—하지만 제가 뭘 어떻게 할 수 있었겠습니까? 제가 성공하길 바라고 개입할 수는 없었습니다. 동생분의 영향을 받아 윌러비를 옳은 길로 되돌릴 수 있을 것 같다 느껴질 때도 있었어요. 하지만 이리 불명예스러운 짓을 저지른 지금에 와서, 윌러비가 어떤 생각으로 동생분을 대했는지 누가 알겠습니까? 그렇다고는 해도 그자가 그때 어떤 계획으로 행동했든, 내 불쌍한 어린 일라이자의 처지와 비교하면, 이 가엾은 아이의 비참하고 절망적인 처지를 생각해보시고 자신을 대입해 상상해보신다면, 동생분은 지금도 앞으로도 감사하는 마음으로 지금의 상황을 판단하실 수 있을 겁니다. 그 애의 사랑은 여전히 강해요. 동생분 못지않게 강하지요. 그러나 자책감은 그 애 마음을 괴롭히고 있고, 아마도 평생 따라다닐 겁니다. 이렇게 비교해보면 동생분에게도 분명 도움이 되겠지요. 지금의 괴로움은 아무것도 아니라고 느끼실 겁니다. 잘못된 행실에서 비롯된 일이 아니니 오명이 따르진 않을 테지요. 친구들은 모두 이로 인해 훨씬 더 좋은 친구가 되어줄 거고요. 불행을 걱정하는 마음, 시련을 굳건히 이기는 동생분을 존경하는 마음에 모두의 사랑이 더 단단해지지 않겠습니까. 하지만 제가 말씀드린 이야기는 잘 판단하셔서 조심스럽게 전해주십시오. 그 결과가 어떻게 나타날지는, 누구보다 잘 아실 테니까요. 그러나 제가 진지하게, 제 마음속 깊이, 이 이야기가 두 분에게 도움이 되고 동생분의 미련을 덜어 줄 수 있을리라 믿지 않았다면, 우리 집안의 수난사를 구구절절 늘어놓아 심기를 불편하게 하는 일은 없었을 겁니다. 혹여 다른 사람들을 깎아내려 저 자신을 높이려는 의도로 비칠 수도 있는 얘기니까요."

이 말이 끝나자 엘리너는 열렬한 진심을 담아 감사의 마음을 전했습니다. 그리고 방금 알려준 이야기가 메리앤에게도 실질적으로 큰 도움이 될 거라고, 단단히 안심을 시켰어요.

"제 마음을 아프게 했던 건, 다른 무엇보다도 메리앤이 윌러비의 죄를 면해주려 애쓰는 모습이었어요. 일고의 가치도 없는 인간이라고 철저히 믿는 것보다도, 그러는 게 오히려 메리앤의 마음을 더 힘들게 하는 것 같았거든요. 이렇게 되었으니 처음엔 그 애도 몹시 힘들어하겠지만, 곧 훨씬 편해질 거라 믿어요." 엘리너는 잠시 침묵하다가 다시 말을 이었어요. "혹시 대령님께서는, 바턴을 떠난 후 윌러비 씨를 본 적 있으신가요?"

"예." 대령은 심각하게 말했습니다. "한 번 만났습니다. 한 번은 만나야만 했어요."

엘리너는 대령의 태도에 화들짝 놀라 불안하게 바라보며 물었습니다.

"뭐라고요? 그럼 설마 만나신 목적이—"

"다른 식으로 만날 수는 없었습니다. 일라이자가, 정말 마지못해 말하긴 했지만, 저에게 애인의 이름을 털어놓았거든요. 그래서 그가 런던에 돌아왔을 때, 제가 오고 나서 이 주일이 채 안 되었을 때였는데, 결투 약속을 잡고 만났습니다. 그는 자기 명예를 변호하려고 했고 저는 그의 행실을 벌할 목적이었지요. 우리는 상처 없이 돌아왔고, 따라서 그 만남은 사람들에게 알려지지 않았습니다."

엘리너는 결투가 필요하다는 게 얼마나 환상에 불과한가 생각하며 한숨을 지었지만, 남자이고 군인인 그를 비난하지는 않겠다 다짐했지요. [3]

"그렇게," 하고 짧은 침묵 끝에 브랜던 대령이 말했습니다. "어머니와 딸의 운명이 불행히도 닮고 말았지요! 저는 제가 맡은 임무를 제대로 완수하지 못하고 말았습니다!"

"그 따님은 아직 런던에 계신가요?"

"아니요. 몸조리를 끝내고 회복되자마자, 출산이 임박했을 때 제가 그 애를 찾았거든요. 저는 그 애와 아이를 시골로 데리고 갔고, 그 후로 줄곧 거기 머물고 있습니다."

얼마 후 대령은 자기 때문에 엘리너가 동생 곁에 가보지 못한다는 걸 깨닫고 방문을 끝냈지요. 엘리너는 변함없는 감사의 인사를 전했고, 떠나는 대령을 향한 깊은 연민과 존경에 젖었습니다.

---

3 당시 대체로 여자들은 남자들처럼 결투를 명예롭게 여기지 않았다. 제인 오스틴 또한 1801년 11월 8일 가족에게 보내는 편지에서 군대에서 사고로 총상을 입은 지인에 관해 이렇게 말했다. "그래도 한 가지, 그들이 아주 큰 위로로 삼을 만한 점이 있다면, 사고로 입은 부상이 확실하다는 거예요. 백작 본인도 그리 단언했을 뿐 아니라 총알의 궤적으로도 입증된 사실이거든요. 그런 상처가 결투로 생겼을 리는 없어요."

10

미스 대시우드는 곧바로 이 대화의 자세한 내용을 동생에게 그대로 다시 들려주었는데, 그 효과는 바라던 바와는 조금 달랐어요. 한 대목이라도 이야기의 진위를 의심하는 것 같지는 않았습니다. 더없이 차분하고 순순한 태도로 주의 깊게 그 모든 이야기를 경청하면서 반박하거나 토를 달지도 않고 윌러비를 옹호할 생각도 없이 그저, 도저히 그럴 리 없다 느끼는 제 감정을 흐르는 눈물로 보여주는 듯했지요. 이런 행동을 본 엘리너는 메리앤이 윌러비의 죄과를 마음속 깊이 뼈저리게 절감했다고 확신했어요. 메리앤은 이제 브랜던 대령이 방문해도 자리를 피하지 않고 대령과 이야기를 나눌 뿐 아니라, 심지어 자발적으로 말을 걸고는 공감이 담긴 존경심으로 대화를 나누었고, 전처럼 쉽게 짜증 내거나 감정을 격하게 폭발시키지 않았거든요. 엘리너는 이야기의 그런 효과에 만족했지만, 그렇다고 메리앤의 불행이 예전보다 덜어진 건 아니었어요. 메리앤의 마음은 가라앉았어요. 다만 침울한 실의 속으로 깊이 가라앉았어요. 미스 윌리엄스를 유혹하고 저버린 윌러비의 인품에 대한 철저한 실망감이 메리앤의 마음을 실연보다 더 무겁게 짓누른 것이죠. 그 가엾은 소녀의 참담한 처지와 더불어 한때 윌러비가 자신을 두고 어떤 계획을 세웠을까 의심하는 마음이 메리앤의 활력을 남김없이 잠식하고 말았습니다. 그래서 메리앤은 차마 자기가 느끼는 감정을 엘리너에게조차 토로하지 못한 채 침묵에 잠겨 슬픔만 곱씹었지요. 그리고 이런 모습이 시도 때도 없이 터놓고 감정을 털어놓는 것보다 오히려 훨씬 더 언니 마음을 못 견디도록 아프게 만들었어요.

엘리너의 편지를 받고 회신할 때 대시우드 부인이 느낀 감정과 사용한 말들을 전하는 건, 이미 딸들이 느끼고 말한 걸 반복하는 데 불과할 거예요. 실망해 아픈 마음이야 메리앤 본인 못지않았고, 분노도 심지어 엘리너 못지않았거든요. 신속히 연이어 도착한 부인의 기나긴 편지들은 어머니의 마음고생과 여러 생각을 모두 말해주었어요. 메리앤을 애타게 걱정하며 딸이 부디 마음을 굳게 먹고 이 불운을 견뎌내길 바라는 심정을요. 메리앤이 겪는 고난의 성격이 정말 나쁘기는 한가 봐요. 이 어머니한테서 마음을 굳게 먹으라는 이야기가 나오다니요! 후회의 원천이 참으로 창피하고 수치스럽긴 하지만, 어머니로서는 그 후회에 너무 깊이 빠져들기를 바라지 않는다면서요!

자기 마음의 위로는 뒤로하고, 대시우드 부인은 그 순간 바턴이 아니라면 그 어느 곳이든 메리앤이 있기에는 더 나을 거라 판단했어요. 바턴에서는 가장 강력하고 괴로운 방식으로 과거가 계속 되살아날 테니까요. 눈에 띄는 모든 것이 예전에 거기서 항상 보았던 모습 그대로 윌러비를 눈앞에 생생히 소환하겠지요. 부인은 그래서 딸들에게 무슨 일이 있어도 제닝스 부인 댁을 방문하는 기간을 줄이지 말라고 권했어요. 기간을 정확히 결정한 적은 없지만, 다들 대략 오 주에서 육 주쯤으로 예상하고 있었지요. 바턴과는 달리 여기서는 할 일도 즐길 거리도 사귈 사람도 당연히 다채롭게 많을 테니 어쩌면, 지금은 생각만 해도 다 싫다지만, 메리앤도 가끔은 깜박 자기 처지를 잊고 다른 데, 심지어 뭔가 즐거운 일로 관심을 돌리지 않을까 바랐던 거죠.

윌러비를 다시 만나게 될 위험이라면, 런던도 지방과 다름없이 안전하리라는 게 어머니 생각이었어요. 친구를 자처하는 이라면 모두 윌러비와 절교했을 테니까요. 고의적으로야 두 사람이 서로 마주칠 일이 없을 테고 자칫 방심하다 뜻밖에 마주치는 일도 없을 것이며, 우연이라면 외딴 바턴보다 군중으로 북적이는 런던이 차라리 나을 거라고 했지요. 결혼하면 반드시 앨러넘에 문안을 드려야 하니, 바턴에서는 그때 어쩔 수 없이 메리앤 앞에 모습을 드러낼지 모른다고요. 대시우드 부인도 처음에는 그런 일이 생길 확률이 있다고만 생각했지만, 이제는 반드시 그렇게 될 수밖에 없다고 믿게 되었어요.

그리고 자식들이 지금 그곳에 머무르길 바라는 한 가지 이유가 더 있었어요. 의붓아들의 편지를 받고 아들 부부가 2월 중순까지 런던에 체류한다는 사실을 알게 되었거든요. 부인은 자매가 이따금 오빠를 만나는 게 옳다고 판단했답니다.

메리앤은 어머니의 의견에 따르겠다고 약속했기에, 반발하지 않고 순순히 응했어요. 하지만 속으로는 어머니 의견이 메리앤 자신이 바라고 기대했던 것과는 딴판으로 달랐으며 착오에 근거한 완전히 잘못된 판단이라고 여겼고, 런던에 더 오래 계속 머물러 있으라는 요구는 오히려 자기 불행을 덜어줄 단 하나의 위로, 즉 어머니와의 사적인 공감을 빼앗고 한순간도 편히 쉴 수 없는 풍경과 사람들 속으로 던져버리는 저주라고 느끼고 있었지요.

그러나 자기는 괴롭더라도 언니에겐 좋은 일일 거라는 생각만은, 메리앤에게 크게 위로가 되었습니다. 한편 엘리너는 엘리너대로, 에드워드를 완전히 피하는 건 뜻한다고 되는 일이 아닐 테니 따라서 더 오래 머무르다보면 자기 행복이 위협받으리라는 생각을 하면서도, 당장 데번셔로 돌아가는 것보다는 이쪽이 메리앤에게 낫다는 생각에서 애써 위로를 찾았습니다.

윌러비의 이름을 동생이 듣는 일이 결코 없도록 신중하게 마음을 썼던 수고는 헛되지 않았습니다. 메리앤은 그 사실을 알지는 못했지만, 언니가 노력한 보람을 온전히 누렸거든요. 제닝스 부인도 존 경도 심지어 파머 부인도 메리앤 앞에서 윌러비 얘기를 꺼내지 않았어요. 엘리너는 그런 조심성이 자기한테까지 베풀어지길 바랐지만 불가능한 일이었고, 도리 없이 날이면 날마다 그들 모두가 터뜨리는 분통을 들어주어야만 했습니다.

존 경은 그런 짓이 가능할 줄은 생각도 못 했다지요. "항상 좋게 생각할 이유밖에 없던 사람인데! 성격도 그렇게 좋은 친구가! 내 보기에 잉글랜드에서 그 친구보다 대담하게 말을 타는 남자는 없을 거요! 진심으로 그놈이 악마한테 잡혀가길 바라겠어요. 앞으로는 절대로, 혹시 만나게 되더라도, 한마디도 말을 섞지 않을 거라고! 그럼요, 심지어 바턴의 덤불숲 옆에서 두 시간을 같이 기다려야 하더라도 안 하고말고. 그 건달놈! 사기꾼에 개자식! 폴리 새끼를 한 마리 가져가라고 한 게 바로 지난번 만났을 땐데! 이제는 다 끝이지요!"

파머 부인은 그 나름대로 남들 못지않게 화가 났어요. "당장 절교하기로 결심했다니까요. 애초에 친분이 없었던 게 얼마나 기쁜지 몰라요. 쿰매그나가 클리블랜드와 그리 가깝지 않으면 얼마나 좋을까 진심으로 바란다니까요. 하지만 중요하진 않지요. 방문하기엔 어차피 너무 멀었으니까요. 저는 그 사람이 너무 미워서, 다시는 그 이름을 입에 담지 않기로 결심했어요. 그래도 누구든 만나면 붙잡고 그 인간이 얼마나 한구석도 쓰잘머리 없는 위인인지 다 말해주겠어요."

파머 부인의 나머지 동정심은 다가오는 결혼의 이모저모를 모두 기억해내서 엘리너에게 능력이 닿는 한 세세하게 말해주는 데 쓰였어요. 어느 마차 제작소에서 새 마차를 만들고 있는지, 어느 화가가 윌러비의 초상화를 그리고 있는지, 어느 상점에 가면 미스 그레이의 옷을 볼 수 있는지 금세 다 말해주었지요.

이 문제에 관해 레이디 미들턴이 보여주는 침착하고 정중한 무관심은 다른 이들의 시끌벅적한 친절에 종종 울적해지곤 하던 엘리너의 기분에 반가운 위안을 주었어요. 함께 어울리는 친구들 가운데 적어도 한 사람만은 어떤 관심도 보일 리 없다는 확신이 크나큰 위로가 되었지요. 만난다 한들 한 사람만은 상세한 정황을 궁금해하지도, 동생의 건강을 염려하지도 않으리라는 믿음이 크나큰 위로가 되었답니다.

사람의 자질이란 이따금 순간의 정황에 따라 실제 가치보다 높이 평가될 때가 있지요. 엘리너는 오지랖 넓은 호의에 시달리다 지친 나머지, 가끔은 마음을 위로하는 자질로 착한 성품보다 훌륭한 교양을 높이 평가하기도 했어요.

레이디 미들턴은 하루 한 번, 이 화제가 자주 대화에 오르는 날은 두 번, "정말 충격적인 일이지 뭐예요!"라고 말하는 것으로 이 문제에 관한 자기 입장을 피력했어요. 이처럼 온화하지만 꾸준하게 감정을 분출한 덕분에, 레이디 미들턴은 미스 대시우드 자매를 만나도 처음부터 아무 감정도 느끼지 않을 수 있었던 데다 금세 이 문제와 관련해 단 한 마디도 떠올리지 않게 되었어요. 이처럼 같은 성별의 품위를 지켜주고 다른 성별의 명백한 잘못을 단호히 비판했으니 이제 자기는 거리낌 없이 자신의 사교 모임에 집중해도 된다고 생각했고, (존 경의 의견과는 좀 상충되지만) 윌러비 부인은 우아한 기품과 막대한 재산을 겸비한 여인이니 결혼하면 즉시 자기 카드를 남기고 와야겠다고 마음먹었어요.

브랜던 대령의 섬세하고 주제넘지 않은 안부 인사는 미스 대시우드에게 반갑지 않을 때가 없었지요. 대령은 동생의 상심을 누그러뜨리고자 친구로서 신실하게 노력해왔고 그 문제를 내밀하게 의논할 상대가 될 특별한 자격을 넘치도록 얻어냈기에, 두 사람은 늘 허심탄회하게 대화를 나누었습니다. 아픔을 무릅쓰고 과거의 슬픔과 현재의 굴욕을 털어놓은 대령에게 가장 큰 보람은, 메리앤이 가끔 그를 지켜볼 때 보이는 연민 어린 눈빛과 (자주 있는 일은 아니지만) 필요에 따라 혹은 자발적으로 대령에게 말을 걸 때마다 들려주는 온화한 목소리로 돌아왔습니다. 이를 본 대령은 자기가 용기 내어 애쓴 덕에 전보다는 호감을 얻었다는 믿음이 생겼고, 이를 본 엘리너는 그 호감이 앞으로 더 깊어지리라는 소망을 갖게 되었지요. 하지만 제닝스 부인은 이 모든 걸 하나도 모른 채 대령이 예전과 다름없이 심각한 얼굴이라는 점만 보았고, 청혼을 하라고 대령을 직접 설득할 수도 없고 엘리너에게 대신 제안하라고 할 수도 없다는 사실 때문에, 이틀이 지나자 이러다간 미드서머[1]가 아니라 미클머스[2] 때까지도 결혼을 못 하겠다고 생각했고 일주일이 지날 무렵에는 이 결혼은 이제 안 되겠다고 믿어버렸어요. 대령과 미스 대시우드 사이에 오가는 깊은 이해를 보아하니, 오디나무, 운하, 주목 정자의 영예는 이제 모두 언니 몫으로 돌아갈 거라는 선포처럼 보였던 거지요. 그래서 제닝스 부인은 한동안 페라스 씨를 아예 생각도 않고 있었습니다.

---

1 하지夏至를 축하하는 명절로, 6월 24일이다.
2 성 미카엘을 기리는 대천사 축일로, 9월 29일이다.

2월 초순, 윌러비의 편지를 받고 이 주일도 지나지 않았을 때, 엘리너는 동생에게 그의 결혼 소식을 전하는 마음 아픈 임무를 떠맡게 되었어요. 결혼식이 끝났다는 소식이 퍼지는 대로 자기한테 전해달라고 미리 조치를 해둔 터였거든요. 메리앤이 신문을 읽고 처음 소식을 알게 되는 건 바라지 않았어요. 안 그래도 아침마다 동생은 열렬히 신문을 살펴보곤 했으니까요.

메리앤은 소식을 듣고 결연히 평정심을 유지했고, 아무 말도 하지 않았으며 처음엔 눈물도 흘리지 않았지요. 그러나 잠시 후 눈물이 터져 나왔고, 그날 하루는 처음 이 일을 알게 된 때와 다름없이 가엾은 상태로 지냈습니다.

윌러비 부부는 결혼하자마자 런던을 떠났어요. 이제 둘과 마주칠 위험이 없어졌으니, 엘리너는 하늘이 무너지는 소식을 처음 들은 이래로 집 밖으로 나온 적이 없는 동생을 설득해 차츰차츰 다시 예전처럼 바깥 나들이를 할 수 있게 되기를 바랐습니다.

이 무렵 미스 스틸 자매가 홀번의 바틀리츠 빌딩스에 사는 친척의 집에 도착했고,[3] 또다시 콘딧 스트리트와 버클리 스트리트에 사는 조금 더 부유한 친척들 앞에 나타나서 극진한 환대를 받게 되었답니다.

엘리너는 다시 스틸 자매를 만나게 되어 속상하기만 했어

3 바틀리츠 빌딩스는 하이홀번 남쪽의 비좁은 막다른 골목이다. 이 소설의 다른 인물들이 살고 있는 메이페어나 다른 부촌과 달리 변호사들과 상인들이 주로 사는 중산층 거주 구역이었다.

요. 그 자매는 만나면 괴롭기만 했고, 아직도 런던에 있으시다니 너무나 반갑다며 루시가 뛸 듯이 기뻐하자 대체 어떻게 말해야 매우 우아한 화답이 될지도 알 수 없는 지경이었지요.

"아직까지도 여기 계시다니, 안 그러셨다면 저는 정말 틀림없이 굉장히 실망했을 거예요." 루시는 한마디에 힘찬 방점을 찍으며 같은 말을 하고 또 했어요. "하지만 틀림없이 아직 여기 계실 거라고 내내 생각했다니까요. 왠지 한동안 런던을 떠나지 않으실 거라는 확신에 가까운 믿음이 생기더라고요. 바턴에서는 물론 저한테 한 달 이상 머물 생각이 없다고 말씀하셨지만요. 하지만 그때도 저는 왠지, 이 문제에 관한 한 마음을 바꾸실 것 같았거든요. 미스 대시우드의 오라버니와 새언니가 오시기 전에 먼저 가버리셨다면 너무 아쉬웠을 거예요. 이제 서둘러 가지는 않으시겠네요. 약속을 지키지 않으셔서 저는 이루 말할 수 없이 기뻐요."

엘리너는 루시의 말뜻을 완벽히 이해했지만, 못 알아들은 척하기 위해 있는 자제력을 억지로 남김없이 끌어모아야만 했습니다.

"아유, 아가씨들." 제닝스 부인이 말했습니다. "여행은 어땠어요?"

"합승 마차로 온 건 아니에요, 이 말씀은 드릴게요." 미스 스틸이 금세 신나서 말했어요. "줄곧 우편 마차를 타고 왔는데 아주 멋진 청년이 동행해주셨답니다. 데이비스 박사님[4]도

---

4 당시 박사Dr.라는 칭호는 의사나 의료인을 칭하지 않았다. 이 경우는 신

런던으로 오시는 길이라서, 포스트셰즈[5]를 함께 탈 수 있겠다 생각했거든요. 그분이 아주 신사답게 행동하셔서 우리가 낸 요금보다 십에서 십이 실링은 더 지불하셨을 거예요.”

“오, 오!” 제닝스 부인이 외쳤어요. “아주 잘됐네요, 정말! 당연히 박사님은 독신 남성이겠지요.”

“이러신다니까.” 미스 스틸은 짐짓 앓는 소리를 내며 투덜거렸지요. “박사님 얘기를 하면 모두 저를 놀리는데, 이유를 모르겠네요. 제 친척들은 제가 제대로 잡았다고 하더라고요. 하지만 저는 매시간 그분 생각을 하지는 않는단 말이에요. ‘어머! 저기 네 남자가 오네, 낸시.’[6] 길을 건너 집으로 향하는 그분을 보고 친척이 그러는 거예요. ‘내 남자라니, 세상에!’ 제가 그랬죠—‘무슨 뜻인지 모르겠다. 그 박사님은 내 남자 같은 게 아니거든.’”

“그래, 그래요, 참 말은 잘한다니까—하지만 그렇게는 안 되지—박사님이 바로 그 남자로군요, 알겠어요.”

“정말 그런 거 아니에요!” 친척 아가씨가 진심 어린 반박인 척 대꾸했습니다. “그리고 혹시 어디서 그런 얘기를 들으시거든, 부디 절대 아니라고 말씀해주세요.”

제닝스 부인은 즉시 결코 그런 말은 못 한다며 미스 스틸이

학 박사, 즉 목사일 가능성이 높다. 의사의 경우는 외과 의사surgeon, 내과 의사physician라고 명확히 구분해 불렀다.
5 우편 마차로 여행하기 위해 임대하는 마차. 삼인승이라서 스틸 자매와 데이비스 박사가 함께 여행할 수 있었다.
6 앤 스틸의 애칭.

만족할 만한 대답을 해주었고, 미스 스틸은 완전히 행복해졌어요.

"오라버니와 새언니가 런던에 오시면 아마 그 집에 가서 묵으시겠지요, 미스 대시우드." 적의 가득한 암시를 잔뜩 흘리다 잠시 휴전했던 루시가 다시 공격을 개시했습니다.

"아니, 그러진 않을 것 같아요."

"아, 설마요, 분명히 그러실걸요."

엘리너는 굳이 더 반박해서 루시의 장단에 맞춰주고 싶지 않았어요.

"대시우드 부인께서 한꺼번에 두 딸과 이리도 오래 헤어져 지내실 수 있다니 참 근사한 일이에요!"

"오래라니 무슨 뜻이에요!" 제닝스 부인이 끼어들었어요. "아니, 이분들 방문은 이제 막 시작됐다고요!"

루시는 그만 말이 없어졌지요.[7]

"동생분을 만날 수가 없으니 너무 아쉽네요, 미스 대시우드." 미스 스틸이 말했어요. "몸이 좋지 않으시다니 유감이에요." 메리앤은 그들이 도착하자 방에서 나가버렸거든요.

"정말 친절한 말씀이세요. 동생도 두 분을 뵙는 기쁨을 놓쳐서 아쉬워하고 있답니다. 하지만 예민한 신경 탓에 최근 두통이 심해져서, 사람들과 함께 어울리거나 대화를 나눌 사정이 못 되어요."

---

7 루시는 자기 말과는 달리 대시우드 자매가 런던에 있는 것을 전혀 반기지 않는데, 제닝스 부인의 천진한 지적이 바로 그 부분을 건드려버린다.

“아, 저런, 너무 안됐지 뭐예요! 하지만 루시와 저 같은 옛 친구들까지 안 만나다니!—우리는 만나주시지 않을까 생각하는데요. 우리가 그 얘길 한마디라도 꺼낼 리가 없잖아요.”

엘리너는 몹시 정중하게 제안을 거절했습니다. 동생은 이미 침대에 누웠거나 잠옷 가운 차림일 테니 내려와 만날 수 없다고요.

“아, 그렇다면야 뭐.” 미스 스틸이 외쳤어요. “저희가 가서 만나면 되지요.”

엘리너가 아무리 온화한 성격이라지만 이제 무례함은 도를 넘어 참기 어려울 정도가 되어가고 있었어요. 하지만 화를 억지로 참는 수고는 다행히 하지 않아도 되었지요. 루시가 언니를 매섭게 책망하기 시작했거든요. 그러자 여러 다른 경우에도 그랬듯 자매 중 한쪽의 태도는 그리 다정하지 못하게 돌변했지만, 다른 쪽의 무례한 태도를 제지하는 데엔 크게 도움이 되었답니다.

11

한참 싫다고 버티던 끝에 메리앤은 어느 날 아침 간절한 언니의 요청에 고집을 꺾고 반 시간쯤 제닝스 부인과 함께 외출하겠다고 했어요. 그러나 분명하게 조건을 내걸었는데, 다른 집 방문은 하지 않고 색빌 스트리트의 그레이스 보석상[1]까지만 따라가겠다고 했어요. 엘리너가 그곳에 어머니의 구식 장신구를 몇 가지 가져가 가격을 협상해야 했거든요.[2]

상점 문 앞에서 마차가 멈춰섰을 때, 제닝스 부인은 그 거리

---

[1] 그레이스 보석상은 당시 실재했던 보석상이다. 제닝스 부인의 거처와는 상당히 먼 곳에 있어 마차를 타고 가야 했다. 나중에 엘리너와 메리앤을 데리러 오겠다고 말한 것 역시 이 때문이다.

[2] 보석 장신구는 18세기 내내 유행하는 디자인이 크게 바뀌지 않았으나 19세기 초반에 큰 변화가 일어난다. 헨리 대시우드 부인이 가진 장신구는 대부분 비싼 보석을 사용했지만 디자인이 구식이었으므로, 사교를 위해서는 기존 장신구를 팔고 새것을 사거나 유행에 맞는 새 장신구와 교환해야 했다.

끝에 꼭 방문해야 하는 부인이 산다는 사실을 기억해냈어요. 부인은 그레이스 보석상에 볼일이 없었으므로, 젊은 친구들이 거래하는 사이 그 집을 방문했다가 자매를 데리러 돌아오기로 결정했지요.

계단을 올라간 대시우드 자매는 상점 안에 먼저 온 사람들이 너무 많아서 주문을 처리해줄 직원이 없다는 걸 알게 되었어요. 그러니 기다리는 수밖에 없었지요. 지금 할 수 있는 일이라곤, 그나마 제일 빨리 차례가 올 듯 보이는 카운터 끝에 앉아 있는 것뿐이었어요. 그쪽에 서 있는 사람은 신사 한 명뿐이어서 엘리너는 신사가 예의 바른 사람이라면 빨리 일을 처리하지 않을까 희망을 가졌지요. 그러나 신사의 까다로운 심미안과 섬세한 취향은 도를 넘어 무례에 가까워지고 있었어요. 신사는 자기가 쓸 이쑤시개 케이스를 주문하고 있었는데, 상점 안의 모든 이쑤시개 케이스를 낱낱이 살피며 십오 분씩 따져본 다음에 결국 자기가 고안한 기발한 문양대로 보석을 배치하기로 하고 나서야 크기, 형태, 장식을 최종적으로 결정했거든요. 그러니 두 아가씨에게 베풀어줄 마음의 여유가 있을 리가요. 기껏해야 두세 번 아주 노골적으로 자매를 훑어보았을 뿐인데, 그 시선 덕분에 엘리너는 강렬하고 태생적이며 다른 게 섞이지 않은 졸렬함이 어떤 외양과 얼굴을 하고 있는지를 기억에 또렷하게 새길 수 있었어요. 제아무리 최상급의 스타일로 치장했다 하더라도 말이지요.

메리앤은 이처럼 귀찮고 기분 나쁜 경멸과 원망의 감정을 느끼진 않아도 되었어요. 둘의 생김새를 무례하게 관찰하는

시선이고, 살펴보라 내어온 온갖 이쑤시개 케이스의 별별 흉
측한 꼴을 비교하고 결정하는 허세 가득한 태도고, 아예 처음
부터 의식조차 하지 않았거든요. 메리앤은 그레이스 보석상에
있어도 자기 방에 있을 때나 마찬가지로 주변에서 벌어지는
일은 전혀 신경 쓰지 않고서 얼마든지 마음속 생각을 가다듬
을 수 있는 사람이었으니까요.

드디어 문제가 해결되었어요. 상아, 금, 진주가 모두 제자
리를 찾아 배치되었고 신사는 자신이 이쑤시개 케이스를 소
장하지 못한 채 삶을 이어갈 수 있을 마지막 날 날짜를 정하
고 나서 한껏 여유를 부리며 꼼꼼하게 장갑을 끼었고, 대시우
드 자매를 한 번 더 쳐다보았는데, 아름다움에 감탄하기보다
는 감탄을 강요하는 듯한 눈길이었어요. 그러더니 진짜 오만
과 가짜 무심이 행복하게 어우러진 분위기를 풍기며 휘적휘
적 걸어가버렸지요.

엘리너는 한시도 허비하지 않고 바로 용건으로 들어갔고,
볼일이 막 마무리되려는 차에 또 다른 신사가 옆에 와서 섰습
니다. 눈을 돌려 얼굴을 보았더니 다름 아닌 오빠라서 엘리너
는 상당히 놀랐지요.

그 만남에서 서로 보여준 애정과 반가움은 그레이스 보석
상에서 퍽 보기 좋은 모습으로 비칠 정도였어요. 실제로 존 대
시우드는 자매들을 다시 만나도 크게 미안하거나 유감스럽지
않았어요. 만나서 좀 반갑기까지 했지요. 어머니의 안부를 물
을 때도 존경심을 담아 경청했고요.

엘리너는 그와 패니가 런던에 온 지 이틀 되었다는 사실을

알게 되었습니다.

"사실 어제 정말로 너희를 방문하고 싶었지." 그가 말했어요. "하지만 도저히 안 되겠더라고. 해리를 데리고 엑서터 익스체인지[3]에 가서 야생동물을 구경시켜줘야 했거든. 남은 시간은 페라스 부인과 함께 보내야 했고. 해리가 어마어마하게 좋아하더라. 오늘 아침에는 딱 삼십 분만 남는 시간이 있어도 정말로 꼭 너희를 찾아가보려고 작정했는데, 런던에 오게 되면 처음에 할 일이 늘 어찌나 많은지 말이야. 여기에는 패니한테 인장을 하나 만들어주려고 왔어. 하지만 내일은 분명 버클리 스트리트를 방문할 수 있을 테니까, 너희 친구인 제닝스 부인을 소개해다오. 그 여자분이 엄청난 자산가라면서. 그리고 미들턴 부부도. 그분들도 꼭 소개해줘야 한다. 새어머니의 친척분이니까 모든 면에서 경의를 표해 마땅하지. 그 지역에서 지낼 때 훌륭한 이웃이 되어주셨다면서."

"더할 나위 없이 훌륭하셨어. 우리가 편하게 지내도록 신경 써주셨고 세세한 곳까지 친절히 살펴주셔서, 말로 표현할 수 없을 정도야."

"그 소식을 들으니 엄청나게 기쁘다, 진심이야. 굉장히 기뻐. 하지만 당연히 그래야지. 그 사람들은 거액의 자산가고 너희 친척이니까, 너희가 쾌적하게 지낼 수 있게 예를 갖추고 최대한 배려해주는 게 도리 아니겠니.[4] 그럼 너희는 그 작은 코티지에 편안하게 정착해서 아무것도 더 필요한 거 없이 사는

---

3 당시 런던에서 가장 큰 동물원 이름이다.

거구나! 에드워드가 와서 그곳이 얼마나 매력적인지 설명해 주었단다. 그런 유의 집 치고는, 이제껏 존재한 가장 완벽한 장소라던데. 너희 모두 더할 나위 없이 그곳을 즐기고 있다면서 말이야. 우리 모두 그 소식을 듣고 몹시 만족했단다, 정말 진심이라니까.”

엘리너는 오빠가 약간 부끄러웠고, 굳이 대답할 필요가 없어진 것도 전혀 아쉽지 않았어요. 때마침 제닝스 부인의 하인이 와서 문 앞에서 부인이 기다리고 있다는 소식을 전했거든요.

대시우드 씨는 자매와 함께 계단을 내려가서 마차 문 앞에 서 있던 제닝스 부인을 소개받고 다음 날 방문하고 싶다는 소망을 다시 한번 피력한 후 인사를 고했어요.

방문은 예정대로 진행되었습니다. 그는 오지 못해서 미안하다는 새언니의 사과를 핑계 삼아 찾아왔지요. “하지만 그 사람은 장모님 때문에 너무 약속이 많아서, 정말로 어디 다른 데 갈 시간 여유가 없습니다.” 그러나 제닝스 부인은 어차피 다들 친척인데 허례허식은 필요 없다는 말로 즉시 안심을 시켰고, 머지않아 존 대시우드 부인을 방문할 때 동생들도 데리고 가겠다고 약속했지요. 동생들을 대하는 그의 매너는 무심하긴 해도 흠 없이 친절했어요. 제닝스 부인에게는 더할 나위 없이 성의껏 예의를 다했고요. 그렇지만 뒤이어 금방 찾아온 브랜

4 훨씬 가까운 혈육이면서도 최소한의 선의조차 제대로 베풀지 않은 존 대시우드가 이런 말을 했다는 것이 아이러니하다. 그가 얼마나 자의식이 없는 사람인지를 잘 보여주는 발언이다.

던 대령은 유심히 살펴보았는데, 그 눈빛에 담긴 호기심은 오직 그가 부자인지, 그에게도 똑같이 예의를 차려야 하는지만을 궁금해하는 듯했어요.

삼십 분 정도 함께 앉아 있던 그는 엘리너에게 자기와 같이 콘딧 스트리트까지 걸어가서 존 경과 레이디 미들턴 부부를 소개해달라고 부탁했지요. 날씨가 유달리 화창해서 엘리너는 기꺼이 승낙했어요. 문을 나서자마자 오빠의 탐문이 시작되었습니다.

"브랜던 대령은 누구지? 자산가야?"

"그래. 도싯셔에 아주 훌륭한 영지를 소유하고 계셔."

"다행이군. 대단히 신사다운 분으로 보여. 엘리너 네가 앞으로 상당히 훌륭한 신분으로 사회에서 자리를 잡을 것 같으니 미리 축하하마."

"내가 뭘, 오빠! 무슨 뜻이야?"

"그 사람이 너를 좋아하더라. 내가 유심히 관찰했는데 확실해. 자산이 얼마나 되는데?"

"일 년에 이천 파운드 정도 될 거야."

"연 수입 이천 파운드라." 그러더니 큰 마음을 먹고 굉장히 대단한 관용을 베푼다는 듯 벅차게 내뱉었습니다. "엘리너 너를 생각하면 그 두 배쯤 되면 좋겠는데, 진심으로 하는 말이야."

"그럼, 믿어." 엘리너가 말했어요. "하지만 정말로 브랜던 대령님은 나하고 결혼하고 싶은 마음은 조금도 없으셔."

"잘못 알고 있는 거야, 엘리너. 아주 잘못 짚었다니까. 네가 귀찮아도 조금만 당기면 그 남자는 그대로 넘어올 거야. 아마 지금 당장은 확실히 마음을 정하지 못했을 수도 있지. 네가 가진 돈이 워낙 적으니까 뒤로 물러나서 머뭇거리는 거고. 친구들이 다들 말릴지도 모르겠다. 하지만 여자들은 그런 거 잘하잖아. 조금만 세심하게 신경 써주고 슬쩍 부추기고, 그럼 자기도 모르게 꼼짝없이 붙들린다니까. 게다가 네가 그 남자와 결혼하려 들면 안 될 이유도 없잖니. 네가 좋아하는 사람이 원래 있는지 몰라도 그런 생각은 하면 안 돼―그러니까 내 말은, 그런 유의 연애라면, 결코 이루어질 리가 없다 이 말이야. 극심한 반대를 극복할 리 없으니까―넌 눈치sense가 빠르니까 그런 건 다 알 거 아냐.[5] 브랜던 대령이랑 결혼해야만 해. 그 사람이 너와 너희 가족한테 만족할 수 있게 나도 모든 예를 갖춰 대하도록 하마. 이 결혼이 성사되면 모두가 만족할 거야." ―그러더니 대시우드 씨는 중요한 말을 속삭이듯 언성을 낮췄습니다―"한마디로 이런 유의 일은, 관계된 사람들 모두가 완전히 두 손 들고 환영할 거라고." 하지만 곧 정신을 차리고는 얼른 이렇게 덧붙이긴 했어요. "그러니까 내가 하려던 말은―네 친구들은 모두 어서 빨리 네가 혼처를 찾아 잘 정착하길 바라고 있잖니. 특히 패니는, 정말 장담하는데, 늘 네가 잘되기를 바라고 생각한다니까. 패니 어머니, 페라스 부인도 그래. 워낙 성격이 좋은 분이니까, 이 소식을 들으면 굉장히 기

---

[5] 존 대시우드가 생각하는 눈치sense란 감정은 철저히 배제하고 만사를 금전적 근거로만 판단하는 것을 말한다.

뻐하실 거다. 지난번에도 그런 얘길 하셨어.”

엘리너는 어떤 대꾸도 해주고 싶지 않았지요.

“굉장한 일이 되겠어.” 그는 말을 계속했어요. “그건 그렇고, 패니의 동생하고 내 누이가 같은 시기에 결혼하면 퍽이나 신기하겠지. 그럴 확률이 높아 보이지는 않긴 하지만.”

“에드워드 페라스 씨가 결혼한대?” 엘리너는 마음을 단단히 먹고 말을 꺼냈어요.

“실제로 결정된 건 아니지만, 그런 움직임이 있긴 해. 워낙 훌륭한 모친을 두었잖아. 페라스 부인이 참으로 너그럽게도 앞장서 나서셔서, 혼인이 성사되면 연 수입 천 파운드의 영지에 정착하게 해주신다고 했어. 여자분은 로드 모턴의 외동딸인 미스 모턴인데 재산이 삼만 파운드라더군. 양측 모두에게 몹시 바람직한 결혼이니 때가 되면 성사되겠지. 난 한 치의 의심도 하지 않아. 일 년에 천 파운드라니, 어머니가 내놓기 쉽지 않은 돈이지. 영구적으로 양도하는 건데. 하지만 페라스 부인이 워낙 고결한 정신의 소유자시잖아. 그분이 얼마나 너그러운 사람인지 한 가지 더 예를 들자면—지난번에, 우리가 런던에 막 도착했는데 보니까 현금이 넉넉하지 않았던 거야. 그걸 아시고는 패니 손에 이백 파운드 지폐를 쥐여주시더라고. 그게 굉장히 쏠쏠했지. 여기 있는 동안은 생활비로 큰돈을 써야 하니 말이야.”

그는 잠시 말을 멈추고는 동조와 공감을 기다렸고, 엘리너는 하는 수 없이 말했어요.

“지방과 런던 다 생활비가 상당히 들겠지만, 오빠는 소득이 상당히 많잖아.”

“솔직히 말해서, 다들 그렇게 생각하긴 하지만 그렇게 큰 금액은 아니야. 물론 불평하려는 건 아니야. 당연히 편히 살 만한 돈이지. 앞으로 더 좋아지길 바라고. 놀랜드 공지를 사유지로 편입하는 작업을 지금 진행 중인데, 이것 때문에 정말로 돈이 줄줄 새고 있어.[6] 게다가 지난 반년간 새로 구입한 땅이 좀 있는데, 이스트 킹엄 농장이라고, 늙은 깁슨이 살던 곳 말이야, 너도 기억할 거야. 그 땅이 어느 모로 보나 나한테 꽤 쓸 만하거든. 우리 영지 옆에 바로 붙어 있기도 하고, 그 땅을 사 들이는 게 내 의무겠구나 싶더라. 다른 사람 수중에 들어가게 두려니까 도저히 양심에 걸려서 안 되겠더라고. 남자는 자기 편익에 따라 돈을 써야 하는 법이야. 그래서 이번에는 정말 굉장히 큰돈이 들었지.”

“그 땅의 실제 가치보다 더 많이 썼나봐.”

“저런, 그건 아니겠지. 바로 다음 날 팔아도, 내가 산 돈보다는 더 받았을걸. 하지만 그걸 구입한 돈으로 말하자면 사실 굉장히 안타깝긴 했어. 주식 가격이 그때는 너무 떨어져 있었거든, 마침 우리가 거래하는 은행에 현금이 들어 있었기 망정이지, 엄청난 손해를 보고 팔 뻔했지 뭐야.”

엘리너는 그저 웃을 수밖에 없었어요.

“놀랜드에 처음 왔을 때도 불가피하게 거액의 비용을 지출

---

6 enclosure. 지주가 공지에 울타리를 쳐서 사유화하는 행위는 18세기에 더욱 빈번히 자행되었고 공지를 목초지로 삼아 가축을 키우던 농민의 빈곤을 가중했다.

해야 했잖아. 네가 잘 알다시피, 존경하는 우리 아버지가 놀랜드에 남아 있던 스탠힐 때 식기들을(꽤 값진 물건들이었지) 네 어머니에게 모두 물려주신 거 말이야. 아버지가 그러셨다고 속상해하는 건 전혀 아니고. 아버지야 마음대로 자산을 처분하실 권리가 있었으니까. 그렇긴 해도 그 결과 우리는 엄청나게 큰돈을 들여서 빼앗긴 살림을 대체할 리넨이며 본차이나며 사들여야 했다니까. 이렇게 많은 비용을 쓰고 났더니 우리가 얼마나 부자와 까마득히 멀어졌는지, 너도 짐작이 가지 않니. 페라스 부인의 친절이 얼마나 반갑겠어.”

“확실히 그러네.” 엘리너가 말했어요. “너그러운 장모님이 도와주시니, 오빠도 다시 편안하게 살 수 있으면 좋겠다.”

“일이 년쯤 더 지나면 그쪽에 더 가까워지겠지.” 그는 심각하게 대답했어요. “하지만 아무튼, 그러려면 아직도 할 일이 엄청 많아. 패니의 온실에도 아직 돌 하나 못 깔았고 꽃나무 정원도 설계도밖에 안 나왔으니까.”

“온실은 어디 만들 건데?”

“집 뒤에 있는 둔덕에. 자리를 만들려고 호두나무 고목들은 다 베었어. 파크 여러 곳에서 볼 때 아주 훌륭한 구경거리가 될 테고, 꽃나무 정원이 바로 그 앞으로 비탈져 내려올 테니 기가 막히게 예쁘겠지. 사면에 듬성듬성 자라던 오래된 산사나무7들도 싹 다 없애버렸다.”

엘리너는 걱정도 비난도 마음속에서 혼자 삭였어요. 그리고

7 thorn. 가시덤불이 아니라 산사나무hawthorn를 가리킨다.

메리앤이 여기서 같이 저런 도발을 듣고 있지 않아서 정말 다행이라고 생각했지요.

이제 자기 가난을 확실히 입증한 데다 다시 그레이스 보석상에 와서 동생들에게 줄 귀걸이를 살 필요도 없어졌다 생각하니, 존 대시우드의 생각은 훨씬 명랑한 쪽으로 흘러갔고, 제닝스 부인 같은 친구를 두다니 정말 잘된 일이라며 엘리너를 축하해주기 시작했어요.

"정말로 귀한[8] 분 같더라―집이든 생활 방식이든 어느 모로 보나 소득이 엄청 높은가봐. 그런 인맥은 지금까지도 너한테 엄청나게 쓸모가 있었겠지만, 분명 앞으로도 실제로 금전적인 도움이 되겠어―너희를 런던에 초대한 것도 확실히 어마어마하게 잘해준 거잖아. 너희를 이 정도로 대단하게 아끼는 걸 보면 죽을 때 잊지 않고 한몫 챙겨줄 수도 있겠다―남길 유산도 엄청 많을 텐데."

"전혀 그렇지 않을걸. 남편 유고 시 부인에게 보장해주는 재산밖에 없을 텐데, 그건 돌아가시면 자식들이 상속하게 되어 있잖아."

"하지만 수입을 생활비로 다 써버릴 거라고는 상상할 수가 없지. 평범한 상식을 갖춘 사람이라면 그럴 리가 있나. 저축해둔 돈은 부인 마음대로 쓸 수 있고 말이야."

"그렇다면 딸들한테 챙겨주실 공산이 높지 않겠어? 우리가

---

8 valuable. 당시 이 표현은 주로 점잖고 신분이 높다는 의미로 쓰였지만, 존 대시우드는 사람을 오로지 돈으로만 평가하는 인간이므로 당연히 돈이 많다는 의미로 사용했다.

아니라."

"딸들은 둘 다 엄청 결혼을 잘했으니까, 내가 보기엔 굳이 더 챙겨줄 필요가 없을 거 같은데. 어쨌든 내 생각에는, 너희한테 이렇게 신경 써주고 이런 식으로 대우해주는 걸로 봐서, 앞으로 너희 미래를 생각해주겠다고 선언한 거나 다름없다고 봐. 양심이 있는 여자분이라면 못 본 척할 수 없겠지. 그분이 더할 나위 없는 친절을 베풀고 있잖아. 이렇게까지 잘해주면서 자기가 기대감을 부풀리고 있다는 걸 모를 리가 없고."

"하지만 막상 당사자들은 전혀 기대감을 부풀리고 있지 않은걸. 오빠, 우리의 안녕과 행복을 애타게 비는 마음은 알겠는데 좀 지나쳐."

"그래, 물론 그야 그렇지." 잠시 정신을 차린 듯 그가 말했어요. "사람들은 사실 마음대로 쓸 수 있는 돈이 적지, 아주 적어. 그런데 엘리너, 대체 메리앤한테 무슨 문제가 있는 거니? —건강도 몹시 안 좋아 보이고, 핏기도 하나도 없고, 굉장히 야위었던데. 아픈 거야?"

"건강이 좋지 않아. 몇 주일째 신경이 예민해져서 아프대."

"저런, 유감이네. 그 애 나이에는, 병명을 막론하고 아프기만 하면 꽃핀 미모가 영영 시드는 법이건만! 걔는 전성기가 아주 짧았구나! 작년 9월만 해도 내가 본 중에 제일 아름다워서 남자들이 꼬일 것 같았는데. 그 애의 미모는 특히 남자들이 좋아할 만한 외모더라고. 패니가 전에 그 애가 너보다 먼저, 더 좋은 데 시집갈 거라고 한 말이 기억나. 자기는 너를 어마어마하게 아끼고 좋아하긴 하지만, 그냥 그런 생각이 들었다나. 하지만 패니가 잘못 짚은 것 같네. 지금의 메리앤이라면, 잘해봤자 일 년에 오백에서 육백 파운드짜리 남자랑 결혼하면 다행일 테고, 확실히 너는 그보다 훨씬 잘할 수 있을 거 같거든.[9] 도싯셔라니! 나야 도싯셔에 관해 아는 바가 없다시피 하지만, 사랑하는 우리 엘리너, 앞으로 나도 도싯셔를 더욱 더 많이 알고 싶구나. 네가 처음 초청할 손님들을 다 통틀어도 패니와 내가 제일 기뻐하며 찾아갈 거야.”

엘리너는 자기가 브랜던 대령과 결혼할 일은 결코 없다고 아주 진지하게 오빠를 설득하려 했어요. 하지만 생각만으로도 기분이 좋아 어쩔 줄 모르는 오빠의 기대를 꺾을 수는 없었지요. 대시우드 씨는 진심으로 그 신사와 친밀한 교분을 맺고 최선을 다해서 세심하게 결혼을 추진해야겠다고 작정하고 있었어요. 동생들한테 아무것도 해주지 않은 일에 죄책감이 있긴 했지만, 그래봤자 다른 사람들이 동생들에게 매우 많은 것을 해주길 바라며 안달복달 조바심 내는 딱 그 정도였던 거죠. 브랜던 대령의 청혼이나 제닝스 부인의 유산은 자기의 홀대를 가장 쉽게 보상할 수 있는 길이었고요.

다행히 두 사람이 찾아갔을 때 마침 레이디 미들턴이 집에 있었고, 존 경도 둘의 방문이 끝나기 전에 집에 들어왔어요. 양측은 넘치도록 예의 바른 인사를 나누었지요. 존 경은 상대가 누구든 좋아할 태세를 갖춘 사람이라, 대시우드 씨가 말을

---

9 존 대시우드 부부는 제인 오스틴의 작품을 모두 통틀어서, 결혼을 돈거래로 여기는 생각을 가장 노골적으로 표출하는 인물이다.

잘 모르는 듯 보였는데도 금세 아주 서글서글 성격 좋은 친구라고 결정을 내렸어요. 한편 레이디 미들턴은 그의 외양이 충분히 상류층에 부합하니 사귈 가치가 있다고 판단했지요. 그리고 대시우드 씨는 두 사람 다 아주 훌륭하다고 여기고는 신이 난 채 나왔어요.

"패니한테 아주 멋진 이야기를 전해줄 수 있겠어." 그는 동생과 다시 걸어서 돌아가며 말했어요. "레이디 미들턴은 정말 우아함의 화신이군! 그런 여자분이라면 패니도 분명 기꺼이 사귀겠다 할 거야. 그리고 제닝스 부인도, 따님만큼 우아하진 않더라도 아주 교양이 넘치는 여자분이던걸. 너희 새언니가 찾아가 뵙더라도 꺼림칙해하진 않아도 되겠어. 솔직히 좀 그랬거든. 그야 당연하지 뭐냐. 우리는 사실 제닝스 부인이 과부고, 죽은 남편이 좀 천한 일로 재산을 모았다는 얘기만 알았으니까. 그래서 패니하고 페라스 부인은 둘 다 강한 선입견을 갖고 있었어. 부인도 부인의 딸들도 패니가 사귀고 싶어할 만한 여자가 아닐 거라고 믿었단 말이지. 하지만 이제 가서 두 사람 다 마음에 쏙 들더라고 전해줘야겠어."

12

존 대시우드 부인은 남편의 판단을 얼마나 자신 있게 확신했던지 바로 다음 날 제닝스 부인과 딸의 집을 모두 방문했고, 그 확신에 보답을 받았지요. 심지어 시누이들이 함께 지내고 있는 여자인 제닝스 부인마저도 자기가 신경 쓸 가치가 충분함을 알게 되었거든요. 게다가 레이디 미들턴으로 말하자면, 세상에서 가장 매력적인 여자로 꼽아도 손색이 없었고요!

레이디 미들턴도 존 대시우드 부인을 똑같이 마음에 들어 했어요. 뭐랄까, 둘 다 냉정한 이기심의 소유자였기에 서로 끌렸던 것이지요. 게다가 심드렁하게 행동으로만 격식을 차리고 전반적인 이해력은 부족한 면에서도 서로 공감했고요.

하지만 존 대시우드 부인이 레이디 미들턴의 호감을 산 바로 그 매너가 제닝스 부인의 취향에는 맞지 않았어요. 부인 눈에는 말씨도 쌀쌀맞고 건방져 보이는 조그만 여자로만 보였거든요. 남편의 동생들을 만나는데도 다정하게 구는 기미도 전혀 없고 심지어 말 한마디 걸지 않는 눈치였으니까요. 버클리 스트리트에 할애한 시간이 십오 분[1]이었는데, 최소한 칠 분 삼십 초 동안은 침묵만 지키며 앉아 있었지요.

묻지 않는 쪽을 선택하긴 했지만 엘리너는 에드워드가 런던에 있는지 정말로 알고 싶었어요. 하지만 패니는 미스 모턴과의 결혼이 확정되었다 말할 수 있게 되거나 남편이 브랜던 대령에게 거는 기대가 현실이 되기 전까지는 그 어떤 상황에서도 엘리너 앞에서 동생의 이름을 입에 담지 않을 작정이었어요. 패니는 그 둘이 아직도 서로 애틋하게 좋아한다고 믿었고, 그래서 기회가 날 때마다 말과 행동으로 둘의 사이를 확실히 갈라놓는 게 좋다고 여겼거든요. 그러나 패니가 한사코 주지 않은 정보는 금세 다른 쪽에서 흘러들어왔답니다. 바로 얼마 후 루시가 찾아와서, 에드워드가 존 대시우드 부부와 함께 런던 시내에 왔는데도 도저히 만날 수가 없다면서 엘리너가 동정해주길 원했거든요. 들킬까 두려워 에드워드가 바틀리츠 빌딩스에 감히 찾아오지 못한다면서, 둘 다 만나고 싶어 조바심을 내고 있지만 그럴 수 없어서 당분간 연락할 길이 편지뿐이라고요.

그러고 나서 곧바로 에드워드 본인도 버클리 스트리트에 두 번이나 찾아와서 자기가 런던에 있다는 사실을 직접 알렸어요. 오전에 볼일을 보고 들어왔을 때 두 번이나 탁자에 그의

---

1 격식을 갖춘 방문에서 십오 분은 최소한의 예의를 지키는 시간이었다. 존 대시우드 부인은 친분을 최소한으로 유지하고자 한다는 뜻을 분명히 밝힌 셈이다.

방문 카드가 남겨져 있었거든요. 엘리너는 그가 찾아와서 기뻤고, 서로 엇갈려 보지 못해서 더 기뻤어요.

존 대시우드 부부는 미들턴 부부가 마음에 쏙 든 나머지, 원래 남한테 뭔가를 쉽게 해주는 사람들도 아니면서 글쎄—저녁 만찬을 베풀어주기로 했지 뭐예요. 관계를 맺고 얼마 되지 않아서, 할리 스트리트의 아주 훌륭한 저택에서 만찬을 열고 초대를 한 거예요. 부부는 거기서 삼 개월 정도 거주할 예정이었죠. 동생들과 제닝스 부인도 함께 초대했고,[2] 존 대시우드는 일부러 신경 써서 브랜던 대령을 초대 손님으로 확보했어요. 대령은 열렬하고도 정중한 초대를 받고 상당히 놀랐지만,[3] 대시우드 자매가 가는 곳이라면 언제나 기쁘게 따라가곤 했으므로 흔쾌히 수락했지요. 그들은 페라스 부인을 만나게 될 예정이었어요. 하지만 아들들도 참석하는지 여부는 엘리너가 알 길이 없었어요. 그러나 부인을 만난다는 생각만으로도 엘리너에겐 흥미진진한 일정이 아닐 수 없었습니다. 이젠 에드워드의 모친을 만난다 해도 예전처럼 그리 크게 불안하진 않을 테고 그쪽이 자신을 어떻게 평가하든 전혀 개의치 않고 초연할 수 있겠지만, 페라스 부인과 어울려보고 싶은 마음, 어떤 사람인지 알고 싶은 궁금증은 여전히 생생히 살아 있었거

---

2 존 대시우드는 누이인 대시우드 자매와 제닝스 부인을 미들턴 부부의 가까운 지인으로 초대했다. 예의를 생각한다면 원래는 먼저 누이들과 제닝스 부인을 초대해 만찬을 열어야 했다. 처음 사귄 사람에게는 만찬을 베풀면서 동생들을 위해 만찬을 연다는 생각은 애초에 하지 않은 것이다.

3 보통 만찬을 열 때는 사적인 친분이 있는 사람을 초대한다. 브랜던 대령은 존 대시우드와 친분이 없었으므로 놀랐을 것이다.

든요.

그리고 곧바로 미스 스틸 자매가 모임에 참석한다는 소식이 들려왔는데, 덕분에 엘리너가 품고 있던 이 흥미진진한 기대감은 썩 유쾌하진 않아도 한층 강렬하게 증폭되었답니다.

자매가 레이디 미들턴에게 얼마나 잘 보였고 얼마나 부지런하게 비위를 맞췄는지, 루시는 우아한 구석이 하나도 없고 그 언니는 심지어 천박한 지경인데도, 레이디 미들턴은 마치 존 경이 사람들에게 그러듯 스틸 자매에게 콘딧 스트리트에 와서 이삼 주 머무르라 청했어요. 그리고 존 대시우드 부부가 존 경 부부를 초청했다는 소식을 들은 미스 스틸 자매는, 파티가 열리기 며칠 전 방문해 그 집에 머물기 시작하면 상황이 딱 맞아떨어지겠구나 생각한 거지요.

미스 스틸 자매가 자기 동생을 오랜 세월 돌봐준 신사의 조카라는 자격을 내세워 존 대시우드 부인의 관심을 끌려 했다면 아마 식탁의 자리를 차지하긴 어려웠을 거예요. 하지만 레이디 미들턴의 손님이라면 당연히 환영을 받을 테니까요. 그래서 이 가족과 개인적 친분을 맺고 사람 됨됨이와 자기가 앞으로 처할 고난을 가까이서 파악하면서 가족의 호감을 사려 노력할 기회를 오래전부터 학수고대해온 루시는, 존 대시우드 부인의 초대를 받고 평생 이처럼 행복했던 적이 얼마 없었다고 느꼈답니다.

엘리너에겐 초대장의 효과가 전혀 달랐습니다. 에드워드는 모친과 함께 사는데, 누나가 여는 파티에 어머니만 초대했을 리가 없다는 결론을 곧바로 내렸거든요. 그 많은 일을 겪고 처음 그를 만나는데, 심지어 루시와 같은 자리에서 봐야 하다니요! ─어떻게 그걸 참고 견뎌내야 한단 말인가요!

이런 두려움에 아마 합리적 근거는 없었을 테고, 사실적 근거는 아예 없었어요. 하지만 도저히 엘리너 혼자 마음을 가다듬어 두려움을 가라앉힐 수는 없었고, 결국 루시의 선의가 필요했지요. 루시가 찾아와서 에드워드가 화요일 할리 스트리트 모임에 불참한다는 소식을 전해주었거든요. 물론 루시는 내심 엘리너가 크게 낙심하길 기대했고, 심지어 에드워드가 자기를 지극히 사랑한 나머지 함께 있는 자리에서 애정을 숨길 자신이 없어 오지 못한다는 말로 아픈 마음을 더욱 후벼파고 싶어 했지만요.

두 아가씨가 이 태산 같은 시어머니와 처음 만나게 될 중요한 화요일이 오고야 말았습니다.

"제 처지를 좀 가엾게 여겨주세요, 미스 대시우드!" 루시가 함께 계단을 오르며 엘리너에게 말했어요─미들턴 부부가 제닝스 부인 바로 뒤에 도착하는 바람에 일행이 동시에 하인을 따라 올라가고 있었지요─"여기엔 제 마음을 알아줄 사람이 미스 대시우드밖에 없어요─도저히 잘 견뎌낼 수 없을 것 같아요. 어떡해요!─잠시 후면 내 일생의 행복이 걸린 사람을 만나게 될 텐데─제 시어머니가 되실 분을 만나게 되는 거잖아요!"─

앞으로 만나게 될 분은 당신이 아니라 미스 모턴의 시어머니가 되실 것 같다고 엘리너가 말해줬다면 루시의 불안을 즉시 잠재울 수 있었겠지만요. 엘리너는 그러는 대신 무척 진지

하게 정말 가엾다고, 안쓰러워서 어떡하냐고 말했지요—루시
는 완전히 허를 찔려 멍해지고 말았어요. 실제로 마음이 불안
하긴 했지만 적어도 엘리너만은 자기에게 억누를 수 없는 질
투심을 느꼈으면 하고 바랐거든요.

페라스 부인은 작고 마른 여자였고, 자세가 바르다 못해 틀
에 박은 듯했으며 얼굴은 심각하다 못해 심술궂어 보였어요.
안색은 누렇게 뜬 데다 눈 코 입은 작아서 아름다움도 없고 표
정도 담지 않았지요. 하지만 다행스럽게도 찌푸린 미간이 강
렬하게 오만과 심술의 특성을 관상에 새겨서, 밋밋하다는 치
욕만은 면할 수 있었답니다. 말수가 많은 여자는 아니었어요.
대부분의 사람들과는 다르게 자기 생각의 수에 맞춰 말수를
조절했거든요. 그나마 입술에서 새어 나오는 몇 마디 안 되는
말 중에서 단 한 마디도 미스 대시우드의 몫으로 떨어지진 않
았고요. 만사를 제치고 미워하겠다는 힘찬 결의를 담은 눈으
로 흘겨보기만 했어요.

이런 행동마저도 이제는 엘리너의 기분을 망쳐놓을 수 없었
어요—몇 달 전이었다면 마음을 크게 다쳤을 거예요. 하지만
이제 페라스 부인에겐 엘리너를 괴롭힐 힘이 없었어요—오히
려 엘리너를 낮추려고 일부러 미스 스틸에게 태도를 달리하
는 부인을 보고 있자니 재미있다는 생각만 들었지요. 페라스
가의 어머니와 딸이 하필이면—그 많은 사람 중에 유독 루시
를 골라—저토록 살뜰하게 챙겨주는 모습을 보자니 슬며시
웃지 않을 수가 없었던 거예요. 엘리너가 아는 걸 저들도 안다
면 아마 제일 먼저 나서서 망신을 주지 못해 안달할 상대인데

말이죠. 그에 비하면 별로 해를 끼칠 힘도 없는 자신은 이렇게 뾰족한 박대를 참으며 앉아 있고요. 하지만 대상을 잘못 찾은 예우에 웃음을 짓는 것과는 별개로, 저 행동의 근저에 깔린 비열한 우매함을 사유하고 미스 스틸 자매가 그들의 호감을 계속 붙들어두려 정성껏 비위를 맞추는 모습을 관찰하노라면 결국 네 사람 모두를 철저히 경멸하게 될 수밖에 없었습니다.

루시는 이처럼 영광스러운 특별 대접을 받고 기쁨을 주체하지 못했답니다. 미스 스틸은 오로지 사람들이 데이비스 박사의 완전한 행복 운운하며 자기를 놀려대기를 바랄 뿐이었고요.

만찬은 성대하고 하인들은 수없이 많아서, 모든 것이 과시하기 좋아하는 안주인의 성향과 이를 뒷받침하는 바깥주인의 재력을 말해주고 있었어요. 놀랜드 영지를 수리하고 보수하는 데 비용도 막대하게 들어갔고 농장을 사느라 수천 파운드 손실을 보며 자산을 팔 뻔했는데도, 그 결과로 도출해내려 그토록 애썼던 가난의 징후는 어디에서도 찾아볼 수가 없었답니다—어떤 가난도 없었지만, 대화를 나눌 때만은 예외였지요—대화에서 드러나는 결핍과 빈곤은 상당했어요. 존 대시우드가 하는 말 중에도 들을 가치가 있는 건 별로 없었지만 부인의 말은 더 심했어요. 그래도 특별히 창피스러울 일은 아니었어요. 그야 사실 손님 대부분이 마찬가지였으니까요. 매력적인 대화 상대로서는 거의 전원이 한두 가지 결격 사유가 있었거든요—선천적이든 후천적이든 센스가 없거나—우아함이 없거나—활기가 없거나—온화한 성품이 없었지요.

숙녀들이 식사를 마치고 응접실로 자리를 옮기자 이런 유의 빈곤이 두드러지게 느껴졌어요. 신사들은 그래도 대화의 주제만큼은 퍽 다양했거든요—이런저런 정치 이야기도 하고, 공지의 사유화나 말 길들이기 얘기도 하고요—하지만 이젠 그것도 끝이었어요. 커피가 나올 때까지 숙녀들은 내내 한 가지 주제로만 이야기를 나누었으니까요. 다름이 아니라, 비슷한 나이인 해리 대시우드와 레이디 미들턴 둘째 아들 윌리엄 중 누가 더 키가 큰가였어요.

아이들이 둘 다 있었다면 당장 키를 재면 되니 이 문제가 너무나 쉽게 해결되었겠지만, 그 자리엔 해리밖에 없었어요. 그러니 양쪽 다 어림짐작으로만 자기 주장을 내세웠고, 모든 사람에겐 똑같이 자신 있게 의견을 피력하고 마음 내키는 대로 같은 주장을 하고 또 하고 또 할 수 있는 권리가 있었던 셈이지요.

편은 다음과 같이 갈렸어요.

두 어머니는 각자 자기 아들이 더 크다고 진심으로 믿었지만, 예의 바르게 상대의 손을 들어주었고요.

두 할머니는, 못지않은 편파성으로 정색을 하고 나서서는 열렬하게 각자 자기 손자를 응원했어요.

한쪽 편의 비위만 맞춰주기 꺼림칙했던 루시는 아들 둘이 다 나이에 비해 훤칠한 장신이고 둘 사이에 약간의 키 차이라도 있다니 상상조차 할 수 없다고 했지요. 미스 스틸은 이보다 훨씬 더한 장광설을 늘어놓고는 최대한 빠르게 둘 다 크다는 결론을 내렸어요.

엘리너는 윌리엄이 더 크다는 의견을 한번 냈다가 페라스 부인과 패니의 기분을 한층 더 상하게 만든 후에는 굳이 더 고집부릴 필요를 느끼지 못했어요. 그리고 메리앤은 의견을 말해달라는 요청을 받고는 아예 생각해본 적이 없어서 의견도 없다고 말해서 모두를 빈정 상하게 만들어버렸고요.

놀랜드에서 나오기 전, 엘리너는 새언니를 위해 벽난로막[4] 두 폭에다 아주 예쁜 그림을 그려준 적이 있어요. 바로 얼마 전 틀 작업이 끝나 집에 가져온 이 그림들이 지금 이 응접실을 장식하고 있었지요. 다른 신사를 따라 들어오던 존 대시우드는 문득 이 그림이 눈에 들어오자, 부득불 브랜던 대령한테 어서 보고 감탄하라는 투로 건네주었어요.

"제 큰 동생이 그린 그림들입니다." 그는 말했지요. "대령님은 안목을 갖춘 분이니, 분명 마음에 들어하실 거라 믿습니다. 전에 그 애의 작품을 보셨는지 모르겠지만 대체로 굉장히 잘 그린다는 평가를 받더군요."

대령은 소탈하게 심미안 같은 건 전혀 없다며 손사래를 치면서도, 벽난로 막에 그려진 그림을 열심히 칭찬했어요. 미스 대시우드가 그렸다니 벽난로 막 아니라 무엇이라도 그랬겠지만요. 그래서 당연히 다른 이들도 궁금증을 갖게 되었고, 그림은 다들 감상할 수 있도록 손에서 손으로 건네져 한 바퀴 돌았답니다. 페라스 부인은 엘리너의 작품인 줄 모르고 특별히 자

4 벽난로 앞에 있을 때 장작불의 열기를 막기 위해 벽난로 앞에 걸거나 세워두는 차양막.

세히 살펴보고 싶다고 말했어요. 그래서 레이디 미들턴이 몹시 흡족해하며 정말 훌륭하다고 말하자 패니가 자기 어머니에게 그림을 전해주면서, 사려 깊게도 미스 대시우드의 작품이라는 정보까지 함께 전달했답니다.

"흠"—하고 페라스 부인이 말했지요—"아주 예쁘군."—그러더니 더 쳐다보지도 않고 다시 딸에게 돌려주었답니다.

어쩌면 패니도 한순간은 어머니가 정말 무례하다 생각했나 봐요—살짝 얼굴을 붉히면서 곧바로 이렇게 말했거든요.

"정말 예뻐요, 어머니—그렇죠?" 하지만 이번엔 또, 자기가 지나치게 예의 바르고 지나치게 기를 살려줬다는 두려움이 덮쳐왔는지 금세 이렇게 덧붙였지요.

"미스 모턴의 화풍이랑 좀 비슷한 구석이 있지 않아요, 어머니?—미스 모턴의 그림 솜씨야 누구보다 뛰어나잖아요!—지난번에 그린 풍경화가 얼마나 아름다웠는지!"

"정말로 아름다웠고말고! 하지만 미스 모턴이야 뭐든지 잘하는 분이니까."

메리앤은 이걸 참지 못했어요—이미 페라스 부인 때문에 몹시 기분이 나빴거든요. 정확히 무슨 의도인지는 전혀 모르면서도, 엘리너를 제물로 삼아 다른 사람을 추어올리는 눈치 없는 소리를 들으니 발끈해서 즉시 쏘아붙이고 만 거예요.

"아주 희한한 방식으로 사람을 칭찬하시네요!—미스 모턴이 우리한테 뭐나 되나요?—그 사람을 누가 알기나 하나요? 누가 관심이나 있대요?—지금 우리가 생각하고 얘기하는 사람은 엘리너 언니라고요."

메리앤은 그렇게 말하고는 새언니의 손에서 벽난로 막을 홱 낚아채더니 감상하면서 보여야 하는 마땅한 자세로 감상하기 시작했어요.

페라스 부인은 머리끝까지 화가 난 듯 보였고, 몸을 한껏 뻣뻣하게 곧추세우더니 호령했습니다. "미스 모턴은 로드 모턴의 영애십니다."

패니도 몹시 분개한 표정이었고, 남편은 동생의 당돌함에 완전히 혼비백산하고 말았어요. 엘리너는 메리앤이 화를 내는 이유보다 흥분한 메리앤 때문에 훨씬 더 큰 마음의 상처를 입었고요. 그러나 오직 메리앤을 주시하는 브랜던 대령의 눈빛만은, 그 행동이 그저 사랑스러울 따름이라고 말하고 있었습니다. 언니가 조금이라도 홀대받는 걸 가만히 두고 볼 수 없는 애정 어린 진심만 보인다고 말하고 있었어요.

메리앤의 감정은 여기서 그치지 않았습니다. 페라스 부인이 시종일관 언니를 대하는 싸늘하게 무례한 태도를 보니 언니가 앞으로 맞게 될 어려움과 괴로움이 훤히 내다보이는 듯해서, 그 생각만으로 메리앤의 상처받은 마음이 공포에 질려 버린 거예요. 그래서 다정다감한 감수성이 충동적으로 뜨겁게 북받쳐 올랐고, 잠시 가만히 있던 메리앤은 언니의 의자로 가서 언니 목에 한 팔을 두르고 언니 뺨에 자기 뺨을 댄 후 낮지만 달아오른 목소리로 말했어요.

"사랑하는 언니, 내가 사랑하는 엘리너 언니, 신경 쓰지 마. 저 사람들 때문에 언니가 불행해지면 안 돼."

그리고 더는 말을 잇지 못했어요. 기분이 너무 울적해지는 바람에 엘리너의 어깨에 얼굴을 묻고 울음을 터뜨리고 만 거예요. 모두가 이쪽을 쳐다보았고 거의 모두가 걱정했어요—브랜던 대령은 자기도 모르게 벌떡 일어나 그들 쪽으로 다가갔고요—제닝스 부인은 아주 의미심장하게 "아, 가엾어서 어째"라고 외치고는 즉시 향이 강한 소금을 주었어요. 존 경은 이렇게 메리앤의 신경을 예민하게 만든 장본인에게 극대노한 나머지, 루시 스틸 옆으로 자리를 옮겨서 이 충격적인 사건의 전말을 속살거리며 다 말해주었답니다.

몇 분이 지난 후 메리앤은 이 부산한 난리통을 끝낼 만큼 회복되어 다른 사람들 가운데 앉았지요. 이 사건의 후유증이 남아서 저녁 내내 기운 없고 우울했지만요.

"가엾은 메리앤!" 메리앤의 오빠는 브랜던 대령의 주목을 다시 끌 수 있게 되자마자 목소리를 낮춰서 속삭였어요—"저 애는 제 언니만큼 건강하지 못해요—신경이 몹시 예민하거든요—엘리너 같은 체질이 아니라서요—한때 미인이었던 젊은 여자가 매력을 잃는다는 건 사실 굉장히 힘든 일이니 너른 마음으로 이해해줘야겠지요. 아마 대령님은 그리 생각지 않으실지 몰라도, 메리앤은 몇 달 전만 해도 뛰어나게 예뻤답니다. 정말 엘리너만큼이나 아름다웠어요—지금은 보시다시피 미모가 다 사라졌지만요."

13

페라스 부인을 보고 싶던 엘리너의 궁금증은 해결되었어요―부인의 모든 면면으로 보아 가족끼리 더 이상 연을 맺는 건 바람직하지 않다는 걸 알게 되었고요―부인의 오만함, 비열함, 자신을 향한 결연한 편견을 그쯤 보고 나니, 에드워드가 자유로운 상황이었다 한들 분명 약혼을 교란하고 결혼을 지연했을 난관들이 모두 이해가 되었답니다―이만큼만 봐도 엘리너 자신을 위해서는 차라리 잘되었다 싶을 정도였어요. 커다란 걸림돌 하나에 가로막힌 덕분에 페라스 부인으로 인한 다른 고생은 하지 않아도 되고, 부인이 부리는 온갖 변덕에 휘둘릴 필요도 없는 데다, 부인에게 조금이라도 잘 보이려고 마음을 졸이지 않아도 되었으니까요. 아니, 차마 에드워드가 루시의 굴레에 묶여 있는 것까지 축하해줄 수는 없더라도, 루시가 조금만 더 사랑스러웠다면 엘리너도 틀림없이 기쁘게 생각했을 거예요.

루시는 페라스 부인이 예의 바르게 대해줬다고 해서 어쩜 그렇게까지 신이 날 수 있을까요. 엘리너에게는 그저 신기했어요—욕심과 허영심에 얼마나 눈이 멀었으면 엘리너가 아니라는 이유 하나만으로 쏟아진 관심을 본인을 향한 찬사로 오인할 수가 있나요—게다가 자기의 실제 상황을 모르는 상태에서 보인 호의인데, 거기서 어떻게 힘을 얻은 걸까요. 하지만 정말로 그렇다고, 당시 루시의 눈빛이 명백히 말해주고 있었답니다. 그뿐 아니라 다음 날 아침 루시의 특별 요청에 따라 레이디 미들턴이 버클리 스트리트에 연락해서 따로 마련해준 자리에서 엘리너와 단둘이 만난 루시는 훨씬 더 공개적으로 자기가 얼마나 행복한지를 재차 말해주었어요.

이 독대의 기회는 운 좋게 시간도 딱 맞아떨어졌답니다. 루시가 들어오자마자 파머 부인이 보낸 전언이 도착해 제닝스 부인이 밖으로 나가주었거든요.

"내 절친한 친구," 하고 루시가 단둘이 남자마자 탄성을 질렀어요. "제가 얼마나 행복한지 말씀드리려고 왔어요. 페라스 부인이 어제 저를 얼마나 귀하게 대해주셨는지, 정말이지 마음이 이렇게 뿌듯할 수가 없어요. 참으로 상냥하신 분이더라고요!—그분을 만난다는 생각에 제가 얼마나 무서워 떨었는지 알고 계시잖아요—하지만 소개를 받는 순간부터 그토록 다정하고 싹싹하게 대해주시니, 제가 꼭 그분 마음에 쏙 든 것만 같았다니까요. 그런데 정말 그렇지 않았어요?—다 보셨죠. 굉장히 인상적이었지요?"

"확실히 미스 루시에게 상당히 예의 바르시더군요."

"예의라고요!—고작 예의 말고는 아무것도 못 보신 거예요?—저는 그보다 훨씬 더 많은 걸 봤는데요. 저 말고는 아무도 누리지 못하는 특별한 친절이었어요!—오만하거나 도도한 기색도 전혀 없으셨죠. 새언니분도 마찬가지였고요. 다정하고 싹싹하고 친절하기만 하셨는걸요!"

엘리너는 다른 이야기를 하고 싶었지만, 루시는 자기가 행복해 마땅하다는 확인을 받고 싶어 계속 졸라댔어요. 그래서 엘리너는 하는 수 없이 그 화제를 이어가지 않을 수 없었지요—

"물론 그분들이 약혼 사실을 알고서도 그런 대우를 해주었다면야 그보다 더 뿌듯한 찬사가 어디 있겠어요—하지만 그렇지가 못했으니까요."——

"그렇게 말씀하실 줄 알았어요."—루시가 재빨리 대꾸했어요—"하지만 페라스 부인이 저를 좋아하지도 않으면서 좋아하는 척하실 이유가 없잖아요. 그분이 절 좋아하시니 저는 그걸로 됐어요. 뭐라고 하셔도 전 이걸로 만족할 거예요. 틀림없이 결국은 다 잘될 거고, 전에 생각했던 것보다 어려움도 훨씬 적겠네요. 페라스 부인은 매력적인 분이세요. 미스 대시우드의 새언니분도요. 두 분 다 정말 기분 좋은 분들이라니까요!—존 대시우드 부인이 얼마나 좋은 분인지 미스 대시우드에게 한 번도 들은 적이 없다는 게 의아하네요!"

여기엔 엘리너도 뭐라 대꾸할 말이 없어서 아예 시도도 하지 않았어요.

"어디 아프세요, 미스 대시우드?—기분이 가라앉으신 것

같아요 —말씀도 없으시고 —아무래도 몸이 안 좋으신가봐
요!"

"이보다 건강한 적이 없는걸요."

"그럼 진심으로 다행이지만, 정말로 안색이 좋지 않아요. 미
스 대시우드가 아프시면 저는 너무 속상해요. 저에게 세상에서
가장 큰 위로가 되어준 분! —이 우정이 없었다면 전 대체 어
떻게 살았을까요." —

엘리너는 예의 바른 대꾸를 하려 애썼지만 제대로 해냈는
지는 스스로도 장담할 수 없었어요. 하지만 루시는 만족했는
지 곧바로 이렇게 대꾸했답니다.

"저야 미스 대시우드가 아끼고 생각해주시는 마음을 너무
나 잘 알고 있지요. 제겐 에드워드의 사랑 다음으로 크나큰 마
음의 위로랍니다 —가엾은 에드워드! —그래도 일단 한 가지
좋은 소식이 있어요. 우리가 이제 만날 수 있다는 거요, 그것
도 아주 자주 만나게 될 거예요. 레이디 미들턴이 존 대시우
드 부인을 몹시 좋아하시는 데다, 아무래도 우리가 할리 스트
리트에서 많은 시간을 보내게 될 것 같거든요. 그리고 에드워
드는 하루의 절반을 누님분과 함께 보내고요 —게다가 레이
디 미들턴과 페라스 부인은 이제 서로 방문하기도 하실 테니
까요 —페라스 부인과 새언니 되시는 분은 감사하게도 저라면
언제 만나도 기쁘겠다는 말씀을 해주셨는데, 그것도 한 번만
그렇게 말씀하신 게 아니에요 —너무나 매력적인 분들이지 뭐
예요! —새언니분께 말씀해주실 기회가 온다면, 제가 어떤 찬
사로도 모자라는 훌륭한 분이라고 하더라고 전해주세요."

하지만 엘리너는 그 말을 전해주리라는 희망을 조금도 부추겨주고 싶지 않았답니다. 루시는 계속 말을 이었어요.

"페라스 부인이 저를 싫어하셨다면 분명 저도 즉시 눈치챘을 거예요. 예를 들어 형식적인 인사만 까딱하고 말은 한마디도 걸지 않으셨다든가, 아예 쳐다보지도 않으셨다든가, 기분 좋은 눈길을 한 번도 건네지 않으셨다든가—무슨 말인지 잘 아시겠지만요—곁에 얼씬도 말라는 듯한 그런 박대를 받았다면 저는 절망해서 다 포기했겠지요. 저라면 절대 못 견뎌냈을 거예요. 그분이 정말로 싫어하는 사람이 생기면 얼마나 지독하게 싫어하시는지 봐서 아니까요."

엘리너는 예의 바르게 승리감을 만끽하는 이 말에 미처 대꾸할 기회를 놓쳤어요. 그때 문이 활짝 열리더니 하인이 페라스 씨가 오셨다고 안내하기 무섭게 에드워드가 걸어 들어왔거든요.

얼마나 어색한 순간이었는지요. 다들 얼굴로 어색함을 말하고 있었어요. 다들 정말로 너무나 바보 같아 보였다니까요. 그리고 에드워드는 방 안으로 더 들어오기보다 차라리 다시 나가고 싶은 마음이 훨씬 더 커 보였지요. 각자 어떻게든 피하고자 했던 바로 그 상황이, 그만 이리도 불쾌한 방식으로 벌어지고야 만 거예요—세 사람이 한자리에 모였을 뿐 아니라, 부담을 덜어줄 다른 사람도 하나 없었으니까요. 아가씨들이 먼저 정신을 차렸어요. 루시는 앞에 나설 입장이 아니었고 여전히 표면적으로는 비밀을 유지해야 했지요. 그러니 세상 상냥한 척하고 있을 수밖에요. 루시는 에드워드에게 짧게 인사하고는,

아무 말도 더 하지 않았어요.

그러나 엘리너에겐 할 일이 더 많았어요. 에드워드를 위해 또 자신을 위해 너무나 잘해내고 싶었기에, 잠시 마음을 다잡은 후 그를 반가이 맞아주었지요. 얼핏 수월하고 거의 편안하게까지 보이는 표정과 태도였고, 엘리너는 한 번 더 힘을 내고 한 번 더 애를 써서 훨씬 더 훌륭한 언행으로 이뤄내기까지 했어요. 이제 와서 루시의 존재나 억울하게 겪은 일에 얽매여 쭈뼛거릴 수는 없었던 거예요. 그래서 에드워드에게 만나서 정말로 반갑다고, 일전에 버클리 스트리트에 방문해주셨을 때 뵙지 못해서 진심으로 아쉬웠다고 인사했어요. 친구이자 친척이나 다름없는 지인이니 당연히 그리 세심한 배려를 받을 자격이 충분한데, 날카롭게 지켜보는 루시의 눈길에 겁을 먹고 예우를 거둘 수는 없었지요. 그 눈길이 자기 일거수일투족을 좇고 있다는 건 금세 알아챘지만 말이에요.

엘리너의 태도에 크게 마음이 놓였는지 에드워드는 용기 내어 자리에 앉았어요. 하지만 아가씨들에 비하면 여전히 훨씬 부끄러워하며 어쩔 줄 몰랐는데, 남자가 그러는 일은 흔치 않지만 상황은 충분히 그럴 만했지요. 그의 마음은 루시처럼 초연할 수 없었고, 그의 양심은 엘리너처럼 편안할 수 없었으니까요.

루시는 새침하고 가라앉은 분위기였고, 남들 마음이 편해지는 데 도움을 줄 생각은 일고도 없다 작정한 듯 보였습니다. 그러고는 한마디도 하지 않았지요. 거의 모든 말은 엘리너로부터 나왔어요. 엘리너는 도리 없이 어머니의 건강이며, 런던으로 오게 된 사연이며, 기타 에드워드가 물어봤어야 하지만 묻지 않은 안부를 자발적으로 말해주어야 했지요.

엘리너의 노력은 거기서 그치지 않았어요. 곧 영웅적인 용기를 발휘해 메리앤을 부르러 간다는 핑계하에 그들이 단둘이 남도록 배려할 수도 있겠다는 느낌을 받았거든요. 그리고 정말로 실행에 옮겼습니다. 심지어 흠잡을 데 없는 태도로 해냈답니다. 엘리너는 고아하기 이를 데 없는 태도로 마음의 결의를 굳게 다지며, 몇 분인가 층계참에서 하릴없이 서성인 후에야 동생에게로 간 거예요. 하지만 그러자 에드워드의 황홀한 기쁨도 끝날 때가 되었지요. 메리앤이 기쁜 나머지 그 즉시 서둘러 응접실로 들어왔거든요. 에드워드를 만난 반가움은 메리앤의 다른 감정이 다 그러하듯 그 자체로 강렬했고, 또한 강렬하게 표현되었어요. 그를 보자마자 잡아달라는 듯 손을 내밀었고 목소리에는 동생의 애정이 담뿍 담겨 있었어요.

"사랑하는 에드워드!" 메리앤이 외쳤어요. "이보다 행복할 수 없는 순간이네요! —다른 모든 일을 거의 다 보상받는 느낌이에요."

에드워드는 메리앤의 환대를 충분히 돌려주려 애썼지만, 이런 목격자들이 지켜보는 앞이라 차마 하고 싶은 말의 절반도 하지 못했어요. 다시 다들 자리에 앉았고, 일이 초쯤 모두가 침묵을 지켰어요. 그사이 메리앤은 수많은 감정을 담은 애틋한 눈길로 에드워드를 보았다 엘리너를 보았다 하면서, 달갑지 않은 루시가 있어서 이들이 재회의 기쁨을 억눌러야 한다는 것 하나만 아쉬워하고 있었지요. 에드워드가 먼저 입을 열고, 메리앤의 안색이 전 같지 않은데 런던 날씨가 몸에 잘 맞지 않는 거냐고 걱정스럽게 물었습니다.

"아! 제 생각은 안 해도 되어요!" 메리앤은 애써 기운차게 대꾸했지만, 말하는 사이 눈에는 그렁그렁 눈물이 차올랐어요. "제 건강은 걱정 말아요. 보다시피 엘리너 언니는 건강하니까요. 우리 둘 다 그걸로 충분하잖아요."

계산하지 않고 내뱉은 이 말은 에드워드나 엘리너의 마음을 더 편하게 해주지도 못했고, 루시의 선의를 이끌어내지도 못했어요. 루시가 고개를 홱 들고는 그리 우호적이지 못한 눈길로 메리앤을 쳐다보았거든요.

"런던이 마음에 드십니까?" 에드워드는 다른 주제로 화제를 돌리기 위해서라면 무슨 말이든 해야겠다는 듯 입을 열었습니다.

"전혀요. 재밌는 게 많을 줄 알았는데, 하나도 없네요. 에드워드를 보게 된 게 런던이 선사해준 유일한 위로예요. 게다가 얼마나 다행인지! 에드워드는 예전과 하나도 달라지지 않았네요!"

그러더니 메리앤이 잠시 말을 멈췄고—아무도 입을 열지 않았어요.

"내 생각에는 말이야, 엘리너 언니." 메리앤이 이윽고 덧붙여 말했어요. "우리가 바턴으로 돌아갈 때 에드워드한테 좀 돌봐달라고 부탁해야 할 것 같아. 아무래도, 한두 주 후에는 출발할 테니까. 에드워드도 거리낌 없이 책임을 떠맡아줄 거야."

불쌍한 에드워드는 뭐라고 중얼거렸지만, 무슨 말인지 아무도, 심지어 자기 자신도 알아들을 수 없었습니다. 하지만 그 마음의 동요를 알아챈 메리앤은 얼마든지 제일 마음에 드는 이유를 골라 생각해버릴 수 있었고, 완벽하게 흡족한 기분으로 다른 이야기를 할 수 있게 되었어요.

"에드워드, 우리가 어제 할리 스트리트에서 보낸 하루가 어땠는지 아세요? 너무 따분했어요, 너무나 비참하리만큼 따분했다니까요! ─하지만 이 일에 대해서는 해드릴 얘기가 너무 많아서 지금은 말할 수가 없네요."

그러니 탄복할 만큼 말을 조심한 덕에, 메리앤은 그들 공통의 친척이 그 어느 때보다도 불쾌했고 특히 그의 모친이 혐오스럽더라는 얘기를 나중에 좀 더 사적인 자리에서 나누자며 미룬 셈이었어요.

"그런데 거기에는 왜 안 오신 거예요, 에드워드? ─왜 안 오셨어요?"

"다른 약속이 있었어요."

"약속이라뇨! ─하지만 대체 무슨 약속인데요? 이런 친구들을 만날 기회였는데요?"

"미스 메리앤." 어떻게든 복수하려 안달이 났던 루시가 외쳤어요. "아마도 젊은 남자들은 신분 고하를 막론하고 지킬 마음이 없는 약속은 무조건 파기한다 믿으시는 모양이네요."

엘리너는 몹시 화가 났지만 메리앤은 말끝에 돋친 가시를 전혀 못 느낀 듯 차분하게 대꾸했어요.

"전혀요, 그렇지 않아요. 진지하게 하는 말인데, 에드워드가 할리 스트리트에 오지 못한 건 오로지 양심 때문이라 믿어요. 저는 정말로 에드워드가 세상에서 가장 섬세한 양심의 소유자라 믿거든요. 자기 이득이나 기분과 상관없이, 아무리 작은 약속이라도, 결코 허술히 보지 않고 반드시 지키는 사람이고요. 아픔을 주거나 기대를 꺾을까 누구보다 두려워하고, 내가 아는 누구보다 이기적으로 행동할 수 없는 사람이에요. 에드워드, 실제로 그러니까 저도 그렇다고 말할 거예요. 뭐예요! 자기를 칭찬하는 말은 도저히 들을 수가 없다고요!—그럼 제 친구는 될 수가 없겠네요. 나의 사랑과 높은 평가를 받는 사람들은 허심탄회한 나의 칭찬도 참고 들어야 하거든요."

하지만 지금 이 상황에서는 메리앤의 칭찬이 청중 삼 분의 이의 감정을 심히 힘들게 한 데다, 에드워드에게도 너무나 울적한 내용이었기에 그는 곧바로 일어나 가려 했어요.

"이렇게 빨리 간다고요!" 메리앤이 말했어요. "에드워드, 이러시기가 있어요!"

그러더니 메리앤은 그를 한쪽으로 따로 불러서 아마 루시가 그리 오래 머물지는 않을 거라고까지 속삭였어요. 하지만 이런 격려도 허사였지요. 에드워드는 가야겠다고 말했거든요. 그리고 두 시간을 기다려야 했더라도 그가 가고 난 다음에 일어나겠다고 마음먹었을 루시도 얼마 후 떠났습니다.

"무슨 일로 우리 집에 저렇게 자주 오는 거야!" 루시가 떠나자 메리앤이 말했어요. "우리가 다들 자기가 갔으면 하고 바라는 걸 눈치도 못 챘나! 에드워드는 얼마나 애가 탔겠어!"

"왜 그래야 해?—우리는 다 에드워드의 친구고 루시는 그가 가장 오래 알고 지낸 사람이잖아. 당연히 우리뿐 아니라 루시도 만나고 싶어하겠지.”

메리앤은 언니를 찬찬히 살피더니 이렇게 말했습니다. “엘리너 언니, 이런 유의 언사를 내가 제일 못 견디는 거 알잖아. 내가 언니 말을 반박해주기만 바라는 거라면, 또 당연히 내가 그래야 한다고 기대하는 것 같은데, 난 절대로 그렇게 해줄 사람이 아니라는 걸 어서 기억해내도록 해. 그런 수에 넘어가서 진짜로 필요하지도 않은 위로를 순순히 해주진 않을 거야.”

그러더니 메리앤은 방에서 나가버렸어요. 엘리너는 차마 뒤따라가서 뭐라 더 말할 용기가 나지 않았지요. 루시에게 비밀을 지키겠다고 약속한 탓에, 메리앤을 납득시킬 만한 정보를 하나도 줄 수가 없었거든요. 메리앤이 계속 잘못 알고 있으니 아무리 마음 아픈 결과가 생기더라도 그저 감수할 수밖에 없었어요. 이제 한 가지 바랄 수 있는 소망이라면, 에드워드가 본인이나 그녀를 이런 상황에 너무 자주 몰아넣지 않았으면 하는 것뿐이었지요. 착각한 메리앤이 내뱉는 열렬한 언사를 듣고 있는 것도 괴로웠고, 최근 만남에서 겪었던 고통을 다시 겪는 것도 괴로우니까요—그리고 엘리너는 이 기대가 헛되지 않으리라 믿어 의심치 않았습니다.

14

이 만남이 있고 며칠 안 되어 신문들은 에스콰이어[1] 토머스 파머의 부인이 상속자가 될 남아를 무사히 출산했다는 소식을 세상에 공표했습니다. 적어도 이 소식을 미리 알고 있던 친한 지인들한테는 몹시 흥미진진하고 만족스러운 한 문단이었지요.

제닝스 부인의 행복에 대단히 중요한 이 사건으로 인해 부인의 자유 시간에는 얼마간 변화가 생겼어요. 그에 맞춰 젊은 친구들의 모임 일정도 바뀌었고요. 부인은 딸 샬럿과 최대한 많이 함께 있고 싶어서, 아침마다 옷을 차려입자마자 그 집으로 갔다가 저녁 늦게까지 돌아오지 않았거든요. 그리고 미스 대시우드 자매는 미들턴 부부의 특별한 요청에 따라 콘딧 스

---

1 일반적으로 특별한 직위나 직급이 없는 남성에게 공식적인 자리에서 붙이는 경칭.

트리트에서 하루를 꼬박 보내곤 했지요.

편한 것만 생각하면야 자매는 제닝스 부인의 집에 그냥 남아 있고 싶었어요. 적어도 오전 시간만이라도요. 하지만 모두의 바람을 거스르며 고집부릴 일은 아니었으니까요. 따라서 둘의 시간은 레이디 미들턴과 두 명의 미스 스틸이 차지하게 됐는데, 공공연히 떠든 말과는 달리 이들은 자매와의 친교를 그리 귀하게 여기지 않았답니다.

레이디 미들턴에게 좋은 벗이 되기에는 대시우드 자매의 사리 판단이 너무 반듯했고요. 스틸 자매는 자기 구역을 침범해 자기네들이 독점하고 싶은 호의를 나눠 가지려 든다면서 대시우드 자매를 시기 어린 눈으로 바라보았거든요. 레이디 미들턴은 엘리너와 메리앤에게 세상 흠잡을 데 없이 예의를 차렸지만 사실은 그들을 하나도 좋아하지 않았어요. 자기나 아이들에게 입에 발린 칭찬도 안 하는데 어떻게 성격이 좋다고 여기겠어요. 게다가 책 읽기를 좋아한다니 풍자적인 성격일 거라고 어림짐작해버렸지요. 풍자가 뭔지 정확히 잘 몰랐을 수도 있지만, 어쨌든요. 어차피 알든 모르든 그건 중요하지도 않았고요. 비난의 뜻으로 흔히 쉽게들 쓰는 말이잖아요.[2]

자매가 있을 때는 레이디 미들턴도 루시도 행동을 삼갈 수밖에 없었어요. 전자는 게으름을 피우지 못했고 후자는 할 일을 제대로 못했지요. 레이디 미들턴은 자매가 보는 앞에서 아

---

2 풍자satire는 18세기의 정치적 글쓰기에서 중요한 비판적 형식이었다. 레이디 미들턴 같은 기득권의 사교계 사람들은 반정부적이거나 선동적인 것, 불만이 많고 반항적이라는 뜻으로 그 말뜻을 오해하곤 했다.

무 일도 하지 않고 있으려니 부끄러워했고, 루시는 자매한테 멸시당할까 두려워 여느 때라면 자랑스럽게 생각해 떠벌렸을 아침의 말을 잘 꺼내지 못했거든요. 셋 중에서는 미스 스틸이 자매 앞에서 가장 심경의 변화가 적었고, 두 사람이 마음만 먹으면 완전히 화해할 수도 있었어요. 둘 중 아무나 미스 스틸한테 메리앤과 윌러비 씨 사이에 있었던 일을 처음부터 끝까지 세세하게 말해주기만 했다면, 그들이 올 때마다 저녁 식사 후 벽난로 옆 제일 좋은 자리를 양보해준 보람이 충분히 있다 생각할 사람이니까요. 하지만 그런 화해는 없었어요. 엘리너에게는 동생이 가엾다는 말을 종종 하고 메리앤 앞에서는 멋쟁이 남자들은 마음이 쉽게 변한다는 얘기를 한두 번 이상 했지만, 엘리너는 무심한 표정으로 일관하고 메리앤은 경멸의 눈길로 쳐다보는 게 다였거든요. 하다못해 훨씬 더 가벼운 노력만 보여줬어도 미스 스틸은 그들의 친구가 되어주었을 거예요. 박사를 두고 웃으면서 좀 놀리기만 했어도 됐을 테니까요! 하지만 대시우드 자매는 나머지 둘과 마찬가지로 미스 스틸의 기분을 맞춰줄 생각이 전혀 없었고, 따라서 존 경이 집에서 식사하지 않는 날은 이 주제로 놀려대는 말을 한마디도 들을 수 없어서 친절한 미스 스틸은 하는 수 없이 자기가 자기를 농담거리로 삼아야 했어요.

하지만 이 모든 시기와 불만을 제닝스 부인은 짐작조차 하지 못했고, 그저 젊은 여자들이 다 같이 모여 있으니 정말 즐겁겠다고만 생각했답니다. 그래서 재미도 없는 늙은이와 이렇게 오래 떨어져 지낼 수 있으니 얼마나 잘된 일이냐며 밤마다 젊은 친구들에게 참 좋겠다고 말하곤 했어요. 이따금 존 경의 집이나 자기 집으로 와서 그들과 시간을 보낼 때도 있었는데, 장소를 막론하고 늘 기쁜 얼굴로 자중감自重感에 잔뜩 부풀어 위풍당당하게 들어왔지요. 부인은 샬럿이 몸조리를 잘하고 있는 건 다 자기 덕분이라며 틈만 나면 딸의 상태를 꼬치꼬치 정확하고도 상세하게 설명해주었는데, 사실 그걸 즐겁게 들어줄 수 있는 건 호기심 많은 미스 스틸밖에 없었어요. 하지만 마음에 걸리는 한 가지 문제가 있다면서 부인은 허구한 날 그걸로 불평을 해댔어요. 파머 씨가 갓난애들은 다 똑같다면서, 남자들 사이에선 흔하지만 아버지답지는 않은 의견을 고집한다나요. 이 아기는 어떤 때는 이쪽 사람을 꼭 닮았고 다른 때는 저쪽 사람을 꼭 닮아서, 파머 씨네 일가친척 얼굴을 다 닮았다는 걸 부인은 아주 잘 알겠는데도, 그걸 파머 씨가 도통 납득하질 않는다는 거예요. 무슨 말을 해도 그 또래 아기들은 다 똑같이 생겼다는 생각을 굽히지 않고, 심지어 이 애가 세상에서 제일 예쁜 아기라는 간단한 명제마저 인정하지 않는다고 해요.

이제 제가[3] 한 가지 불행한 일을 이야기할 때가 되었네요. 얼추 이 시기 존 대시우드 부인에게 일어난 일이지요. 하필 시누이들이 제닝스 부인과 함께 할리 스트리트에 처음 방문했을 때, 또 다른 지인이 왔다 간 거예요. 이 일 하나만 봐서는

---

3 제인 오스틴은 여기서 화자가 처음으로 "제가I"라는 대명사로 자신을 지칭하도록 썼다. 본 번역은 오스틴 초기 소설의 화자가 하나의 여성 인물이며 자기가 잘 아는 사람들의 이야기를 구술로 전하고 있다는 전제로 문체를 정했는데, 이 결정의 중요한 근거가 되는 대목이다.

부인에게 특별히 나쁠 것 같지 않은 일이지요. 그러나 다른 사람들이 상상력을 키워 우리 행실을 오판하고 사소한 겉모습으로 단정 지으려 한다면, 우리 행복은 언제나 어느 정도 우연에 좌우되기 마련이니까요. 이번 경우에는, 마침 찾아온 한 숙녀가 상상력의 날개를 펴고 진실과 개연성을 앞질러간 나머지 미스 대시우드라는 이름과 존 대시우드 씨의 동생이라는 얘기를 듣자마자 할리 스트리트에 머물고 있겠거니 단정 지어버렸답니다. 이런 착각 탓에 숙녀분은 하루이틀 뒤 자택에서 작은 음악 파티를 열면서 이 부부뿐 아니라 동생들에게도 초대장을 보냈지요. 그 결과 존 대시우드 부인은 크나큰 불편을 감수하고 자기 마차를 미스 대시우드 자매에게 보내줘야 했을 뿐 아니라 설상가상, 아무리 불쾌하더라도 겉으로는 남편 동생들을 곰살맞게 보살피는 척 연기해야만 했어요. 그러니 누가 봐도 존 대시우드 부인이 또다시 이 자매를 데리고 외출할 거라 생각하지 않겠어요? 물론 사람들을 실망시킬 힘은 언제나 본인이 쥐고 있는 거지만요. 그걸로는 충분치 않았답니다. 스스로 잘못이라는 걸 알면서도 일정한 행동 양식을 고집하는 사람들은 더 나은 행동을 기대받으면 오히려 그 기대를 비난으로 받아들이고 상처를 받거든요.

메리앤은 이제 매일 외출하는 관행에 차츰 익숙해져서, 나가건 말건 아무 관심도 없는 지경이 되었어요. 날마다 저녁 행사를 조용히 기계적으로 준비했지만 일말의 즐거움도 기대하지 않았고 마지막 순간까지 어디로 가게 되는지 모를 때도 아주 많았어요.

드레스나 외모에도 아예 무심해져서, 메리앤이 몸단장하는 내내 쏟은 관심을 다 합쳐도 단장을 다 끝낸 다음 미스 스틸과 마주쳤을 때 미스 스틸이 첫 오 분 동안 퍼붓는 관심의 절반도 못 되었지요. 미스 스틸의 세세한 관찰력과 폭넓은 호기심은 아무것도 놓치지 않았어요. 전부 다 보고 전부 다 물어보았다니까요. 메리앤의 드레스 각 부분의 가격을 전부 다 알아내야 겨우 마음을 놓았고, 모임용 드레스를 몇 벌이나 갖고 있는지 메리앤 본인보다 더 잘 짐작하는가 하면, 일주일에 세탁 비용이 얼마나 들고 일 년에 몸단장에 쓸 수 있는 돈이 얼마나 되는지 등을 헤어지기 전에 다 알아낼 수 있다는 희망을 버리지 않았어요. 더욱이 이리 주제넘게 관찰하고 무례하게 꼬치꼬치 따져 물은 후에는 어김없이 칭찬으로 끝을 맺곤 했는데, 딴에는 보상이랍시고 하는 말이 메리앤에게는 심지어 가장 주제넘고 무례하게 느껴졌답니다. 드레스의 가격과 소재, 구두의 색깔, 헤어스타일을 검사하고 나서는 거의 어김없이 하는 말이 "완전 기가 막히게 멋져 보여요. 감히 말하자면 남자들을 엄청 많이 정복할 수 있겠는데요"였기 때문이지요.

이따위 격려의 말을 뒤로하고 메리앤은 오빠의 마차를 타고 그날의 연회장으로 출발했어요. 마차가 문 앞에 정차하고 오 분 후에는 연회장에 입장할 준비를 마쳤는데,[4] 이렇게 시

---

4 연회장에서는 마차들이 도착하는 순서대로 늘어서서 앞에 온 마차에서 손님들이 다 내릴 때까지 기다려야 했다. 번거로운 절차였기에 먼저 온 사람들이 한가로이 여유를 부리면 다음에 도착한 마차 안의 손님들이 오래 기다려야 했다.

각을 딱 맞추는 정확성이 새언니한테는 그리 반갑지 않았지요. 자기는 지인의 집에 일찍 도착했는데 시누이들이 늦어져서 자기나 마부한테 폐를 끼치기만 은근히 바라고 있었거든요.

그날 저녁 모임은 별로 특별할 게 없었어요. 다른 음악 파티가 다 그렇듯 이 파티에도 연주에 조예가 깊은 사람이 아주 많았고 전혀 조예가 없는 사람은 훨씬 더 많았거든요. 평소와 다름없이 연주자들 또한 본인이나 절친한 지인들의 평가로는 영국에서 제일가는 아마추어 실력자였고요.

엘리너는 음악적 소양이 없고 소양이 있는 척하지도 않았기에 마음이 내키면 거리낌 없이 피아노포르테에서 눈길을 돌릴 수 있었지요. 심지어 하프나 비올론첼로가 있더라도 전혀 구애받지 않고 방 안의 아무 물건이나 즐겁게 구경할 수 있었어요. 배회하던 눈길이 어쩌다 한 무리의 청년들에 가닿았는데, 그 사이에서 그레이스 보석상에서 이쑤시개 케이스를 놓고 장광설을 늘어놓던 바로 그 남자를 발견했어요. 엘리너는 금세 남자가 자기 쪽을 바라보더니 자기 오빠에게 친근하게 말을 거는 모습을 보았지요. 저 남자의 이름을 물어봐야겠다 마음먹은 차에 두 사람이 엘리너 쪽으로 함께 걸어왔고, 존 대시우드 씨는 엘리너에게 로버트 페라스 씨를 소개해주었습니다.

그는 여유롭고 정중한 말씨로 인사하며 고개를 모로 꼬아 절을 했는데, 말도 필요 없이 엘리너는 곧바로 이 사람이 루시가 말했던 그 외양에 크게 신경을 쓰는 허영꾼이구나 똑똑히 알 수 있었어요. 엘리너가 에드워드 본인의 장점이 아니라 친인척을 보고 그를 좋아했더라면 차라리 행복했을 텐데요! 그랬다면 모친과 누나의 심술로 시작해 동생의 인사하는 태도를 끝으로 깨끗하게 마음을 매듭지을 수 있었을 테니까요. 두 청년의 차이는 놀라웠지만, 속이 텅 비고 오만한 동생 탓에 겸손하고 훌륭한 형이 조금이라도 싫어지거나 하진 않았어요. 형제가 딴판으로 다른 이유는, 십오 분쯤 대화하던 중에 로버트가 직접 설명해주더군요. 형 이야기를 하면서 형이 제대로 된 사교계 사람들과 어울리지 못하는 진짜 원인은 지독한 낯가림이라면서, 태생적인 결함이 아니라 불행히도 개인 교습을 받은 게 문제라고 참으로 너그럽고도 관대한 진단을 내려주셨거든요. 반면 본인께서는 타고난 천성이 형보다 특별히 눈에 띄게 우월하진 않을지 몰라도 사립학교 교육이라는 특권을 누린 덕분에 누구보다 사교계에 잘 적응해 사람들과 어울릴 수 있다지요.

"장담하지만 그 이상의 이유는 없다고 봐요" 하고 로버트가 덧붙였습니다. "어머니가 속상해하시면 종종 이렇게 말씀드려요. '사랑하는 어머니.' 항상 말씀드린다니까요. '그냥 마음을 편히 잡수세요. 이미 다 엎질러져서 주워 담을 수도 없는 일을 어떡합니까. 게다가 어머니가 다 자초하신 일이잖아요. 어머니도 사리 판단을 하셨을 텐데, 왜 괜히 삼촌 로버트 경의 말을 듣고 가장 결정적인 시기에 에드워드 형이 개인 교습을 받게 하신 거냐고요? 형을 프랫 씨한테 보내지 말고 저처럼 웨스트민스터에 다니게 했으면 이런 사태는 모두 미연에 방지할 수 있었을 텐데요'라고요. 이것이 제가 초지일관 이 문제를 바라보는 관점이고, 어머니도 이제 본인의 잘못을 완벽하게 알고 계시지요."

엘리너는 굳이 반박하고 싶지 않았어요. 사립학교의 특권에 관한 일반적 견해와는 상관없이, 에드워드가 프랫 씨 집에서 기숙한 일을 생각하면 조금도 유쾌한 기분이 들지 않았거든요.

"데번셔에 사신다고 알고 있습니다만."—로버트의 다음 말이었어요. "돌리시 근처의 코티지라면서요."

엘리너는 위치를 정확히 다시 알려주었고, 그러자 그는 데번셔에서 돌리시 근처에 살지 않는 사람이 있다는 걸 퍽 놀라워하는 눈치였어요. 하지만 그래도 주택의 형태에만큼은 진심에서 우러나오는 찬사를 아끼지 않았지요.

"저로 말씀드리자면, 코티지를 굉장히 좋아합니다. 언제나 굉장히 편안하고 굉장히 우아한 구석이 있단 말이에요. 정말이지, 여윳돈만 있으면 런던 가까운 데 땅을 좀 사서 직접 코티지를 한 채 짓고 싶어요. 그러면 아무 때나 친구들을 몇 명 모아 마차로 달려가서 행복하게 지낼 수 있을 테니까요. 누가 집을 짓는다고 하면 코티지를 지으라고 조언합니다. 로드 코틀랜드가 제 친구인데 얼마 전 제 조언을 구하러 와서는 눈앞에 보노미[5]가 작성한 설계도 세 장을 펼쳐놓더라고요. 나보고 제일 좋은 걸 고르라면서요. '코틀랜드, 이 친구야.' 저는 즉시

---

5 대★ 주세페 보노미는 당시 잉글랜드에서 주로 활동한 이탈리아 건축가다. 그가 설계한 건축물은 장엄하고 신비로운 느낌을 주는 것이 특징이었다.

설계도 세 장을 다 벽난로 모닥불에 던져버렸습니다. '이건 다 그만두고 무조건 코티지를 짓게.' 이렇게 말했죠. 제가 보기에는 아마 분명 그렇게 결론이 날 거예요.

코티지에는 사람들이 쉴 방이나 넓은 공간이 없다고 생각하는 이들도 있는데, 다 착각이지요. 지난달에 다트퍼드 근처에 사는 제 친구 엘리엇네 집에 갔거든요. 레이디 엘리엇이 무도회를 열고 싶어하시더라고요. '하지만 어떻게 해야 하죠? 페라스 씨, 부디 무도회를 열 방도를 알려주시겠어요? 이 코티지에는 열 쌍의 커플이 들어갈 만한 방도 하나 없는 데다 저녁 식사는 어디서 하겠어요?' 저는 그 즉시 아무 문제 없이 해낼 수 있다는 걸 알았지요. 그래서 말씀드렸어요. '친애하는 레이디 엘리엇, 아무런 걱정 하지 마십시오. 식당에는 열여덟 쌍은 충분히 들어갈 수 있고, 카드 테이블이야 응접실에 두면 되고, 서재를 개방해서 찻상과 다른 간식을 거기에 차리면 되지요. 저녁 식사는 살룬[6]에 차리면 됩니다.' 레이디 엘리엇이 이 생각을 듣고 몹시 좋아하셨답니다. 우리가 식당 크기를 재어보니 정확히 열여덟 쌍을 수용할 수 있겠더군요. 그 행사는 정확히 제 계획대로 진행되었고요. 그러니, 솔직히 그렇잖아요. 사람들이 처음에 어떻게 해야 할지를 몰라서 그렇지, 일단 알고 나면 훨씬 넓은 저택에서 누릴 수 있는 편의를 코티지에서도 얼마든지 즐길 수 있다니까요."

엘리너는 그의 말에 그냥 다 동조해주었어요. 합리적인 반

---

6 코티지에서 제일 넓은 거실이나 홀을 살룬이라고 한다.

박이라는 찬사를 바칠 가치도 없는 위인이라 여겼기 때문이지요.

존 대시우드 역시 큰 동생만큼이나 음악을 즐길 줄 몰랐고, 그의 마음 또한 제멋대로 다른 데로 흘러가 꽂히곤 했어요. 하지만 그날 저녁 문득 떠오른 생각이 있어 집에 오는 길에 아내에게 허락을 구하려 말을 꺼냈지요. 동생들이 자기 손님으로 묵고 있다고 데니슨 부인이 착각한 일도 있고, 마침 제닝스 부인도 일정이 바빠 집을 비우곤 하니 그 틈을 타서 실제로 동생들을 자기 집에 초대해 묵게 하면 어떨까 생각하게 된 것이었죠. 비용은 얼마 들지 않을 테고 그리 번거로울 일도 없을 터였어요. 게다가 아버지와의 약속을 홀가분하게 털어내려면 그정도 배려는 꼭 필요하다고, 섬세하고 여린 그의 양심도 콕 짚어 말하고 있었고요. 패니는 남편의 제안에 기겁을 했지요.

"레이디 미들턴의 기분이 상하지 않게 초대할 방법을 모르겠네요. 날마다 같이 시간을 보내고 있잖아요. 안 그러면야 나도 얼마든지 기쁘게 부를 텐데요. 내가 힘닿는 한 당신 동생들을 잘 보살펴주는 거 알죠? 오늘 저녁 음악 파티에도 데리고 갔고요. 하지만 레이디 미들턴의 손님이잖아요. 그 집에서 우리 집으로 데리고 와야겠다는 말을 내가 어떻게 하겠어요?"

하지만 그녀의 남편은, 비록 태도는 아주 겸손했지만, 그리 강경히 반대할 이유를 모르겠다고 말했어요. "그 애들이 이런 식으로 콘딧 스트리트에 있은 지 벌써 일주일이나 됐어요. 그러니 이렇게 가까운 혈육의 집에서 똑같이 일주일을 보낸다는데 레이디 미들턴이 기분 나빠하실 리가 있나요."

패니는 잠시 가만히 있다가, 이윽고 새롭게 활기를 띠며 말했어요.

"사랑하는 여보, 그럴 수만 있다면야 나도 진심으로 동생분들한테 와서 있으라고 하고 싶어요. 하지만 내심 미스 스틸 자매한테 며칠 와서 지내라고 해야겠다 마음을 막 정했단 말이에요. 행실도 아주 바르고 착한 아가씨들이니까요. 우리 에드워드한테 그 집 삼촌이 얼마나 잘해주셨는지 생각하면 그 정도 배려는 당연히 해야 하고요. 당신 동생들은 올해 말고 다음에 부를 수도 있잖아요. 하지만 미스 스틸 자매는 이제 런던에 오지 못할 수도 있어요. 당신도 틀림없이 마음에 든다고 할 거예요. 아니, 지금도 이미 썩 마음에 든다고 했잖아요. 우리 어머니도 그렇고, 해리가 또 얼마나 그 자매를 좋아한다고요!"

존 대시우드 씨도 납득했어요. 미스 스틸 자매를 초대해야 할 필요성에 즉시 동감했고, 동생들은 올해 말고 다음에 초대해야겠다 결심하니 양심의 목소리도 잔잔하게 가라앉았지요. 하지만 한편으로는, 다음 해에는 아예 초대할 필요도 없어지지 않을까 간교한 계산도 고개를 들었어요. 엘리너는 브랜던 대령의 아내가 되어 런던에 올 테고, 그럼 메리앤은 그들의 손님으로 묵으면 되니까요.

패니는 이 상황에서 벗어났다는 기쁨과 잽싸게 꾀를 짜냈다는 뿌듯함에 바로 다음 날 아침 루시에게 편지를 써서, 레이디 미들턴이 괜찮다고 허락하는 대로 언니와 함께 며칠 할리 스트리트에 와서 지내라고 초대했답니다. 이 초대는 루시가 정말로 합당하게 행복해할 만한 일이었어요. 존 대시우드

부인은 정말로 직접 나서서 루시를 위해 애써주는 것만 같았
죠. 루시의 소망이라면 모두 귀히 여기고 루시의 의견이라면
모두 중히 여기는 것 같았어요! 에드워드와 그 가족과 함께
지낼 이런 기회는, 더할 나위 없이 루시의 입장에 이로웠을 뿐
아니라 감정적으로도 흡족하기 짝이 없고요! 이런 특권은 아
무리 감사해도 모자랄 뿐 아니라, 제대로 이용하려면 아무리
서둘러도 아쉬웠어요. 그래서 기일을 확정해두지 않았던 레이
디 미들턴 댁 방문은 즉시 마치 처음부터 이틀 뒤 마무리하기
로 한 것처럼 되어버렸답니다.

 이 쪽지가 당도한 후 십 분도 못 되어 전달받아 보게 된 엘
리너는 처음으로 루시의 기대에 약간 동참하지 않을 수 없었
어요. 이처럼 짧은 교제를 바탕으로 이처럼 보통 아닌 친절을
베풀다니, 이건 루시에 대한 호감이 그저 자신에 대한 악감 이
상이라는 확실한 증거로 보였지요. 시간과 언변을 잘 쓰면 루
시는 이 호의를 이용해 원하는 바를 모두 이룰 것도 같았어요.
입에 발린 아첨으로 이미 도도한 레이디 미들턴을 굴복시켰
고 존 대시우드 부인의 내밀한 심중에도 파고들었으니, 이런
성과로 훨씬 더 커다란 가능성의 문이 활짝 열리지 않겠어요.
 미스 스틸 자매는 할리 스트리트로 옮겨갔고, 그곳에서 어
떤 영향력을 행사하며 살고 있는지 관련해 소식이 들려올 때
마다 엘리너는 그 결혼이 성사되겠다는 예상을 굳혀갔어요.
존 경은 한 번 이상 그곳을 방문했고, 그때마다 스틸 자매가
얼마나 총애를 받는지 모른다며, 누구나 깜짝 놀랄 환대를 누
리고 있다는 소식을 가지고 집에 돌아왔어요. 존 대시우드 부

인은 평생 스틸 자매보다 더 마음에 드는 아가씨들을 본 적이
없다면서 어떤 망명자[7]가 만든 바늘겨레를 자매에게 하나씩
선물로 주었고, 루시를 성이 아니라 이름으로 부르며, 벌써부
터 이들과 어찌 헤어질지 모르겠다고 걱정이 산더미라는 거
예요.

[7] 망명한 프랑스 귀족일 가능성이 높다.

3부

1

이 주일이 지날 무렵에는 파머 부인이 어찌나 건강해졌는지, 제닝스 부인도 딸에게 시간을 모두 바칠 필요는 없겠다고 느꼈어요. 하루 한두 번 방문으로 만족하고 자기 집, 자기 습관으로 다시 돌아왔지요. 미스 대시우드 자매도 얼마든지 원래대로 부인과 일과를 같이하겠다고 했고요.

이렇게 버클리 스트리트에서 일상이 다시 자리를 잡은 지 사흘째인가 나흘째 아침에, 제닝스 부인이 평소처럼 파머 부인 집에 다녀와서 엘리너 혼자 앉아 있는 응접실로 들어왔어요. 다급해 어쩔 줄 모르는 부인을 본 엘리너는 뭔가 기막힌 이야기를 듣게 되겠다고 생각하고 마음의 준비를 했지요. 부인은 딱 그 생각 하나 떠올릴 시간만 주고는 곧바로 수다를 떨기 시작했고, 엘리너는 역시 짐작이 옳았음을 알았답니다.

"맙소사! 미스 대시우드! 그 소식 들었나요!"

"아니요, 부인. 무슨 소식인데요?"

"정말 이상한 일이에요! 그래도 내가 전말을 싹 다 얘기해줄게요—파머 씨네 집에 갔더니 샬럿이 아이를 두고 부산을 떨고 있지 뭐예요. 그 애는 정말로 아이가 심하게 아픈 줄 알았던 거지—울고 찡얼거리고 온몸에 빨긋빨긋 뭐가 났더라고요. 그래서 내가 바로 살펴봤죠. '아유! 애야, 별거 아니고 애들은 이가 날 때 흔히 이래.' 유모도 똑같이 말했고요. 그런데도 샬럿은 마음을 못 놓고는 도너번 선생님을 부르러 사람을 보내는 거예요. 다행히 선생님이 할리 스트리트에 갔다가 막 돌아온 참이라 금세 왕진을 왔더라고요. 선생님도 아이를 진찰하고는 우리 말대로 그냥 별것 아니고 이가 나느라 앓는 거라고 설명해줘서 샬럿도 마음이 편해졌죠. 그런데 선생님이 돌아가려는 순간 갑자기 뇌리에 떠오르는 생각이 있어서요, 아니, 어쩌다 그런 생각이 났는지 모르겠네요, 아무튼 그래서 무슨 소식 없느냐고 물어봤거든요. 그랬더니 선생님이 괜스레 히죽히죽 웃다가 심각한 표정을 하고는 뭔가 아는 게 있다는 내색을 하더니 급기야 귓속말로 이러는 거예요. '지금 부인이 돌보시는 젊은 아가씨들 귀에 새언니의 병증에 관해 좋지 않은 소식이 들어갈까 염려되어 드리는 말씀인데, 크게 걱정하실 이유는 없다고 봅니다. 존 대시우드 부인은 잘 회복하실 거예요.'"

"뭐라고요! 패니 언니가 아픈가요?"

"정확히 내가 그랬다니까요. '어머나! 존 대시우드 부인이 아픈가요?' 그랬더니 술술 다 말해주더라고요. 최대한 캐낸 얘기로는, 사연이 이렇게 된 거 같아요. 에드워드 페라스 씨,

그 왜 내가 미스 대시우드하고 엮어서 농을 쳤던 그 청년 있
잖아요. (하지만 지금 와서 생각해보면 아무 사이도 아니었다
는 게 천만다행이지 뭐예요.) 글쎄, 지난 일 년 동안 우리 친
척 루시와 약혼한 사이였다는 거예요!―우리 미스 대시우드
한테는 잘됐지!―그런데 언니 낸시 말고는 이 일을 아는 사
람이 아무도 없었다지 뭐예요!―설마 그럴 줄 알았겠어요?
―서로 엮이는 거야 크게 놀랍지 않지만, 관계가 그렇게 깊어
졌는데 아무도 짐작조차 못 했다니! 그게 이상하잖아요!―우
연찮게도 나는 둘이 함께 있는 모습을 본 적이 없는데, 그랬으
면 내가 보자마자 눈치를 챘겠죠. 뭐, 그렇게 대단하게 비밀을
지킨 건 페라스 부인이 무서워였을 텐데, 부인은 물론 미스 대
시우드네 언니나 오빠도 한 치의 의심조차 없었나 봐요―그
러다 바로 오늘 아침에, 참, 딱한 낸시, 그이가 나쁜 뜻은 없어
도 똑똑한 사람도 아니잖아요. 다 폭로해버린 모양이에요. 아
마 혼자 생각했겠지. '세상에! 다들 루시를 너무 예뻐하네. 그
럼 크게 문제 삼지 않겠어.' 그래서 혼자 카펫을 짜고 있던 그
쪽 새언니를 찾아갔다네요. 앞으로 무슨 사태가 벌어질지 꿈
에도 몰랐겠지―그런데 새언니는 바로 오 분 전에 에드워드
를 무슨 귀족 영애와 혼인시켜야겠다고 오빠와 얘기한 참이
었다니까. 무슨 귀족 딸인지는 나도 까먹었네. 그러니 언니의
그 허영심과 자존심에 얼마나 타격이 컸겠어요. 그 즉시 지독
한 히스테리 발작을 일으켜서 비명을 바락바락 질러대는 바
람에 글쎄, 아래층 자기 드레싱룸[1]에서 영지 집사에게 편지를
쓰려고 생각을 정리하던 미스 대시우드네 오빠 귀에까지 들

어간 거예요. 오빠가 곧바로 이 층으로 달려 올라와 보니 아주 그런 끔찍한 난리통이 없었다지 뭐요. 그때 마침 사정을 전혀 모르던 루시가 왔거든요. 가엾어서 어째! 난 루시는 불쌍하더라고요. 보나마나 몹쓸 박대를 호되게 당했을 게 분명하잖아요. 그 새언니가 무슨 복수의 여신인 양 길길이 날뛰며 들볶는 바람에 곧바로 기절해버렸다나. 낸시는 낸시대로 무릎을 꿇고 서럽게 통곡을 했대요. 오빠는 뭘 어떻게 해야 할지 몰라 방 안을 왔다 갔다 서성거리기만 했다고 하고요. 그 새언니 존 대시우드 부인이 자기 집 안에 이 자매를 더는 일 분도 데리고 있을 수 없다고 선언하는 바람에 이번엔 하는 수 없이 오빠가 털썩 무릎을 꿇고 빌었다던데요. 제발 옷가지 꾸릴 때까지만 머물게 해달라고요. 그러니까 또 언니가 히스테리 발작을 일으켰고, 오빠가 대경실색해서 도노번 선생님을 부른 거죠. 선생님이 가보니 집 안이 그 난리통이었고요. 우리 친척 아가씨들을 데려가려고 마차가 문 앞에 도착해 있었고, 선생님이 갔을 때 그 아가씨들이 막 마차에 올라타려던 참이었나 봐요. 불쌍한 루시는 넋이 나가서 제대로 걷지도 못했대요. 낸시도 비슷하게 엉망인 지경이었고요. 정말이지, 미스 대시우드네 새언니를 난 도저히 참고 봐주기가 어렵더라. 진심으로 바라는데, 반대를 무릅쓰고 둘이 결혼하면 좋겠어. 아이고 참, 이 얘기를 들으면 불쌍한 에드워드 씨는 또 얼마나 기함을 하겠어요! 사랑하는 사람이 그런 모멸을 당하다니! 사람들 말로는 그이가

---

1 침실에 딸린 큰 방으로, 손님을 응대하거나 다른 볼일을 보는 곳이었다.

루시를 끔찍하게 아낀다고 하던데. 하기야 뭐 당연히 그렇겠죠. 세상 뜨거운 열정을 주체하지 못한대도 놀랄 일도 아니죠! ―게다가 도노번 선생 생각도 똑같대요. 내가 그이랑 이 문제로 얼마나 얘기를 많이 나눴는지 몰라요. 그런데 최고로 재밌는 건, 선생이 또 할리 스트리트로 불려 갔다는 거예요. 페라스 부인이 소식을 들을 때를 대비해 대기하고 있으려고요. 우리 친척 아가씨들이 그 집에서 쫓겨나자마자 부인을 불러 오라고 사람을 보냈다나요. 그 댁 새언니는 부인도 분명히 히스테리 발작을 일으킬 거라고 생각한대요. 그럴 수도 있겠죠, 뭐. 나야 그러거나 말거나지만. 난 둘 다 하나도 딱하지 않아요. 돈과 지위가 뭐라고 사람들이 그 법석을 떠는지 난 정말 모르겠더라. 에드워드 씨와 루시가 결혼을 하면 안 된다는 법이 대체 세상 어디 있다고. 페라스 부인한텐 자기 아들을 넉넉히 살게 해줄 재력이야 있을 테고, 루시 본인은 무일푼이나 다름없대도 있는 걸 최대한 알뜰히 쓰는 법을 누구보다 잘 알 텐데. 솔직히 페라스 부인이 아들한테 일 년에 오백 파운드만 대줘도 남들한테 팔백 파운드 대주는 것 못지않게 버젓이 살걸요. 아휴, 미스 대시우드네만 한 코티지면―아니, 그보다 조금만 넓은 코티지면―얼마나 아늑하게 잘 살겠어요. 하녀 둘에 하인 둘만 부리면 되겠네. 집안 살림 봐주는 하녀 찾는 건 내가 도와줄 수도 있는데. 우리 집 베티네 언니가 지금 일자리가 없어서 쉬는데 그 살림에 딱 맞춤이거든요."

여기서 제닝스 부인은 말을 잠시 쉬었고, 엘리너는 이 틈을 타서 생각을 정리할 수 있었어요. 이 주제에 자연스럽게 어울리는 대답도 꺼내고 논평도 해야 했으니까요—엘리너가 이 일에 특별히 사적으로 흥미를 갖고 있을 거라고 의심하지 않는 건 그나마 다행이었지요. 제닝스 부인은 (최근 한동안 본인이 종종 꿈꾸곤 했던) 엘리너와 에드워드가 서로 마음이 있다는 상상을 이미 그만두었거든요. 무엇보다 다행스러운 일은, 메리앤이 이 자리에 없는 덕에 엘리너는 이 사건에 관해서 아무 부끄러움 없이 잘 얘기하고 객관적인 입장에서 당사자 모두의 행동을 판단해 의견을 말할 수 있다는 거였죠.

이 사건에서 진짜로 무엇을 기대하는지 엘리너는 자기 마음을 알 수가 없었어요—다만 에드워드와 루시의 결혼 말고 다른 결말로 끝날 수도 있다는 생각만은 부지런히 물리치려고 애쓸 뿐이었지요. 페라스 부인이 무슨 말을 하고 어떻게 행동할지 그 내용에는 의심의 여지가 없는데도, 소식이 궁금해 엘리너는 애를 태웠답니다. 에드워드가 어떻게 행동할지는, 더욱더 애타게 알고 싶었고요—그에게만큼은 크나큰 연민을 느끼고 있었거든요—루시에겐 아주 조금뿐이었지만, 그 조금마저도 굉장히 힘겨운 노력을 거쳐 끌어낸 거였고요—나머지 사람들한테는 일말의 동정심조차 없었답니다.

제닝스 부인이 도무지 화제를 돌리지 못했기에, 엘리너는 메리앤이 먼저 마음의 준비를 하도록 해야 한다는 걸 알았지요. 한시도 지체 없이 동생이 잘못 알고 있는 사실을 바로잡고 진짜 사정을 알려주어야만 했어요. 그래야 다른 사람들의 입에 오르내리는 이야기를 동생이 듣게 되더라도, 언니에 대해 불안해하는 마음이나 에드워드를 원망하는 마음이 생기지 않을 테니까요.

엘리너가 맡은 일에는 고통이 따랐습니다—엘리너가 지금 빼앗으려는 건, 정말로 동생에게 남은 유일한 위안이었거든요. 자세한 사정을 알게 되면 동생의 마음속에서 에드워드의 평가는 영영 망가져버리겠지요—비슷한 처지 탓에 메리앤이 동병상련을 절감하고 새삼스레 실연의 아픔을 되짚을 수도 있었고요. 하지만 아무리 달갑지 않아도 반드시 해야만 할 일이기에 엘리너는 차라리 서두르기로 했습니다.

엘리너는 감정에 연연하고 싶지도 않았고 마음고생이 극심한 티를 낼 생각도 전혀 없었어요. 다만 에드워드의 약혼을 처음 알게 된 때부터 언행을 삼가고 절제해온 자신의 모습이 은연중에 메리앤에게 실천의 단초를 보여주길 바랐지요. 이야기를 전하는 어조는 명료하고 단순했어요. 감정을 섞지 않고 할 수 있는 얘기는 아니었지만, 격한 동요나 걷잡을 수 없는 슬픔은 내비치지 않았어요—그런 감정은 오히려 듣는 메리앤의 몫이었지요. 이야기를 듣다가 경악한 나머지 펑펑 울어버렸거든요. 엘리너는 남들이 괴로울 때와 다름없이 자기가 괴로울 때마저 남들을 위로해줘야 했답니다. 자기 마음은 침착하고 평온하다고 안심시키고, 부주의하고 성급했을지언정 에드워드는 달리 잘못한 게 없다고 옹호하면서, 그렇게 자기가 줄 수 있는 모든 위로를 아낌없이 베풀었지요.

그러나 메리앤은 한참 동안 둘 다 믿지 않았습니다. 에드워드는 또 다른 윌러비처럼 보였어요. 게다가 엘리너의 말대로 언니가 진심으로 에드워드를 사랑했다면 자기보다 고통이 덜

할 리가 없잖아요! 루시 스틸로 말하자면 예쁜 구석이라곤 하나도 없는데 제정신이 박힌 남자가 그런 여자를 조금이라도 사랑한다니 말도 안 되는 일이라고 여기면서, 에드워드가 루시를 좋아했던 적이 있다는 사실을 처음엔 아예 믿지 않다가 나중엔 그 감정 자체를 도저히 용서할 수 없다고 했지요. 심지어 자연스러운 감정이라는 걸 인정하기도 싫어했다니까요. 그래서 엘리너는 동생이 인간성에 대해 더 잘 알게 되면 그때 스스로 납득하게 두는 수밖에 없다고 판단하고 굳이 애써 설득하지 않았어요.

소통해보려는 첫 노력은 약혼 사실과 약혼 기간을 알려주는 데 그치고 말았어요—메리앤의 감정이 이미 복받쳐 올라 자세한 내용을 차분히 설명할 길이 다 끊겨버렸거든요. 한동안은 메리앤의 마음을 달래고 메리앤의 걱정을 줄이고 메리앤의 원한에 맞서 싸우는 것 외에는 달리 아무것도 할 수 있는 게 없었어요. 그러다 더 자세한 이야기로 넘어갈 수 있도록 메리앤 쪽에서 처음 던진 질문은 바로 이러했지요.

"이 일을 알게 된 지는 얼마나 됐어, 엘리너 언니? 에드워드가 언니한테 편지를 보냈어?"

"사 개월 전부터 알고 있었어. 지난 11월 루시가 바턴 파크에 처음 왔을 때, 비밀이라면서 약혼했다고 말해주더라."

이 말을 들은 메리앤의 눈에는 크나큰 놀라움이 떠올랐지만, 입술로는 차마 아무 말도 내뱉지 못했지요. 잠시 말문이 막혔다가 메리앤이 외쳤어요.

"사 개월이라고!—지난 사 개월 내내 알고 있었던 거야?"—

엘리너는 그렇다고 했지요.

"어떻게 그럴 수가 있어!—고통에 몸부림치는 나를 돌봐주는 내내, 언니는 이 일로 마음 아파했던 거잖아?—그런데 언니는 행복하지 않느냐며 내가 언니를 타박했다니!"—

"내 감정은 오히려 정반대라는 걸 네가 굳이 알게 할 이유가 없었는걸."—

"사 개월이라니!"—메리앤이 또다시 외쳤어요—"그렇게 침착하게!—그렇게 명랑하게!—언니는 대체 무슨 힘으로 버틴 거야?"—

"내 의무를 다하고 있다는 느낌으로 버텼어—루시한테 약속했으니까 비밀을 지켜야 했지. 진실의 실마리 하나 흘리지 않는 건 루시에 대한 나의 의무였어. 해명해줄 수도 없으니 걱정하게 만들지 않는 게 가족과 친구들에 대한 내 의무였고."

메리앤은 큰 충격을 받은 듯 보였어요—

"너와 어머니의 오해를 풀어주고 싶었던 적이 한두 번이 아니야." 엘리너가 덧붙여 말했습니다. "한두 번은 솔직히 털어놓으려 했던 적도 있어—하지만 신의를 배신하지 않고는 너를 납득시킬 길이 없더라."

"사 개월이라니!—그런데도 언니는 그 사람을 사랑했단 말이야!"—

"그래. 하지만 그이만을 사랑한 건 아니었어[2]—다른 이들

---

2 특정한 한 사람을 깊이 사랑하되 더 큰 공동체를 아끼고 배려하는 마음을 놓지 않는 것이 제인 오스틴의 작품 세계에서는 중요한 이상으로 묘사된다.

의 안녕도 내게는 소중했기에, 내가 느끼는 크나큰 감정을 굳이 알리지 말자고 기꺼이 마음먹었던 거야. 지금은 그 생각을 하고 그 얘기를 해도 감정이 그리 흔들리지 않고―나 때문에 너까지 괴로워하는 건 원치 않아. 이젠 나도 그리 심하게 괴롭지 않거든. 정말이라니까. 나한테는 내가 기대어 버티게 해 줄 것들이 많이 있어. 내가 경거망동해서 이런 실망을 자초하지도 않았고, 나 혼자 최대한 견디면서 실망을 퍼뜨리지도 않았지―결정적인 죄목들에서는 에드워드가 무죄라는 걸 인정해주었고. 나는 그이가 아주 행복해지면 좋겠어. 그이는 언제나 틀림없이 맡은 바 의무를 다할 테니, 당장은 회한과 미련이 남을지 몰라도 결국은 행복을 찾으리라 믿어. 루시가 분별sense 이 없는 사람은 아니잖아. 그것이야말로 모든 좋은 자질을 쌓아 올릴 토대고―그러니까 메리앤, 일편단심 변함없는 사랑이라는 생각이 매혹적이라도, 특별한 한 사람에게 모든 행복이 달렸다고들 말해도, 그래서는 안 되는 거야―마땅하지 않아―도저히 그럴 수 없거든―에드워드는 루시와 결혼할 거야. 외모로 보나 지성으로 보나 세상 여자들의 절반보다는 나은 그 여자와 결혼할 거라고. 시간이 흐르고 습관으로 굳어지면 그이도 한때는 루시보다 나은 여자를 생각했던 기억을 잊게되겠지."―

"그게 언니가 생각하는 방식이라면" 하고 메리앤이 말했습니다. "가장 귀히 여기는 걸 잃고도 다른 보상으로 쉽게 메꿀 수 있는 거라면, 언니의 결심과 자제심은 어쩌면 그리 놀라워할 만한 게 아닐지도 모르겠네―내가 이해할 수 있을 것 같아.”

“하고 싶은 말이 뭔지 알겠어—너는 내 감정이 그리 크지 않았다고 생각하는 거지—메리앤, 사 개월 동안 마음속에 이 모든 일이 걸려 있었는데 단 한 사람한테도 자유로이 터놓고 말할 수가 없었어. 언제든 사정을 알게 되면 너와 어머니가 몹시 슬퍼할 줄 아는데도, 미리 마음의 준비를 하게 해줄 수조차 없었고—그 얘기를 듣게 된 것부터가—당사자한테 억지로 얘기를 듣게 된 상황이었는걸. 먼저 약혼해서 내 희망을 모두 꺾어버린 당사자한테 말이야, 게다가 승리감에 젖은 게 분명했고—그러니까 이 사람의 의심에 맞싸워야 했던 거야. 그 일에 무엇보다도 관심이 깊은데도 겉으로는 전혀 무관심한 척 행동해야 했지—한 번으로 끝난 것도 아니야—그 여자의 희망과 기쁨을 거듭거듭 듣고 또 들어줘야 했단 말이야—에드워드와 영영 헤어져야 했는데, 무슨 얘기를 들어도 그이와 결혼하고 싶은 마음이 줄어들지 않더라—그이가 가치 없는 인간이라는 증거를 찾을 수 없었고, 그이가 내게 마음이 없다는 증거 또한 찾지 못했거든—누나의 매정한 태도와 모친의 무례한 태도에 맞서 싸웠고, 사랑의 기쁨은 누리지 못하면서 형벌만 견뎌내야 했지—그런데 이 모든 일이 벌어지던 시기에 하필, 너도 잘 알다시피, 나 혼자만 불행했던 게 아니잖니— 나도 감정을 느끼는 사람이라고 생각해줄 수만 있다면—이제는 너도 정말로 그간 내가 정말 힘들고 아팠나보다, 그렇게 생각할 수 있겠지. 지금 이렇게 평온한 마음으로 이 문제를 떠올릴 수 있게 된 것도, 내가 마음을 열고 기꺼이 받아들인 위안

도, 부단히 고통스럽게 노력한 결과야—저절로 어디서 생겨
난 게 아니라—처음부터 그냥 생겨나서 내 기운을 북돋아준
게 아니란 말이야—그래, 메리앤—그때는, 내가 침묵의 약속
에 묶여 있지만 않았다면, 아마 그 무엇도—심지어 내 소중한
가족에 대한 의무마저도—몹시도 불행한 내 심정을 터놓고 드
러내지 못하게 막을 수는 없었을 거야.”—

메리앤은 그만 완전히 무너져내리고 말았어요—

“아! 엘리너 언니.” 메리앤이 외치듯 말했답니다. “이제 영
원히 나 자신을 미워하게 되어버렸어—내가 언니한테 그간
얼마나 잔인하게 군 거야!—내게 단 하나의 위로였던 언니인
데, 비참하게 불행했던 나를 다 참아준 언니인데, 오로지 나
때문에 마음 아파하는 것처럼 보였던 언니인데!—은혜를 이
따위로 갚다니!—보답이랍시고 언니한테 이렇게밖에 못하다
니!—난 언니의 미덕이 나를 호되게 꾸짖는 것만 같아서, 애
써 지우려 했던 거야.”

더없이 애틋하게 어루만지는 손길이 이 고백에 잇따랐지요.
지금 메리앤의 심정으로 보아, 엘리너는 어떤 약속이라도 어
렵잖게 받아낼 수 있었어요. 엘리너의 청에 따라 메리앤은 그
누구와 이 일로 이야기하게 되더라도 기분 나쁜 감정을 결코
조금도 내색하지 않겠다고 약속했어요—루시를 만나더라도
예전과 달리 싫은 티를 전혀 내지 않겠다고 했고요—심지어
혹시라도 우연찮게 모임에서 에드워드를 보게 되더라도, 평소
보다 조금이라도 덜 싹싹하게 대하지는 않겠다고도 했답니다
—이건 엄청난 양보였어요—하지만 자기가 남의 마음을 다

치게 했다 느꼈을 때 메리앤은 아무리 큰 보상도 지나치지 않다 여기고 감내하는 사람이었답니다.

메리앤은 조심하겠다는 약속을 감탄스럽게 잘 지켰어요—제닝스 부인이 그 주제로 아무리 수다를 떨어도 표정 하나 바뀌지 않고 잘 들어주면서 한마디도 반박하지 않았고, 심지어 세 번이나 "네, 부인"이라고 추임새까지 넣었다니까요—의자에서 자세만 한 번 고쳐앉았을 뿐 루시 칭찬을 해도 잘 들었고, 제닝스 부인이 에드워드의 애정 얘기를 할 때도 목구멍에 한 번 경련이 꿀꺽 일었을 뿐이에요—동생이 그렇게 씩씩하게 영웅다운 행보를 하는 걸 보고 있자니 엘리너도 뭐든 다 할 수 있을 듯한 기분이 되었지요.

다음 날 아침 더 큰 시련이 찾아왔어요. 오빠가 방문해서는 굉장히 심각한 태도로 그 끔찍한 사태를 전하며 아내 소식을 말해주었거든요—

"너희도 들었겠지만 말이야." 그는 착석하자마자 엄청나게 엄숙한 말투로 말했어요. "어제 우리 집 지붕 아래서 굉장히 충격적인 사태가 발각되었다."

다들 표정으로만 동조했어요. 뭐라 말하기에는 너무 어색한 순간이라서요.

"네 언니가, 맘고생이 끔찍하게 심했어. 페라스 부인도 그렇고—한마디로 뭐라 말할 수 없이 복잡하게 괴로운 장면이었지—하지만 우리 중 아무도 크게 휩쓸리지 않고 풍파를 견뎌내길 바라고 있다. 가엾은 패니! 어제 하루 종일 히스테리 발작을 일으켰지 뭐냐. 하지만 너희한테 너무 큰 걱정을 안길 생각은 없다. 도너번 선생 말로는 크게 걱정할 중병은 아니라고 하거든. 체질도 건강하고 의지야 못 해낼 게 없이 굳은 사람이니까. 패니는 그 모든 일을, 천사처럼 굳건하게 견뎌냈단다! 이제 다시는 아무도 좋게 평가하지 않겠대. 그렇게 사기를 당했으니 놀랄 일도 아니잖니!―그리 친절을 베풀고 그렇게 믿어줬는데 돌아온 건 그런 배은망덕이니 말이야! 그 아가씨들을 집에 오라고 부른 건 너희 새언니 심성이 워낙 후해서 그런 건데. 그냥 좀 신경을 써줘도 좋을, 무해하고 행실 바른 아가씨들이라 벗 삼으면 좋을 것 같아서 그런 건데 말이야. 안 그랬다면 우리 둘 다 저기 계시는 친절한 너희 친구분께서 따님을 돌보러 가신 사이 너와 메리앤을 불러 같이 지내면 좋겠다는 바람이 있었거든! 근데 이런 식으로 보답을 받다니! 우리 가엾은 패니가 그 사랑스러운 말투로 이렇게 말하더라고. '그 자매 말고 당신네 동생들이나 초대했다면 얼마나 좋았을까, 진심으로 그런 생각이 드네요.'"

여기서 그는 말을 끊고 감사의 인사를 기다렸지요. 기어이 인사를 받은 다음에야 다시 말하기 시작했어요.

"패니가 처음 실상을 털어놓았을 때 가엾은 페라스 부인께서 겪은 맘고생이야 뭐 말로 할 수가 없지. 진심에서 우러난 사랑으로 아들한테 제일 좋은 혼처를 구해주려 계획을 세우고 계셨는데, 정작 아들은 그사이 다른 사람과 은밀히 약혼했다니!―그런 의심을 머리에 떠올리기나 하셨겠냐고! 먼저 누가 채갔다고 행여 의심했대도 다른 아들 쪽이었지 그쪽일 리는 없었거든. '확실히, 그쪽으로는 내가 마음 푹 놓고 안심했던 모양이야' 그러시더라고. 심히 괴로워하셨지. 하지만 우리는 앞으로의 대책을 같이 의논했고, 결국 부인도 작심을 하고 에드워드를 부르셨단다. 그래서 에드워드가 왔고. 하지만 그 후 벌어진 일을 얘기하자니 내 마음이 참 좋지 않네. 페라스 부인이 약혼을 끝내게 만들려고 무슨 말씀을 하셔도, 게다가 너희도 짐작하다시피 나도 여러 근거를 들어 부인을 돕고 패니도 동생한테 애원했는데도 아무 소용이 없더라. 효도, 사랑, 아무것도 안중에 없더라고. 에드워드가 그렇게 고집이 세고 매몰찬 줄 예전에는 몰랐다니까. 미스 모턴과 결혼하기만 한다면 후하게 챙겨줄 계획이 있다고 어머니가 그렇게 설명을 하는데도 말이야. 노퍽 영지에 정착하게 해준다 하셨는데, 거기는 토지세를 빼고도 일 년에 천 파운드는 든든하게 들어온단 말이야. 상황이 절박해지니까 심지어 소득을 천이백 파운드까지 올려준다고 제안하셨어. 하지만 반대로, 에드워드가 계속해서 격이 낮은 혼사를 고집하면 그에 맞게 궁핍하게 살게 만들겠다고도 하셨지. 에드워드 몫의 재산 이천 파운드가 전 재산이 되게 해주겠다고 장담하시더라고. 다시는 아들 얼굴도 보지 않겠다면서 말이야. 최소한의 도움마저 거두는 건 물론, 아들이 생활비를 더 벌려고 전문직종에 진출한다면 자기가 지닌 온 힘을 동원해서 출셋길을 막겠다고 윽박지르셨다니까."

여기서 메리앤은, 분노에 휩싸인 나머지 그만 이성을 잃고 손바닥을 철썩 치며 소리치고 말았어요. "맙소사! 이게 있을 수가 있는 일이에요?"

"네가 의아해하는 게 당연하지, 메리앤." 오빠가 대꾸했습니다. "이런 제안을 뿌리치는 고집불통이라니. 탄식이 절로 나오는 거야 아주 당연하고말고."

메리앤은 맞받아치려다, 약속을 기억하고 꾹 참았습니다.

"하지만 그런 간청도 다 허사였어." 그는 하던 말을 계속했어요. "에드워드는 말이 별로 없었는데, 말을 시작하면 어조가 그렇게 단호할 수가 없었거든. 어떻게 설득해도 약혼을 포기하게 만들 수가 없겠더라고. 어떤 대가를 치르더라도 약속을 지키겠다는 거야."

"그렇다면 말이죠." 도저히 더는 입을 다물 수 없던 제닝스 부인이 심각한 어조로 퉁명스럽게 내뱉었습니다. "정직한 남자답게 행동한 거네요! 미안하지만요, 대시우드 씨, 달리 행동했다면 난 오히려 양아치라고 생각했을 거예요. 이 문제에는 나도 못지않게 관계가 있는데, 루시 스틸은 내 친척이니까요. 루시보다 나은 여자가 이 세상에 어디 또 있다고요. 게다가 그 애만큼 좋은 남편감을 만날 자격이 넘치는 여자도 없어요."

존 대시우드는 크게 놀랐지만, 천성이 침착하고 도발에 쉽게 발끈하지 않는 데다 웬만하면 다른 사람 기분을 거스르는 걸 원치 않았어요. 재산이 많은 사람이라면 특히 더 그랬지요. 그래서 전혀 마음 상한 티를 내지 않고 대답했어요.

"제가 누구든 부인의 친척을 두고 감히 불손한 언행을 하겠습니까, 부인. 미스 루시 스틸이야 물론 자격을 갖춘 아가씨지요. 하지만 아시다시피 지금 이 경우에 혼사는 도저히 이루어질 수가 없습니다. 게다가 삼촌이 돌보는 청년과, 그것도 페라스 부인처럼 엄청난 자산가의 아들과 비밀 약혼을 하다니, 이

건 아무리 봐도 상궤를 벗어난 일이에요. 한마디로 저는 부인께서 아끼시는 그 어떤 분의 행실도 평가하고 싶지 않습니다, 제닝스 부인. 우리 모두가 미스 루시 스틸이 지극히 행복하기만을 바라요. 그리고 페라스 부인은 시종일관 사려 깊고 훌륭한 어머니라면 누구나 그 같은 상황에서 할 법한 행동을 하셨을 뿐이에요. 품위 있고 너그러운 처사였지요. 에드워드는 운명을 스스로 선택했지만, 안타깝게도 제비를 잘못 뽑았어요."

메리앤은 비슷한 걱정에 저도 모르게 한숨을 쉬었고, 에드워드를 생각하는 엘리너의 심장은 쥐어짜듯 아파왔습니다. 에드워드가 어머니의 협박에 그토록 용감하게 맞서며 지키려는 그 여자는 그 마음에 보답하지 못할 테니까요.

"글쎄요, 뭐." 제닝스 부인이 말했어요. "그런데 끝에는 어떻게 됐나요?"

"유감이지만요, 부인. 불행하기 짝이 없는 절연으로 끝나버렸지요―페라스 부인이 에드워드에게 다시는 어미 눈에 띄지도 말라면서 쫓아버리셨거든요. 에드워드는 어제 그 집에서 나갔는데, 대체 어디로 갔는지, 아직 런던에 있는지 저는 전혀 모릅니다. 물론 우리가 알아보고 다닐 수는 없고요."

"아유, 젊은이가 참 가엾게 됐네!―그럼 앞으로는 어떻게 된대요?"

"아니, 그러게 말입니다, 부인! 생각하면 우울해지지 뭡니까. 그런 엄청난 부잣집 상속자로 태어났으면서! 저는 이보다 더 개탄할 만한 상황은 떠오르지도 않는다니까요. 이천 파운드의 이자라고 해봤자―사람이 그 돈으로 어떻게 삽니까!―

거기다 자기가 바보짓을 하지만 않았어도 삼 개월 후 일 년에 이천오백 파운드를(미스 모턴의 재산이 삼만 파운드니까요) 받을 수 있었다는 생각까지 더해지면, 저라고 생각하면 그보다 더 비참한 처지는 상상도 못 하겠어요. 우리 모두 에드워드를 불쌍하게 생각해줘야 합니다. 우리한테는 그를 도와줄 힘이 전혀 없으니 더욱더 그러하지요."

"젊은이가 가여워서 어째!" 제닝스 부인이 탄식했습니다. "난 정말이지 우리 집에 데리고 와서 재우고 먹이고 싶네요, 대환영인데. 만날 수만 있다면 꼭 그 말을 해주고 싶어요. 지금 자기 돈을 쓰면서 여인숙이나 술집을 전전하며 사는 건 옳지 않아요."

엘리너의 심장은 에드워드를 향한 부인의 따스한 친절에 감사했지만, 정작 그 모양새를 생각하면 그만 웃음을 머금지 않을 수 없었어요.

"친구들이 생각해주는 마음만큼, 자기 자신에게 잘해줬더라면 지금 버젓하게 잘살고 있을 테고 무엇 하나 아쉽지 않을 텐데." 존 대시우드가 말했습니다. "하지만 이렇게 된 이상, 도와줄 여력이 있는 사람이 어디 있겠어요. 게다가 그를 벌주려고 지금 진행되는 일이 하나 더 있는데, 아마 이게 최악일 겁니다—그 어머니가 작심을 하셨거든요. 그런 오기가 생기는 거야 아주 자연스러운 일이겠지요. 그래서 원래 적절한 조건만 맞았더라면 에드워드가 물려받아야 할 영지를 즉시 로버트한테 주려고 하십니다. 오늘 아침 제가 나올 때 보니까 부인이 그 문제로 변호사와 상의하고 계시더군요."

“그렇군요!” 제닝스 부인이 말했어요. “그게 그 여자의 복수
군요! 사람마다 자기 방식이 있지요. 하지만 아들 하나가 속을
썩였다고 다른 아들을 부자로 만들어주는 건 내 방식은 아닐
거 같네요.”

메리앤이 벌떡 일어나 방 안을 서성거렸어요.

“남자 사기를 꺾는 데야, 자기가 차지할 뻔한 영지를 동생
이 갖는 것보다 더한 일이 있을까요?” 존이 말을 이었습니다.
“불쌍한 에드워드! 진심으로 너무 안됐다고 생각해요.”

이 비슷한 열변으로 몇 분이 더 흘러가다가 존의 방문이 마
무리되었습니다. 패니의 병세는 정말 그렇게까지 위험한 건
아니라고, 그렇게 불안해할 필요는 없다고 동생들을 거듭거
듭 안심시킨 후에야 그는 떠났습니다. 남겨진 세 여자는 한목
소리로 감정을 토로하기 시작했습니다. 최소한 페라스 부인과
존 대시우드 부부, 에드워드의 처신에 관해서는 모두가 같은
마음이었지요.

메리앤의 분노는 존 대시우드가 방에서 나가자마자 폭발했
어요. 동생이 열변을 토하자 엘리너도 더는 마음을 감출 수 없
었고 제닝스 부인도 속내를 감출 필요가 없어져서, 셋은 다 함
께 흥분해서는 그들 무리를 성토했답니다.

2

제닝스 부인은 에드워드의 처신을 열렬하게 칭찬했지만 그 진짜 미덕을 알아주는 사람은 세상에 엘리너와 메리앤뿐이었어요. 두 사람만은 알고 있었거든요. 에드워드는 혹하는 조건이 하나도 없는데도 모친에게 거역했고, 친지와 재산을 모두 잃는 보답으로 그가 얻을 위안이라곤 옳은 일을 한다는 자의식 말고는 거의 없다는 걸 말이에요. 엘리너는 품격을 지킨 그가 자랑스러웠어요. 메리앤은 에드워드가 받는 형벌이 안쓰러워 그가 저지른 잘못을 모두 용서했고요. 비밀이 모두 밝혀지면서 자매 사이는 서로에게 비밀이 없던 원래대로 돌아갔지만, 둘 다 단둘이 있을 때 이 주제를 오래 깊이 나누고 싶어하지는 않았어요. 엘리너는 되도록 이 얘기를 삼가는 것을 원칙으로 삼았어요. 메리앤이 너무 열렬하고 확고하게 에드워드의 변함없는 사랑을 믿고 장담하는 바람에, 자꾸 그 생각에 골몰하게 되었거든요. 이제는 차라리 에드워드의 사랑이 끝나기를 바라는 마음인데도 말이지요. 반면 메리앤은 차마 화두를 꺼낼 용기가 나지 않았어요. 이 얘기를 하면 엘리너와 자기 처신을 비교하지 않을 수 없어서 어느 때보다도 자기가 못마땅하게 느껴졌거든요.

메리앤은 언니와 자신을 비교하면서 그 강력한 힘을 온전히 느끼고 있었어요. 하지만 그 느낌은 언니의 바람처럼 이제 기운을 차리고 힘을 내라는 독려가 되기보다는 끝없는 자기 비난의 뼈저린 고통이 되었지요. 예전에는 왜 애써 기운을 차리지 못했을까 쓰라리게 후회가 되면서, 개선되리라는 희망은 없고 오로지 참회의 아픔만 몰려왔답니다. 메리앤은 자기 마음이 너무 약해져서 당장은 도저히 힘을 낼 수 없다고 믿었고, 그 믿음 탓에 더 기운 없고 울적해질 따름이었어요.

그리고 하루이틀 동안은 할리 스트리트나 바틀리츠 빌딩스에서 새로운 소식이 전혀 들려오지 않았어요. 하지만 이미 이 일에 관해서는 너무 많은 바가 알려져서, 제닝스 부인은 굳이 소식을 더 찾지 않아도 아는 내용만으로 충분히 소식을 널리 퍼뜨릴 수 있었을 거예요. 사실 처음부터 부인은 최대한 서둘러 안부차 또 위로차 친척 아가씨들을 방문할 작정이었답니다. 그런데 그만 평소보다 찾아오는 손님이 많았던 탓에 그 시기에 방문을 못 하고 말았지요.

자세한 전말이 알려지고 사흘째 되는 날은 날씨가 더없이 청명하고 아름다운 일요일이라서, 3월 둘째 주밖에 안 되었지만 켄징턴 가든에 많은 인파가 몰려들었어요. 제닝스 부인과 엘리너도 그 사이에 있었지요. 하지만 윌러비 부부가 다시 런던에 와 있다는 걸 안 후로 그들과 마주칠지 모른다는 두려움을 한시도 떨치지 못한 메리앤은 그런 공공장소에 나가느니 차라리 집에 있는 쪽을 선택했습니다.

켄징턴 가든에 들어서자마자 제닝스 부인과 허물없이 지내는 지인이 일행에 합류했어요. 엘리너는 오히려 좋았지요. 그들과 함께 계속 걸으면서 조용히 혼자 생각할 시간을 가질 수 있었으니까요. 윌러비 부부나 에드워드의 모습도 일절 보이지 않았고요. 명랑하게 즐거워하든 심각하고 진중하든, 한참 동안은 아무도 엘리너의 관심을 끌지 못했지요. 그런데 정신을 차려보니 어느새 미스 스틸이 곁에 다가와 말을 걸고 있어서 깜짝 놀라버리고 말았답니다. 미스 스틸은 좀 수줍어하면서도 만나서 기쁘다면서 반색을 했고, 제닝스 부인이 유난히 친절하게 대해주자 기분이 좋아져서 잠시 자기 일행과 헤어져 그들과 함께 거닐기로 했지요. 제닝스 부인은 즉시 엘리너에게 속삭였어요.

"속에 있는 말을 다 털어놓게 해봐요. 미스 대시우드가 부탁만 하면 무슨 말이든 다 해줄 테세니까요. 보다시피 나는 클라크 부인을 혼자 둘 수가 없어서 말이에요."

하지만 미스 스틸은 누가 캐묻지 않아도 알아서 속에 있는 말을 다 털어놓을 사람이었는데, 제닝스 부인과 엘리너의 궁금증을 생각하면 천만다행이었지요. 안 그랬다면 아무것도 알아낼 수 없었을 테니까요.

"이렇게 만나니 정말 좋네요." 미스 스틸이 친근하게 엘리너의 팔짱을 끼며 말했어요—"다른 사람보다도 미스 대시우드를 정말 만나고 싶었거든요." 그러더니 언성을 낮추며 속삭였어요. "제닝스 부인은 그 얘기를 다 들으셨겠지요. 화가 나셨나요?"

"미스 스틸한테는 전혀 화나지 않으셨을걸요."

"그건 좋은 일이네요. 그럼 레이디 미들턴은요, 그분은 화가 나셨어요?"

"그분이 화내실 일이 뭐가 있겠어요."

"엄청 기막히게 다행이네요. 아이고! 그간 내가 얼마나 혼쭐이 났다고요! 살면서 루시가 그렇게 무섭게 화내는 건 처음 봤어요. 처음에는 글쎄, 영영 다시는 내 보닛을 꾸며주지 않겠다고 맹세하는 거 있죠. 목숨이 붙어 있는 한 다시는 나한테 아무것도 해주지 않겠다면서요. 하지만 이제는 꽤 화가 가라앉아서 전처럼 다정한 사이가 됐답니다. 보세요, 제 모자에 이 리본도 그 애가 만들어주고, 어젯밤에는 깃털도 달아줬거든요. 이런, 미스 대시우드도 절 놀려대려 하시네요. 하지만 저라고 핑크 리본을 못 달 이유가 있나요? 정말로 박사님이 제일 좋아하는 색깔이라도 전 신경 안 써요. 솔직히, 그분이 먼저 말하지 않았으면 다른 어떤 색보다 분홍색을 더 좋아한다는 걸 제가 알았을 리가 없잖아요. 친척들이 절 어찌나 들들 볶아대는지!─가끔 그 사람들 앞에서는 눈길을 어디 둬야 할지도 모르겠다니까요."

미스 스틸이 곁가지로 빠져 늘어놓은 수다에 엘리너는 아무 말도 보탤 수가 없었어요. 그래서 미스 스틸은 다시 원래 화제로 돌아가는 편이 낫겠다는 판단을 빠르게 내렸답니다.

"뭐, 그래요, 하지만 미스 대시우드." 미스 스틸이 득의양양하게 말하기 시작했습니다. "페라스 씨가 루시와 결혼하지 않겠다고 선언했다면서 다들 멋대로 떠들어대라지요. 제가 장담하지만 사실은 전혀 다르니까요. 그렇게 고약한 소문이 새어 나와 돌아다니다니 정말 안타까워요. 루시 본인이야 어떻게 생각하든, 남들이 그렇게 확실히 단언할 문제는 아니잖아요."

"정말로 저는 그런 얘기를 들어본 적도 없어요." 엘리너가 말했어요.

"오! 그래요? 하지만 그런 말이 나왔어요, 저는 잘 알아요. 한 사람 입에서만 나온 것도 아니고요. 미스 고드비가 미스 스파크스에게 그랬다잖아요. 제정신이 박힌 사람이라면 페라스 씨가 자기 명의로 재산이 삼만 파운드나 있는 미스 모턴 같은 여자를 포기하고 무일푼인 미스 스틸과 결혼할 거라 대체 누가 생각이나 하겠느냐고요. 제가 미스 스파크스한테 직접 들은 얘기예요. 게다가 우리 친척 리처드도 자기 입으로 그러더라고요. 잘 따져보니까 자기도 페라스 씨가 도망갈까봐 걱정이라고요. 그래서 에드워드가 사흘이나 우리 근처에 나타나지도 않았을 때는 저도 이걸 어찌 생각해야 하나 종잡을 수가 없었지 뭐예요. 내심 루시도 다 수포로 돌아갔다고 생각하고 체념한 줄 알았지요. 저희가 미스 대시우드 오빠분 댁에서 나온 게 수요일이잖아요. 그런데 목요일, 금요일, 토요일까지 코빼기도 안 보이니까 대체 이 남자가 어떻게 된 걸까 알 수가 있어야죠. 루시는 편지를 쓸 생각도 하긴 했는데, 자존심이 상해서 그럴 수가 없었대요. 그런데 오늘 아침 우리가 교회에 갔다 왔을 때 마침 딱 왔더라고요. 그래서 전부 다 밝혀졌어요. 수요일에 할리 스트리트로 불려 갔다는 거, 어머니를 위시해 다들 말렸다는 거, 그 모든 사람 앞에서 사랑하는 사람은 루시뿐이라고, 루시 아닌 다른 여자와는 결혼하지 않겠다고 말했다는 것도요. 일이 그렇게 되어 정말 걱정했다면서, 모친의 집에서 나오자마자 말에 올라타고 어딘지 몰라도 시골길을 달렸대요. 이 문제를 더 나은 방향으로 해결해보려고 목요일 금요일 내내 여인숙에서 머물렀다나요. 글쎄, 이렇게 말하더라고요. 다시 생각하고 또 생각해봤는데, 이제 재산도 없고 무일푼이 된 지금 당신을 약혼에 묶어두는 건 매정한 짓 같다고요. 자기한테는 이천 파운드밖에 없고 따로 받을 유산도 전혀 없으니 당신 손해래요. 이제 목사 서품을 받으려 하는데, 좀 생각해봤지만 기껏해야 부목사 자리밖에 얻을 수가 없을 것 같다는 거예요. 그걸로 어떻게 살겠냐던데요?—당신이 고작 그런 삶을 살다니 생각만 해도 견딜 수가 없다, 그러니 조금이라도 마음이 흔들린다면 즉시 이 혼약을 파기하고 떠나라, 내 앞가림은 내가 알아서 하겠다, 그 사람이 그렇게 빌더라고요. 들어보니 이 구구절절한 얘기를 어찌 그토록 담백한 말씨로 하는지요. 헤어지자는 얘기는 모두 루시를 위해서, 루시 입장에서 한 거지, 한마디도 자기 자신을 위한 게 아니었어요. 당신이 지겨워졌다든가 미스 모턴과 결혼하고 싶다든가 그따위 말은 일절 없었다고 진짜 맹세해요. 하지만 당연히 루시는 들은 체도 안 하고 단도직입적으로 말했죠. (다정한 당신, 사랑하는 당신, 어쩌고 저쩌고, 뭐 아시잖아요, 그런 소리를 엄청 많이 하고 나서요—아유, 참! 아시죠, 그런 얘기는 남한테 다시 옮기기 뭐한 거.) 아무튼 루시가 거두절미, 헤어질 생각은 전혀 없다고, 푼돈으로도 얼마든지 같이 살 수 있다고, 아무리 그가 받을 돈이 적더라도 아주 기쁜 마음으로 다 품겠다고, 뭐 그런 유의 말을 했어요. 그러자 에드워드가 무지무지하게 기뻐하면서, 한참을 둘이 앞으로 어떻게 해야 할지 의논하더라고요. 그래서 당장 목사 서품을 받고 생활비를 벌게 될 때까지 기다렸다가 결혼하겠다던데요. 딱 그때부터는 저도 못 들었고요. 리처드슨 부인이 코치를 타고 오셨는데 우리 자매 중 하나를 켄징턴 가든으로 데리고 가실 거라면서 아래층에서 친척이 부르지 뭐예요. 그래서 하는 수 없이 방에 들어가서 둘의 대화를 끊게 됐어요. 루시한테 가고 싶은지 물어봐야 했으니까요. 하지만 에드워드 곁을 떠나고 싶지 않다고 해서, 곧바로 계단을 달려 올라가 실크 스타킹을 신고 리처드슨 가족과 함께 나온 거예요.”

“이해가 안 되는데, 둘의 대화를 끊으셨다니요.” 엘리너가 말했어요. “같은 방에 함께 계셨던 게 아닌가요?”

“아니죠, 그럴 리가요. 저런! 미스 대시우드, 옆에 다른 사람이 있는데 연인들이 사랑을 얘기하겠어요? 아유, 창피해라! —설마 그 정도도 모르시는 건 아니죠? (작위적으로 웃어대며)—아니죠, 그럴 리가요. 단둘이 거실에 문을 꼭 닫고 들어가 있었는데요, 제가 들은 건 문간에 서서 주워들은 거고요.”

“아니, 어떻게!” 엘리너가 외쳤지요. “문간에서 엿들은 얘기를 저한테 옮기실 수가 있어요? 그걸 미리 몰랐던 게 안타깝네요. 미스 스틸도 알면 안 될 이야기인데, 하물며 저한테까지 옮겨 얘기해주시다니, 알았다면 말렸을 거예요. 어떻게 동생분한테 그리 못할 짓을 하세요?"

"어머머, 세상에! 그런 건 아무것도 아니에요. 저는 그냥 문간에 서서 들리는 소리를 들었을 뿐인걸요. 틀림없이 루시도 나한테 똑같이 했을 거에요. 일이 년 전에 마사 샤프와 저 사이에 엄청난 비밀 얘기들이 오갈 때, 그 애도 일말의 거리낌 없이 옷장에 숨거나 벽난로 막 뒤에 숨어서 우리가 하는 얘기를 어떻게든 들으려 했는데요, 뭐."

엘리너는 다른 이야기를 하려 애썼지만, 미스 스틸은 일이 분도 못 참고 다시 제 마음을 온통 독차지한 그 생각으로 돌아가곤 했습니다.

"에드워드는 곧 옥스퍼드로 돌아간다고 해요." 미스 스틸이 말을 이어갔어요. "하지만 지금은 펠맬 ○○번지에 묵고 있답니다. 그 어머니는 진짜 성미가 고약한 여자 아니에요? 미스 대시우드네 오빠분과 새언니도 그리 친절하진 않고요! 아무튼, 미스 대시우드한테 그분들을 나쁘게 말하진 말아야죠. 솔직히 자기네 마차로 우리를 집까지 데려다줬으니까요. 그 정도면 제 기대 이상의 대접이지요. 저는 솔직히 새언니분이 하루 이틀 전에 우리한테 준 바늘겨레를 내놓으라고 할까봐 정말 겁났거든요. 그런데 그 얘기는 또 안 하셔서, 눈에 안 띄게 신경 써서 치워뒀답니다. 에드워드는 옥스퍼드에 볼일이 있다고 하더라고요. 한동안 가 있어야 한대요. 그다음에는 주교님[1]을 뵙는 대로 서품을 받을 거고요. 어느 교구에서 부목사직을 받을지 궁금해요! —아유, 세상에! (말하면서 깔깔대며) 친척들이 이 얘기를 들으면 뭐라고 할지 다 알겠어요. 제 목숨을 걸어도 좋다니까요. 박사님한테 편지를 써서 에드워드한테 새 직장이 될 부목사직을 부탁하라고 할걸요. 틀림없이 그렇게 말할 거예요. 하지만 저는 무슨 일이 있어도 안 그럴 겁니다. '저런!' 하고 곧바로 대꾸해줄 거예요. '어떻게 그런 생각을 할 수가 있는지 기가 막히네. 내가 박사님께 편지를 쓴다니, 말도 안 돼!'라고요."

"글쎄요." 엘리너가 말했어요. "최악의 상황에 대비가 되어 있다면 마음이 편하지요. 이미 대답을 준비해두셨네요."

미스 스틸이 같은 주제로 또 뭐라 대꾸를 하려 했지만 일행이 다가오는 바람에 다른 주제가 필요해졌어요. "어머, 저것 보세요! 리처드슨 가족이 오네요. 해드릴 얘기가 어마어마하게 많은데 우리 일행과 더 떨어져 있으면 안 될 것 같아요. 제가 장담하는데 몹시 품격 높으신 분들이에요. 리처드슨 씨는 무지막지하게 돈을 많이 벌고 자기 소유의 코치도 있다니까요. 제닝스 부인하고는 직접 그 얘기를 나눌 시간이 안 되지만, 저희한테 화가 나지 않으셨다니 제가 정말 기뻐하더라고 말씀 꼭 전해주세요. 레이디 미들턴께도 마찬가지고요. 혹시라도 미스 대시우드가 동생분과 함께 떠날 일이 생겨서 제닝스 부인한테 같이 지낼 사람이 필요하면 저희가 기꺼이 가서 부인

---

1 성공회 목사 서품을 받으려면 주교의 승인이 필요하다.

이 원하시는 만큼 오래오래 같이 지낼 수 있거든요. 이번 체류 기간 동안은 레이디 미들턴이 저희를 더 부르시진 않을 테니까요. 안녕히 가세요. 미스 메리앤이 여기 없어서 아쉽네요. 안부 꼭 전해주세요. 아유! 점박이 모슬린 드레스는 입지 마시지!—찢어질까 걱정 안 되셨나봐요."

이런 걱정의 말이 작별 인사를 대신했어요. 그 이후 미스 스틸은 제닝스 부인에게 마지막으로 겨우 작별 인사만 하고는, 곧바로 리처드슨 부인에게 이끌려 가버렸거든요. 남겨진 엘리너가 알게 된 여러 사실은 한동안은 깊은 성찰력의 자양분으로 삼을 만했지만, 솔직히 말하자면 이미 마음속에서 미리 내다보고 예상했던 것 이상으로 새로 알게 된 건 거의 없었지요. 엘리너도 그렇게 될 거라고 결론을 내리긴 했지만, 에드워드와 루시의 결혼은 확정된 일이었고 철저히 불확실한 상태로 남아 있는 건 성사 시기뿐이었거든요. 엘리너도 정확히 이렇게 예상했는데—에드워드가 교구의 목사직을 얻을 수 있느냐에 만사가 걸려 있었지만 현재로서는 일말의 가능성조차 없어 보였고요.[2]

마차로 돌아오자마자 제닝스 부인은 열심히 정보를 캐내려 했어요. 하지만 엘리너는 애초에 부당하게 알려진 내용이니만큼 최대한 덜 퍼뜨리고 싶었고, 그래서 루시가 자신을 위해 알려지길 원할 거라 확신할 만한 간단한 세부 사항만 골라 말해

---

2 교구 목사 직책을 얻는 데는 인맥이 가장 중요했기에, 영주들은 에드워드처럼 가족과 불화가 있는 사람을 그리 선호하지 않았다.

주었어요. 두 사람은 약혼을 지킬 것이고 목적을 달성하고자 어떤 수단을 쓸 것인지, 전해준 내용은 그뿐이었지요. 이야기를 들은 제닝스 부인은 다음과 같이 자연스러운 반응을 보였습니다.

"직장을 가질 때까지 기다린다니!—글쎄요, 그런 얘기가 어떻게 끝날지야 우리 모두 빤히 알고 있잖아요—일 년쯤 기다리다가 좋은 소식이 없으면 일 년에 오십 파운드짜리 부목사 수입에다 그이가 가진 이천 파운드에서 나오는 이자, 스틸 씨와 프랫 씨가 루시한테 줄 수 있는 적은 돈으로 살림을 차리겠지요—그리고 해마다 아기를 낳을 테고! 그러면, 세상에, 주님! 얼마나 가난하게 살겠어요!—집 안에 가재도구라도 마련하게 나라도 돈을 좀 줘야겠어요. 하녀 둘에 하인 둘이라니 천만의 말씀이지!—전에는 그런 얘기를 했지만—아니, 안 되겠네, 온갖 일을 혼자 도맡아 할 튼튼한 하녀를 하나 구해야겠는걸—이제는 베티네 언니가 그 집에 가서 일할 수는 없게 된 거지."

다음 날 아침 이 펜스 송달을 통해서 루시가 직접 쓴 편지가 엘리너에게 배달되었어요. 내용은 다음과 같았지요.

바틀리츠 빌딩스, 3월
이렇게 주제넘게 편지를 보내는 저를 친애하는 미스 대시우드가 부디 용서해주셨으면 해요.[3] 하지만 저와 나눈 우정이 있으

---

3 당시 사람들은 일반적으로 친한 친척과 가까운 친구들하고만 편지를 나

니, 저와 사랑하는 에드워드에게 일어난 좋은 소식을 들으면
분명 기뻐해주시겠지요. 최근 우리가 힘든 일을 겪기도 했으니
까요. 그러니 이제 변명은 그만하고 본론을 말씀드릴게요. 끔
찍한 고생을 하긴 했지만, 천만다행으로 이제 우리는 둘 다 아
주 잘 지내요. 언제나 서로를 사랑하는 마음으로 살 테니 더할
나위 없이 행복하고요. 그간 너무 큰 시련을 겪고 큰 박해를 받
았지만, 동시에 미스 대시우드를 비롯한 많은 친구들의 고마움
도 알게 되었어요. 베풀어주신 큰 친절을 언제나 감사한 마음
으로 기억할게요. 에드워드도 마찬가지고요. 그이한테도 미스
대시우드의 우정을 다 이야기했거든요. 어제 오후 행복한 두
시간을 그와 함께 보냈다는 소식을 들으면 미스 대시우드도,
제닝스 부인도 기뻐해주실 거라 믿어 의심치 않아요. 그이는
우리가 헤어져야 한다는 말은 들으려고도 하지 않았어요. 저는
의무감에서, 현실적인 문제를 신중히 생각하라고 진심으로 그
이를 설득했고, 그이만 동의했다면 그 자리에서 헤어져주었을
텐데요. 하지만 그럴 수는 없다고 하더군요. 내 사랑만 있다면
어머니의 분노는 아무것도 아니라면서요. 우리의 미래는 물론
그리 밝지 않겠지요. 하지만 최선의 결과를 바라면서 기다리는
수밖에요. 그이는 조만간 서품을 받을 텐데, 혹시라도 교구 목
사 자리를 줄 수 있는 사람에게 미스 대시우드가 추천해주실
기회가 생긴다면, 저희를 잊지 않고 기억해주실 거라고 정말

누었다. 엘리너는 루시와 편지로 교유하겠다는 의사를 밝힌 적이 없으므
로, 루시가 허락 없이 편지를 보낸 일은 자칫 무례한 행동으로 여겨질 수
도 있었다.

굳게 믿어요. 친애하는 제닝스 부인도, 존 경이라든가 파머 씨라든가 우리를 도와줄 수 있는 다른 어떤 친지에게든 우리 얘기를 좋게 해주시리라 믿고요. 이 사달이 난 데는 가엾은 앤 언니의 책임이 크긴 하지만, 다 잘되라고 한 일이니 전 딱히 아무 말도 하지 않았답니다. 혹시라도 제닝스 부인이 아침에 이 근처에 오실 일이 있다면 우리를 방문해주시길, 너무 귀찮은 일이라고 생각지는 않으시길 바라요. 그럼 정말 큰 친절을 베푸시는 일일 테고, 우리 친척들도 제닝스 부인과 인사를 나누게 되면 자랑스러워할 거예요. 지면이 모자라 이제 글을 마무리해야겠네요. 간절히 애원하건대 제닝스 부인과 존 경과 레이디 미들턴과 귀여운 아이들을 만나면 크나큰 감사와 찬사를 함께 전해주시고, 미스 메리앤에게도 사랑한다 전해주세요.

이만 급히 줄입니다, 루시.

엘리너는 편지를 끝까지 읽는 즉시 글쓴이의 진짜 목적이겠구나 싶은 일을 해주었어요. 제닝스 부인의 손에 넘겨준 것이지요. 부인은 큰 소리로 편지를 읽으며 흡족하다는 듯 칭찬을 아끼지 않았어요.

"아주 잘됐네요! ─글도 참 예쁘게 쓰지! ─그래요, 남자가 파혼하겠다면 붙잡지 않는 게 옳은 일이지. 루시답게 참 잘했어 ─가엾어라! 할 수만 있으면 정말 생활 수단을 구해주고 싶네 ─봐요, 친애하는 제닝스 부인이라잖아요. 이렇게 마음이 착한 아가씨가 세상 어디 있다고 ─내 말이 맞다니까요. 저 문장은 아주 예쁘게도 썼네. 그래, 그래요, 내가 꼭 가서 만나봐

야겠어요. 그럼, 그럼. 이 사람 저 사람 다 생각해주고, 참 배
려도 깊지 뭐야! ─편지 보여줘서 고마워요. 내가 살면서 본
중에 제일 어여쁜 편지네. 루시는 참 심성도 예쁘고 머리도 좋
은 아가씨라니까요.”

3

미스 대시우드 자매가 런던에 머문 지 이제 두 달이 좀 넘었고, 메리앤은 떠나고 싶은 마음에 하루하루 조급해져만 갔습니다. 시골의 맑은 공기, 자유, 조용함이 그리워 한숨이 절로 났거든요. 마음의 평안을 줄 수 있는 장소가 있다면 틀림없이 바턴일 거라고 생각했지요. 엘리너도 떠나고 싶은 마음이야 못지않게 간절했지만 즉시 실행에 옮기고 싶은 마음이 크게 동하지는 않았어요. 긴 여행이 얼마나 힘든지 잘 알고 있었거든요. 메리앤은 아무리 설득해봤자 인정하기 싫어했지만요. 하지만 이제 진지하게 귀향해야겠다는 결심을 하긴 한지라, 이미 친절한 집주인에게 말을 꺼내놓았어요. 물론 제닝스 부인은 가없는 선의를 달변 삼아 극구 만류하긴 했지만요. 그때 한 가지 계획이 제시되었는데, 앞으로 몇 주일은 지나야 집에 갈 수 있긴 해도 엘리너에게는 전체적으로 따져볼 때 다른 일정보다 훨씬 합리적으로 보였어요. 파머 부부가 3월 말쯤 클리블랜드로 돌아가서 부활절 휴가를 보내기로 했는데, 샬럿이 제닝스 부인을 초대하며 손님들까지 모두 데리고 함께 가자고 매우 적극적으로 나선 것이지요. 이것만으로는 범절이 깍듯한 미스 대시우드의 마음을 움직이지 못했겠지만—이번엔 파머 씨까지 나서서 흠 없이 공손한 태도로 부탁을 해왔답니다. 동생의 불행을 알게 된 후로 파머 씨가 그들을 대하는 태도가 아주 크게 달라졌거든요. 그래서 엘리너도 기쁘게 초대를 받아들이게 되었습니다.

하지만 메리앤에게 초대를 수락했다고 말했을 때 첫 반응이 그리 길하지는 않았어요.

"클리블랜드라고!"—메리앤은 격한 감정의 동요를 드러내며 외쳤어요. "싫어, 클리블랜드에는 못 가."—

"네가 잊고 있나 본데" 하고 엘리너는 부드럽게 동생을 달랬지요. "그 지역은 그렇게까지는…… 아주 인접한 지역이 아니라……"

"하지만 서머싯셔잖아—서머싯셔에는 발도 들여놓기 싫어—그곳은, 내가 그토록 고대했던…… 안 돼, 엘리너 언니, 내가 거기 갈 거라고는 생각도 하지 마."

엘리너는 그런 감정을 극복하는 게 예법이라고 강요하지는 않았어요—다른 감정들을 끌어내어 상쇄하고자 애썼을 뿐이지요—그래서 그토록 보고 싶어하는, 사랑하는 어머니에게 돌아갈 날짜를 확정하는 수단으로 생각하라고 설명했어요. 다른 어떤 계획보다도 훨씬 합리적이고 훨씬 편안한 일정이고, 오래 지체되는 일도 없을 거라고요. 클리블랜드는 브리스틀에서 몇 마일 안 되는 거리에 있고, 바턴까지도 하루 일정이면 갈 수 있었어요. 꽉 채워 하루 내내 여행해야 했지만 말이지요. 어머니의 하인이 수월하게 자매를 데리러 와줄 수 있을 테고, 클리블랜드에서야 아무리 오래 묵어도 일주일이 넘을 리 없으니 삼 주 남짓 후에는 집에 도착할 터였습니다. 메리앤은 진심으로 어머니를 사랑했기에, 당연히 그 사랑의 마음이 처음 뇌리에 떠올랐던 가상의 해악을 가뿐하게 물리쳤답니다.

제닝스 부인은 손님들이 지겹기는커녕 여전히 좋기만 했기에, 클리블랜드에서 다시 런던으로 같이 돌아오자고 졸라댔어요. 엘리너는 배려에 감사했지만 계획을 바꾸지는 않았지요. 어머니의 동의는 쉽게 얻을 수 있었고, 귀향과 관련한 상세한 일정까지 최대한 준비를 마쳤어요—메리앤은 바턴에서 멀리 떨어져 있어야 하는 시간이 확실히 명시되자 상당한 안도감을 느꼈답니다.

"아! 대령님, 미스 대시우드 자매가 가면 우리는 어떻게 해요."—자매와의 이별이 결정된 후 처음 방문한 대령을 보자마자 제닝스 부인이 인사말 대신 대뜸 이렇게 말했어요—"파머네 집에서 바로 자기네 집에 가겠다고 마음을 정했지 뭐예요—다시 돌아오면 내가 얼마나 쓸쓸할는지!—아휴! 우리 둘이 고양이처럼 입을 떡 벌리고 따분하게 서로 쳐다만 보면서 앉아 있게 생겼어요."

제닝스 부인이 두 사람이 마주할 권태로운 미래를 이토록 열렬히 묘사한 데는, 대령을 자극해서 그런 신세를 피할 수 있는 조치, 즉 청혼을 하게 하려는 소망이 깔려 있었는지도 모

르겠네요—만일 그랬다면, 부인이 자기 목표를 달성했다 믿
을 만한 일이 금세 생겼답니다. 엘리너가 친애하는 부인을 위
해 어느 그림을 그대로 따라 그려주기로 했는데요. 그림 크기
를 자세히 확인하려고 창가로 이동하자, 대령이 특별한 의미
를 담은 듯 보이는 눈빛으로 따라가서 몇 분쯤 대화를 나누었
기 때문이지요. 대령의 말에 아가씨가 보이는 반응 또한 제닝
스 부인의 관찰을 피하지 못했어요. 대화를 엿들을 만큼 염치
없는 사람도 아니었고, 본의 아니게 엿듣게 될까 메리앤이 치
고 있는 피아노포르테 가까운 자리로 바꿔 앉기까지 했지만,
부인은 엘리너가 낯빛을 붉히고 이야기를 들으며 감정의 동
요를 보였으며 대령의 말을 열심히 경청한 나머지 할 일을 잊
고 있다는 점을 눈치채지 않으려야 않을 수 없었던 거죠—부
인의 소망은 이윽고 더 큰 확신을 얻게 되었어요. 메리앤이 한
곡을 치고 다음 곡으로 넘어가는 짧은 순간 대령이 입에서 나
온 몇 마디 말이 결국 부인의 귀에 들려왔는데, 하필 자기 집
상태가 형편없다고 변명하는 내용이었거든요. 이 문제는 이제
의심할 단계를 넘어선 거죠. 대령이 왜 꼭 그런 변명을 해야
한다 생각했을까 의아하긴 했지만—깍듯하게 예의를 지키려
나보다 했지요. 엘리너가 무슨 대답을 했는지 알아낼 수는 없
었지만, 입술의 움직임으로 보면 극구 반대하는 것 같지는 않
았어요—제닝스 부인은 그런 솔직함이 진심으로 마음에 들어
축하하지 않을 수 없었답니다. 그들은 몇 분쯤 더 이야기했지
만 부인은 더는 한마디도 들을 수 없었는데, 때마침 메리앤의
연주가 운 좋게 그친 덕분에 이렇게 말하는 대령의 침착한 목

소리가 들려왔답니다.

"아주 이른 시기에 성사되진 못할 것 같습니다."

사랑에 빠진 사람답지 않은 이 말에 경악과 충격에 빠진 부인은 하마터면 큰 소리로 "맙소사! 문제가 될 일이 뭐가 있다고?" 하고 외칠 뻔했지만—충동을 꾹 참고 소리 없는 비명에 그쳤어요.

"이건 정말 이상한데!—나이를 더 먹도록 기다릴 필요는 없잖아."—

하지만 대령 쪽에서 미루자고 했는데도 아름다운 반려는 전혀 기분이 상하거나 속상한 눈치가 없었어요. 대화를 끝내고 헤어질 때 제닝스 부인의 귀에 엘리너의 말이 똑똑히 들렸는데, 그 목소리에 진솔한 감정이 담겨 있었거든요.

"이 큰 은혜는 언제까지나 잊지 않을게요."

제닝스 부인은 엘리너가 감사하는 마음을 품은 게 기뻤지만, 딱 하나 궁금한 점만은 풀리지 않았어요. 그런 말을 듣고 어떻게 대령이 그 즉시 작별을 고할 수가 있느냐 말이에요. 대령은 철저히 냉정을 유지하며 대꾸조차 없이 가버렸다니까요!—부인은 오랜 친구가 그렇게 무심한 청혼자라고는 생각지 않았는데요.

두 사람 사이에 실제로 오간 이야기는 다음과 같았습니다.

"제가 들은 이야기가 있습니다만." 대령은 깊은 동정심과 배려의 마음을 담아 말을 꺼냈습니다. "친구분이신 페라스 씨가 가족의 부당한 처사로 힘들어하고 계시다고요. 제가 제대로 이해한 거라면, 훌륭한 자격을 갖춘 여성과의 약혼을 지키려 한다는 이유로 가족으로부터 쫓겨났다는데—제가 제대로 들은 건가요?—정말 그렇습니까?"—

엘리너는 그렇다고 대답했어요.

"잔인하군요. 무례하고 잔인해요."—대령의 감정이 울컥 복받쳤습니다—"오랫동안 서로 사랑해온 두 젊은이를 갈라 놓다니, 갈라놓으려 하다니 끔찍합니다—페라스 부인은 자기가 무슨 짓을 하는지 모르시는군요—아들을 어떤 궁지로 몰아넣고 있는지도요. 페라스 씨를 두세 번 할리 스트리트에서 뵈었는데, 아주 좋은 분 같더군요. 단시간에 친해질 수 있는 젊은이는 아니지만, 그동안 봐온 것만으로도 진심으로 잘되기를 바랄 정도입니다. 게다가 미스 대시우드의 친구분이시니 더욱 그렇지요. 서품을 받으실 의사가 있다고 들었습니다. 지금 마침 델라퍼드의 교구 목사 자리가 공석이라는 소식을 오늘 받은 편지로 알게 되었는데, 페라스 씨만 괜찮다면 그 자리를 드리고 싶다고 전해주시겠습니까?—지금처럼 불행한 사정을 아는 상황에서, 수락하지 않으실까 두렵다는 인사는 괜한 소리가 되겠지요. 다만 훨씬 더 가치가 높은 교구라면 좋았으리라는 바람뿐입니다—목사관은 있긴 합니다만, 변변찮습니다. 전임자께서는 연 소득이 이백 파운드에 못 미쳤고, 물론 개선의 여지는 있습니다만 아쉽게도 아주 넉넉한 수입을 보장할 정도는 아닐 겁니다. 하지만 그래도 그분에게 드릴 수 있다면 제 기쁨이 아주 클 겁니다. 부디 꼭 전해주십시오."

대령의 부탁을 받은 엘리너는 정말로 청혼을 받은 것 못지않게 놀라고 말았습니다. 이틀 전만 해도 에드워드가 꿈도 꿀 수 없었던 임지인데, 벌써 이런 제안을 받아 결혼을 할 수 있게 되다니요—게다가 세상의 이 많은 사람 중에 바로 엘리너 자신이 그에게 이런 선물을 줄 사람으로 점지받다니요!—울컥 솟구친 그 감정을 보고 제닝스 부인이 전혀 다른 이유를 상상할 만도 했어요—그 감정에는 덜 순수하고 덜 유쾌한 심정이 조금은 섞여 있었지만, 이런 일을 해준 대령의 마음은 절실히 느끼고 있었으니까요. 보편적인 선의와 특정한 우정이 함께 더해진 대령의 마음을 엘리너는 높이 평가하고 무척 감사하게 여겼어요. 그래서 뜨겁게 진심을 표현했지요. 마음에서 우러난 감사 인사를 건네고 에드워드의 신조와 성정을 설명하며 그가 받아 마땅한 칭찬의 말을 했습니다. 그리고 대령이 정말로 이처럼 기분 좋은 일을 남의 손에 맡길 생각이라면 기꺼이 대리 임무를 수행하겠노라고 대답했고요. 하지만 한편으로, 대령 본인만큼 이 일을 잘할 수 있는 사람은 없을 거라고 생각지 않을 수 없었지요. 간단히 말해, 에드워드가 그녀에게 부채감을 느끼고 괴로워할까 걱정되는 탓에 할 수만 있다면 아주 기쁘게 양보하고 싶은 일이었거든요—하지만 브랜던 대령도 똑같이 조심스러운 마음에 극구 사양하며 꼭 엘리너가 대신 맡아주면 좋겠다는 뜻을 비쳤어요. 그래서 더는 굳이 이유를 들어 반대하지 않기로 했지요. 엘리너는 에드워드가 아직 런던에 있다고 믿었고, 다행히도 미스 스틸에게 주소를 들어 알고 있었습니다. 그러므로 그날 내로 임무를 수행할 수 있었습니다. 이 문제가 이렇게 결론이 나자 대령은 그토록 점잖고 다정한 이웃을 확보하게 되어 오히려 자기가 기쁘다고 이야기했어요. 바로 이때 아쉬움을 섞어서, 집이 작고 형편없다고 말한 것이지요—제닝스 부인이 짐작한 대로 엘리너는, 적어도 집 크기는 전혀 문제가 되지 않는다며 아무렇지 않은 반응을 보였고요.

"집이 작아서 그분들이 불편할 일은 없을 것 같아요. 가족 수와 소득에 맞는 집일 테니까요."

이 말을 듣고 대령은 엘리너가 이 제안 덕에 페라스 씨의 결혼이 기정사실이 되었다고 믿는 눈치여서 놀라고 말았어요. 대령 자신은 델라퍼드 보직만으로는 자기가 살아온 방식이 있는 그 누구도 만족할 만한 수입을 얻을 수 없을 거라 믿었기 때문이지요—그렇게 말하기도 했고요.

"이 소소한 목사직으로는 페라스 씨가 홀몸이라면 그나마 편한 생활이 되겠습니다만, 결코 결혼해서 살 만큼은 안 될 겁니다. 유감이지만 제 후원은 여기까지로 끝나고, 제 인맥이 넓은 편도 못 되어서요. 만에 하나 예상치 못한 우연이 겹쳐 그분에게 더 큰 도움을 줄 힘이 제게 생긴다면, 바로 지금처럼 기꺼이 그분을 돕겠습니다. 그분에 대한 제 생각이 지금과 크게 달라지지만 않는다면 말이지요. 지금 제가 해드리는 일이야말로 참 변변치 못하다는 느낌이 듭니다. 그분이 목표하는 바, 유일한 행복의 원천에 더 가까이 다가가는 데 기여하는 바가 너무나도 적으니까요. 결혼도 분명 아직은 머나먼 경사겠지요—적어도, 안타깝지만 아주 이른 시기에 성사되지는 못할 겁니다."—

제닝스 부인 입장에서 오해하는 바람에 섬약한 감정이 충분히 상할 만했던 문장은 사실은 바로 이런 내용이었답니다. 하지만 브랜던 대령과 엘리너가 창가에 서서 실제로 나눈 이 대화를 끝낸 후, 엘리너가 헤어질 때 보인 깊은 감사는 적절한 흥분과 예의 바른 언사까지, 실제 청혼을 받은 것과 비교해도 전체적으로 모자람이 없었지요.

4

"그런데요, 미스 대시우드." 제닝스 부인은 신사가 퇴실하자 마자 의미심장한 미소를 띠고 입을 열었어요. "대령님이 무슨 말씀을 하셨는지 캐묻지는 않을게요. 내 명예를 걸고 말하지 만 정말로 듣지 않으려고 애썼거든요. 하지만 주워들은 말들만 으로도 대령님의 볼일이 뭔지 알아챌 수가 있었어요. 맹세컨 대 내 평생 이만큼 기뻤던 적이 없네요. 온 마음으로 행복하길 빌어요."

"감사해요, 부인." 엘리너가 말했어요. "정말로 제게도 크나 큰 기쁨으로 다가오는 일이네요. 브랜던 대령님의 선의를 누구 보다 절실하게 느끼고 있고요. 그분처럼 행동할 남자는 몇 없 으니까요. 그렇게 남의 불행을 가엾게 여기는 심성은 찾아보 기 힘들지요. 살면서 이렇게 놀란 건 처음이에요."

"세상에! 어쩜 이리 겸손하담! 난 하나도 놀랍지 않았는데. 최근에 자주 생각했거든. 현실이 될 가능성이 이보다 높은 일은 없다고 말이지요."

"너른 후의를 베푸는 대령님을 잘 아시니 그리 판단하셨군요. 하지만 적어도 기회가 이렇게나 빨리 올 줄은 설마 모르셨겠죠."

"기회라뇨!" 제닝스 부인이 되풀이해 말했습니다—"오! 그 말을 하자면, 남자가 그런 일로 마음을 정했다면 조만간 기회를 찾아냈겠지요. 어쨌든 거듭 또 거듭 행복을 빌어요. 이 세상에서 행복한 부부를 찾는다면 머지않아 어디를 보아야 할지 알게 되겠네요."

"델라퍼드로 찾으러 가신다는 말씀이지요." 엘리너가 희미한 미소를 띠며 말했지요.

"그럼요, 그래야지요, 당연히. 집이 형편없다니 대령님이 무슨 얘기를 하는지 모르겠네요. 언제 봐도 훌륭하던데."

"보수를 해야 한다고 하시던데요."

"글쎄요, 그게 누구 잘못일까요? 왜 수리를 안 했담?—자기가 해야지 누가 한다고?"

두 사람의 이야기는 하인이 들어와 문 앞에 마차가 있다고 전하는 바람에 끊겼습니다. 제닝스 부인이 즉시 갈 채비를 하며, 이렇게 말했지요—

"이런, 우리 얘기를 반도 못 했는데 내가 가봐야 하네요. 하지만 저녁 때는 우리 둘밖에 없을 테니, 전부 다시 얘기할 수 있을 거예요. 같이 가자고 부탁하진 않을게요. 생각할 게 많을 텐데 어디 사람들과 어울리며 신경 쓸 수 있겠어요. 게다가 동생한테 낱낱이 얘기해야 하잖아요."

메리앤은 대화가 시작되기 전에 이미 방에서 나가고 없었거든요.

"당연하지요, 부인. 메리앤에게도 얘기할 거예요. 하지만 지금은 이 얘기를 누구에게도 하지 않으려 해요."

"오! 그랬구나." 제닝스 부인은 상당히 실망했어요. "그럼 루시한테도 말하지 말아야겠네요. 오늘 홀번까지 가볼 생각이었는데."

"네, 부인, 부탁인데 미스 루시에게도 말하지 말아주세요. 하루쯤 늦어져도 크게 달라질 건 없으니까요. 제가 페라스 씨에게 편지를 쓰기 전에는 다른 사람들이 알면 안 될 것 같아요. 편지는 제가 곧바로 쓸게요. 페라스 씨는 한시도 허투루 쓰면 안 돼서요. 서품 관련해 할 일이 많을 테니까요."

처음에 제닝스 부인은 이 말을 듣고 굉장히 혼란스러웠어요. 왜 페라스 씨한테 그렇게 서둘러 편지를 보내야 할까, 곧바로 이해할 수가 없더라고요. 하지만 몇 초 생각한 끝에 아주 절묘한 생각이 떠올라서 탄성을 질렀답니다—

"아하!—무슨 말인지 알겠네요. 페라스 씨가 담당하게 됐군요. 그래요, 그이한테도 참 잘된 일이지요. 그래, 그래요, 서품을 받고 준비를 해야겠네. 두 사람 사이가 이리 진전되었다니 정말 기뻐요. 하지만 이건 좀 마땅하지 않잖아요? 대령님이 직접 편지를 써야 하는 것 아니에요?—당연히 그 사람이 적임자지."

엘리너는 제닝스 부인이 처음에 한 얘기가 정확히 무슨 뜻인지 알아듣지 못했어요. 하지만 굳이 물어볼 가치가 있다고 생각하지도 않았지요. 그래서 마지막 결론에만 대답했어요.

"브랜던 대령님은 심성이 섬세하셔서, 페라스 씨에게 직접 말씀하시기보다는 누구든 다른 사람이 말을 전해주길 바라셨어요."

"그래서 어쩔 수 없이 미스 대시우드가 떠맡은 거네요. 참, 희한하게 섬약한 심성이네! 하지만 방해는 안 할게요. (엘리너가 편지를 쓸 준비를 하는 모습을 보며) 본인 일은 누구보다 자기가 잘 알기 마련이니까. 그럼 잘 있어요, 우리 아가씨. 샬럿이 아기를 낳은 후로 이렇게 마음이 뿌듯한 소식은 처음이네."

그렇게 부인이 외출했어요. 하지만 금세 다시 돌아왔지요.

"마침 딱 베티네 언니 생각이 났지 뭐예요. 이렇게 좋은 주인 밑에서 일하게 된다면 나도 참 기쁘겠어. 하지만 귀부인 시중을 드는 하녀 역할을 잘하려나 생각해보면, 그건 잘 모르겠네. 베티네 언니는 살림을 잘하는 하녀고 바느질 솜씨도 뛰어나긴 한데. 하지만 느긋하게 시간을 두고 생각해봐요."

"네, 그럴게요, 부인." 엘리너는 제닝스 부인이 말하는 주인이 되는 것보다는 혼자 있고 싶은 마음이 더 앞서 부인의 말을 듣는 둥 마는 둥 흘려보냈어요.

편지의 서두를 어떻게 써야 할까—에드워드에게 보내는 글에서 자기 마음을 어떻게 표현할까, 오로지 그 생각만 하느라 여념이 없었거든요. 두 사람의 특수한 상황 탓에 다른 이에겐 수월하기 짝이 없을 일이 한없이 어렵기만 했지요. 말수가 너무 많아지는 것도 너무 적어지는 것도 두려워 손에 펜을 들고 편지지를 내려다보며 한참을 골똘히 생각에 잠겨 있었는데,

바로 그때 당사자인 에드워드가 들어오는 바람에 더는 쓸 수 없었답니다.

에드워드는 작별 인사를 담은 방문 카드를 남기려 왔다가 마차를 타러 가는 제닝스 부인을 문 앞에서 만났던 거죠. 부인은 직접 초대에 응하지 못해 미안하다고 말하고는, 어서 올라가보라고 했어요. 미스 대시우드가 위층에 있는데 아주 특별한 볼일로 이야기를 나누길 원한다면서요.

하지만 그때 엘리너는 마음이 혼란한 와중에도 그나마 편지를 쓸 수 있어 참 다행이라고 생각하고 있었어요. 편지로 마음을 표현하기가 아무리 어렵더라도 직접 말로 전하는 것보다는 훨씬 나았거든요. 그런데 손님이 들어왔으니, 별 도리 없이 세상에서 가장 힘든 일을 해내야만 하게 된 거죠. 이처럼 갑작스러운 에드워드의 등장에 엘리너는 크나큰 경악과 혼란을 느꼈습니다. 약혼이 공개적으로 알려진 후로는 만난 적이 없으니, 에드워드도 엘리너가 알고 있다는 걸 아는 상태에서는 첫 만남이었어요. 거기에다가 엘리너는 그동안 해왔던 생각과 그에게 해야 할 말이 신경 쓰인 터라 몇 분쯤 유달리 불편한 기분이 들었어요. 에드워드 또한 마음이 너무 심란했고요. 자기가 처음 방에 들어오면서 불쑥 쳐들어와 죄송하다고 인사를 했는지조차 가물가물 생각이 나지 않았거든요. 하지만 안전하게 해두는 게 좋겠다고 마음을 먹고, 의자를 하나 차지해 앉고 나서는 말을 꺼낼 수 있게 되자마자 예를 갖추기 위해 사과를 했어요.

"제닝스 부인 말씀으로는, 저와 하고 싶은 이야기가 있으시다고요. 적어도 제가 이해한 바로는 그렇습니다—그렇지 않다면 이렇게 불쑥 들어오진 않았을 거예요. 하지만 또 한편으로는, 미스 대시우드와 동생분을 뵙지 못하고 런던을 떠난다면 더없이 아쉬웠을 겁니다—더구나 상당히 오랜 기간 돌아오지 못할 테니까요. 근시일에 다시 뵙는 기쁨을 기대할 수는 없겠지요. 내일 옥스퍼드로 가거든요."

"하지만 저희를 못 만나고 가셨더라도, 행운을 비는 저희 진심만은 가지고 가셨을 거예요." 엘리너는 정신을 차리고 그토록 두려워했던 일을 최대한 빨리 해치우기로 작정했습니다. "저희에게 직접 듣고 가실 수는 없었다 해도요. 제닝스 부인이 하신 말씀이 옳아요. 제가 말씀드려야 할 중요한 소식이 있어서 마침 편지를 쓰던 참이었어요. 제가 아주 행복한 임무를 맡았거든요. (여느 때보다 훨씬 밭은 숨을 쉬면서) 브랜던 대령님이 바로 십 분 전에 여기 들렀다 가셨는데, 페라스 씨가 서품을 받으신다는 얘기를 듣고는 델라퍼드 교구를 맡아주시면 기쁘겠다는 얘기를 제게 전해달라 하셨어요. 방금 공석이 된 자리라면서, 다만 좀 더 가치가 높은 교구였다면 좋았겠다고 아쉬워하셨지요. 저는 그토록 점잖고 합리적인 친구를 두신 점을 축하드리고 싶어요—지금은 연 수입이 이백 파운드가량 된다고 하는데—대령님의 바람처럼 저 역시 좀 더 의미 있는 액수여서—혼자 머물 임시적인 거처 이상이 되어서—말하자면, 염두에 두신 모든 행복을 이루실 수 있다면 참 좋았겠다는 마음이에요."

에드워드가 느낀 감정은, 차마 제 입으로도 직접 말할 수 없었으니 다른 누가 대신 말해줄 리 만무했지요. 이런 전혀 뜻밖의, 생각조차 못 해본 소식이 당연히 불러일으키는 흥분과 경악이 그의 표정에 고스란히 드러났어요. 그러나 정작 그가 한 말은 이 두 마디뿐이었습니다.

"브랜던 대령님께서!"—

"네." 최악의 상황이 어느 정도 끝나자 엘리너는 마음을 다시 굳게 먹고 말을 이었습니다. "브랜던 대령님은 근간의 일에 걱정하는 마음을 분명하게 표하고자 하셨어요—가족의 불의부당한 처사 탓에 잔인한 상황에 내몰리게 되셨잖아요—대령님의 염려에 메리앤이나 저는 물론 페라스 씨의 다른 친구분들도 필히 공감할 거예요. 마찬가지로, 대령님이 페라스 씨의 전반적 인품뿐 아니라 지금 이 상황에서의 처신을 높이 평가한다는 증표이기도 하고요."

"브랜던 대령님께서 제게 교구 목사직을 마련해주신다니! —그런 일이 있을 수가 있나요?"

"혈육의 비정을 겪고 나니 누군가의 우정에 그리 놀라워하게 되셨나봐요."

"아닙니다." 에드워드가 황급히 정신을 똑바로 차리고 대답했습니다. "미스 대시우드라면 놀랍지 않지요. 제가 어떻게 모를 수가 있습니까. 이 모든 게 당신 덕분이라는 걸, 당신의 선함 덕분이라는 걸요—절감하고 있습니다—할 수만 있다면 말로도 표현하고 싶고요—하지만, 잘 아시다시피, 저는 달변가가 못 되어서요."

"아주 크게 오해하고 계신 거예요. 확실히 말씀드리지만, 전적으로, 거의 전적으로 페라스 씨 본인의 미덕과 그걸 알아보신 브랜던 대령님의 안목 덕분이에요. 저는 이 일에 전혀 간여하지 않았고요. 심지어 교구 목사직이 공석이라는 사실조차 몰랐는걸요. 대령님의 의중을 이해하면서 알게 되었지요. 그분의 영내에 그런 임지가 있을 거라는 생각조차 해보지 못했어요. 저와 저희 가족의 친구시니—어쩌면 후의를 베풀면서 훨씬 더 큰 기쁨을 느꼈을지 모르지요. 아니, 분명히 그러셨을 거예요—하지만 맹세하는데, 제 청원 덕에 성사된 일은 없으니 부채감은 갖지 마세요."

진실을 털어놓으려면 아주 조금의 몫은 했다고 인정해야 했지만, 에드워드에게 은인으로 비치기는 정말로 싫었기에, 엘리너는 그 점을 인정하면서도 머뭇거릴 수밖에 없었지요. 이러니 에드워드로서는 방금 뇌리에 떠올린 의혹을 오히려 굳혔겠지요. 엘리너가 말을 맺었는데도, 에드워드는 잠시 깊은 생각에 잠겨 가만히 앉아 있었어요. 그러다 마침내, 말하는 데 상당한 노력이 필요하다는 듯, 이렇게 답했습니다.

"브랜던 대령님은 정말 인품이 훌륭하고 존경할 만한 분인 것 같습니다. 언제나 훌륭한 평판을 들어왔고, 미스 대시우드의 오라버님도 대령님을 높이 평가하더군요. 분명 합리적인 sensible 분일 테고, 언행도 완벽하게 신사다우시겠지요."

"맞아요." 엘리너가 대답했습니다. "교유가 깊어지면, 그 평판 그대로 훌륭하신 분이라는 걸 직접 아실 수 있을 거예요. (목사관이 영지 저택과 매우 가깝다고 들었으니) 두 분이 아주 가까운 이웃이 되실 테고, 그렇다면 대령님이 세간의 평판 그대로 좋은 분이어야만 하겠죠. 그게 특별히 중요한 일이 되니까요."

에드워드는 아무 대답도 하지 않았지만, 엘리너가 고개를 돌리자 너무나 진지하고 열렬하고 장난기라고는 하나도 없는 눈빛으로 그녀를 바라보았지요. 흡사 앞으로는 목사관과 장원 저택의 거리가 훨씬 더 멀어졌으면 바란다고 말하는 듯했습니다.

"브랜던 대령님의 거처가 세인트제임스 스트리트라고 알고 있습니다." 그러더니 곧바로 의자에서 일어났어요.

엘리너는 주소를 말해주었어요.

"그렇다면 서둘러 가봐야 하겠습니다. 미스 대시우드께서 마땅히 받으셔야 할 감사를 허락지 않으시니 대령님께 전해드려야지요. 그리고 그분 덕분에 제가 아주—대단히 행복한 사람이 되었다고 꼭 말씀드리고 싶습니다."

엘리너는 굳이 붙잡지 않았어요. 그리고 두 사람은 헤어졌지요. 엘리너는 앞으로 그의 상황이 어떻게 변할지 몰라도 언제까지나 진심으로 행복을 빈다고, 마음을 담아 확언했어요. 에드워드는 똑같은 선의로 보답하려 애썼지만 그 마음을 제대로 표현할 힘은 그에 미치지 못했고요.

"그이를 다시 만날 때는, 루시의 남편이 되어 있겠지." 그가 나가고 문이 닫히자 엘리너는 혼잣말로 읊조렸어요.

이런 퍽도 기분 좋은 상상을 하며 엘리너는 자리에 앉아 과거를 되짚고 오간 말들을 회상하면서 에드워드의 감정을 낱낱이 이해하려 애썼어요. 물론, 자기 감정을 짚어보니 불만족스러웠지만요.

얼마 후 제닝스 부인이 집에 돌아왔지요. 예전에 만나본 적 없는 사람들을 만나고 온 터라 당연히 할 말이 어마어마하게 많았지만, 부인의 마음은 다른 무엇보다 오로지 수중에 쥔 중요한 비밀에 사로잡혀 있었고, 그래서 엘리너를 보자마자 그 얘기로 돌아갔어요.

"아니, 우리 아가씨." 부인이 외쳤지요. "내가 그 청년을 올려보냈잖아요. 잘했죠?—내 생각엔 그리 어렵지 않았을 것 같은데—그이가 제안이 썩 탐탁지 않다 한 건 아니죠?"

"그럼요, 부인. 그야 그럴 리가 없잖아요."

"그래요, 그럼 얼마나 빨리 준비할 수 있대요?—보아하니 전부 거기 달려 있는 것 같은데요."

"사실은요." 엘리너가 말했지요. "저도 이런 형식적 절차는 아는 바가 없어서, 시간이나 필요한 채비 같은 걸 짐작조차 할 수가 없답니다. 하지만 두세 달이면 사제 서품을 마치지 않을까요."

"두세 달이라니!" 제닝스 부인이 외쳤지요. "맙소사! 저런, 그런 얘길 어쩜 그렇게 차분하게 해요. 대령님이 두세 달이나 기다릴 수 있대요? 아유, 어쩌면 좋아!—내가 다 기다리다 지치겠네요!—게다가 가엾은 페라스 씨에게 친절을 베푸는 것도 아주 기쁘겠지만, 그 사람 때문에 두세 달이나 기다릴 가치는 없잖아요. 그만큼 잘할 사람이야 또 찾을 수 있겠지. 이미 서품을 받은 다른 목사 말이에요."

"부인." 엘리너가 말했어요. "설마 무슨 생각을 하시는 거예요?—브랜던 대령님의 유일한 목적은 페라스 씨에게 도움을 주려는 건데요."

"어머나, 세상에!—설마 페라스 씨한테 십 기니를 주려고 대령님이 미스 대시우드와 결혼한다는 말을 나한테 믿으라는 거예요?"

이렇게 되자 더는 오해가 이어질 수 없었어요. 즉시 해명이 뒤따랐지요. 둘 다 몹시 즐거워했고, 어느 쪽도 행복감을 크게 잃지 않아도 되었어요. 제닝스 부인은 한 가지 기쁨을 다른 것으로 교환했을 뿐이고, 처음 가진 기대감 역시 체념하지 않아도 되었거든요.

"그래요, 그래, 목사관은 작긴 하지요." 처음에 봇물처럼 터져 나온 놀람과 기쁨이 흘러 지나간 후 부인이 말했지요. "그리고 전혀 수리가 안 되어 있을 수도 있고. 사실 처음에는, 일 층에 거실만 다섯 개나 있는 집을 두고 남자가 변명을 한다고 들은 거예요. 하녀장한테 들은 얘기로는, 침대 열댓 개는 마련할 수 있다는 것 같던데! 그것도 미스 대시우드한테요, 바턴 코티지에서 익숙한 사람인데—꾕장히 이상하다 싶더라니까요. 어쨌든, 우리가 대령님을 구슬려 목사관에 뭐라도 해서 그이들이 살기 편하게 만들어줘야 해요. 루시가 가기 전에요."

"하지만 브랜던 대령님은 그 교구의 수입으로 결혼을 할 수 있다는 생각 자체를 못 하시는 것 같아요."

"대령님이 뭘 몰라서 그래요. 자기가 연 수입 이천 파운드로 사니까 그보다 적은 돈으로 누가 결혼해 산다는 생각을 못

하는 거지. 장담하는데, 내가 그때까지 살아 있으면, 미클머스 전에 델라퍼드 목사관을 방문하게 될 거예요. 당연히 루시가 거기 없으면 내가 갈 리가 없겠죠."

엘리너 역시 그들이 더 기다릴 이유가 없을 거라는 부인의 의견에 매우 동의했어요.

5

에드워드는 브랜던 대령에게 감사 인사를 하고 나서 이 행복을 즉시 루시에게 전하러 갔습니다. 바틀리츠 빌딩스에 다다랐을 무렵에는 그야말로 넘치게 행복해했다면서, 루시는 다음 날 축하하러 들른 제닝스 부인에게 평생 에드워드가 그렇게 신이 난 모습은 처음 본다고 장담을 했다지요.

다른 건 몰라도 루시 본인은 행복하고 기운이 충천한 게 아주 확실했어요. 그래서 미클머스 전에 델라퍼드 목사관에서 함께 안락한 살림을 꾸릴 수 있겠다는 제닝스 부인의 의견에도 흔쾌히 동조했지요. 거기에다가, 에드워드가 엘리너에게 돌리려 했던 공을 깎아내리는 게 아니라 거기에 감사를 표하는 데 일말의 거리낌도 없었답니다. 우리를 생각해주는 엘리너의 우정에 뜨겁게 감사한다면서 기꺼이 큰 빚을 졌다고 인정하고, 미스 대시우드는 현재에도 또 과거에도 우리를 위해서라면 어떤 수고라도 무릅쓸 사람이니 자기는 그런 후의에 결코

놀라지 않을 거라고, 엘리너는 진정 아끼는 사람들을 위해서
라면 세상에 못할 일이 없는 사람이라고 믿어 의심치 않는다
고 말했지요. 루시는 브랜던 대령을 성자로 추앙할 태세였고,
심지어 자기 세상의 모든 일에 이 성자의 축복이 구석구석 내
려주기를 원했어요. 대령이 교구 목사 몫으로 돌아갈 십일조
헌금액을 최고 수준으로 책정해주길 바랐고, 내심 델라퍼드
에서 가면 할 수 있는 한 대령의 하인들, 대령의 마차, 대령의
소들과 가금류들을 자기 것처럼 써야겠다고도 내심 마음먹고
있었답니다.

이제 존 대시우드가 버클리 스트리트를 방문한 지 일주일
남짓 되었는데, 그 아내의 병세와 관련해 구두로 전해들은 소
식 한 번뿐 그 후로는 아무 이야기도 들려오지 않았어요. 그래
서 엘리너는 새언니를 한번 방문할 필요가 있겠다는 느낌이
들기 시작했지요. 하지만 이 일은, 엘리너 자신의 의사와도 상
반됐지만 주변의 도움이나 격려조차 전혀 받을 수 없는 의무
였습니다. 메리앤은 자기는 절대 안 간다고 거절한 것만으로
성이 차지 않아, 간다는 언니를 극구 만류하고 나섰고요. 엘
리너의 일이라면 언제든 흔쾌히 마차를 내어주던 제닝스 부
인마저 존 대시우드 부인이 진저리 나게 싫은 나머지, 최근의
폭로 사건 이후 어떤 꼴인지 보고 싶다는 호기심도 에드워드
의 편을 들고 나서서 싸워주고 싶다는 투지도 있었건만 그 여
자와 만나서 한시라도 어울리기 싫다는 마음을 넘어서진 못
했지요. 그 결과, 엘리너는 혼자서 병문안을 하러 나서야 했어
요. 하기 싫은 마음이야 그들 못지않았고, 미워할 이유는 다른

누구보다 많은 여자와 일대일로 이야기를 나눠야 할 위험을 감수해야 했지만요.

존 대시우드 부인과의 만남은 거절당했지만, 마차가 저택에서 방향을 돌리기 전 마침 존 대시우드 씨가 우연히 집 밖으로 나왔어요. 엘리너를 보고 크게 기뻐하더니 그렇지 않아도 막 버클리 스트리트에 연락하려던 차였다며 패니가 몹시 반가워할 거라고 호언장담하고 안으로 들어오라고 초대하는 거예요.

두 사람은 층계를 올라 응접실로 갔지요—거기엔 아무도 없었어요—

"패니는 자기 방에 있나봐. 내가 지금 가보마. 너를 만나지 않겠다 할 이유가 전혀 없으니까—암, 없고말고. 지금은 특히나 그럴 일이 없—그래도 너랑 메리앤은 늘 몹시 아꼈잖니—메리앤은 왜 안 온 거냐?"—

엘리너는 되는대로 변명을 둘러댔어요.

"너 혼자 와서 아쉽다는 건 아니야." 그가 대꾸했습니다. "너한테 할 얘기가 아주 많거든. 브랜던 대령의 교구 얘기—정말 사실이냐?—정말로 그걸 에드워드한테 줬어?—어제 우연히 소식을 듣고, 그 얘기를 더 물어보려고 널 찾아가려던 참이야."

"틀림없는 사실이야—브랜던 대령님이 델라퍼드 교구를 에드워드에게 주셨어."

"정말이란 말이지!—이런, 이거 굉장히 놀라운 일인데!—친척도 아닌데!—둘이 인맥으로 엮인 것도 아니고!—요즘 교구 자리가 얼마나 값이 나가는데!—이 교구는 가치가 얼마쯤 된대?"

"일 년에 이백 파운드쯤 된대."

"그렇구나—그 정도 가치의 교구 후임 자리라면—전임자가 늙고 병들어서 금세 목사관을 비워줄 거라고 가정할 때—내 생각엔 대령님이 천사백 파운드는 족히 벌었을 것 같은데.[1] 어쩌다가 그 사람이 죽기 전에 그 문제를 해결하지 않고 둔 거래?—지금은 확실히 팔기엔 늦었지만, 브랜던 대령만큼 눈치 빠른sense 사람이 왜 그랬을까!—이렇게 평범하고 당연한 문제에 이렇게 대책이 없었다니 이상하네!—뭐, 하긴 거의 누구나 성격에 엄청난 모순을 품고 있기 마련이니까. 하지만—다시 생각해보니까—어쩌면 일이 이렇게 됐는지도 모르겠다. 대령이 실제로 교구를 판 사람이 그 자리에 들어올 나이가 될 때까지만 에드워드한테 맡긴 거야—그래, 그래, 그렇게 된 사정일 거야. 확실해."

하지만 엘리너는 아주 단호하게 그 말을 반박했어요. 브랜던 대령의 제안을 에드워드에게 전달하는 임무를 직접 맡았기 때문에 당연히 그 조건을 제대로 알고 있다고 설명해서, 오빠가 자신의 권위에 승복하게 만들었지요.

"그럼 진짜로 놀라운 일인데!"—그는 엘리너의 말을 듣고 외쳤어요—"대령의 동기가 대체 뭘까?"

---

1 브랜던 대령이 전임자 생전에 교구 목사 자리를 팔기로 마음먹었다면, 천사백 파운드의 가격을 부를 수 있었다는 뜻이다. 전임자가 늙고 병들었을 경우 교구 임지의 가격은 높아진다. 구매자가 더 빨리 인수해 봉직할 수 있기 때문이다.

"아주 간단하지—페라스 씨에게 도움을 주고 싶으셨던 거야."

"그래, 뭐, 브랜던 대령이야 뭐가 어떻든, 에드워드가 엄청 운이 좋았네!—하지만 이 일은 패니한테 얘기하지 마라. 내가 말해주긴 했고, 그때 퍽 의연하게 잘 버티긴 하더라고—하지만 굳이 그 얘기를 계속 하면 듣기 싫어할 거야."

여기서 엘리너는 꼭 해주고 싶은 말이 있었지만 상당히 힘들게 꾹 참았습니다. 그러니까 패니 언니가 평정심을 잃지 않고 잘 참았다는 게 자기 동생이 재산을 얻었다는 소식이라는 거지. 그런다고 언니나 언니 자식이 가난해지는 것도 아닌데 말이야.

"페라스 부인은" 하고 존 대시우드가 목소리를 낮췄어요. 굉장히 중요한 주제로 넘어간다는 듯한 말투였지요. "지금 아무것도 모르셔. 최대한 철저히 숨기는 게 최선일 것 같아—결혼이 성사되면, 그땐 안타깝지만 어쩔 수 없이 소식을 다 듣게 되시겠지."

"하지만 뭐하러 그렇게 조심해야 해?—아들이 먹고살 돈이 생겼다는 애기를 듣고 페라스 부인이 조금이라도 좋아하실 분은 아니긴 하지—하지만 말도 안 되는 얘기야—최근에 그런 행동을 하셨으면서, 왜 감정을 갖는 거야?—아들하고 연을 끊었고, 영원히 쫓아냈고, 자기가 영향력을 조금이라도 행사할 수 있는 모든 사람도 그를 추방하게 만드셨잖아. 그렇게까지 하셨으면서 아들 문제로 기쁨이나 슬픔을 느낄 수 있다니 그런 건 상상도 안 돼—에드워드한테 무슨 일이 벌어지든 관심이나 가지시겠어―자식의 위안을 내팽개쳐놓고 부모로서의 걱정은 유지할 만큼 그리 마음 약한 분일 리가 없어!”

“아! 엘리너.” 존이 말했어요. “네 추론은 아주 훌륭하지만 인간 본성에 대한 무지에 근거를 두고 있어. 에드워드의 불행한 결혼이 성사되면, 장모님은 자식을 버린 적이 없는 것처럼 속상해하실 거야. 그러니 그 끔찍한 사건을 앞당길 정황은 최대한 모르시게 해야 해. 페라스 부인은 에드워드가 자기 아들이라는 사실을 결코 잊지 못하실 테니까.”

“오빠 말이 놀랍네. 지금쯤은 부인의 기억에서 지워졌을 거라 생각했는데.”

“너 정말 부인한테 너무하는구나―페라스 부인은 세상에서 가장 아들을 사랑하는 어머니라니까.”

엘리너는 침묵을 지켰습니다.

“우리는 이제.”―잠시 뜸을 들이다 대시우드 씨가 말했습니다―“로버트를 미스 모턴과 결혼시킬 생각이야.”

엘리너는 굉장히 중요한 이야기라는 듯 진중하고 단호하게 내뱉는 오빠의 말투에 미소를 금치 못하고 차분하게 대답했지요.

“그 아가씨는 이 문제에 선택권이 없나봐.”

“선택권이라니!―대체 무슨 뜻이냐?”―

“내 말뜻은 그냥, 오빠가 말하는 것만 들으면, 에드워드하고 결혼하나 로버트와 결혼하나 미스 모턴에게는 똑같은 것 같아서.”

“그럼, 하나도 다를 게 없지. 이제 로버트가 실질적으로 장자의 모든 권리를 갖게 되니까―다른 면에서야, 둘 다 아주 매력적인 청년이고. 누가 더 나은지 난 모르겠더라.”

엘리너는 뭐라 더 말하지 않았고, 존 역시 잠시 침묵을 지켰어요―그의 성찰은 이렇게 끝났지요.

“그런데 오빠로서 한 가지 해줄 얘기가 있는데.” 존 대시우드 씨가 친절하게 손을 잡으며, 엄숙하게 속삭이듯 말했습니다―“이거 하나는 장담한다―꼭 말해줘야겠어. 네 기분이 좋아질 테니까. 여러 가지 근거로 보아서―정말로 확실한 근거가 있는 얘기야, 안 그러면 말을 옮기지도 않지. 그런 거라면 너한테 뭐라고든 말을 하는 것 자체가 아주 잘못된 일이잖니―하지만 확실한 근거가 있어서 하는 말인데―그렇다고 페라스 부인이 직접 뭐라고 말씀하신 건 아니고―하지만 부인의 딸이 한 말이 있고, 나야 그 말을 들었지―간단하게 말해서, 어떤―어떤 혼인에도―너도 내 말 알아듣겠지―여러 바람직하지 못한 점이 있었겠지만, 부인에겐 그쪽이 훨씬 더 나았을 거라고 하셨다더라. 이 결혼에 비하면 그 절반만큼도 심기를 어지럽히지 않았을 거라고 말이야. 페라스 부인이 그런 쪽으로 생각해주셔서 굉장히 기쁘더구나―너도 알겠지만 우리 모두에게 매우 감사한 일 아니겠니. ‘비교조차 할 수 없는 일이지’라고 부인이 말씀하셨대. ‘두 가지 해악 중에서는 그쪽이 덜하니까. 지금이라면 더 나쁜 일이 없다는 조건하에 기꺼이 타협을 하겠어’라고 말이야. 하지만 그건 다 불가능한 일이지―생각도 말도 해서는 안 될 일이야―너도 알잖니, 그런 애정은―이루어질 수 없잖아―다 지난 일이고. 하지만 그냥 이 얘기는 네게 해주고 싶었다. 네가 얼마나 기뻐할지 아니까. 네가 아쉬워할 일은 아니고, 우리 동생 엘리너. 네가 엄청 잘될 거라는 데에는 의심의 여지가 없지—그럼, 어느 모로 보나 그만큼은, 아니, 그보다 훨씬 더 좋은 사람과 결혼할 거잖아. 브랜던 대령하고는 최근 시간을 좀 같이 보냈니?"

엘리너는 얘기를 더 듣다가는, 허영심이 만족되거나 자중감이 높아지기는커녕 신경이 예민해지고 머리가 복잡해질 것 같았어요—그래서 로버트 페라스 씨가 들어온 순간, 굳이 대꾸할 의무에서 면제되어 기뻤고 오빠의 말을 더 들어야 하는 위험에서 벗어나게 되어 안도했지요. 잠시 잡담을 나누다가 존 대시우드는 패니가 동생이 와 있다는 소식을 아직 모른다는 걸 깨닫고는 아내를 찾으러 나갔어요. 그래서 엘리너는 로버트와 남아 더 깊은 친분을 다질 수밖에 없었답니다. 게다가 로버트는 명랑하고 무심한 태도와 자기밖에 모르는 사람 특유의 행복한 만족감에 젖은 채로 부당하기 짝이 없는 모친의 절연과 상속권 박탈을 만끽하고 있었고, 자신의 방탕한 생활 방식에 견주어 형에 대한 편견을 고집하고 있었어요. 형의 흠잡을 데 없는 인품을 기준으로, 엘리너는 동생의 머리와 심장이 하찮고 형편없다는 판단에 확신을 가질 수 있었답니다.

단둘이 남은 지 이 분도 못 되어 그는 에드워드 이야기를 하기 시작했지요. 자기도 교구 목사직 이야기를 들었다면서 꼬치꼬치 캐물었어요. 엘리너는 존에게 했던 말 그대로 자세한 내용을 되풀이해 말해줬습니다. 그런데 로버트의 반응은 오빠와는 아주 달랐지만 오빠의 반응 못지않게 충격적이었답니다.

도무지 정도를 모르고 깔깔 웃어댔거든요. 에드워드가 목사가 되어서 작은 목사관에서 살게 된다니 생각만 해도 웃겨 죽을 지경이었던 거예요—그에 더해 하얀 사제복을 입고서 기도문을 낭독하고 존 스미스와 메리 브라운의 결혼 선언문을 낭독하는 모습을 머릿속으로 그려보니 이보다 더 웃기는 일이 없다나요.

엘리너는 움직임 없이 조용하게 정색한 채로 그 우매한 짓거리가 끝나기만 기다리면서, 치밀어 오르는 경멸을 뚜렷이 드러내는 눈빛으로 노려보지 않을 수 없었어요. 그런 눈빛으로 쏘아보길 참 잘했지요. 엘리너의 감정은 가라앉았지만 막상 당사자는 아예 눈치조차 채지 못했으니까요. 그를 재치에서 지혜로 돌려놓은 계기는 엘리너의 비난이 아니라 본인의 이성이었어요.

"농담처럼 취급할 수도 있지만 솔직히 이보다 더 심각한 일이 없지요." 마침내 그가 말했습니다. 찰나의 진짜 즐거움을 상당히 연장했던 그 작위적인 웃음을 거두면서요—"가엾은 에드워드 형! 완전히 신세를 망친 거예요. 정말 말도 못하게 마음이 아픕니다—형이 심성이 아주 고운 사람이라는 걸 알거든요. 세상에 그런 호인이 없을 겁니다. 잠시 친하게 지내셨다지만, 미스 대시우드도 그것만으로 형을 판단하시면 안 돼요—가엾은 에드워드 형!—형의 매너야 물론 완벽하지 못하지요—하지만 아시잖아요, 우리가 다 똑같은 재능을 타고나는 것도 아니고—똑같은 언변을 타고나는 것도 아니니까요—참 안됐다니까!—낯모르는 사람들에 둘러싸인 형을 보게 되겠네요!—확실히 딱때한 일이긴 하지요!—하지만 제 영혼을 걸고, 이 나라 누구보다 심성 하나는 선한 사람이라고 장담합니다. 이 일이 터졌을 때, 살다 살다 이런 충격과 경악은 처음이었다니까요—도저히 믿기지가 않았어요—어머니한테 처음 소식을 들었는데, 아무래도 저라도 결단력 있게 행동해야 할 것 같아서, 즉시 이렇게 말씀을 드렸지요. '사랑하는 어머님, 이 사태에 어떻게 대처하실지 모르겠지만 이 말씀은 드려야 하겠습니다. 에드워드 형이 이 여자와 결혼하면 저는 형을 다시는 보지 않을 거예요'라고요. 듣자마자 제가 드린 말씀 그대로예요—정말 충격이 이만저만이 아니었다니까요!—가엾은 형!—자기 신세를 완전히 망쳐버렸죠!—모든 점잖은 사교계로부터 영원히 추방당했지 뭡니까!—하지만, 제가 곧바로 어머니께 드린 말씀처럼, 놀라울 것도 없어요. 형이 받았던 교육 방식을 생각하면, 처음부터 이렇게 될 일이었어요. 불쌍한 우리 어머니는 반쯤 정신이 나가셨지만요."

"그 아가씨는 만난 적이 있으세요?"

"그럼요. 그 아가씨가 이 집에 머물 때 한 번 본 적이 있어요. 그때 제가 십 분쯤 왔다가 얘기를 나눴던 적이 있거든요. 그만하면 충분히 본 거죠. 보잘것없고 당돌한 시골 여자라 세련되지도 않고 우아함도 없고 별로 예쁘지도 않더라고요—똑똑하게 기억해요. 불쌍한 에드워드의 마음을 휘어잡을 딱 그런 여자더라고요. 어머니한테 그 연애 사건 얘기를 듣자마자 제가 직접 형하고 얘기해서 파혼을 설득해보겠다고 나섰거든요. 하지만 이미 그때는 손을 써볼 수도 없는 단계라서, 안타깝게도 너무 늦어버렸더라고요. 불행히도 처음엔 현장에 없었고, 이미 난리가 나서 제가 끼어들 수 없는 상황까지 오기 전에는 아무것도 몰랐다니까요. 그러니 제가 뭐 끼어들 일이 아니었던 거지요. 하지만 몇 시간만 더 일찍 사정을 알았다면 뭐라도 해볼 수 있었을 텐데요—그럼요, 아마 그랬을 겁니다—에드워드 형한테 아주 강력하게 내 주장을 말했을 거예요. '형, 지금 무슨 짓을 하는지 잘 생각해. 수치스럽기 짝이 없는 혼인을 하려는 거잖아. 너나없이 가족이 모두 반대할 수밖에 없다고.' 좀 더 찾아봤더라면 뭐라도 해볼 수 있는 일이 있었을 텐데, 그런 생각을 떨칠 수가 없어요. 하지만 이젠 다 너무 늦었지요. 형은 배를 곯고 살 겁니다, 아시잖아요. 그럴 수밖에 없어요. 완전히 쫄쫄 굶고 살겠지요.”

그가 완벽한 평정심을 유지하면서 이 점을 강조하고 나자, 존 대시우드 부인이 등장해 이 화제에 종지부를 찍었어요. 패니야 오로지 가족에게만 속내를 털어놓겠지만, 그 사건을 기점으로 일어난 심정의 변화는 엘리너가 보기에도 뚜렷했어요. 들어올 때도 뭔가 혼란스러운 표정이었고, 엘리너에게 애써 친절하려는 노력이 엿보였거든요. 심지어 엘리너와 메리앤이 그렇게 일찍 런던을 떠나는 게 아쉽다고, 좀 더 볼 수 있으면 좋겠다고까지 말했다니까요—방 안으로 아내를 에스코트해 들어온 다음 아내의 말씨에 감탄하던 남편도 이렇게까지 노력하는 아내를 보며 무한한 사랑과 기품에 찬탄하는 눈치가 역력했고요.

6

할리 스트리트에 한 번 더 짧게 방문했을 때 엘리너는 돈도 한 푼 내지 않고 바턴까지 먼 거리를 여행하게 됐으니 잘됐다고, 하루이틀 뒤 클리블랜드까지 브랜던 대령도 간다고 하니 참 좋겠다고 축하하는 오빠의 인사를 받았고, 런던에서 오빠와 동생이 나누는 대화는 그것으로 완전히 매듭을 지었어요— 그리고 근처를 지날 일이 있으면 언제든 놀랜드에 오라는 패니의 애매한 초대를 받았고요. 별별 일이 다 일어나도 사실 그것만은 일어날 리 없는 일이었지만요. 존은 진심이 좀 더 어리고 좀 덜 막연한 태도로 빠른 시일 내에 델라퍼드로 만나러 가겠다고 인사했는데, 지방에서의 만남을 예견하는 말은 이것이 전부였답니다.

주변 사람들이 하나같이 자신을 델라퍼드로 보내려고 작정한 듯 보여서 엘리너는 고소를 금치 못했습니다—하필 세상에서 가장 방문도 거주도 하기 싫은 곳인데 말이에요. 그곳이

장차 엘리너의 집이 되리라 믿는 건 오빠와 제닝스 부인만이 아니었어요. 심지어 루시마저도 헤어지면서 꼭 찾아오라고 인사를 했거든요.

4월 초순 꽤 이른 아침에 하노버 광장과 버클리 스트리트의 두 일행이 각자의 집에서 출발해 노상의 약속 장소에서 만났어요. 샬럿과 아기의 편의를 위해 그들은 이틀 이상 여유를 두고 먼저 여행할 예정이었고, 파머 씨는 브랜던 대령과 함께 더 속도를 내서 여자들이 클리블랜드에 도착하면 곧바로 합류하기로 했습니다.

런던에서 마음이 편한 날이 없었기에 어서 빨리 떠나고만 싶었던 메리앤이지만, 막상 때가 오자 이제는 영영 꺼져버린 희망, 윌러비와의 사랑을 마지막으로 꿈꾸고 확신했던 그 집에 고별 인사를 하는 마음이 저미게 아파왔어요. 그녀 몫이 없는 새로운 언약, 새로운 계획으로 바쁘게 지낼 윌러비가 머무르는 장소를 떠나자니 절로 눈물이 쏟아졌지요.

떠나는 순간 엘리너의 심정은 훨씬 흡족하고 긍정적이었지요. 미련에 젖은 마음을 붙잡는 대상도 없고, 영영 헤어진다 한들 아쉬울 사람 하나 뒤에 남기지 않았거든요. 루시와의 우정에서 풀려나 홀가분했고, 결혼한 윌러비의 눈에 띄지 않게 동생을 데리고 나올 수 있어서 감사했고, 게다가 바턴에서 몇 달 조용한 시간을 보내고 나면 메리앤이 얼마나 마음의 평화를 되찾을지, 자기 마음의 평화가 얼마나 단단히 다져질지, 희망찬 기대를 품고 있었지요.

여행은 무탈히 진행되었어요. 둘째 날에는 소중한, 아니, 금기의 서머싯셔에 다다를 수 있었지요. 메리앤의 상상 속에서 그곳은 그 두 가지를 모두 오갔거든요. 그리고 셋째 날 정오가 되기 전에 마차는 클리블랜드에 다다랐답니다.

클리블랜드는 넓고 현대적으로 지어진 저택이었고, 비탈진 잔디밭에 자리 잡고 있었습니다. 파크[1]는 없지만 쾌적한 정원이 꽤 넓게 펼쳐져 있었어요. 비슷한 수준의 다른 영지와 마찬가지로 탁 트인 덤불숲과 빽빽한 숲속의 산책길, 묘목림을 에두르는 매끄러운 돌길이 저택 정문으로 이어졌고, 잔디밭에는 띄엄띄엄 입목立木이 서 있었지요. 저택 본채는 전나무, 마가목, 아카시아가 호위하고 있었고, 이 수종들이 어우러진 사이사이 키 큰 양버들까지 차양처럼 저택의 살림이 이루어지는 구역을 가리고 있었습니다.

저택으로 들어가면서 메리앤은 바턴에서 불과 팔십 마일 거리지만 쿰매그나와도 삼십 마일 거리에 있다는 생각에 감정이 복받쳐 올랐어요. 실내로 들어간 지 오 분도 못 되어, 다들 하녀장에게 아이를 보여주는 샬럿을 돕는 사이, 메리앤은 살그머니 다시 밖으로 나와 마침 예뻐지고 있는 관목숲을 구불구불 헤쳐 나아간 다음 멀리 조망할 수 있는 고지대에 올랐어요. 정상의 그리스식 교회당에 선 메리앤의 시선은 넓은 시골 땅을 배회하다가 남서쪽에 머물렀고, 지평선에 아득하게 멀리 걸린 구릉에서 멈추었습니다. 그리고 저 언덕 꼭대기에

---

1 저택의 조경을 위해 꾸며진 넓은 숲과 뜰. 영지 저택의 부속지로 사슴, 소, 양 등 사냥감을 풀어놓고 키우는 공간이다.

서면 쿰매그나가 보일지도 모른다는 상상을 했지요.

이 소중하고 귀하디귀한 불행의 순간, 메리앤은 클리블랜드에 있다는 번뇌에 눈물을 흘리면서도 이를 즐겼지요. 시골의 자유라는 행복한 특권을 한껏 만끽하며 다른 경로로 돌아 집에 오는 길에는, 자유롭고 호사스러운 고독을 누리며 이리저리 정처 없이 배회했어요. 그러면서 파머 씨네에서 묵는 동안에는 날마다 한 시간이 멀다 하고 이런 고독한 산책을 즐기리라 결심했답니다.

메리앤이 돌아왔을 때 마침 다른 사람들이 더 가까운 영지를 돌아보려 집에서 막 나오고 있었어요. 오전의 나머지 시간은 느긋하고 편안하게 흘러갔습니다. 주방의 뜰에서 쉬거나 벽에 핀 꽃을 살펴보거나 병충해를 안타까워하는 정원사의 한탄을 들었지요―온실을 어슬렁거리면서 구경을 하며 시간을 보냈는데 자기가 좋아하는 화초가 외풍에 노출되어 때늦은 서리에 냉해를 입고 져버렸다는 말에 샬럿이 깔깔 웃어댔고요―가금류 양식장에 갔다가 암탉들이 둥지를 버리고 달아나고 여우한테 물려 가고 또 앞으로 자라야 할 영계들은 급격하게 줄어들었다면서 낙심하는 담당 하녀를 보니 또 새삼 즐거워할 거리가 생겨났지요.

그날 아침은 맑고 건조해서, 메리앤은 클리블랜드에 머무르는 동안 야외 활동을 할 계획만 있었지 날씨 변화를 전혀 계산에 넣지 않았어요. 그래서 저녁을 먹고 다시 밖으로 나가려다 꾸준한 빗줄기에 가로막히자 굉장히 놀랐지요. 석양을 받으며 그리스식 교회당으로, 어쩌면 영지 전역을 산책할 거라 굳게 믿고 있었던 거죠. 단순히 춥거나 습한 날씨였다면 거침없이 나섰을 거예요. 하지만 꾸준히 내리는 거센 비였으니, 아무리 메리앤이라도 산책하기 좋은 건조하고 쾌적한 날씨라고 상상할 수는 없었습니다.

함께 지내는 사람 수도 적어서 시간은 조용히 흘러갔어요. 파머 부인은 아이가 있었고 제닝스 부인은 카펫 짜는 일거리가 있었지요. 그들은 아직 런던에 있는 친구들 이야기를 했고 레이디 미들턴의 사교 일정을 조율해보면서 파머 씨와 브랜던 대령이 그날 밤 레딩을 지날 수 있을지 궁금해했어요. 엘리너는 아무리 관심이 없어도 대화에 끼어 장단을 맞추었고, 어떤 집에 가더라도, 가족들이 피하려고 하는 서재로 통하는 길을 기어이 찾아내는 재주가 있는 메리앤은 금세 책 한 권을 찾아들었지요.

파머 부인은 변함없이 친절하고 성격이 서글서글한 친구로서 모자람 없는 환대를 베풀었고, 덕분에 환영받는 느낌이 들었어요. 활짝 열린 소탈한 매너가 성찰과 우아함이 모자라 종종 예의범절의 격식을 어기곤 하는 부분을 상쇄하고도 남았어요. 어여쁜 외모 덕에 더욱 돋보이는 친절은 사람의 마음을 끌었고, 허세가 없어서 우매함이 도드라지더라도 싫지 않았지요. 그래서 엘리너는 깔깔 웃어대지만 않으면 다른 건 뭐든 얼마든지 용서해줄 수 있었답니다.

두 신사가 다음 날 아주 늦은 만찬 시간에 맞춰 도착한 덕에, 모임의 규모가 기분 좋을 정도로 커지고 대화 주제도 다채로워져서 다들 반가워했어요. 기나긴 오전 내내 변함없이 내린 비로 나눌 이야기가 몹시 뜸해진 참이었거든요.

엘리너는 파머 씨를 만난 적도 별로 없거니와 만나더라도 그가 자기와 동생을 대하는 태도에 변덕이 너무 심해서, 자기 집에서는 어떤 모습을 보게 될지 짐작이 되지 않았어요. 하지만 그는 모든 손님에게 흠잡을 데 없이 신사다운 언행을 보여주었어요. 그저 아내와 장모에게만 가끔 무례할 따름이었고요. 그는 사실 얼마든지 기분 좋은 말 상대가 될 수 있는 사람인데, 항상 그러지 못하는 건 웬만한 다른 사람보다 자기가 훨씬 우월하다고 섣불리 생각해버리는 성향 탓이었어요. 분명 제닝스 부인과 샬럿을 보며 그렇게 느끼기 때문이겠지요. 다른 성격과 습관으로 말하자면, 엘리너가 파악한 바로는 성별과 연령대가 같은 사람들에 비해 두드러지게 다른 특징은 없었어요. 입맛은 까다롭고, 시간관념이 희박하고, 자식을 아끼면서도 홀대하는 척하고, 사업 일을 처리해야 할 오전 시간을 당구나 치며 빈둥빈둥 허비하곤 했거든요. 그래도 엘리너는 대체로 그가 마음에 들었어요. 사실 예상했던 것보다 훨씬 나았지요―그래도 마음속 깊은 곳에서는, 더 좋아지지 않는 게 아쉽지는 않았어요. 그의 쾌락주의, 그의 이기심, 그의 오만에 질려 에드워드의 너그러운 성품, 소박한 취향, 수줍은 감정을 추억하며 내심 휴식을 찾는 것도 미안하지 않았고요.

에드워드, 아니, 적어도 그의 사정에 관해서는 이제 브랜던 대령으로부터 소식을 전해 들을 수 있었답니다. 대령은 최근 도싯셔에 다녀온 터라, 엘리너를 페라스 씨의 중립적인 친구인 동시에 믿고 속내를 터놓을 수 있는 벗으로 생각하고 델라퍼드 목사관에 관해 아주 많은 이야기를 해주었지요. 여러 단점을 상세히 묘사하고 앞으로 문제를 해소하기 위해 어떤 일을 하겠다는 계획까지도 모두 말해주었어요—이럴 때뿐 아니라 다른 세세한 면에서도 엘리너를 대하는 대령의 행동, 겨우 열흘 못 보았다고 터놓고 반가워하는 표정, 기꺼이 엘리너와 대화하려는 자세, 의견을 경청하는 태도를 보면 제닝스 부인 입장에서는 대령이 엘리너를 좋아한다고 생각할 근거가 되고도 남았어요. 어쩌면, 엘리너가 여전히 처음처럼 대령이 진짜로 좋아하는 사람은 메리앤이라고 믿지 않았다면, 스스로도 그런 의심을 품었겠다 싶을 정도였으니까요. 하지만 사실 제닝스 부인이 운을 띄워서 그렇지, 안 그랬다면 엘리너는 아예 그런 생각을 떠올리지도 못했을 공산이 커요. 둘 중에서는 자기가 더 관찰력이 뛰어나다 믿어 의심치 않았고요—엘리너는 대령의 눈을 보았지만 제닝스 부인은 오로지 행동에만 관심이 있었거든요—메리앤의 기분, 두통과 아픈 목, 심한 감기가 시작되는 증후를 불안한 근심을 담고 좇는 눈빛은, 말로 표현되지 않았기에 제닝스 부인의 관찰력을 완전히 피해 갔거든요—하지만 엘리너는 그 표정에서 여전히 살아 꿈틀거리는 감정, 사랑하는 사람 특유의 불필요한 걱정을 읽을 수 있었지요.

그곳에 묵은 지 사흘째와 나흘째 되는 날 메리앤은 두 번에 걸쳐 신나게 산책을 즐겼는데, 그저 관목숲의 마른 돌길만 걸은 게 아니라 영지 전역을 섭렵하고 심지어 가장 먼 곳까지 다녀왔던 거죠. 그쪽에는 다른 곳보다 험한 야생의 식생이 많아서, 아주 오래된 고목들이 자라고 있었고 키 큰 풀밭이 축축하

게 젖어 있었어요—여기에 젖은 구두와 양말을 신은 채로 앉
아서 쉰 크나큰 부주의까지 더해져서—메리앤은 그만 심한
감기에 걸리고 말았답니다. 하루이틀까지는 별것 아니라고 치
부하거나 아예 부정했지만, 병세가 점점 위중해지자 결국 모
두가 걱정하게 되었고 본인도 알아차릴 수밖에 없었지요. 사
방에서 약 처방이 쏟아져 들어왔지만, 메리앤은 늘 그렇듯 모
두 거절했어요. 몸이 무겁고 신열이 오르고 팔다리에 기운도
없고 기침도 나고 목도 쓰렸지만, 하룻밤 푹 쉬면 감쪽같이 나
을 거라고 우겼지요. 그래서 엘리너는 잠자리에 들 때 제일 간
단한 치료법을 한두 가지 써보자고 동생을 어렵사리 설득해
야 했답니다.

7

메리앤은 다음 날 아침 평소와 다름없는 시간에 일어났어요. 다들 물어봐도 한결 나아졌다고만 대답하며 실제로도 괜찮다는 걸 증명하려고 평소처럼 일과를 수행했지요. 하지만 불가에서 읽지도 못하는 책을 들고 앉아서 덜덜 떨거나 기운없이 축 처져서 소파에 누운 채로 하루를 보내는 모습은 회복의 증거라고 보기 어려웠어요. 병세가 갈수록 악화된 메리앤이 일찍 잠자리에 들었을 때, 브랜던 대령은 언니의 침착한 태도가 그저 놀랍기만 했지요. 엘리너는 싫다는 동생을 하루 종일 꿋꿋이 돌보고 간호하고 밤마다 적절한 약을 억지로 먹이면서도, 메리앤과 마찬가지로 잠의 탁월한 효험을 믿어 의심치 않았고 정말로 큰 걱정은 하지 않았거든요.

하지만 신열에 달떠 심하게 뒤척이며 보낸 밤은 두 사람의 기대를 꺾어버리고 말았답니다. 일어나겠다고 고집을 부리던 메리앤이 결국 앉아 있기조차 힘들다고 고백하고 제 발로 가서 다시 침대에 눕자, 엘리너는 지체 없이 제닝스 부인의 조언을 받아들여 파머 가족의 단골 약사를 부르기로 했습니다.

그런데 약사가 와서 환자를 진찰하고는 혼란만 일으키는 말을 내뱉고 말았답니다. 며칠 안에 동생이 건강을 회복할 거라고 미스 대시우드를 격려해주는가 싶더니, 또 병증이 악성이라며 감히 '감염'이라는 말을 입 밖에 내어버린 거예요. 파머 부인은 말이 떨어지기 무섭게 아기의 건강부터 염려하기 시작했지요. 제닝스 부인은 처음부터 메리앤의 병세가 엘리너의 생각보다 심각하다고 여기던 터라, 해리스 씨의 진단을 대단히 엄중히 받아들이고는 샬럿의 두려움과 조심성에 힘을 실어주었어요. 그리고 즉시 아기를 데리고 떠나야 한다고 주장했지요. 파머 씨는 어리석은 걱정이라고 치부하면서도 불안해서 졸라대는 아내의 청을 도저히 물리칠 수 없었고요. 그래서 파머 부인의 피신이 확정되었어요. 약사 해리스 씨가 왕진을 오고 한 시간도 못 되어 파머 부인은 어린 아들과 유모를 데리고 바스를 지나 몇 마일 거리에 있는 파머 씨의 가까운 친척 집으로 떠나게 되었지요. 아내의 간절한 부탁을 못 이긴 파머 씨도 하루이틀 후 따라가기로 약속했고요. 파머 부인은 어머니에게도 같이 피신하자고 애원했지만, 제닝스 부인은 엘리너가 이제 진심으로 사랑하게 된 고유의 착한 심성을 발휘해 메리앤이 아파서 누워 있는 한 자기는 꿈쩍도 않고 클리블랜드를 지키겠다는 각오를 선포했답니다. 어머니한테서 귀한 딸을 뺏어왔으니 자기가 친어머니처럼 살뜰히 보살펴줘야 한다면서요. 제닝스 부인은 정말로 모든 면에서 기꺼이 흔쾌하게,

적극적으로 간병을 곁에서 도와주었고, 피곤한 일거리를 가리지 않고 함께 나누고자 했으며, 오랜 간호 경험으로 실질적으로 큰 도움을 주는 경우도 심심치 않았답니다.

가엾은 메리앤은, 병이 병인지라 힘없이 축 늘어진 채 온몸이 쑤시는 느낌에 시달렸어요. 내일이면 회복되리라는 희망은 이제 버려야 했지요. 더욱이 불운한 병에 걸리지만 않았다면 내일 어떤 일이 있었을까 생각하니 병증이 한꺼번에 다 악화되었어요. 그날은 바로, 자매가 집으로 출발하기로 한 예정일이었거든요. 제닝스 부인이 내준 하인의 시중을 받으며 꼬박 하루를 달려가서 다음 날 정오가 되기 전 어머니를 깜짝 놀라게 해줄 생각이었는데요. 메리앤은 말을 거의 하지 않았고, 그나마 이 불가피한 지연이 안타깝다는 탄식이 전부였어요. 그래도 엘리너는 기운을 북돋아주고 금세 나을 병이라고 믿게 해주려 노력했지요. 그때는 정말로 그렇게 믿고 있었으니까요.

다음 날이 되어도 환자의 상태는 거의, 아니, 전혀 달라지지 않았습니다. 분명 나아진 건 아니었지만, 차도가 없다는 걸 제외하면 악화된 것 같지도 않았어요. 저택의 인원은 더 줄어들었습니다. 파머 씨는 아내가 겁을 줘서 화들짝 놀라 달아난다는 인상을 주기도 싫었지만, 진짜 인간애와 착한 심성 때문에라도 정말 떠나기 싫어했어요. 하지만 결국은 브랜던 대령의 설득에 못 이겨 아내를 따라가겠다는 약속을 지키게 되었지요. 그가 떠날 준비를 하는 사이, 브랜던 대령 본인도 차마 발이 떨어지지 않는 마음을 힘겹게 억누르며, 역시 가봐야겠다는 말을 꺼냈어요—하지만 이 지점에서 제닝스 부인의 선의가 더할 나위 없이 달가운 참견을 하며 끼어들었답니다. 제닝스 부인은 대령이 사랑하는 엘리너가 동생 때문에 이렇게 마음이 힘든데, 이럴 때 대령마저 보내버리면 자기가 두 사람의 평안을 앗는 거나 다름없다고 생각했거든요. 그래서 그 즉시 자기한테 꼭 필요하니 대령이 반드시 클리블랜드에 남아 머물러야 한다고, 대령이 가버리면 저녁때 미스 대시우드가 위층에서 동생 곁을 지키는 동안 피케[1]를 같이 해줄 사람이 없어서 절대 안 된다고 주장한 거예요. 부인이 대령에게 가지 말라고 단단히 졸라대자, 대령도 이에 순순히 따르기만 하면 마음 깊은 곳 소망이 충족되는 터라 사양하는 시늉도 그리 오래하진 못했어요. 하물며 제닝스 부인의 간원에 파머 씨까지 열렬히 동조하고 나서기까지 했으니까요. 행여 응급 상황이 일어날 때 미스 대시우드에게 도움과 조언을 줄 능력이 뛰어난 사람이 남아준다니, 파머 씨도 내심 안도감을 느끼는 기색이었어요.

메리앤은 물론 이 모든 사정을 까맣게 모르고 있었어요. 여기 온 지 칠 일도 채 못 되었는데 자기가 클리블랜드 저택의 집주인들을 멀리 떠나보내는 계기가 된 사실도 까맣게 몰랐어요. 메리앤은 파머 부인이 얼굴을 비추지 않아도 대수롭지 않게 여기고 걱정도 하지 않았기에 그 이름을 꺼내지도 않았지요.

파머 씨가 출발하고 나서도 이틀이 흘러갔지만, 메리앤의

---

1 카드 서른두 장을 가지고 하는 2인용 카드놀이.

병세는 별 차도가 없었어요. 해리스 씨가 날마다 와서 환자를 돌봤는데, 그는 여전히 조속한 회복을 예상했고 미스 대시우드 또한 활기차고 낙관적이었지요. 하지만 다른 이들의 전망은 그리 밝지 못했어요. 제닝스 부인은 병에 걸리자마자 일찌감치 메리앤이 완전히 회복하진 못할 거라고 내다보았고요. 브랜던 대령은, 주로 제닝스 부인의 예견을 들어주는 역할을 떠맡고 있었으므로, 그 영향력을 물리칠 만한 심리 상태가 아니었지요. 그는 이성적 추론으로 두려움을 떨쳐내려 애썼지만, 이런 노력은 약사의 진단이 달라질 때마다 수포로 돌아가곤 했어요. 게다가 대령은 매일 몇 시간씩 홀로 남겨지곤 했고, 이 시간을 호기로 삼아 온갖 우울한 생각이 밀려들곤 했답니다. 그래서 다시는 메리앤을 보지 못할 거라는 불길한 예감을 마음속에서 쫓아낼 수가 없었던 거예요.

그러나 사흘째 오전이 되자 두 사람의 음울한 예상은 거의 틀린 듯 보였어요. 해리스 씨가 와서 보더니 환자의 상태가 유의미하게 호전되었다고 선언했거든요. 맥박도 훨씬 힘차게 뛰고 모든 증세가 전날 방문했을 때보다 나아졌다면서요. 엘리너는 기분 좋은 희망을 낱낱이 확인받고 뛸 듯이 명랑해졌습니다. 어머니에게 편지를 쓸 때 친구들의 예상보다는 자기만의 판단을 따라 병 때문에 클리블랜드에서 조금 지체되었지만 병세는 매우 가볍다고 설명하길 참 잘했다고 혼자 흐뭇해했지요. 메리앤이 여행을 떠날 수 있는 날짜도 정하다시피 굴었고요.

하지만 그날은 시작처럼 상서롭게 끝나지 않았습니다—저

녁이 가까워지자 메리앤의 병이 다시 도졌고, 오히려 전보다 더 기운 없이 몸만 뒤척이며 불편해했거든요. 하나 언니는 여전히 낙관적이기만 했고, 침구를 정리할 때 앉혀뒀더니 피곤해서 그렇지 별것 아니라면서 처방받은 물약을 조심스럽게 먹이고는, 스르르 잠드는 동생을 만족스럽게 바라보았어요. 잠이야말로 가장 좋은 보약이 될 거라 믿었기 때문이지요. 바랐던 만큼 조용한 잠은 아니었지만 상당히 오래 깨지 않고 이어졌고요. 엘리너는 잠의 효능을 어서 보고 싶은 마음에 동생이 잠든 내내 곁에서 지켜보기로 마음먹었어요. 제닝스 부인은 환자의 변화를 까맣게 모르는 채로 유달리 일찍 잠자리에 들었습니다. 간병을 주로 도맡았던 하녀는 하녀장 방에서 휴식을 취했고, 엘리너 혼자 메리앤과 함께 머물렀습니다.

그런데 메리앤의 잠이 점점 불편하게 어지러워졌어요. 한시도 눈을 떼지 않고 쉼 없이 변하는 자세를 관찰하며 입술 새로 간간이 새어나오는 불분명한 앓는 소리를 듣고 있던 언니는 차라리 이 괴로운 잠을 깨우고 싶은 마음마저 들었지요. 그때 메리앤이 집 안에서 들려온 소리에 갑자기 잠을 깼고, 화들짝 다급하게 일어나 앉더니 신열에 들떠 정신없이 헛소리를 했어요—

"엄마가 오셔?—"

"아직 아니야." 언니는 공포를 감추고 메리앤을 부축해 다시 눕혔어요. "하지만 너무 늦게 오시진 않을 거야. 알잖아. 여기서 바턴까지 아주 먼 길인 거."

"하지만 런던을 거쳐 오면 안 돼." 메리앤이 아까처럼 다급한 말투로 외쳤지요. "런던을 들러서 오면 난 엄마를 영영 보지 못할 거야."

엘리너는 동생이 맑은 정신이 아니라는 걸 깨닫고 덜컥 겁이 났어요. 그래서 애써 동생을 진정시키며 급하게 맥박을 확인했지요. 맥이 어느 때보다 약하고 빨랐어요! 메리앤이 계속 정신없이 엄마를 찾자 삽시간에 불안감이 짙어진 엘리너는 그 즉시 해리스 씨를 부르고 바턴의 어머니에게 전령을 보내 소식을 전하기로 마음을 먹었어요. 결심을 하고 나니 어머니에게 소식을 알릴 최선의 수단이 무엇일지 브랜던 대령과 상의해야겠다는 생각이 곧바로 떠올랐습니다. 종을 울려 자기 대신 병상을 지켜줄 하녀를 부르자마자 서둘러 응접실로 내려갔지요. 대개 지금보다 훨씬 늦은 시각이라 해도 거기로 가면 대령을 찾을 수 있다는 걸 알고 있었거든요.

망설이고 있을 때가 아니었지요. 그래서 엘리너는 심중의 두려움과 맞닥뜨린 어려움을 곧바로 대령에게 털어놓았어요. 두려움을 없애줄 용기나 자신감은 대령에게도 없었고—조용한 좌절감에 젖어 듣기만 할 뿐이었지만—어려움만큼은 즉시 해결해줄 수 있었답니다. 단단히 각오한 듯 선뜻 나서는 그 태도가 상황의 중대성을 잘 보여주었지요. 대령은 필요하면 언제든 나서겠다는 각오를 미리 마음속으로 다져두고 있었던 거예요. 그래서 대령은 대시우드 부인을 모셔올 전령 역할을 직접 떠맡겠다고 했습니다. 선뜻 수락하기 쉬운 제안은 아니었지만 엘리너는 굳이 사양하지 않았어요. 엘리너는 짧지만 뜨거운 감사의 인사를 했고, 대령은 그 길로 황급히 나가서 하인을 시켜 해리스 씨에게 전갈을 보내고 곧바로 역마도 주문해두라고 명령했습니다. 그사이 엘리너는 어머니에게 전할 말을 몇 줄 적었습니다.

이런 순간 브랜던 대령 같은 친구가—어머니의 곁에서 동행해줄 사람이 있다는 게—얼마나 감사하게 느껴졌는지!—그는 사리 판단이 바르니 옳게 인도해줄 테고, 세심히 배려할 테니 위로가 될 터이고, 우정으로 어머니의 마음을 달래줄 수 있는 동행이 되어주겠지요!—이런 일로 불려오는 충격을 그의 존재, 그의 매너, 그의 도움이 덜어줄 테지요.

한편 대령은 대령대로, 속으로는 무슨 감정을 느끼든 흐트러지지 않는 정신으로 단단하게 중심을 잡고 행동했습니다. 철저하고 단호하게 필요한 일처리를 했고 한 치도 틀림없이 언제쯤 돌아올 수 있겠다고 시간을 계산해주었어요. 어떤 지체도 없었고 단 한 순간도 허비하지 않았습니다. 말들은 예상 시간보다 더 빨리 도착했고, 브랜던 대령은 진중한 표정으로 엘리너의 손을 힘주어 잡고는 나직해서 귀에 잘 들리지 않는 몇 마디를 중얼거렸을 뿐, 서둘러 마차에 올라탔습니다. 그때가 12시 무렵이어서, 엘리너는 동생의 처소로 돌아가 약사의 도착을 기다리며 남은 밤을 지켜보기로 했지요. 둘 다에게 똑같이 힘들고 괴로운 밤이었어요. 메리앤은 통증과 섬망에 잠을 설치고 엘리너는 잔인무도한 불안감에 뜬눈으로 밤을 지새며 한 시간 한 시간 해리스 씨가 나타날 때까지 기다렸어요. 엘리너는 하인이 제닝스 부인을 부르지 못하게 했는데요. 한번 불안감이 고개를 들자 과거의 태평함을 상쇄하듯 끈덕지게 밀어닥쳤고, 밤 간호를 도와주던 하인은 자신의 주인이 언제나 불길한 예감을 품었다는 언질을 흘려 엘리너의 마음만 한층 더 괴롭게 만들었습니다.

메리앤은 아직도 어머니 생각뿐이라 드문드문 앞뒤가 안 맞는 헛소리를 했고, 동생이 어머니를 부를 때마다 가엾은 엘리너의 심장에는 찌르는 통증이 퍼졌지요. 며칠씩 아팠는데도 병세를 하찮게 취급했던 자신을 질책하며 당장 위로가 될 무언가를 비참하게 갈구했어요. 머지않아 백약이 무효로 돌아갈 것만 같고 모든 조치가 이미 때를 놓친 것만 같았으며, 마음고생에 시달리는 어머니가 너무 늦게 도착해 사랑하는 딸을, 아니, 하다못해 맑은 정신의 딸을 못 보게 될 것만 같았어요.

해리스 씨를 다시 부르러 가려는데, 아니, 해리스 씨가 못 오면 다른 누군가의 조언이라도 구하러 가려는데 그가―5시가 넘어서야―왔습니다. 하지만 그의 진단이 늦어진 왕진을 약간 보상해주었답니다. 환자의 상태에 전혀 예상치 못한 불유쾌한 변화가 있긴 하지만, 치명적 위험이 생기지 않게 반드시 막겠다면서 새로운 치료법을 쓰면 차도가 있을 거라고 단언했거든요. 이 자신감은, 정도는 조금 덜했지만 엘리너 또한 느낄 수 있었어요. 약사는 서너 시간쯤 후에 다시 연락하겠다고 약속했고, 환자와 불안에 찬 간병인 둘 다 처음 만났을 때보다는 조금 침착해진 상태로 남겨두고 떠났습니다.

아침에 간밤의 일을 들은 제닝스 부인은 크게 걱정하며 왜 도와달라 부르지 않았느냐고 거듭 책망했지요. 전부터 품었던 불안감이 한층 확고한 근거를 가지고 돌아오자, 부인은 이

제 한 치의 의심 없이 결과를 예단하게 되었어요—그래서 엘리너에게 애써 위로의 말을 건네면서도 메리앤이 처한 위험을 굳게 믿는 속내 탓에 한 치의 희망조차 허락하질 못했답니다. 메리앤처럼 젊고 사랑스러운 처녀가 급속히 쇠락해 때 이른 죽음을 맞다니, 부인보다 무심한 사람이라도 걱정이 가득 차고 남았을 일이지요. 제닝스 부인이 이처럼 마음을 쓰는 데는 다른 이유도 있었어요. 메리앤은 삼 개월이나 자기 말벗이 되어주었거니와 지금도 부인이 책임져야 하는 사람이었거든요. 크게 상처를 받아 오랫동안 불행했다는 걸 다들 알고 있었고요. 게다가 눈앞에 괴로워하는 언니도 있었어요. 이 아가씨는 부인이 각별히 아끼는 사람이었는데 말이에요. 이 아가씨들의 어머니는 또 어떻고요. 대시우드 부인에게는 메리앤이 자기의 샬럿과 같은 존재라 생각하니 그 찢어지는 아픔에 진심으로 공감할 수밖에 없었던 거예요.

해리스 씨는 두 번째 왕진은 정확히 시간을 지켜 왔어요—하지만 지난번 왕진 때 품었던 희망은 모두 실망으로 변해버렸답니다. 약은 효과가 없었고—열은 조금도 내리지 않았거든요. 다만 메리앤은 전보다 조용했어요—정신이 들어서가 아니라—극심한 무기력에 빠져 의식을 잃은 탓이었지만요. 엘리너는 찰나에 약사의 공포를 모두, 아니, 그 이상으로 눈치 챘고 다른 도움을 구해보자고 제안했어요. 하지만 약사는 그럴 필요가 없다고 했지요. 아직 써볼 만한 약과 새로운 처방이 있다면서 지난번과 거의 다름없이 성공을 자신했고 왕진을 마치고 돌아가며 안심하라고 장담했지만, 그 말은 미스 대시우드의 귀에만 들렸을 뿐 심장에 가닿지는 못했답니다. 어머니 생각이 날 때만 빼면 침착했지만, 이제 희망은 거의 버린 단계였어요. 이런 상태로 동생의 침대맡에서 꼼짝도 않고 계속 앉아 있던 엘리너의 생각은 한 슬픔의 심상에서 다른 것으로, 아파하는 동생에게서 다른 이에게로 정처 없이 배회했지요. 제닝스 부인과 했던 이야기 탓에 짓눌린 듯 기운이 다 빠져버리고 말았어요. 부인은 메리앤이 이처럼 위중하고 위험한 병에 걸린 건 실연하고 나서 몇 주에 걸쳐 쇠약해졌기 때문이라고 주저 없이 단언했는데요. 엘리너는 그런 생각에 일리가 있다는 데 절실히 공감했기에, 되돌이켜 곱씹을수록 참담한 심정이 되었어요.

하지만 정오 즈음에는, 조심스러운 데다—실망할까 두려운 마음 때문에 한동안 친구들에게도 말하지 않았지만—동생의 맥이 아주 살짝 돌아오는 느낌이 있다고 상상하고 희망하기 시작했어요—기다리고, 지켜보고, 다시 또다시 맥을 짚어보았지요—그러다 마침내, 이전의 괴로움을 다 합친 것보다도 훨씬 더, 침착한 표정 아래로 감추기 어려울 만큼 마음의 동요를 드러내며—용기 내어 그 희망을 입 밖으로 내어 전달했습니다. 제닝스 부인도 마지못한 듯 맥을 짚어보더니 일시적인 회생을 인정했지만, 회복이 계속되리라 믿고 만족하지 말라고 젊은 벗을 진정시켰지요. 엘리너 역시 회복의 증후나 근거를 낱낱이 따져보면서 섣불리 희망하지 말자고 스스로 다잡았고요. 하지만 너무 늦어버린걸요. 희망이 벌써 들어와버렸으니까요. 조바심치며 파닥이는 희망을 순연히 느끼며 엘리너는 고개 숙여 동생을 살폈어요. 무엇을 찾으려는 것인지 자기도 잘 모르면서요. 반 시간이 흘러갔지만 축복 같은 증상의 호전은 사라지지 않았지요. 다른 이들도 일어나 이를 확인해 주었고요. 숨소리, 안색, 입술이 하나같이 좋아지는 증후를 보여 엘리너의 마음을 뿌듯하게 했고, 메리앤은 나른하지만 맑은 시선으로 언니를 응시했어요. 불안과 희망이 동등하게 가슴을 짓눌러와서 엘리너의 마음은 4시가 되어 해리스 씨가 올 때까지 한시도 평안할 수 없었답니다—동생이 예상을 뛰어넘는 회복세를 보인다며 약사가 확실히 장담하고 크게 기뻐하자, 그제야 엘리너는 확신하면서 마음이 편해졌고 기쁨의 눈물을 쏟았습니다.

메리앤은 모든 면에서 눈에 띄게 좋아졌고, 약사는 이제 완전히 위험에서 벗어났다고 선언했습니다. 제닝스 부인은 최근 병세가 악화되어 자신의 불길한 예감이 어느 정도는 맞았다는 데 만족하며 흔쾌히 약사의 진단을 믿기로 했고, 처음에는 꾸밈없는 기쁨으로, 다음에는 투명한 명랑함으로 완전히 회복할 수 있겠다고 인정했지요.

엘리너는 차마 명랑할 수 없었어요. 그 기쁨은 종류가 달라서 다른 감정은 몰라도 명랑함으로 이어지진 않았어요. 메리앤이 구사일생으로 회복해 삶, 건강, 친구들을 되찾고 애지중지 사랑하는 어머니에게 살아 돌아왔다는 생각을 하면 심장이 섬묘한 위안의 감각으로 가득 차올라 열렬한 감사로 뜨겁게 팽창했어요—하지만 겉으로는 아무런 기쁨도 드러나지 않았고, 어떤 말이나 미소로도 표현되지 않았답니다. 오직 엘리너의 가슴속에서만, 그 고요하고 강인한 만족감이 머물러 있었어요.

엘리너는 오후 내내 잠시도 동생 곁을 떠나지 않고, 공포심을 낱낱이 달래어 가라앉히면서, 힘없이 처진 채로 이것저것 묻는 동생의 질문에 하나하나 답해주고, 약과 음식을 모두 갖다주어 먹이며 거의 모든 표정과 숨결을 살폈어요. 재발의 가능성이 퍼뜩 떠오를 때면 불안감이 어떤 것인지 새삼 실감하기도 했지요—하지만 몇 번이고 꼼꼼히 살펴보다 회복의 징후가 계속되고 있다는 걸 깨달았고, 6시경 메리앤이 조용하고 끊이지 않고 어느 모로 보나 편안한 잠에 스르르 빠져들자 엘리너의 의혹도 모두 잠재울 수 있었답니다.

이제 브랜던 대령이 돌아오겠다고 한 시간이 임박했어요. 10시쯤이면, 적어도 그보다 많이는 늦지 않게, 딸들에게로 달려오는 여행길 내내 어머니가 느꼈을 끔찍한 긴장감을 덜어줄 수 있겠지요—대령도 마찬가지고요!—그러고 보면 어머니 못지않게 안쓰러운 사람인데!—아! 아직까지도 그들을 무지 속에 잡아두는 이 시간의 흐름이 어찌나 느리던지요!

7시에, 아직도 단잠을 자는 메리앤을 두고 나와 엘리너는 제닝스 부인과 응접실에서 차를 마셨어요. 아침은 공포심에 건너뛰고 저녁은 급작스럽게 상황이 반전되는 바람에 충분히 먹지 못했거든요—그래서 지금, 이토록 만족스러운 마음으로 간식을 접하자 유달리 반가웠어요. 제닝스 부인은 티타임을 마칠 무렵 엘리너에게 어머니가 오실 때까지 메리앤 곁은 자기가 대신 지킬 테니 맡기고 가서 좀 쉬라고 설득했지만, 엘리너

는 지금은 전혀 피곤한 줄도 모르겠고 도저히 잠이 올 것 같
지 않다면서 쓸데없이 동생 곁을 한순간이라도 떠나고 싶지
않다고 했어요. 제닝스 부인은 환자의 침실로 향하는 계단까
지 엘리너와 함께 가주었어요. 만사가 올바로 진행된다는 만
족감을 느끼며 동생을 돌보며 생각에 잠길 수 있게 엘리너를
다시 데려다주고 나서 자기 방으로 물러나 편지를 쓰고 잠을
잤지요.

그날 밤은 춥고 폭풍이 몰아쳤습니다. 바람이 저택을 휘감
고 울부짖었고 빗살이 거세게 유리창을 때렸어요. 하지만 내
면이 행복으로 가득한 엘리너는 신경조차 쓰지 않았어요. 아
무리 천둥이 쳐도 메리앤은 푹 잘 잤고―이리로 달려오고 있
는 여행자들에겐 현재의 불편을 상쇄할 풍요로운 보상이 기
다리고 있었거든요.

시계가 8시를 알렸습니다. 그때가 10시였다면, 엘리너는 방
금 집 앞으로 달려오는 마차 소리를 틀림없이 들었다고 확신
했을 겁니다. 하지만 벌써 도착하는 건 불가능에 가깝다는 걸
잘 알면서도 소리를 들었다는 느낌이 너무나 강렬해서, 침실
바로 옆 웃방에 들어가 창문의 덧문을 열고 진실을 확인해보
았어요. 귀가 자신을 속이지 않았다는 걸 금세 알 수 있었습니
다. 마차의 타오르는 등불이 즉시 시야에 들어왔으니까요. 불
빛이 흐려서 말 네 필이 끄는 마차라는 것 말고는 잘 알아볼
수가 없었지만요. 그건 불쌍한 어머니가 얼마나 크게 걱정했
는지를 보여주는 한편, 예상 외로 빨리 도착한 이유를 설명해
주기도 했어요.

평생 그 순간처럼 침착하기가 어려웠던 적은 없었답니다. 마차가 문 앞에 정차하는 순간, 어머니가 지금 어떤 심정인지 너무나 잘 알았으니까요―그 의혹과―그 공포와―아마도 절망까지도!―게다가 그녀가 어머니에게 해줘야만 하는 말도 너무나 잘 알고 있었고요!―그토록 잘 알면서 평정심을 유지한다는 건 있을 수 없는 일이었지요. 남은 일이라고는 빠르게 해내는 일뿐이었어요. 그래서 제닝스 부인의 하녀가 올라와 동생 곁을 대신 지켜줄 때까지만 기다렸다가, 서둘러 계단을 내려왔답니다.

안쪽 홀을 지나는데 현관에서 분주한 인기척이 들려와서, 엘리너는 다들 벌써 집 안에 들어왔다고 믿어버렸지요. 그래서 응접실로 다급하게 달려가― 응접실로 들어갔는데―눈 앞에 서 있는 건 윌러비뿐이었습니다.

8

엘리너는 그를 보자마자 흠칫 소스라치며 물러났고, 심장에서 솟아오른 첫 충동을 따라 바로 돌아서서 방을 나가려 했어요. 손이 이미 잠금장치에 닿았는데, 그가 황급히 다가와 애원보다 명령에 가까운 목소리로 말하는 바람에 그대로 멈춰 섰지요.

"미스 대시우드, 삼십 분만―십 분이라도―부디 가지 말고 머물러주십시오."

"아니요." 엘리너가 단호한 말투로 대답했습니다. "저는 갈 거예요. 저와 볼일이 있으실 리 없잖아요. 파머 씨가 부재중이시라고 하인들이 깜박 잊고 말씀드리지 않았나봅니다."

"파머 씨와 가족들이 다 지옥에 갔다고 해도 저를 문 앞에서 돌려세우진 못했을 겁니다. 저는 미스 대시우드와, 오직 미스 대시우드에게만 볼일이 있으니까요."

"저하고요!"―엘리너는 너무 놀라다 못해 기가 막혔어요

—"그렇다면—빨리 말씀하시지요—가능하다면—격한 언성은 자제하시고요."

"앉으시면, 두 가지 다 말씀대로 하겠습니다."

엘리너는 망설여졌어요. 어떻게 처신해야 할지도 알 수 없었고요. 브랜던 대령이 와서 여기 있는 윌러비를 볼 수도 있다는 생각이 뇌리를 스쳤지요. 하지만 윌러비의 말을 듣겠다는 약속을 한 셈이었고, 명예심 못지않게 호기심도 발동했습니다. 그래서 잠시 생각에 잠겼다가, 주의를 기하려면 일을 빠르게 처리해야 할 텐데 그러려면 순순히 따라야겠다는 결론을 내리고 말없이 테이블 쪽으로 가서 의자에 앉았어요. 그는 맞은편 의자에 앉았고, 삼십 초 동안 두 사람 모두 아무 말도 하지 않았습니다.

"제발 빨리 말씀해주세요."—엘리너는 조바심에 차서 재촉했어요—"내어드릴 시간이 별로 없거든요."

그는 앉아서 깊은 사념에 잠긴 듯, 엘리너의 말도 듣지 않는 것 같았지요.

"동생분께서는 이제 위험을 벗어나셨다고요." 잠시 후, 불쑥 그가 말했습니다—"하인에게 들었습니다. 천만다행입니다!—하지만 정말 그렇습니까?—정말 사실인가요?"

엘리너는 말하고 싶지도 않았어요. 그러자 그가 아까보다도 더 간절하게 같은 질문을 되풀이했습니다.

"제발 부탁이니 알려주십시오. 이제 위험한 상태는 벗어난 겁니까, 아닙니까?"

"그러길 바라요."

그가 벌떡 일어나더니 방을 가로질러 걸어갔어요.

"삼십 분 전에만 알았더라도—하지만 어차피 여기 왔으니까요."—그는 억지로 쾌활한 척 말하며 자리로 돌아왔어요—"뭐 얼마나 의미가 있겠습니까?—제발 이번 한 번만, 미스 대시우드—아마, 마지막이 되겠지만—함께 재밌게 놀아주시지요—제가 지금 더없이 쾌활한 기분이거든요—솔직하게 말씀해주세요."—그의 뺨에 더 깊은 홍조가 퍼져 나갔습니다—"저를 양아치라고 생각하십니까, 아니면 바보라고 생각하십니까?"

엘리너는 어느 때보다도 더 기겁해서 그를 쳐다보았어요. 독주를 마신 게 분명하다는 생각이 들기 시작했지요—이렇게 이상하게 방문한 것 하며 이런 태도까지, 그렇지 않다면 도저히 이해할 수가 없었거든요. 그런 생각에 엘리너는 자리에서 일어났지요.

"윌러비 씨, 당장 쿰으로 돌아가주세요—제가 더 같이 있어드릴 만큼 한가롭지가 못해서요—제게 볼일이 있다고 하셨는데 그게 뭔지는 몰라도, 찬찬히 생각해보고 내일 설명해주시는 게 더 나을 것 같네요."

"이해합니다." 그가 의미심장한 미소를 지으며 말했어요. 그 목소리는 흠 없이 차분했습니다. "그래요, 제가 많이 취했습니다—말버러[1]에서 차가운 고기를 안주로 흑맥주 한 파인트를 마셨더니 그만 나가떨어졌네요."

1 런던에서 서머싯셔로 향하는 길에 있는 소도시.

"말버러라고요!"—엘리너가 외쳤어요. 이제는 그가 무슨 생각을 하는지 점점 더 알 수 없게 되어버렸지요.

"그렇습니다—오늘 아침 8시경에 런던을 떠났고 그 후로 셰즈 밖에서 보낸 시간이라고는 십 분밖에 되지 않아요. 말버러에서 간단히 식사를 했지요."

이 말을 할 때의 침착한 매너, 눈의 총기를 보고 엘리너는 확실히 알게 되었어요. 어떤 용서 못 할 어리석음을 또 저지르고 클리블랜드로 왔는지는 몰라도, 술에 취한 탓에 찾아오지는 않았다는 사실을요. 그래서 잠시 생각에 잠겼다가 이렇게 말했어요.

"윌러비 씨, 당신도 느끼실 테지만 저는 분명히 절감해요—지난 일들이 있는데—이런 식으로 여기 와서 억지로 제 관심을 끌려 하시다니, 아주 특별한 평계가 필요할 것 같은데요—대체 무슨 뜻으로 이러시는 거죠?"—

"저는 그저" 하고 그가 엄청난 힘을 담아 말했습니다—"할 수만 있다면, 미스 대시우드가 지금보다 저를 약간이라도 덜 미워하시게 만들고 싶습니다. 과거지사를 두고 일종의 해명, 일종의 사과를 드리고 싶습니다. 제 온 진심을 활짝 열어 보이고, 설득하고 싶습니다. 저는 늘 멍청하긴 했지만 처음부터 악당이었던 건 아니에요. 그래서 메—동생분께 용서 같은 걸 구하고 싶은 겁니다."

"이것이 정말로 여기 오신 이유라고요?"

"제 영혼을 걸고 그렇습니다."—이것이 그의 대답이었어요. 그 뜨거운 열의는 예전의 윌러비를 생생히 추억하게 만들었고, 엘리너는 자기도 모르게 그가 진심이구나 생각하게 되었습니다.

"그게 전부라면, 벌써 원하는 바를 얻으셨어요. 메리앤은 이미—오래전에—당신을 용서했으니까요."

"정말인가요!"—윌러비가 여전히 그 열띤 어조로 외쳤습니다—"동생분께서는 용서해주어야 할 때가 오기도 전에 저를 용서하셨군요. 하지만 좀 더 마땅한 이유로 저를 다시 용서하실 겁니다—이제는 제 얘기를 들어주시렵니까?"

엘리너는 고개를 끄덕여 청을 수락했습니다.

"사실 모르겠습니다." 윌러비가 생각에 잠긴 사이 엘리너는 잠시 가만히 기다려주었습니다. 그러자 그가 입을 열었지요—"동생분에게 제가 한 행동을 어떻게 이해하셨는지, 어떤 사악한 동기를 제 행동의 원인으로 돌리셨을지 말입니다—아마 그 생각이 지금이라고 더 나아지진 않았겠지만요—그래도 시도는 해볼 만하니, 전말을 들려드리겠습니다—처음 가족분들과 친해졌을 때는, 데번셔에 의무적으로 머무르는 기간 동안 즐겁게 시간을 보내려 했을 뿐입니다. 이전 그 어느 때보다 더 즐거운 시간을 보내고 싶었을 뿐, 다른 어떤 의도도 예정도 없었어요. 동생분의 아름다운 미모와 흥미로운 언행에는 반할 수밖에 없었습니다. 저를 언제나, 거의 처음부터, 마음이 통하는 사람으로 대해주었지요—그걸 생각하면, 동생분이 어떤 사람이었는지 생각하면, 놀라울 따름입니다. 제 심장이 어떻게 그리 둔감할 수 있었을까요?—하지만 솔직히 고백하자면, 처음에는 제 허영심만 커져갔을 뿐이랍니다. 상대방의 행복에는 관심이 없었고, 오로지 제가 재미 삼아 즐길 거리만 찾았어요. 이전부터 제가 습관적으로 방탕하게 추구하던 그 감정들에 굴복했던 거죠. 제 힘닿는 한 모든 수단을 동원해 동생분에게 잘 보이려 했지만, 그 애정을 돌려줄 맘은 전혀 없었어요.”

미스 대시우드는 이 지점에서 분노와 경멸이 극도로 치밀어 그를 매섭게 쏘아보며 말을 딱 끊었습니다.

“윌러비 씨, 이 이상은 굳이 말씀하실 필요도 없고 제가 들을 가치도 없겠네요. 시작부터 이렇다면 그다음에 이어질 말이 어떻겠어요—이 주제에 관해 더 들으면 괴롭기만 할 테니 부디 삼가주세요.”

“이야기를 끝까지 들어주셔야만 합니다.” 그가 반박했습니다. “저는 큰 재산을 가진 적이 없지만 늘 저보다 더 많이 버는 사람들과 어울리며 돈을 많이 썼습니다. 성년이 된 후로, 아니, 그 전부터 해마다 빚이 늘어만 갔지요. 나이 드신 친척인 스미스 부인이 돌아가시면 자유로워질 수 있었지만, 그게 언제일지는 불확실할 뿐 아니라 어쩌면 까마득히 먼 미래일 수도 있었지요. 그래서 오래전부터 저는 재산이 많은 여자와 결혼해서 이 상황을 타개하리라 마음먹고 있었습니다. 그러니 동생분께 마음을 주는 건, 생각도 해서는 안 될 일이었어요—비열하고 이기적이고 잔인한 짓이었죠—어떤 분노도, 경멸의 눈빛조차도, 심지어 그게 미스 대시우드가 내보이는 모습이라 해도 결코 지나친 질책이 되지는 않을 겁니다—그런 식으로, 되돌려줄 생각도 없으면서 관심을 끌려고만 했지요. 그래도 한 가지 변명을 해보자면, 그 끔찍하게 이기적인 허영심 속에서도 제가 얼마나 큰 상처를 입히고 있는지는 몰랐습니다. 그때는 사랑이 무엇인지 몰랐거든요. 하지만 제가 사랑을 알았던 적이 있기나 했을까요?—의심할 만도 하지요. 정말로 사랑을 했다면 그 감정을 허영이나 탐욕의 희생 제물로 바쳤을까요?—아니, 그보다, 과연 그분의 감정을 희생했을까요?—하지만 저는 그렇게 했습니다. 상대적인 가난을 피하고 싶어서요. 그분과 사랑하며 함께 살면 가난의 고난도 다 사라졌을 텐데. 부자의 지위로 올라서려고, 그걸 축복으로 만들어줄 모든 것을 잃어버린 겁니다."

"그렇다면 한때는 그 애를 사랑했다고 믿으시는 거군요." 엘리너가 약간 누그러진 목소리로 말했습니다.

"그런 매력을 뿌리치고, 그런 다정을 물리치다니!—이 세상 어느 남자가 그럴 수 있었겠습니까!—그래요, 스스로도 알아채지 못할insensible[2] 정도로 차츰차츰, 진심으로 좋아하게 되었고 우리가 함께 보낸 시간은 제 평생 가장 행복한 순간이었습니다. 제 의도는 더없이 명예롭고 제 감정은 더럽지 않다고 느껴진 시간이었지요. 하지만 그때마저도, 메리앤에게 제대로 청혼하리라 결심을 굳혀놓고 방만하게 차일피일 결행의 순간을 미루었는데, 제 사정이 워낙 창피스러운지라 이대로 약혼을 하기가 꺼려져서 그랬습니다. 여기서 합리적으로 변명하

---

2 월러비는 처음에 감수성의 화신으로 등장했기에, 이 이야기 속에서 거듭 자신을 insensible한 사람이라 말하는 것이 아이러니하다. insensible은 감지하지 못한다는 의미뿐 아니라 둔감하고 무정하다는 의미까지 폭넓게 포괄한다.

려 들지는 않겠습니다—그렇다고 말을 멈추고 부조리하다며 미스 대시우드가 열변을 토하시게 두지도 않을 겁니다. 그래요, 이미 무언의 명예에 구속받고 있었으면서 신의로 서약하기가 꺼려진다니, 말도 안 되는 부조리지요, 아니, 부조리보다 더 나쁜 짓이었어요. 향후의 일들로 제가 교활한 바보임이 입증되었고요. 신중에 신중을 기한 끝에 영원한 멸시와 불행의 기회로 나 자신을 몰아넣었으니까요. 하지만 그래도 기어코 저는 결심을 굳혔더랬습니다. 단둘이 있게 될 기회가 생기는 대로, 그간 오로지 메리앤에게만 부단히 쏟은 내 관심과 배려를 정당화하고, 제가 온갖 공을 들여가며 이미 표현한 사랑을 드디어 터놓고 고백하기로 결심했어요. 그런데 그사이에—메리앤과 단둘이 말할 기회가 생기기 직전 바로 그 짧은 몇 시간 사이에 그만—불행한 사정이 생겨버린 겁니다—그렇게 제 결심은 다 허물어지고 제 평안도 망가져버리고 말았습니다. 어떤 사실이 폭로되었거든요.”—여기서 그는 머뭇거리며 눈을 내리깔았습니다—“스미스 부인이 모종의 경로로 제보를 받은 겁니다. 아마도 저를 부인 눈 밖에 나게 만들어서 득을 보려던 먼 친척이었겠지요. 그건 과거의 연애, 어떤 여자 관계에 관한—하지만 굳이 더 설명할 필요도 없으리라 생각합니다.” 이렇게 덧붙이면서, 그는 얼굴을 한층 짙게 붉히며 탐색하는 눈길로 엘리너를 바라보았어요. “매우 친한 사이시니—아마도 오래전에 이 일에 관해 다 들으셨겠습니다.”

“그래요.” 엘리너 역시 얼굴을 붉히면서, 이 남자에게 일말의 연민도 느끼지 않겠노라[3] 새삼 마음을 단단히 다잡았어요.

"다 들었어요. 그런데 그 끔찍한 사건에서 당신이 지은 죄를 어떤 변명으로 씻으려 하시는지 솔직히 저로서는 상상이 되지 않는군요."

"잊지 마세요." 윌러비가 버럭 외쳤습니다. "그 이야기를 누구한테 들으셨는지를요. 중립적으로 얘기할 수 있는 사람입니까? 그 여자의 상황과 성격을 존중했어야 한다는 건 인정합니다. 제가 한 짓을 정당화할 생각은 없지만, 그렇다고 제 입장에서 할 말이 전혀 없다고 생각하시게 두고 볼 수도 없어요―피해자니까 비난하면 안 된다, 저자가 탕아니까 그 여자는 성인聖人일 것이다 생각하지는 마십시오. 그 사람의 걷잡을 수 없는 열정, 유약한 지성은―그렇다고 제 죄를 변명하려는 건 아닙니다. 그녀가 저에게 준 애정은 더 나은 대우를 받아 마땅했고, 못내 애틋하게 다정했습니다. 아주 짧은 시간이었지만, 어떤 식으로든 마음을 돌려주고 싶게 만드는 힘이 있었어요. 저는 수시로 그 다정했던 때를 떠올려봅니다. 그때마다 크나큰 양심의 가책이 덮쳐오고요. 정말로―진심으로, 그런 일이 없었다면 얼마나 좋을까 바라곤 합니다. 하지만 저 때문에 피해를 입은 사람은 그 여자만이 아니지요. 제가 상처를 준 사람, 그분이 저에게 준 사랑은―(이 말을 해도 될까요?) 그 여자 못지않게 격정적이었고, 그분의 지성은―아! 한도 끝도 없이 우월했지요!"―

---

3 엘리너는 오히려 insensible하고자 아무리 노력해도 그럴 수가 없는 사람이다. 따라서 sense와 sensibility 사이에서 수많은 의미들이 뒤섞이고 또 구분된다.

"이런 주제로 이런 얘기를 나누는 것 자체가 불쾌하지만—
솔직히 말씀드릴게요. 그 불행한 아가씨에게 그리도 무심하시
다니 저는 그 또한 못지않게 불쾌하네요—마음이 없었다는
게 그분을 잔인하게 방기한 일에 대한 핑곗거리가 될 수는 없
어요. 아무리 그분의 이해력이 모자라고 타고난 지성에 결함
이 있었다 한들, 당신에게서 뚜렷이 드러나는 그 허랑방탕한
잔인성이 용서되는 건 아니에요. 데번셔에서 신나게 즐기며
날마다 희희낙락 새로운 오락거리를 좇아다닐 때도, 그분이
끔찍한 궁핍으로 빠져들고 있다는 걸 다 알고 있었잖아요!"

"하지만, 제 영혼을 걸고 말씀드리는데, 저는 몰랐습니다."
그는 울컥하며 반박했습니다. "깜박 잊고 제 주소를 알려주지
않았다는 생각을 미처 하지 못했고, 상식적으로 생각하면 저
를 어디서 찾을 수 있는지쯤은 알아낼 수 있었을 겁니다."

"그럼, 그래서 스미스 부인은 뭐라고 하시던가요?"

"즉시 죄를 추궁하며 저를 닦달하셨지요. 제가 느낀 혼란은
짐작하실 겁니다. 부인은 생활 방식이 무척 순수하고 생각은
틀에 박히신 데다 세상사에는 매우 무지하신지라—이 모든
게 제게는 불리하게 작용했어요. 사실 자체를 부인할 수는 없
었고, 화를 누그러뜨리려 무진 노력을 했지만 모두 수포로 돌
아갔습니다. 제 생각에는, 부인이 이미 제 행실의 전반적인 도
덕성에 대해 의심하고 계셨던 것 같아요. 당시 제가 그곳에 머
물면서도 부인에게 별 신경을 쓰지 않고 제 시간에서 작은 도
막조차 잘 내어드리지 않는 점에 불만도 많으셨고요. 짧게 말
하자면 완전한 절연으로 끝났습니다. 제 삶을 구해줄 수도 있

는 수단이 하나 있기는 했어요. 부인은 워낙 도덕심이 드높으신 분이셔서, 정말 좋은 분이시죠! 제가 일라이자와 결혼하겠다고 하면 과거를 용서해주겠다고 하시더군요. 그건 도저히 못 하겠더라고요—그래서 저는 부인의 총애와 저택의 상속권을 모두 박탈당했습니다. 이 사건이 발발한 그날 밤—저는 바로 다음 날 집을 나가야 했는데—앞으로 어떻게 행동해야 할까 고민하고 또 고민했습니다. 갈등이 컸지만—결론은 너무나 빨리 나버리더군요. 메리앤을 사랑하는 내 마음, 메리앤이 나를 사랑한다는 투철한 확신—그건 가난의 공포를 극복할 만큼은 못 되었고 부가 필수 불가결하다는 제 그릇된 사고방식을 이겨내지도 못했습니다. 저는 천성적으로 부에 이끌리는 인간인 데다가, 돈을 펑펑 쓰는 이들과 어울리며 그런 성향이 더 강화되었지요. 지금의 아내는 마음만 먹으면 제가 확실히 잡을 수 있겠다는 심증이 있었고, 따라서 상식적으로 부를 얻을 수 있는 다른 길은 모두 막혀버렸다고 나 자신을 설득하게 된 것입니다. 그러나 데번셔를 떠나는 길목에 슬프고 답답한 장면이 저를 기다리고 있었지요—바로 그날 여러분과 식사 약속이 있었으니까요. 약속을 깨려면 뭐든 핑곗거리가 있어야 했습니다. 하지만 이 변명을 글로 적어 전달할지 직접 찾아가 말씀드릴지를 두고 오래 고민해야만 했지요. 메리앤을 보기가 두려웠고, 다시 만나면 마음이 흔들려 결단을 실행에 옮기지 못하는 건 아닐까 하는 생각까지 들었거든요. 하지만 그 점에서는, 제 강단을 스스로 과소평가했더군요. 향후에 일어난 사건이 증명해주듯이요. 저는 갔고, 그녀를 보았고, 비참한 슬픔에 빠지는 걸 보고도 그 슬픔 속에 버려두고 떠났으니까요—
다시는 만날 일이 없으면 좋겠다고 바라면서 떠났던 겁니다."

"대체 왜 찾아오셨던 건가요, 윌러비 씨?" 엘리너가 비난조
로 따졌습니다. "쪽지 한 장이면 모든 목적을 이룰 수 있었잖
아요—대체 왜 꼭 몸소 찾아와야 했던 거죠?"

"제 자존심을 위해서 그래야 했습니다. 여러분이, 아니, 다
른 이웃들이, 스미스 부인과 저 사이에 실제로 있었던 일을 조
금이라도 눈치챌 빌미를 주면서 지방을 떠나고 싶지가 않았
던 겁니다—그래서 호니턴⁴으로 가는 길에 코티지를 방문해
야겠다고 마음먹었습니다. 하지만 어여쁜 동생분의 모습을 보
는 건 정말 괴로웠습니다. 게다가 하필이면 혼자 있을 때 만나
게 되어 상황이 더 격해졌지요. 두 분은 어딘지 몰라도 다 외
출하고 안 계셨거든요. 바로 전날 저녁 우리가 헤어질 때만 해
도, 전 제대로 옳은 일을 하겠다고 내심 온전하고도 확고하게
결심을 다지고 있었단 말입니다! 몇 시간 후에는 약혼해 영원
히 그녀가 내 것이 되리라 믿었다고요. 코티지에서 앨러넘까
지 걸어가던 제 마음이 얼마나 행복했는지, 얼마나 즐거웠는
지 아직도 기억합니다. 나 자신이 너무 대견했고 온 세상 사람
들이 다 멋져 보였더랬죠! 하지만 이때는, 우리 우정의 마지막
면담에서는, 그녀에게 하는 말마다 죄책감이 배어들어 자칫
기만하는 능력마저 앗아갈 지경이었어요. 제가 즉시 데번셔를
떠나야 한다고 말했을 때 메리앤의 슬픔, 낙망, 짙은 안타까움

---

4 바턴에서 런던으로 가는 여정 초반에 들르게 되는 소도시.

—결코 잊을 수 없을 겁니다!—거기에 저에 대한 굳건한 믿음, 확고한 자신감마저 겹쳐졌으니!—오, 하느님!—내가 얼마나 돌덩어리 같은 심장을 지닌 악당이었는지!"

둘 다 몇 초간 아무 말도 없이 침묵을 지켰습니다. 엘리너가 먼저 입을 열었어요.

"메리앤에게 금세 돌아오겠다고 말씀하셨나요?"

"무슨 말을 했는지도 모르겠어요." 그는 조바심을 내며 황급히 대답했습니다. "과거에 비해서는 당연히 해야 할 말을 적게 했겠지요, 그건 분명합니다. 또한 모든 가능성을 따져볼 때, 미래가 정당화해줄 수 없을 만큼 많은 말을 했을 거고요. 거기에 대해서는 생각 못 하겠어요—도저히 못 하겠습니다—그때 다정하신 어머님께서 오셔서 가없는 친절과 믿음으로 저를 더욱 괴롭게 만드셨지요. 아아, 세상에! 그건 정말 고문처럼 괴로운 일이었습니다. 비참했어요. 미스 대시우드, 저의 불행을 돌아볼 때마다 제가 얼마나 크게 안심하는지 아마 모르실 겁니다. 제 심장이 저지른 우매하고 불한당 같은 짓거리에 제가 얼마나 독하게 원한을 품었는지 말이에요. 덕분에 자책감에 괴로웠던 지난날이 지금의 저에게는 오히려 승리요 환희라고 느껴져요. 아무튼, 저는 그렇게 떠나가버렸지요. 사랑하는 모든 걸 등지고 떠나, 기껏해야 무관심을 느끼면 다행인 사람들에게로 간 겁니다. 런던으로 향하는 여행은—제가 소유한 말들로 여행했으니 더디고 따분하기 짝이 없었지요[5]—말 상대 하나 없었어요—창에 비치는 내 모습은 얼마나 명랑했던지—앞날을 내다보면 참으로 창창하고요—뒤 돌아 바턴을 보면, 눈에 들어오는 모습은 제 마음을 다사롭게 달래주더군요! —아! 이거야말로 축복받은 여행이었지 뭡니까?"

그는 말을 멈췄습니다.

"그러셨군요." 엘리너가 말했어요. 불쌍하긴 했지만, 이제 빨리 떠나주었으면 하는 마음에 초조해졌거든요. "하실 말씀은 이게 다인가요?"

"다라니요! —아닙니다—런던에서 있던 일을 잊으셨습니까? —그 고약한 편지—메리앤이 그 편지를 보여주었나요?"

"그래요, 사이에 오간 편지들은 모두 보았습니다."

"첫 번째 쪽지가 당도했을 때 (줄곧 런던에 머물렀으므로 곧바로 받았지요) 제가 느낀 감정은—흔히 쓰는 표현으로 말하자면, 차마 형언할 수가 없었어요. 더 단순한 말로 하자면 —너무 단순해서 어떤 감정도 불러일으킬 수 없을지도 모르지만—저는 아주 아주 고통스러웠어요—행마다, 단어마다 —편지를 쓴 그이가 여기 있다면 질색을 하겠지만 그래도 닳고 닳은 은유를 빌리자면—심장에 비수가 꽂히는 기분이었습니다. 메리앤이 런던에 있다는 걸 안 순간—마찬가지로 상투적인 표현을 쓰자면—천둥 벼락이 내리치는 것 같았지요 —천둥 벼락에다 비수라니! —메리앤이 저를 얼마나 야단쳤을까요! —전 그녀의 취향, 그녀의 의견을—오히려 나 자신의

---

5 개인 소유의 말로만 여행하면 역마를 고용해 규칙적으로 말을 바꾸는 것보다 속도가 느릴 수밖에 없다. 말들이 지쳐서 느려져도 새로운 말로 교체할 수 없기 때문이다.

취향이나 의견보다 더 잘 알고 있습니다―당연히 더 소중하기도 하고요."

이 기막힌 대화를 나누는 사이 무수한 변화를 겪어온 엘리너의 심정은 이제 다시 누그러졌어요―하지만 말 상대가 방금 내뱉은 생각 같은 건 저지하는 것이 온당한 자기 의무라 느꼈답니다.

"그건 옳지 못해요, 윌러비 씨―결혼한 몸이라는 걸 잊지 마세요―양심에 비추어 제가 들어야 할 필요가 있다고 느껴지는 것만 말씀하세요."

"메리앤[6]의 쪽지로 제가 아직도 예전과 다름없이 그녀에게 소중한 사람이라는 확신을 얻었어요. 우리가 헤어져 보낸 시간이 이미 여러, 여러 주가 되었는데도 그녀는 변함없이 감정을 지키고 있고 나 또한 변함없으리라는 신뢰로 가득하다니, 저의 회한이 모두 깨어났지요. 깨어났다고 말씀드리는 건, 시간과 런던, 사업과 방탕한 놀음이 어느 정도는 조용히 잠재워 주었기 때문입니다. 그래서 저는 손색없이 닳고 닳은 악당으로 무럭무럭 자라나고 있었어요. 메리앤에게는 아무 감정도 없다 상상하고, 메리앤 또한 이제 내게 무관심해졌을 거라 상상하는 쪽을 선택했지요. 지난날의 애정은 그저 무용하고 보잘것없는 일이었다고 내심 스스로 이해시키고, 그렇다는 증거

---

6 약혼한 사이가 아니면 메리앤이라고 이름만 부를 수는 없다. 따라서 메리앤의 이름을 친근하게 부른 것만으로도 암묵적 약혼 의사를 밝힌 셈이다. 윌러비는 이 대화의 초반에 메리앤의 이름을 부르려다 멈칫하고 자제했으나 이제 자제력을 잃고 감정을 드러낸다.

로 어깨를 으쓱 털고, 양심의 가책을 모두 침묵시키고 불안을 모두 극복하려고 이따금 남몰래 중얼거리기나 했습니다. '메리앤이 좋은 사람과 결혼한다는 소식을 들으면 흔쾌히 기뻐해줄 거야.'―하지만 이 쪽지를 받고 나 자신을 더 잘 알게 되었지요. 메리앤이 세상 어느 여자와도 견줄 수 없이, 저에게는 그저 한없이 소중한 사람이라는 걸, 그런데 제가 그런 사람에게 차마 못할 짓을 했다는 실감이 덮쳐온 겁니다. 하지만 하필 그때는 이미 미스 그레이와의 혼인이 완전히 결정된 직후였어요. 혼사를 무르는 건 불가능했습니다. 그러니 제가 할 수 있는 일은 두 분을 피해 다니는 것뿐이었지요. 메리앤에게는 묵묵부답으로 일관했고요. 그런 식으로 더는 괜한 관심을 끌지 않으려 했던 겁니다. 한동안 버클리 스트리트는 방문하지 않으리라 단단히 결심하기까지 했습니다―그러다 결국, 차라리 그냥 초연하고 평범한 지인인 양 행동하는 편이 현명하겠다는 판단하에, 어느 아침 여러분 모두가 외출하는 모습을 지켜보다가 이제 안전하다고 생각하고 가서 제 이름으로 방문 카드를 남겼던 겁니다."

"우리가 모두 집에서 나가는 걸 지켜보았다고요!"

"그렇게까지 했습니다. 제가 얼마나 자주 두 분을 지켜보았는지, 얼마나 자주 두 분과 마주칠 뻔했는지, 마차가 지나갈 때면 두 분 눈에 띌까봐 얼마나 많은 가게들에 들어갔는지 알면 놀라실 겁니다. 본드 스트리트에 제 거처가 있다보니 두 분 중 하나라도 못 보고 지나치는 날이 거의 없다시피 했어요. 제가 한시도 경계를 늦추지 않은 채로 망을 보고, 초지일관 두 분의 눈에 결코 띄어선 안 된다는 집요한 열망에 불타지 않았다면, 우리가 그토록 오래도록 한번 마주치지도 않고 지낼 수는 없었을 겁니다. 미들턴 부부도 최대한 피해 다녔고, 다른 공통의 지인들도 마찬가지였지요. 하지만 존 경이 런던에 와서 지내고 있다는 걸 모르고 그만 실수를 해버린 거예요. 제가 알기로는, 그들이 런던에 입성한 첫날이었고 제가 제닝스 부인 댁을 방문한 다음 날이었을 겁니다. 존 경이 저를 파티에 초대하더군요. 저녁에 집에서 무도회를 연다면서요. 그분이 저를 꼬드기려는 식으로 미스 대시우드 자매들도 올 거라는 말을 던지지 않았어도, 당연히 두 분이 오실 것을 확신하고 근처에 얼씬도 하지 않았을 테지만요. 다음 날 아침 메리앤으로부터 쪽지가 한 통 더 왔어요―여전히 다정하고 솔직하고 꾸밈없고 허심탄회했는데―이 모든 것들로 인해 제 처신이 끔찍하게 혐오스러워지고 말았습니다. 차마 답장을 보낼 수는 없었어요. 노력은 했는데―한 문장도 써지지 않더군요. 하지만 하루 온종일 매시 매분 매초 메리앤 생각만 했습니다. 저를 불쌍히 여길 수 있으시다면, 미스 대시우드, 그때 제가 처해 있던 상황을 측은히 여겨주십시오. 내 머리와 심장은 동생분으로 그득한데, 다른 여자의 행복한 연인 노릇을 해야만 했으니까요!―그 삼사 주일이 단연 최악이었어요. 그러다가, 결국, 제가 말씀드릴 필요도 없겠지만, 두 분과 억지로 마주치게 되고야 만 겁니다. 제가 참 다정하게도 굴었겠습니다!―얼마나 번뇌로 어지러운 밤이었는지!―한쪽에서는 메리앤이 천사처럼 아름다운 모습으로, 그런 말투로 윌러비라 불러주는데!―

아, 하느님!—내게로 손을 뻗으며 수만 가지 말을 담은 그 고혹적인 눈으로 내 얼굴만 바라보며 해명을 청하는데!—다른 쪽에서는 소피아가 악마처럼 질투에 불타는 눈으로 이 모든 걸 다 보고 있었단 말입니다—하긴 뭐, 이젠 아무 의미도 없어요. 다 끝난 일이니까—대체 무슨 그런 밤이!—힘닿는 한 최대한 서둘러 두 분에게서 도망쳤지만, 이미 저는 보고 말았어요. 메리앤의 달콤한 얼굴이 죽음처럼 새하얗게 질리는 광경—그게 제가 본 마지막, 마지막 그녀의 모습이었습니다—제 눈에 담긴 마지막 모습이요. 소름 끼치게 무서운 모습이었어요!—하지만 오늘 메리앤이 정말로 죽어간다 생각하니, 이 세상에서 마지막으로 그녀를 본 사람들이 어떤 모습을 보았을지 이미 제가 정확하게 알고 있다는 생각이 어쩐지 위로가 되더군요. 메리앤의 모습이 제 눈앞에 선해서, 여기로 달려오는 내내 제 눈앞에서 똑같은 표정과 낯빛을 한 채로 한시도 사라지지 않았거든요.”

둘 다 생각에 잠기자 짧은 침묵이 이어졌습니다. 윌러비가 먼저 일어나면서 불쑥 말했습니다.

“자, 이제 더 지체하지 말고 가봐야겠습니다. 동생분은 확실히 나아졌지요? 이제 위중한 상태는 벗어난 거죠?”

“우리는 확실히 그렇다고 믿어요.”

“불쌍한 어머님도 말이지요!—메리앤을 그토록 애지중지 아끼시는데.”

“하지만 그 편지는요, 윌러비 씨. 직접 써서 보낸 그 편지, 그와 관련해서는 무슨 하실 말씀이 없나요?”

"있지요, 있습니다. 특히나 드릴 말씀이 있지요. 다음 날 바로 동생분이 또 편지를 보내왔다는 건 아시지요. 뭐라고 썼는지도 보셨고요. 그때 저는 엘리슨 씨 자택에서 조찬 모임을 하고 있었는데—숙소에서 온 다른 편지들과 함께 전달받았어요. 그런데 하필 소피아의 시선이 제 눈길보다 먼저 그걸 잡아낸 겁니다—편지의 규격, 우아한 편지지, 필체가 다 합쳐지면서 편지의 정체를 의심한 것이지요. 이전에 돌았던 막연한 풍문이 그 여자의 귀에까지 들어갔던 모양이에요. 제가 데번셔의 어떤 젊은 아가씨를 좋아한다고요. 그런데 전날 밤 눈앞에서 벌어지는 사태를 목도하고 여자의 정체가 확실히 드러나자 이제 초유의 질투심에 사로잡힌 겁니다. 그래서 짐짓 장난스럽게 애교를 떨면서 그 자리에서 편지를 뜯어 내용을 읽은 거예요. 사랑하는 여자가 그랬다면 예뻐 보였겠습니다만. 소피아는 주제넘은 짓에 제대로 대가를 치렀지 뭡니까. 읽자마자 자기도 비참한 심정이 되어버렸으니. 비참한 심정이야 저도 참아줄 수 있었겠지만, 그 격한 감정—그 악감은—무슨 수를 써서라도 반드시 달래서 가라앉혀야만 했습니다. 간단히 말씀드리자면—제 아내의 편지 문체를 어떻게 생각하십니까?—섬세하고—다정하고—참으로 여성스럽지요—그렇지 않습니까?"

"부인이라고요!—그 편지는 윌러비 씨 당신의 필체였는데요."

"그래요. 하지만 제가 한 일은 서명하기에도 부끄러운 문장들을 비굴하게 받아쓴 것밖에 없습니다. 원본은 모두 아내의 작품이지요—제 아내가 생각해낸 행복한 내용과 부드러운 문체였어요. 하지만 제가 뭘 할 수 있었을까요?—우리는 약혼한 사이였고, 모든 준비가 진행 중이었던 데다 날짜도 거의 확정되었는데요—그나저나 제가 바보 같은 소리를 하고 있네요. 준비라니!—날짜라니!—정직한 말로 바꾸자면, 저에게는 그 여자의 돈이 꼭 필요했고, 저처럼 궁지에 몰린 사람은 관계의 결렬을 막기 위해서라면 못 할 일이 없는 법입니다. 그래서 아무튼, 그 편지가 뜻하는 제 인성을 메리앤과 친구분들은 어떻게 받아들이셨으려나요? 제가 보낸 답장을 어떤 말로 논하셨습니까?—틀림없이 단 하나의 결론으로 귀결되었겠지요. 제 목적은 스스로 양아치임을 공언하는 것이었고, 그 방법이야 고개 숙여 절하며 말하든 고래고래 소리를 치든 별로 중요하지 않았지만요—'이제 그분들 눈에 나는 영영 완전히 개차반이 되었구나—저는 마음속으로 혼자 중얼거렸습니다—영원히 그들과 어울릴 수 없을 테고, 어차피 그분들은 나를 원칙도 모르는 인간이라고 생각하고 계셔. 이 편지는 다만 답이 없는 불한당이구나 확신하게 만들 뿐이지.' 제 논리는 그런 식이었어요. 뭐랄까, 절망적인 방기 상태에 빠진 채로 저는 아내가 불러주는 대로 받아썼고, 그렇게 메리앤의 마지막 잔재와 이별했습니다. 메리앤이 보낸 세 통의 쪽지는—불행히도 제 지갑에 들어 있었습니다. 그렇지 않았으면 아예 없다고 시치미를 떼고 영원히 소중히 간직했을 텐데—억지로 내어줘야 했고 키스조차 하지 못했어요. 그리고 머리칼—그것도 그 지갑에 넣어 항상 지니고 다녔는데, 부인께서 끔찍하게 징그러운 애교를 떨면서 샅샅이 수색을 하시는 바람에—소중한 머리칼이—전부 다, 모든 추억의 증표가 제게서 찢겨 나가고 만 겁니다.”

“윌러비 씨, 아주 잘못하시는 거예요. 크게 비난받을 행동을 하셨어요.” 엘리너가 말했어요. 하지만 의도와는 달리 그 목소리에는 공감과 연민의 감정이 역력했지요. “이런 식으로 말씀하시면 안 돼요. 윌러비 부인께도, 제 동생에게도요. 스스로 선택을 하신 거니까요. 강제로 누가 시킨 건 아니잖아요. 적어도 부인께서는 당신에게 정중한 태도와 존중을 요구할 권리가 있어요. 부인은 당신에게 애정이 있는 게 분명해요. 그렇지 않다면 결혼하지 않으셨을 거니까요. 부인에게 매몰차게 굴고 부인을 깎아내리는 언사를 한들 그게 메리앤에게 속죄하는 일이 되지는 않아요—아무리 생각해도 당신의 양심에 위로가 될 것 같지도 않고요.”

“아내 얘기는 하지 말아주십시오.” 그는 무겁게 한숨을 토하며 말했습니다—“미스 대시우드의 동정심이 아깝습니다—결혼할 때부터 내가 자기한테 아무 관심도 없다는 걸 알았으니까요—뭐, 아무튼 우리는 결혼을 했고, 행복하게 살려고 쿰매그나로 갔고, 다음에는 흥청망청 즐기러 런던으로 왔습니다—이제 저를 불쌍히 보아주시겠습니까, 미스 대시우드?—아니면 구구절절 이 모든 얘기를 늘어놓은 게 아무 보람도 없는 건가요?—당신이 보시는 저는 이제—지극히 미미한 정도라도—예전보다는 죄가 덜한 인간이 되었을까요?—제 의도가 내내 한결같이 그릇된 것은 아니었으니까요. 제 죄가 일부라도 이 해명으로 씻겨나간 걸까요?"

"네, 분명 뭔가를 덜어내긴 하셨어요—조금은요—전체적
으로, 제가 전에 생각했던 것보다는 잘못이 적다는 걸 스스로
증명하셨지요. 심성도 조금은, 아니, 훨씬 덜 사악하다는 걸
입증하셨고요. 하지만 잘 모르겠네요—당신이 초래한 불행은
—어쩌다 상황이 그렇게 악화됐는지는 도저히 모르겠어요."

"동생분이 건강을 회복하면 제가 들려드린 이야기를 그대
로 전해주시겠습니까?—미스 대시우드뿐 아니라 메리앤으로
부터도, 조금은 가벼운 평가를 얻도록 허락해주십시오. 메리
앤은 이미 저를 용서했다고 말씀하셨지요. 제 심정과 지금 느
끼는 제 감정을 그녀가 더 잘 알게 된다면, 한층 더 자연스럽
고 순수하면서도 온화한, 그리고 덜 엄격한 용서의 감정이 우
러날 거라고 저는 믿고 싶습니다. 제 불행과 참회의 이야기를
전해주세요—제 심장은 한 번도 그녀를 배신한 적이 없다고,
그리고 마음이 내키신다면, 이 순간마저도 메리앤은 그 어느
때보다 더 저에게 소중한 사람이라고요."

"당신의 입장을 변호할 수 있는 얘기에서 비교적 꼭 필요한
말을 골라 전해주겠어요. 하지만 지금 하필 이렇게 찾아오신
이유도, 제 동생이 아프다는 얘기를 어떻게 들으셨는지도 아
직 설명을 안 해주셨네요."

"어젯밤에 드루리 레인 극장 로비에서, 존 미들턴 경과 우
연히 마주쳤습니다. 제가 누군지 알아보더니—두 달 만에 처
음으로—말을 걸어오더군요—결혼한 후로 그 사람이 저와
연을 끊었다는 걸 눈치챘지만 놀랍지도 원망스럽지도 않았습

니다. 하지만 지금, 그 성격 좋고 솔직하고 털털한 호인이 저한테 치미는 분노와 동생분에 대한 걱정으로 여념이 없는 나머지, 충동을 물리치지 못하고 발설해버린 것이지요. 제가 그 얘기를 들으면 틀림없이 끔찍하게 괴로워하리라는 걸 알았으니까요—아니, 오히려 제가 괴로워할 사람도 아니라고 여겼을 공산이 크군요—그래선지 존 경은 거두절미하고 퉁명스럽게 말하더군요. 메리앤 대시우드가 클리블랜드에서 악성 열병에 걸려 죽어가고 있다고요. 그날 아침 제닝스 부인이 보낸 편지에서, 죽음이 코앞에 닥친 위중한 상태라고 했다고—파머 가족은 병이 옮을까 무서워 모두 피난을 갔다는, 뭐 그런 얘기였습니다—충격이 너무 커서 아무리 눈치 없는 존 경 앞에서조차 도저히 감정도 없는insensible 냉혈한으로 보이게 행동할 수가 없었어요. 제 심장이 겪는 고통을 보고 그도 마음을 누그러뜨리더군요. 악감정마저 상당히 해소되어서, 헤어질 때는 하마터면 악수를 할 뻔했답니다. 사냥개 새끼를 나눠 준다고 한 약속은 잊지 말라고 하더군요. 아무튼 동생분이 죽어간다는 얘기를 들었을 때 제가 느낀 감정이란—그것도 제가 지상 최악의 악한이라고 믿으면서, 마지막 순간 저를 경멸하고 증오하며 죽을 거라 생각하니—의도적으로 유혹했다고, 그런 흉측한 계략마저 꾸밀 수 있는 인간이라 생각할 수도 있잖습니까?—저를 무슨 짓이든 서슴지 않을 악당으로 여겨 마땅한 단 한 사람인데—그때 제가 느낀 감정은 정말 끔찍했습니다!—저는 곧바로 결단을 내리고 오늘 아침 8시에 마차에 올랐고요. 이제 미스 대시우드는 모든 걸 다 아시는 겁니다.”

엘리너는 대답하지 않았어요. 너무 이른 상속으로 인한 경제적 독립과 그에 따른 방탕한 습관, 향락과 사치가 한 남자의 정신, 성격, 행복에 어떤 피해를 끼쳤는지, 생각이 소리 없이 머무르며 떠나지 못했거든요. 모든 면에서 특출한 외모와 재능에다 타고나길 호방하고 솔직한 성격, 감정이 풍부하고 정 많은 성정마저 겸비한 사람인데. 세상이 그를 낭비벽과 허영에 찌든 인간으로 만들어버린 거예요—낭비벽과 허영은 그를 무정하고 이기적인 인간으로 만들었고요. 허영은 타인을 제물로 삼아 죄 많은 승리를 추구하다가 그를 참된 애착으로 끌어들였지만, 그 애착은 낭비벽, 아니면 적어도 낭비벽이 낳은 자식인 궁핍에 희생 제물로 바쳐질 수밖에 없었던 것이지요. 그 성격적 결함 하나하나가 그를 악으로 이끌면서 또한 형벌로 몰고 갔어요. 겉으로는 명예를 내버리고 감정을 거스르고 더 선한 온갖 사람들을 물리치면서 애착을 떼어내어버렸지만, 허락받지 못할 금기가 된 지금 그 애착은 그에게로 다시 돌아와 머릿속 생각을 남김없이 지배하게 된 거예요. 그는 정략결혼을 위해 동생을 비참한 슬픔 속에 거침없이 버리고 떠났지만, 보아하니 그 정략결혼이 훨씬 더 치유하기 어려운 고질적인 불행의 원천이 될 것 같았어요. 몇 분쯤 이런 생각에 잠겨 있던 엘리너는, 아마도 못지않게 고통스러울 상념에 빠져 있던 윌러비가 정신을 차리고 벌떡 일어나 떠날 채비를 하자 문득 깨어나 현실로 돌아왔어요.

"여기 계속 머물러 있어도 좋을 게 없겠지요. 이만 가야겠습니다."

"다시 런던으로 가시나요?"

"아니—쿰매그나로 갑니다. 거기 볼일이 있어서요. 하루이 틀 후 거기서 런던으로 갈 겁니다. 안녕히 계십시오."

그는 손을 내밀었습니다. 엘리너는 내미는 손길을 차마 거절할 수 없어서 손을 잡았지요—그는 다정하게 그 손을 꾹 힘주어 붙잡았습니다.

"그럼 저를 전보다 조금은 나은 사람이라 생각하시는 거죠?" —월러비는 그 질문을 툭 떨어뜨리고는, 가야 한다는 걸 깜박 잊은 사람처럼 벽난로에 몸을 기댔습니다.

엘리너는 그렇다고 재차 말해주었어요—용서한다고, 가엾게 여기고, 다 잘되길 바란다고—심지어 진심으로 행복을 빈다고요—그리고 행복을 찾을 확률이 높은 행실에 관해 몇 마디 부드러운 조언을 곁들였지요. 돌아오는 대답은 그리 희망차지 않았지만요.

"그 문제라면 할 수 있는 한 험한 세상을 헤치고 살아가야겠지요." 그가 말했습니다. "가정에서의 행복은 불가능하니까요. 하지만 미스 대시우드와 가족분들이 제 운명과 행동에 관심을 두실 거라 생각해도 괜찮다면, 그걸 수단으로 삼을 수도 있겠군요—그 생각을 하면 행실을 조심하게 될지도 모르겠습니다—적어도 살아갈 이유를 줄 테니까요. 분명한 건, 메리앤은 이제 저에게서 영원히 떠나갔다는 겁니다. 혹시라도 축복할 만한 기회가 생겨 제가 자유의 몸이 된다면."——

엘리너는 그의 말허리를 끊고 꾸짖었어요.

"아무튼, 한 번 더 작별 인사를 고합니다."—그가 대답했습니다—"이제 멀리 떠나가서, 혹시라도 단 하나의 사건이 일어날까 두려워하며 살아야겠군요."

"무슨 말씀이세요?"

"동생분의 결혼 말입니다."

"아주 잘못 짚으셨어요. 당신은 이미 그 애를 영영 잃었으니, 지금보다 더 큰 상실이 되지는 않을 텐데요."

"하지만 다른 누군가가 얻어서 자기 사람으로 삼겠지요. 그 누군가가, 하필 그 많은 사람 중에, 제가 도저히 참아줄 수 없는 그 사람이라면—하지만 더 머무르다가는 제가 가장 크게 상처 입힌 사람인데도 그 사람을 누구보다 용서할 수 없다는 걸 드러내서 어렵게 얻은 공감과 호의를 다 잃게 되겠군요. 안녕히 계십시오—신의 가호가 있기를."

이 말을 남기고 나서, 그는 거의 뛰쳐나가다시피 방을 떠났습니다.

9

엘리너는, 그가 떠나고 나서도 한참을, 그가 탄 마차 소리가
잦아들어 사라진 후에도 한참 동안 그 자리에 남아 있었습니
다. 수많은 상념이 숨 막히게 가슴을 짓눌러 너무나 답답했어
요. 따로 떼어놓고 보면 서로 전혀 다른 생각들이었지만 모두
가 하나같이, 심지어 동생에 대해서조차 생각하지 못할 정도
로 결국은 슬픔으로 귀결되었어요.

 윌러비, 삼십 분 전만 해도 누구보다 무가치한 남자라고 여
기고 진저리 나게 싫어했던 그 윌러비인데, 너무나 많은 잘못
을 저지르긴 했지만 그 대가로 치르는 고통을 보니 그래도 가
여워서 마음이 아파왔지요. 이 연민의 마음 덕분에 엘리너는
이제 윌러비를 가족과 무관한 남으로 보게 되었고, 애틋함과
안타까움도 느낄 수 있게 되었어요. 마음속으로 금세 깨달았
다시피―그 감정은 그가 지닌 실제 장점에서 온 게 아니라 그
의 바람에서 나온 마음이었지만요. 엘리너는 자기 마음이 이

렇게까지 휘둘리는 데는, 이성적으로 무게를 두어선 안 되는 정황들이 크게 작용했다는 느낌을 받았어요—그 사람의 비상하게 출중한 외모라든가, 더는 장점으로 보이지는 않지만 소탈하고 정 많고 활기찬 매너 같은 거요. 게다가 이제는 품고 있는 것만으로도 무결하다고 평가받지 못할, 메리앤을 여전히 열렬히 사랑하는 마음까지도요. 하지만 엘리너는 윌러비가 휘저은 마음을 가라앉힐 때까지는 아주, 아주 오랜 시간이 지나야 할 것 같다고 느꼈답니다.

그러다 마침내 아무것도 모르고 자는 메리앤에게로 돌아가 보니 동생이 이제 막 깨어난 참이었어요. 엘리너의 바람에 모자람 없이 길고 단 잠을 푹 자고 개운하게 일어났지요. 이제 더는 아무것도 바랄 게 없었어요. 과거, 현재, 미래, 윌러비의 방문, 무탈한 메리앤, 임박한 어머니의 도착, 이 모든 일이 어우러져 크게 흥분한 엘리너는 기운이 펄펄 샘솟아 피곤한 기색마저 싹 가셨고, 이제 걱정거리라곤 동생에게 어지러운 속내를 감추지 못할까봐 두려운 마음 하나였지요. 그러나 두려워할 겨를도 별로 없었어요. 윌러비가 떠나고 삼십 분도 못 되어 또 마차가 들어와서 아래층으로 불려 내려갔거든요—불필요한 그 끔찍한 불안감에서 어머니를 한시라도 빨리 구해주고 싶은 마음이 앞서 엘리너는 곧바로 복도로 달려 내려갔고, 시간을 딱 맞춰 대문에 도착한 덕에 때마침 집으로 들어오는 어머니를 맞아주고 부축할 수 있었습니다.

저택이 점점 가까워지면서 이제 메리앤은 세상에 없다는 믿음이 거의 확신에 가까워졌기에, 대시우드 부인은 목소리가 아예 나오지 않아 메리앤의 상태를 묻지도, 엘리너에게 인사를 건넬 수도 없었어요. 하지만 엘리너가, 인사도 질문도 필요없게끔 곧바로 기쁜 소식으로 안심시켜주었습니다—어머니는 늘 그렇듯 온도 높은 감정으로 이 소식에 반응했고, 이전에 공포에 압도되었던 만큼 한순간에 밀물처럼 밀려오는 행복도 감당해내지 못했어요. 딸과 친구의 부축을 양쪽에서 받으며 응접실에 들어가야 했지요—그제야 기쁨의 눈물이 흘러내렸고, 아직도 말은 나오지 않았지만 부인은 엘리너를 안고 또 끌어안았으며, 그러다 간간이 브랜던 대령을 돌아보곤 했는데, 그 표정은 감사를 전하는 동시에 이 순간의 환희를 똑같이 나누고 있다고 확신하고 있었습니다. 대령은 그 감정을 목소리를 내지 못하는 부인보다 더 깊은 침묵으로 함께 나누었습니다.

대시우드 부인은 정신이 들고 몸을 좀 가눌 수 있게 되자, 제일 먼저 메리앤을 보고 싶다고 했지요. 이 분 후 부인은 사랑하는 자식과 함께 있게 되었습니다. 부재, 불행, 위험을 겪은 탓에 어느 때보다도 귀하고 소중해진 자식이었지요. 이 만남으로 각자의 감정에 사로잡힌 둘을 지켜보던 엘리너가 흥분하지 않고 마음을 다잡은 이유는 오직 하나, 메리앤이 더 잠들지 못할까봐 걱정되었기 때문이에요—하지만 대시우드 부인은 딸의 목숨이 달려 있는 일이었기에, 침착하고 신중하게 조심할 수 있었지요. 그리고 메리앤은 어머니가 곁에 있다는 데 만족한 데다 기력이 없어 대화를 나눌 수는 없다는 것도 알았기에, 자신을 돌봐주는 모든 주변 사람의 조언에 순순히 따

라 조용히 있었답니다. 대시우드 부인은 밤새 딸의 곁을 지켜
야겠다고 고집했고, 어머니의 간청을 꺾지 못한 엘리너는 잠자
리에 들었어요. 그러나 한잠도 자지 못하고 하룻밤을 꼬박 새
웠고 사람을 기진하게 만드는 불안에 수 시간을 시달렸으니
이제 휴식이 꼭 필요할 듯도 싶은데, 흥분해 감정이 요동친 나
머지 잠이 오지 않았어요. 윌러비, 이제 '가엾은 윌러비'라 불
러도 된다고 스스로 허락한 그 윌러비를 엘리너는 계속 생각
하지 않을 수가 없었어요. 세상 무슨 일이 있대도 윌러비의 변
명을 들어줄 맘이 없었건만, 이제는 그토록 그를 가혹하게 단
죄했던 자신을 질책했다가 용서하기를 반복하고 있었지요. 그
러나 동생에게 그 이야기를 전해주겠다는 약속은 변함없이
고통스러웠습니다. 그 얘기를 한다는 것도 무섭고, 그 얘기를
들은 메리앤이 어떤 반응을 보일지도 두려웠으며, 그런 해명
을 들은 메리앤이 앞으로 과연 다른 사람과 행복해질 수 있을
까 생각하면 그조차 의심스러웠거든요. 찰나의 순간이지만 윌
러비가 홀몸이 되면 좋겠다는 생각마저 스쳤지요. 그러다 브
랜던 대령을 기억해내고 자기 자신을 꾸짖었어요. 경쟁자보
다는 대령의 고통과 대령의 일편단심이야말로 동생에게 보상을
받아 마땅하다 느꼈고, 다른 소원은 다 빌어도 윌러비 부인의
죽음만은 바라지 않기로 했습니다.

브랜던 대령이 바턴으로 향한 까닭인 전언이 대시우드 부
인에게 충격을 그나마 덜 주었던 건, 부인이 일찌감치 불안감
을 느끼고 경계를 늦추지 않았기 때문이에요. 메리앤을 생각
하면 마음이 주체할 수 없이 불안해서, 이제 더는 소식만 기다

리지 않고 바로 그날 클리블랜드로 출발하려고 이미 결심하고 있었거든요. 심지어 대령이 도착하기 전에 여행을 확정하고는 이제나저제나 캐리 부부가 마거릿을 데리러 오기만 기다리고 있었답니다. 아무래도 감염 위험이 있는 곳으로 막내딸을 데리고 가는 건 꺼려져서요.

메리앤은 매일매일 나아졌고, 대시우드 부인은 자신이 세상에서 가장 행복한 여자라고 입버릇처럼 말하면서 찬란하게 명랑한 표정과 활력으로 자신의 선언을 증명했답니다. 엘리너는 어머니의 공언을 듣고 그 증거들을 볼 때마다, 어머니의 기억 속에 에드워드는 아예 없는 걸까 궁금해지곤 했어요. 하지만 대시우드 부인은 엘리너가 편지에 실연 이야기를 무덤덤한 어조로 써 보낸 것을 다 믿었기에, 흘러넘치는 자기 기쁨에 휩쓸리다 못해 그저 그 기쁨을 크게 키울 생각만 하고 있었던 거예요. 메리앤이 사경을 헤매다 살아 돌아온 데는 윌러비와의 불행한 연애를 부추긴 자신의 오판 탓이 컸다는 느낌이 들기 시작한 터였거든요—더욱이 부인은 메리앤의 회복에서 엘리너가 생각지 못한 다른 경사를 기대하고 있었어요. 단둘이 이야기를 나눌 기회가 생기자마자 부인이 딸에게 그 이야기를 이렇게 털어놓았어요.

"이제야 드디어 우리 단둘이 남았네. 우리 딸 엘리너, 네가 아직 모르는 엄마의 행복이 있단다. 브랜던 대령님이 메리앤을 사랑한다는구나. 나한테 직접 그렇게 말씀하시더라."

큰딸은 기쁘다가도 슬프고 놀랍다가도 놀랍지 않아서, 아무 말 없이 가만히 귀를 기울였습니다.

"정말 엄마를 하나도 안 닮았지, 우리 엘리너는. 안 그랬다면 지금 이렇게 평온한 너를 이상하게 생각했을 거야. 우리 가족에게 좋은 일이 뭘까 앉아서 소원을 빌라고 했다면, 브랜던 대령님이 너희 중 하나와 결혼하는 걸 가장 바란다고 콕 짚어 이야기했을 거란다. 그런데 엄마는 둘 중에는 메리앤이 대령님과 결혼하면 누구보다 행복하게 잘 살 것 같구나."

엘리너는 반쯤은, 그렇게 생각하시는 이유가 뭐냐고 물어보고 싶었어요. 두 사람의 나이, 성격, 감정을 사심 없이 공정하게 고려한 근거는 하나도 대지 못하실 거라고 자신했거든요―하지만 어머니는 원래 흥미로운 주제가 있으면 상상의 나래를 펴고 훨훨 날아가는 분이니, 엘리너는 캐묻는 대신 그저 미소만 지었을 뿐이에요.

"어제 우리가 여행하는 동안 대령님이 내게 온 마음을 열어 보여주셨어. 자기도 알지 못하는 사이에, 전혀 의도하지 않았건만 불쑥 튀어나온 거지. 너도 당연히 짐작이 가겠지만, 난 오로지 우리 딸 이야기 말고는 다른 어떤 이야기도 할 수가 없었거든―그런데 그분이 미칠 듯 걱정되는 마음을 못 숨기시더라. 엄마인 나 못지않게 간절한 마음이라는 걸 알 수 있었어. 그러자 아마 세상 사람들이 생각하듯 단순한 우정이라면 그런 절박한 공감을 설명할 수 없다고 생각했는지―아니면 전혀 아무 생각도 하지 않았을지도 모르겠다만―불가항력의 감정에 항복하시고는 열렬하고 애틋하고 변함없이 메리앤을 사랑한다고 내게 마음을 터놓았단다. 엘리너, 그분은 처음 본 순간부터 메리앤을 사랑했대."

하지만 이 말에서 엘리너가 간파한 건—브랜던 대령의 말도 고백도 아니고, 어머니의 왕성한 상상력이 사실을 멋대로 골라 자기 마음에 들게 미화하고 있다는 점이었지요.

"대령님의 마음은, 실제로 느꼈는지 다 거짓이었는지도 모를 윌러비의 감정보다 훨씬 더 열렬하고 훨씬 진지하달까 충실하달까—뭐라고 불러야 하려나—아무튼 우리 메리앤이 안타깝게도 그 일고의 가치도 없는 청년한테 홀딱 반했다는 걸 다 알면서도 변하지 않았으니 말이야!—이기심도 없이, 희망을 품을 여지도 주지 않았는데!—다른 남자와 행복하게 사는 메리앤을 지켜볼 수도 있었겠지—그런 고귀한 마음으로는 말이야!—어쩜 그리 진솔하고도 진지한지!—그분이라면 아무도 기만하지 않을 거야."

"브랜던 대령님의 인격이 훌륭하시다는 건, 확실히 입증된 사실이에요." 엘리너가 말했습니다.

"나도 안단다."—어머니가 진지하게 대답했어요. "지난번 일로 크게 경각심을 갖게 된 마당에, 내가 웬만해서 그런 애정을 부추기거나 기분 좋다고 으쓱하겠니. 하지만 그렇게 적극적으로, 그렇게 선뜻 우정을 발휘해 나를 데리러 와준 것만 봐도, 세상에 흔치 않게 훌륭한 남자라는 증거가 되고도 남지."

"그렇긴 한데 그분의 인격은, 한 번의 선행으로 입증된 게 아니에요. 메리앤을 사랑하는 마음만으로도 당연히 그리하셨을 테지만, 그냥 보편적인 인간애를 지니기만 한 분은 아니세요. 제닝스 부인과 미들턴 가족도 대령님과 오래도록 절친한 벗으로 지내왔는데, 모두가 똑같이 대령님을 존경하고 사랑하신답니다. 저는 최근에 그분을 알게 됐지만, 제가 아는 바로 보아도 아주 훌륭한 분이세요. 정말 높이 평가하고 귀하게 여기는 분이라, 메리앤이 그분과 행복할 수 있다면 저도 그 인연을 세상 최고의 축복이라 여길 거예요. 그래서 어머니는 뭐라고 답을 드리셨어요?—희망을 품어도 좋다고 언질을 주셨나요?"

"아! 이런, 그때는 그분에게도 내게도 희망을 입 밖에 낼 계제가 아니었단다. 메리앤이 그 순간 죽어가고 있을 수도 있는데 말이야. 하지만 그분은 희망이나 격려를 청하지 않았어. 마음을 달래주는 벗에게 저도 모르게 털어놓은 고백이고 억누를 수 없는 감정의 분출이었지—부모에게 청혼을 한 건 아니란다. 하지만 시간이 좀 지난 후엔, 처음에 너무 정신이 없어서 못 한 얘기를 하긴 했어—나는 그 애가 반드시 살 거라 믿는다고, 그 애가 살아난다면 두 사람의 결혼을 돕는 것만큼 큰 행복은 다시 없을 거라고 했지. 그리고 여기 오고 나서, 안심해도 좋다는 기쁜 소식을 듣고 나서, 다시 한번 대령님에게 제대로 얘기했지. 내가 해줄 수 있는 격려의 말은 다 해드렸어. 시간이, 아주 조금만 시간이 흐르면, 모든 게 해결될 거라고—메리앤은 윌러비 같은 남자한테 자기 마음을 헛되이 쏟지 않을 거라고—대령님의 미덕으로 곧 그 마음을 차지하게 될 거라고 말이야."

"하지만 대령님은 기운이 없으시던데, 그런 말을 들어도 아직 어머니처럼 낙관하지 못하시나봐요."

"맞아—메리앤의 애착은 뿌리가 너무 깊어서 오랜 시간이 흘러도 변하지 않으리라 생각하더구나. 행여 메리앤의 마음이 다시 자유로워지더라도 나이차도 많고 성격도 많이 다른데 자기를 좋아하겠느냐면서 자신이 없더라고. 하지만 그건 아주 잘못 생각한 거야. 그분이 인격과 원리원칙을 흔들림 없이 정립했으니 그 정도 나이 차이야 오히려 이점이 되면 되었지─ 그리고 대령님의 성격은 네 동생을 행복하게 해주기에 딱 좋다니까, 엄마가 확신해. 외모나 매너도 다 장점이고. 편파적으로 기울어서 내가 눈이 먼 건 아니야. 물론 윌러비처럼 잘생긴 미남은 아니지─하지만 한편으로는, 훨씬 더 기분 좋은 인상을 주는 얼굴이라니까─가끔 윌러비의 눈을 볼 때면─네가 기억할지 모르겠는데─어딘가 엄마 마음에 들지 않는 구석이 있다고 했잖니.”

엘리너는 전혀 기억나지 않았지만─어머니는 딸의 동의를 기다리지 않고 계속 말을 이었어요.

“게다가 매너로 말하자면, 나는 대령님의 매너가 윌러비와는 비길 수도 없이 훨씬 마음에 들어. 그뿐만 아니라 내가 잘 아는데 그런 유가 메리앤하고는 훨씬 더 잘 어울린다니까. 신사답고, 다른 사람을 진심으로 배려하고, 남자답게 꾸밈없이 단순 명료한 게 메리앤의 진짜 성정과 훨씬 잘 맞고─활기차지만 종종 작위적으로 구는 데다 때도 제대로 못 맞추던 다른 쪽 그 남자보다 낫지. 나는 이제 믿어 의심치 않아. 실제로는 전혀 그렇지 않았던 게 증명되기 했지만, 윌러비가 정말 보기만큼 사랑스러운 사람이었다 해도, 메리앤이 그 사람과 결혼해서 그리 잘 살았을 것 같지 않아. 브랜던 대령님과 결혼하면 훨씬 잘 살 거야."

부인은 잠시 말을 멈추었어요—딸은 어머니의 생각에 딱히 동의할 수 없었지만, 반대 의견을 입 밖에 내진 않았고 따라서 어머니의 기분도 상하지 않았어요.

"델라퍼드[1]에 살면, 나하고 왕래하기도 쉬운 거리고." 대시우드 부인이 덧붙였지요. "내가 바턴에 머물러 살더라도 말이야—게다가 마을이 크다고 하니, 아마도 근처 어딘가에 지금 우리 살림살이에 적당한 작은 집이나 코티지가 있을 수도 있겠지."

가엾은 엘리너!—여기 그녀를 델라퍼드로 데리고 가려는 또 다른 계획이 세워지고 말았네요!—하지만 엘리너는 기가 꺾이긴커녕 완강하게 씩씩하기로 마음먹고 있었어요.

"재산도 많잖니!—우리 나이쯤 되면 누구나 돈 걱정을 하니까—사실 나는 그분 재산이 얼마나 있는지도 잘 모르겠고 굳이 알고 싶지도 않지만, 틀림없이 넉넉할 거야."

이때 제삼자가 들어오는 바람에 대화는 끊겼고, 엘리너는 물러나 혼자서 이 일을 되짚으며 곰곰 생각해보았습니다. 친구의 성공을 바라면서도, 윌러비를 생각하면 마음 한편이 저릿하게 아파왔어요.

1 브랜던 대령의 집이 있는 델라퍼드는 도싯셔의 서부에 위치한다. 도싯셔는 데번셔 동쪽에 인접해 있고 바턴은 데번셔의 동쪽에 있으므로, 델라퍼드와 바턴은 서로 쉽게 오갈 수 있는 거리다.

10

앓은 병이 병이다보니 메리앤은 당연히 몸이 쇠했지만, 앓은 기간이 길지 않아 회복은 느리지 않았어요. 젊고 타고난 체력도 있고 곁에서 돌봐주는 어머니도 있으니 순조롭게 진행되었지요. 어머니가 도착한 지 나흘도 채 안 되어 메리앤은 파머 부인의 드레싱룸까지 움직여 나올 수 있었답니다. 메리앤은 어머니를 모셔온 은혜에 한시라도 빨리 벅찬 감사의 인사를 전하고 싶다며, 브랜던 대령을 그 방으로 초대해달라는 특별한 부탁을 전했습니다.

방에 들어가서 달라진 메리앤의 안색을 보고, 메리앤이 그를 보자마자 내민 창백한 손을 잡는 순간 복받쳐 치민 대령의 감정은, 엘리너가 짐작하기엔 단순히 메리앤을 향한 사랑 또는 그 사랑을 이제 다들 알고 있다는 의식 때문만은 아닌 것 같았어요. 뒤이어 얼마 후 동생을 보는 대령의 우울한 눈빛과 복잡 미묘하게 변하는 표정을 읽고, 엘리너는 참담한 슬픔에 젖은 과거의 숱한 장면들이 새삼스레 떠올랐기 때문이라는 걸 알게 되었어요. 메리앤과 일라이자는 원래도 닮았다고 했는데, 푹 꺼진 눈, 병색이 완연한 낯빛, 기력 없이 기대 누운 자세, 특별한 일을 해준 데 대한 열띤 감사의 인사말, 이런 것들이 두 사람의 닮은 점을 한층 두드러지게 강조한 것이지요.

대시우드 부인도 눈앞으로 흘러가는 감정을 딸만큼 잘 지켜보긴 했지만, 딸과는 아주 다른 영향력에 휘둘리는 마음의 소유자였기에 관찰의 결과는 아주 달랐고요. 부인은 대령의 언행에서 가장 단순하고 자명한 감각들로부터 우러나오는 것들만 읽어냈고, 메리앤의 말과 행동에서도 이미 감사 이상의 마음이 싹트기 시작했다면서 혼자 결론을 내려버렸답니다.

그 후로 하루이틀이 더 흐르자 메리앤은 반나절이 다르도록 눈에 띄게 건강해졌어요. 대시우드 부인은 본인의 뜻과 딸들의 소망을 앞세워 바턴으로 돌아가겠다고 이야기를 꺼내기 시작했지요. 부인의 결정에 나머지 두 친구의 행동도 달려 있었답니다. 제닝스 부인은 대시우드 가족이 머무는 동안에는 클리블랜드를 떠나지 못했고, 브랜던 대령 역시 부인만큼 불가결한 존재는 아니라도 모두의 청에 따라 순순히 클리블랜드에서 기거하기로 했던 거니까요. 이제 대령과 제닝스 부인은 한마음으로 대시우드 부인을 설득해서, 돌아가는 길에는 대령이 내주는 마차[1]를 쓰는 게 좋겠다고 했지요. 아픈 딸아

---

1 대령의 마차는 삼 인승인 셰즈여서 부인이 두 딸과 같이 여행하기에 적합하다.

이를 좀 더 편하게 데리고 갈 수 있으니까요. 그리고 대령은, 대시우드 부인과 제닝스 부인이 또 마음을 모아 부탁한 대로, 몇 주 후 코티지에 방문하면서 마차를 되찾아가겠다고 흔쾌히 약속했습니다. 제닝스 부인은 적극적이고 서글서글한 성격이라 본인뿐 아니라 남을 위해서도 우정과 환대를 아낌없이 베풀곤 하는 사람이었죠.

서로 헤어져 각자의 길을 가야 할 그날이 왔습니다. 메리앤은 제닝스 부인에게 지극히 세세하고도 긴 인사를 전했어요. 뜨거운 감사의 마음, 존경심과 친절한 소망을 가득 담은 그 기나긴 인사는 과거의 홀대를 남몰래 인정하고 진심에서 우러나온 듯 보였답니다. 그러고 나서 브랜던 대령에게 허물없는 친구로서 상냥한 인사를 전한 후 대령의 조심스러운 부축을 받으며 마차에 올라탔어요. 대령은 적어도 마차의 절반은 메리앤이 차지하고 가길 바라는 마음에 안절부절 마음을 졸였고요. 대시우드 부인과 엘리너가 뒤따라 마차에 올랐고, 나머지 사람들은 남아서 여행길에 오른 벗들에 대해 이야기를 하면서 지루해졌다고 투덜거렸어요. 그러다 제닝스 부인이 자기를 태울 셰즈가 왔다는 안내를 받고는 하녀와 이런저런 뒷얘기를 나누면서 젊은 친구들 둘과 헤어진 아쉬움을 달래러 떠났고요. 브랜던 대령도 곧바로 혼자 델라퍼드로 향했습니다.

대시우드 가족은 이틀을 길에서 보냈는데, 메리앤은 눈에 띄게 피로한 기색 없이 여행을 잘 버텼어요. 열과 성을 다한 사랑, 그리고 무엇 하나 놓치지 않고 메리앤을 편하게 해주려는 세심한 돌봄까지, 어머니와 언니는 각자 주의 깊게 할 수 있는 모든 일을 다 했고, 메리앤의 몸이 편안해지고 마음이 차분해지자 그것으로 모든 노고에 보답을 받았답니다. 메리앤의 마음이 차분히 가라앉은 게 엘리너에게는 특히 감사한 일이었어요. 수 주일에 걸쳐 지켜본 동생은 한시도 마음 편할 때가 없었거든요. 심장을 짓누르는 번뇌에 시달리면서도, 동생은 차마 말을 꺼낼 용기를 내지 못했고 그렇다고 강단 있게 철저히 숨기지도 못했지요. 그런 동생이 이제 누가 봐도 마음의 평정을 되찾은 모습을 보며 엘리너는 세상 그 누구와도 나눌 수 없는 기쁨에 젖었답니다. 동생의 평정심은 진지한 성찰의 소산이 분명했기에 반드시 자족과 명랑한 활기로 이어질 터였거든요.

아니나 다를까, 바턴에 가까워지고 눈에 띄는 들판과 나무마다 어떤 특별한, 어떤 가슴 아픈 회상을 불러내는 풍경으로 들어서자, 메리앤은 말수가 적어지며 깊은 생각에 잠겼고 가족의 눈을 피해 고개를 돌린 채 앉아서 창밖만 뚫어져라 쳐다보았습니다. 하지만 이때 엘리너는 동생을 의심하지도 탓하지도 않았어요. 마차에서 내리는 메리앤을 부축해줄 때도 동생이 울고 있다는 걸 알아챘지만, 그 감정은 너무나 자연스러운 것이기에 가감 없이 안쓰럽고 애처롭다 여길 수 있었지요. 조용히 눈에 띄지 않게 감정을 표출하는 태도 또한 칭찬해 마땅했고요. 그 후로 이어지는 동생의 처신을 보며, 엘리너는 합리적인 절제를 깨우치게 된 정신의 궤적을 추적할 수 있었습니다. 응접용 거실에 들어서자마자 메리앤은 결연하고 단호한 눈빛으로 방 안을 둘러보았는데, 윌러비와의 추억이 연결되어 있을 만한 모든 사물의 모습에 어서 익숙해져야 한다고 마음을 단단히 먹은 듯 보였어요—말을 많이 하지는 않았지만 입을 열 때는 늘 명랑한 모습을 목표로 두었고, 가끔 저도 모르게 입 밖으로 한숨이 새어 나오더라도 어김없이 곧 미소를 지어 상쇄하곤 했지요. 저녁을 먹은 후에는 피아노포르테를 쳐 보고 싶어했어요. 그런데 처음 눈에 띈 악보가 하필 윌러비가 메리앤을 위해 가져다준 오페라였지 뭐예요. 둘이 가장 좋아했던 이중창이 들어 있고, 겉표지에 그가 손글씨로 메리앤의 이름을 써준 악보였지요—그것만은 도저히 칠 수가 없었어요—메리앤은 고개를 젓고 악보를 치우더니 몇 분쯤 건반을 이리저리 쳐보다가 손가락에 힘이 없어서 안 되겠다면서 다시 피아노포르테 뚜껑을 덮었습니다. 하지만 그러면서 여전히 강단 있는 어조로, 앞으로는 연습을 많이 해야겠다고 선언했어요.

다음 날 아침에도 이런 긍정적인 예후들은 꺾이는 기색 없이 건재했답니다. 오히려 쉬고 나니 몸과 마음이 더 튼튼해져서, 표정에서도 말투에서도 훨씬 진심 어린 활력을 과시했지요. 마거릿이 돌아오면 너무 좋겠다고 기대하고, 그때는 소중한 가족 파티를 다시 할 수 있겠다고 기뻐하면서, 함께 할 일과 즐겁게 어울려 보내는 시간만을 유일하게 소망할 가치가 있는 행복으로 여겼지요.

"날씨가 평온해지고 나도 체력을 회복하면, 우리 같이 날마다 오래오래 산책하자. 저 구릉 끄트머리의 농장까지 걸어가서 애들이 어떻게 지내는지 보는 거야. 바턴크로스에 존 경이 새로 조성한 벌목용 삼림에도 가보고 애비랜드에도 가보자. 오래된 수도원 유적에도 자주 가서 수도원 건물 터가 있었다고들 하는 데까지 찾아서 가보고. 우리는 행복하게 살 거야. 내가 알아. 여름도 행복하게 흘러갈 거야. 그러니까 절대로 6시보다 늦게 일어나지 않고, 그때부터 저녁 먹을 때까지 시시각각 쪼개서 음악을 연주하고 책을 읽을 거야. 계획도 다 세운 데다 이제 진지하게 공부하는 과정을 밟을 작정이야. 우리 서재는 내가 워낙 속속들이 다 알아서 그냥 재미로 읽는 게 다잖아. 하지만 파크에는 읽을 가치가 있는 작품이 많이 있고, 내가 알기로 더 현대적인 작품들은 브랜던 대령님한테 빌릴 수 있을 거야. 하루에 여섯 시간만 독서를 해도 열두 달 후면 지금 내게 모자라다 느껴지는 공부를 꽤 많이 보충할 수 있을 거야."

엘리너는 이런 훌륭한 동기에서 비롯된 계획을 존중했어요. 한때는 극도로 무기력한 태만과 이기적인 속앓이를 유발했던 바로 그 똑같은 몽상이 이제는 이성적 수련과 도덕적 자기통제에 찬 계획으로 과도하게 몰고 가는 걸 보니 웃음이 나기는 했지만 말이지요. 하지만 엘리너의 미소는 곧 한숨으로 바뀌었답니다. 윌러비에게 한 약속을 아직 지키지 못했다는 생각이 떠올랐거든요. 그 이야기를 전해주면 괜히 메리앤의 마음이 또다시 크게 동요해 분주하고 조용하게 지내려는 이 근사한 계획이 적어도 당분간은 흐트러질까 걱정이 되었어요. 악영향의 시간을 어떻게든 미루고 싶었기에, 엘리너는 동생의 건강이 더 안정될 때까지 기다렸다가 다시 때를 살펴보기로 했답니다. 하지만 그 결심은 이내 깨어지고 말았어요.

메리앤이 집에 돌아온 후 이삼일쯤 되었을까, 병세가 그 정도 되는 환자도 밖에 나가볼 수 있을 만큼 날씨가 좋아졌습니다. 드디어 딸들의 소망과 어머니의 확신에 호소할 만한 온화하고 기운찬 아침이 도래한 거예요. 그래서 메리앤은 엘리너의 팔을 꼭 잡고 기대어서 피로하지 않을 만큼 집 앞 오솔길을 마음껏 걸어도 좋다는 허락을 받았답니다.

자매는 느린 발걸음으로 걷기 시작했어요. 앓아누운 후로 쇠약해진 메리앤은 아직 이런 운동을 해본 적이 없었으니까요. 이제 집에서 나와서 그 언덕의 전경이 보이는 지점까지만 가보았어요. 시선을 그 중요한 언덕 쪽으로 돌리고 바라보던 메리앤이 차분하게 말했습니다.

"저기, 정확히 바로 저기야."—메리앤이 한 손으로 가리켰지요. "저 툭 튀어나온 흙무덤—저기서 내가 넘어졌어. 거기서 처음 윌러비를 봤지."

메리앤의 목소리는 그 말과 함께 푹 꺾였지만, 곧바로 생기를 되찾고 말을 이었습니다.

"바로 그곳을 보고 있는데도 이렇게 별 아픔이 느껴지지 않다니 감사한 일이지 뭐야!—우리 같이 그 주제로 얘기를 나눠도 될까, 엘리너 언니?"—메리앤이 머뭇거리며 말했어요—"아니면 그러면 안 되는 걸까?—나는 지금도 얘기할 수 있어, 그러면 좋겠어, 해야만 할 것 같아서."—

엘리너는 속에 있는 이야기를 털어놓으라고 상냥하게 권유했어요.

"회한 같은 건, 그 사람에 관한 한, 이제 다 버리고 없어." 메리앤이 말했습니다. "그이한테 내가 예전에 어떤 감정을 품었는지 말하려는 건 아니야. 지금 내 감정을 얘기하고 싶어―지금은, 내 마음에 걸리는 게 딱 한 가지 있거든. 그 사람이 항상 어떤 역할을 연기한 게 아니고, 항상 날 속인 게 아니라고 믿어도 된다면―무엇보다, 그 불행한 아가씨 이야기를 들은 후로 내가 가끔 두려워하며 상상한 것만큼, 그이가 그렇게까지 악한 사람은 결코 아니었다고 믿고 안심할 수만 있다면."―

메리앤이 말을 멈췄어요―엘리너는 기쁜 마음으로 동생의 말을 보물처럼 귀하게 받았습니다. 그리고 대답했지요.

"그 확신을 얻으면 네 마음이 편해지겠구나."

"응. 내 마음의 평화가 두 배로 걸린 문제니까―내게 그토록 소중했던 사람이 그런 흉계를 꾸밀 수 있는 인간이라고 의심하는 것만으로도 끔찍한 일인데―하물며 스스로 나 자신을 어떻게 보게 되겠어?―나 같은 상황에서는, 정말 수치스럽기 짝이 없는, 무방비한 애정에 휩쓸려 나를 지키지도 못하고."―

"그럼 그 사람의 행동을 어떻게 설명하고 싶니?" 언니가 물었어요.

"나는―아! 단순히 변덕스러운 사람, 아주, 아주 변덕스러운 사람이라고 여길 수 있다면 정말 기쁠 것 같아."

엘리너는 더는 아무 말도 하지 않았습니다. 즉시 이야기를 시작하는 게 나을지, 메리앤의 심신이 좀 더 튼튼해질 때까지 미뤄야 할지 마음속으로 저울질하고 있었거든요―그래서 두 사람은 몇 분쯤 침묵을 지키며 느릿느릿 걸었습니다.

"대단히 지나친 복을 빌어주는 것도 아니야." 메리앤이 마침내 한숨을 쉬며 말했습니다. "그 사람도 남몰래 자기 성찰을 할 땐 나만큼이나 불쾌하고 꺼림칙하길 바라는 거지. 그것만으로도 충분히 괴로울 거야."

"네 행실을 그 사람과 비교하는 거니?"

"아니. 내가 응당 했어야 할 처신과 비교하는 거야. 언니의 행동과 비교하고."

"우리 둘의 상황은 비슷하지도 않았는걸."

"우리 둘이 각자 처신한 행동보다는 훨씬 비슷했지―사랑하는 엘리너 언니, 부탁인데 괜히 친절을 베푼다고 나를 옹호하려 들지 마. 언니의 사리 판단으로는 틀림없이 비난할 짓을 한 걸 내가 아는걸. 병에 걸려 앓는 동안 든 생각이 있는데― 시간 여유도 생기고 마음도 차분해지니까 지난 일을 진지하게 되짚어보게 되더라고. 말할 수 있을 만큼 회복되기 한참 전에 이미 사유하는 능력은 완전히 되찾았거든. 그래서 지난 과거를 곰곰 되짚어보았어. 지난가을 우리가 그이와 처음 친해지기 시작할 무렵부터 나를 돌아보니 자신에겐 신중하지 못하고 타인에게는 친절하지 못했던 행동만 이어졌더라. 내 감정이 처음부터 고통을 예비해두었는데 내가 그 고통을 굳건히 견디지 못했기에 무덤 문턱까지 다녀오게 된 거야. 내 병을 어디까지나 내 손으로 자초했다는 건 나도 잘 알고 있었어. 그렇게나 건강을 소홀히 했으니까. 심지어 당시에도 잘못이라는 생각이 들었는걸. 내가 죽었다면―그건 자멸이었을 거야. 위험이 사라지고 나서야 내가 어떤 위험에 처했었는지 깨달았던 거지. 하지만 이런 성찰 끝에 다다른 지금의 심정으로는, 회복한 게 신기할 따름이야—살고 싶다고, 나의 하느님께, 또 언니를 비롯한 모두에게 속죄할 시간을 달라고 열렬하게 구하고 빌었던 마음 덕분에 당장 죽음을 맞지는 않았나봐. 내가 죽었다면—뒤에 남은 언니는 얼마나 기가 막히고 비참했을까! 나를 간호해주고 벗이 되어준 우리 언니!—언니는 마지막 나날에 내가 얼마나 안달복달하며 이기적으로 굴었는지 다 보았는데. 내 마음속 중얼거림을 다 들어 알고 있는데! 언니의 기억에 새겨진 내 꼴이 얼마나 한심했겠어!—우리 엄마도! 언니가 엄마를 무슨 수로 위로할 수 있었겠어!—나 자신이 밉고 싫어서 뭐라 말로 표현할 수도 없어. 과거로 눈길을 돌리면 어김없이 그게 뭐든 내가 저버린 의무나 부끄러운 줄도 모르고 저지른 잘못이 보였어. 모든 사람한테 상처를 준 것 같더라. 제닝스 부인의 친절, 그 그칠 줄 모르는 친절을 나는 배은망덕한 경멸로 되갚았잖아. 미들턴 가족, 파머 가족, 스틸 자매, 심지어 그저 평범한 지인한테도 무례하고 부당하게 굴었고. 돌처럼 굳은 심장으로 남들의 미덕을 느낄 줄도 몰랐고 관심과 배려에 오히려 성깔을 부리며 짜증을 냈지—존 오빠, 패니 언니도—그래, 자격 없는 사람들이긴 하지만, 그 사람들한테도 나는 정당한 대우를 해주지 않았어. 하지만 언니야말로—누구보다도, 엄마보다도 언니야말로 나한테 받아서는 안 될 대접을 받았잖아. 나는, 오로지 나만이 언니의 속마음과 그 슬픔을 알았는데. 그걸 알면서 내가 어떻게 했지?—공감하고 연민했다면 우리 둘 다에게 좋았을 텐데 난 그러지 않았어—
언니라는 본보기가 내 눈 앞에 있었는데, 아무 소용도 없었잖
아?—언니나 언니 마음의 평안에 더 마음을 쓰기를 했어? 언
니의 자제심을 따라 하지도 않고 언니를 묶는 의무들을 덜어
주지도 않았지? 누구에게나 예의를 다하고 특별히 감사한 마
음을 돌려주는 일들을 같이하기는커녕 지금까지 언니 혼자
다 하게 내버려두었고 말이야—맞아—언니 마음이 편하다고
생각할 때도 그랬지만 언니가 불행하다는 걸 알고 나서도 나
는 의무감이나 우정에서 애써 노력해 행해야 할 모든 일을 외
면했어. 나 아닌 다른 이의 슬픔은 허락하지 않고 나를 저버리
고 내게 잘못한 그 마음만을 아쉬워하면서, 말로는 언니를 무
한히 사랑한다 해놓고 언니가 나 때문에 그토록 맘고생을 하
는데 그냥 두고만 본 거야.”

걷잡을 수 없이 빠르게 쏟아져 나오던 자책의 물살이 여기
서 멈췄어요. 정직한 엘리너는 맘에 없는 소리는 못 하는 사람
이었지요. 하지만 동생을 빨리 달래주고 싶은 마음이 앞서, 이
토록 솔직하게 마음을 터놓고 잘못을 참회하는 동생이 받아
마땅한 칭찬과 격려를 아낌없이 주었습니다. 메리앤은 언니의
손을 잡고 대답했어요.

“언니는 참 좋은 사람이야—이제 미래가 나를 증명해줄 거
야. 계획은 세워두었으니 충실히 이행할 수만 있다면—감정
도 잘 다스려지고 성격도 지금보다 좋아지겠지. 다른 사람들
한테 걱정을 끼치지도 않고 나 자신을 죽도록 괴롭히지도 않
을 거야. 이제 나는 오로지 가족을 위해서만 살래. 언니, 엄마,

마거릿이 내 세상의 전부가 될 거야. 내 사랑을 셋에게만 나눠줄게. 우리 가족, 우리 집에서 조금이라도 나가고 싶은 마음은 앞으로 영영, 조금도 생기지 않을 거고. 행여 다른 사람들과 어울리게 되더라도, 그건 오로지 겸손해진 내 태도, 선해진 내 심성을 보여주기 위해서일 따름이야. 온화하게 행동하고 절제하며 예의범절을 잘 지키고 그리 거창하지 않은 생활의 의무들을 잘 수행할 수 있다는 걸 보여줄 거야. 그리고 윌러비는—금세, 아니, 언젠가는 잊을 거라 말하면 오히려 무책임할 소리가 되겠지. 상황이나 평가가 아무리 바뀌어도 그 사람 기억이 지워질 리 없으니까. 하지만 그 추억은 잘 붙들어둘게. 신앙으로, 이성으로 부단히 해야 할 일을 하면서 억누를 거야."

메리앤은 잠시 말을 멈췄다가—언성을 낮추어서 나직하게 덧붙였습니다. "그 사람의 진심을 알 수만 있다면 모든 게 훨씬 수월할 텐데."

위험을 무릅쓰고 빨리 이야기를 하는 게 적절할지 가늠하느라 한참 고민했는데도 엘리너는 처음부터 그랬듯이 도무지 결론을 내릴 수가 없었지요. 그런데 때마침 이 말을 들은 거예요. 고민은 아무것도 해내지 못하고 결단이 만사를 해결한다는 걸 깨달은 엘리너는 곧바로 사실을 말해주기 위해 말머리를 꺼내기 시작했어요.

바랐던 만큼 순조롭게 이야기는 잘 전달되었습니다. 초조하게 듣는 동생에게 조심스레 마음의 준비를 하게 하고, 윌러비가 변명하며 댔던 주요 근거를 간명하고 정직하게 말해주고,

그의 참회는 온당히 전하되 아직도 사랑한다는 고백만 조금 누그러뜨렸지요. 메리앤은 한마디도 하지 않았습니다—몸을 떨면서 눈길을 내리깔고 땅바닥만 바라보았으며, 입술은 병색이 완연할 때보다도 더 하얗게 핏기가 없어졌어요. 심장에서는 수천 가지 질문이 샘솟았지만 감히 하나도 따져 묻지 못했습니다. 음절 하나라도 놓칠세라 숨이 차도록 열렬히 경청했고요. 자기도 모르게 언니 손을 꼭 부여잡고는 뺨이 다 젖도록 눈물을 흘렸어요.

엘리너는 동생이 피곤할까 걱정이 되어 집으로 가자고 이끌었습니다. 차마 질문 하나 입 밖에 내지 못하는 동생이 얼마나 궁금할까 쉽게 헤아릴 수 있었기에, 코티지 문 앞에 다다를 때까지 줄곧 윌러비와 그와 나눈 대화 이야기만 했어요. 상세하게 말해줘도 안전하다 여겨지는 대목은 아주 작은 말과 표정까지 세심하게 다 묘사해주었답니다. 집 안에 들어가자마자 메리앤이 언니에게 감사의 키스를 하고는, 눈물을 헤치고 이 두 마디를 간신히 소리 내 말했습니다. "엄마한테도 말씀드려 줘." 그러더니 언니에게서 물러서서 조용히 계단을 걸어 올라 갔지요. 동생이 지금 고독을 갈구하는 것은 매우 온당했기에 엘리너는 방해할 시도조차 하지 않았어요. 내심 불안하게 고독의 결과를 미리 유추해보면서도 한편으로 메리앤이 못 하면 자기가 나서서 이 주제로 다시 얘기해보리라 결심을 굳힌 다음, 엘리너는 동생이 작별 인사 대신 내린 명령을 수행하러 거실로 발길을 돌렸습니다.

11

대시우드 부인은 한때 총애하던 청년의 변호를 무감동하게 듣지는 않았습니다. 혐의가 일부나마 벗겨지자 크게 기뻐했고 ―딱하다고 안쓰러워하면서― 행복을 빌어주었지요. 하지만 과거의 감정을 되살릴 수는 없었어요. 어떻게 해도, 이미 끊겨버린 메리앤과의 신의―더럽혀진 인성은 원래대로 되돌릴 길이 없었지요. 어떻게 해도, 그 탓에 메리앤이 겪은 고초가 잊히거나 그가 일라이자에게 지은 죄를 없앨 수는 없었어요. 어떻게 해도, 윌러비가 부인의 내면에서 예전의 좋은 사람으로 돌아가거나 브랜던 대령의 앞길을 가로막게 될 일은 없었다는 얘기예요.

대시우드 부인이 큰딸처럼 윌러비의 이야기를 본인에게서 직접 들었다면―그 번뇌를 눈앞에서 목격하고 그 표정과 매너에 영향을 받았다면, 아마도 훨씬 크게 공감하며 깊이 연민했을 거예요. 하지만 해명을 위임받아 이야기를 옮기는 입장에서, 처음에 자신이 느낀 것 같은 크게 동요하는 감정을 타인의 마음속에 자아내는 건 엘리너의 능력 밖이었을 뿐 아니라 바라는 바도 아니었어요. 되짚어 성찰하는 과정에서 사리 분별에 침착한 평정심이 더해졌고, 더 맑은 정신으로 윌러비가 받은 형벌에 관한 독자적인 의견도 정립할 수 있었지요—그래서 엘리너는 오직 간명한 사실만 전하면서 실제 윌러비의 인성에 부합하는 사실들만 공개하고자 했고, 절절한 미화로 상상력을 오도하는 일은 없기를 바랐답니다.

저녁이 되어 세 사람이 한자리에 모이자, 메리앤이 먼저 다시 나서서 그의 이야기를 하기 시작했어요—하지만 상당한 노력 없이는 할 수 없는 일이었어요. 그 전에 한참을 불안하고 어수선한 생각에 잠긴 듯 앉아 있던 모습과—말을 이어가면서 점점 더 붉게 달아오르는 얼굴과—자꾸 꺾이는 목소리가 명백히 말해주고 있었지요.

"엄마랑 언니 다 안심해도 된다고 말하고 싶어." 메리앤이 말했어요. "엄마랑 언니가 바란 대로—이제 내 눈에도 다 보인다고 말이야."

대시우드 부인은 그 즉시 딸의 말을 끊고 상냥하고 다정한 위로의 말을 해주고 싶었지만, 치우침 없는 동생의 의견을 간절히 듣고 싶었던 엘리너가 잠자코 있으라고 열심히 신호를 보냈지요. 메리앤은 천천히 말을 이었습니다—

"나한테 무척이나 엄청나게 위로가 되었어요—엘리너 언니가 오늘 아침에 해준 얘기가요—정확히 듣고 싶은 이야기를 들었거든요."—몇 초간 메리앤의 목소리가 잦아들었지만,

다시 기운을 차려 말할 때는 전보다 훨씬 더 침착해져 있었습니다—"난 이제 마음에 한 점 모자람이 없어요. 아무 변화도 바라지 않아. 어차피 이걸 다 알고 나서는 그 사람과 행복하게 살 수 없었겠지요. 조만간에 다 알게 되었을 텐데—그럼 믿음도 존경도 품을 수 없었을 테고요—무슨 일이 있어도 내 감정에서 그 사실을 사라지게 할 방법은 없었을 거예요."

"안다—알아." 어머니가 외쳤어요. "난봉꾼 짓거리를 하고 다니는 남자와 행복하다니!—누구보다 남자답고 우리의 소중한 벗인 이의 평화를 크게 해친 사람인데!—안 되지—우리 메리앤은 그런 사람과 행복하게 잘 살 심성이 아니고말고!—그 양심으로, 민감한 양심으로 남편이 느꼈어야 할 가책을 모조리 받아 안았을 테니까."

메리앤은 한숨을 쉬고 거듭 말했습니다—"나는 아무 변화도 바라지 않아요."

"너도 선한 마음과 건전한 지성으로 이 문제를 명확히 고려해보았구나." 엘리너가 말했어요. "그리고 나처럼 너도 깨달은 거야. 이 결혼 때문에 온갖 골칫거리와 실망에 휘말리게 될 거라는 사실을. 네가 그와 결혼했다면 언제나 가난했을 거야. 그 사람의 낭비벽은 심지어 자기도 인정했고, 전반적인 행실을 보면 자기 절제가 뭔지 알지도 못하는 게 분명하잖니. 그 사람은 하고 싶은 게 많고 너는 미숙한데 소득은 적지, 몹시 적으니까 지독한 궁핍과 고초를 불러올 수밖에. 너도 그런 걸 전혀 모르는 데다 생각조차 안 해보고 자라난 아이니 얼마나 힘들었겠니. 난 알아. 너처럼 명예와 정직함을 중시하는 사람이 자기가 어떤 처지에 몰렸는지 알게 되었다면, 아낄 수 있는 건 모조리 아끼며 살림을 꾸렸을 거야. 아마도 그나마 너 혼자의 편안을 희생하는 한에서만 돈을 아낄 수 있었을 테지만. 하지만 그 이상은—결국 너 혼자 아무리 아껴 써봐야 결혼 전부터 시작된 패망을 얼마나 막을 수 있겠니?—거기에 더해서 아무리 합리적인 요구라도, 네가 그의 향락 비용을 줄이려 애썼다면 그 이기적인 감정을 설득하기는커녕 그 심장에 닿는 네 호소력만 약해졌을 테고, 그는 자기를 그런 궁핍으로 몰아넣은 결혼 자체를 후회하지 않았겠어?”

메리앤의 입술이 파르르 떨렸고, “이기적이라고?” 하면서 그 말을 되뇌었어요—흡사 ‘언니는 그 사람이 정말 이기적이라고 생각해?’라고 묻는 듯했지요.

“연애를 시작했을 때부터 그가 한 모든 행동이 이기심에 토대를 두고 있었어.” 엘리너가 대답했어요. “처음 네 마음을 가지고 장난친 것도 이기심이고. 나중에 자기 마음도 진심이 되자 고백을 미룬 것도 이기심이고. 그러다 바턴에서 떠난 것도 이기심이었지. 자기의 즐거움, 자기의 편안함이 그의 일거수일투족을 지배한 원칙이었던 거야.”

“언니 말이 옳아. 내 행복은 그 사람 안중에 없었지.”

“지금 당장은, 자기가 저지른 짓을 후회하고 있어.” 엘리너는 말을 계속했어요. “하지만 왜 후회하겠어?—자기한테 유리하게 흘러가지 않았기 때문이야. 행복해지지 않아서 그래. 수치스러운 파산 위기는 벗어났지—그런 고생은 안 해도 돼. 그러고 나니까 이젠 자기가 결혼한 여자가 너만큼 사랑스러운 성정이 아니라는 생각만 하는 거야. 하지만 그렇다고 너와 결혼했다면 행복했겠니?—불편한 점이 달랐겠지. 그때는 돈 문제로 괴로워했을 텐데, 지금은 돈 걱정이 사라져서 별것 아니라고 생각하는 거야. 성정에 대해 불평할 거리가 없는 아내와 결혼하고 싶었겠지만, 그랬다면 언제나 돈에 쪼들리고—언제나 가난했겠지. 그리고 십중팔구 확실한 영지와 든든한 수입이 주는 무수하게 편리한 점들을 훨씬 더 중요하게 여기게 됐을걸. 가정의 행복보다도 말이야."

"그건 나도 전혀 의심하지 않아." 메리앤이 말했어요. "그래서 하나도 후회되지 않고—나 자신의 어리석음이 후회될 뿐이야."

"차라리 엄마의 경솔함을 탓하렴, 우리 딸." 대시우드 부인이 말했어요. "책임은 엄마가 져야 해."

메리앤은 엄마가 스스로를 더 탓하지 못하게 막았어요—그리고 엘리너는, 각자 자기 잘못을 절감하니 되었다고 생각했고, 이제 더는 과거를 들추느라 동생을 기죽이는 일은 피하고 싶어졌습니다. 그래서 처음 했던 얘기로 돌아가서 곧바로 이렇게 말했지요.

"이 모든 이야기로부터 한 가지 결론은 끌어내도 좋을 것 같아—윌러비가 겪는 모든 어려움은 미덕을 저버린 최초의 잘못, 그러니까 일라이자 윌리엄스에게 저지른 잘못에서 비롯되었다는 거지. 그 죄가 자잘한 다른 죄들을 낳았고, 현재의 모든 불행을 초래한 거야."

메리앤은 이 말에 진심을 다해 훨씬 더 공감했고, 어머니는 이 말을 단초로 브랜던 대령이 얼마나 큰 상처를 받았으며 그가 얼마나 장점이 많은 사람인지, 우정에 사심까지 담아서 열심히 늘어놓았어요. 하지만 딸은 대부분 듣는 둥 마는 둥 흘려보내는 것 같았지요.

엘리너는 메리앤을 지켜보았고, 예상대로 그 후 이삼일은 동생이 전처럼 빨리 기운을 차리지 못했어요. 그렇지만 결심에는 흔들림이 없었고 겉으로는 명랑하고 편안해 보이려 애쓰고 있으니, 동생의 건강은 시간에 맡겨도 안전하리라 믿었습니다.

마거릿이 돌아왔고, 가족은 모두 다시 모여 코티지에서 지내는 조용한 삶으로 돌아갔습니다. 처음 바턴에 왔을 때만큼 열성적으로 공부를 하지는 않아도, 앞으로 열심히 할 계획은 세워두고 있었지요.

엘리너는 에드워드의 소식이 들려오지 않아 마음이 초조해졌습니다. 런던을 떠난 후로는 전혀 소식을 듣지 못해서, 계획의 새로운 진척 상황은 물론 현재의 거처조차 확실히 알지 못했지요. 존 오빠와는 메리앤의 병세와 관련해 몇 번 서신을 교환했는데, 존이 처음 보낸 편지에 이런 문장이 있었어요—"우리는 불쌍한 에드워드의 소식은 전혀 못 들었어. 금지된 화제라서 물어볼 수도 없었지만 아직 옥스퍼드에 있는 걸로 보인다." 엘리너가 들은 에드워드의 소식은 이것이 전부였고, 향후 도착한 편지에는 아예 그의 이름이 거론되지도 않았답니다. 하지만 그의 동향을 까맣게 모르는 채 지내는 시간도 오래가진 않았습니다.

어느 날 아침 엑서터에 심부름차 다녀온 하인이 아침 식사 시중을 들며 심부름 간 일에 대해 질문하는 주인에게 대답을 하다가 묻지도 않았는데 이런 얘기를 해주었거든요—

"주인마님도 이미 아시겠지만, 페라스 씨가 결혼을 했다고 합니다."

메리앤은 화들짝 소스라치며 엘리너를 똑바로 쳐다보았고, 핏기가 싹 가신 언니의 안색을 보고는 신경증이 도져 의자에 쓰러지다시피 주저앉았어요. 대시우드 부인은 하인의 질문에 답하면서 본능적으로 같은 방향을 보았는데, 엘리너의 파리한 안색을 보고는 기겁한 데다 딸이 실제로 얼마나 속앓이를 하고 있는지 깨달았지요. 잠시 후엔 메리앤의 상태 때문에 마음이 아파서 어느 딸을 먼저 돌봐야 할지조차 알지 못한 채 쩔쩔맸고요.

하인은 미스 메리앤이 몸 상태가 나쁘다는 사실만 알아챘고, 눈치sense 빠르게 하녀를 불러서 미스 대시우드의 도움을 받아 다른 방으로 부축해 옮겼어요. 그때쯤엔 메리앤의 상태가 훨씬 호전되어서 어머니는 마거릿과 하녀에게 작은딸을 맡기고 엘리너에게로 돌아갔지요. 엘리너는 아직 혼란한 마음을 미처 추스르지 못했지만, 그래도 제정신을 차리고 목소리를 입 밖에 꺼낼 정도는 되어서 하인 토머스에게 어디서 들은 소식이냐고 물으려던 차였어요. 대시우드 부인은 즉시 따져 묻는 수고를 딸 대신 떠맡았고, 덕분에 엘리너는 가만히 소식을 듣기만 해도 되었지요.

"페라스 씨가 결혼했다는 이야기를 누가 하던가, 토머스?"

"페라스 씨 본인을 뵈었습니다, 마님. 오늘 아침 엑서터에서 부인과 함께요. 원래 미스 스틸이시던 분이요. 뉴런던 여인숙 문 앞에 셰즈를 잠시 세워두고 계시던데요. 파크에서 일하는 샐리가 거기서 우편배달 일을 하는 동생한테 말 좀 전해달라고 해서 갔었거든요. 셰즈 옆을 지나치다 고개를 들었는데, 바로 미스 스틸 자매 중 동생분이 보이더라고요. 그래서 모자를 벗어 인사를 했더니, 저를 알아보시고 불러서 마님과 아가씨들의 안부를 물으셨어요. 특히 미스 메리앤이 어떠신지 물으시고는 자기와 페라스 씨를 대신해 인사를 전해달라고 하시던데요. 최고의 찬사와 무한한 존경을 전한다면서, 시간이 없어 직접 못 뵙고 가게 됐는데 갈 길이 멀어서 빨리 서둘러야 한다고, 한참 여행을 해야 한다고요. 하지만 어쨌든, 다시 돌아오면 꼭 와서 찾아뵙겠다고 하셨습니다."

"그런데 미스 스틸이 직접 자기 입으로 결혼했다고 했어, 토머스?"

"네, 마님. 환하게 웃으면서 전에 이 지역에 왔을 때와는 성이 달라졌다고 하시던데요. 언제나 아주 싹싹하고 말씨도 거침이 없는 아가씨셨잖아요. 행동도 매우 예의 바르고요. 그래서 저도 내외하지 않고 행복을 빌어드렸습니다."

"페라스 씨도 마차에 함께 타고 있던가?"

"네, 마님. 마차 안에서 기대앉아 계셨는데, 고개를 들진 않으셨어요—원래 말수가 많은 신사분은 아니셨잖아요."

엘리너는 굳이 나서지 않은 그의 행동을 마음으로 이해할 수 있었어요. 대시우드 부인 또한 같은 생각을 한 모양이고요.

"마차에 다른 사람은 없었고?"

"네, 마님. 두 분만 계셨습니다."

"어디서 왔는지는 혹시 아나?"

"런던에서 곧장 오셨답니다. 미스 루시가―페라스 부인이 말씀해주셨어요."

"그럼 서쪽으로 더 멀리 간다고 하고?"

"네, 마님―하지만 오래 계시진 않는다고 해요. 금세 다시 돌아와서 꼭 찾아뵙는다고 하셨으니까요."

대시우드 부인은 이 말에 딸을 보았습니다. 하지만 엘리너는 그들이 방문할 거라고는 전혀 기대하지 않았어요. 그 전언은 너무나 루시가 할 법한 말이었죠. 에드워드는 이제 그들 곁에 얼씬도 하지 않을 거라고 자신 있게 말할 수 있었어요. 그래서 나직히 언성을 낮춰서, 아마 플리머스 근교의 프랫 씨에게 가는 모양이라고 어머니에게 말했지요.

토머스가 전할 소식은 그걸로 끝난 듯 보였어요. 엘리너는 애기를 좀 더 듣고 싶다는 표정으로 그를 바라보았지요.

"그분들이 떠나는 모습은 직접 봤고?"

"아니요, 마님―막 말들이 나오고 있었는데요. 저는 더 지체할 수 없었습니다. 늦어질까봐 걱정이 되었거든요."

"페라스 부인은 얼굴이 좋아 보이시던가?"

"네, 마님. 아주 잘 지낸다고 하셨어요. 원래도 정말 아름다운 분이라고 생각했는데요―굉장히 흐뭇해 보이시던걸요."

대시우드 부인은 더 이상 질문할 거리를 떠올릴 수 없었고, 이제 소임을 다 한 토머스와 테이블보는 곧 함께 퇴장했습니다. 메리앤은 이미 뭘 더 먹고 싶은 마음이 없다는 의향을 전했고요. 대시우드 부인과 엘리너의 입맛도 역시 싹 사라져버렸지요. 언니 둘 다 요즘 들어 마음이 너무나 편치 않아서 끼니를 거를 이유가 넘치게 많았기에, 마거릿은 그나마 저녁 식사를 먹을 수 있는 것만도 다행이라고 생각할 정도였어요.

디저트와 와인이 차려지고 대시우드 부인과 엘리너 둘만 남았을 때, 두 사람은 비슷한 생각을 하면서 침묵을 지키며 오래도록 함께 머물렀습니다. 대시우드 부인은 뭐라고 말을 꺼냈다가 혹 실수를 할까 걱정되어 위로의 말을 건넬 용기가 나지 않았습니다. 엘리너가 자신에 대해 하는 말만 곧이곧대로 믿었다가 딸의 속내를 오판했다는 사실을 깨달았거든요. 그래서 당시에 모든 감정을 누그러뜨려 말했던 건, 메리앤 때문에 속상해하는 어머니에게 더 큰 아픔을 주고 싶지 않은 배려였다는 올바른 결론에 다다랐습니다. 부인은 큰딸의 세심하고 사려 깊은 배려에 속아서, 한때는 그토록 잘 알았던 딸의 마음을 자기가 평소 믿었던 것보다, 지금 밝혀진 진심보다 훨씬 가볍게 치부했다는 걸 알게 되었지요. 이리 결론을 내리고 보니 자기가 사랑하는 큰딸 엘리너에게 부당하고 부주의하고, 아니, 심지어 매정하게 행동한 게 아닐까 걱정이 되었어요―바로 눈앞에 선히 펼쳐져서 훨씬 더 알아보기 쉬운 메리앤의 고통에 너무 몰두한 나머지, 그만 까맣게 잊어버리고 말았던 거예요. 큰딸 엘리너 또한 못지않게 심한 가슴앓이를 하면서도, 스스로 자초하지도 않은 불행을 훨씬 더 강건하게 견뎌내고 있었다는 걸요.

12

엘리너는 이제 상상과 현실의 차이를 확실히 알게 되었습니다. 마음속으로 아무리 확정된 일이라 되뇌었다 해도, 실제 현실로 확정되는 건 달랐어요. 의도와는 달리, 자기가 마음속에 한 가닥 희망을 놓지 않고 있었다는 걸 알게 되었지요. 에드워드가 독신으로 남아 있는 한, 뭔가 루시와의 결혼을 가로막는 사건이 생길 거라는 희망, 그가 뭔가 결심을 하든가, 친구들이 개입하든가, 여자 쪽에 훨씬 더 유망한 기회가 생겨서 모두가 좀 더 행복해질 거라는 희망 말이지요. 그러나 이제 에드워드는 결혼했고, 엘리너는 자기가 바라는 희망을 은밀히 숨겨두었던 심장이 원망스러워졌어요. 소식을 듣는 아픔만 배가되었으니까요.

이렇게 빨리 결혼하다니, (엘리너가 예상한 것과 달리) 서품을 받기도, 생계를 꾸릴 수입이 생기기도 전에 결혼하다니 처음에는 조금 놀랐지요. 하지만 잠시 생각해보니 루시가 제 미래를 오죽 세심히 챙겼을까 싶고, 서둘러 그를 붙잡으려는 마음이 앞서 시기가 미뤄지는 위험만은 피하려 했을 확률이 높아 보였어요. 두 사람은 결혼했어요. 런던에서 결혼했고, 이제 서둘러 삼촌 집으로 가고 있었지요. 바턴에서 사 마일쯤 되는 거리에 있으면서, 어머니의 하인과 마주치고, 루시가 전하는 말을 옆에서 듣고 있었을 에드워드의 심정이 어땠을까요!

두 사람은 머지않아 델라퍼드에 정착하겠지요—델라퍼드—연을 끊기엔 너무 많은 것들로 이어져 있는 그곳. 친숙해지고 싶기도 하고, 외면하고 싶기도 한 그곳. 목사관에 정착한 두 사람이 금세 눈앞에 선히 떠올랐어요. 활동적이고 솜씨 좋은 관리자인 루시는 세련된 외모를 꾸미고 싶은 마음과 철저하게 알뜰한 검약 정신을 합칠 테고, 겉으로는 경제적 사정이 실제의 반만 드러나도 부끄러워하겠지요—모든 상황에서 자기 이익을 추구할 테고, 브랜던 대령이나 제닝스 부인, 부유한 사람이라면 누구에게나 비위를 맞추려 애쓸 거예요. 에드워드를 생각하면—어떤 모습일지 그려지지도 않았고, 뭔가 떠오르는 모습이 있어도 마음에 들지 않았어요—행복하든 불행하든—어느 쪽도 마음에 들지 않았지요—그래서 머릿속으로 에드워드의 모습을 그려보다가도 매번 고개를 돌리곤 했어요.

엘리너는 런던의 지인 중 누군가가 편지로 결혼 소식을 알리며 좀 더 상세한 내용을 전해주리라는 희망을 품었지만—하루하루 시간이 흘러가도 편지 한 통, 소식 하나 오지 않았어요. 누굴 탓해야 할지도 잘 모르면서 소식이 없는 친구들이 모두 원망스러워졌지요. 하나같이 생각이 없거나 게으른 사람들이라니까요.

"브랜던 대령님께는 언제 편지를 쓰실 거예요, 어머니?" 뭔가 생각할 거리를 찾는 초조한 마음에 불쑥 질문이 튀어나오고 말았지요.

"지난주에 편지를 썼단다. 편지로 소식을 듣기보다는 직접 찾아와 소식을 들려주기를 기대하고 있어. 우리한테 어서 오라고 졸랐으니까, 오늘내일, 아니, 언제든 이리 걸어 들어와도 놀라진 않을 거야."

그렇다면 진척이 있는 셈이지요, 기대할 거리가 생긴 거예요. 브랜던 대령이라면 틀림없이 뭔가 알고 있을 테고 소식을 전해줄 테니까요.

그렇게 마음을 다잡는 순간, 말을 탄 남자의 모습이 보여 엘리너의 눈길이 창가로 향했어요. 남자는 정문 앞에서 말을 세웠지요. 신사였어요. 브랜던 대령이 온 거죠. 이제 더 자세한 소식을 들을 수 있어요―소식을 기다리는 엘리너의 몸이 떨려왔답니다―하지만―브랜던 대령이 아니었어요―분위기도 다르고―키도 달랐지요. 가능하기만 하다면 에드워드 같다고 말했을걸요. 엘리너는 다시 살펴보았어요. 남자가 방금 말에서 내린 참이었는데요―잘못 봤을 리가 없었지요―정말로 에드워드였어요. 엘리너는 창가에서 물러나서 주저앉았어요. "프랫 씨 댁에 갔다가 일부러 우리를 보러 왔어. 나는 침착하게 행동할 거야. 내 마음의 주인이 될 거야."

잠시 후 엘리너는 다른 사람들도 같은 착각을 했다가 실수를 깨달았다는 걸 알아챘지요. 어머니와 메리앤의 낯빛이 싹 바뀌는 것도, 둘이서 자기를 쳐다보면서 서로 몇 마디 말을 속삭여 나누는 모습도 보았어요—말을 꺼낼 수만 있다면 온 세상에 대고 얘기했을 거예요. 조금이라도 그를 냉대하거나 홀대하지는 않았으면 좋겠다고 말할 수만 있었다면요—하지만 목소리가 아예 나오지 않았고, 가족들이 각자의 분별대로 행동하도록 내버려둘 수밖에 없었습니다.

한 음절도 입 밖으로 새어 나오지 않았어요. 모두 다 침묵 속에서 방문객의 등장을 기다렸지요. 자갈길을 밟는 그의 발소리가 들려왔고, 잠시 후 그가 진입로에 들어섰고, 다음 순간 그들 앞에 그가 모습을 나타냈습니다.

방 안에 들어서는 그의 얼굴은, 심지어 엘리너가 보아도 크게 행복해 보이진 않았어요. 흥분과 불안으로 하얗게 질려 있었고, 흡사 자기가 어떤 대접을 받을지 두려운 듯 보였어요. 친절한 환대를 받을 자격이 없다는 걸 스스로 아는 사람처럼요. 그러나 대시우드 부인은 딸의 소망에 따르기로 했어요. 즉, 어떠한 상황에서도 따뜻한 심장을 품고 행동하고자 했던 것이죠. 그래서 억지로나마 반가운 표정을 지으며 손을 내밀고 행복을 빈다고 인사했어요.

에드워드는 얼굴을 붉혔고, 중얼중얼 뭐라 알아들 수 없는 대꾸를 더듬더듬 내뱉었습니다. 엘리너의 입술이 어머니와 함께 달싹거렸는데, 인사하는 시간이 끝나자 자기도 손을 내밀어 악수를 할걸 그랬다고 생각했어요. 하지만 그때는 너무 늦었기에, 아무렇지 않다는 표정을 지으려 애쓰며 다시 자리에 앉아 날씨 이야기를 시작했습니다.

메리앤은 불편한 심기를 드러내기 싫어서 최대한 눈에 띄지 않는 곳으로 물러났고, 마거릿은 상황을 조금은 눈치챘지만 전부는 모르는 채로 자기도 반드시 얌전하게 품위를 지켜야 한다고 생각하고는 최대한 에드워드에게서 멀리 떨어진 자리에 앉아서 철저히 침묵을 지켰지요.

계절이 청명해서 좋다고 엘리너가 밝은 인사말을 건네고 나자, 아주 어색한 정적이 내려앉았어요. 그 침묵을 깨뜨린 건 대시우드 부인이었지요. 페라스 부인이 건강하고 행복하길 바란다고 안부 인사를 건네야 한다는 의무감을 느꼈거든요. 에드워드는 황급하게 잘 지내신다고 대답했어요.

또 다시 정적.

자기 입에서 어떤 목소리가 나올지 두려웠지만, 엘리너는 어떻게든 노력을 해봐야겠다고 다짐하고는 입을 열었어요.

"페라스 부인은 롱스테이플에 계신가요?"

"롱스테이플이라고요!"—에드워드는 놀란 기색이었습니다—"아니요, 어머니는 런던에 계십니다."

"제가 여쭌 건" 하고 테이블에 놓여 있던 일감을 집어 들며 엘리너가 말했습니다. "에드워드 페라스 부인의 안부였어요."

차마 눈을 들어 쳐다볼 용기가 나지 않았습니다—하지만 어머니와 메리앤은 에드워드에게로 눈길을 돌렸지요. 그는 얼굴을 붉히며 뭔가 의아하다는 듯 당황한 표정을 지었고, 잠시 머뭇거리다가 대답했습니다.

"아마—제 동생—로버트 페라스 부인을 말씀하시는 거겠지요."

"로버트 페라스 부인이라고요!"—메리앤과 어머니가 완전히 경악한 말투로, 입을 모아 그 이름을 되풀이했지요—목소리가 나오지 않은 엘리너도 똑같이 초조한 놀라움을 담은 눈길을 에드워드에게서 떼지 못했습니다. 그는 자리에서 벌떡 일어나 창가로 걸어갔는데, 누가 봐도 어찌할 바를 모르는 모습이었어요. 에드워드가 거기 놓여 있던 가위를 집어 들더니 가위집을 잘게 잘라대서 가위와 가위집을 다 망치면서 다급한 목소리로 말을 이어갔어요.

"아무래도 모르시는 모양이군요—제 동생이 최근에—스틸 자매 중 동생분인—미스 루시 스틸과 결혼했다는 소식을 못 들으셨나봅니다."

엘리너를 제외한 모두가 차마 형언할 수도 없는 경악에 찬 목소리로 그 말을 반복하며 외쳤습니다. 하지만 바느질감에 고개를 처박고 있던 엘리너는, 마음이 요동친 나머지 이제 자기가 어디 있는지도 잘 모르는 지경이 되어버렸어요.

"네." 에드워드가 말했지요. "지난주에 결혼했고, 지금은 돌리시에 있습니다."

엘리너는 도저히 가만히 앉아서 듣고 있을 수가 없었어요. 거의 뛰다시피 방에서 달려나갔는데, 문이 닫히자마자 기쁨에 찬 울음이 터져 나왔지요. 처음엔 눈물이 영원히 그치지 않을 것만 같더라니까요. 그때까지 엘리너를 차마 쳐다보지 못하고 계속 다른 데로 눈길을 돌리던 에드워드는 황급히 뛰쳐나가는 엘리너를, 아니, 엘리너의 감정을 보았어요—심지어 귀로 듣기도 했을 거예요. 그 즉시 넋을 잃고 혼자만의 생각에 빠져, 아무 말도 못 듣고 아무 질문도 알아듣지 못하는 상태가 되어버렸거든요. 대시우드 부인이 아무리 다정하게 말을 걸어도 그의 상념을 뚫을 수는 없었어요. 그러다 마침내, 아무 말도 없이, 에드워드가 방에서 나가 마을 쪽으로 걸어가버렸습니다—뒤에 남은 사람들은 이처럼 완전히 달라진 그의 처지가 너무 놀랍고 당혹스러워서 어쩔 줄 몰랐어요. 너무나 기막히고 너무나 갑작스러운 변화였지요—다들 당혹감을 달랠 길이 없어 그저 어림짐작으로 사정을 넘겨짚어볼 뿐이었답니다.

13

에드워드가 해방된 사정은 가족 누구도 이해할 수 없었지만, 에드워드가 자유의 몸이 되었다는 사실만은 분명했어요. 그 자유를 어떤 목적에 쓸지도 누구나 쉽게 내다볼 수 있었고요 —이미 어머니의 동의 없이 경솔한 약혼을 한 번 했고 비밀 관계를 사 년 넘게 유지해왔으니, 그 약혼이 실패한 지금 누구나 그가 또 다른 사람과 약혼하기를 기대하는 게 당연하지 않겠어요?

사실 그가 바턴에 온 까닭도 간단했어요. 엘리너에게 결혼해달라고 청하는 것 말이에요—청혼을 처음 해보는 사람도 아니면서 정말이지 이렇게까지 불편해할 일인지, 남들의 격려에다 맑은 공기를 쐬는 일까지 필요할 정도로 힘들어하는 것도 참 이상하지요.

하지만 에드워드가 밖을 걷다가 얼마나 금세 결심을 제대로 굳혔는지, 그 결심을 실행에 옮길 기회가 또 얼마나 빨리 왔는지, 어떤 매너로 마음을 표현했고 어떤 반응을 얻어냈는지는 세세하게 말할 필요도 없어요. 이 얘기만 하면 되거든요—도착한 지 세 시간쯤 후인 4시에 저녁 식탁에 다 같이 둘러앉았을 때는,[1] 에드워드는 사랑하는 아가씨의 확약을 얻어냈고, 그 어머니의 동의도 받았으며, 기쁨에 달뜬 연인을 과장되게 비유하는 표현에서뿐 아니라 이성과 진실로 검증한 현실 속에서도 가히 세상에서 가장 행복한 남자[2]가 되어 있었다고요. 상황이 상황이니만큼 흔치 않은 기쁨을 누릴 수 있었지요. 사랑에 보답을 받는다는 평범한 기쁨을 넘어서는 기쁨에 가슴이 벅차게 부풀고 기분도 날아갈 듯했답니다. 오랫동안 불행만 초래한 복잡한 관계로부터, 이미 오래전 사랑하지 않게 되어버린 여자로부터 개인적인 오점 하나 없이 풀려나 자유로워졌을 뿐 아니라—그 즉시 든든하고 안정된 관계로 접어들었잖아요. 진실로 원하게 되어 감히 욕심을 내기가 무섭게 절망부터 해야 했던 사랑이었는데요. 에드워드는 단순히 의심이나 긴장감 정도가 아니라 비참한 불행에 빠져 있다가 행복의 구원을 받은 거지요—그는 이런 변화를 솔직하고 거리낌 없이 말로 표현했어요. 그처럼 진심을 가득 담아 유창하게, 감사에 벅차서 명랑한 달변을 쏟아내는 에드워드라니, 친구들도

---

1 당시에는 저녁 늦은 시각에 저녁을 먹는 것이 신분과 지위의 표상이었다. 4시에 저녁을 먹는다는 건 대시우드 가족이 체면과 허례허식에 얽매이지 않는다는 뜻이다.
2 "부디 저를 세상에서 가장 행복한 남자로 만들어주십시오"는 당시 가장 흔한 청혼의 말이었다.

그동안 한 번도 보지 못한 모습이었답니다.

그는 엘리너에게 자기 심장을 활짝 열어 보여주었어요. 자신의 약점과 오류를 빠짐없이 고백하고, 루시를 좋아했던 소년 시절의 풋사랑도 이제 스물네 살이 된 청년의 성숙한 철학으로 돌아보았지요.

"제 쪽에서 어리석고 안일하게 마음을 줬던 거예요." 그가 말했어요. "세상의 이치를 몰랐던 결과지요—일하지 않고 한량으로 지냈던 탓이기도 하고요. 열여덟 살이 되어 프랫 씨의 사교육을 마쳤을 때 우리 어머니가 저에게 능동적으로 뭔가 할 일을 줬다면—결코 그런 일은 없었을 겁니다. 당시 롱스테이플을 떠날 때는 물론 선생님의 조카를 사랑하는 마음을 도저히 걷잡을 수 없다고 생각했지만, 그때 내게 뭔가 할 일이 있었다면, 시간을 들여 이룩해야 할 목표가 있어서 몇 달쯤 그녀와 거리를 둘 수 있었다면, 더 넓은 세상에서 더 많은 사람을 만나 어울리면서 저는 아주 빠르게 풋사랑의 환상을 잊고 성장했겠지요. 그 경우엔 그게 옳은 길이었고요. 하지만 어머니가 어떤 직업도 허락하지 않았고 저 스스로 선택하게 해주지도 않았으니, 저는 집에 돌아가 완전히 놀면서 지내게 되었어요. 그 후로 처음 열두 달 동안은 대학 공부라는 명목상의 할 일도 없었습니다. 옥스퍼드에 들어간 건 열아홉 살 때였거든요. 그러다보니 이 세상에서 내가 할 일이 정말 하나도 없어, 사랑에 빠졌다는 공상만 하게 된 겁니다. 어머니가 계신 집이 저에게는 모든 면에서 불편했지요. 친구도 없고 동생과는 잘 지낼 수 없던 데다 사교계 사람들을 새로 사귀는 것도 달갑지 않았기 때문에, 제가 롱스테이플에 그리 자주 가서 머무는 게 이상한 일도 아니었어요. 언제나 내 집처럼 편안하고 언제나 나를 반가이 맞아줄 거라 확신할 수 있는 곳이었거든요. 그래서 열여덟 살에서 열아홉 살 때까지 내 삶의 시간을 대부분 거기서 보냈지요. 그때는 이렇게 사랑스럽고 내 뜻에 맞춰주는 사람은 오로지 루시뿐인 듯 보였습니다. 예쁘기도 했고요. 적어도 그때는 그렇게 생각했지요. 다른 여자를 거의 본 적이 없어서 비교할 수도 없었고 결점이 눈에 보이지도 않았으니까요. 그러니 모든 정황을 참작해서, 우리 약혼은 어리석었지만, 지금 드러났듯 시작부터 속속들이 어리석었지만, 그 당시에는 그리 부자연스럽지도 않고 변명의 여지도 없는 우매함도 아니었다고 이해해주시길 바랄 뿐입니다."

불과 몇 시간 사이에 대시우드 가족의 심정과 행복은 딴판으로—그야말로 엄청나게—변해버렸고, 모두가 뿌듯하고 가슴이 벅차올라 밤잠을 이룰 수 없을 것만 같았습니다. 대시우드 부인은 너무 큰 행복에 그만 안절부절못하며 어쩔 바를 몰랐어요. 에드워드를 맘껏 사랑해주는 법도 몰랐고, 엘리너를 적당히 칭찬하는 법도 몰랐고, 에드워드의 여린 마음을 다치게 하지 않으면서 그가 자유의 몸이 된 걸 고마워하는 법도 알 수가 없었던 데다, 연인들이 함께 거리낌 없이 대화를 나눌 여유 시간을 허락해주면서도 자기가 바라는 만큼 둘의 얼굴을 한껏 보며 함께 시간을 보내려면 어찌해야 하는지도 도저히 알지 못했답니다.

메리앤의 행복한 심경은 그저 눈물로만 표출되었어요. 처지를 비교하는 마음도 들고—회한도 불쑥불쑥 고개를 들었거니와—언니를 사랑하는 진심만큼이나 진정한 기쁨이긴 했지만 그렇다고 기운이 샘솟거나 할 말이 쏟아져나오는 유는 아니었거든요. 그런데 엘리너는요—엘리너의 감정은 어떻게 묘사해야 할까요?—루시가 다른 남자와 결혼했고 에드워드가 자유라는 사실을 안 순간부터 곧바로 에드워드가 청혼한 순간까지, 엘리너는 온갖 감정을 번갈아가며 겪었지만 결코 평온한 적은 없었어요. 두 번째 순간이 지나고 의심과 불안이 다 걷혔을 때—에드워드가 명예로이 이전 약혼의 굴레를 벗었다는 걸 알았을 때, 자유로워진 그가 즉시 애틋한 사랑을 고백하고 엘리너가 늘 바란 대로 그의 사랑이 충실하고 변함없다는 사실을 알았을 때—엘리너는 솟구치는 환희를 감당할 수 없어 숨이 막혔어요—사람의 마음이란 좋은 쪽으로 일어나는 변화에 쉬이 익숙해지는 법이지만, 날아갈 듯 들뜬 기분이 차분해지고 심장에 일말의 고요가 다시 깃들기까지는 몇 시간이 지나야 했답니다.

에드워드는 적어도 일주일은 코티지에 머물기로 일정을 확정했어요. 달리 해야 할 일이 뭐가 있든, 엘리너와 함께하는 즐거움에 일주일도 할애하지 않는다니 있을 수 없는 일이었지요. 그래도 과거, 현재, 미래에 관해 할 말을 절반도 못 할 텐데요—물론 합리적인 사람들이라면 한두 시간 정도만 수고롭게 쉬지 않고 이야기를 나누면 공통의 주제들을 모두 다루고도 남겠지만, 연인이라면 이야기가 다르잖아요. 사랑에 빠진 사람들은 적어도 스무 번쯤 같은 얘기를 반복하면 모를까,

그 전까진 화제가 고갈되거나 소통이 충분히 이루어졌다 여기지 않으니까요.

루시의 결혼은 그들 모두에게 새록새록 신기하고 놀라운 일이었지만, 특히 연인 사이에서 제일 먼저 대화의 화두가 되었지요―더구나 엘리너는 각 당사자를 특별히 잘 알았기에 모든 관점에서 이야기를 바라볼 수 있었고, 이제까지 들어본 중에서도 가장 이상하고 불가해한 정황이라 생각했어요. 어떻게 두 사람이 한자리에 모이게 되었는지, 로버트가 별로 예쁘지도 않다고 말했던 여자한테 어떤 매력을 느껴서 결혼까지 하게 되었는지―게다가 그 여자는 이미 자기 형과 약혼한 사이였고 그 여자 때문에 형이 가족에게 절연당했는데 말이에요―이건 정말이지 엘리너의 이해력을 초월하는 일이었어요. 심정적으로는 기쁜 경사였고 상상해보려고 하면 어처구니가 없는 일이었거니와, 이성과 분별로 바라보면 도저히 어떻게도 맞출 수 없는 퍼즐이었다니까요.

에드워드도 해명을 내놓으려 해봤지만 추정에 그칠 따름이었어요. 아마 처음엔 우연히 만났을 테고, 한쪽의 허영심이 다른 쪽의 아첨에 완전히 넘어간 나머지 차차 모든 사태가 진행된 게 아닐까 한다고요. 엘리너는 로버트가 할리 스트리트에서 해줬던 이야기를 기억해냈어요. 형의 연애 문제에 자기가 시간이 너무 늦지 않게 중재할 수 있었다면 일이 어떤 결과로 이어졌을지에 관해 자기 의견을 설파했더랬지요. 엘리너는 그때의 이야기를 에드워드에게 전해주었어요.

"그 말은 정말 딱 로버트답군요."―에드워드는 곧바로 대답했어요. 그러더니 잠시 후 말을 덧붙였습니다. "그거야말로, 처음 두 사람이 안면을 텄을 때 그 녀석 머리에 들어 있던 생각일 겁니다. 그리고 루시는 아마 처음엔 저를 위해서 동생이 좀 도와주길 바랐을 테고요. 그러다 나중에 다른 계획들이 세워졌을 거고요."

하지만 두 사람이 언제부터, 얼마나 오래 사귀었는지는, 에드워드 역시 엘리너와 마찬가지로 아는 바가 전혀 없었어요. 런던을 떠난 후 자발적으로 옥스퍼드로 가서 머물렀기 때문에, 루시의 소식은 오로지 루시 본인한테서만 들을 수 있었거든요. 마지막이 될 때까지 편지가 오는 간격도 드문드문 멀어지지 않았고 글투에서도 애정이 사라진 티는 전혀 나지 않았다고 해요. 그래서 향후 벌어진 사태에 대해서 조금도 의심을 하지 못했던지라―급기야 루시 본인이 편지로 폭탄 선언을 했을 때는 그 해방이 자아낸 경이, 경악, 희열로 반쯤 멍하니 마비 상태가 되어 있었던 것 같다고 하더군요. 그러면서 엘리너의 손에 그 편지를 건네주었지요.

친애하는 선생님께,
당신의 사랑을 잃은 지 오래되었다고 확신해 마지않기에, 저도 다른 이에게 마음을 줄 자유가 있다고 생각했습니다. 그리고 그분과 행복하게 살 수 있다고, 한 치의 의심도 없이 굳게 믿는답니다. 한때는 당신과도 행복하리라 생각했지만, 다른 이에게 심장을 주어버린 손을 잡는 모멸은 원치 않습니다. 당신이 선택한 사람과 행복하기를 진심으로 바라요. 우리가 가까운 인척이 된 지금 도리에 따라 서로 좋은 친구로 지내길 바라고, 그러지 못한다면 그건 제 탓이 아닐 거예요. 저는 당신에게 어떤 악감정도 없고 당신 또한 한없이 너그러운 사람이니, 우리에게 어떤 피해도 끼치지 않으리라 믿어요. 당신의 동생은 제 모든 사랑을 얻어냈고 우리는 서로가 없이는 살 수 없게 되었기에, 방금 결혼식을 올렸고 몇 주일 돌리시에 가서 지내려고 지금 여행길에 올랐어요. 당신의 사랑하는 동생이 그 휴양지가 굉장히 궁금하다고 하네요. 하지만 저는 그 전에 먼저 몇 줄을 적어 당신에게 보내야겠다고 생각했어요.

당신의 행복을 진심으로 빌며 언제까지나 친구이자 누이로 남고자 하는

루시 페라스

당신의 편지는 남김없이 태웠고 기회가 생기는 대로 그림도 돌려드리려 해요. 부디 제가 드린 글귀들도 없애주시기 바라요. 하지만 원하신다면 제 머리카락을 감은 반지는 얼마든지 간직하셔도 좋습니다.

엘리너는 그 편지를 읽고 돌려주면서 아무 논평도 달지 않았습니다.

"작문을 평가해달라는 말씀은 드리지 않겠습니다." 에드워드가 말했어요—"옛날에 루시가 쓴 편지를 당신이 보는 것만은 피하고 싶습니다. 여동생이라도 부족한 면이 많은데 심지어 아내였다면!—루시의 편지를 읽다가 얼굴이 붉어진 적이

얼마나 많았는지 모릅니다!—그리고 우리가 바보 같은 그—
일을 저지른 후—그 첫 반년 이후로는, 글솜씨의 결함을 상쇄
할 만큼 내용이 있는 편지를 받아본 건 이번이 처음이에요.”

“어떤 사정으로 그렇게 되었든, 두 사람은 분명히 결혼했어
요.” 잠시 말이 없던 엘리너가 입을 열었습니다—“그리고 당
신 어머님은 스스로 그 무엇보다 합당한 형벌을 자초하신 셈
이네요. 당신에게 억하심정을 품고 로버트에게 경제적 자립
을 선사했는데, 결국 자기 마음대로 선택할 힘을 주어버린 거
니까요. 결국 한 아들의 상속권을 박탈한 바로 그 죄목을 다른
아들에게 일 년에 천 파운드를 뇌물로 주면서까지 행하게 시
킨 셈이 됐잖아요. 로버트가 루시와 결혼했으니, 당신이 결혼
한다고 했던 때 못지않게 속상하셨을 텐데요.”

“훨씬 더 속상하셨을 겁니다. 로버트를 언제나 제일 예뻐하
셨으니까요—상처가 더 크실 거예요. 하지만 같은 이유로 훨
씬 빨리 용서하겠지요.”

이 사건을 가족들이 어떤 심정으로 보고 있는지, 아직 가족
과 연락하려는 시도를 해본 적이 없어서 에드워드는 전혀 몰
랐어요. 루시의 편지를 받고 스물네 시간도 되지 않아 옥스퍼
드를 떠났고, 단 한 가지 목표만 생각하며 바턴으로 가는 최단
거리 지름길로 달려오면서, 이 애틋하고 소중한 인연과 관련
되지 않은 길에 대해서는 앞으로 무슨 행동을 할지 어떤 계획
도 세울 겨를이 없었거든요. 미스 대시우드와의 운명에 확신을
얻기 전까지는 다른 어떤 일도 할 수 없었지요. 한시라도 빨리
그 운명을 찾으려 달린 것도, 한때 브랜던 대령에게 품었던 질

투, 스스로 자격이 없는 사람이라 믿는 겸손, 의례적으로 확신하지 못했다고 털어놓는 예의에도 불구하고 전체적으로 아주 잔인한 대접을 기대하진 않아서였답니다. 하지만 청혼할 때 말로는 그렇게 표현해야 했고, 아주 어여쁜 미사여구를 써서 잘해냈지요. 열두 달이 지난 후 이 주제로 그가 무슨 말을 했을지는, 여러 남편들과 아내들의 상상에 맡겨야겠네요.

루시에겐 분명히 속일 의도가 있었다는 것, 토머스에게 일부러 전한 말을 보면 작별 인사로 에드워드에게 화려한 악의를 선사하고 훌훌 떠날 의도였다는 것이 엘리너에겐 훤히 들여다보였어요. 루시의 본성을 이제야 완벽하게 파악한 에드워드도 주저 없이 루시는 제멋대로 악의를 품고 비열한 심성으로 못된 짓을 저지를 수 있다고 믿게 되었습니다. 이미 오래전부터, 심지어 엘리너와 마음이 깊어지기 전에 이미 눈이 뜨여 루시가 무식하고 관용이 결여된 의견을 견지한다는 걸 알고 있었지만—역시 교육을 못 받아서 그렇다고만 생각했거든요. 마지막 편지를 받기 전까지는, 그저 자기만을 진심으로 사랑하는 성격 좋고 심성 착한 여자라고만 여겼고요. 그런 믿음이 없었다면 약혼을 지킬 수가 없었을 거예요. 사실이 발각되고 어머니가 노발대발 날뛰기 오래전부터 이 관계는 이미 끝없는 불안과 후회만 안겨주었으니까요.

"어머니에게 절연당하고 온 세상에 내 편이 되어줄 친구 하나 없는 처지가 되었을 때, 내 감정와는 상관없이 약혼을 지속하거나 파기할 권리를 루시에게 주는 게 제 의무라고 생각했어요." 에드워드가 말했습니다. "살아 있는 그 어떤 사람의 탐욕이나 허영도 자극할 리 없는 그런 궁지에 빠진 터에, 그렇게 열렬하게 그렇게 복받치는 감정으로 나와 어떤 운명이라도 같이하겠다고 나서는데, 사심 없는 순수한 애정이 그 동기가 아니라고 어떻게 상상할 수가 있었겠습니까? 심지어 지금도, 그 행동의 동기가 무엇이고 어떤 이득을 보려 했는지 도저히 이해할 수가 없어요. 재산이라고는 이천 파운드밖에 없는 남자한테 일말의 애정도 없으면서 왜 결혼의 굴레로 엮이려 했던 걸까요. 브랜던 대령님이 저에게 교구를 선사하리라는 미래를 내다본 것도 아닌데 말이에요.”

“그렇지요. 하지만 당신한테 유리한 어떤 일이 일어날 거라 예상했을 거예요. 당신 가족이 결국 분노를 가라앉히고 물러설 수도 있고요. 아무튼 약혼을 지속한다고 손해를 본 것도 없잖아요. 의도에서나 행동에서나 아무런 제약을 받지 않았으니까요. 여전히 품격 있는 혼인이니 친지들 사이에서는 루시의 지위가 상당히 높아졌을 테고요. 훨씬 더 유리한 혼처가 나타나지 않는 한, 독신으로 남느니 당신과 결혼하는 편이 루시에겐 차라리 좋았겠지요.”

에드워드는 그 즉시 이해했답니다. 루시의 행동은 지극히 당연했고 그 동기도 지극히 명백했다는 걸요.

엘리너는 놀랜드에서 같이 오랜 시간을 보낼 때 이미 자기 마음이 변했다는 걸 깨달았을 텐데 왜 그랬느냐고 에드워드를 질책했어요. 여자는 자신에게 경의를 보내는 마음에서 남자가 부주의한 행동을 저질렀을 때 가장 호되게 꾸짖곤 하거든요.

"정말 크게 잘못 행동하신 거예요." 엘리너가 말했어요. "왜 나하면ㅡ그 탓에 저는 말할 것도 없고 우리 가족들까지 모두 착각에 빠져서, 당시 당신의 처지로는 결코 이루어질 수 없는 미래를 확신하면서 꿈꾸고 또 기대했단 말이에요."

에드워드는 자기도 자기 마음을 속속들이 알지 못한 데다 약혼의 힘을 과신하고 있었다고밖에 달리 변명할 길이 없었어요.

"다른 이와 언약으로 묶여 있으니 당신과 함께 있어도 괜찮을 거라 믿은 제가 바보였지요. 약혼을 의식하고 있으면, 제 명예는 물론 제 심장까지 안전하고 성스럽게 지킬 수 있으리라 믿었습니다. 당신을 숭모한다 느꼈지만, 그저 우정이라 나 자신을 타일렀어요. 당신과 루시를 비교하기 시작하고 나서야, 제 마음이 얼마나 멀리 와버렸는지 알았습니다. 그 후로도 서식스에 그렇게 오래 머무른 건 분명 잘못이었지요. 편안하고 좋아서 머무르면서 나 자신과 타협한 평계라고는 고작ㅡ내가 위험에 몰아넣는 건 나 자신뿐이고, 나밖에 다칠 사람이 없다는 점이었습니다."

엘리너는 웃음을 머금고 고개를 절레절레 흔들었어요.

에드워드는 브랜던 대령이 코티지에 방문할 예정이라는 소식을 듣고 기뻐했습니다. 더 친해질 기회를 진심으로 바랐을 뿐 아니라 델라퍼드 교구를 선사해준 은혜를 원망으로 갚는 일은 없을 거라 꼭 말하고 싶었기 때문이지요ㅡ"그때 그렇게 무례하게 감사 인사를 했으니, 대령님은 틀림없이 지금, 그런 제안을 한 당신을 제가 용서치 않고 있다고 믿으실 겁니다."

지금에야 그는 자기가 그 현장에 직접 가보지도 않았다는 데에 기가 막혔어요. 하지만 그동안은 이 문제에 관심도 없었기에 집, 정원, 텃밭, 교구 규모, 토지 상태, 십일조 요율 등 모든 지식을 엘리너에게 의존해야 했답니다. 엘리너 본인도 브랜던 대령한테 들어 아는 내용이었지만, 워낙 꼼꼼히 귀담아들어서 집주인처럼 모든 걸 낱낱이 파악하고 있었지요.

둘 사이에 해결되지 않은 문제는 단 하나, 극복해야 할 어려움도 오로지 하나였습니다. 두 사람은 서로 사랑하는 마음으로 결합했고 참된 가족과 벗들의 열렬한 성원을 받고 있으며 서로 내밀한 속내까지 잘 알았기에 결혼 생활이 행복해질 것은 당연지사로 보였지요—모자란 건 단 하나, 생계를 의탁할 수단뿐이었어요. 에드워드의 이천 파운드, 엘리너의 천 파운드, 그리고 델라퍼드의 교구 수입까지가 둘이 자기 소유라 부를 수 있는 재산의 전부였어요. 대시우드 부인 또한 미리 물려줄 만한 여윳돈이 전혀 없었고, 아무리 사랑에 빠진 둘이라도 일 년에 삼백오십 파운드의 소득으로 안락한 생활을 누릴 수 있을 거라 생각지는 않았어요.

에드워드는 어머니의 태도가 누그러질지도 모른다는 희망을 아직 완전히 놓지 않았고, 그 희망에 나머지 생활비의 조달을 걸었어요. 그러나 엘리너는 거기 의지할 수는 없었지요. 에드워드가 미스 모턴과 결혼하지 못한다는 사실은 변함이 없었고, 페라스 부인이 칭찬이랍시고 한 표현을 빌리면 엘리너는 루시 스틸보다 '덜한 해약'일 뿐이라 로버트의 비행이 도움이 되기는커녕 패니만 부자로 만들어주지 않을까 걱정이 되었거든요.

에드워드가 도착하고 나흘 후에 브랜던 대령이 나타나서, 대시우드 부인의 흐뭇한 마음을 모자람 없이 완성해주었어요. 그리고 바턴에 이사 온 후 처음으로, 방이 모자랄 정도로 손님이 찾아온 영예를 누리게 되었고요. 에드워드가 먼저 온 손님의 특권을 하사받는 바람에 브랜던 대령은 밤마다 옛날에 지내던 바턴 파크로 걸어서 돌아가야 했답니다. 대개는 아침에 다시 돌아왔는데, 워낙 이른 시각에 오는 탓에 아침 식사 전에 처음 단둘이 대화를 나누는 연인의 시간을 방해하곤 했지 뭐예요.

델라퍼드에 돌아가 보낸 삼 주일 동안, 대령은 최소한 저녁이 되면 서른여섯과 열일곱이라는 나이에서 오는 차이를 계산하는 일 말고는 별로 할 일이 없었어요. 그래서 바턴으로 돌아오는 대령의 심정은 메리앤의 얼굴, 메리앤의 친절한 환영, 기운을 북돋아주는 그 어머니의 말을 모두 동원해야 명랑하게 만들 수 있을 지경이었지요. 하지만 이런 친구들과 어울리며 기분 좋은 감사의 말을 듣다보니 정말로 기운이 다시 살아났습니다. 루시의 결혼에 관한 소문은 아직 대령의 귀에 들어가지 않아서—무슨 일이 일어났는지 전혀 모르고 있었대요. 그래서 대령이 방문하고 처음 몇 시간은 그간의 이야기를 듣고 놀라워하다가 지나갔지요. 대시우드 부인이 모든 걸 설명해주었고 대령은 자기가 페라스 씨에게 베푼 선행을 한층 더 기뻐할 이유를 찾았어요. 결국은 엘리너를 도와준 셈이 되었으니까요.

굳이 말할 필요도 없겠지만, 두 신사는 서로를 더욱 존경하고 서로 더 깊은 친분을 맺게 되었답니다. 그야 안 그럴 수가 없잖아요. 훌륭한 원리 원칙과 상식적 판단good sense을 갖췄으며 성정과 사고방식이 서로 닮은 사람들이니 다른 이유 없이 그것만으로도 우정의 유대를 맺기에 충분한데, 한 자매를 사랑하고 있고 그 자매가 서로를 그토록 아끼니 당연히 서로에 대한 호감이 그 즉시 깊어질 수밖에 없지요. 상황이 달랐다면 시간을 들여 상대를 파악할 때까지 기다려야 했을 테지만요.

런던에서 편지 여러 통이 도착했는데, 바로 며칠 전이었다면 엘리너가 복받치는 희열감을 주체 못 하고 아마 온몸을 덜덜 떨며 읽었을 내용이었어요. 하지만 지금은 기쁨도 한층 진정된 덕에 차분한 마음으로 읽을 수 있었답니다. 제닝스 부인이 그 기막힌 이야기를 전해주었어요. 에드워드를 퇴짜놓은 아가씨를 향해 솔직한 분노를 한껏 터뜨리며, 불쌍한 에드워드 씨가 딱해서 어떡하냐고, 그 하등 쓸데없는 여자한테 홀려 정신이 없었으니 지금은 틀림없이 옥스퍼드에서 실연한 슬픔을 달래지 못하고 있을 게 분명하다나요—"난 정말 그렇게 생각해요." 제닝스 부인의 편지는 이렇게 이어졌습니다. "이렇게 음흉하게 일을 진행하는 법이 어디 있대요. 불과 이틀 전에 루시가 날 찾아와서 한두 시간 같이 앉아 얘기를 나눴단 말이에요. 그럴 줄은 정말 아무도 몰랐다니까요. 심지어 낸시 스틸도 몰랐대요, 참, 그 애도 가엾지 뭐예요! 바로 다음 날 울면서 나한테 달려왔는데, 페라스 부인이 무서워서 완전히 겁에 질려 있더라니까요. 게다가 플리머스로 어떻게 돌아가야 할지도 모르겠다는 거예요. 루시가 결혼하겠다고 내빼기 전에 언니 돈을 모조리 빌려 갔다면서요. 아마 결혼식 의상을 장만하려는 목적이었겠지요. 불쌍한 낸시는 수중에 달랑 칠 실링 동전 하나밖에 남지 않았다잖아요―그래서 내가 아주 기꺼이 오 기니를 내줬어요. 그 돈이면 엑서터까지 가서 버지스 부인과 서너 주일 함께 지낼 수 있을 거니까요.[3] 내가 그랬어요. 그럼 박사와 다시 마주칠 수도 있을 거 아니에요, 하고요. 정말이지 루시가 셰즈에 언니를 태우고 가지 않았다는 게 뭐니 뭐니 해도 제일 치사하고 나빠요. 에드워드 씨는 불쌍해서 어쩐대요! 그 사람 생각을 떨칠 수가 없네, 미스 대시우드가 사람을 보내서 바턴으로 초대라도 해봐요. 미스 메리앤이 그이를 꼭 위로해줘야 한다니까요."[4]

존 대시우드 씨의 생각은 좀 더 심각한 방향으로 흘렀습니다. 세상에 페라스 부인만큼 불행한 여자가 없다는 거예요―가엾은 패니도 끔찍한 맘고생을 겪었고요―이런 충격을 받고도 둘이 아직 살아 있다는 게 기적이니 감사할 따름이라나요. 로버트의 죄는 용서받을 수 없지만 루시의 죄는 한도 끝도 없이 나쁘다고 하고요. 페라스 부인은 둘 다 다시는 입에 이름도 올리기 싫다고 했대요. 만에 하나 계기가 생겨 아들을 용서

---

[3] 제닝스 부인이 이렇게 권한 것을 보면, 스틸 자매가 엑서터에서 존 경과 미들턴 부인을 우연히 만나 파크로 초대받았을 때 아마 버지스 부인의 집에 묵고 있었을 것이다.
[4] 제닝스 부인은 엘리너와 브랜던 대령이 결혼할 거라 믿고 있기에, 메리앤과 에드워드를 짝지어주고 싶어한다.

하게 되더라도 그 아내는 결코 며느리로 인정하지도 않고 눈
앞에 나타나지도 못하게 하겠다지요. 만사를 둘이서만 극비리
에 진행했기 때문에 죄질이 훨씬 더 극악하게 나쁘다고 판단
하는 게 합리적이래요. 왜냐하면 누가 실낱 같은 의심만 품었
어도 제때 적당한 조치를 취해서 결혼을 막을 수 있었을 테니
까요. 존 대시우드 씨는 루시 때문에 집안에 더 큰 우환이 생
길 줄 알았다면 차라리 에드워드와 루시가 약속대로 결혼하
는 편이 나았겠다면서, 엘리너도 동감해주길 바란다고 썼지요
―그리고 편지글은 이렇게 이어졌어요.

"페라스 부인은 아직 에드워드의 이름을 입에 담지 않으셨
는데, 우리로선 놀라운 일이 아니야. 하지만 이 사태에 관해
서 에드워드한테 편지 한 줄 받지 못하셨다는 게 정말로 경악
스럽구나. 혹시라도 모친의 심기를 상하게 할까 두려워서 침
묵을 지키고 있는지도 모르겠는데, 그래서 내가 언질을 좀 주
려고 한다. 누나와 나는 둘 다, 에드워드가 적당히 굴복한다는
편지 한 장만 써 보내면, 패니 앞으로 써서 보내면 되겠지, 누
나가 어머니께 대신 보여드릴 수 있고 크게 그르칠 일도 없다
고 본다. 페라스 부인의 애틋한 모정이야 우리가 다 아는 바
고, 자식들과 좋은 관계로 잘 지내는 게 부인의 가장 큰 소원
이니까."

이 문단은 에드워드의 장래와 행동을 크게 좌우하리만큼
중요했답니다. 화해를 시도해볼 결심을 굳히는 계기가 되었거
든요. 매형과 누나가 콕 짚어 내놓은 방식과는 좀 달랐지만요.

"적당히 굴복한다는 편지라니!" 그가 되풀이해 말했어요.

"그럼 어머니의 은혜를 배은망덕으로 깊고 저와의 신의는 불명예스럽게 저버린 로버트 대신 저보고 어머니한테 용서를 구하란 말인가요?—굴복 따위는 못 합니다—저는 자존심이 전혀 꺾이지도 않았고 지난 일을 뉘우치지도 않아요—저는 아주 행복한 사람이 되었지만, 그야 거기에는 관심 없으실 테지요—제가 굴복하고 들어가는 게 과연 적절한 행동인지 저는 모르겠습니다."

"당연히 용서해달라고 부탁할 수 있지요." 엘리너가 말했어요. "당신의 잘못으로 어머니 심기를 상하게 했잖아요—이제는 불미스러운 약혼으로 어머니의 분노를 사서 죄송하다는 말씀 정도는 드려도 좋지 않을까요."

에드워드도 그건 할 수 있다고 동의했어요.

"그럼 어머니의 용서를 받은 후에, 두 번째 약혼을 털어놓을 때는 약간 자세를 낮추는 게 도움이 될 수도 있어요. 어머님이 보시기에는 첫 번째와 별 다를 바 없이 바람직하지 못한 혼사니까요."

반박할 근거는 없는 말이었지만 그래도 에드워드는 적당한 굴복의 편지라는 생각 자체에 거부감을 느꼈지요. 조금이라도 편하려면 중간에서 타협을 해야겠다고 마음먹고, 뜻을 글로 적어 보내느니 직접 가서 말씀을 드리는 게 낫겠다고 생각했어요. 그래서 패니에게 편지를 쓰는 대신 런던에 가서 누나에게 중간에서 잘 말해달라고 개인적으로 부탁하는 쪽으로 결정을 내렸어요—"정말로 성심껏 나서서 화해를 중재해준다면, 아무리 존 오빠와 패니 언니라도 좋은 점이 아예 없다고 볼 수

는 없겠네." 예전과 달리 너그럽고 솔직해진 메리앤이 한마디
보탰답니다.

브랜던 대령은 방문한 지 불과 사나흘밖에 되지 않았지만,
두 신사는 함께 바턴을 떠났습니다―곧바로 델라퍼드로 가서
에드워드가 직접 장래의 집을 본 다음 어떤 점을 개선하면 좋
을지 후원자 겸 친구와 논의하기로 했거든요. 이삼일 머무르
다가 에드워드는 그곳에서 출발해 런던으로 여행을 떠날 예
정이었습니다.

14

페라스 부인은 우선은 적당히 물리치고 뿌리쳤어요. 자식들에게 지나치게 다정하게 군다는 비난을 받을까봐 언제나 두려워했기에, 그런 비난을 받지 않을 정도로만 격렬하고 고집스럽게 저항하다가 결국 다시 에드워드를 면전에 들이고 다시 아들로 받아들였지요.

최근 가족사의 부침은 극에 달했어요. 오랜 세월 살아오는 동안 부인의 슬하에는 아들 둘이 있었는데요. 몇 주일 전 죄를 지은 에드워드를 죽었다 치고 쫓아내자 아들이 하나 사라졌고, 비슷하게 로버트까지 없애버렸더니 이 주일 동안은 아들이 하나도 없이 살게 되었지요. 그런데 이제 에드워드가 죽었다 살아 돌아오면서 아들이 다시 하나 생겼답니다.

에드워드는 한 번 더 살아도 좋다는 허락을 받았지만, 현재의 약혼을 털어놓을 때까지는 새로 받은 목숨이 그리 안전하게 느껴지지 않았지요. 현재 상황을 알리게 되면, 또 신상에 급작스러운 변고가 생기면서 전처럼 금세 죽은 목숨이 될까 우려가 되었거든요. 그래서 걱정스레 조심조심 사실을 털어놓았는데 반응이 뜻밖에도 차분하더라고요. 페라스 부인은 처음엔 쓸 수 있는 모든 논거를 들어 논리적으로 미스 대시우드와의 결혼을 말리려 했지요—미스 모턴은 신분도 높고 돈도 많은 신붓감이라면서—미스 대시우드는 자산이 겨우 삼천 파운드밖에 없고 평범한 신사의 딸인 반면 미스 모턴은 삼만 파운드의 사유재산이 있는 귀족의 딸이라고요. 하지만 자기 말이 전적으로 옳다고 인정하면서도 아들이 조언을 따를 의사가 없다는 걸 깨달은 후엔, 과거의 경험을 토대로 가장 현명한 노선을 취하기로 했답니다—자기 품위를 유지하고 선하면서 다정하다는 의혹을 철저히 차단할 만큼만 매정하게 시간을 끈 후에, 에드워드와 엘리너의 결혼을 허락한다는 뜻을 공포한 거지요.

다음엔 이들의 소득을 늘려주기 위해 부인이 어떤 조치를 취할 것인가가 문제였습니다. 여기서 한 가지 사실이 명확해졌는데, 에드워드는 이제 부인의 외아들이지만 장자는 결코 아니라는 점이었어요. 로버트한테 하는 수 없이 연 소득 천 파운드를 보장해주었으면서, 기껏해야 소득 이백오십 파운드를 위해 서품을 받겠다는 에드워드의 계획에 전혀 반대할 생각이 없어 보였으니까요.[1] 게다가 패니와 마찬가지로 만 파운드

---

[1] 당시는 장자가 재산을 상속해 거기서 나오는 이자 소득으로 생활을 이어가고 그 외의 아들은 개인 수입을 얻기 위해 직업을 갖는 것이 일반적이었다.

를 주겠다고 한 것을 제외하면 현재나 미래를 위한 어떤 약속도 없었고요.

그러나 그 정도면 에드워드와 엘리너가 바란 대로, 아니, 예상을 뛰어넘는 액수였어요.[2] 오히려 페라스 부인이 그것밖에 주지 않았다는 사실에 놀란 사람은, 이런저런 구차한 변명을 늘어놓는 본인밖에 없는 것 같았어요.

이렇게 상당히 넉넉한 생활비를 보장받은 두 사람은 이제 에드워드가 교구에 정착할 날만 기다리면 되었어요. 하지만 브랜던 대령이 엘리너가 살 집을 잘 준비하고 싶은 마음에 대대적인 개보수를 하고 있어서 공사가 끝날 때까지 한참 기다려야 했고, 언제나 그렇듯이 도저히 이해할 수 없는 이유로 꾸물거리는 일꾼들 때문에 천 번쯤 낙담과 지연을 거친 후, 엘리너는 만사가 완벽히 준비되기 전에는 결혼하지 않겠다는 처음의 명확한 결심을 깨고 8월 초순 바턴의 교회에서 결혼식을 올렸습니다.

결혼하고 처음 한 달 동안 부부는 영지 저택의 친구들과 함께 지내며 그곳에서 목사관 공사의 진행을 관장하고 현장에서 만사를 뜻대로 지휘했습니다—벽지와 정원의 관목을 선택하고 마차 진입로를 조성했지요. 제닝스 부인의 예언은 좀 뒤

---

2 만 파운드의 자산은 일 년에 오백 파운드의 이자 소득을 보장한다. 여기에 에드워드가 교구에서 얻을 이백오십 파운드와 원래 에드워드와 엘리너가 지닌 자산에서 나오는 이자 백오십 파운드를 더하면 연 수입은 구백 파운드가량이 된다. 엘리너는 행복에 필요한 부가 연 수입 천 파운드라고 말했으니 결과적으로 거의 근접한 셈이다.

죽박죽 뒤섞이긴 했어도 대체로는 이루어졌어요. 본인이 바랐던 대로 미클머스 무렵엔 목사관에 방문해 에드워드와 아내를 만날 수 있었고, 믿었던 대로 엘리너와 남편이 세상에서 가장 행복한 부부로 살고 있는 모습을 보았으니까요. 브랜던 대령과 메리앤이 결혼하고 소들을 위해 조금 더 나은 목초지를 마련해주는 것 말고는, 부인은 정말이지 세상에 더는 바랄 것이 없었답니다.

처음 목사관에 정착하자마자 가족과 친구들이 거의 모두 방문했습니다. 페라스 부인도 친히 허락해놓고 스스로 부끄러워하셨지만, 어쨌든 그 부부의 행복을 감찰하러 왕래하셨고요. 심지어 존 대시우드 부부도 서식스에서 여기까지 와서 부부에게 예의를 갖췄답니다.

"이 오빠가 실망했다고는 하지 않으마." 존은 델라퍼드 저택 정문 앞에서 함께 산책하다가 엘리너에게 이렇게 말했습니다. "그건 좀 말이 심하니까. 확실히 너는 지금도 세상에서 가장 운이 좋은 아가씨거든. 하지만 솔직히 말해서 브랜던 대령을 매제라 부를 수 있었다면 정말 기뻤을 텐데 말이야. 여기 영지며, 신분이며, 저택이며, 모든 면에서 참 존경스럽고 훌륭하시다니까—게다가 저 숲은 또 어떻고!—델라퍼드 산비탈의 저 목재용 수목은 도싯셔 전역 어디에서도 본 적이 없다니까!—뭐, 메리앤이 딱히 대령의 마음을 사로잡을 것 같지 않지만—그래도 이제 너희 집에서 가족들을 자주 묵게 하면 참 좋을 것 같구나. 브랜던 대령이 집에 머무는 시간이 길어 보이니까, 무슨 일이 생길지는 아무도 모르잖아. 다른 사람을 만날 기회는 별로 없는데 자주 한데 모여 어울리다보면—게다가 너라면 항상 메리앤에게 좋은 쪽으로 힘이 될 수 있고, 뭐 그렇지 않겠니—짧게 말해서, 메리앤한테 좀 기회를 만들어주란 말이다—오빠 말 알아듣겠지.”—

페라스 부인은 친히 그들을 만나러 왔고 항상 애정이 있는 척 가짜 예의를 차렸지만, 부인이 진심으로 아끼고 자기들보다 다른 자식을 편애하는 태도 때문에 부부가 모욕을 느끼지는 않았어요—그건 멍청한 로버트와 교활한 그 아내의 몫으로 돌아갔지요. 몇 달이 지나지 않아 그 부부가 부인의 편애를 얻어냈거든요—처음에는 로버트의 신세를 망친 루시의 이기적인 잔꾀가 로버트를 구원해준 최고의 수단이 되어주었지요. 아주 작은 틈만 보여도 곁에 붙어서 자기를 낮추고 상대를 높이면서 부지런히 눈치를 살펴대며 끝없이 아첨하는 루시에게 페라스 부인도 넘어가서, 아들의 선택을 인정하고 다시 애지중지 예뻐하게 되었던 거예요.

이 관계에서 루시가 시종일관 밟은 행보와 그 보상으로 얻게 된 화려한 번영은, 열성적으로 부단히 사익을 추구하기만 하면 어떤 걸림돌이 앞을 가로막더라도 끝내 부의 이점을 모두 누리게 된다는 걸 잘 보여주는, 그 무엇보다 고무적인 사례라 할 거예요. 그저 시간과 양심만 희생하면 된다니까요. 로버트가 처음 루시를 알게 되고 개인적으로 바틀리츠 빌딩스에 방문했을 때는, 정말로 형이 예상했던 그 의도밖에 없었어요. 단지 약혼을 포기하라고 루시를 설득할 생각밖에 없었던 거죠. 문제는 두 사람의 애정뿐이었으므로, 로버트는 당연히 한두 번만 만나서 얘기를 나누면 잘 해결할 수 있다고 믿었어요. 그러나 이것은 오판이었고, 이 한 번의 오류가 결정적이었어요—루시는 로버트에게 시간을 좀 들이면 자기 달변에 넘어가줄지 모른다는 희망을 심어주었거든요. 한 번 더 방문하고, 한 번 더 대화를 나누기만 하면 설득할 수 있을 것만 같았어요. 로버트에게는 헤어질 때마다 루시의 심경에 뭔가 늘 미련이 남아 있긴 해도 자기가 삼십 분쯤 또 한 번만 잘 얘기하면 의심을 거둘 듯 보였던 거지요. 이런 식으로 로버트의 관심을 일단 확보하고 나자 나머지 일은 자연스럽게 진행되었지요. 에드워드 이야기를 하는 대신 둘의 대화는 점점 더 로버트에 관한 이야기로만 흘러가게 되었어요—로버트로서는 다른 어떤 것보다 할 말이 많은 주제였고, 루시 또한 머지않아 그에 못지않은 관심을 보이기 시작했지요. 짧게 말해, 그가 형의 자리를 완전히 대체했다는 사실을 둘 다 아주 빠르게 깨달은 거예요. 로버트는 이 정복이 자랑스러웠고, 에드워드의 뒤통수를 친 것도 자랑스러웠고, 어머니의 동의 없이 비밀 결혼을 올렸다는 사실도 자랑스러웠지요. 뒤이어 무슨 일이 일어났는지는 다 아시죠. 그들은 몇 달간 돌리시에서 굉장히 행복하게 살았어요. 루시에겐 연을 끊어야 할 옛 지인과 친척이 아주 많았고—로버트는 근사한 코티지의 설계도를 여러 장 그려야 했거든요—그러다 다시 런던으로 돌아와서, 로버트는 루시의 독촉에 힘입어 페라스 부인의 용서를 얻어냈습니다. 방법은 간단했죠. 용서를 구하기만 하면 되었거든요. 처음에는 용서의 범위가 로버트로 한정되어 있었어요. 루시는 페라스 부인에게 행할 의무가 없었으니 저지른 잘못도 없었지만, 어쨌든 몇 달 동안 사면받지 못한 상태로 지냈고요. 그러나 꾸준히 포기하지 않으면서 행동과 전언에서 겸손을 보이고, 로버트의 잘못에 대해 나서서 자기 자신을 미리 질책하고, 매몰차고 야박한 대접에 감사를 표하다보니 결국은 부인의 오만불손한 관심을 얻게 되었고, 그에 루시는 벅찬 감동으로 화답했지요. 그리고 머지않아 더없이 빠르게 최고도의 애정과 영향력하에 들어가게 되었어요. 루시는 로버트나 패니처럼 페라스 부인에게 없어서는 안 될 존재가 되었어요. 에드워드는 한때 루시와 결혼하려 했다는 죄를 끝까지 너그러이 용서받지 못했고 엘리너는 재산과 태생 모두 루시보다 훨씬 뛰어난데도 침입자로 여겨진 반면, 모든 면에서 루시는 누구보다 아끼는 며느리로 대접받고 공공연히 인정받았답니다. 로버트 부부는 런던에 정착했고, 페라스 부인으로부터 아주 넉넉한 도움을 받았으며, 존 대시우드 부부와 더할 나위 없이 좋은 관계를 유지했어요. 로버트와 루시 사이에는 가정불화가 빈번했고 패니와 루시 사이에는 늘 질투와 악감이 깔려 있던 데다 남편들도 거기 동조했다는 점만 제외한다면, 그들이 다 같이 어울려 사는 삶은 참으로 조화롭기 그지없었답니다.

에드워드가 무슨 짓을 저질렀기에 장자의 상속권을 빼앗겼는지 알면 많은 사람들이 어이없어할 거예요. 또 로버트가 무슨 짓을 해서 장자의 상속권을 얻어냈는지 알면 더더욱 어이가 없어질 거고요. 하지만 명분은 몰라도 결과로 보면 모두 납득될 만한 일이었어요. 로버트의 생활 방식이나 말본새를 보

면 자기만 거액의 소득을 받게 되어 아쉽다는 기색은 어디서
도 찾아볼 수 없었거든요. 형에게 너무 적게 주고 자기가 너무
많이 받아서 미안한 눈치 따위는 없었지요―반면 일상의 모
든 의무를 성실히 이행하고 아내와 가정을 갈수록 더 깊이 사
랑하면서 항시 명랑하고 쾌활한 기분으로 살아가는 것을 기
준으로 에드워드를 평가한다면, 그 또한 로버트 못지않게 자
기 자리에 만족했기에 상황을 바꿀 의사 따위는 전혀 없다고
해도 좋았고요.

엘리너는 결혼한 후에도 가족들은 헤어지지 않고 함께 지
낼 길을 최대한 궁리했답니다. 바턴 코티지가 아예 쓸모없어
지지 않는 선에서 어머니와 동생들은 절반 이상의 시간을 엘
리너와 함께 지냈어요. 대시우드 부인이 델라퍼드를 그토록
자주 찾은 데에는, 즐거움 말고도 전략에 따른 다른 동기가 있
었어요. 메리앤과 브랜던 대령을 맺어주고 싶은 부인의 소망
은, 존이 말한 것처럼 계산적이진 않아도 그 못지않게 절실했
기 때문이지요. 이 결혼의 성사가 부인이 정성을 쏟는 목표가
되었던 거예요. 딸과 함께 지내는 삶이 귀하고 소중한 만큼,
그 기쁨을 자격이 있는 벗에게 양도하고 싶은 바람이 무엇보
다 간절했거든요. 메리앤이 영지 저택에 정착하는 모습을 보
는 것은 또한 에드워드와 엘리너의 바람이기도 했고요. 둘 다
대령의 슬픔에 공감했고 그의 은혜에 감사했기에, 메리앤이
대령의 미덕에 보답해주면 좋겠다고 한마음으로 바랐답니다.

모두가 공모한 계획이 이러하고―대령의 선한 심성을 이토
록 가까이서 알게 된 데다―남들의 눈에는 오래전부터 훤히

보이던, 일편단심으로 자기만을 사랑하는 대령의 애틋한 진심을 드디어 절감했을 때—메리앤이 어찌할 수 있었겠어요?

메리앤 대시우드는 비범한 운명을 타고난 사람이었어요. 자기 의견이 허위임을 깨닫고 제일 좋아하던 경구를 몸소 행동으로 반박할 운명이었으니까요. 열일곱 살의 성숙한 나이에 품었던 사랑을 극복하고, 깊은 존경과 활기찬 우정 이상의 감정이 없는데도 자발적으로 다른 사람의 손을 잡았으니까요! —게다가 그 상대 또한 과거의 사랑으로 메리앤 못지않은 아픔을 겪었고, 이 년 전만 해도 너무 늙어서 메리앤이 결혼할 수 없다고 여겼던—심지어 아직도 건강을 지킨답시고 플란넬 웨이스트코트를 걸치는 사람인데 말이지요!

하지만 그렇게 되었어요. 한때 아련한 자기만족으로 꿈꾸었듯 불가항력의 격정에 스스로를 제물로 바치지도 않고—조금 더 뒤에 한층 침착하고 건전한 분별력으로 마음먹었듯 영원히 어머니 곁에 남아 은둔과 공부에서 유일한 기쁨을 찾지도 않고—메리앤은 열아홉 살 나이에 고집을 꺾고는 새로운 이에게 정을 붙이고 새로운 의무를 받아들이고 새로운 집에 정착해서 아내가 되어 가정의 안주인, 마을의 후원자로 살게 되었답니다.

브랜던 대령은 이제 그를 진심으로 사랑하는 모든 이가 마땅히 그래야 한다고 바란 만큼 행복해졌어요—그가 겪은 과거의 모든 역경을 메리앤이 달래주었지요—메리앤에게 존경받고 메리앤과 함께 지내면서 대령은 활기찬 정신을 되찾았고 기질도 밝고 명랑해졌어요. 자기 덕분에 행복해지는 대령을 보면서 메리앤도 행복을 찾았고, 지켜보는 친구들도 모두 공감하며 함께 즐거워했습니다. 메리앤은 반쪽짜리 사랑을 할 수 있는 사람이 아니었어요. 그래서 시간이 흐르자 한때 윌러비에게 그랬듯 남편에게 온 마음을 다 바치게 되었지요.

윌러비는 메리앤의 결혼 소식을 듣고 가슴에 아린 통증을 느끼지 않을 수 없었어요. 게다가 얼마 후 스미스 부인의 자발적 용서로 그의 형벌이 완성되었답니다. 스미스 부인은 너그러이 관용을 베푼 이유로 윌러비가 품성이 훌륭한 여인과 결혼한 점을 들었기 때문에, 자연히 윌러비는 자기가 메리앤에게 명예롭게 신의를 지켰다면 행복과 부를 모두 거머쥘 수 있었을 거라는 생각을 하게 되었거든요. 형벌을 자초한 윌러비가 과오를 진심으로 뉘우쳤다는 사실은 의심의 여지가 없답니다—오래도록 브랜던 대령을 질투하고 메리앤을 생각하며 후회한 것도 사실이에요. 그러나 영원토록 위안을 찾지 못하고 슬퍼했다거나, 사교계로부터 도망쳤다거나, 기질적으로 우울한 사람이 되었다거나 상사병에 걸려 죽고 말았을 거라 믿지는 마세요—전혀 그렇지 않았으니까요. 그는 기운을 내서 잘 살았고 꽤 자주 즐거움을 느꼈어요. 아내가 언제나 성질을 부린 것도 아니고, 가정이 언제나 불편했던 것도 아니에요. 훌륭한 품종의 말과 개를 기르고 온갖 종류의 스포츠를 즐기면서 적지 않은 가정의 행복을 누렸답니다.

이처럼 실연을 퍽 매정하게 극복하긴 했지만—윌러비는 메리앤과 관련된 일이라면 무조건 눈에 띄게 관심을 보였고 남몰래 메리앤을 완벽한 여자의 기준으로 삼았습니다—훗날까지도 새로이 아름다움을 추앙받던 수많은 여자들이 브랜던 부인과는 비교할 수도 없다는 이유로 윌러비에게 무시를 당했으니까요.

대시우드 부인은 델라퍼드로 이사하지 않고 코티지에서 검소하게 생활했습니다. 존 경과 제닝스 부인에게는 다행스럽게도, 메리앤이 그들을 떠날 무렵에는 마거릿이 무도회에 매우 적합하고 연인이 있더라도 그리 부적절하지 않은 연령에 도달했지요.

바턴과 델라퍼드 사이에는 탄탄한 가족 간의 사랑에 따라 연락이 끊이지 않았지요—그리고 엘리너와 메리앤의 숱한 미덕과 행복 가운데 아랫순위에 놓아선 안 될 한 가지가 있으니, 두 자매는 서로 눈에 보일 만큼 가까이 살면서도 의견 차이조차 없었고 남편들끼리 서먹하거나 냉랭해지는 일도 없었답니다.

제인 오스틴 연보

1775년 12월 16일 영국 햄프셔 카운티 스티븐턴에서 성공회 교구 목
사인 아버지 조지 오스틴과 어머니 커샌드라 오스틴 사이에
서 태어난다. 여덟 남매 중 일곱째이자 둘째 딸이다. 1775년
은 찰스 디킨스가 『두 도시 이야기』에서 묘사한 바로 그해,
"최고의 시절이자 최악의 시절"이었다.

1776년 북아메리카 13개 영국령 식민지 대표들이 독립을 선언한다.

1783년 언니 커샌드라 오스틴, 사촌 제인 쿠퍼와 함께 옥스퍼드의
콜리 부인 기숙학교에 입학한다. 같은 해 콜리 부인을 따라
사우샘프턴으로 갔지만 장티푸스에 걸려 학업을 중단하고
집으로 돌아온다. 셋째 오빠 에드워드 오스틴이 먼 친척인
토머스 나이트 2세 부부에게 입양된다.

1785년 언니 커샌드라와 함께 버크셔 카운티 레딩에 있는 애비기숙
학교에 입학한다.

1786년 12월에 학교를 그만두고 언니와 함께 집으로 돌아온다. 다섯
째 오빠 프랜시스 오스틴이 왕립해군사관학교에 입학한다.

1787년 작품 습작을 시작한다.

1788년 다섯째 오빠 프랜시스가 동인도제도로 떠난다. 조지 고든 바
이런 경이 태어난다.

1789년 큰오빠 제임스 오스틴과 넷째 오빠 헨리 오스틴이 옥스퍼드
에서 〈로이터러〉를 발행한다. 프랑스혁명이 일어난다.

1790년 6월에 초기 습작 중 하나인 「사랑과 우정」을 탈고한다.

1791년 막냇동생 찰스 오스틴이 왕립해군사관학교에 입학한다.

1792년 초기 습작 「레슬리 캐슬」과 「이블린」을 탈고하고, 「캐서린 또는 화원 이야기」 집필을 시작한다. 메리 울스턴크래프트가『여성의 권리 옹호』를 출간한다.

1793년 짧은 희곡 「찰스 그랜디슨 경 혹은 행복한 남자」를 쓰다가 중단한다. 1월에 루이 15세와 왕비 마리 앙투아네트가 처형된다. 영국이 프랑스를 상대로 전쟁을 일으킨다.

1794년 서간체 중편소설 「레이디 수전」을 집필한다.

1795년 『이성과 감성』 초고에 해당하는 첫 장편소설 「엘리너와 메리앤」을 집필한다. 이웃의 조카 톰 르프로이를 만나 특별한 친분을 쌓는다. 존 키츠가 태어난다.

1796년 1월 톰 르프로이가 런던으로 떠난다. 10월에 『오만과 편견』의 초고에 해당하는 「첫인상」을 집필하기 시작한다. 나폴레옹이 이탈리아 원정에서 승리를 거두면서 정치적으로 급부상한다.

1797년 「첫인상」을 탈고하고 「엘리너와 메리앤」을 개고한다. 아버지의 권유로 「첫인상」을 출판사에 투고했지만 거절당한다.

1798년 『노생거 애비』의 초고 「수전」을 집필하기 시작한다.

1799년 바스를 방문한다. 「수전」을 탈고한다.

1800년 「찰스 그랜디슨 경 혹은 행복한 남자」를 탈고한다.

1801년 아버지가 목사직에서 은퇴하고 큰오빠 제임스가 교구를 물려받는다. 나머지 가족은 서머싯 카운티 바스로 이사한다.

1802년 해리스 빅위더의 청혼을 받고 승낙했지만 다음 날 거절한다. 「수전」을 개고하기 시작한다. 나폴레옹이 프랑스에서 제1통령으로 집권한다.

1803년 「수전」 판권을 크로스비 출판사에 십 파운드를 받고 판다. 나폴레옹전쟁이 발발한다.

1804년 「왓슨 가족」을 집필하기 시작한다. 나폴레옹이 황제로 즉위한다.

1805년 아버지 조지 오스틴이 세상을 떠난다. 「왓슨 가족」 집필을 중단한다. 트라팔가르해전이 일어난다.

1807년 어머니, 언니 커샌드라와 함께 사우샘프턴에 있는 둘째 오빠 프랭크 오스틴의 집으로 이사한다. 영국 노예 무역이 공식적으로 금지된다.

1809년 크로스비 출판사에 편지를 보내 「수전」 출간을 독촉하지만 별다른 답을 받지 못한다. 햄프셔 카운티 초턴에 있는 셋째 오빠 에드워드 소유의 작은 집으로 이사한다.

1810년 토머스 애거턴과 『이성과 감성』 출판 계약을 맺는다.

1811년 10월에 넷째 오빠 헨리 부부가 사는 런던에 머문다. 같은 달 '한 숙녀a lady'라는 익명으로 『이성과 감성』을 출간한다. 『맨스필드 파크』 집필을 시작한다. 「첫인상」을 『오만과 편견』으로 개고하기 시작한다. 조지 3세가 정신 질환으로 국정을 수행할 수 없게 되어 왕세자(훗날의 조지 4세)가 섭정을 맡게 된다.

1812년 『오만과 편견』 판권을 토머스 에거턴에게 백십 파운드를 받고 판다. 찰스 디킨스가 태어난다.

1813년 『오만과 편견』이 출간되고 큰 호평을 받는다. 『이성과 감성』 『오만과 편견』 2쇄가 제작된다. 『맨스필드 파크』를 탈고한다.

1814년 『에마』를 집필하기 시작한다. 5월에 『맨스필드 파크』가 출간되고, 초판이 여섯 달 만에 모두 소진된다.

1815년 『에마』를 탈고한다. 『설득』의 초고인 「엘리엇 가족」 집필을 시작한다. 섭정 중인 왕세자의 사서로부터 『에마』를 왕세자에게 헌정할 것을 권유받고 동의한다. 12월에 머리 출판사에서 『에마』가 출간된다. 나폴레옹이 워털루전투에서 대패

하면서 나폴레옹 시대가 끝난다.

1816년 넷째 오빠 헨리의 도움을 받아 「수전」의 판권을 되찾고 개고
하면서 제목을 '캐서린'으로 바꾼다. 『설득』 초고를 완성한
다. 건강이 악화되기 시작한다. 월터 스콧이 〈쿼털리 리뷰〉
에 『에마』를 호평한 리뷰를 기고한다. 4월 21일, 샬럿 브론
테가 태어난다.

1817년 1월부터 『샌디턴』의 초고인 「형제들」을 쓰기 시작하지만 건
강 악화로 중단한다. 4월에 유서를 작성하고, 5월에 치료를
위해 언니 커샌드라와 함께 윈체스터로 떠난다. 7월 18일 새
벽에 세상을 떠나고, 시신은 윈체스터 성당에 안장된다. 12월
에 헨리의 주도로 『노생거 애비』와 『설득』을 묶어 출판한다.
이때 '한 숙녀'라는 작가가 제인 오스틴이라는 사실이 처음
공개된다.

1818년 메리 셸리가 익명으로 『프랑켄슈타인』을 출간한다. 7월 30일,
에밀리 브론테가 태어난다.

1832년 리처드 벤틀리가 제인 오스틴의 후손들로부터 판권을 사
들여 『이성과 감성』 『맨스필드 파크』 『에마』 『노생거 애비』
『설득』을 출간한다.

1833년 전해 출간된 다섯 작품에 『오만과 편견』 『레이디 수전』까지
아우른 제인 오스틴 전집이 최초로 출간된다.

1871년 조카 제임스 에드워드 오스틴 리가 출판한 전기 『제인 오스
틴 회상록』 2판에 『레이디 수전』 『왓슨 가족』 『샌디턴』 일부
가 수록된다.

1884년 『제인 오스틴 서한집』이 두 권으로 출판된다.

1922년 『사랑과 우정』이 출간된다.

1925년 『샌디턴』 『레이디 수전』이 출간된다.

1927년 『왓슨 가족』이 출간된다.

디어 제인 오스틴 에디션을 출간하며

문학사에 이름을 새긴 작가들은 추앙받고 존경받고 경외받습니다. 하나 제인 오스틴만은 사랑을 받습니다. 물론 독자에게 사랑받는 작가들은 많습니다. 하나 제인 오스틴처럼 시공간과 언어와 매체의 모든 제약을 뛰어넘어, 전 세계의 독자들로부터, 이처럼 꺼질 줄 모르는 다정의 온기로 사랑받는 작가는 흔치 않습니다. 나아가 재미로 책을 읽는 독자들과 평생을 책 읽기에 바친 위대한 독서가들이 다함께 애틋하게 아끼는 작가라면, 정말이지 다시 찾기 어렵습니다. 250년 전 태어나 마흔한 살에 짧은 생을 마감한 '한 숙녀', 생전에 이름도 없이 책을 펴냈던 이 소설가만은 책을 사랑하는 모든 독자의 마음속에 '디어 제인'으로 간직됩니다.

제인 오스틴 탄생 250주년을 기억하는 '디어 제인 오스틴 에디션'은 기획·번역·편집·디자인을 아울러 책을 짓고 출판하는 모든 과정에서 '세계에서 가장 사랑받는 작가'로서의 제인 오스틴을 기리고 그에 걸맞는 사랑을 담고자 합니다. '디어 제인 오스틴 에디션'은 제인 오스틴이 태어난 지 정확히 250주년이 되는 2025년 12월 16일을 기해 세상에 선을 보입니다. 그리하여 제인 오스틴이 생전에 완성한 여섯 권의 소설을 출간된 순서에 따라 매년 두 권씩 삼 년에 걸쳐 순차적으로 번역하고 각 소설을 해석하고 번역하는 과정에서 건져 올린 번역가의 단상들을 엮어 해마다 함께 펴냅니다. 2025년 12월 16일에는 제인 오스틴의 초기 소설인 『이성과 감성』과 『오만과 편견』과 이 두 작품에 관한 번역가 에세이 『디어 제인 오스틴: 젊은 소설가의 초상』이 발간됩니다. 2026년 12월 16일에는 『맨스필드 파크』와 『에마』, 또 한 권의 번역가 에세이가 발간되고, 2027년 12월 16일에는 『노생거 애비』와 『설득』, 그리고 마지막 번역가 에세이가 발간됩니다. '디어 제인 오스틴 에디션'에 포함된 모든 책의 초판 발행일은 제인 오스틴의 생일입니다.

제인 오스틴을 향한 꺼질 줄 모르는 사랑을 유심히 들여다보고 싶었던 이유는, 어느 시대 어느 장소에서나 자생적으로 불붙은 그 독자들의 애정에 우리가 책을 사랑하는 초심이 깃들어 있다고 믿기 때문입니다. 우리는 읽고 쓰는 사람들로서 늘 거산과 준봉을 오르고자 합니다. 하지만 거산과 준봉을 오르기 전에 우리를 텍스트의 숲으로 이끌어준 다정한 진입로 또한 분명히 있었을 것입니다. 환상의 나라 나니아로 통하는 문이 그저 옷장 속에 있었듯 말이지요. 제인 오스틴은 일상의 거실에서 문득 열리는 꿈의 통로이자 현실의 가교이고 걸어도 걸어도 새로운 풍경이 나타나는 뜻밖의 거산이고 준봉입니다. 독자의 첫사랑으로 손색이 없지만 평생 손잡고 걸어갈 반려가 될 수도 있는 작가지요. '디어 제인'을 기억하는 마음들이 책을 사랑하는 독자들 사이에 스며들기를 바랍니다.

김선형

이성과 감성

초판 발행 2025년 12월 16일

지은이 제인 오스틴
옮긴이 김선형

책임편집 허정은 | **편집** 박신양
표지 디자인 상록
마케팅 이보민 손아영

펴낸곳 (주)엘리 | **펴낸이** 김정순
출판등록 2019년 12월 16일 제2019-000325호
주소 04043 서울시 마포구 양화로 12길 16-9(서교동 북앤빌딩)
전화 02-3144-3123 | **팩스** 02-3144-3121
전자우편 ellelit.book@gmail.com | **인스타그램** @ellelit2020

ISBN 979-11-91247-63-3 04840
       979-11-91247-62-6 (세트)